Das Buch

Jacob Goltz, ein Sohn aus wohlhabendem Hause, kehrt 1923 aus afrikanischer Kriegsgefangenschaft nach Deutschland zurück. Mit der schönen Belgierin Madlon lebt er zunächst im Berlin der wilden zwanziger Jahre. Doch Jacobs Mutter Jona hat andere Pläne für ihren einzigen Sohn. Ihren Hof soll er übernehmen und endlich ein geregeltes und arbeitsreiches Leben führen. Jacob aber, ein Soldat aus Leidenschaft, der seinen Beruf wegen einer Kriegsverletzung nicht mehr ausüben kann, zeigt wenig Interesse am ruhigen Landleben. Ihn zieht es zurück in die weite Welt – nach Berlin und dann nach Afrika. Die Gefährtinnen an Jacobs Seite sind stetig wechselnd – alle aber sind sie starke, leidenschaftliche Frauen, die das Leben lieben. Doch wird Jacob jemals innere Ruhe und eine vollkommene Partnerschaft finden? Utta Danella erzählt ein Stück Zeitgeschichte, so wunderbar mit der Geschichte eines Lebens verknüpft.

Die Autorin

Utta Danella ist in Berlin geboren und aufgewachsen. Ihre schriftstellerische Laufbahn begann sie mit Arbeiten für Presse und Radio. 1956 veröffentlichte sie ihren ersten Roman *Alle Sterne vom Himmel,* dem viele weitere Bestseller folgten. Heute liegt ein umfangreiches Romanwerk der beliebten Unterhaltungsautorin vor. Zahlreiche Titel sind im Wilhelm Heyne Verlag lieferbar. Utta Danella lebt heute in München und auf Sylt.

UTTA DANELLA

JACOBS FRAUEN

Roman

WILHELM HEYNE VERLAG
MÜNCHEN

HEYNE ALLGEMEINE REIHE
Nr. 01/9389

Der Titel erschien bereits in der
Allgemeinen Reihe mit der
Band-Nr. 01/6632.

21. Auflage
9. Auflage dieser Ausgabe

Wilhelm Heyne Verlag GmbH & Co. KG, München
Printed in Germany 2000
Umschlagillustration: IFA-Bilderteam / Tschanz, Taufkirchen
Umschlaggestaltung: Nele Schütz Design, München
Gesamtherstellung: Ebner Ulm

ISBN 3-453-08215-X

Madlon

Die Heimkehr

Im November 1923 kam Carl Jacob Goltz zurück in sein Elternhaus am See, in die wohlgeordnete, festgefügte Welt, die ihm in seiner Jugend so eng vorgekommen war. Die Ferne hatte er gesucht, die große Weite, das Abenteuer auch; das alles hatte er gefunden, doch nun kam er zurück. Nicht mit hängenden Flügeln, das hätte seinem Wesen nicht entsprochen, dazu gab es auch keinen Grund. Er war, wie so viele, ein Opfer der Zeit, ein Opfer des großen Krieges, der hinter ihnen lag.

Wild und bewegt war sein Leben gewesen, die Lust an der fremden Welt ging unter in dem langen, erbarmungslosen Kampf, in dem er Hunger und Durst, Not und Krankheit ertragen mußte, Attacke und Flucht, Siege und Niederlagen erlebte und schließlich die bittere Enttäuschung des Endes.

Doch wenn auch Deutschland den Krieg verloren hatte, er hatte an der einzigen Front gekämpft, an der die Deutschen nicht besiegt wurden. Das blieb in all den Jahren, die noch vor ihm lagen, sein stolzer Ausspruch, dem sich nicht widersprechen ließ.

Dennoch hatte er nichts und besaß er nichts, als er kam, nicht einmal einen Beruf, nur die Malaria in seinem Blut und ein lahmes Bein.

Und eine Frau brachte er mit.

Von seiner Ehe hatte die Familie nichts gewußt. Im Frühjahr 1919 erst erfuhren sie, daß er lebte. Er schrieb aus Berlin, wo er nach der Gefangenschaft und der Rückverschiffung nach Europa gelandet war. Zunächst war es nur eine kurze Nachricht, es gehe ihm gut und er werde bald zu einem Besuch nach Hause kommen. Doch dann kam ein Brief aus Pommern.

›Ich erhole mich auf dem Gut eines Kameraden von den Strapazen der vergangenen Jahre. Und hier gibt es auch mehr zu essen als in Berlin.‹

Von einer Frau war nicht die Rede, und auf die Idee, daß er sich auch zu Hause erholen könnte und daß es da ganz sicherlich mehr zu essen gab als in Berlin, schien er nicht gekommen zu sein.

Eine Weile riß die Verbindung nicht ab; seine Mutter schrieb ihm, auch sein Vater, sie mahnten ihn ungeduldig zur Heimkehr, er antwortete, später wieder aus Berlin, mit vagen Ausflüchten. Wie er eigentlich lebte, wovon, was er tat, davon schrieb er nichts, und seine Mutter entnahm daraus, daß es ihm schlecht ging.

Sie schrieb nicht gern Briefe, aber eines Tages wurde es ein langer Brief, mit vielen Fragen, mit energischen Worten, mit dem Satz: ›Komm endlich! Ich brauche dich hier.‹

Dieser Brief kam als unzustellbar zurück. Sie hatte ihn an das Hotel adressiert, das er als Absender angegeben hatte, doch dort wohnte er nicht mehr.

Wieder einmal war Carl Jacob Goltz verschollen, und seine Familie hielt es durchaus für möglich, daß er Deutschland abermals verlassen hatte und ins Ausland gegangen war. Zurück nach Afrika oder, wie sein Onkel Carl Eugen Goltz vermutete, nun vielleicht nach Amerika.

»Er wird erst zurückkommen, wenn er Millionär geworden ist, das ist ihm zuzutrauen«, fügte er hinzu, und Jacobs Schwester Agathe meinte spöttisch: »Millionär war er schon immer. Eine Million Flausen im Kopf, daran hat sich bestimmt nichts geändert.«

Aber Jacob war in Berlin geblieben, und Millionär wurde er gleichzeitig mit allen anderen Deutschen, als die Inflation ihrem Höhepunkt zustrebte. Von dem Hotel war er in eine Pension umgezogen, dann bewohnte er mit seiner Frau ein möbliertes Zimmer im Westen, eine Zeitlang wohnten sie geradezu fürstlich, sie verfügten über eine große Wohnung in Schöneberg, altmodisch, aber gemütlich eingerichtet, sie gehörte den Eltern eines Kameraden, die sich in ihr Haus im Riesengebirge zurückgezogen hatten, weil ihnen das Berlin der Nachkriegszeit widerwärtig sei, wie sie sagten. Ihr Sohn,

der Aufnahme fand in das neue Heer der Republik, heiratete jedoch nach einiger Zeit und beanspruchte die Wohnung dann für sich.
Sie logierten nun wieder in billigen Pensionen und lebten wie die meisten Menschen in dieser Zeit von heute auf morgen, von der Hand in den Mund.
Und dennoch, so wechselvoll ihr Leben war, sie genossen beide, Madlon und Jacob, die Jahre im turbulenten Berlin der Nachkriegszeit.
Abenteuerlich war ihr Leben immer gewesen, wenn auch auf andere Art, doch das Triumphgefühl des Lebens, des Überlebthabens, war stärker als die Sorgen des Alltags, jedenfalls so lange, bis das immer wertloser werdende Geld sie in nackte Not brachte. Zuvor waren die Jahre wie ein einziger Rausch gewesen. Sie hatten alte Freunde in Berlin wiedergetroffen und noch mehr neue gefunden, sie saßen lange Nächte in den Bars und Kneipen, es waren Vergnügungen, die einer Betäubung gleichkamen. Wie so viele dieser Kriegsgeneration hatten sie noch nicht in ein normales Leben zurückgefunden, sie versuchten es auch gar nicht, wieder ordentliche Bürger zu werden. Das heißt, nur Jacob hätte es versuchen können, Madlon war es nie gewesen.
Am liebsten wäre Jacob in das 100 000-Mann-Heer eingetreten, das der Versailler Vertrag der deutschen Republik zubilligte, aber dafür bestand nicht die geringste Aussicht, sein Gesundheitszustand machte es unmöglich. Einmal erwog er, sich einem der Freikorps anzuschließen, die viel von sich reden machten, aber dem widersprach Madlon energisch.
»Wir haben glücklich überlebt, und ich habe dich behalten. In solch einen sinnlosen Kampf ziehst du nicht.«
»Aber wir müssen uns wehren gegen die Roten.«
»Laß es andere tun, du hast genug gekämpft. Deutschland hat den Krieg verloren. Wer auf diese Weise noch Selbstmord begehen will, soll es meinetwegen tun. Du nicht. Es ist töricht, für eine verlorene Sache zu kämpfen.«
»Haben wir nicht jahrelang für eine verlorene Sache gekämpft?«
»O nein«, widersprach sie entschieden, »gerade das haben wir

nicht getan. Und wir haben nicht verloren. Gerade wir nicht.«

Eine Zeitlang hoffte er, Lettow-Vorbeck, der eine Brigade in Schwerin befehligte, werde sich für ihn verwenden und einen Posten für ihn finden, doch bereits im Sommer 1920 bekam Lettow sehr abrupt den Abschied, im Anschluß an den mißglückten Kapp-Putsch.

Für ein Berliner Boulevardblatt schrieb Jacob dann, auf Anforderung, seine Erlebnisse aus der afrikanischen Dienstzeit nieder, auch hierin seinem General nacheifernd, aber Jacob hatte kein Talent zum Schreiben, es wurde nur ein kahler Bericht, dem die Journalisten erst Form und Farbe geben mußten, was einer Fälschung nahekam und dem, was sie erlebt hatten, nicht gerecht wurde. Die Stimmung in Berlin war antimilitaristisch, pazifistisch, und gerade in bestimmten Zeitungskreisen redete man übel von den besiegten Helden und nahm jede Gelegenheit wahr, ihnen etwas am Zeug zu flikken.

Der General ließ Jacob wissen, daß er diese blödsinnige Schreiberei unterlassen solle.

Eine Zeitlang spielte Jacob Chauffeur bei einem reichen Schieber, eine relativ angenehme Stellung, die er jedoch verlor, als ihn wieder einmal die Malaria packte. Einige Monate lang stand er als Portier vor einer Nachtbar, während Madlon drinnen hinter dem Tresen saß. Nach einer nächtlichen Prügelei mit Spartakisten, die ihn angepflaumt hatten, warf man ihn hinaus; ein hünenhafter russischer Emigrant mit Vollbart und dekorativem eisgrauen Lockenhaupt nahm seinen Posten ein.

Seine ehrbare und wohlhabende Familie daheim hätte fassungslos vor diesen Tatsachen gestanden. Natürlich hätten sie ihm Geld geschickt, wenn er es angefordert, wenn er sie nur hätte wissen lassen, wo er sich befand und wie es ihm erging. Aber ein lächerlicher Stolz hinderte ihn daran, sie um etwas zu bitten, und da er nicht wußte, was er ihnen schreiben sollte, schrieb er gar nicht. Zwar faselte er immer wieder einmal von dem Besuch, den er nun bald zu Hause machen wollte, Madlon hörte sich das mit skeptischer Miene an, und so sehr sie seine Familie fürchtete, war es am Ende ihr vorbehalten, ihn zur Vernunft zu bringen.

Am besten ging es ihnen, als Madlon für eine Konfektionsfirma phantastisch farbige Gewänder mit exotischem Touch entwarf, die für eine Weile Mode wurden, so daß sie gutes Geld damit verdiente. Außerdem besaß sie eine geniale Hand für Schwarzmarktgeschäfte, die in dieser Zeit üppig gediehen. Doch die wachsende Inflation machte ihr Leben zunehmend schwieriger.

Sie wohnten in einer Pension am Wittelsbacher Platz, als Jacob wieder einmal von einem heftigen Malariaanfall geschüttelt wurde. Madlon beschloß, ihren Ring mit dem großen Diamanten, von dem sie sich nie hatte trennen wollen, nun doch zu verkaufen. Während der Kämpfe hatte sie ihn in einem Beutelchen unter dem Buschhemd getragen, dann ließ sie ihn blitzen im Licht der vergnügten Nächte, nun suchte sie einen, der ihr Geld dafür gab.

»Merde!« sagte sie, als sie in das düstere Pensionszimmer zurückkam, schmiß den Haufen Papier, den der Ring ihr eingebracht hatte, auf Jacobs Bettdecke und streckte ihm die entblößte Hand entgegen.

»Ich hätte es nicht tun sollen. Das Geld ist doch nichts wert.« Aber ehe er noch ein Trostwort finden konnte, raffte sie die Scheine wieder zusammen, stopfte sie in ihre Tasche und rief: »Ich hole ihn mir wieder. Mir ist etwas Besseres eingefallen.« Sie war aus dem Zimmer, ehe er eine Frage stellen konnte. Das war so ihre Art; impulsiv in allem, was sie tat, kaufte sie den Ring zurück, bereits mit Verlust, und fuhr unverzüglich in den Grunewald.

Kosarcz war ihr eingefallen, dessen dunkle Geschäfte über alle Grenzen reichten. Sie hatte ihn kennengelernt, als sie in der Bar arbeitete; er kam jeden Abend und ließ sie wissen, daß er verrückt nach ihr sei. Was zu verstehen war, denn die harten Jahre hatten ihrer Schönheit nicht geschadet, erst recht nicht ihrem Temperament und ihrem Sex-Appeal, wie man seit neuestem in Berlin die erotische Ausstrahlung einer Frau nannte.

Kosarcz war der einzige, mit dem sie Jacob je betrogen hatte,

was Jacob niemals erfahren durfte. Er war jähzornig, er besaß eine Waffe, und das Töten war eine jahrelange Gewohnheit. Gewiß hätte er sie beide umgebracht, ohne mit der Wimper zu zucken.
Kosarcz sei in New York, erfuhr Madlon von dessen Sekretär, als sie unangemeldet in der Grunewaldvilla vorsprach. Sie kannte den jungen Mann, auch er war Offizier gewesen und hatte früher ebenfalls oft bei ihr an der Bar gesessen. Dort hatte er wohl auch Kosarcz kennengelernt.
Madlon beglückwünschte ihn zu der angenehmen Position, die er gefunden hatte.
»Allein schon der Rahmen hier«, sagte sie neidvoll und wies mit einer ausladenden Geste über das geräumige Terrassenzimmer mit dem riesigen Schreibtisch.
»Sie sagen es, gnädige Frau«, entgegnete Kosarczs Sekretär. »Es ist eine wohltuende Abwechslung nach den Jahren im Schützengraben. Dort war es ziemlich eng.«
Wann Kosarcz zurückkomme? Man erwarte ihn jeden Tag, denn er neige zur Seekrankheit und fürchte die Herbststürme auf dem Atlantik.
Bei dieser Gelegenheit sah sie die Frau, mit der Kosarcz zur Zeit zusammenlebte, sehr jung, sie konnte kaum über zwanzig sein, eine schmale Knabenfigur, das blonde Haar zu einem kurzen Pagenkopf gestutzt. Alles so, wie es die derzeitige Mode vorschrieb.
Madlon lächelte dem Mädchen zu; Grund zur Eifersucht bestand für sie nicht, und sie war niemals biestig zu anderen Frauen, selbst wenn sie um so viele Jahre jünger waren. Auch war sie sich ihrer eigenen Wirkung auf Männer vollkommen sicher. Sie wunderte sich nur, daß die Blonde Kosarcz nicht zu dünn war, aus eigener Erfahrung kannte sie seine Freude an weiblichen Formen.
Nachdenklich fuhr sie mit der S-Bahn in die Stadt zurück. Den Ring trug sie wieder im Lederbeutelchen unter der Bluse. Sie würde Jacob nichts von ihrer vergeblichen Fahrt in den Grunewald erzählen, aber sie war mittlerweile entschlossen, den Ring nicht gegen wertloses Papier einzutauschen. Wenn, dann nur gegen Dollars.

Wer kam in Frage? Sie ging in Gedanken die Gesichter der Freunde und Bekannten durch, die in den letzten Jahren ihr Leben begleitet hatten – es war keiner dabei, der ausreichend Geld, geschweige denn Dollars hatte. Dann fiel ihr Blumenauer ein, der Inhaber der Konfektionsfirma, für die sie die bunten Kleidchen entworfen hatte.

Sie traf ihn noch an in seiner Etage in der Mohrenstraße, er ging selten abends vor neun Uhr nach Hause.

»Nett, Kindel, dich mal wiederzusehen.«

Den Ring wollte er nicht, er drückte ihr einfach so ein paar Millionen in die Hand.

»Mit dem Kram kann man sowieso nichts mehr anfangen. Behalt den Ring, vielleicht brauchst du ihn eines Tages. Es wird sich bald ändern, und dann ist Geld teuer. Wie geht's euch denn? Grüß deinen Mann. Malaria, so. Na, wird auch vorübergehen.«

Am nächsten Tag ging es Jacob besser, das Fieber war gesunken, sein Gesicht nicht mehr so hohlwangig und eingefallen.

»Wenn ich wieder auf den Beinen bin, suche ich mir Arbeit.«

»Du findest keine.«

Sie hatte den Arzt bezahlt und zu essen eingekauft, das Geld war schon wieder weniger wert als am Tag zuvor.

»Ich werde noch mal an General von Seeckt schreiben. Vielleicht nehmen sie mich doch. Irgendein Posten wird sich für mich in diesem Heer doch finden.«

Madlon blickte von ihrer Strickerei auf und lächelte mitleidig.

»Hör auf damit, dich zu quälen. Sie nehmen dich nicht.«

»Ich weiß. Ich bin ein Krüppel.«

»Übertreibe nicht, mon ami. Aber du weißt doch genau, wie viele Männer in diesem Land, allein in dieser Stadt hier, herumlaufen, ohne Arbeit und ohne Aussichten, und die nichts lieber wären als wieder Offizier.«

Es waren nicht nur die Malariaanfälle, von einer Patrouille auf die Uganda-Bahn war sein kaputtes Bein zurückgeblieben. Ein Durchschuß oberhalb des Knies, der Knochen war verletzt, und die Wunde wollte nicht heilen. Sie entzündete sich, verfärbte sich, und er hatte höllische Angst, das Bein zu verlieren. Es war während der Regenzeit, sie lagen im Sumpf, geplagt von Moskitos.

Lettow-Vorbeck besah sich das Bein eines Tages und sagte: »Das sieht schlimm aus, mein Junge. Ehe du den Brand bekommst, müssen wir dir das Bein absägen.«

»Lieber verrecke ich«, stieß Jacob hervor, vom Fieber geschüttelt. Lettows gesundes Auge blitzte zornig, aber er sagte nichts darauf. Vielleicht weil er sich dachte, daß der Verletzte so oder so sterben würde, ob man ihm das Bein nun amputierte oder nicht. Was er brauchte, waren Männer, die kämpfen konnten, keine Kranken, keine Verletzten, keine Sterbenden. Davon hatte er sowieso genug.

Madlon wich Tag und Nacht nicht von Jacobs Lager, und Numba brachte Kräuter, die sie in die Wunde legte, worauf die Entzündung wirklich zurückging. Dann behandelte ihn endlich ein weißer Arzt, ein gefangener Engländer, der sein Bestes tat, des Feindes Bein zu heilen. Schließlich wußte er, daß in diesem Krieg selten Gefangene gemacht wurden. Wenn sie ihn also am Leben ließen, mußte er etwas dafür tun. Der Engländer war Pragmatiker, das kam erstens von seiner Nationalität, zweitens von seinem Beruf. Zudem machte der Krieg aus jedem Idealisten einen Pragmatiker, erst recht der Krieg im Busch.

Jacob hinkte, manchmal mehr, manchmal weniger. Seit der Prügelei nachts auf dem Kurfürstendamm mit den Spartakisten wieder mehr. Er hatte einen Tritt gegen das Bein abbekommen, fiel zu Boden und konnte nicht wieder aufstehen.

»Du hast recht, sie nehmen mich nicht«, wiederholte er bitter. »Hunderttausend Mann, ein Witz. Gesunde und kräftige Männer können sie haben, Männer mit hervorragender militärischer Qualifikation, soviel sie nur wollen. Spitzenleute. Wir Schutztruppler sind ihnen sowieso dubios. Unser Krieg wurde nicht nach hergebrachten Regeln geführt, das macht uns verdächtig.«

Madlon saß beim letzten Tageslicht am Fenster und strickte. Stricken war ihre Leidenschaft – Schals, Pullover, Kleider. Sie besaß etwa ein Dutzend selbstgestrickter Kleider, kühn in

den Farben, chic in der Form, die nichts von ihrer makellosen Figur verbargen.
»Es wird uns etwas einfallen«, sagte sie mechanisch, legte das Strickzeug beiseite und fuhr sich durch die kurze, kupferbraune Mähne. Sie hatte ihr Haar schon während der Kämpfe abgeschnitten, es war einfach praktischer, auch wenn es schade gewesen war um ihre Haarpracht, die bis zu den Hüften reichte. Alle Männer, die um sie waren, trauerten um ihr Haar, aber sie lachte nur. »Es wächst ja wieder.«
Aber nun war kurzes Haar Mode, also blieb sie dabei.
Sie setzte sich auf den Bettrand, küßte Jacob und sagte: »Blumenauer meint, es wird bald etwas geschehen. Dann wird Geld teuer, sagt er. Aber es muß verdient werden.«
»Nicht mal Eintänzer kann ich werden mit dem verdammten Bein.«
»Non, chéri; aber auch mit zwei gesunden Beinen würdest du dich nicht zum Gigolo eignen. Dazu bist du viel zu überheblich.«
»Ich? Überheblich? Nach allem, was ich erlebt habe?«
»Bien sûr. Die Überheblichkeit des Provinzlers, das kenne ich, das verliert sich nie.«
Ihre Worte machten ihn sprachlos. Er hätte es nie für möglich gehalten, daß sie ihn in irgendeine Rubrik einordnete. Sie hatte ihn immer so genommen, wie er war, sie kannte ihn als Soldaten, als Kämpfer, triumphierend oder geschlagen, und nun in den letzten Jahren – was war er da eigentlich? Ein Versager, Strandgut der Zeit. Aber auf jeden Fall hatte er sich als Großstädter gefühlt, heimisch geworden in Berlin. Wie kam sie auf die Idee, ihn einen Provinzler zu nennen? Er starrte in ihr schönes, so vertrautes Gesicht. Die dunkelbraunen Augen blickten in eine unbekannte Ferne. Sie schien weit weg von ihm zu sein, und plötzlich hatte er Angst, sie zu verlieren. Sie war alles, was er noch besaß – ihr warmer, lebendiger Körper, ihr zärtlicher Mund, ihre Fürsorge, ihre Liebe – er konnte sich nicht vorstellen, jemals ohne sie zu sein.
»Ich war früher ein guter Tänzer«, sagte er heiser. »Sehr begehrt bei den jungen Damen. Warum nennst du mich einen Provinzler?«

Ihr Blick kehrte zurück, sie lachte und küßte ihn wieder. »Das bist du doch. Keine Großstadtpflanze, wie sie hier in Berlin sagen. Ein Mensch, der irgendwo Wurzeln hat, und vielleicht auch ein wenig...« Sie verstummte, wieder ihr suchender Blick ins Weite.
»Ein wenig was?«
»Nun, ich weiß nicht, wie man das nennen soll. Bourgeois, n'est-ce pas? Bürgerlich. Das ist es, was du bist.«
»Das bin ich ganz gewiß nicht. Das war ich nie.«
»Aber doch. So etwas ist man und bleibt man. Du hast lange nicht mehr an deine Eltern geschrieben.«
»Nein. Was sollte ich ihnen schreiben?«
»Du könntest fragen, wie es ihnen geht. Du weißt nicht einmal, ob sie noch leben. Du könntest berichten, wie es dir geht. Nicht genau, aber ein bißchen davon. Und dann könntest du schreiben, daß du sie nun einmal besuchen wirst. Daß *wir* sie besuchen werden. Sie wissen immer noch nicht, daß du verheiratet bist, hein?«
Er war so erstaunt, daß ihm keine Antwort einfiel. Früher, wenn er nur davon gesprochen hatte, einen Besuch bei seinen Leuten zu machen, hatte sie heftig abgewehrt: »Ich werde auf keinen Fall mitfahren. Was soll ich da? Ich kenne sie nicht. Sie werden mich nicht mögen. Und du hast immer gesagt, du könntest dort nie mehr leben.«
Sie hatte Angst vor den feinen und reichen Leuten, die seine Familie waren. Sie, die niemals im Leben, nicht in der gefährlichsten Situation, Angst gefühlt hatte, konnte sich ein normales, bürgerliches Leben nicht vorstellen.
Aber an diesem Abend auf einmal, es war schon fast dunkel im Zimmer, sie schmiegte sich an ihn und legte ihre Wange an seine, an diesem Abend sprach sie ganz gelassen, in größter Selbstverständlichkeit folgende Worte aus: »Warum willst du dir Arbeit suchen? Du bist ein Sohn, ein Erbe. Der einzige Sohn. Die Häuser und den Hof frißt die Inflation nicht auf.«
Ganz plötzlich erwog sie den Gedanken, unterzukriechen bei den fremden Leuten, von denen sie annahm, daß sie ihnen nicht willkommen sein würde. Kam es davon, daß sie langsam ein wenig müde wurde?

Im August war sie vierzig Jahre alt geworden, vierzig, die magische Zahl im Leben einer Frau. Einen Beruf würde sie sich nicht mehr aufbauen können in dieser schweren Zeit, genausowenig, wie sie noch ein Kind bekommen würde.
Es war der größte Kummer ihres Lebens, daß sie keine Kinder hatte. Zwei Ehemänner und eine Reihe von Liebhabern – es mußte wohl an ihr liegen. Numba hatte es mehrmals mit einem geheimnisvollen Trank versucht, doch es hatte nichts genützt.
Für eine Vollblutfrau wie Madlon war es schwer, sich mit ihrer Unfruchtbarkeit abzufinden. Immer war ein Mann dagewesen, der sie wollte, der sie liebte; der erste verführte sie mit sechzehn, dort in dem Bergarbeiternest, in dem sie aufgewachsen war, dann holte sie der Mann ihrer älteren Schwester in sein Bett. Daraufhin lief sie von zu Hause fort. Nüchtern betrachtet war es in der derzeitigen Situation nur ein Vorteil, daß sie keine Kinder zu versorgen hatten. Aber nüchtern konnte sie in diesem Punkt nicht denken. Sie war ein Mensch, der nur aus dem Gefühl heraus lebte; keine Kinder zu haben, machte sie arm.
Nachdem sie es ausgesprochen hatte, und da es nun ihr Einfall war, heimzukehren, war es Jacob, der Abwehr und Angst verspürte; er war einem normalen, bürgerlichen Leben ganz und gar entfremdet. Gleich nach seiner Rückkehr nach Deutschland hätte er nach Hause fahren müssen, da wäre es ihm leichter gefallen, und er hatte seinerzeit auch durchaus die Absicht gehabt.
Wie oft hatte er in den Jahren des Krieges an daheim gedacht. In den glutheißen Tagen im afrikanischen Urwald, im Sumpf der Regenzeit, in den eisigen Nächten am Kilimandscharo träumte er von der milden Luft, roch den Duft des Obstes, sah den Glanz über See und Bergen und tauchte sein fieberndes Gesicht in die Kühle des Nebels über dem herbstlichen See.
In den letzten Jahren hatte er Gedanken dieser Art immer rasch beiseite geschoben. Wie konnte er heimkommen, so wie sein Leben jetzt aussah, er war ein Nichts und ein Niemand, und sein Stolz würde immer stärker sein als das Heimweh,

und Heimweh war es, auch wenn er ein so sentimentales Wort nie in den Mund genommen hätte.
Nachdem er seinen Dienst bei der Schutztruppe quittiert hatte, war er zwei Jahre lang in gutbezahlter Position auf der Baumwollplantage einer Hamburger Compagnie tätig gewesen, und es bestanden Pläne, zusammen mit einem Freund, eigenes Land zu erwerben und es mit Kaffee zu versuchen. Doch da begann der Krieg, und es gab nur noch Kampf.
»Du meinst, wir sollten sie besuchen?« fragte er unsicher.
»Pourquoi pas?« meinte Madlon leichthin, doch sie hatte sich bereits entschlossen. Ein bewegtes Auf und Ab war *ihr* Leben gewesen, viel abenteuerlicher als das seine, denn *er* kannte schließlich die Geborgenheit einer sorglosen Jugend. Das hatte sie nicht gehabt. Sehnte sie sich nun nach Geborgenheit? Dieser Begriff kam ihr nicht in den Sinn, weil er für sie nicht vorhanden war. Sie dachte nur an Geld, an Besitz, an finanzielle Sicherheit. Weniger für sich selbst als für ihn. Er brauchte gutes Essen, ärztliche Behandlung und Ruhe.
Das alles erklärte sie unumwunden Kosarcz, den sie wenige Tage später traf. Sie hatte angerufen, um zu erfragen, ob er zurück sei, und er bestellte sie in den Reitstall im Grunewald, wo er sein Pferd stehen hatte. Sie vermutete, es sei wegen der dünnen Blonden, daß er sie nicht bei sich zu Hause empfangen wollte.
Er sah blendend aus, als er von seinem Ausritt zurückkam, die frische Herbstluft hatte seine Wangen gerötet, seine Augen leuchteten auf, als er sie sah. Er küßte sie auf beide Wangen, dann auf den Mund. Sie strich dem Schimmel über den Hals und legte für einen Augenblick ihre Stirn an das seidige Fell.
Viele Jahre ihres Lebens hatte sie im Sattel verbracht, und sie hatte die Pferde oft mehr geliebt als die Menschen. Und wieviel Kummer hatten die Pferde ihr bereitet! Es war schwer, sie in Ostafrika heimisch zu machen, das Klima bekam ihnen schlecht, die Stiche der Tsetsefliegen kosteten sie Gesundheit und oft das Leben, ihre Beine gingen kaputt bei den mörderischen Ritten. Wie waren sie geschunden worden während des Krieges, ausgepumpt bis zum letzten bei den endlosen Mär-

schen durch die Steppe und durch den Busch. Wenn sie zusammenbrachen, wurden sie geschlachtet und aufgefressen. Daran konnte sie sich nie gewöhnen. Und wenn jemals einer sie weinen sah, dann geschah es, wenn das Tier getötet wurde, das sie zuvor geritten hatte.

Nachdem das Pferd im Stall versorgt war, führte Kosarcz seinen Gast in das Lokal, das sich neben dem Reitstall befand.

»Wir werden jetzt ausführlich frühstücken. Champagner, Madlon? Ein Tellerchen mit Kaviar?«

»Hört sich gut an.«

»Du bist dünner geworden«, stellte er fest.

Sie unterdrückte die Bemerkung, daß er doch offenbar seit neuestem die Dünnen bevorzuge, nahm jedoch das Stichwort auf. »Es geht uns nicht besonders gut.«

»Den meisten Menschen geht es dreckig in dieser Zeit«, entgegnete er kühl.

»Nur dir nicht.«

»Nein, mir nicht. Mir ist es lange nicht mehr schlecht gegangen, und mir wird es nie mehr schlecht gehen. Dafür habe ich gesorgt.«

»Du wirst reich vom Elend der anderen«, sagte sie bitter.

»Man kann es so nennen. Und das ist keine Neuheit in der Menschheitsgeschichte. Das Elend wird für die meisten Menschen in diesem Land noch größer werden. Deutschland hat den Krieg verloren, und der Versailler Vertrag drückt ihm schön langsam den Hals zu.«

»Dieses verdammte Geld ist schuld!«

Er wischte die Billionen mit einer Handbewegung vom Tisch. »Die Währung wird sich bald normalisieren. Die einen haben dann alles verloren, und die anderen werden sehen, wie hart es ist, Geld zu verdienen.«

»Das habe ich oft gehört in letzter Zeit«, sagte Madlon und versuchte, genauso kühl und sachlich wie er zu reden. »Deswegen habe ich darüber nachgedacht, was aus uns werden soll, aus Jacob und mir.«

Sie berichtete von ihrem Plan und bediente sich dabei reichlich von dem Kaviar.

»Als Hungerleider dürfen wir dort nicht ankommen. Es darf

nicht so aussehen, als wollten wir unterkriechen, verstehst du? Jacob könnte das nicht ertragen.«
»Du auch nicht. Ein Versuch mit seiner Familie also. Glaubst du, daß du das aushalten wirst?«
Sie lachte unsicher. »Ich kenne sie ja noch nicht.«
Sie legte die Hand mit dem Ring, den sie heute wieder trug, auf den Tisch.
»Ich möchte ihn verkaufen. Aber nur gegen Dollar.«
Er streifte den Ring mit einem kurzen Blick.
»Ich kenne ihn, ich habe ihn oft genug an deiner Hand bewundert. Ein selten schönes Stück, fünf Karat mindestens. Lupenrein. River, würde ich sagen. Aus den Kongominen, nicht wahr? Es wäre schade, wenn du ihn verkaufst.«
Sie zog den Ring ab und legte ihn neben sein Glas.
»Ich nehme kein Papier dafür.«
»Das solltest du auch nicht tun. Von mir bekommst du so viele Dollars dafür, daß du dich überall sehen lassen kannst. Aber die bekommst du nur von mir, denn Schmuck kannst du heute an jeder Straßenecke kaufen.«
Sie warf hochmütig den Kopf in den Nacken.
»Den letzten Satz hättest du dir sparen können.«
Er lachte und legte seine Hand auf die ihre.
»Ich bin ein Emporkömmling. Ein Herr Neureich, wie man heute sagt. Ich muß immer ein wenig prahlen.«
»Du kannst den Ring ja deiner Freundin schenken.« Diese Bemerkung konnte sie sich nun doch nicht verkneifen.
»Das werde ich nicht tun. Ich werde ihn erst einmal behalten. Ich werde ihn aufheben für dich, du Rotfuchs. Vielleicht willst du ihn später einlösen.« Er umfaßte ihre Hand fester. »Meine Freundin ist kein Thema zwischen uns. Ich würde lieber etwas anderes mit dir besprechen.«
»Und was?«
»Vermutlich werde ich ganz nach drüben gehen. In die Vereinigten Staaten. Möchtest du nicht mitkommen?«
»Wir?«
»Nein. Du.«
Sie schwieg überrascht. An seiner Seite würde sie nicht mehr arm sein. Wahrscheinlich nie mehr. Und im Alter paßte er

besser zu ihr als Jacob. Ein Kind allerdings hatte er ihr auch nicht gemacht.
»Ich liebe meinen Mann.«
»Gewiß.« Er lächelte. Den Hinweis darauf, daß sie ihn betrogen hatte, ersparte er sich.
»Überlege es dir. Ich nehme den Ring als Pfand. Und ich werde dich wissen lassen, so in einem Jahr etwa, wo ich mich befinde. Bis dahin wirst du wissen, ob du dort leben magst, wo du hingehst.«
»Und wie wirst du es mich wissen lassen?«
»Ganz einfach, Madlon, du gibst mir die Adresse.«
»Die Stadt heißt Konstanz«, sagte sie langsam. »Und sie liegt an einem See, irgendwo im Süden. Jacob sagt, für deutsche Begriffe ist es ein großer See.«
»Man nennt ihn Bodensee, Madlon.«
»Ja, so heißt er.«
Von den Dollars kaufte Madlon als erstes ein Auto. Es würde sich gut machen, mit einem Auto anzukommen, fand sie. Sie erstand einen gebrauchten, doch noch höchst ansehnlichen Studebaker, und mit dem fuhren sie, beide neu eingekleidet, südwärts. Sie ließen sich Zeit, übernachteten zweimal in guten Hotels, denn jeder von ihnen, jeder mit seinen eigenen Gedanken beschwert, fürchtete die Ankunft. »Wenn sie unfreundlich zu mir sind, nehme ich den Wagen und fahre gleich wieder weg. Du kannst ja dortbleiben.«
Sie rief es laut und heftig, es war in einem Dorf in Württemberg, und überfuhr im selben Moment ein Huhn, das ihnen gackernd vor die Räder flatterte. Laut schimpfend kam ein Bauer auf sie zugelaufen.
Madlon hielt ihm schweigend auf der offenen Hand einen Dollar hin, den er ebenso schweigend nahm. Dann blickte er mit aufgesperrtem Mund dem Wagen nach.
»Dafür hätte er dir seinen ganzen Hühnerhof vor die Räder getrieben«, sagte Jacob. »Armes Vaterland.«
»Die Bauern sind nicht zu bedauern. Sie haben einen guten Reibach gemacht in der Kriegs- und Nachkriegszeit.«
Über der Konstanzer Bucht lag dichter, silberner Nebel, als sie sich, von Radolfzell kommend, der Stadt näherten.

Madlon stoppte den Wagen.
»Wo ist der See?«
»Du würdest ihn erst sehen, wenn du schon darin bist. Das ist in dieser Jahreszeit hier oft so.«
»Es ist so still. Und nun?« fragte sie nervös. »Wie geht es jetzt weiter?«
Er blickte, genauso nervös, auf seine Uhr. »Noch nicht zwei. Wir fahren über die Brücke in die Stadt hinein. Es ist zu früh. Um diese Zeit hat mein Vater seinen Nachmittagsschlaf noch nicht beendet. Es wird immer erst um ein Uhr gegessen.«
Das wußte sie bereits. Er hatte ihr während der Fahrt alles über die heimatlichen Bräuche erzählt. Sie wußte, wann sein Vater das Haus verließ, wann er es wieder betrat; was er am liebsten aß, nämlich zart in Butter gebratene Felchen aus dem See; was er am liebsten tat, nämlich im Ried sitzen und die Vögel beobachten. Sie kannte die Ansichten und Gewohnheiten von Carl Eugen, Vaters Bruder, der von anderer Art war, ein Weltmann, charmant und witzig, der die Frauen liebte und über dessen Aktivitäten auf diesem Gebiet die tollsten Geschichten im Umlauf waren.
»Toll für unsere Verhältnisse jedenfalls«, schränkte Jacob ein. »Immerhin, als ich ein Bub war, gab es kein Jahr, in dem er nicht einige Wochen in Paris verbrachte. Das hat enormes Aufsehen in unserer Stadt erregt. Ein Teufelskerl, der Carl Eugen Goltz, so hieß es immer. Na, die Parisreisen wird der Krieg ihm vermasselt haben. Und zu alt ist er inzwischen auch.«
Carl Eugen war der ältere der beiden Brüder, mittlerweile zweiundsiebzig. Carl Ludwig, Jacobs Vater, war zwei Jahre jünger. Sie waren beide Juristen, führten gemeinsam die Kanzlei und das Notariat, wie es zuvor auch ihr Vater getan hatte und wie man es in der Folge von Carl Jacob ebenfalls erwartet hatte.
Geheiratet hatte Onkel Carl Eugen, der Schwerenöter, nie, so blieb wenigstens von seiner Seite aus Familienanhang erspart. Trotzdem war die Verwandtschaft immer noch groß genug, und Madlon befürchtete, sie werde Jahre brauchen, bis sie sich darin auskannte.

Die Großeltern waren schon lange tot, an seine Großmutter hatte Jacob kaum mehr eine Erinnerung, sie starb, als er noch ein kleiner Junge war. Der Großvater dagegen wurde alt und überlebte sie um viele Jahre.

An das letzte längere Gespräch mit seinem Großvater erinnerte sich Jacob noch ganz genau. Es fand statt, als Jacob seine Dienstzeit beim 6. Badischen Infanterieregiment antreten mußte. Für das Militär hatte die Familie im ganzen nicht allzuviel übrig, abgesehen davon, daß Jacobs Schwestern gern mit den jungen Leutnants tanzten und daß Jacobs Tante Lydia mit einem Offizier verheiratet war. Der Großvater gab Jacob einige gute Ratschläge mit auf den Weg, dazu eine großzügige Summe, was erstaunlich war, denn im allgemeinen war er sehr sparsam.

»Das Jahr geht schnell vorbei, Bub«, sagte er am Ende tröstend, aber der Trost wäre gar nicht nötig gewesen, denn Jacob gefiel es ausgezeichnet bei der Truppe, er blieb über das Einjährig-Freiwillige Jahr hinaus, wurde aktiv, was keiner in der Familie verstand, und später, als er sich zur Schutztruppe meldete, wurde es erst recht von jedermann mißbilligt. Denn man erwartete von ihm, daß er studierte und in die Kanzlei eintrat. Was bewies, daß keiner in der Familie ein guter Menschenkenner war, noch beobachtet hatte, wie der Junge sich entwickelte. Tollkühn und abenteuerlustig war er immer gewesen, und wenn er etwas verabscheute, war es irgendeine Art von geistiger Arbeit, was sich während seiner Schulzeit bereits gezeigt hatte.

Eine Enttäuschung also für die Familie war dieser einzige Sohn, der in die Ferne entschwand und selten von den regelmäßig verkehrenden Postdampfern Gebrauch machte. Sehr spärlich gelangten Nachrichten von ihm nach Konstanz, und es stand auch nicht viel Gescheites in diesen Briefen, die er in seiner steilen Handschrift mühsam aufsetzte, weil er eigentlich nie wußte, was er denen zu Hause schreiben sollte. Sie hatten alle von ihm etwas erwartet, was er nicht gewollt hatte, und nun tat er, was ihm gefiel, und das verstanden sie sowieso nicht.

Nachdem der Großvater gestorben war, blieb seine Wohnung

im Parterre des Hauses unberührt, nur Staub wurde dort täglich gewischt und im Frühjahr und Herbst die Fenster geputzt. Das besorgte Balthasar, der gleichzeitig Großvaters Kutscher und Diener gewesen war.
Diese Kunde übermittelte Tante Lydia, von der fast immer ein Brief dabei war, wenn ein Reichspostdampfer in Daressalam anlegte. Sie und ihr Mann mochten den Neffen, und da sie selbst keine Kinder hatten, nahmen sie regen Anteil an seinem Schicksal. Erst recht natürlich später, als der Krieg ausbrach und die Verbindung abriß. »Und ich habe ihr so selten geantwortet«, meinte Jacob reuevoll.
Madlon hörte sich all diese Erzählungen, die sie zum Teil schon kannte, geduldig an.
So viel Familie. Am meisten interessierte sie sich natürlich für Jacobs Schwestern, beide älter als er, die eine schon verheiratet, ehe er nach Afrika ging, die andere verlobt. Neidvoll dachte Madlon, daß sie sicher viele Kinder haben würden. Und weil das nun einmal ihr wunder Punkt war, dachte sie auch: Sie werden mich verachten, weil ich kinderlos bin. Kinderlos und sechs Jahre älter als er.
Sie beschloß im selben Augenblick zu lügen. Das war am letzten Tag der Fahrt.
Sie würde einfach erzählen, sie hätte zwei Kinder in ihrer ersten Ehe gehabt, und sie seien beide bei einem Buschbrand ums Leben gekommen. Als das Farmhaus abbrannte. So etwas hatte sie einmal miterlebt, im belgischen Kongo noch, als sie erst kurze Zeit dort lebte. Sie hörte die Frau noch schreien, sie schrie die ganze Nacht. Die anderen Frauen weinten, auch Madlon, und Père Jérôme, von der Missionsstation in der Nähe, war gekommen und hatte mit den Frauen gebetet. Als sie daran dachte, wurde die Geschichte so lebendig, als sei sie gestern passiert, und es gelang ihr ohne Mühe, sich in die Frau zu verwandeln, die ihre Kinder verloren hatte.
Das würde sie der Familie erzählen – keiner sollte ihr nachsagen, sie sei unfruchtbar. Und wenn Jacob sich wunderte über das ihm unbekannte Geschehen aus ihrem Leben, so würde sie einfach sagen, sie hätte nie darüber sprechen können.

Genau informiert war Madlon über die Qualitäten und den Eigensinn der Köchin Berta. Die Hausmädchen hießen Marie und Ida, der Kutscher Balthasar, Carl Eugens Diener Muckl. Nur über seine Mutter sprach Jacob während der ganzen Fahrt kein Wort, genausowenig wie früher.

Und als Madlon ihn schließlich fragte, lautete seine Antwort: »Über Mutter kann man nichts erzählen. Sie ist ganz anders. Sie ist...«, er stockte, suchte nach den richtigen Worten... »sie ist ein sehr selbständiger Mensch. Manche sagen, sie sei eine Egoistin. Das trifft es nicht. Sie ist nur nicht zu beeinflussen. Sie tut nur das, was sie will und was sie für richtig hält.« Und nach einem kurzen Schweigen fügte er hinzu, selbst erstaunt: »Sie ist eigentlich wie du.«

Madlon hörte das mit Unbehagen. Wenn das heißen sollte, daß seine Mutter stark und unabhängig war, eigenwillig wohl auch, genau wie Madlon, so ließ das Schwierigkeiten befürchten. Zwei starke Persönlichkeiten kamen selten gut miteinander aus.

Allerdings fiel es ihr schwer, Jacobs Worten zu glauben. Wo konnte es eine Parallele geben zwischen ihr, der heimatlosen Abenteuerin aus armseligen Verhältnissen stammend, und seiner Mutter, der wohlversorgten Frau mit Geld und Besitz, mit Haus und Hof, mit Mann und Kindern.

Was kann es für Ähnlichkeiten geben zwischen uns, dachte Madlon. Sie wird alt sein und dick und satt und wird auf mich herabblicken. Nichts, was ich sage oder tue, wird ihr gefallen. Kann ihr gar nicht gefallen, und das verstehe ich. Es würde mir auch nicht passen, wenn mein Sohn mit solch einer Frau nach Hause käme, mit einer Frau, die sechs Jahre älter ist und nicht einmal Kinder hat.

Nun waren sie angelangt, und Madlon wäre am liebsten auf der Stelle umgekehrt. Was für eine törichte Idee von ihr, ihm einzureden, er müsse nach Hause zurückkehren. Und wenn, dann hätte er allein fahren müssen. Dann hätte immer noch die Möglichkeit bestanden, daß er wieder zu ihr kam. Hier, das wußte sie auf einmal ganz sicher, hier würde sie ihn verlieren.

Als der Wagen auf die Rheinbrücke rollte, fuhr gleichzeitig

mit ihnen ein Zug über die Brücke, ebenfalls nach Konstanz hinein. »Wie seltsam!« rief sie ihm durch den Lärm hindurch zu. »Der Zug fährt über dieselbe Brücke wie wir.«
»Wir haben nur die eine. Was glaubst du, was sich schon abgespielt hat auf dieser Brücke. Die Pferde scheuen jedesmal, wenn ein Zug kommt. Da – sieh da vorn. Fahr langsam. Da scheuen die beiden Braunen vor dem Fuhrwerk. Halt lieber an, uns entgegen kommt auch ein Gespann, Zug und Auto, das ist zuviel für ein normales Pferd. Wir haben uns als Kinder nie über die Brücke getraut, wenn gerade die Eisenbahn darüberfuhr.«
Das Auto scheute nicht, sie kamen glücklich über die Brücke, und Jacob wies nach links.
»Das alte Dominikanerkloster. Ein wunderschöner Bau. Jetzt ist ein Hotel darin. Und nun mußt du nach rechts abbiegen.«
Am Münsterplatz hielten sie an und stiegen aus. Gleichzeitig schlug es vom Turm die zweite Stunde des Nachmittags.
Sie blickten beide hinauf zu dem seltsam geformten Turm, der eckig wirkte und den man, da man ihm offenbar die volle Höhe verwehrt hatte, mit vielen kleinen Türmchen und Spitzen versehen hatte.
»Ist er nicht originell?« fragte Jacob. »Solch einen Turm wirst du bestimmt kein zweites Mal sehen.«
Madlon mußte daran denken, daß seine Familie nicht einmal wußte, daß er verheiratet war. Warum hatte er es verschwiegen? Aus Feigheit? Weil er der Meinung war, sie sei nicht gut genug für seine Leute, und im stillen hoffte, sie würden diese Frau, die er da aufgelesen hatte an einem feuchtfröhlichen Abend in Daressalam, nie zu Gesicht bekommen? Daß er eines Tages mit ihr in seine Heimatstadt kommen würde, war von ihm aus nie geplant gewesen. Also schämte er sich ihrer. Zorn und Schmerz stiegen gleichzeitig in ihr auf, und sie hatte Mühe, an sich zu halten und ihm nicht ins Gesicht zu schreien, was sie dachte.
Wenn sie überhaupt richtig verheiratet waren! Wer weiß, ob das hier galt. Eine rasche Zeremonie, von einem Missionar im Busch vorgenommen, kurz bevor ein Überfall sie aus dem La-

ger vertrieb. Der Missionar kam dabei ums Leben, ebenso Numbas Mann, und Madlon hatte das als böses Omen angesehen. Numba, ihr so treu ergeben, lag nachts weinend vor dem Zelt, in dem Madlon und Jacob schliefen.

»Früher haben wir hier auf dem Münsterplatz gewohnt. Da drüben, siehst du, in dem Haus. Jetzt ist nur noch die Kanzlei im ersten Stock, das übrige haben wir vermietet.«

Mit welcher Selbstverständlichkeit er auf einmal *wir* sagte.

»Laß uns mal schnell hinübergehen.«

Sie gingen an dem Haus vorbei, rasch, offenbar mochte er hier nicht stehenbleiben und gesehen werden. Nur das Schild faßte er ins Auge.

»Goltz, Goltz und Bornemann – wer ist das denn, Bornemann? Da haben sie doch wirklich einen Wildfremden in die Kanzlei aufgenommen. Wie findest du das denn?«

Madlon ersparte sich die Antwort, sie kämpfte immer noch mit den Tränen und ihrer Wut.

»Na ja, mußten sie ja wohl. Vater und Onkel Eugen sind ja schon ziemlich alt. Ich bin geboren in diesem Haus, und ich habe meine Kindheit darin verbracht. Als wir hinunterzogen an den See, war ich schon fast vierzehn.« Er wandte sich und ging wieder auf das Münster zu.

»Das Münster hatte ich ständig vor Augen, seine Glockenschläge begleiteten jede Stunde meines Lebens. Ist es nicht ein schöner Bau? Stammt aus dem 11. Jahrhundert, wenn ich mich richtig erinnere. Vorher gab es natürlich auch schon eine Kirche hier, die alte eben. Und noch viel früher war es ein Römerkastell. So wie du das Münster hier vor dir siehst, ist immer wieder an ihm um- und angebaut worden. Du wirst sowohl romanische wie gotische Formen darin finden.«

Madlon sah nicht das Münster an, sondern ihren Mann. Groß und hager, das Gesicht gelblich getönt, die Augen leicht zusammengekniffen, starrte er zum Turm des Münsters hinauf.

Bisher hatte er ihr allein gehört, und nun würde sie ihn verlieren. Jetzt gehörte er dieser Stadt und dem Münster und der Familie und dem nebligen See und was sonst noch sein mochte, das sie nicht kannte und nie mit seinen Augen sehen konnte. Was für ihn ein Teil seines Lebens war, würde für sie nur wieder eine andere Fremde sein. Was konnte stärker sein als die Erinnerung an eine glückliche Kindheit? In so einem Haus wie dem da drüben aufzuwachsen, welch eine Geborgenheit mußte das geben. Wenn sie nach Hause zurückkehrte, da gäbe es nur die Erinnerung an Schmutz und Armut und Prügel. In keinem Traum konnte sie nachempfinden, wie seine Kindheit gewesen war.

Ihr wurde warm, die Luft war weich und mild, in der Stadt war vom Nebel nichts zu bemerken. Sie knöpfte die Jacke ihres Tweedkostüms auf und bog den Kopf zurück, um gehorsam den Münsterturm zu betrachten. Doch seine Spitzen verschwammen, denn ihre Augen standen voll Tränen.

Ich werde dich verlieren. Du bist nicht mehr der Mann, der mir gehört. Ich habe dich schon verloren. Komm, laß uns wegfahren, damit du wieder mir gehörst. Damit du mich brauchst, wie nichts sonst auf der Welt. Weil niemand sonst auf der Welt da ist, der für dich sorgt, der für dich denkt und handelt, der dich liebt.

»Das größte Ereignis, das diese Stadt erlebte, war das Konzil. Du hast sicher vom Konstanzer Konzil gehört.«

»Nein«, sagte Madlon abweisend, »nicht daß ich wüßte.«

»Irgendwann bist du ja wohl mal in die Schule gegangen, oder?« fragte er ungeduldig. »Und eine Katholikin bist du auch.«

Mit dem Zorn, der jetzt noch heftiger in ihr aufstieg, besiegte sie die Tränen. »Ich bin im Kohlenpott von Liège in die Schule gegangen. Drei Jahre lang, in eine Dorfschule, wenn du es genau wissen willst. Wir waren sehr arme Leute, und mit zehn Jahren mußte ich schon mitverdienen. Habe ich dir das nicht erzählt? O doch, ich habe. In unserer Schule jedenfalls habe ich nichts von einem – wie heißt es? – Konzil gehört.«

Sie sprach das Wort französisch aus. Obwohl sie genausogut Deutsch wie Englisch sprach, verfiel sie stets in den Tonfall ihrer Muttersprache, wenn sie ein Wort nicht kannte.

Er ließ sich nicht beirren. Alles, was *er* gelernt hatte, war nun wieder da.

»Das Konstanzer Konzil begann 1414 und dauerte vier Jahre. Die Einwohnerzahl von Konstanz betrug damals etwa 6000. Das war für die Begriffe jener Zeit eine höchst ansehnliche Stadt. Es wird berichtet, mehr als 60000 Menschen hätten sich während des Konzils in der Stadt versammelt. Der Kaiser kam, viele Bischöfe und Herzöge und Fürsten. Auch einer von den Päpsten.«

»Und so einen Unsinn glaubst du?« fragte sie verächtlich. »Wo sollen diese 60000 denn gewohnt haben? Wer soll sie verpflegt haben? Und was heißt, einer von den Päpsten. Es gibt nur einen Papst.«

»O nein, mein kleines Dummerle. Es war nach dem Schisma, und es gab damals deren drei. Einen haben sie dann hier gefangengenommen, soweit ich mich erinnere. Wir haben das zwar gründlich in der Schule gepaukt, aber ich werde es zur Sicherheit noch einmal nachlesen und dir dann genau erklären. Jedenfalls war das Konzil ein weltgeschichtliches Ereignis. Außerdem war es…«

»Jacques«, unterbrach ihn Madlon mit Nachdruck, »ich denke, wir hätten im Moment über wichtigere Dinge zu sprechen als über den alten Kram.«

»Johan Hus wurde damals hier verbrannt«, fuhr er beharrlich fort. »Du weißt natürlich nicht, wer das ist.«

»Nein, zum Teufel, ich weiß es nicht, und ich will es auch nicht wissen.«

»Er war gewissermaßen ein Vorläufer der Reformatoren, und er…«

»Jacques, laß uns wieder wegfahren.«

»Wegfahren? Was soll das heißen? Wohin?«

»Egal, wohin. Zurück nach Berlin.«

»Bist du verrückt?«

»Dann laß uns hier in ein Hotel gehen. Wir können sie doch nicht einfach so überfallen. Jahrelang läßt du nichts von dir hören, und plötzlich stehst du vor der Tür. Das… das ist barbarisch. Deine Eltern sind alt, sie könnten tot umfallen.«

Er starrte sie eine Weile stumm an, und in seinen Augen, grau wie der Himmel, lag eine Kälte, die sie nie darin gesehen hatte. »Es war deine Idee hierherzufahren.«

»Wenn wir sie wenigstens vorher anrufen könnten«, sagte sie verzweifelt.
»Gut, rufen wir an.«
»Meinst du, sie haben Telefon?«
»Mein liebes Kind, wir haben schon Telefon gehabt, als ich noch ein kleiner Bub war.«
Sie ergab sich in ihr Schicksal.
»Also gut.«
Eine halbe Stunde später fuhren sie zurück über die Brücke, bogen nach rechts ab und hielten vor einem der Häuser in der Seestraße. Anfang des Jahrhunderts waren diese feudalen Häuser erbaut worden, mit Front zur Konstanzer Bucht, mit dem Blick auf die Insel, auf Stadt und Münster, und weiter auf das Schweizer Ufer. Eines dieser Häuser hatte Jacobs Großvater erworben, und vornehmer konnte man zu jener Zeit in dieser Stadt nicht wohnen.
Madlon schwieg eingeschüchtert, als sie aus dem Wagen stieg, und seufzte, als sie an der verspielten Jugendstilfassade emporblickte. Es erschien unvorstellbar, daß sie jemals in diesem Haus wohnen würde.
Noch während sie die Stufen hinaufstiegen, die zur Haustür führten, wurde die Tür weit geöffnet, eine kleine, alte Frau im schwarzen Kleid stand auf der Schwelle. Ihre Augen schwammen in Tränen.
»'s Jacöbele! 's Jacöbele!« stammelte sie, und dann, mit einem tiefen Knicks, der ein wenig mißglückte, denn ihre Knie waren nicht mehr die gelenkigsten, fügte sie feierlich hinzu: »Der Herr Jacob!«
Madlon mußte laut herauslachen, und zum Teil geschah es aus reiner Nervosität, doch dieses unpassende Lachen trug ihr vom ersten Augenblick an die Abneigung Bertas ein.
Jacob legte beide Arme um die kleine Frau, beugte sich herab und küßte sie auf die Backe. Auch er war gerührt und bewegt.
»Berta! Meine gute Berta!«
Es war Heimkehr und Begrüßung, wie man sich so etwas vorstellte nach fünfzehn Jahren Abwesenheit.
Das war aber auch schon alles, was in dieser Art geboten wur-

de. Jacobs Vater, der beim Nachmittagskaffee saß, war weder gerührt noch bewegt, es schien, als fühle er sich eher belästigt, daß das ruhige Gleichmaß seiner Tage eine Störung erfuhr. Auch wenn ihm das Telefonat ein wenig Zeit gegeben hatte, sich auf die Heimkehr seines Sohnes einzustellen.
Er stand auf, trat seinem Sohn zwei Schritte entgegen und sagte, nicht eben geistreich: »Nun also! Da bist du ja.« Und, über die Schulter zurückgewandt, zu dem anderen alten Herrn, der sich gerade eine Zigarre angezündet hatte: »Da ist er.«
»Ich sehe es«, erwiderte Carl Eugen, der sofort nach dem Anruf benachrichtigt worden und heraufgekommen war, um seinem Bruder zur Seite zu stehen. Zwar war Carl Eugen Goltz der ältere der beiden Brüder, doch er erschien um vieles rüstiger und kräftiger als Carl Ludwig Goltz.
Nun legte er die angerauchte Zigarre auf einen großen Zinnaschenbecher, blickte von Jacob zu Madlon und sagte: »Und etwas Hübsches hat er uns mitgebracht.«
»Das ist Madeleine, meine Frau«, sagte Jacob.
So undramatisch verlief die Rückkehr Carl Jacobs in sein Vaterhaus.
Eine Weile verharrten sie alle vier bewegungslos, es gab kein weiteres Wort, keine Umarmung, sie waren wie Schauspieler, die auf ihr Stichwort warteten. Nur Berta, die auf der Schwelle stand, schniefte und wischte sich die Tränen von den Backen.
Auch Madlon rührte sich nicht, auch ihr fielen kein Wort, keine Geste ein, die der Situation angemessen gewesen wären. Carl Eugen faßte sich als erster.
»Deine Frau, mein Junge? Was für eine reizende Überraschung! Enchanté, madame. Höchst erfreut, Sie zu sehen.«
Er trat zu Madlon, machte einen Diener, nahm ihre Hand, die sie ihm schüchtern entgegenstreckte, und führte sie an die Lippen.
»Sei Frau?« echote Berta von der Tür her, und es klang keineswegs entzückt.
Carl Ludwig scheuchte sie mit einer unwirschen Handbewegung fort.

»Es fehlen zwei Kaffeetassen, Berta«, sagte er, schärfer, als es sonst seine Art war. Dann neigte er kurz den Kopf in Richtung Madlon und kniff die Augen hinter der goldgerandeten Brille ein wenig zusammen. Das kam Madlon bekannt vor. Das tat Jacob auch, wenn er sich unsicher fühlte.

Sie lächelte, wagte aber nicht, ihm ebenfalls die Hand hinzustrecken.

»Willkommen also denn!« sagte Carl Ludwig abschließend und setzte sich wieder. »Nehmt doch Platz!«

Seine Hand wies auf die beiden geblümten Sessel, die noch um den runden Kaffeetisch standen. Er hatte sich gefaßt, die Störung, wenn auch widerwillig, akzeptiert.

Frischer Kaffee kam in einer großen Kanne, vom Gugelhupf wurden weitere Stücke abgeschnitten, Berta überwachte das Dienstmädchen, das die Tassen und Teller auf den Tisch stellte. Es war weder Marie noch Ida, es gab sie beide nicht mehr im Haus, so wenig wie den Kutscher Balthasar. Nur Berta war geblieben und würde bleiben, solange sie stehen und gehen und einen Kochlöffel in die Hand nehmen konnte. Sie war auch nicht mehr nur die Köchin im Haus, sie führte praktisch den Haushalt.

Ein wenig mühsam kam die Konversation in Gang, und ohne Carl Eugen wäre es zweifellos noch mühsamer gewesen. Jacobs Vater war nie sehr gesprächig gewesen, ein stiller Mann, der gern für sich lebte, zwar ordentlich und gewissenhaft seine Arbeit tat, doch von der Familie möglichst nicht allzusehr behelligt sein mochte.

Das alles war Jacob gleich wieder gegenwärtig, als er seinem Vater gegenübersaß. Als heranwachsender Bub, wenn er Probleme hatte oder Rat brauchte, hatte er sich stets an seinen Onkel gewandt. Auch an seinen Großvater, der ein lebensfroher, heiterer Mensch war, allerdings auch ärgerlich, sogar sehr zornig werden konnte, wenn es Anlaß zu Verdruß gab. Jacob gab diesen Anlaß öfter; seine Leistungen in der Schule waren bescheiden, seine Streiche und Ungezogenheiten dagegen oft beachtlich. Es war sein Onkel, dem er beichtete, wenn es gar nicht mehr anders ging, und dem es oft gelang, einen Eklat zu vermeiden.

Sein Vater redete außerhalb seines Berufslebens eigentlich nur über die Vögel. Er war durch eigene Beobachtungen und eigene Studien zu einem Ornithologen von Rang geworden. Sein Interesse galt allem, was auf und um und über dem See flog und schwamm, und am liebsten saß er im Wollmatinger Ried und beobachtete das Leben der Tiere.

»Sie sind Französin, Madame?« fragte Carl Eugen hoffnungsvoll, denn wenn auch die Zeit seiner Pariser Reisen lange vorbei war, seine Liebe zu Frankreich und zu den Pariserinnen war geblieben, daran hatte der Krieg nichts geändert.

»Belgierin«, erwiderte Madlon. »Wallonin, um genau zu sein.«

»Interessant«, meint Carl Eugen und ließ den Blick dezent über Madlons wohlgeformte Beine schweifen, die sie übereinandergeschlagen hatte.

Zweifellos ein Fortschritt der modernen Zeit, daß man die Beine der Frauen sah, so mochte er denken, wenn es auch früher seine Reize gehabt hatte, einen flüchtigen Blick auf schmale Knöchel unter einem langen Rock zu erhaschen. Abgesehen von den Pariser Cabarets, wo es auch zu seiner Zeit schon mehr zu sehen gab.

Er sammelte seine Gedanken, die ihm jetzt manchmal ein wenig durcheinandergerieten.

»Aus Brüssel?«

»Aus Liège. Lüttich, wie man hier sagt.«

Der Name weckte unangenehme Erinnerungen an den Beginn des Krieges, allerdings nicht in Madlon, die damals schon längst im Kongo lebte.

Madlon, die seinen Blick wohl bemerkt hatte, nahm einen Schluck Kaffee, den Kuchen hatte sie nicht angerührt, ein weiterer Grund, sich bei Berta unbeliebt zu machen.

Dann zog sie ihr Etui aus der Tasche und steckte eine Zigarette zwischen die Lippen. Jacobs mißbilligender Blick entging ihr nicht, aber es störte sie nicht. Familie hin oder her, sie würde sich auch in diesem ehrwürdigen Haus nicht von ihren Gewohnheiten abbringen lassen. Soweit hatte sie sich wieder gefangen.

Carl Eugen stand auf und reichte ihr Feuer.

»Ich wollte Sie gerade fragen, Madame, ob es Sie stört, wenn ich rauche. Aber da Sie selbst rauchen...« Erleichtert setzte er seine Zigarre wieder in Brand.
Madlon schenkte ihm ihr strahlendes Lächeln, jenes wohlgeübte Lächeln, dem kein Mann widerstand. Und dieser hier war ein Mann, auch wenn er ein alter Mann war, das hatte sie schon erkannt.
»Ich habe es mir im Krieg angewöhnt. Es beruhigt die Nerven, wenn einem die Kugeln um die Ohren fliegen.«
»Sie waren ebenfalls in... eh, in Afrika?« schwang sich nun Carl Ludwig zu einer Frage auf.
»Früher noch als Jacob. Ich war zuerst im Kongo. Ich kam schon als junges Mädchen hin. Mit meinem ersten Mann.« Besser, wenn sie gleich Bescheid wußten. »Mein Mann starb an Fleckfieber. Und meine Kinder kamen bei einem Buschbrand um, der unser Farmhaus total zerstörte. Um diesen schrecklichen Erinnerungen aus dem Weg zu gehen, wechselte ich dann hinüber nach Deutsch-Ost.« So, nun hatte sie ihre Geschichte gleich angebracht. Sie vermied Jacobs erstaunten Blick, der bei dieser Gelegenheit zum erstenmal von diesen Kindern hörte.
»Wie fürchterlich!« murmelte Carl Ludwig, und Carl Eugen meinte: »Sie haben Schweres durchgemacht, Madame.«
»Nun, das war noch nicht alles«, erzählte Madlon weiter, die sich zunehmend sicherer fühlte. »Dann kam der Krieg. Vier Jahre lang haben wir Seite an Seite gekämpft, Jacob und ich. Wir sind nicht nur Mann und Frau, sondern auch Kriegskameraden. Und es war ein übler Krieg, meine Herren.«
Das klang nun ein wenig pathetisch, und Jacob zog peinlich berührt die Brauen zusammen. Er kannte Madlons Neigung, von ihren gemeinsamen Heldentaten zu berichten, dabei gelegentlich ein wenig zu übertreiben, und vor allem das Elend und den Schmutz nicht zu verschweigen, in dem sie oftmals gesteckt hatten.
Madlon jedoch konnte mit der Wirkung ihrer Worte zufrieden sein. Die beiden alten Herren betrachteten sie mit einer Mischung aus Staunen, Respekt und Entsetzen.
»Sie wollen doch wohl nicht sagen, Madame, daß Sie mit die-

ser schönen, zarten Hand ein Gewehr abgefeuert haben?« fragte Carl Eugen.
»Aber gewiß habe ich das. Bien sûr, monsieur. Und auch getroffen. Ich habe viele Menschen getötet. Um nicht selbst getötet zu werden. Und daran hat oft nicht viel gefehlt. Aber ich habe Glück gehabt. Sehen Sie«, sie streifte die Kostümjacke ab und rollte den Ärmel ihrer Bluse hoch. »Nur ein Streifschuß, das war alles, was ich abbekommen habe.«
Die Narbe an ihrem Oberarm war deutlich zu sehen, und die beiden alten Herren beugten sich vor, betrachteten mit sichtlichem Schauder Madlons schlanken Arm, der noch immer von der Sonne Afrikas leicht gebräunt war.
Sie blickte Jacob herausfordernd an, und nun grinste er. Er hatte begriffen. Sie würde nicht das brave Hausmütterchen spielen, niemals, hier nicht und nirgendwo auf der Welt.
»Madlon war ein tapferer Soldat«, sagte er dann. »Lettow-Vorbeck hat oft gesagt, einer der tapfersten, den er je gekannt hat. Und es ging ja nicht nur ums Schießen, wißt ihr. Es wurde marschiert und geritten, oft unter schwierigsten Bedingungen. Durch den Urwald, durch die Sümpfe, durch den Busch. Wir haben gehungert. Wir haben gefroren und geschwitzt. Es war ein Kampf, der keine Pause kannte. Ein Kampf, in dem wir nicht besiegt wurden. Und in dem uns dennoch der Sieg nicht vergönnt war.«
Jetzt wurde *er* pathetisch, und Madlon lächelte spöttisch. Aber sie hatte ihn auf ihrer Seite, wieder und aufs neue.
»Genug davon, würde ich sagen«, sie fand den leichten Plauderton wieder. »Wir wollen die schwere Zeit vergessen. Und ich nehme an, daß Sie auch hier wissen, was in Afrika geschehen ist. Lettow-Vorbeck hat ja einige Bücher geschrieben, die viel gelesen wurden. Übrigens hat auch Jacob in einer Berliner Zeitung über unsere Kämpfe geschrieben.«
»Ah ja?« machte sein Vater höflich. »Davon wußten wir nichts. Ich hätte es gern gelesen.«
»Es wäre nicht der Mühe wert. Ich bin kein großes Schreibtalent, Vater. Du erinnerst dich sicher noch an meine kümmerlichen Schulaufsätze. Lies lieber, was der General geschrieben hat, da bist du besser informiert.«

»Ich habe seine *Erinnerungen aus Ostafrika* gelesen«, bekannte Carl Eugen. »Höchst interessant. Und dann kenne ich noch ein Buch von ihm, es ist mehr für die Jugend geschrieben. Es nennt sich *Heia Safari.* Ich würde sagen, es glorifiziert den Krieg ein wenig zu sehr. Dein Neffe, Agathes Ältester, hat es verschlungen. Er wird dir sicher viele Fragen stellen. Der unbekannte Onkel, der so große Heldentaten vollbracht hat, hat ihn immer schon sehr interessiert.«

Jacob lachte. »Seltsam, daß ich auf einmal ein Onkel bin.«

»Mehrfach, mein Lieber, mehrfach. Agathe hat drei Kinder und Imma zwei.«

Eine Zeitlang wurde nun über die Familie gesprochen, über diesen und jenen, Madlon hörte nur mit halbem Ohr zu, sie würde sie ja sowieso alle kennenlernen. Es fielen eine Menge Namen, Familienmitglieder, Freunde, Bekannte, doch Madlon wartete immer noch auf einen bestimmten Namen, der jedoch nicht erwähnt wurde. Wo eigentlich war Jacobs Mutter?

Dann wurde lange über die Veränderungen gesprochen, die im Haus eingetreten waren. Das geschah, nachdem die Herren übereinstimmend beschlossen hatten, heute ihre Kanzlei nicht mehr aufzusuchen. Bernhard, so hieß es, würde sicher sehr gut allein mit allem fertig.

Bernhard war Immas Mann, und Carl Ludwig betonte mehrmals, wie glücklich man darüber sein konnte, daß Imma so vernünftig gewesen sei, einen Juristen zu heiraten. So blieb die Familientradition und der Stadt die Kanzlei und das Notariat Goltz und Söhne erhalten.

»Eine Vernunftheirat?« fragte Jacob schließlich, nachdem das Wort vernünftig zum drittenmal gefallen war.

»Als du damals fortgingst«, sagte sein Vater, »war sie mit einem anderen verlobt. Das mußt du doch noch wissen, ein junger Leutnant, ein Kamerad aus deinem Regiment. Weißt du das nicht mehr?«

»Ja doch, natürlich. Und was geschah mit ihm und der Verlobung?«

»Nun, es gab einigen Ärger. Der junge Mann hatte Spielschulden, sonst noch einige Affären, die man nicht hinnehmen konnte. Frauengeschichten, du verstehst? Imma war eine

Zeitlang sehr traurig, aber sie sah später ein, daß wir recht gehabt hatten, die Lösung der Verlobung von ihr zu fordern. Einige Jahre darauf hat sie Bernhard Bornemann geheiratet. Es ist eine gute Ehe geworden, nicht wahr, Eugen?«

Carl Eugen hob die Schultern. »Na ja, gewiß doch. Eine Ehe halt.«

Im Haus hatte sich die Einteilung ebenfalls geändert. Man hatte endlich Großvaters Wohnung, die so lange unberührtes Heiligtum geblieben war, wieder in Betrieb genommen. Carl Eugen wohnte nun mit seinem Diener darin. Den ersten Stock, in dem sie sich befanden, bewohnten Jona und Carl Ludwig. Der zweite Stock schien mehr oder weniger unbewohnt. Agathe und ihr Mann hatten mit den Kindern den zweiten und dritten Stock bewohnt, bevor sie sich ein eigenes Haus bauten. Imma und Bernhard dagegen wohnten im alten Haus am Münsterplatz.

»Praktisch seit sie verheiratet sind. Wir haben allen Mietern gekündigt. Bernhard wollte es so. Er ist immens fleißig«, erzählte Onkel Eugen. »Er ist mehr mit der Kanzlei verheiratet als mit Imma.«

»Aber Eugen«, widersprach Ludwig, »so kann man das nicht nennen.«

»Ich nenne es so. Und es ist doch gut für die Kanzlei. Oder etwa nicht?«

»Berta richtet oben alles für euch her«, lenkte Carl Ludwig ab. »Ich hoffe, ihr werdet eine Weile hierbleiben.«

»Ja, sicher«, sagte Jacob und streifte Madlon mit einem raschen Blick. Sie lächelte.

»Ich möchte gern für eine Weile hierbleiben«, sagte sie herzlich. »Jacob hat mir so viel von allem hier erzählt. Wie schön der See ist und das Land ringsum. Ich möchte es gern kennenlernen.«

»Nun, es ist gerade keine sehr gute Zeit dafür«, sagte Carl Ludwig, und sein Blick ruhte mit ausgesprochener Freundlichkeit auf der neuen Schwiegertochter. »Wir haben meist Nebel um diese Jahreszeit. Der Frühling, der Sommer, und vor allem der Herbst, das ist die rechte Zeit, sich hier umzuschauen.«

Auf Frühling, Sommer und Herbst ging Jacob nicht näher ein, er sagte nur: »Wenn also Platz genug ist im Haus, dann bleiben wir gern.«

»Platz, soviel du willst, mein Sohn.«

Madlon liebkoste mit den Blicken das glänzende Holz der Biedermeiermöbel, mit denen das Zimmer eingerichtet war, in dem sie saßen. Ihre letzte Bleibe, das kahle Pensionszimmer in Berlin, war so häßlich gewesen.

Und die Wanzen, dachte sie mit plötzlichem Schreck, hoffentlich haben wir keine Wanzen mitgebracht. Ich muß jedes Stück einzeln in die Hand nehmen, wenn ich auspacke.

Nun kam endlich die Frage, auf die sie den ganzen Nachmittag gewartet hatte. »Wo ist Mutter?«

»Drüben.«

Die lapidare Antwort wurde von einer vagen Handbewegung begleitet, die überall und nirgends hinwies.

Jacob nickte, die Antwort schien ihm zu genügen.

Es war wohl von dem Bauernhof die Rede, von dem Jacobs Mutter stammte, wie Madlon wußte.

Ihr Blick schweifte aus dem Fenster, der Nebel war dünn geworden, ein letzter Sonnenstrahl sickerte durch ihn hindurch und verwandelte das dichte, silberne Gespinst in einen hellgoldenen Schleier über dem Wasser. Ein großes, weißes Schiff glitt langsam in die Bucht hinein, in der unbewegten Luft zog es die Rauchfahne aus seinem Schornstein wie einen langen Schweif hinter sich her.

Das Ufer auf der anderen Seite der Bucht war nun undeutlich zu erkennen. Madlon blickte hinüber und fragte sich, ob dort wohl Jacobs Mutter sein mochte, dort drüben auf der kaum zu erahnenden anderen Seite des Sees.

Doch sie blickte in die falsche Richtung, was sie sah, war das Schweizer Ufer. Jonas Hof lag oberhalb von Meersburg, auf dem Weg nach Markdorf zu. Von hier aus konnte man das nicht sehen, nicht einmal die Richtung ausmachen.

Madlon, der Fremdling am See, konnte das nicht wissen. Sie konnte nicht einmal ahnen, wie weit voneinander entfernt die Ufer waren, viel weiter, als man es in Kilometern messen konnte. Der See verband nicht, er trennte.

Jona

Johanna Goltz, genannt Jona, war eine Bauerntochter vom anderen Ufer des Sees; aus dem Hinterland des Sees. Der Hof stand in einer Landschaft von vollendeter Schönheit und Harmonie, dazu mit blühender Fruchtbarkeit gesegnet, sofern der Mensch es verstand, mit den Gaben Gottes etwas anzufangen. Dort war Jona geboren und aufgewachsen, dort war sie tief verwurzelt.

Wenn es je eine mißglückte Ehe gegeben hatte, so war es die zwischen ihr und dem Rechtsanwalt Dr. Carl Ludwig Goltz, nur daß es beide nicht so empfanden. Es war eine Liebesheirat von seiner Seite aus, eine unüberlegte Liebesheirat, was immer man unter Liebe verstehen mochte. Von Jonas Seite aus war es ein verzweifelter Fluchtversuch gewesen. Die Ehe sollte sie vom Hof, der bisher ihr Leben bedeutet hatte, wegführen, von ihrem Vater gleichfalls, und es ihr – vielleicht – möglich machen, Qual und Schuld leichter zu ertragen.

Sie erfüllte die neuen Pflichten genauso vorbildlich wie zuvor jene auf dem Hof, sie sorgte für Mann und Kinder, stand dem Hauswesen vor, doch es gelang ihr nie, sich vom Meinhardthof zu lösen; ihre Bindung an das Land war stärker, als die Bindung an einen Mann oder an eine Ehe es je sein konnte.

Sie war achtzehn, als sie heiratete, sie kannte nichts weiter von der Welt als den Hof und seine nähere Umgebung und einige nahegelegene Orte am See. Nur die Stadt Konstanz hatte sie zuvor einige Male besucht und scheu bestaunt.

Carl Ludwig Goltz war dreißig, hatte Studium und Promotion in Freiburg hinter sich, die übliche Bildungsreise nach Italien zusammen mit seinem Bruder unternommen, fand aber keinen Ort der Welt schöner als seine Heimatstadt Konstanz, in der er für immer bleiben wollte. Schon damals war er ein Naturbetrachter, schon damals beschäftigte ihn das Studium der Vogelarten am See, und er konnte still und hochzufrieden seine freie Zeit allein mit dieser Liebhaberei verbringen. Im Gegensatz zu seinem Bruder hatte er sich für Mädchen kaum interessiert; die zwei Bordellbesuche, zu denen sein Bruder ihn gedrängt hatte, blieben ihm in widerlicher Erinnerung, eine Studentenliebe in Freiburg war halbherzig absolviert worden.

Doch dann dieses Mädchen Jona. Dieses schwarzhaarige, dunkeläugige Geschöpf, kein Kind mehr, auch noch keine Frau, dabei reif und erwachsen wirkend, sehr still, sehr ernst; selten, daß sie lächelte oder gar lachte.

Der junge Rechtsanwalt, unerfahren wie er war, erblickte ein Madonnengesicht, wenn er Jona ansah. Er erklärte seinem Vater allen Ernstes, als er ihm mitteilte, daß er um ein Bauernmädchen werben wolle: »Sie sieht aus wie die Mater Dolorosa in der Kirche St. Nikolaus in Markdorf. Jünger halt, Vater. Aber so schaut sie aus.«

Sein Vater, im Gegensatz zu seinem Sohn durchaus erfahren, was Frauen betraf, schüttelte nur den Kopf über den Schwärmer. Aber als er die zukünftige Schwiegertochter zu sehen bekam, konnte er seinem Sohn eigentlich nur einen besonders guten Geschmack bescheinigen.

Die Mater Dolorosa in Markdorf kannte er nicht; Carl Gebhard Goltz ging selten in die Kirche, und wenn es denn sein mußte, gab es in Konstanz schließlich das Münster. Im fernen Markdorf, einem unbedeutenden Nest im Hügelland über dem See, war er noch nie gewesen. Allerdings fuhr er dann einmal, als er merkte, wie ernst es sein Sohn meinte, mit dem Dampfschiff über den See und ließ sich nach Markdorf kutschieren.

Das Kunstwerk aus dem 17. Jahrhundert beeindruckte ihn sehr, und er fand, sein Sohn habe das richtig gesehen. Sofern man das gereifte Gesicht der Mutter Jesu umdenken konnte in das Mädchengesicht Jonas, bestand wirklich eine gewisse Ähnlichkeit – das großflächige, ebenmäßige Gesicht, die langen Brauen eng an die Nasenwurzel gewachsen, die edle

schmale Nase und dazu der ausgesprochen weibliche Mund mit der vollen Unterlippe, es fand sich dort wie hier.
Das Haar der Madonna war verhüllt, doch als blonden Lokkenkopf konnte man es sich schwer vorstellen. Jonas dunkles, fast schwarzes Haar, schwer und glänzend, hätte gut zu diesem Gesicht gepaßt.
Der Senior setzte dem Wunsch seines Sohnes, dieses seltsame Mädchen zu heiraten, keinen weiteren Widerstand entgegen, er war froh, daß überhaupt einer seiner Söhne heiraten wollte. Er gab nur zu bedenken, daß das Mädchen aus einem ganz anderen Milieu stamme und über eine mangelhafte Bildung verfüge, es sei möglich, daß dies auf Dauer dem Sohn nicht genügen werde. Die Mängel an Bildung, Sicherheit und Auftreten würden ihr sicherlich auch Schwierigkeiten in der Konstanzer Gesellschaft bereiten.
Doch das war niemals der Fall. An Sicherheit und Auftreten konnte Jona es mit einer Fürstin aufnehmen, und was ihr an Bildung fehlte, lernte sie schnell dazu. Sie besaß einen scharfen Intellekt, war eine aufmerksame Zuhörerin und jeder Belehrung zugänglich. Auch las sie viel und sprach kaum badischen Dialekt, wie er in der Gegend allgemein gesprochen wurde, selbst in allerfeinsten Kreisen.
Carl Ludwigs Mutter widersetzte sich der Heirat zwischen ihrem braven Sohn und dem ungebildeten Bauernmädchen allerdings sehr energisch. Das werde niemals gutgehen, verhieß sie. Und es gebe doch in Konstanz hübsche, wohlerzogene, junge Mädchen aus guter Familie genug, unter denen er nur zu wählen brauche. Doch Carl Ludwig, dieser sanfte, ruhige Vogelbeobachter, war das erste Mal in seinem Leben stur und hartnäckig: er wollte Jona und keine andere.
Er bekam sie. Er hätte besser daran getan, ein Mädchen aus der Konstanzer Gesellschaft zu heiraten. Denn wenn sie auch eine friedliche und freundliche Ehe führten und Jona alles tat, was Familie und Stand ihr abverlangten, ihm drei gesunde Kinder schenkte, heimisch wurde sie in Konstanz nie, nicht am Münsterplatz, nicht in dem prachtvollen neuen Haus an der Seestraße. Ihr Herz war drüben geblieben am anderen Ufer, auf dem Hof, bei den Äckern und Weiden, bei den Obst-

bäumen, bei Pferden und Kühen, bei den Schafen und Schweinen, bei den Hühnern, Gänsen und Enten auf Vaters Hof. Sie war die geborene Bäuerin, sie wollte nie etwas anderes sein.

Sie gehörte Carl Ludwig niemals so an, wie eine Frau ihrem Mann angehören sollte, und er verlor sie auch bald wieder. Schon als die Kinder einigermaßen aus dem Gröbsten herauswaren, ein Kindermädchen war sowieso im Haus, bestieg Jona immer öfter das Schiff, das sie nach Meersburg brachte. Gleich beim Hafen, in einem Gasthof, lieh sie sich Pferd und Wagen und kutschierte heimwärts. Es war nicht nur die Liebe, die sie zu Hof und Vater zog, es war auch die dunkle Schuld, die sie immer wieder an den Ort zurückzog, dem sie eigentlich hatte entfliehen wollen.

Später, als die Töchter verheiratet waren, Jacob in der fernen Welt verschwunden, blieb sie immer länger drüben, und nachdem ihr Vater gestorben war, bewirtschaftete sie den Hof und war nur noch ein seltener Gast im Hause Goltz. Nicht daß es für ihren Mann eine große Kümmernis bedeutet hätte; die einzige große Liebe seines Lebens, er hatte sie bekommen, und es hatte ihn glücklich gemacht. Aber im Grunde war er kein sehr liebesfähiger, auch kein sehr potenter Mann, er vermißte seine Frau nicht allzusehr, nachdem er sich an ihr Wegbleiben gewöhnt hatte. Andere Leute empörten sich viel mehr darüber, vor allem seine Schwester, auch manche Freunde der Familie, doch Carl Ludwig lächelte nur und sagte: »Aber lasset sie doch tun, was sie mag. Wir können uns ja sehen, wenn wir wollet.«

Es gab keinen Zorn, keinen Streit, auch nicht die geringste Spur von Haß zwischen ihnen, es war alles in Ordnung, so wie es war, weil beide, Jona und Carl Ludwig, es so in Ordnung fanden. Was andere Menschen darüber dachten, war ganz und gar unwichtig. Das war ihnen immer, auch in anderer Beziehung, unwichtig gewesen, und so paßten sie also im Grunde doch recht gut zusammen.

Der Hof also. Der Hundigerhof, so hatte er früher geheißen. Mit der Zeit führte er den Namen des neuen Bauern und wurde Meinhardthof genannt.

Vielleicht muß man, um Jonas Geschichte richtig zu verstehen, mit der Geschichte ihres Vaters anfangen.
Er stammte nicht aus dieser Gegend, er kam von weither, aus dem Westfälischen, wo er im Jahr 1838 als vierter Sohn eines Bauern geboren wurde. Im selben Jahr übrigens, in dem im ehemaligen Dominikanerkloster auf der Insel zu Konstanz Ferdinand Graf Zeppelin geboren wurde, der später einmal seiner Heimatstadt zu neuem Weltruhm verhelfen sollte.
Aber das war natürlich nur ein Zufall, von dem der Bauer Peter Meinhardt niemals etwas erfuhr. Er war auf einem Bauernhof geboren und aufgewachsen und hatte eigentlich keinen anderen Wunsch, als Bauer zu sein. Jedoch, er war der jüngste Sohn, es bestand nicht die geringste Aussicht, daß er den Hof je übernehmen konnte. Er kam zu einem Wagenmeister in die Lehre, zeigte sich fleißig und geschickt, und als er Geselle geworden war, verließ er, wie das damals üblich war, die Heimat und begab sich auf Wanderschaft. Er arbeitete hier und dort, aber es hielt ihn nirgendwo lange, er zog weiter südwärts, wobei zu jener Zeit immer noch viele Grenzen zu überschreiten waren. Schließlich gelangte er in das Königreich Bayern, und in Bayern kam er dann zum erstenmal an den See.
Der Bodensee, dieses riesige Gewässer, faszinierte ihn. Er kratzte seine letzten Gulden zusammen und bestieg zum erstenmal in seinem Leben ein Schiff. Noch bis in seine alten Tage erzählte er von dem ungeheueren Eindruck, den diese Fahrt über das Wasser auf ihn gemacht hatte. Was die Leute am See nie ganz verstehen konnten; denn sie hatten immer nicht nur am, sondern auch auf dem See gelebt, und seit es die Dampfschiffahrt gab, war es noch einfacher geworden, den See zu überqueren.
Peter verließ das Schiff in Meersburg, bestaunte lange die steil ansteigende Stadt, über der majestätisch die alte Burg und das neue Schloß thronten, suchte jedoch vergeblich nach Arbeit und zog nach drei Tagen wieder landeinwärts, nach Ittendorf, wo ihn auch keiner brauchen konnte. Es war später Nachmittag, ihm knurrte der Magen, er wanderte ziellos in der Gegend umher, und es sah ganz so aus, als müsse er wie-

der eine Nacht im Freien verbringen. Tief zwischen Weißdornbüschen und niedrigen Weiden floß ein klarer Bach. Peter kletterte die Böschung hinab und füllte seinen Becher mit Wasser. Das stillte zwar seinen Durst, aber satt wurde er davon nicht.
Eine Weile stand er ratlos am Wiesenrand und schaute sich um. Fruchtbares grünes Land, so weit er blickte. Gerste und Hafer standen schon gut auf dem Halm, ein Rapsfeld war abgeblüht, an den Obstbäumen war die wachsende Frucht zu erkennen. Nicht weit entfernt lag ein stattlicher Hof ins Grün gebettet, und dazwischen stand schönes, gesundes Vieh auf der Weide. Peter lehnte sich über den Zaun und sah den grasenden Rindern zu.
Er stand so eine Stunde lang, kaum daß er sich rührte.
Der Bauer, der ihn schon eine Weile beobachtet hatte, trat schließlich zu ihm und fragte barsch, was der Fremde hier zu suchen habe.
Ohne zu überlegen, ganz spontan, fragte Peter: »Braucht Ihr keinen Knecht?«
So fing das an. Der Bauer brauchte wirklich einen Knecht; einer war ihm davongelaufen, der andere betrank sich zu oft, und dem dritten war die Sense in den Fuß gefahren bei der ersten Mahd, ungeschickt, wie er war.
Peter lachte vor sich hin; das konnte ihm nicht passieren. Er führte die Sense mit ruhiger Sicherheit, in langen Schwaden fiel das Gras, die Grasnarbe wurde nie verletzt, und noch weniger verletzte er sich selbst dabei.
Der Bauer nahm den wandernden Gesellen mit ins Haus, damit die Bäuerin ihn begutachten konnte. Peter, ein hübscher, schlanker Bursche, mit braunem Haar und offen blickenden braunen Augen, gefiel der Bäuerin; er bekam erst einmal zu essen und dann acht Tage Zeit, um zu zeigen, ob er ordentlich arbeiten könne.
Das konnte er, und er vergaß die Wagnerei sehr schnell, nachdem er endlich wieder tun konnte, was er am liebsten tat.
Er gefiel nicht nur dem Bauern und der Bäuerin, er gefiel auch der Tochter Maria. Und wie gut die ihm gefiel, dafür

gab es gar keine Worte. Sie war das einzige Kind im Haus, es gab keinen Sohn und Erben. Ein bayerischer Engel mußte es gewesen sein, der den Peter auf das Schiff von Lindau nach Meersburg gesetzt hatte, ein badischer führte ihn dann wohl den Weg hinauf von Meersburg in das grüne fruchtbare Land hinein.

Die Hochzeit fand bereits ein halbes Jahr später statt, und alle vier waren zufrieden, daß es so gekommen war.

Zehn Monate nach der Hochzeit gebar Maria Meinhardt ihr erstes Kind, einen gesunden Knaben, den sie nach dem Großvater Franz nannten. Nun schien das Glück der Familie vollkommen zu sein. Peter arbeitete von früh bis spät, verständlicherweise mit größerem Fleiß, als der beste Knecht aufbringen konnte, denn dieser Hof würde sein Hof und Hof seines Sohnes sein. Sie erzielten gute Erträge und lebten in bescheidenem Wohlstand. Peters Schwiegervater erzählte manchmal von den Jahren der bösen Mißernten in der Mitte des Jahrhunderts, die eine Hungersnot im Gefolge hatten. Damals hatte es wieder eine große Auswanderungswelle gegeben, viele Badener verließen ihr Land, um in anderen Ländern, vornehmlich jenseits des Ozeans, eine neue Heimat zu finden. Inzwischen hatten neue Erkenntnisse der Landwirtschaft die Höfe ertragreicher gemacht; die Vereinödung ersparte, wie später die Flurbereinigung, den Bauern weite Wege zu ihren auseinanderliegenden Feldern; man hatte versucht, die landwirtschaftlich genutzten Flächen möglichst zusammenhängend um den dazugehörigen Hof zu vereinen; auch war die Fruchtfolge allgemein üblich geworden, brachliegende Äcker sah man nur noch selten. Vor allem aber wurde der Obstanbau immer sorglicher kultiviert und erwies sich im Laufe der Jahre als eine beträchtliche Einnahmequelle. Zudem lebte man in Baden in einem relativ modernen Staat; der Großherzog hatte dem Land bereits 1818 eine Verfasssung gegeben.

Peter mußte einiges dazulernen, um sich in der in vielem anders gearteten Wirtschaft eines süddeutschen Bauernhofes zurechtzufinden. Vieles jedoch war genauso wie daheim – die Versorgung der Tiere, der Ablauf der Jahreszeiten und der damit verbundenen Arbeiten. Nur daß der Frühling hier früher kam und der Herbst länger dauerte, auch wenn es im Winter sehr kalt werden konnte. Von der sagenhaften Seegfrörne, dem seltenen Ereignis, daß der See von einem zum anderen Ufer so fest zufror, daß man hinüberlaufen- oder fahren konnte, hörte er lange nur erzählen. Erst im Jahr 1880, er lebte fast zwei Jahrzehnte auf dem Hof, erlebte er die erste Seegfrörne.

Der See blieb, wie beim ersten Anblick, das große Wunder für ihn. Auch wenn er nicht direkt am Ufer lebte, so war der See doch zu Pferd in einer guten halben Stunde zu erreichen, sehen konnte man ihn sowieso von den Hügeln aus.

Peter, der ein Pferdekenner und auch selbst ein guter Reiter war, legte viel Wert darauf, daß sie brauchbare, aber auch schöne Pferde auf dem Hof hatten. Anfangs gab es nur zwei Gespanne für die Feldarbeit, eines mit Ochsen, eines mit Pferden, von denen das eine Pferd sich auch vor einen Wagen spannen ließ.

Franz Hundiger bewilligte seinem Schwiegersohn nach der Hochzeit ein eigenes Pferd, das sich Peter mit Bedacht aussuchte. Von einem Viehhändler in Neufrach brachte er schließlich einen vierjährigen braunen Wallach mit, mager und ungepflegt, auch offensichtlich von widerspenstigem Charakter, den er für wenig Geld bekommen hatte. Sein Schwiegervater schüttelte mißbilligend den Kopf, aber Peter sagte: »Laßt mich nur machen. Ihr werdet sehen, Vater, das ist ein vorzügliches Tier. Seht die tiefe Brust und den kräftigen Hals und dazu diese schlanken und gutgefesselten Beine. Und sein Auge! Da ist Feuer drin. Die Unarten werde ich ihm schon abgewöhnen.«

So geschah es. Robinson, wie der Braune hieß, entwickelte sich zu einem erstklassigen Pferd, schnell, hart und ausdauernd, er schaffte den Weg nach Meersburg in zwanzig Minuten, und gab es im Herbst Stoppelfelder und gemähte Wiesen, unterbot er diese Zeit sogar noch. Er galoppierte wie der Wind, sprang ohne Zögern über ein Hindernis, und zu alledem gehorchte er seinem Herrn aufs Wort. Wenn Peter auf die Koppel kam, schnalzte er nur mit der Zunge, und Robinson ließ das schönste Gras im Stich und kam bereitwillig her-

angetrabt. Glücklicherweise war er auch ein gesundes Pferd, und Peter konnte ihn sechzehn Jahre lang reiten, was ein seltenes Glück bedeutete. Für ihn und für das Pferd.
Nur vor den Wagen ließ sich Robinson nicht gern spannen, da keilte er aus, und da sein Herr ihn als Reitpferd und nicht als Wagenpferd wollte, blieb es bei zwei Versuchen, auch wenn Franz Hundiger darüber den Kopf schüttelte.
»Mir send Baure«, sagte er, »koi Grafe. Mer kennet uns koi Reitpferd leiste.«
Aber Peter löste auch dieses Problem mit Geschick. Eins der Arbeitsgespanne war sowieso überaltert, und da er sich nun als Kenner erwiesen hatte, überließ ihm sein Schwiegervater den Einkauf eines neuen Gespanns. Peter brachte zwei noch junge Dunkelfüchse nach Hause, die er selbst einfuhr und die kräftig genug waren, auf dem Feld zu arbeiten, aber auch recht flott vor dem Wagen gingen. So konnten sie nun sogar zweispännig in die Kirche oder zur Stadt fahren.
Stadt bedeutete in diesem Fall Meersburg oder landeinwärts Markdorf, das auch nicht viel weiter entfernt war als Meersburg. Doch die Füchse trabten auch bis nach Überlingen, wenn es galt, größere Einkäufe zu tätigen, oder wenn im Überlinger Münster ein Hochamt stattfand.
Peter Meinhardt fühlte sich binnen kurzer Zeit so heimisch in diesem sanft gehügelten Land mit seinen blühenden Bäumen im Frühling und der reichen Frucht im Herbst, als hätte er nie ein anderes gekannt. Der Obstbaumkultur, die neu für ihn war, widmete er sein besonderes Interesse, und das kleine Stück Wald, jenseits des Baches, das zum Hof gehörte, wurde von ihm liebevoll gehegt.
Und ständig blieb ihm das Glücksgefühl beim Anblick des Sees, in dem er übrigens auch gern schwamm, falls er an einem Sommerabend die Zeit dafür erübrigen konnte, und dazu kam sein andächtiges Staunen beim Anblick der Bergkette am jenseitigen Ufer des Sees, die bei schönem Wetter und erst recht bei Föhn gewaltig und bis in den Sommer hinein mit schneebedeckten Gipfeln ihre Welt begrenzte.
Die einzigen Schwierigkeiten gab es mit den Ansässigen, die sich zunächst zurückhaltend gegen den ›Neigschmeckten‹ ver-

hielten. Nicht feindselig, aber abwartend, distanziert und zur Kritik bereit. Besonders auf dem ihnen nächstgelegenen Hof, auch ein schöner, großer Besitz, auf dem zwei Söhne heranwuchsen, war man sehr abweisend. Und im Dorf gab es auch einige, die es dem Fremden nicht gönnten, daß er eingeheiratet und die hübsche Maria bekommen hatte. Aber das legte sich mit der Zeit, als man sah, wie fleißig Peter war, wie geschickt er arbeitete und wie gut er sich Umwelt und Verhältnissen anpaßte. Glücklicherweise war er gut katholisch erzogen, so gab es auf diesem Gebiet keinerlei Komplikationen.
Marias Mutter war genau wie Maria selbst sehr fromm, ohne bigott zu sein. Der Pfarrer, er hieß Seemüller, kam oft ins Haus, er hatte Maria und Peter getraut, er taufte den kleinen Franz. Zu der Zeit war Pfarrer Seemüller dreiundsechzig Jahre alt, ein sanftmütiger und gütiger Seelsorger, vielseitig gebildet dazu.
Übrigens brachte ihnen der Pfarrer auch das Buch *Robinson Crusoe* von Daniel Defoe mit, nachdem das Pferd Robinson Einzug auf dem Hof gehalten hatte. Das fanden sie nun höchst beachtlich, ein Pferd mit so berühmtem Namen zu besitzen. Sie lasen das Buch alle, denn lesen hatte jeder von ihnen gelernt. Bei Franz Meinhardt senior ging es etwas mühsam, der Finger mußte der Zeile folgen, und er brauchte viele Winterabende, bis er mit Robinsons Abenteuern durch war. Immerhin tat er dann den treffenden Ausspruch: »Wenn du wieder ein Pferd kaufst, Peter, mußt du es Freitag nennen.«
Worauf Peters Schwiegermutter den Kopf schüttelte und strikt erklärte: »Das ist kein Name für ein Pferd. Der Freitag ist ein heiliger Tag.«
Anderthalb Jahre nach der Geburt von Franz bekam Maria ihr zweites Kind, die Tochter Johanna. Beide Schwangerschaften und auch beide Geburten waren ohne allzu große Mühen und ohne Komplikationen verlaufen.
Anders war es, als sie mehrere Jahre später, Franz war bereits neun und Johanna siebeneinhalb Jahre alt, wieder ein Kind erwartete. Schon die Schwangerschaft bereitete ihr ungewohnte Beschwerden, sie war schwach, fühlte sich elend und fiel immer wieder in Ohnmacht. Dann setzte die Geburt auch

noch zu früh ein, mitten in der Nacht, und obwohl Peter sofort mit Robinson losjagte, um die Wehmutter und möglichst auch einen Arzt zu holen, kam jede Hilfe zu spät.
Maria starb. Sie verblutete. Das Kind jedoch, ein Knabe, lebte, war aber schwächlich, kaum daß man seinen Atem spürte.
Pfarrer Seemüller nahm eine Nottaufe vor, doch wider Erwarten blieb das Kind am Leben, es blieb freilich schwach, hatte einen verkrüppelten Arm, stand immer nur wackelig auf kümmerlichen Beinchen und lernte niemals richtig sprechen.
Nach so vielen glücklichen Jahren war nun Leid auf dem Hof eingekehrt. Marias Eltern trugen schwer am Tod des einzigen Kindes, und als sich zeigte, wie der neugeborene Enkel beschaffen war, vertiefte das ihren Kummer. Marias Mutter starb bereits im Jahr darauf.
Peter war von tiefem Gram erfüllt, denn er hatte Maria sehr geliebt. Schweigsam und in sich gekehrt, wie man es von ihm gar nicht kannte, arbeitete er mehr denn je, vom ersten Morgengrauen bis in die späte Nacht, und nur die Arbeit war es, die ihm einigermaßen Trost und die Kraft zum Weiterleben geben konnte. Und Jona, seine Tochter.
Die Bindung zwischen Jona und ihrem Vater war schon immer besonders eng und herzlich gewesen; kaum daß das Kind laufen konnte, lief es hinter ihm her, und kaum daß es sprechen konnte, rief es seinen Namen. Es stapfte auf seinen kleinen Beinen an seiner Hand den Feldrain entlang oder saß vor ihm im Sattel von Robinson und ließ sich alles zeigen und erklären. Man muß das wissen, um zu begreifen, wie tief und unzerreißbar das Band zwischen Jona und dem Hof war, wie eng verbunden sie sich ihrem Vater fühlte und wie sie von frühester Kindheit an ihren Lebensinhalt nur in dem Hof und in der Arbeit auf dem Hof sehen konnte.
Sehr früh wuchs sie in eine tief ernstgenommene Verantwortung hinein, bereits nach dem Tod ihrer Großmutter. Mit zehn Jahren schon kümmerte sie sich umsichtig um das Wohl ihrer Männer, um den Großvater, den Vater, den älteren Bruder und vor allem um den unglücklichen kleinen Max, allge-

mein Mäxele genannt, den sie aufopfernd umsorgte. Das Gesinde respektierte sie, als sei sie die Herrin auf dem Hof. Was man über die Landwirtschaft wissen mußte, lernte sie von ihrem Vater, und sie lernte es gründlich. Wie er war sie den ganzen Tag auf den Beinen, sie war im Stall, in den Scheuern, auf den Weiden und auf den Feldern und zudem noch im Kinderzimmer. Nur um die Küche brauchte sie sich nicht zu kümmern, da hatten sie eine tüchtige Magd, noch von der Großmutter angelernt, die für die Familie und das Gesinde kochte.

Pfarrer Seemüller, der noch häufiger als früher ins Haus kam, meinte, das Kind übernehme sich und solle lieber öfter in die Schule gehen. Aber gleichzeitig sah er ein, daß ihr für die Schule einfach die Zeit fehlte. Und da er sowieso schon angefangen hatte, Franz zu unterrichten, speziell in Latein, denn Franz war ein ausnehmend kluges Bürschchen, und die Dorfschule genügte ihm schon lange nicht mehr, setzte er Jona daneben, wenn er sie erwischen konnte, und unterrichtete auch sie. Lesen, Schreiben und Rechnen konnte sie einigermaßen, wenigstens in den Grundlagen, das förderte er weiter, natürlich besonders das Lesen, er brachte wie von jeher Bücher ins Haus und bestand darauf, daß sie gelesen wurden. Religionsunterricht verstand sich von selbst, aber was dem Pfarrer besonders am Herzen lag, war Heimatkunde, wie man das später nennen würde.

Er erzählte den Kindern von der großen Vergangenheit des Bodenseegebietes, von der bewegten Geschichte des Landes, in dem sie aufwuchsen, und so hörte Jona auch zum erstenmal von der prächtigen Stadt Konstanz, die einst eine Römersiedlung war, später vom Stamm der Alemannen erobert wurde. Sie erfuhr, daß Konstanz Bischofssitz gewesen war und eine Freie Reichsstadt, eine der größten und glänzendsten im Mittelalter, und was für geschichtliche und religiöse Ereignisse von Weltgeltung sich in dieser Stadt zugetragen hatten.

»Wenn du etwas größer bist, fahren wir beide einmal über den See, und ich zeige dir die Stadt. Das Münster, weißt du, und das Konzilsgebäude und die Insel mit dem schönen, alten Dominikanerkloster, und dann gehen wir auf die Brücke,

darunter fließt der Rhein aus dem Bodensee in den Untersee.«
»Kann man das sehen?« fragte Jona.
»Nun, man sieht es nicht direkt. Aber wenn man es weiß, dann kann man es sich vorstellen. Und wenn man sich etwas vorstellen kann, dann ist es fast so, als ob man es sieht.«
»Das ist wie mit dem lieben Gott, nicht wahr?«
Der Pfarrer bedachte eine Weile, ob sich der Rhein mit dem lieben Gott vergleichen ließ, und meinte dann nachdenklich: »Es ist nicht das gleiche, aber ein wenig hast du schon recht. Die Vorstellungskraft gibt uns auf jeden Fall ein inneres Bild. Und ein inneres Bild kann unter Umständen deutlicher und eindrucksvoller sein als ein äußeres Bild. Als ein wirkliches Bild. Denn die Wirklichkeit ist nicht immer die Wahrheit. Und die Wahrheit kann man sehr oft nur richtig in seinem Inneren begreifen.«
An dieser Stelle brach er ab, das wurde wohl zu schwierig für das Kind. Das waren ja für ihn selbst noch unlösbare Fragen. Übrigens kam es nie zu der gemeinsamen Fahrt nach Konstanz, der Pfarrer starb, als Jona dreizehn war. Der junge Pfarrer, der nach ihm kam, gab weder privaten Unterricht, noch plante er Fahrten über den See mit einem Bauernmädchen.
Allerdings war der alte Pfarrer noch mit Franz über den See gefahren und hatte ihn in Konstanz etabliert. Jonas älterer Bruder war, wie schon erwähnt, ein besonders kluger und lernbegieriger Bub, und Pfarrer Seemüller hatte empfohlen, ihn in das Gymnasium in Konstanz zu schicken. Die Vorbereitung, die Franz von dem Pfarrer erfahren hatte, erwies sich als ausreichend, er bestand mühelos die Aufnahmeprüfung. Da er ja nicht jeden Tag über den See fahren konnte, hatte der Pfarrer dafür gesorgt, daß er in Konstanz, bei einer Lehrersfamilie, die Pensionäre aufnahm, gut untergebracht wurde.
Später, um dies gleich vorwegzunehmen, schlug Franz seinerseits die geistliche Laufbahn ein und besuchte das Priesterseminar in Meersburg. Und falls sich noch jemand daran erinnern sollte, von ihm stammt das Buch: *Der Zweifel ist der*

Dünger des Glaubens. Woraus deutlich seine bäuerliche Herkunft ersichtlich wird. Er hatte als Bub alle Arbeit auf dem Hof getreulich getan, die von ihm verlangt wurde, er war groß und kräftig und verstand es durchaus zuzupacken. Aber größer und kräftiger in ihm war das Verlangen, dem Herrn zu dienen, darin erkannte er seine Berufung, und weder sein Vater noch sein Großvater hätten ihn daran gehindert zu tun, was er tun mußte und tun wollte, da es ja offensichtlich Gottes Wille war. Vielleicht auch der Wille der beiden Frauen, die ihnen ins Jenseits vorausgegangen waren, so dachte manchmal der alte Bauer.
Schwer zu verstehen war Gottes Wille, wenn man den jüngsten Meinhardtsohn ansah, der sein Lebtag lang krank und elend bleiben würde. Das Mäxele würde niemals auf dem Hof arbeiten können, nur mit ganz einfachen Handreichungen konnte man ihn manchmal beschäftigen. Die Bäuerin auf dem Hof würde Jona sein, und damit gab sich jeder zufrieden, denn in bessere Hände konnte der Hof gar nicht fallen. Auch sie konnte sich eine andere Art von Leben nicht vorstellen. Und wenn man annahm, daß sie einmal einen geeigneten Mann heiraten würde, so brauchte man um die Zukunft des Hofes nicht zu fürchten. Aber noch war Peter ja ein Mann von vierzig, und wenn Gott es wollte, würde er selbst noch lange auf dem Hof arbeiten können.
Und dann wurde auf einmal alles ganz anders.
Der Großvater starb, als das Deutsche Reich acht Jahre alt geworden war. Denn das gab es inzwischen, die Grenzen waren gefallen, sie lebten in einem starken, mächtigen Reich, aber eigentlich lebten sie immer noch im Großherzogtum Baden, der Kaiser im fernen Berlin war wie eine Figur aus dem Märchenbuch, und sein großer Kanzler Bismarck war ein gefürchteter Übermensch, den man sich weniger vorstellen konnte als den Rhein und den lieben Gott.
Das große Unglück im Leben Jonas begann im Jahr darauf, als ihr Vater wieder heiratete. Was zu verstehen war, er war ein Mann in den besten Jahren seines Lebens und seine Frau schon lange tot. Wie sich nun herausstellte, kannte er das Mädchen, das er zu seiner Frau machte, schon eine geraume

Weile, und nur die Rücksichtnahme auf seinen Schwiegervater, dem er so viel verdankte, hatte ihn daran gehindert, das Verhältnis zu legalisieren. Die Frau war noch jung, gerade vierundzwanzig, sie stammte aus Meersburg, hatte erst in einem Haushalt, dann in einem Gasthof gearbeitet, sie war blond und zierlich, heiter und unbeschwert, sie lachte und sang den ganzen Tag und brachte Fröhlichkeit auf den Hof, die es hier lange nicht gegeben hatte.

Jona haßte die neue Frau ihres Vaters aus tiefstem Herzensgrund und machte keinen Hehl daraus. Bisher hatte der Vater ihr allein gehört, sie liebte ihn wie nichts auf der Welt, und sie hatte gut für ihn gesorgt. Der Hof war ihr Hof, der kranke kleine Bruder ihr Besitz, die Tiere, die Felder und Wiesen, der Wald, alles gehörte ihr. Es war nicht Besitzgier, es war einfach Besitzliebe, die sie für alles empfand, was ihre Welt ausmachte. Sie wollte ja auch die Verantwortung tragen, so jung sie war. Sie war nicht imstande zu teilen. Und sie war nicht willens, das Vorhandensein und das Wesen der Stiefmutter zu tolerieren. Sie war ein Mensch, wie sich nun zeigte, der zu keinerlei Kompromiß fähig war, und da sich kompromißlos nicht leben läßt, zog Unfriede auf dem Hof ein. Sie mußten alle darunter leiden, am meisten Jona.

Leni, die neue Frau, versuchte einige Zeit lang mit viel Geduld, ein gutes Verhältnis zu dem Mädchen zu gewinnen, vergebens.

Sie gab auf, erst recht, als sie ein eigenes Kind erwartete.

Auch das Verhältnis zwischen Jona und ihrem Vater war gestört, sie zog sich von ihm zurück, wurde schweigsam, abweisend, kalt.

Peter hätte glücklich sein können mit der jungen Frau, gerade weil sie Heiterkeit ausstrahlte und weil er, Anfang Vierzig nun, die Liebe einer Frau so lange entbehrt hatte. So sehr er seine Tochter liebte, konnte sie doch kein Ersatz sein für eine Frau, die sein Leben teilte. Aber das erklärte Jona keiner.

Leni gebar einen Sohn, und sie und Peter freuten sich darüber, doch Jona schenkte dem Kind keinen Blick.

Zu dieser Zeit hatte Peter den Hof vergrößert, er hatte Äcker und ein weiteres Stück Wald erworben, auch der Viehbestand

war aufgestockt worden. Dann ging er daran, den Anbau, in dem sich das Altenteil befand – in dem der Großvater jedoch nie gewohnt hatte, er war immer in ihrem Kreis geblieben –, umzubauen, und dorthinein zog nun Jona mit dem Mäxele. Sie nahm das in düsterem Schweigen hin, war sich aber voll der Tatsache bewußt, daß der Hof niemals ihr Hof sein würde, sondern eines Tages dem neugeborenen Erben gehören würde.
Und so kam es zu jener furchtbaren Tat, an der sie ihr Leben lang tragen würde und die ihr Wesen grundlegend veränderte. Sie hätte danach nicht sagen können, wie es geschehen war, wie sie es hatte tun können – sie stieß den kleinen Stiefbruder, er war knapp anderthalb Jahre alt, in den Bach, der hinter der großen Koppel vorbeifloß, und sah zu, wie er fortgetrieben wurde.
Es war ein kalter, grauer Novembertag, sie stand eine Weile wie erstarrt, dann ging sie, noch halb betäubt, sich noch nicht wirklich bewußt, was für eine grauenvolle Schuld sie auf sich geladen hatte, in den Stall, um die Kühe zu melken.
Da saß sie, den Kopf an die warme Flanke eines der Tiere gepreßt, und das Entsetzen über sich selbst, über das, was sie getan hatte, stieg in ihr auf wie eine vernichtende schwarze Flut. Es dauerte nicht lange, und Leni kam in den Stall.
»Ist das Fritzele bei dir?«
Keine Antwort.
»Jona! Hörst net? Hast das Bürschele net gesehn?«
»Hier ist er nicht«, antwortete Jona und begann die Kuh zu melken. Die kleine Leiche wurde erst am nächsten Tag, ein ganzes Stück vom Hof entfernt, gefunden, denn es hatte tagelang geregnet, und der an sich schon schnell fließende Bach führte viel Wasser.
Leni weinte nur noch, auch Peter weinte, doch er machte seiner Frau auch Vorwürfe.
Warum hatte sie nicht besser auf das Kind aufgepaßt? Wie war er überhaupt mit seinen kleinen Beinen über die ganze Weide bis zum Bach gekommen? Sicher hatte Fritz nach den Kühen gesucht, die er so gern hatte, aber die waren ja um diese Jahreszeit im Stall.

Warum hatte niemand das Kind gesehen? Es mußte doch eine ganze Weile gebraucht haben, bis es über die ganze Weide getappelt und an den Bach gekommen war.
Das alles sagte Peter, und mit einem gewissen Recht, er belud seine junge Frau zu allem Schmerz auch noch mit der Schuld, das Kind nicht sorglich genug behütet zu haben.
Niemand verdächtigte Jona der ungeheuerlichen Tat, niemals erfuhr ein Mensch, was sie getan hatte. Sie beichtete es nicht dem Pfarrer, sie ging überhaupt nicht mehr in die Kirche, sie hatte sich gewissermaßen selbst exkommuniziert. In den Nächten lag sie wach und suchte nach Worten, um Gottes Vergebung zu erflehen, aber sie wußte, daß es für sie keine Vergebung geben konnte, weder im Himmel noch auf Erden, also betete sie auch nicht mehr.
Aber sie wollte fort. Sie wollte den Hof nicht mehr sehen, den Vater nicht, schon gar nicht Leni, sie wollte weit, weit fort und nie zurückkehren.
Zu der Zeit war sie sechzehn Jahre alt.
Einmal war sie nahe daran, ihrem älteren Bruder alles zu gestehen, sich die Last von der Seele zu reden. Er wollte ja Priester werden, er würde vielleicht wissen – was sollte er wissen? Und sie entschied sofort, daß sie ihn nicht, am Anfang seines schwierigen Weges, mit ihrem furchtbaren Verbrechen belasten konnte.
Sie fuhr jetzt manchmal nach Konstanz hinüber, meist um dem Bruder ein paar zusätzliche Lebensmittel vom Hof zu bringen, denn die Verpflegung in dem Lehrerhaushalt, in dem er untergebracht war, konnte nur spärlich genannt werden. Früher war der Vater jeden Monat einmal gefahren, und einmal jeden Monat kam der Franz am Sonntag herüber. Und natürlich war er in den Ferien da. Doch nun mußte er hart arbeiten, im nächsten Jahr würde er das Abitur machen.
Auf diese Weise hatte sie nun Konstanz kennengelernt, ihr Bruder hatte sie durch die Stadt geführt und ihr alle Sehenswürdigkeiten gezeigt, auch auf der Rheinbrücke standen sie, und Jona erinnerte sich an das Gespräch mit dem alten Pfarrer. Wenn er noch lebte, vielleicht hätte sie ihm alles sagen

können. Sie sah im Geist sein entsetztes Gesicht vor sich und schüttelte den Kopf. Nein, auch ihm hätte sie es nie gebeichtet. »Du bist so seltsam geworden«, sagte Franz. »So... so trübsinnig. Geht dir das denn so nahe mit dem Kind? Ich kann schon verstehen, daß ihr euch alle Vorwürfe macht. Es ist ja auch zu schrecklich.«

»Ich will nicht davon reden«, sagte Jona rauh.

Einmal, als der See sehr stürmisch wurde im Laufe des Tages, fuhren die Schiffe nicht, und sie mußte in Konstanz übernachten. Im Lehrerhaus wies man ihr eine kleine Dachkammer an, es war kalt darin, das Lager war schmal und hart.

Da kam sie auf die Idee, daß sie in ein Kloster gehen konnte. Sie konnte Nonne werden und ein Leben lang für ihre Schuld büßen. Das wäre der richtige Weg. Sie war ganz entflammt von dem Gedanken, und auf der Rückfahrt über den See, der immer noch unruhig war, dachte sie weiter darüber nach. Doch dann fiel ihr ein, daß sie ja beichten mußte, daß sie nur mit reiner Seele eine Braut Jesu werden konnte. Wenn sie es verschwieg, machte sie alles nur noch schlimmer, denn dann war sie eine Lügnerin vor Gottes Angesicht.

Nein, das war sie nicht. Er wußte es ja. Er hatte es gesehen. Den Menschen gegenüber konnte sie schweigen. Allen Menschen gegenüber. Aber sie konnte keine Nonne werden mit diesem Schweigen. Also fortgehen, irgendwohin. Sie konnte sich auf einem weit entfernten Hof als Magd verdingen. Nur brauchte sie dazu die Erlaubnis ihres Vaters, sie war ja noch nicht mündig.

So verging ein Jahr, Frühling, Sommer und Herbst, Jona arbeitete bis zum Umfallen, sie sprach nur das Nötigste, sie wohnte mit dem Mäxele in dem Anbau, sie ging Leni und ihrem Vater, soweit es möglich war, aus dem Weg. Sie dachte nur immer darüber nach, wie sie von dem Hof, den sie einst so geliebt hatte, fliehen könnte.

Auch Leni lachte und sang nicht mehr, sie war lange Zeit sehr traurig. Es wurde erst besser, als sie wieder schwanger wurde.

Auf ihrer letzten Fahrt nach Konstanz, Jona war hinübergefahren, um ihrem Bruder das Geld zu bringen, das er für den

schwarzen Anzug brauchte, den er bei der Abiturfeier tragen sollte, auf dieser letzten Fahrt lernte Jona den jungen Rechtsanwalt aus Konstanz kennen.
Es war ein schöner Tag, der Himmel blau, der Säntis glänzte im Sonnenschein. Jona stand an der Reling, und da sprach er sie an, ganz spontan, das heißt, er sprach nicht, er rief: »Da! Sehen Sie! Ein Graureiher! Sehen Sie den Flügelschlag?« Er wies mit der Hand in das Blau auf den großen Vogel, der in einiger Entfernung vorbeistrich.
»Oh!« sagte Jona. »Der ist aber schön.«
»Ja, nicht wahr?« Und dann sah er das junge Mädchen an seiner Seite an, und so begann es.
Auch sie war schön, und der Ernst in diesem jungen Gesicht, die Schwermut, die sie umgab, rührte sein Herz an. Er war kein Charmeur, dieser Carl Ludwig Goltz, aber immerhin war er ein weltgewandter junger Mann aus guter Familie und sowohl an Konversation wie auch an eine tiefergehende Unterhaltung gewöhnt.
Bis sie das andere Ufer erreichten, hatten sie eine ganze Menge miteinander geredet. Er hatte sich vorgestellt, er wußte, wie sie hieß und wo sie herkam, und am Schluß sagte er, daß er sie gern wiedersehen würde.
So bot sich Jona also ganz von selbst die Gelegenheit zur Flucht, kein Kloster, kein fremder Bauernhof, auf dem sie sich verdingen mußte. Ein junger Herr aus Konstanz, ein Akademiker obendrein, wollte sie heiraten.
Ihre Heirat war eine Flucht, aber auch das wußte keiner. Sie gab ihm bald ihr Jawort, denn sie wollte nicht mehr auf dem Hof sein, wenn Leni das Kind bekam.
Peter und Leni wunderten sich sehr, als der Herr Doktor Goltz auf dem Hof erschien und schon bei seinem dritten Besuch um Jonas Hand anhielt. Es war eine fremde Welt, die ihnen hier begegnete, aber die erste Befangenheit legte sich rasch, denn der Besucher war ohne jede Überheblichkeit, war still und freundlich, ließ sich den Hof zeigen, hörte sich geduldig alles an, was dazu zu sagen war, lobte Peters wohlgenährte Kühe und Lenis wohlgelungenen Kuchen, und ansonsten hing sein Blick mit andächtiger Bewunderung an Jona.

Auch Peter sah seine Tochter, die so lange stumm an ihm vorübergegangen war, auf einmal mit anderen Augen. Sie war ein schönes Mädchen geworden. Sie sah seiner ersten Frau, sie sah Maria ähnlich, und doch war sie anders, sie wirkte kühl, überlegen, und ihr Gesicht glich manchmal einer starren Maske.

»Du bist noch so jung«, sagte er einmal unbeholfen. »Liebst du ihn denn?«

»Ich werde ihn heiraten«, sagte Jona mit unbewegter Miene.

Es fiel Peter schwer, sie aus dem Haus zu geben, obwohl sie sich seiner Liebe entzog und eine unsichtbare Mauer sie zu trennen schien, seit er wieder geheiratet hatte. Peter war kein dummer und kein dickfelliger Mann, er verstand Jonas Gefühle, er hatte sie immer verstanden. Und er hatte immer gehofft, mit der Zeit würde sie Verständnis haben und würde wieder sein wie früher, seine geliebte und vertraute Tochter.

»Und das Mäxele?« fragte er noch.

Jona preßte die Lippen zusammen.

»Es wird ja von euch gut versorgt.«

Das Mäxele zu verlassen, war das schwerste von allem. Aber in ein Kloster oder auf einen fremden Hof hätte sie ihn ja auch nicht mitnehmen können.

Leni dagegen konnte den Tag kaum erwarten, an dem die schwierige Stieftochter vom Hof verschwunden sein würde, und es war ihr nur recht, wenn Jona heiratete, ehe sie selbst niederkam.

Auch wenn sie reifer wirkte, so war Jona doch gerade erst achtzehn geworden, als sie heiratete. Die Hochzeit fand nicht bei den Brauteltern statt, wie es üblich gewesen wäre, sondern in Konstanz. Es wurde entschuldigt mit dem Zustand Lenis, die im achten Monat war. Sie nahm auch an der Hochzeit ihrer Stieftochter nicht teil. Peter fuhr allein über den See, feierlich im schwarzen Anzug, Franz war da, doch beide fühlten sich nicht sehr behaglich inmitten der neuen feinen Verwandtschaft, von der nur der Vater und der Bruder des Bräutigams ihnen mit Liebenswürdigkeit entgegentraten.

Carl Ludwigs Mutter wahrte nur die nötigste Form der Höflichkeit, ganz zu schweigen von der übrigen Sippe.
Die Hochzeit fand in bescheidenem Rahmen statt, jedenfalls für Konstanzer großbürgerliche Verhältnisse, aber das war Carl Ludwig gerade recht, und Jona war es ohnehin gleichgültig.
Ihr Vater war dennoch beeindruckt. Was für eine Familie! Was für gebildete und vornehme Leute! Wie sollte die arme Jona sich da nur zurechtfinden.
Er sprach nicht viel, auch die Braut tat kaum den Mund auf, und die Verwandten und Bekannten des Bräutigams schüttelten insgeheim die Köpfe über die seltsame Verbindung.
Carl Ludwigs Schwester Lydia, die ihre neue Schwägerin erst am Hochzeitstag zu sehen bekam, sie lebte mit ihrem Mann in München, sagte zu ihrer Mutter: »Na, weißt, das ist eine komische Person. Was findet der Ludwig an ihr? Sie schaut ja nicht schlecht aus, aber mit der kann er doch nix reden. Kannst du dir vorstellen, daß das gutgehen wird?«
Es ging recht gut. Das junge Paar bewohnte den dritten Stock im Haus am Münsterplatz, wo bisher Ludwig zusammen mit seinem Bruder gelebt hatte. Der hatte sich mit größtem Vergnügen eine andere Wohnung gesucht, seine Mutter, im zweiten Stock, paßte viel zu gut auf, wann er ging und kam und wer ihn besuchte. Zu jener Zeit hatte er gerade eine Liaison mit einer Schauspielerin vom Stadttheater, und es war jedesmal ein Problem, wenn die Dame zu ihm kam. Ein Mann von über dreißig, fand Carl Eugen, mußte endlich einmal tun und lassen können, was ihm beliebte, ohne jedesmal der Frau Mama Rechenschaft darüber ablegen zu müssen.
Jona und Carl Ludwig zu Beginn ihrer Ehe – er war glücklich und zufrieden, daß er die Frau bekommen hatte, die er haben wollte, und sie fügte sich mit erstaunlicher Sicherheit in sein Leben ein. Sie führte den Haushalt, anfangs nur mit Hilfe eines jungen Dienstmädchens, ruhig und gelassen, als hätte sie seit eh und je in einer großen Stadt gelebt. Sie hörte sich geduldig seine Erzählungen an, über Fälle, die er zu bearbeiten hatte, es waren sowieso nur Bagatellsachen, wichtige Fälle nahm immer noch sein Vater wahr. Am liebsten und am läng-

sten redete er über seine guten Freunde, die Vögel, über die Schwäne, die Enten, die Haubentaucher, die Bläßhühner, die Reiher, die Kiebitze, die Rohrdommeln und die Teichrohrsänger und wie sie alle hießen; allein, was er an Entenarten aufzählte, machte Jona staunen. Stockente, Reiherente, Löffelente, Knäkente, Schnatterente... »Hör auf, hör auf«, rief Jona, und sie lachte sogar dabei.
»Das kann es ja gar nicht geben. So viele Enten!«
»Das sind lange noch nicht alle«, sagte er eifrig. Und es folgten andere Namen, Vögel, nichts als Vögel, wann sie kamen, wann sie gingen, wie und wo sie brüteten, wie ihre Lebensgewohnheiten waren, was sie für Nahrung brauchten; endlich war da mal ein Mensch, der ihm aufmerksam zuhörte.
»Wir kennen bisher dreihundertsieben verschiedene Vogelarten hier am Bodensee«, schloß er triumphierend, »aber am Ende ist das noch nicht alles, und man wird noch andere entdecken.«
Der sexuelle Teil ihres Ehelebens war nicht sehr aufregend und machte auf Jona keinen besonderen Eindruck. Als Landkind wußte sie ja, wie das vor sich ging, und Carl Ludwigs bescheidenes Repertoire auf diesem Gebiet war nicht dazu angetan, Jona leidenschaftliche Regungen zu entlocken.
Nachts lag sie lange wach, während ihr Ehemann neben ihr leise vor sich hinschnarchte, wenn er endlich ihre Hand losgelassen hatte, die er, jedenfalls im ersten Jahr ihrer Ehe, zum Einschlafen brauchte.
Auch das neue Leben konnte ihr nicht helfen: Immer wieder durchlebte sie den fürchterlichen Augenblick, als ihre Hand das Kind ins Wasser stieß. Sie konnte nicht weinen und nicht beten, sie wartete nur ständig auf die gerechte und schreckliche Strafe Gottes. Zur Beichte hatte sie gehen müssen, ehe sie heirateten, und sie war zu einem fremden Priester des Münsters gegangen, und da sie die Wahrheit nicht bekennen konnte, hatte sie sich nur noch tiefer in Schuld und Sünde verstrickt. Dessen war sie sich voll bewußt, und das Leben mit der furchtbaren Lüge machte alles, was sie tat und sagte, ebenfalls zur Lüge. Sie wurde sich selbst fremd; und es würde

noch eine Weile dauern, bis sie so hart geworden war, daß sie mit sich selbst und ihrer Schuld leben konnte.
Zunächst wurde es eher noch schlimmer, als sie ein Kind erwartete. Denn nun, daran zweifelte sie nicht, würde sie ihre Strafe erhalten. Sie ging manchmal ins Münster, allein, wenn keine Messe und keine Andacht stattfand, sie kniete da, den dunklen Kopf in die gefalteten Hände gepreßt, sie betete nicht, sie dachte immer nur: Strafe mich! Aber straf nicht mein Kind! Laß es nicht elend und krank sein! Laß mich sterben, denn ich verdiene die Strafe, nur ich!
Doch Gott strafte sie nicht, noch nicht. Sie bekam eine Tochter, und im Jahr darauf eine zweite, und beide Kinder waren normal und gesund und wuchsen ohne Komplikationen auf.
Sie wußte, daß die Familie einen Sohn erhofft hatte, aber sie war froh, daß sie keinen Sohn bekam, denn inzwischen war ihr klar, daß die Strafe ja den Sohn treffen mußte. Das getötete Kind war ein Knabe gewesen, und wenn sie einen Buben zur Welt brachte, würde dieser für ihre Schuld bezahlen müssen. So jedenfalls stellte sie sich ihr Menetekel vor.
Gestraft zunächst von dem unbegreiflichen Gott wurde Leni, die ein totes Kind zur Welt brachte, in den folgenden Jahren zwei Fehlgeburten hatte und daraufhin den Meinhardthof und ihren Mann verließ. Sie verschwand aus der Gegend, man hörte nie wieder von ihr.
Peter war nun allein auf dem Hof mit dem Mäxele und dem Gesinde, und noch immer war es die Arbeit, die ihn am Leben erhielt. Franz, der inzwischen Kaplan in Radolfzell war, besorgte ihm ein junges Mädchen aus dem Waisenhaus, das allein für das Mäxele da war.
Mehrere Jahre lang hatte Peter seine Tochter nicht gesehen. Er fuhr nicht nach Konstanz, weil er nicht dazu aufgefordert wurde, und sie kam nicht herüber an sein Ufer. Warum das so war, wußte er nicht zu sagen. Und sie, die es ihm hätte sagen können, schien sich ganz von ihm zurückgezogen zu haben. Daß es ein Teil der Buße war, die sie sich selbst auferlegt hatte, den Vater nicht zu sehen, den Fuß nicht mehr auf den Hof zu setzen, konnte er nicht ahnen.

Franz traf sie manchmal, und durch ihn erfuhr er, wie es seiner Tochter ging, daß er Großvater geworden und daß seine Jona ein anderer Mensch geworden war.
»Ich bin ihr nicht fein genug«, sagte Peter bitter. »Sie will mich nicht dorthaben bei ihrer vornehmen Gesellschaft.«
»Nein«, widersprach Franz, »so ist es nicht. Sie hat sich auf eine seltsame Art verändert, die ich nicht erklären kann. Aber es hat nichts mit den Leuten zu tun, mit denen sie jetzt lebt. Die bedeuten ihr nicht viel.«
»Aber ihr Mann? Ihre Kinder?«
»Ja, freilich, die schon. Aber auch nicht so, wie es eigentlich sein sollte. Weißt du, sie kommt mir manchmal vor wie eine Schlafwandlerin. Ich weiß nur nicht, wie man sie aufwecken könnte, damit sie wieder wird, wie sie war. Ich kann auch nicht begreifen, was sie so verändert hat. Es kam nicht durch ihre Heirat.«
»Nein«, sagte Peter langsam, »durch meine Heirat. Sie war schon ein anderer Mensch geworden, als sie hier noch bei uns lebte.«
Ein halbes Jahr etwa war vergangen nach Lenis Verschwinden, da fuhr Jona zum erstenmal wieder über den See, um ihren Vater zu besuchen. Peter schloß sie in die Arme, hielt sie ganz fest, ein Schluchzen schüttelte ihn. Und nun endlich konnte auch Jona weinen.
»Verzeih mir! Verzeih mir, Vater!«
Und Peter sagte: »Was hätte ich dir zu verzeihen?«
Das konnte sie ihm nicht sagen. Aber dieser Tag wurde zu einem Wendepunkt in ihrem Leben. Sie begriff, daß der Vater ihr mehr bedeutete als Mann und Kinder, und wenn es für sie überhaupt eine Möglichkeit gab, etwas gutzumachen, dann bot sich dazu nur auf dem Hof die Gelegenheit. Wenn sie Hilfe finden wollte, in der Wirrnis ihres Gemütes, dann konnte sie sie nur bei ihrem Vater finden.
Nun begannen ihre Fahrten über den See. Sie blieb tagelang auf dem Hof, sorgte für den Vater, kümmerte sich um das Mäxele, nahm auch einen Teil ihrer Arbeit wieder auf. Es war ein gehetztes Leben; ob sie hüben oder drüben das Haus verließ, sie hatte jeweils ein schlechtes Gewissen, notwendige

Pflichten zu versäumen. Aber in dieser Hinsicht erwies sich Carl Ludwig als große Hilfe; er machte ihr niemals Vorwürfe, und er hielt es für richtig, daß sie sich um ihren Vater kümmerte, der allein war und so viele Schicksalsschläge hatte ertragen müssen. Carl Ludwig fuhr hin und wieder mit ihr hinüber, und seine Sympathie für den Schwiegervater war offensichtlich. Jona liebte Carl Ludwig für sein Verständnis, ihr Verhältnis war das allerbeste, ihre Ehe absolut intakt. Was für Außenstehende natürlich schwer zu begreifen war; besonders die Familie Goltz bis in ihre äußersten Zweige hinein erwartete immer ein Ende mit Schrecken dieser unmöglichen Ehe, in der die Frau die Hälfte der Zeit außer Haus lebte. Aber Jonas Hochmut und Carl Ludwigs gütige Geduld machten eine Debatte unmöglich.

Eine Unterbrechung ihrer Fahrten trat ein, als sie viereinhalb Jahre nach Immas Geburt zu ihrem Ärger wieder schwanger wurde. Daß sie einen Sohn gebar, jagte ihr noch einmal einen heillosen Schrecken ein. Denn inzwischen hatte sie gelernt, mit ihrer Schuld zu leben, sie zu verdrängen, auch war sie viel zu beschäftigt, der Haushalt hier, der Haushalt dort, als daß sie wie früher hätte grübeln und sich quälen können. Aber nun ein Sohn! Kam die Strafe endlich?

Doch auch dieses Kind war gesund und entwickelte sich ganz normal, und Jona kam zu dem Schluß, daß es unberechenbar blieb, wann die Strafe sie treffen würde. Wenn es nach ihrem Tod geschah, in jener Hölle, die die Kirche den Sündern prophezeite, kam es immer noch zur rechten Zeit. Sie war hart geworden; und innerlich frei.

Man konnte es ein Doppelleben nennen, das sie in den folgenden Jahren führte; Mann, Kinder und Haushalt wurden gut versorgt, unterstützt von erstklassigem Personal, das sie selbst aussuchte und anlernte. Mit Personal umzugehen und es zu schulen, hatte sie auf dem Hof gelernt. Bei alledem war sie beliebt bei den Leuten, die für sie arbeiteten, denn sie war gerecht und großzügig, verlangte nicht mehr, sei es auf dem Hof, sei es im Haus, als was sie nicht selbst zu leisten imstande war. Einzig Berta, die Köchin ihrer Schwiegermutter, brachte ihr immer ein gewisses Mißtrauen entgegen, nicht anders als die Schwiegermutter selbst. Nach dem Tod der alten Frau Goltz war Berta jedoch nur noch für den Senior tätig, und Jona hatte wenig mit ihr zu tun. Die Kinder dagegen, alle drei, liebten Berta von Herzen und ließen sich gern von ihr verwöhnen. Man konnte sagen, daß sie ihnen in gewisser Weise die fehlende Mutter ersetzte. Sie nahmen die Mahlzeiten oft beim Großvater ein, wenn Jona nicht im Hause war. Dann saß Carl Ludwig allein bei Tisch, was ihm nicht das geringste ausmachte, denn die Kinder fielen ihm manchmal auf die Nerven. Für seine Vögel interessierten sie sich nicht, das Geplapper der beiden kleinen Mädchen interessierte ihn nicht, und was den Buben anbelangte, so mußte man halt warten, bis er größer und verständiger wurde, dann ließ sich vielleicht etwas mit ihm anfangen. Es war ein ungewöhnliches Familienleben, und genaugenommen hatten die Kinder weder Vater noch Mutter als wirkliche Partner, aber der Rahmen der großen Familie glich das wieder aus.

In den Jahren seiner frühen Kindheit, ehe er in die Schule ging, gab sich Jona viel mit ihrem Sohn ab. Sie nahm ihn fast immer mit, wenn sie über den See fuhr, denn er war von ihr zum Hoferben bestimmt worden, auch wenn sie nicht darüber sprach; sie wußte schließlich, daß die Familie Goltz andere Vorstellungen von seiner Zukunft hatte. Doch er war *ihr* Sohn, und sie würde das aus ihm machen, was sie aus ihm machen wollte. Worin sie sich täuschte. Er tat weder das eine noch das andere, er ging einfach fort und lebte ein eigenes, ganz fremdes Leben, und das war *seine* Antwort auf die Ansprüche, die von zwei Seiten an ihn gestellt wurden.

Als kleiner Bub fuhr Jacob gern mit ihr über den See, das freie Leben auf dem Hof gefiel ihm. Er verstand sich gut mit dem anderen Großvater, der ihm alles zeigte und erklärte, ihn vor sich auf den Sattel setzte und an den Feldern entlangritt, mit ihm durch den Wald spazierte und ihm die Zügel in die kleinen Hände legte, wenn sie mit dem Wagen unterwegs waren. Für Peter bedeutete der Umgang mit dem Enkelsohn endlich wieder etwas, worüber er sich freuen konnte. Die allergrößte Freude für ihn aber bedeutete Jona, die nun wieder zu ihm gehörte, genau wie einst.

Er fragte nur manchmal: »Kannst du denn so lange wegbleiben? Was sagt denn dein Mann dazu?«
»Der hat viel zu tun«, erwiderte Jona gelassen. »Er macht die meiste Arbeit in der Kanzlei. Sein Vater arbeitet nicht mehr viel, und der Eugen läßt sich sowieso nur selten blicken. Der übernimmt nur ganz besondere Fälle. Wenn er nicht überhaupt verreist ist.«
»Aber wenn er so viel Arbeit hat, braucht dich dein Mann doch erst recht«, beharrte Peter.
»Du brauchst mich mehr, Vater. Ludwig hat seine Vögel.«
Die beiden Mädchen hatte Peter auch kennengelernt, sie waren einige Male mit herübergekommen auf den Hof, aber er fand zu diesen Kindern keine engere Beziehung. Sie waren niedlich, artig und ein wenig affig, besonders die Ältere, Agathe, die immer und überall den Ton angab. Die kleine Imma machte ihr alles nach. Der Hof bedeutete ihnen nichts, und dieser fremde Mann in derben Stiefeln und im groben Hemd war in nichts zu vergleichen mit dem richtigen Großvater in Konstanz, der stets elegant gekleidet war und fein roch. Imma bewunderte scheu ihre schöne Mutter mit der stolzen Haltung, die so anders war als alle Frauen der Familie und des Bekanntenkreises, aber sie wagte es nicht, ihre Zuneigung zu zeigen. Agathe dagegen hatte nicht vergessen, was ihre Großmutter einmal Tante Lydia gegenüber geäußert hatte. »Was erwartest du denn von der? Sie ist eine Bauersfrau, und sie bleibt eine Bauersfrau.«
Tante Lydia, Lydia von Haid, die jüngere Schwester von Carl Eugen und Carl Ludwig, wurde von allen Kindern herzlich geliebt. Sie war eine warmherzige, heitere Frau, sie kam oft zu Besuch nach Konstanz, immer mit vielen Geschenken, und die Kinder, besonders die beiden Mädchen, verbrachten alle Ferien bei ihr.
Ganz jung, als halbes Kind noch, hatte sie den Leutnant Max Joseph von Haid, der aus einer bayerischen Offiziersfamilie stammte, kennengelernt.
Max Joseph hatte die Militärakademie in München absolviert und stand zu jener Zeit in Garnison in Ingolstadt.
Und weil ihm der Bodensee so ausnehmend gut gefiel, mach-

te er im Sommer mit Kameraden eine Wanderung um den See. Das kleine Fräulein Goltz sah er zum erstenmal in einer Kutsche, in der sie zusammen mit Mutter, Tante und einem anderen jungen Mädchen saß. Es war am Untersee, und die Damen kamen von Schloß Arenenberg, wo die Kaiserin Eugénie ein Gartenfest gegeben hatte. Weiß und rosa wogten Tüll und Spitze über den Kutschenrand, die Sonnenschirmchen tanzten anmutig über zarten Gesichtern, der Staub der Straße wirbelte den jungen Offizieren ins Gesicht. Lydia winkte den jungen Männern übermütig zu, was ihr eine Rüge ihrer Mutter eintrug, doch ihr fröhliches Lachen blieb dem Leutnant noch lange im Ohr.

Am nächsten Tag, in Konstanz, sahen sie sich wieder, ganz zufällig.

Lydia kam aus der Töchterschule, der Leutnant betrachtete – was sonst? – das Münster.

»Gfallts Ihnen?« fragte das junge Mädchen keck. »Wollet Sie, daß ich Ihnen was erklär?«

»Da wär ich sehr dankbar, gnädiges Fräulein.«

Sie blieben in Verbindung, der Leutnant schrieb, das Fräulein Goltz antwortete, und mit siebzehn erklärte sie ihrer Mutter sehr bestimmt: »Den will ich heiraten.«

»Den willscht heirate? Den kennscht doch kaum.«

»Aber ich lieb ihn.«

Sie war sich ihrer Sache absolut sicher, und wie ihr ferneres Leben bewies, hatte ihr Gefühl sie nicht getäuscht. Sie liebte ihn unvermindert eine langwährende Ehe lang, und er liebte sie genauso. Abgesehen davon, daß ihnen ein dreijähriges Söhnchen an Gehirnhautentzündung starb, gab es keine großen Sorgen in ihrem gemeinsamen Leben. Kinder bekamen sie allerdings nicht mehr, was sie stets bedauerte und weswegen sie auch gern die Kinder ihres Bruders bei sich hatte.

Nur gegen Ende seines Lebens war es für den General von Haid ein großer Kummer, daß Deutschland den großen Krieg verloren hatte, den er, seines Alters wegen, nicht mehr bei der Truppe, sondern als Stadtkommandant im Elsaß verbracht hatte. Und ebensowenig konnte er sich mit den Zuständen nach dem Krieg abfinden: Schon während der Räte-

republik verließ er fluchtartig seine Heimatstadt München und kehrte nie wieder dorthin zurück.
Aber zunächst zog der Leutnant in einen Krieg, der gewonnen wurde, als Oberleutnant kam er aus dem Siebzigerkrieg zurück; außerdem war er einer der wenigen Bayern, die mit der Gründung des Deutschen Reiches höchst einverstanden waren. Das änderte nichts an seiner Liebe und Treue zum angestammten Wittelsbacher Haus; erst unter König Ludwig II., dann unter dem Prinzregenten Luitpold nahm er die normale Laufbahn eines tüchtigen Offiziers mit hervorragender militärischer Qualifikation. »So weit willst fortheirate«, hatte Lydias Mutter damals gejammert, »bis nach Bayern.«
»S'isch gar net so weit«, erwiderte die Tochter, »und ein Stükkerl von unserem See gehört zu Bayern. Du weißt ja, wie sehr der Max Joseph unseren Bodensee liebt.«
Sie war der Sonnenschein im Haus, immer gutgelaunt, gesprächig, vergnügt, die einzige Tochter, die jüngste dazu, verwöhnt und geliebt von allen. Sie waren alle traurig, daß sie so früh schon heiratete, doch die Verbindung zum Elternhaus blieb immer eng und herzlich. Die Eheschließung machte keine Schwierigkeiten, der Oberleutnant von Haid stammte aus wohlsituiertem Haus und konnte ohne Mühe die Kaution stellen, Lydia bekam überdies eine ansehnliche Mitgift.
So sehr Lydia Carl Ludwigs Kinder liebte, so wenig hatte sie je Kontakt zu Jona gefunden. Anfangs teilte Lydia durchaus die Meinung ihrer Mutter, daß es eine ganz und gar unpassende Verbindung sei, die Ludwig anstrebte. Aber sicher wäre es später möglich gewesen, daß die beiden Frauen, so verschieden sie von Herkunft und Wesen waren, einander nähergekommen wären, denn, wie gesagt, Lydia war ohne Falsch und immer bereit, einem anderen Menschen herzlich entgegenzukommen. Aber Jonas abweisende Haltung, bedingt durch ihre innere Verfassung, machte jede Annäherung unmöglich. Und später bekam Lydia sie kaum mehr zu Gesicht. Kam sie nach Konstanz, war Jona meist nicht da, und verständlicherweise konnte es Lydia nicht richtig finden, daß Jona ihren Mann und ihre Kinder im Stich ließ, nur um den Hof ihres Vaters zu bewirtschaften.

»Warum hat sie denn überhaupt geheiratet? Sag, Maxl, das ist doch net recht von ihr. Wenn man einen Mann hat und Kinder, muß man auch für sie dasein.«
Damit befand sich Lydia in Übereinstimmung mit allen Mitgliedern der Goltzschen Familie, aber an den Tatsachen änderte es nichts. Jona folgte auch niemals der Einladung, die Haids zu besuchen, später wurde sie nicht mehr eingeladen.
Dagegen traten die Kinder, besonders Agathe und Imma, mehrmals jährlich die Reise nach Landsberg an. Sie hegten große Liebe zu Tante Lydia, die noch immer so heiter und gesprächig war wie als junges Mädchen. Sie führte ein großes Haus, hatte gern Gäste, und da sie von ihrem Vater ein großzügiges Nadelgeld bekam, war sie zweifellos die eleganteste Dame von Landsberg am Lech, wo der Oberst von Haid in den neunziger Jahren das 3. Bataillon des 20. Infanterieregimentes kommandierte. Sie bewohnten eine geräumige, vornehm ausgestattete Villa am Landsberger Berg, nicht zu weit von den Kasernen entfernt, im Haus wimmelte es von Dienerschaft und Ordonnanzen, und besonders Agathe, die den Hang zur großen Welt hatte, fühlte sich im Haus ihrer Tante und ihres Onkels immer ganz fabelhaft. Sie konnte es jedesmal kaum erwarten, bis sie mit Imma, begleitet von dem Kinderfräulein, die jeweilige Ferienreise antreten konnte.
Es war die erste Treulosigkeit – er war elf –, die Jacob an seiner Mutter beging, als er verkündete, er wolle die nächsten großen Ferien viel lieber mit den Schwestern bei Tante Lydia und Onkel Oberst als auf dem Hof verbringen. Agathe und Imma, schon angehende junge Damen, waren mäßig begeistert, denn Jacob spielte ihnen oft üble Streiche. Aber Tante Lydia und der Oberst freuten sich sehr, daß der Bub mitkommen würde. Es war ohnedies ihr letztes Jahr in Landsberg, der Oberst wurde kurz darauf nach München abkommandiert, wohin die Kinder jedoch ebenfalls reisen durften, um die Haids zu besuchen, und München war natürlich noch viel großartiger als Landsberg. Dann allerdings wurde Haid zum Generalleutnant befördert und für einige Jahre nach Berlin gerufen, auf einen ehrenvollen Posten am kaiserlichen Hof,

den er dank seiner Herkunft und militärischen Qualifikation erhielt, vielleicht auch wegen seiner charmanten Frau.
Bis an ihr Lebensende würde Tante Lydia von den Jahren in Berlin schwärmen, Baden hin und Bayern her. So glanzvoll hatte sie nie gelebt, so viele Feste und Bälle nie mitgemacht, so prächtige Paraden und Aufmärsche nie gesehen.
Doch was hatte nun Jacob veranlaßt, sich von seiner Mutter abzuwenden und die Ferien auf dem Hof mit ihr und dem Großvater kühl abzulehnen?
Ganz einfach die Tatsache, daß seine Mutter nun von ihm verlangte, daß er arbeitete auf dem Hof, daß er half bei der Ernte, daß er sich auf das Leben eines Bauern einstellte. Er begriff sehr früh, was sie von ihm erwartete, und sofort setzte seine Verweigerung ein.
Er war ein ungebärdiger Junge, seine Leistungen in der Schule ließen immer sehr zu wünschen übrig, seine Streiche dagegen waren oftmals Stadtgespräch. Er sprang von der Rheinbrücke in den See, ein anderes Mal schwamm er über den Untersee und wäre ertrunken bei diesem Unternehmen, wenn Fischer ihn nicht gerettet hätten, er spannte wartenden Kutschern die Pferde aus, falls der Kutscher sich mittlerweile ein Viertele Wein genehmigte, oder er nahm gleich die ganze Kutsche mit, einmal gelangte er auf diese Weise über den ganzen Bodanrücken bis nach Radolfzell. Bei den jährlichen Fasnachtstreiben in der Stadt war er der Anführer einer wilden Horde, die selbst in diesen freizügigen drei Tagen das Maß des Gewohnten sprengte. Er war ein großgewachsener, hübscher Bursche, reif für sein Alter; mit fünfzehn erwischten sie ihn denn auch im Bett eines der Dienstmädchen. Von da an rissen seine Affären nicht mehr ab, und nur das Ansehen der Familie und vor allem das Eingreifen seines Onkels Eugen verhinderte einige Male einen handfesten Skandal.
Sie waren ganz froh, als er endlich die Schule mit Mühe und Not hinter sich gebracht hatte, und fanden, daß ein Jahr Militärdienst ihm nicht schaden könne, sowenig sie auch für das Militär übrighatten, und erwarteten, daß die darauf folgenden Studienjahre ihm endgültig Gelegenheit geben würden, sich auszutoben. Eines Tages würde es dann wohl geschafft

sein, daß er sich als angesehener Anwalt wie Vater, Großvater und Urgroßvater bei den Konstanzern wieder blicken lassen konnte.

So sah es die Familie Goltz.

Anders seine Mutter. Jona war tief erbittert über die Entwicklung ihres Sohnes, und seit seinem zehnten, elften Lebensjahr etwa lagen sie in ständigem Kampf miteinander. Sie schlug ihn oft, zornig und hart, und er wußte nie, ob er sie liebte oder haßte.

Mit achtzehn schleuderte er ihr nach einer bösen Auseinandersetzung ins Gesicht: »Mach dir keine falschen Hoffnungen. Einen Bauern machst du nie aus mir.«

Und sie darauf: »Ich weiß. Du wirst immer ein Nichtstuer und Taugenichts bleiben.«

Eine Enttäuschung war Jacobs Entwicklung auch für seinen Großvater Peter, der ja eine Zeitlang geglaubt hatte, in diesem einzigen Enkelsohn werde wirklich ein Erbe für den Hof heranwachsen.

Peter Meinhardt starb noch vor Beginn des Krieges, da war Jacob schon seit vier Jahren in Deutsch-Ostafrika. Viele Jahre lang hatte er, genau wie Jona, den Jungen nicht mehr gesehen. Jacob schien sich so endgültig von seinem Elternhaus, von seiner Familie, von seiner Heimat, gleichgültig, an welchem Ufer er sie suchen sollte, gelöst zu haben, wie es bei einem so jungen Menschen kaum glaubhaft war.

Er schrieb sehr selten, auch als vor dem Krieg der Postverkehr mit Afrika noch intakt war, und was er schrieb, war nichtssagend. Er schien kein Heimweh zu haben, keine Sehnsucht, und für keinen der Menschen, die er verlassen hatte, schien er so etwas wie Liebe zu empfinden.

Er hatte alle enttäuscht, nicht nur seine Mutter. Sowenig, wie er den Hof übernehmen wollte, sowenig dachte er daran, eines Tages in die Kanzlei einzutreten. Von Studium war überhaupt keine Rede gewesen.

Bei einer der seltenen Gelegenheiten, bei denen Jona und Carl Ludwig einmal über den verschwundenen, den verlorenen Sohn sprachen, sagte Ludwig: »Es ist ganz offensichtlich, er hat keinen von uns geliebt.«

»Und du willst sagen, das ist meine Schuld«, sagte Jona.
»Das will ich bei Gott nicht sagen.«
»Du hättest ein Recht dazu. Weil ich so oft nicht da war. Du könntest sagen, ich habe mich zu wenig um die Kinder gekümmert.«
»Die beiden Mädels sind doch in Ordnung. Und was den Buben betrifft – wild war er immer. Schwer zu erziehen. Mich trifft mindestens soviel Schuld wie dich. Ich bin schließlich der Vater, und wenn ich ehrlich bin, muß ich zugeben, er hat mir selten gehorcht. Er tat, was er wollte, immer schon. Ich war bestimmt zu weich, zu nachgiebig.«
Seltsamerweise, oder auch verständlicherweise, wie man es sehen wollte, wurde es im Krieg dann erträglicher, daß der Bub fort war und fortblieb. Das war nun in fast allen Familien so, die Söhne gingen, und viele kamen niemals wieder.
Carl Jacob Goltz hingegen kam wieder. Im November 1923 war er wieder da.

Die Familie

Es dauerte noch zwei Wochen, bis Jacob seine Mutter wiedersah. Seine Schwester Imma allerdings erschien am selben Abend, nachdem sie von ihrem Mann von dem Heimkehrer erfahren hatte. Sie kam gelaufen, ihre Wangen glühten, und sie atmete rasch; doch nicht nur vom raschen Laufen, ganz offensichtlich auch von der Freude, ihren Bruder wiederzusehen.

Sie umschlang Jacob mit beiden Armen und rief: »Oh, Jacöbele! Daß du wieder da bisch! Nein, ich freu mich so. Ich freu mich ganz schrecklich. Ich mußte einfach gleich kommen. Ich hab den Kindern nur schnell ihr Nachtmahl gegeben, Bernhard kann noch e bißle warten. Er sitzt noch bei seine Akte. O Jacob! Wie geht's dir denn? Dünn bisch du, man fühlt alle Rippe. Und immer noch so groß. Nein, wie ich mich freu!« Das kam alles in einem Rutsch heraus und aus ganz ehrlichem Herzen.

Jacob kam nicht zu Wort; ihn noch festhaltend, wandte sie sich über die Schulter zu den Brüdern Goltz und fuhr fort, im gleichen atemlosen Tonfall: »Papa, was sagst denn? Da isch er. Auf einmal isch er da. Wer hätt denn das gedacht? Onkel Eugen, freust dich auch?«

Eugen nickte. »Ja, mein Kind, wir freuen uns alle sehr.«

»Warum habt ihr mich denn nicht gleich angerufe? Ich hätt ja die Kinder mitgebracht. Die sind schon ganz aufgeregt, Evi hat gefragt, ob er einen Löwen mitgebracht hat. Hast du, Jacob? Hast net, gell? Täte mir uns auch fürchte, gell, Papa? Aber morgen darf ich die Kinder mitbringe? Ja? Ach, Jacöbele!«

Sie waren alle gerührt, auch Jacob und vor allem Berta, die wieder einmal von der Tür aus der Begrüßung beiwohnte.

Imma war klein und ein wenig rundlich, sie reichte Jacob gerade bis zur Schulter, ihr Gesicht war auch rund, mit kindlichen hellblauen Augen. Ihr Haar, weich und hellblond, trug sie wie einen Kranz um den Kopf geschlungen, was das Mädchenhafte ihrer Erscheinung unterstrich.

Jacob küßte seine Schwester und meinte lächelnd: »Das ist aber eine liebevolle Begrüßung. Man könnte meinen, du hättest mich vermißt.«

»Kannst frage? Da hat man nun einen Bruder, nur einen, und ewig ist er fort. Wir haben immer Angst gehabt, sie bringen dich um, da bei dene Schwarze. Gell, Papa, immer haben wir Angst um den Jacob gehabt.«

So ging es noch eine Weile weiter, auch Carl Ludwig und Carl Eugen erhielten einen Kuß, und dann verstummte Imma schließlich und schaute staunend auf die fremde, elegante Dame.

»Imma, das ist meine Frau Madeleine«, sagte Jacob, und Imma machte: »Oh!«, ein wenig eingeschüchtert, doch als Madlon ihr zulächelte, lächelte sie auch, nahm die dargebotene Hand und drückte sie fest.

»Dei Frau, Jacob? So eine schöne Frau.«

Madlon lachte und küßte Imma spontan auf beide Wangen.

»Danke, Imma, das war eine hübsche Begrüßung, auch für mich. Und ich hatte Angst, Jacobs Schwestern würden mich nicht sehr freundlich willkommen heißen.«

»No ja«, meinte Imma ahnungsvoll. »ich bin ja nur die eine davon. Die kleine Schwester, weißt.«

Imma blieb nicht lange, nur gerade auf ein Glas Wein, denn ihr Mann mußte schließlich auch sein Abendessen haben. Aber sie versprach, am nächsten Tag wiederzukommen, mit den Kindern.

»Am Nachmittag, ja? Evi muß ja in die Schul. Der Konrad noch nicht, der kommt erst nächstes Jahr hinein. Ist dir doch recht, Jacob, wenn ich die Kinder mitbring?«

»Aber natürlich, ich bin schon sehr gespannt auf sie.«

»Na, die werden Augen mache. Ein Onkel, der aus Afrika kommt.« Die vergangenen vier Berliner Jahre ließ Imma weg. Afrika war viel interessanter.

Dann wirbelte sie wieder hinaus, vom Fenster aus sahen sie, wie sie die Straße überquerte und der Rheinbrücke zustrebte, und dann verloren sie sie auch schon aus den Augen, denn es war nun dunkel draußen.

»Ich hätte sie ja fahren können«, sagte Madlon, noch ganz erwärmt von dem herzlichen Empfang, »es ist ein weiter Weg, und es ist schon ganz dunkel.«

»Es ist kein weiter Weg«, meinte Carl Eugen. »Hier gibt es keine weiten Wege.«

»Aber es weht immer ein kalter Wind über der Brücke«, fiel Jacob ein, »ich werde ihr nachfahren.«

»Laß es bleiben«, sagte sein Vater. »Bis du den Wagen in Gang gesetzt hast, ist sie schon fast zu Hause. Sie hat immer Tempo am Leib, das hatte sie als kleines Mädchen schon.«

Jacob versuchte, sich an Imma als kleines Mädchen zu erinnern. Etwas Zierliches, Blondes wirbelte da durch die Gegend, das niemandem Mühe machte und keinen Ärger verursachte und eigentlich erstmals richtig in Erscheinung trat, als es durch einen schweren Unfall an ein langes Krankenlager gefesselt war.

Beherrschend war immer Agathe gewesen, die ältere Schwester, die war ihm gleich gegenwärtig, mit ihr hatte er viel Streit gehabt, sie war rechthaberisch, wußte alles besser, verstand sich durchzusetzen und ließ ihn mehrmals am Tag wissen, was für ein ungebildeter Flegel er sei. Mal sehen, dachte er leicht amüsiert, wie ihre Begrüßung aussehen wird.

»Ich wußte gar nicht mehr, was Imma für ein liebes Mädchen ist«, sagte er.

»Das ist sie«, stimmte Carl Eugen zu. »Lieb zu uns, lieb zu ihren Kindern, lieb zu ihrem Mann. Mehr, als er es verdient. Er ist ein ziemlich strenger Eheherr. Ich kann mir vorstellen, daß sie einen Tadel einstecken muß, wenn sie heimkommt. Erstens, weil sie Hals über Kopf hierhergelaufen ist, vermutlich ohne ihn um Erlaubnis zu fragen, denn er hätte es nicht erlaubt, und zweitens, weil er auf sein Nachtessen warten mußte.«

Madlon krauste die Nase. »La pauvre petite. Ich glaube, ich werde sie gern haben. Sie hat zwei Kinder?«

»Ja«, klärte Carl Eugen sie auf. »Eva ist zehn geworden in diesem Jahr, und der Kleine, der Konrad, ja, wie alt ist der, fünf, glaub ich, oder sechs. Sehr nette Kinder.«
Madlon blickte versonnen in das warme Licht der Lampe, die über dem Tisch hing.
»Wie schön! Ein kleines Mädchen, ein kleiner Junge. Das muß sie sehr glücklich machen.«
Die Herren hörten die Wehmut in ihrer Stimme und dachten an die traurige Geschichte, die Madlon zuvor erzählt hatte, von ihren Kindern, die bei einem Brand ums Leben gekommen waren. Das heißt, Carl Eugen und Carl Ludwig dachten daran, Jacob hatte ihr diese Geschichte keineswegs geglaubt.
Carl Eugen wechselte das Thema.
»Tja, dann sollten wir mal hören, was Berta für uns zum Nachtessen bereithält. Ich nehme doch an, ich bin eingeladen zur Feier des Tages. Schmeckt Ihnen der Wein, Madame?«
»Oh, er ist wundervoll, danke«, Madlon hob ihr Glas mit dem Meersburger Weißherbst und trank dem alten Herrn zu. »Und Jacobs andere Schwester? Sie hat auch Kinder?« fragte sie.
»Drei«, antwortete Carl Ludwig. »Agathe hat zwei Buben und ein Mädchen. Carl Heinz, der ist jetzt fünfzehn, dann Hortense, die ist...«
»Elf«, half Carl Eugen aus. »Ein besonders reizendes kleines Mädchen. Sehr aparter Typ. Die wird Ihnen gefallen, Madame. Und der Jüngste, Paul, der ist im Krieg geboren, der muß etwa neun sein. Oder zehn. Eva und Paul sind fast gleichaltrig. Imma hat ja erst 1912 geheiratet.«
»Ach ja, der Kummer mit dem schlimmen kleinen Leutnant, Sie erzählten davon«, sagte Madlon. Zu ihrer eigenen Verwunderung begann sie sich wohlzufühlen bei dem Gedanken, auf einmal von Familie umgeben zu sein. Eigentlich gerade das, wovor sie sich gefürchtet hatte. Das hatte Immas Herzlichkeit bewirkt und möglicherweise auch, ihr unbewußt, die Tatsache, daß auf einmal so viele Kinder zu ihrem Leben gehören würden.
»Bernhard, also Immas Mann, wurde 1915 eingezogen, wißt

ihr. Da mußten wir beide noch mal tüchtig ran. 1917 wurde Bernhard dann an der Isonzofront verwundet, glücklicherweise nicht allzu schwer, nach dem Lazarett kam er dann nach Hause und mußte nicht mehr fort. Ja ja, also ist der Konrad erst 1918 geboren. Ist er jetzt fünf. Wird im nächsten Jahr sechs.«
Carl Eugen kannte sich offenbar gut aus in der Familiengeschichte, und obwohl er selber nie geheiratet hatte, befriedigte ihn das Vorhandensein von zahlreichem Nachwuchs, das war seiner behaglichen Erzählung deutlich zu entnehmen.
»Genaugenommen hat ja Agathe noch eine zweite Tochter. Henri, ihr Mann, hatte einen Bruder, der fiel gleich 1914 an der Somme. Clarissa wurde dadurch Vollwaise, denn ihre Mutter war zwei Jahre zuvor im See ertrunken.«
»Hieß sie nicht Liliane?« warf Jacob ein. »Eine ganz bezaubernde junge Frau.«
»Sehr richtig, Liliane. Agathes Schwägerin. Sie war eine gute Seglerin, bekannt am ganzen See. Sie nahm an Regatten teil, damals noch ungewöhnlich für eine Frau. Eines Tages kenterte sie, als das Wetter plötzlich umschlug. Sie müssen wissen, Madame, der Bodensee kann sehr heftig werden. Manchmal bläst es sehr plötzlich von den Schweizer Bergen herunter. Oder auch vom Untersee herein, das kann auch tückisch sein. Ja, Liliane ertrank. Wir waren alle sehr betrübt, sie war wirklich eine bezaubernde Frau, wie du gesagt hast. Roman, ihr Mann, war untröstlich. Nun ja, lang hat er sie nicht überlebt. Henri ist heute der letzte Lalonge in unserer Stadt. Und Clarissa, Lilianes und Romans Tochter, ihr einziges Kind, wuchs bei Agathe und Henri auf. Sie war elf, als ihr Vater fiel.«
Madlon versuchte, sich die Namen zu merken. Eva und Konrad, das waren Immas Kinder. Carl Heinz, Hortense, seltsamerweise ein französischer Name, und Paul waren Agathes Kinder, und dieses Mädchen Clarissa war Agathes Nichte. Sechs Kinder, zwischen fünf und fünfzehn. Nein, Clarissa mußte ja nun schon – es war schwierig, so schnell zu rechnen, auf jeden Fall mußte sie annähernd erwachsen sein. Neidisch dachte Madlon: Ich habe keine Kinder und überhaupt keine Familie, und die haben hier so viel davon.

Aber wie konnte sie behaupten, keine Familie zu haben? Natürlich hatte sie Familie gehabt, mehr als genug, eine Schwester und vier Brüder waren es gewesen. Es war ihre Schuld, daß sie sich nie mehr um sie gekümmert hatte. Als sie noch im Kongo lebte, hatte sie einige Male nach Hause geschrieben, aber nur ihre Schwester Ninette hatte einmal geantwortet. Die anderen und deren Kinder – Gott allein mochte wissen, was aus ihnen geworden war; die Jungen alle im Bergwerk gelandet; die Mädchen verheiratet, verprügelt von ihren Männern und ewig schwanger, so wie sie es von ihrer Mutter kannte. Der schönste Tag im Leben ihrer Mutter war zweifellos jener gewesen, als ihr Mann in einem schlagenden Wetter umkam. Zwar waren sie dann noch ärmer als zuvor, aber die Mutter war befreit von dem Mann, der sie schlug und dann aufs Lager warf und ihr ein Kind machte. Und Ninette, so hübsch und zart und so empfindsam, warum bei allen Heiligen heiratete sie dann genau so einen Mann, kaum neunzehn Jahre alt.
Madlon hatte es nicht verstehen können. Zwei Kinder in zwei aufeinander folgenden Jahren bekam Ninette, blaß und verhärmt sah sie schon mit einundzwanzig aus, zitternd vor dem Mann, zitternd vor der nächsten Schwangerschaft.
Als sie zum drittenmal ein Kind erwartete, sagte Madlon: »Laß uns doch weglaufen. Bleib doch nicht bei ihm. Wir gehen nach Brüssel. Dort finden wir jemanden, der dir das Kind wegmacht, das gibt es.«
»Tu es folle«, war Ninettes Antwort.
Während Ninettes dritter Schwangerschaft fiel ihr Mann über die jüngere Schwester her, er vergewaltigte Madlon und nahm sie einige Zeit lang jede Nacht mit in sein Bett.
Ninette wußte es, und Madlon schämte sich, vor allem deswegen, weil sie wider Willen Lust empfand bei der vitalen, oder besser gesagt, brutalen Art, mit der ihr Schwager eine Frau nahm. Und natürlich hatte sie Angst, nun auch ein Kind zu bekommen, damals hatte sie Angst davor. Sie betete jeden Abend zur Jungfrau Maria, daß sie sie vor dieser Schande und Last behüten möge. Ihr Gebet war erhört worden. Sie bekam damals kein Kind, sie bekam nie eines.

Schließlich lief sie von zu Hause weg, allein ging sie nach Brüssel, und seitdem hatte sie keinen von ihrer Familie wiedergesehen. Was mochte aus Ninette geworden sein? Aus ihrem Mann, aus ihren Kindern? Und die Brüder, lebten sie noch, wo und wie? Was mochte der Krieg ihnen angetan haben?

»So nachdenklich, Madame?« fragte Carl Eugen, der für eine Weile das Zimmer verlassen hatte und nun, als er zurückkam, alle drei schweigsam, in ihre Gedanken vertieft, vor den Weingläsern sitzen sah. Madlon lächelte ihm zu. Sie hatte ihn schon ins Herz geschlossen.

»Nun, es gibt viel nachzudenken, nicht wahr? Es ist alles so neu, was ich hier höre und sehe. Und ein wenig habe ich Angst vor all den vielen Leuten, die zu Jacob gehören.«

»Aber doch nicht vor mir?«

»O nein, Monsieur, nicht vor Ihnen. Und auch nicht vor Imma, die kenne ich jetzt.«

»Zugegeben, mit Agathe wird es Ihnen wohl anders ergehen. Vor der haben wir alle ein bißle Angst. Nicht, Ludwig?«

»Du übertreibst«, erwiderte sein Bruder. »Agathe hat nun einmal – nun, wie soll man das nennen, sehr festgefügte Ansichten vom Leben.«

Jacob lachte laut auf, es klang jungenhaft. »Die hatte sie immer schon. Daran hat sich also nichts geändert. Festgefügte Ansichten vom Leben und wie die Menschen sich darin zu benehmen haben. Sie wird kaum heute abend hier angestürzt kommen, um mich zu begrüßen.«

»Gewiß nicht«, sagte Carl Eugen und schmunzelte. »Sie wird erst einmal ihre Schwester streng verhören. Und ihr dann mitteilen, daß sie sich wieder einmal unmöglich benommen habe. Dann wird sie morgen vormittag mit deinem Vater und mit mir ein ernstes Gespräch führen, um zu erkunden, ob man Jacob und seine unbekannte Frau der Gesellschaft präsentieren könne, und dann müssen wir abwarten, was ihr dazu einfällt.«

»O mon dieu«, seufzte Madlon mit einem koketten Augenaufschlag, »das klingt nicht sehr verlockend. Sicher werde ich ihr nicht gefallen.«

»Dieses Schicksal würden Sie mit vielen Menschen teilen, Madame«, sagte Carl Eugen. »Aber nun möchte ich euch gern berichten, was ich das Abendessen betreffend ermittelt habe. Berta und Muckl – das ist mein Diener«, wandte er sich erklärend an Madlon, »er ist fast genauso alt wie Berta, aber noch tipptopp in Form, und vor allem hat er Einfälle. Also die beiden, Berta und Muckl, haben sich zusammengetan, um ein einigermaßen akzeptables Mahl zu bereiten. Ein Willkommensmahl.«
»Aber das wäre doch nicht nötig gewesen, Onkel Eugen«, meinte Jacob, »macht euch doch bloß keine Umstände.«
»Die beiden machen sich nichts lieber als Umstände, denn sie finden das Leben mit uns beiden sowieso zu langweilig. Ich esse unten mein Brot mit Wurst und Käse, und Ludwig ißt das gleiche hier oben, wir trinken unseren Wein dazu, und wenn nicht gerade mal Besuch kommt, ist das Leben für Berta und Muckl höchst ennuyant. Sie fühlen sich weder alt, noch sind sie faul. Nun hört, was ich euch künde! Mein Muckl, der ja immer gern mit dem Einhart, dem Fischer, hinausfährt, weiß auf jeden Fall genau, was der Einhart gefangen, verkauft oder in seinem Bassin hat. Zur Zeit befindet sich darin ein prachtvoller Wels, gestern an Land gezogen. Zu dem hat sich der Muckl jetzt auf den Weg gemacht mit seinem Fahrradl, und den bringt er uns. Als Vorspeise hat Berta noch für jeden eine Maultasche in einer Tasse Brühe. Danach gibt es Käse und Obst. Wie gefällt euch das?«
»Klingt fabelhaft«, sagte Jacob, »wie lange habe ich keinen Fisch aus dem Bodensee mehr bekommen.«
»Deine Schuld, mein Junge. Sie essen gern Fisch, Madame?«
»O ja, sehr gern.«
»Nun, dann wäre alles soweit geklärt. Ich würde vorschlagen, ihr begebt euch jetzt mal nach oben, dort ist inzwischen alles hergerichtet, ihr wollt vielleicht auspacken und euch ein bißle frisch machen. In einer Stunde oder anderthalb können wir dann speisen.«
Carl Ludwig lehnte sich bequem in den Sessel zurück, auch er fühlte sich jetzt außerordentlich behaglich.

»Ein Festmahl«, sagte er zufrieden. »Um die Heimkehr des verlorenen Sohnes zu feiern. Wie es sich gehört. Eugen, ich wäre da nicht draufgekommen.«
»Das dachte ich mir sowieso.«
Madlon verstummte ratlos, als sie in das obere Stockwerk kam. Sie ging von einem Zimmer ins andere, sie stand und staunte immer wieder unter jeder Tür.
Hier sollten sie wohnen? Es kam ihr vor wie ein Traum. Große Zimmer, mit wunderschönen alten Möbeln eingerichtet, ein Schlafzimmer mit einem riesigen Doppelbett unter einem Baldachin, weiße Wolkenstores an den Fenstern.
Warum waren sie nicht längst hierhergekommen? Warum hatten sie sich so geplagt, Jacob immer wieder krank, sie auf der Jagd nach dem Lebensunterhalt; die miesen kleinen Pensionszimmer. Gewiß, Berlin war interessant gewesen, ein Abschnitt ihres Lebens, den sie nicht missen mochte, aber dies hier war – was war es? es war, was sie nie gekannt hatte – Geborgenheit, Sicherheit, Wärme.
In den Kachelöfen war inzwischen überall Feuer gemacht worden, alle Lampen brannten, es war heimelig, es war gemütlich, all diese deutschen Worte fielen ihr ein, die sie nie benutzt hatte.
Es ist dennoch nicht möglich, daß ich hier leben werde, ich passe nicht hierher. Aber ich würde gern bleiben. Ich werde so tugendhaft und brav sein, wie ich nur kann, damit ich bleiben darf. Und wenn Agathe noch so schrecklich ist, ich werde alles tun, um sie zu gewinnen.
Blieb noch Jacobs Mutter. Alles kam darauf an, wie sie sich verhalten würde.
Sie stand an den Türrahmen gelehnt und blickte auf das Bett unter dem Baldachin und schluckte. Dann betrachtete sie die Hand, an der sie den Ring getragen hatte. Mit Dankbarkeit dachte sie an Kosarcz, er hatte es ermöglicht, daß sie nicht als Hungerleider, als abgerissene Bittsteller hier ankamen. Sie würde ihm das nie vergessen, auch wenn sie nicht mit ihm nach Amerika gehen würde. Hierzubleiben erschien ihr im Augenblick als das schönste Geschenk, das das Schicksal ihr machen konnte. Wenn sie bleiben durfte –

Ihre Kehle wurde eng, Tränen stiegen ihr in die Augen. Konnte es sein, daß es also doch auf dieser Welt einen Platz für sie gab, wo sie Ruhe und Geborgenheit finden konnte?
»Dieu le veuille!« flüsterte sie.
Plötzlich stand Jacob hinter ihr, sie hatte ihn gar nicht kommen hören. Er war mit den Mädchen unten gewesen, hatte den Wagen ausgeräumt und das Gepäck nach oben gebracht. Er legte von hinten beide Arme um sie, schmiegte sein Gesicht an ihre Wange.
»Mon amour, was hast du? Du weinst? Gefällt es dir hier nicht?«
»Es ist wunderbar«, flüsterte sie. »Oh, Jacques! Dieu merci!« Sie drehte sich in seinem Arm und preßte sich fest an ihn. »Dieu merci! Meinst du, sie werden uns behalten wollen?«
Er küßte sie liebevoll. »Ich denke schon. Bis jetzt macht es den Eindruck, als freuten sie sich über unser Kommen. Es ist ein Experiment, nicht wahr? Erst mal abwarten, wie es weitergeht. Und wie lange dir das Leben in der Provinz unter lauter Provinzlern gefällt.«
Er hatte beide Worte spöttisch betont, sie legte den Kopf in den Nacken und lachte.
»Ich rede manchmal Unsinn. Was bin ich denn? Ich bin nicht in Brüssel groß geworden und nicht in Paris. Da, wo ich herkomme – mon dieu, das ist nicht einmal Provinz.«
»Aber unser Leben war schön, Madlon«, sagte er träumerisch.
»Schön. Das weite, große Land, die Freiheit. Es wird dir hier schon noch eng vorkommen.«
»Freiheit war es zuletzt nicht mehr.«
»Da hast du recht. Himmel, bin ich müde. Am liebsten ginge ich gleich ins Bett. Weißt du, was du da vor dir siehst? Das ist das Himmelbett meiner Großmama. Als ganz kleiner Bub saß ich da manchmal auf dem Rand und durfte ihr zuschauen, wenn sie frühstückte. Ab und zu steckte sie mir einen Bissen in den Mund. Dann war sie plötzlich nicht mehr da. Wo ist sie denn hingegangen? fragte ich, und meine Mutter sagte: zum lieben Gott. Tja!« Er straffte sich. »Hilft alles nichts, dem Abendessen müssen wir standhalten. Bist du auch so müde?«

»Ein wenig, ja.«
»Wir können baden, sagt Berta. Sie hat den Badeofen angeheizt. Wie wär's mit einem schönen heißen Bad, Madame?«
»Das wäre wundervoll.«
»Dann ziehst du eines von deinen neuen feschen Kleidern an, und dann speisen wir mit den beiden da unten und trinken noch ein paar Gläser von unserem Wein. Es wird nicht allzu lange dauern, die beiden werden auch müde sein, es war für sie ein anstrengender Nachmittag. Dann werden wir uns in Großmamas Himmelbett lieben.«
»Wenn du nicht zu müde bist.«
»Bestimmt nicht. Und was morgen und übermorgen ist, daran wollen wir nicht denken. Das haben wir nie getan.«
Ich schon, hätte Madlon antworten mögen, ich habe in letzter Zeit immer nur daran gedacht.
Jacob ging durch die Zimmer, was er zuvor noch nicht getan hatte. »Na ja, ziemlich kunterbuntes Meublement, was sie hier abgestellt haben. Früher waren hier die Kinderzimmer und unsere Arbeitszimmer, wo wir Schularbeiten machten, und das Kinderfräulein wohnte auch hier. Zuletzt hat ja wohl Agathe hier mit ihrem Mann gewohnt, ehe sie das neue Haus gebaut haben. Sie soll nämlich ein ganz fabelhaftes Haus haben, gar nicht weit von hier entfernt. Berta hat mir das gerade erzählt. Eine prächtige Villa, fast schon ein Palais, wie sie sagte.«
Agathe Lalonge kam am nächsten Nachmittag ins Haus, angemeldet natürlich, zu einem kurzen Besichtigungsbesuch. Zuvor hatte sie veranlaßt, daß Imma ihren Besuch mit den Kindern um einen Tag verschob. Agathe war eine gutaussehende Frau, großgewachsen und schlank wie ihr Bruder, sie trug das reiche, dunkelblonde Haar in einem tiefen Knoten gefaßt, ihr Gesicht war wohlgeformt mit großen grauen Augen, vielleicht war die Nase ein wenig zu spitz, der Blick zu scharf. Auf jeden Fall war sie eine imponierende Erscheinung. Herzlich konnte man ihre Begrüßung nicht nennen, sie war höflich, gemessen und kühl.
Madlon zeigte sich von der charmantesten Seite, hatte aber nicht das Gefühl, viel an Boden gewonnen zu haben.

Es wurde Tee getrunken, Carl Ludwig war in die Kanzlei gegangen, nur Carl Eugen war zugegen, leicht amüsiert, immer hilfreich zur Hand, wenn es galt, Klippen zu umschiffen, um zu verhindern, daß Jacob bockig wurde oder Madlon unsicher. Denn ohne Zweifel war es eine Art Examen, das Agathe anstellte: sie wollte wissen, ob sie den Taugenichts von Bruder und diese undefinierbare Fremde den Bekannten und Freunden des Hauses Lalonge präsentieren konnte. Dazu mußte sie erst herausbringen, ob die Ankömmlinge zu bleiben gedachten. Verschwanden sie bald wieder, brauchte man sich die Mühe gar nicht erst zu machen. Blieben sie jedoch eine Weile, mußte man die Situation mit Stil und Haltung meistern.

Das Ergebnis der Inquisition war offenbar nicht ausgesprochen negativ. Ehe sie ging, ließ Agathe wissen, daß sie demnächst eine kleine Abendgesellschaft geben werde, damit Jacob Gelegenheit habe, Verwandte und Bekannte wiederzutreffen.

Agathes Mann, Henri Lalonge, war ein Nachkomme der Genfer Emigranten, die gegen Ende des 18. Jahrhunderts nach Konstanz gekommen waren. Noch vor der Französischen Revolution hatte es im Stadtstaat Genf immer wieder Revolutionen und Aufstände gegeben, die sich hauptsächlich gegen die Herrschaft der Aristokraten, die Oligarchie der Patrizier, richteten, die bis dahin unangefochten die Stadt beherrscht hatten. Im Jahrhundert der Aufklärung war die Stadt Rousseaus mit eine der ersten, die sich gegen diese Herrschaft wehrten. Es gab diverse kriegerische Auseinandersetzungen, ein Eingreifen Frankreichs, auch der Schweizer Nachbarn, schließlich mußten viele der alten Familien aus der Stadt fliehen.

In Konstanz hingegen stand es zu jener Zeit wirtschaftlich nicht zum Besten. Die ruhmreiche Zeit der Freien Reichsstadt gehörte der Vergangenheit an, das Bistum Konstanz hatte Glanz und Bedeutung verloren. Es begann damit, daß der alte Bischofssitz sich erstaunlicherweise der Reformation gegenüber sehr aufgeschlossen zeigte. Der Bischof verließ daraufhin die Stadt und zog mit seinem Hof nach Meersburg, das Domkapitel nach Überlingen. Nachdem die Reformation in der Stadt gesiegt hatte, suchte man neue Verbündete und hoffte sie in der Schweiz, speziell in Zürich, zu finden, das sich ja fast uneingeschränkt zu Zwinglis Lehre bekannte. Aber dieses Bündnis währte nur kurze Zeit, die gespaltene christliche Religion schuf wie überall im Heiligen Römischen Reich Deutscher Nation eine schwierige und schwer überschaubare Situation, Kaiser und Papst übten immer noch eine unangefochtene Macht aus, und 1548 wurde über Konstanz gar die Reichsacht verhängt. Sofort überfielen spanische Truppen die Stadt, brandschatzten, raubten und mordeten; zwar verteidigten sich die Konstanzer tapfer, aber sie erkannten, daß sie verloren waren, wenn sie sich nicht dem Kaiser ergaben.

Karl V. war ein zu mächtiger und starker Herrscher. Seinem Bruder, König Ferdinand, dem späteren Kaiser und Nachfolger Karls, mußten die Konstanzer 1549 den Treueid schwören, und von jener Zeit an gehörten sie dem Hause Habsburg, das heißt also Österreich an, und zwar so lange, bis wieder ein Übermächtiger erschien, der die Welt neu verteilte: Napoleon Bonaparte, der das Großherzogtum Baden schuf, woraufhin Konstanz eine badische Stadt wurde.

Etwa 250 Jahre lang waren die Konstanzer also Österreicher und daher auch wieder gute Katholiken. Allerdings hatte der Bischof nicht mehr viel mit ihnen im Sinn, nur vorübergehend kehrte er nach Konstanz zurück, dann übersiedelte er für immer nach Meersburg, wo es ihm offensichtlich besser gefiel.

Keine Bischofsstadt mehr, keine Freie Reichsstadt mehr, kein Platz des Welthandels mehr, wirklich nur noch Provinz, eine unwichtige kleine Stadt im Südwesten des Reiches war das einst so stolze Konstanz geworden. Das brachte wirtschaftlichen Abstieg, die Bevölkerungszahl ging rapide zurück, der Handel war kaum noch der Rede wert. Auf der Plusseite allerdings konnte die Stadt verbuchen, daß sie weitgehend vom Dreißigjährigen Krieg verschont blieb, nur einmal belagerten die Schweden für drei Wochen ergebnislos die Stadt, und so gute Kaisertreue waren die Konstanzer inzwischen wieder geworden, daß sie sich tapfer und erfolgreich verteidigten.

Doch zurück zu den Genfer Emigranten, sie wurden von Kai-

ser Josef II., dem leidenschaftlichen Reformer, in Konstanz angesiedelt, um der maroden Wirtschaft zu helfen, denn Voraussetzung für das Wohnrecht in der Stadt war, daß die Einwanderer ein Gewerbe ausübten, das für die Zukunft einen wirtschaftlichen Gewinn versprach. Eine der berühmtesten Genfer Familien, die damals nach Konstanz kamen, war die Familie Macaire, die in dem säkularisierten ehrwürdigen Dominikanerkloster auf der Insel, das man ihnen verpachtet hatte, eine Seiden- und Baumwollfabrik und Färberei errichteten. Eine geborene Macaire war es, das sei hinzugefügt, die die Mutter des Grafen Zeppelin wurde, der 1838 im ehemaligen Dominikanerkloster geboren wurde.
Manche Genfer Familien blieben, viele gingen wieder. Die Nachkommen des Raymond Lalonge de Rocher waren geblieben. Sie legten den Adelstitel ab, nannten sich einfach Lalonge und wurden Österreicher, Badener, schließlich Deutsche, auf jeden Fall aber waren und blieben sie gute Konstanzer.
Henri Lalonge war der Letzte seines Namens in der Stadt, allein schon deswegen war er stolz und glücklich darüber, zwei Söhne zu besitzen, so daß der Name in Konstanz nicht aussterben würde. Er besaß eine Textilfabrik, die er früher zusammen mit seinem Bruder, seit dessen Tod allein führte. Wohlhabend war er immer gewesen, der Krieg hatte ihn reich gemacht, da er auf Lieferungen für das Heer umgestellt hatte.
So war auch Agathe eine wichtige Persönlichkeit in der Stadt, sie war in Wohltätigkeitsausschüssen tätig, gehörte einigen Clubs an und hatte während des Krieges für das Rote Kreuz gearbeitet. Auch jetzt gab es viel Not und Elend in der Stadt, bedingt durch den Krieg und die daraus folgende Abschnürung vom Schweizer Hinterland, dem Thurgau. Agathe hatte viel zu tun, der große Haushalt, die vier Kinder und ihre übrigen Tätigkeiten füllten ihre Zeit überreich aus, doch das brauchte sie, und dem war sie gewachsen. Clarissa, ihre Nichte, die seit ihrem elften Lebensjahr bei ihnen lebte, war nun zwanzig und stand ihr tatkräftig zur Seite, sei es im Haushalt, sei es, was die Erziehung der jüngeren Kinder betraf. Natürlich gab es genügend Personal im Haus, es lief alles reibungs-

los und perfekt. Auch die Abendgesellschaft, die an einem Samstag stattfand, als Empfang und Einführung für Jacob gedacht.
Nur ergab es sich, daß Jacob nicht die Hauptperson des Abends wurde. Ein Ereignis, das zwei Tage zuvor stattgefunden hatte, erfüllte alle Gedanken und bestimmte jedes Gespräch.
Der Irrsinn der Inflation hatte sein Ende gefunden.
Von heute auf morgen gab es eine neue Währung – die Rentenmark. Eine Billion Reichsmark war nun eine Rentenmark wert. Oder, um den in den vergangenen Jahren so bedeutenden Dollar anzuführen, ein amerikanischer Dollar, ein einziger, hatte zuletzt den Gegenwert von 4,2 Billionen Reichsmark besessen.
So ungeheuerlich der Verfall der Mark gewesen war, so ungeheuerlich war nun dieser plötzliche Wandel. Er stürzte viele Menschen in tiefe, ratlose Verzweiflung, da sie praktisch vor dem Nichts standen, er sollte zur Ursache vieler Selbstmorde deutscher Bürger werden, besonders älterer Menschen, die nicht mehr aus noch ein wußten. Dennoch war es ein Neubeginn; eine schwache Hoffnung auf eine bessere Zukunft begleitete diese Währungsreform, die Aussicht auf ein normales Leben mit normalem Geld. Sofern man in der Lage war, sich solches zu verdienen. Wie schwer es für viele Menschen sein würde, nicht nur alte, sondern auch junge Menschen, sich dieses Geld zu verdienen, sollte die Zukunft lehren.
Die Heimkehr des Sohnes Goltz ging also in diesem Ereignis unter. Man sprach an diesem Abend über nichts anderes als über das Geld, das von gestern, das von heute und von morgen. Jacob und seine mitgebrachte Frau konnten mit diesem Erdbeben nicht konkurrieren.
Nett, daß du wieder da bist, alter Junge. Wie geht's dir denn so? Tolle Geschichten, die ihr da gemacht habt in Afrika, mußt du mir gelegentlich mal erzählen. Stimmt es, daß ihr alle Gefangenen abgemurkst habt? Dieser Lettow-Vorbeck muß ja ein phantastischer Bursche sein, haben Sie ihn gut gekannt? Na, den Engländern habt ihr es vielleicht gezeigt, wenigstens ihr habt das getan. Gott, wissen Sie, wir hätten den

Krieg ja nicht verloren, wenn man uns nicht in den Rücken gefallen wäre. Diese Russische Revolution, wissen Sie, wissen Sie, das ist ein großes Übel, daran werden wir noch alle zu kauen haben.
So in der Art wurde er von verschiedenen Seiten angesprochen, meist von Leuten, die er gar nicht kannte. Es waren immer nur kurze Bemerkungen, gleich darauf war man wieder beim Geld angelangt; vorgestern noch Millionen, Milliarden, Billionen – heute eine Mark. Eine einzige kleine Mark, die aber etwas wert sein sollte.
Das zweite Thema war die Politik, die Regierung der Republik im fernen Berlin. An Gustav Stresemann, der seit dem Sommer Reichskanzler war, erhitzten sich die Gemüter, sowenig man hier auch von ihm wußte.
Jemand sagte zu Jacob: »Wie ich gerade von Lalonge gehört habe, kommen Sie direkt aus Berlin. Was halten Sie von Stresemann? Ein Mann der Mitte, nicht wahr? Ein vernünftiger, zuverlässiger Mann an der Spitze, das ist es, was wir brauchen.«
Ein anderer, der dabeistand, widersprach: »Ein Mann der Rechten. Die Sozialdemokraten werden ihn nicht lange auf diesem Stuhl dulden.«
»Die Sozis, ich bitte Sie! Die haben ausgespielt. Sie sind nicht imstande, gegen die Kommunisten aufzutreten, und die sind es, die wir zu fürchten haben. Ist es nicht so, Herr Goltz? Man hört furchtbare Geschichten, was sich in Berlin so tagtäglich abspielt.«
Jacob nickte hierzu und nickte dazu, im Grunde hatte er keine Ahnung. Zwar hatte er in Berlin gelebt, doch um die Politik der Weimarer Republik hatte er sich kaum gekümmert.
Das Leben in Afrika hatte ihn deutscher Politik, auch jener vor dem Krieg, total entfremdet. Und dann hatte er jahrelang nur noch ums Überleben gekämpft, zuerst im Krieg im afrikanischen Busch und dann im unübersichtlichen Dschungel des Berlin der Nachkriegszeit. Er war überhaupt kein politischer Mensch. Politik hatte ihn nie interessiert.
»Fest steht, daß die Zustände in Deutschland nicht so bleiben können«, fuhr der Mann fort, der Jacob als erster angespro-

chen hatte. »Wir haben nun einmal diesen Krieg verloren, aus welchen Gründen auch immer, und wir müssen einfach wieder zu einer Ordnung finden. Und dazu ist diese derzeitige Republik nicht imstande. Nehmen Sie allein diese Attentate, erst Erzberger, dann Rathenau, das schreit doch zum Himmel.«

»Na, Sie können mir doch im Ernst nicht einreden, daß Sie ausgerechnet um diese beiden Tränen vergießen«, sagte der andere.

»Rathenau war ein brillanter Kopf. Wir brauchen nicht nur Leute an der Spitze, die Geschrei machen, sondern Leute, die denken können.«

»Einen von den Schreiern haben sie ja jetzt in München abserviert.«

»Ach, Sie meinen diesen Hitler? Na, den braucht man ja wohl wirklich nicht ernst zu nehmen.«

»Hoffentlich täuschen Sie sich da nicht.«

Jacob wußte gar nicht, wer dieser Hitler war. Seit er nach Konstanz gekommen war, hatte er keine Zeitung mehr gelesen, es blieb einfach keine Zeit dafür. Und von dem Marsch auf die Feldherrnhalle, der vor vierzehn Tagen in München stattgefunden hatte und von der bayerischen Polizei rasch und entschieden gestoppt worden war, hatte er überhaupt keine Ahnung.

Alles in allem kam er sich etwas überflüssig vor an diesem Abend, der zu seinen Ehren veranstaltet worden war. Leute seines Jahrgangs traf er kaum, die meisten waren älter. Von seinen Schulkameraden und Jugendfreunden, den Gefährten seiner wilden Streiche, waren viele aus dem Krieg nicht heimgekehrt. Auch das erfuhr er an diesem Abend.

Was immer die Zeit an Not mit sich brachte, die Tafel bei Agathe war reich gedeckt. Sie selbst, und das beobachtete nun wieder Madlon sehr aufmerksam, regierte souverän den Kreis der Eingeladenen, und ihr zur Seite, still und zurückhaltend, aber sehr beherrschend, wirkte Agathes Nichte Clarissa.

Dieses junge Mädchen faszinierte Madlon über alle Maßen; auch wenn sie alles andere war als eine auffallende Erscheinung, strahlte sie eine erstaunliche Kraft und Selbstsicherheit

aus. Sie war keine Schönheit, wirkte aber anziehend, das Haar ein rötliches Braun, fast dem Madlons gleich, auch der Teint leicht bräunlichgetönt, die Nase kräftig, der Mund groß und die Backenknochen leicht betont. Sie schien im Haus Lalonge uneingeschränkte Autorität zu genießen: Die Dienerschaft dirigierte sie mit Blicken; wenn ihr etwas nicht gefiel, ließ sie einen kurzen Zischlaut hören, der sofort Wirkung zeigte.
Madlon registrierte das mit einem gewissen Amüsement. Was für ein kleines Biest, dachte sie. Die weiß, was sie will.
Mit Agathe schien sich Clarissa ausgezeichnet zu verstehen, auch diese beiden verständigten sich mit Blicken, und das funktionierte. Wenn Agathe ein Gespräch unterbrochen haben wollte, nachdem die Tafel aufgehoben war, wenn es ihr schien, daß die falschen Partner zusammen standen oder saßen, genügte ein kurzer Blick zu Clarissa, die sich sodann mit bescheidenem Lächeln einmischte und die Dinge in Agathes Sinn ordnete.
Madlon sah sich von beiden Damen, der etwa gleichaltrigen Schwägerin und deren junger Nichte, mit vollendeter Höflichkeit und ebenso vollendeter Kühle behandelt. Dafür war Imma um so freundlicher, wenn auch nicht so überschwenglich wie bei der ersten Begegnung, das verhinderte die Gegenwart der älteren Schwester. Ihr Mann, Bernhard, war ein trockener Herr, der erst ein wenig umgänglicher wurde, als er genügend dem Wein zugesprochen hatte. Henri Lalonge, Agathes Mann, etwas kleiner als seine Frau, den Embonpoint von einem guten Schneider kaschiert, mit einem Napoleon-dem-Dritten-Bart versehen, war dagegen außerordentlich liebenswürdig und verbindlich.
Agathes Kinder bekam Madlon nicht zu sehen, sie waren zu der Abendgesellschaft nicht zugelassen. Immas Kinder dagegen hatte sie in den vergangenen Tagen kennengelernt und schon Freundschaft mit ihnen geschlossen, beide waren zutraulich und freundlich wie die Mutter.
Das Haus der Lalonges war prächtig, höchst eindrucksvoll, ein Palais, wie Berta schon gesagt hatte. Große Räume, kostbar eingerichtet, strahlend im Licht der riesigen Kronleuchter.

Vom Elend der Zeit, von der Not des Landes, von der Ungewißheit der Zukunft merkte man nichts in diesem Haus, und Madlon dachte nicht ohne Neid: So haben sie immer gelebt, sie kennen es gar nicht anders.
Im großen und ganzen gesehen war es für sie nicht leicht, den Abend durchzustehen. Sie wußte, daß sie gut aussah, daß sie elegant gekleidet war, sie wußte aber auch, gerade an diesem Abend, sehr genau um die sechs Jahre, die sie älter war als Jacob. In Afrika und in Berlin hatte es keine Rolle gespielt, dort war sie immer Mittelpunkt gewesen, hier war sie die Frau an seiner Seite, und man würde sicher an ihrem Alter rätseln. Irgendwann, im Laufe des Abends, war das Wort wieder da, ging ihr verächtlich durch den Kopf – bourgeois. Das ist es, was sie sind, alle bourgeois.
Ziemlich spät, einige Gäste hatten sich schon verabschiedet, suchte Madlon nach Jacob. Sie wollte ihn fragen, wann man denn nach Hause gehen würde. Carl Ludwig und Carl Eugen waren bereits gegangen.
Sie fand Jacob im Musikzimmer, in dem in der Mitte ein Flügel stand, ein Notenpult mit einem verschlossenen Geigenkasten daneben und einige dekorative Sitzgruppen an den Wänden. Möglicherweise machten sie sogar wirklich Musik in diesem Haus. Jacob saß in der Ecke neben der Tür, auf einem kleinen Empiresofa, zu zierlich für seine lange Gestalt, und schräg neben ihm, auf einem Sesselchen, saß Clarissa, zu ihm geneigt und hörte ihm eifrig zu.
Sie waren so vertieft in ihr Gespräch, das heißt, er sprach so angeregt, und sie hörte ihm so intensiv zu, daß sie Madlon zunächst gar nicht bemerkten.
Madlon blieb unter der Schiebetür stehen und beobachtete die Szene eine Weile. Von Clarissa sah sie nur das Profil, die nach vorn gebeugte Nackenlinie, auf dem der Knoten von rötlichschimmerndem Haar schwer zu lasten schien.
Schönes Haar, dachte Madlon. Wenn sie es auflöst, reicht es ihr bis zu den Hüften, wie einst bei mir. Eigentlich sind die kurzen Haare doch keine gute Erfindung.
Jacob gestikulierte mit beiden Händen, und aus den Bewegungen erkannte Madlon, daß er sich im Busch befand und

Krieg führte. Nun ja, dieses Thema würde wohl für den Rest seines Lebens sein Hauptthema bleiben. Seine Augen flackerten, und seine Haut war gelb. Sicher hatte er zuviel getrunken.

Madlon ging langsam näher, die beiden sahen sie erst, als sie direkt bei ihnen war.

Jacob stand auf. »Oh, Madlon! Wo steckst du denn immer?«

Sie lächelte. »Hier und da. Meinst du nicht, es ist Zeit, nach Hause zu gehen?« Und nun ihr Lächeln, voll auf Clarissa: »Es war wirklich ein reizender Abend, Fräulein Lalonge. Ich hoffe, Sie werden uns auch einmal besuchen, wenn wir hier ein wenig etabliert sind.«

»Natürlich gern.«

Ihre Augen waren grün, stellte Madlon überrascht fest. Oder nicht direkt grün, braungrün, wie schillerndes Moorwasser.

»Clarissa wird uns sicher bald besuchen«, meinte Jacob animiert, »sie interessiert sich außerordentlich für unsere afrikanischen Heldentaten. Ich habe ihr gerade erzählt, wie wir damals Leutnant Wetzel und seine beiden Unteroffiziere und drei Askaris aus der Schlucht herausgeholt haben. Zweihundert Engländer, vielleicht auch dreihundert, hatten ihnen den Weg abgeschnitten und die Schlucht umstellt. Wir haben nie erfahren, wieviel es wirklich waren.«

»Wir werden es auch nicht mehr erfahren«, meinte Madlon. »Aber du denkst wirklich, eine junge Dame wie Clarissa hat Interesse an so blutigen Kriegsgeschichten? Ich weiß nicht, wie weit Jacob mit seiner Geschichte gekommen ist, aber Leutnant Wetzel, der arme Hans, starb schon, kaum daß wir die Schlucht ein paar Kilometer hinter uns gelassen hatten, so schwer waren seine Verletzungen. Wir mußten ihn liegenlassen, und die zweihundert oder dreihundert Engländer werden ihn wohl gefunden haben, nehme ich an. Von den Askaris kam auch nur einer lebendig ins Lager zurück.«

Madlon wußte auch nicht, warum sie ihm mit allzuviel Realismus seine Geschichte verdarb. Sie sah den Ärger in seinen Augen, doch der Eindruck auf Clarissa war gering.

Sie flüsterte zwar: »Wie schrecklich!«, aber das Lächeln um ihren Mund blieb unverändert. Das Lächeln galt Jacob. Und dann, zu Madlon gewandt, sagte sie kühl: »C'est la guerre, n'est-ce pas?« Und Madlon dachte, was sie schon einmal an diesem Abend gedacht hatte: was für ein kleines Biest!
»Ein sehr intelligentes Mädchen, diese Clarissa«, sagte Jacob, als sie eine Weile später im Auto saßen, um die kurze Strecke, es war praktisch nur um drei Ecken herum, nach Hause zu fahren. »Sie hat sogar das Abitur gemacht, stell dir vor! Das ist immer noch sehr selten für ein Mädchen.«
»Ah ja«, machte Madlon.
»Sie möchte gern Medizin studieren, sagt sie, aber Agathe läßt sie nicht fort, sie braucht sie im Haus und für die Kinder und überhaupt für alles.«
»Ah ja«, machte Madlon zum zweitenmal. Sie saß am Steuer, bog in die Seestraße ein und hielt vor dem Hause Goltz.
»War irgendwie ein komischer Abend«, sagte Jacob und gähnte. »Immerzu haben sie von dem blöden Geld geredet. Meinst du, unsere Dollars sind überhaupt noch was wert?«
»Keine Ahnung. Warum sollen sie auf einmal nichts wert sein?«
»Na, mit dem neuen Geld. Davon haben wir ja nun gar nichts.«
»Nein«, sagte Madlon heiter und stieg aus. »Davon haben wir nichts, und davon kriegen wir auch nichts, es sei denn, du versuchst, es zu verdienen.«
»Womit denn?«
»Das ist ja gerade die Frage.«
Sie sah zu, wie er seine langen Beine auf das Pflaster schob und etwas mühselig hochkam. Ein wenig betrunken war er zweifellos.
»Wirklich, 'n komischer Abend«, wiederholte er.
»Drôle, tu le dis«, bestätigte Madlon und wünschte sich auf einmal, weit weg zu sein.
So zwiespältig waren ihre Gefühle jetzt oft. Einmal war sie glücklich, in diesem Haus mit all seinem Komfort zu leben, sorglos zu leben und dazu weitgehend unbehelligt. Und ein andermal befiel sie Angst und Unsicherheit, und sie hatte das

Gefühl, daß es nicht lange währen würde, dieses sorglose Leben, das sie genau wie zuvor auf dünnem Eis lebte.
Am schönsten war es, wenn sie allein zu Hause waren. Sie genossen beide das behagliche Wohnen, das befreiende Gefühl, mehrere Räume zur Verfügung zu haben, Bedienung, gutes Essen und auch die Gesellschaft der beiden alten Herren. Mit Jacobs Vater und Jacobs Onkel kam Madlon blendend aus, schon nach wenigen Tagen war es klar, wieviel Abwechslung und Auftrieb sie in das Leben der beiden brachten.
Auch mit Jacob war Madlon glücklich in dieser Zeit.
Abgesehen von diesem einen Abend der Gesellschaft bei Agathe herrschte große Harmonie zwischen ihnen, er lebte vernünftig, sie gingen viel spazieren, sei es in der Stadt oder in der Umgebung, und es störte sie nicht, wenn Nebel den See verhüllte. Manchmal unternahmen sie Fahrten mit dem Auto, er zeigte ihr die Plätze seiner Jugend, und jedesmal sagte er: »Warte nur, bis es Frühling wird. Dann wirst du sehen, wie schön es hier ist.«
Einmal antwortete sie: »Meinst du denn, daß wir im Frühling noch hier sein werden?«
»Möchtest du nicht?«
»Ich weiß es nicht. Doch, ich möchte schon. Aber was sollen wir eigentlich hier tun? Immer nur spazierengehen? Essen, trinken, ein bißchen Unterhaltung mit Eugen und Ludwig?«
»Wir lieben uns«, sagte er. »Das genügt doch.«
Sie hatten sich immer geliebt. Er hatte immer ihre Nähe und ihre Umarmung gebraucht, aber jetzt lagen sie so leidenschaftlich und zärtlich einander hingegeben in Großmamas Himmelbett wie nie zuvor. Früher hatten sie nie so viel Zeit für die Liebe gehabt. Während des Krieges schon gar nicht; zwischen den Kämpfen, zwischen Angriff und Flucht, immer mit Plänen, mit Überlegungen ausgefüllt, von Angst gejagt, von Hunger geplagt, von Krankheit und Verwundung und Tod bedroht, waren ihre Umarmungen heftig und kurz gewesen.
Jetzt hatten sie auf einmal Zeit. Zeit für Liebkosungen und Zärtlichkeit. Aber auch Zeit, das dachte Madlon manchmal

mit leiser Furcht, Zeit für Langeweile. Sie selbst tat gern etwas. Und sie war der Meinung, daß auch ein Mann etwas tun sollte.

Aber noch war die Zeit nicht reif dafür, Jacob das zu sagen. Noch waren sie ja kaum angelangt, noch war es unklar, wie es weitergehen würde, noch war es wie Ferien.

Sie befanden sich genau fünfzehn Tage im Haus am See, als Jacobs Mutter vom anderen Ufer herüberkam.

Ihre ersten Worte, mit deutlichem Spott, lauteten: »Bist du also zurückgekehrt an die Pfütze.«

Jacob stutzte, dann lachte er.

Er erklärte seinem Vater und Madlon, kein anderer war zugegen bei dieser ersten Begegnung: »Das hat sie nicht vergessen. Als ich kaum in Afrika war, habe ich mal folgendes geschrieben: ›Für hiesige Verhältnisse ist der Bodensee eine Pfütze. Der Victoriasee ist hundertdreißigmal so groß.‹ Stimmt's, Mutter?«

Jona nickte. »Es hat mich sehr beeindruckt. Ich hab dann mal einen gefragt, einen Professor aus Tübingen, der kam immer mit seiner Frau und den Kindern in den Sommerferien zu uns, im Krieg, damit sie sich mal satt essen konnten. Den hab ich gefragt, ob das stimmt, und er hat sich genau erkundigt. Er hat gesagt, hundertsechsundzwanzigmal so groß, vielleicht auch hundertsiebenundzwanzigmal, so in etwa stimme es schon. Nun ja. Da kann man es auch bei hundertdreißigmal lassen, das ist eine schöne runde Zahl. Aber ganz gehört hat er euch doch nicht.«

»Richtig, nur etwa die Hälfte davon. Aber wir hatten auch noch ein paar andere ganz beachtliche Seen. Den Tanganjikasee zum Beispiel, auf dem wir sogar Schiffe hatten. Und den Njassasee. Alles ganz schöne Wässerchen. Aber im Verhältnis gesehen, Mutter, ich meine Afrika verglichen mit Deutschland, da ist der Bodensee immer noch sehr ansehnlich.«

Alles, was Madlon gesehen, gehört und erlebt hatte, seit sie in Konstanz war, verblaßte vor dem Eindruck, den Jona auf sie machte. Was immer sie sich vorgestellt hatte unter dieser Frau, die Jacobs Mutter war, es traf nicht zu.

Sie war nicht alt und dick und satt, sie war groß und schlank wie der Sohn, sie schien alterslos zu sein, keine Spur von Grau im tiefdunklen Haar, die Augen von ungebrochenem Glanz, das Gesicht edel geformt, nicht faltig, aber gegerbt, wie es bei einem Menschen aussieht, der sich viel im Freien aufhält, in Luft und Sonne, in Wind und Wetter. Sie ging stolz und gerade, und nur ihren Händen sah man die nahezu sechzig Jahre an, es waren die verarbeiteten Hände einer Bäuerin.

Es hatte keine Umarmung gegeben zwischen ihr und Jacob, nur einen Händedruck, einen festen Blick und dann ihre Worte von der Pfütze. Es schuf immerhin einen neutralen Beginn des Gespräches. Carl Ludwig wurde von ihr auf die Bakke geküßt, liebevoll betrachtet, aus den ersten Worten ging hervor, daß sie sich vor wenigen Tagen erst gesehen hatten. Davon hatte er nichts erzählt; war er drüben bei ihr gewesen, hatten sie sich auf diesem Ufer getroffen? Wollte sie einen ersten Bericht aus seinem Mund haben, ohne Zeugen?

Die Schwiegertochter wurde freundlich, ohne Voreingenommenheit, man konnte sagen wohlwollend, begrüßt.

Jona blieb eine Woche, und keine Zweifel konnten darüber bestehen, daß sie hier ins Haus gehörte. Sie hatte das Wunder vollbracht, ein halbes Leben lang an zwei Orten gegenwärtig zu sein, sie war die Herrin in diesem Haus, sie war die Herrin auf dem Hof.

Madlon war beeindruckt von dieser Frau. Vom ersten Augenblick an hatte sie Respekt vor Jona; ihr Auftreten, ihre Sicherheit waren imponierend.

Jona überprüfte die Wohnung im zweiten Stock, befand, daß einiges umgestellt, einiges entfernt werden und einiges dazukommen müsse. Das Himmelbett mißfiel ihr.

»Schlaft ihr wirklich in dem Ding da?«

Jacob lachte, etwas verlegen. »Vorerst ja. Ist mal eine Abwechslung.«

Sie saßen zusammen bei allen Mahlzeiten und auch am Abend meist noch lange, die Unterhaltung war mühelos.

Eines Abends kam, ganz ohne Umschweife gestellt, die Frage: »Ihr habt keine Kinder?«

»Nein«, antwortete Madlon rasch, »leider nicht.«

Jona nickte und sagte: »Schade! Aber so wie ihr gelebt habt, blieb dafür sicher keine Zeit. Und mir fehlt immer noch der Erbe für den Hof.«
Als keiner darauf etwas sagte, fuhr sie fort, mit einem Blick auf Jacob: »Aber wenigstens bist du ja wieder da.«
Es war das erste Mal, daß das Thema zwischen ihnen angeschnitten wurde, und sofort erwachte in Jacob die alte Widerspenstigkeit. Er sagte: »Ich fürchte, Mutter, du wirst auch jetzt keinen Bauern mehr aus mir machen.«
»Etwas mußt du doch gelernt haben in Afrika. Ich denke, du hast auf einer Farm gearbeitet.«
»Das war eine Baumwollplantage, die nicht mir gehörte, sondern einer Hamburger Handelscompagnie. Und was heißt gearbeitet! Ich habe bestenfalls die Leute beaufsichtigt, die da gearbeitet haben. Aber genaugenommen nicht einmal das, denn auch dafür waren Leute da.«
»Die berühmte Kolonialherrlichkeit«, meinte sie spöttisch.
»Das habt ihr den Engländern nachgemacht, die haben das auch immer großartig verstanden, andere für sich arbeiten zu lassen.«
»Nun, es war nur teilweise so ähnlich wie in englischen Kolonien«, berichtete Jacob friedlich. »In Indien waren es zuerst ja auch britische Handelskompanien, die dort über Land und Arbeitskräfte verfügten, dann Truppen von einheimischen Soldaten besoldeten, und erst später, so Mitte des vorigen Jahrhunderts, wurde das Land der Krone unterstellt, und Queen Victoria konnte sich Kaiserin von Indien nennen. Bei uns lief es etwas anders. Wir haben das Land rechtmäßig von den Häuptlingen erworben, und sie haben es uns gern verkauft. Von der berühmten Kolonialherrlichkeit, wie du es nennst, haben wir soviel nicht verspürt. Wir haben natürlich, auf echt deutsche Art, erst einmal versucht zu verwalten und Ordnung zu schaffen. Wir haben den Menschenhandel unterbunden. Denn die Häuptlinge haben ihre Untertanen skrupellos als Sklaven verkauft. So etwas wie Menschenrechte, das kannte man dort nicht. Das Geschäftsleben, der Handel, das lag alles in den Händen von Indern, die sich dort angesiedelt hatten, speziell in den Hafenstädten. Die haben uns gar nicht

so gern kommen sehen. Übrigens war die Währungseinheit bis zuletzt eine Rupie, das wissen viele Leute hier gar nicht. Nun ja und dann, die Zeit war kurz, die uns zur Verfügung stand. Es waren viel zu wenig Arbeitskräfte da. Weiße, meine ich. Speziell Deutsche. Die Missionsstationen, der Gouverneur und seine Verwaltung, die Schutztruppe und dazu die Handvoll Farmer. Du darfst nicht vergessen, als wir die Kolonien erwarben, lebte Deutschland in allerbesten Verhältnissen, es gab keine Arbeitslosen, es gab keine Not, die Industrialisierung machte riesige Fortschritte – warum sollte sich ein normaler Bürger in ein ungewisses afrikanisches Abenteuer stürzen? Es mußte also schon ein wenig Abenteuerlust mitsprechen. So wie bei mir, um dir das vorwegzunehmen, Mutter.«

Jona lächelte verhalten. Doch beharrlich kam sie zu ihrem Thema zurück.

»Du willst also sagen, du hast die ganzen Jahre da drüben überhaupt nichts gearbeitet?«

»Ich war bei der Schutztruppe. Die erste Zeit. Ich weiß, daß du Militärdienst nicht als Arbeit betrachtest. Aber es war für mich eine interessante Aufgabe, die Schwarzen militärisch zu schulen. Und sie waren am Ende verdammt gute Soldaten, die Askaris. Was sie geleistet haben in diesem Krieg, ist bewundernswert. Und ehe der Krieg begann, war ich zwei Jahre bei der Compagnie beschäftigt. Es war, wie gesagt, eine reine Baumwollplantage. Barkwitz hat mich da hingebracht. Er war im Vergleich zu mir schon ein alter Afrikaner, ich lernte ihn in Daressalam kennen, und wir haben uns angefreundet.«

Erstaunlicherweise sagte Jona: »Ich erinnere mich, du hast einmal ausführlich über ihn geschrieben. Du nanntest ihn deinen Freund.«

»Ja, das war er auch. Er war fünfzehn Jahre älter als ich, aber wir haben uns blendend verstanden. Wir hatten den Plan, uns selbständig zu machen, die Kompanie zu verlassen, ein Stück eigenes Land zu erwerben, und dann wollten wir es mit Kaffee versuchen. In den höheren Lagen gedieh der ostafrikanische Kaffee gut. Und wir hätten bestimmt auf die Dauer gutes Geld damit verdient, denn Deutschland ist ein Land der

Kaffeetrinker. Tja. Jetzt sitze ich hier, Barkwitz ist tot, er fiel schon in der Tangaschlacht. Ich bin am Leben geblieben, Mutter, was mehr oder weniger ein Zufall ist. Und ich bin mir in all den Jahren seit Kriegsende nicht darüber klargeworden, ob ich mich darüber freuen soll. Ich habe einen Krieg erlebt, einen erbarmungslosen Krieg, das kannst du mir glauben. Aber nun sitze ich hier, stecke die Füße unter Vaters Tisch und habe noch nie im Leben etwas gearbeitet.«

Jetzt klang deutlich Bitterkeit aus seiner Stimme, seine Mundwinkel waren herabgezogen, Madlon kannte diese Stimmung. Für gewöhnlich gelang es ihr, ihn zu ermutigen und zu trösten. Aber hier und heute hatte sie das Gefühl, daß sie sich nicht einmischen dürfe. Dies Gespräch fand auf einem Hintergrund statt, der ihr unbekannt war. Und Jona gab auch nicht nach.

»So hat es angefangen und so ist es weitergegangen«, stellte sie unerbittlich fest. »Aber es muß nicht immer so weitergehen. Du bist noch jung, du kannst noch etwas aus dir machen. Auch andere, die aus dem Krieg zurückgekommen sind, müssen neu anfangen. Unter härteren Bedingungen als du. Der Hof ist da.«

»Mutter, bitte!«

Es war genau wie früher. Nichts hatte sich geändert.

»Aber Jona«, versuchte Ludwig zu vermitteln. »Darüber brauchen wir doch jetzt nicht zu reden. Der Bub ist ja kaum da. Er muß sich hier erst einmal wieder zurechtfinden.«

Jona erwiderte nichts darauf, ihr Blick streifte Carl Eugen, der sich heraushielt aus dem Gespräch, dann erfaßten Jonas dunkle Augen voll Madlon, und Madlon errötete unter diesem Blick. Sie wußte selbst nicht, warum, und sie ärgerte sich darüber.

Arbeit! Und die letzten Jahre in Berlin, hätte sie sagen mögen, was haben wir da alles versucht, wie mühselig haben wir uns durchgeschlagen. Aber es wäre sinnlos gewesen, davon zu sprechen, das wußte Madlon genau. Ein Auto zu steuern oder vor einer Nachtbar zu stehen, beides hätte Jona nicht als Arbeit angesehen. Sie ertappte sich dabei, daß sie dachte: Hoffentlich fährt sie bald wieder hinüber an jenes andere Ufer. Sie macht unser Leben friedlos, das bis jetzt so harmonisch war. Sie wird ihn quälen, und es wird Streit geben. Streit auch zwischen uns, zwischen Jacob und mir. Denn sie wird mich dafür verantwortlich machen, daß er nicht arbeitet, genauso wie sie mich dafür verantwortlich machen wird, daß ich keine Kinder habe.

»Der Hof ist da, und er ist jetzt doppelt so groß«, sagte Jona in ruhigem Ton, nachdem sie alle eine Weile geschwiegen hatten. »Ich habe den Nachbarhof dazugekauft.«

»Du hast... du hast den Hof nebenan gekauft?«

»Er war günstig zu haben während der Inflation. Der Sohn ist gefallen. Die Tochter hat nach Stuttgart geheiratet. Der Bauer ist alt und krank.«

»Großer Gott, Mutter, das ist ja jetzt ein Riesenbesitz. Wozu brauchst du das denn?«

»Dreiundvierzig Hektar sind es. Das ist für hiesige Begriffe wirklich ein großer Besitz.«

»Ich frage dich, wozu brauchst du das? Warum habt ihr das nicht verhindert? Vater? Onkel Eugen?«

Onkel Eugen lachte. »Kennst du deine Mutter nicht mehr, Jacob? Wir haben nur den Kaufvertrag aufgesetzt und die Abwicklung übernommen. Das Geld hatte sie selbst.«

»Während der Inflation!« sagte Jacob voll Verachtung. »Das ist Leichenfledderei.«

»Es sind viele Höfe in dieser Zeit verkauft worden«, sagte Jona unbeeindruckt. »In schlechtere Hände als in meine.«

»Ich frage dich noch einmal: Wozu brauchst du das? Du hattest doch deinen Hof. Du kannst die Arbeit allein doch gar nicht mehr schaffen.«

»Ich fühle mich noch nicht alt, Jacob. Außerdem habe ich einen erstklassigen Verwalter.«

»Einen Verwalter?« fragte Jacob fassungslos. »Einen Verwalter hast du? Das hört sich an, als seist du eine Gutsbesitzerin.«

Jona lehnte sich befriedigt in ihrem Sessel zurück, nahm ihr Weinglas und nippte daran.

»Mein Vater hat schon immer davon geträumt, daß die beiden Höfe zusammenkommen. Sie liegen beide in derselben Mulde, ihre Felder, ihre Waldstücke grenzen aneinander. Als ich ein Kind war, gab es zwei Söhne auf dem Hof, aber ich war noch zu klein, die konnten mich nicht heiraten. Jetzt hat es sich halt so ergeben. Wenn du also willst, Jacob, wirst du kein Bauer sein, sondern meinetwegen ein Gutsbesitzer, wenn dir das besser in den Ohren klingt.«

Madlon lachte nervös auf. Wie feindselig sie sich ansahen, Mutter und Sohn. Die Spannung im Raum war unerträglich. Sie suchte verzweifelt nach einem vermittelnden Wort.

»Ich finde es fabelhaft, was Sie leisten, Madame«, sagte sie. »Ich... ich würde Ihren Hof gern einmal sehen.«

»Was sie leistet!« rief Jacob heftig, ehe Jona etwas sagen konnte. »Sie schuftet sich zu Tode. Seit ich sie kenne, arbeitet sie an zwei Orten. Vielleicht hat mir das jede Art von Arbeit so verleidet. Wie lange willst du noch schuften auf deinem verdammten Hof, Mutter?«

»Solange ich lebe.« Und mit einem freundlichen Blick zu Madlon: »Ich hoffe, daß Sie und Jacob mich bald einmal besuchen werden.« Und nun ein kleines Lächeln, das eigentlich nur in den dunklen Augen aufschien. »Sie dürfen mich Jona nennen.«

»Danke«, flüsterte Madlon.

An einem sonnenhellen Tag Anfang Dezember fuhr Jona wieder hinüber ans andere Ufer.

Adventszeit

Ob man es nun Arbeit nennen wollte oder nicht, die folgende Zeit war jedenfalls voll von Tätigkeit und Betrieb. Denn nun fand etwas statt, was Madlon auch noch nicht kannte: Weihnachtsvorbereitungen. Das beschäftigte die Familie rundherum von früh bis spät.

Weihnachten in Afrika, Weihnachten während des Krieges – manche hatten sich betrunken, manche wurden sentimental, manche übersahen es einfach, und manche sagten immer nur: nachher. In den Berliner Jahren saßen sie mit Freunden in einer Kneipe. Auch da hatten sich manche betrunken, waren manche sentimental, manche schnodderig geworden, und manche sagten: damals.

Aber nun war der Krieg vorbei, es war Frieden, es ging den meisten Leuten nicht sehr gut, doch das Geld, sofern man es verdienen konnte, hatte seinen echten Wert, nun wollten sie alle Weihnachten feiern. Echte deutsche Weihnachten.

Es wurde geputzt, eingekauft, gekocht und gebacken. Vor allen Dingen gebacken. Berta und die Mädchen rührten und walkten in Teigschüsseln, Bleche mit Gutslen wanderten unentwegt in den Ofen, und Madlon erschien in der Küche, sah ihnen zu und naschte manchmal. Berta blickte etwas freundlicher.

Schöner noch war es bei Imma, wo sich Madlon oft aufhielt. Beide Kinder, Eva und der kleine Konrad, waren ihr herzlich zugetan, und Imma sagte: »Ich bin dir ja so dankbar, daß du mir die Kinder ein wenig abnimmst, ich weiß gar nicht, wo mir der Kopf steht.«

Madlon ging am Vormittag mit Konrad spazieren, sie holten Eva von der Schule ab, und nachmittags saßen sie alle bei Imma in der Küche und sahen zu, was sich dort tat.

»Lieb's Herrgöttle«, sagte Imma, »du bisch so e schöne Frau.

Wenn man bedenkt, was du alles erlebt hast. Geh, sei lieb, halt mir mal die Schüssel fest.« Und Imma wirkte mit rotem Gesicht den schweren Teig, bis ihr der Schweiß auf der Stirn stand. »Kannst mir dann ebe mal die Mandeln abziehe? Die Annerl stellt sich so ungeschickt an, bei der landet alles auf dem Bode.«

Annerl war das junge Dienstmädchen, sie hatte, wie Imma zu sagen pflegte, zwei linke Händ. Mehr als das junge Mädchen erlaubte Bernhard nicht. Man müsse sparen, sagte er, die Zeiten seien vorbei, in denen man sich einen Stab von Dienstboten leisten könne, und ein Haushalt mit zwei Kindern könne von einer gesunden Frau leicht mit einem Dienstmädchen bewältigt werden.

Madlon begleitete Imma auch bei ihren Weihnachtseinkäufen und zerbrach sich mit ihr gemeinsam den Kopf, was man Bernhard, was den Kindern, was dem Vater, dem Onkel, der Tante, was man der Schwester und allen Nichten und Neffen schenken solle.

»Und Jona?« fragte Madlon einmal. »Was schenkst du ihr?«

»Ach, sie will ja nichts. Sie sagt, sie hat alles, was sie braucht. In den Kriegsjahren hat sie uns viel geholfen, weißt. Wir haben nie hungern müssen wie dic anderen Leut. Wir hatten immer genug zu essen vom Hof drüben. Natürlich hat sie auch viel abliefern müssen, die Gesetze waren ja sehr streng, aber sie hat das alles geschafft. Sie isch ja so tüchtig. Ich tät ihr gern was schenken. Wenn ich Zeit hätt, tät ich ihr wieder mal eine Tischdecke sticken oder so etwas, das freut sie. Die Eva häkelt Topflappen, hast ja gesehen, da kriegt sie auch ein Paar davon.«

»Kommt sie Weihnachten nicht herüber?«

»Manchmal ist sie gekommen, manchmal auch nicht. Es ist oft schwierig. Wenn der See gefroren ist, fahren keine Schiffe. Oder wenn es sehr neblig ist. Sie hat's ja drüben sehr schön. Und sie hat ihren Rudolf.« Das letzte klang ein wenig spitz.

Rudolf, das wußte Madlon inzwischen, war der Mann, den sie ihren Verwalter nannte. »Was ist denn das für einer?« versuchte sie Imma auszuhorchen.

»Ach, der isch sehr nett. Ein Österreicher. Kommt da hinten aus dem Bregenzer Wald. Der ist schon lang auf dem Hof. Allein hätt sie ja das alles nicht mehr schaffe könne, im Krieg und so.«
Immas Kaufwut steckte Madlon an, und sie begann selbst darüber nachzudenken, wem sie etwas schenken wollte, und kam darauf, daß sie eigentlich jedem etwas schenken wollte. Dann mußte überlegt werden, was.
Zu den Lalonges ging Madlon nicht, ohne dazu aufgefordert zu sein, und sie wurde nicht aufgefordert. Dafür ging Jacob dort oft vorbei, und von ihm hörte Madlon, daß auch das Haus Lalonge voll Betriebsamkeit steckte. Die Hausarbeit, das Putzen, Kochen und Backen, wurde von Clarissa überwacht. Agathe war hauptsächlich außerhalb des Hauses tätig. Sie kümmerte sich um die Bedürftigen und Notleidenden, um die Kriegsversehrten, die Witwen und Waisen, sie besaß eine lange Liste, auf der alle verzeichnet waren, die ihre Hilfe brauchten. Sie sammelte bei den bekannten Familien und Geschäftsleuten, sie veranstaltete einen Weihnachtsbasar, sie richtete die Wärmestube ein, in der an die Ärmsten täglich warme Suppe verteilt wurde, sie sorgte dafür, daß sie Holz oder Kohle bekamen, sie kümmerte sich um alles und um jeden.
Das Pelzkäppchen auf dem dunkelblonden Haar, einen Schleier unter dem Kinn gebunden, so eilte sie Tag für Tag durch die Stadt, damit nur ja keiner frieren oder hungern mußte in dieser schweren Zeit.
»Es ist fabelhaft, was sie leistet«, sagte Jacob. »Man kann sie nur bewundern.«
»Das hat sie den ganzen Krieg über so gemacht«, erzählte Imma.
»Da war sie noch in den Krankenhäusern und in den Lazaretten. Und jeder konnte zu ihr kommen, der Kummer hatte oder etwas brauchte. Ja, der Jacob hat recht, man kann sie nur bewundern. Ich könnt das nicht.«
Agathe ist Jonas Tochter, dachte Madlon, sie ist genauso tüchtig. Aber sie ist es nicht ganz ohne Eigennutz, sie setzt sich gern in Szene und gefällt sich in der Rolle der Wohltäterin.

Aber das ist ihr gutes Recht, ich würde vielleicht genauso empfinden.
Was Madlon weniger gefiel, waren die bewundernden Worte, die Jacob immer häufiger für Clarissa fand.
»Ein erstaunliches Mädchen«, sagte er beispielsweise. »So jung und so umsichtig. Für jeden Tag hat sie einen Plan, und der läuft Punkt für Punkt ab. Sie schreibt Agathes Liste der Besorgungen am Abend für den nächsten Tag, sie schreibt genau auf, was im Haushalt zu tun ist, und genauso passiert es dann, jeder bekommt von ihr seine Anweisungen und weiß, was er zu tun hat. Dabei kümmert sie sich noch um die Kinder, schaut nach ihren Schularbeiten, besonders mit Hortense hat sie Mühe, die ist ein verwöhntes Zuckerpüppchen und tut nur, was ihr Spaß macht. Dem Kleinen liest sie vor und erzählt ihm Märchen, und mit Carl Heinz musiziert sie. Sie spielt ausgezeichnet Klavier. Sie begleitet ihn, wenn er Geige spielt.«
»Und du hörst zu?« fragte Madlon mit leicht erhobenen Brauen.
»Manchmal, wenn es sich gerade so ergibt. Hört sich hübsch an.« Daß er gern zuhörte, wenn auf dem Klavier gespielt und auf der Geige gefiedelt wurde, war etwas ganz Neues. Es war ihr in Berlin nie gelungen, ihn in ein Konzert mitzunehmen. Sie war manchmal hingegangen, und er sagte dann: »Ich hole dich ab.«
Sie wartete, daß er einmal vorschlagen würde, sie solle ihn begleiten bei seinen Besuchen im Hause Lalonge, aber daran schien er nicht zu denken. Sie gingen also in dieser Vorweihnachtszeit zum erstenmal, seit sie sich kannten, getrennte Wege. Jacob zu Agathe, Madlon zu Imma und ihren Kindern; ja, sie freundete sich sogar mit Bernhard an, da sie manchmal aufgefordert wurde, zum Mittagessen zu bleiben.
Bernhard wollte von ihr etwas über Belgien erfahren, speziell über die nie endenden Differenzen, ja Feindseligkeiten zwischen Flamen und Wallonen, die gerade jetzt in der Nachkriegszeit wieder zu fast bürgerkriegsähnlichen Zuständen in dem kleinen Land geführt hatten.
Aber Madlon wußte weniger über Belgien als er. Sie war aus

dem Kohlenbecken nie herausgekommen, sie war nie am Meer gewesen, sie kannte weder Gent noch Brügge, die berühmten alten flandrischen Städte, gerade eben in Brüssel hatte sie zwei Jahre gelebt, ehe sie mit Marcel nach dem Kongo ging.

Marcel war Hausdiener im Hotel Métropole, wo Madlon als Zimmermädchen Arbeit gefunden hatte. Allerdings nicht für lange, sie wußte so gut wie nichts über die Pflege komfortabler Räume und über den Umgang mit reichen Leuten. Man steckte sie in die Küche, wo sie abwaschen durfte. Das hatte sie damals kolossal gefuchst. Sie war voller Wut, voller Widerspenstigkeit, voller Aufsässigkeit, das brachte ihr gelegentlich eine Ohrfeige ein, und sie bedauerte es oftmals, von zu Hause fortgelaufen zu sein. Das Leben war hier und dort gleich mies und unfreundlich, und es würde für sie nie anders werden. Marcel, der sie einmal vor Wut und Angst heulend auf der Kellertreppe des Personaltraktes fand, tröstete sie. Es wurde sehr rasch Liebe daraus. Wenn sie einmal frei hatten, was selten vorkam, gingen sie Hand in Hand durch die Straßen der großen Stadt mit ihren glitzernden Schaufenstern, die nicht für sie glitzerten, mit den stattlichen Karossen, die prachtvollen Pferde vorgespannt, in denen sie nie sitzen würden.

Sie standen vor dem Schloß, und Marcel sagte: »Hier wird es für uns nie anders werden.«

»Wir müssen eine Revolution machen«, erwiderte die neunzehnjährige Madlon finster.

Er lachte, zog sie an sich und küßte sie.

»Davon ist noch nichts auf der Welt besser geworden. Ich gehe in den Kongo, sobald ich die Schiffspassage zusammengespart habe. Ein Freund von mir ist nach Albertville gegangen, schon vor drei Jahren. Er schreibt, wenn man arbeiten will, kann man es zu etwas bringen.«

»Und ich?« fragte Madlon verzagt.

»Du kannst mit mir kommen, wenn du willst. Aber dann müssen wir beide sehr sparen für die Reise.«

»Und was soll ich machen im Kongo?«

»Erst wirst du mich heiraten. Und dann werden wir uns umschauen, was wir tun. Ich will nicht in die Minen. Ich bin ei-

gentlich auch kein Großstadtmensch. Am liebsten würde ich auf einer Farm arbeiten. Könnte dir so ein Leben gefallen?«
Madlon konnte sich nicht das geringste unter einem Leben im Kongo auf einer Farm vorstellen, aber sie sagte mit Begeisterung: »Ja.«
Marcel war acht Jahre älter als sie, ein ruhiger, besonnener Mann, liebevoll und zärtlich, nicht so, wie sie die Männer bisher kennengelernt hatte. Und was er sich vorgenommen hatte, führte er durch.
Drei Jahre später lebten sie im Kongo, arbeiteten auf einer Farm, zusammen mit seinem Freund, der inzwischen Anteile an dieser Farm erworben hatte.
Ihre Ehe war glücklich und friedlich, nur auf ein Kind wartete Madlon vergebens. »Das ist die Umstellung, das andere Klima«, tröstete Marcel sie. »Das kommt schon noch.«
Als er starb, an Fleckfieber, schrecklich starb, weinte sie bitterlich.
»Über den Kongo, über Deutsch-Ostafrika kann ich Ihnen viel erzählen«, sagte Madlon zu Bernhard, »aber über Belgien weiß ich nichts. Es ist zu lange her, daß ich fort bin. Und ich kenne gerade nur die Gegend um Lüttich herum und Brüssel. Aber wie gesagt, es ist lange her.«
Lange, lange war es her, und wie schon einige Male in letzter Zeit dachte Madlon an ihre Familie. Was mochte aus ihnen geworden sein? Warum bloß hatte sie sich nie um sie gekümmert?
Jacob ging nicht nur zu Agathes Haus, er streifte auch viel durch die Stadt, und schließlich fand er zwei von seinen Jugendfreunden wieder, die den Krieg überlebt hatten. Heinrich hatte einen Arm verloren und saß als Pförtner in einer Bank, und Albert war im Schützengraben verschüttet gewesen, zuckte mit der linken Wange und schrie im Schlaf.
»Das hat das Gute«, sagte er, »daß ich eine Kammer für mich allein habe und nicht mehr mit meiner Alten schlafen muß. Sie ist ein Drachen.«
»Ich erinnere mich gut, daß du sie damals partout haben wolltest. Mir hat sie nie gefallen.«

»Daran kann ich mich auch erinnern. Hast recht gehabt.«
Aber er brauchte die Frau beziehungsweise die Familie, der Schwiegervater besaß ein Haushaltswarengeschäft, dort wurde er im Lager beschäftigt, für andere Arbeit taugte er nicht mehr.
»Wir drei passen gut zusammen«, meinte Jacob melancholisch. »Dir fehlt ein Arm, du hast einen Tick, und ich bin lahm und warte auf den nächsten Malariaanfall. Wißt ihr noch, was wir früher alles auf den Kopf gestellt haben?«
Das gab Redestoff für viele lange Abende.
Heinrich, den Bankpförtner, hatte Jacob durch Zufall getroffen, den anderen brachte Heinrich mit. Und nun saßen sie manche Abende in einer Weinstube in der Niederburg, redeten und tranken, rekapitulierten die wilden Streiche ihrer Jugend und tauschten Kriegserinnerungen aus. Wie gesagt, Redestoff für viele Abende, für Jahre hatten die drei.
Heinrich war die Frau im Krieg weggelaufen, er hatte keine neue genommen und wollte auch keine, wie er sagte. Er lebte bei seiner Mutter, und da fühlte er sich wie im Himmel. Er konnte heimgehen, so spät er wollte. Seine Mutter machte ihm keinen Vorwurf. Sie war so selig darüber, daß der Junge aus dem Krieg zurückgekehrt war, auch wenn er einen Arm weniger hatte, daß sie ihm alles Gute tat und wünschte. Lange Abende beim Wein mit alten Freunden? Wie schön, mein lieber Bub, so sagte sie.
Anders war es um Albert bestellt, der immer geduckt nach Hause schlich, sicher des Gewitters, das ihn dort erwartete.
»Mußt du den Rest von Gehirn, den du übrig hast, noch versaufen?« bekam er zu hören.
Jacob und Heinrich brachten ihn meist nach Hause, und manchmal steckten sie ihm eine Schachtel Pralinen oder ein Fläschchen Parfum in die Tasche, damit er seinen Drachen friedlich stimmen konnte. Er selbst bekam kein Geld von seinem Schwiegervater. Das, was er an Arbeitskraft wert sei, könne man gerade mit Essen und Wohnen verrechnen, hieß es.
»Dafür haben wir unsere Jugend hingegeben«, jammerte Albert manchmal. »Sie saßen hier auf ihren fetten Ärschen,

und uns haben sie kaputtgemacht. Aber wartet nur, eines Tages...«

Was eines Tages sein würde, wußte er anfangs nicht. Doch er war dann einer der ersten in der Stadt, der sich der nationalsozialistischen Partei anschloß.

Madlon sagte nichts, wenn Jacob spät und oft angetrunken nach Hause kam. Früher waren sie immer zusammen ausgegangen, nun gut, jetzt ging er eben allein. Das Leben hier war anders als das Leben in Berlin und schon dreimal anders als das Leben in Afrika. Das war zu erwarten gewesen.

Aber sie war nicht unzufrieden mit ihrem Leben. Manchmal saß sie mit Carl Ludwig und Carl Eugen zusammen, sie tranken Wein und unterhielten sich, manchmal war sie oben in ihren schönen Räumen und las, ein ganz neues Erlebnis für sie, sie hatte im Leben kaum je ein Buch gelesen, aber Carl Ludwig hatte eine reichhaltige und vielseitige Bibliothek, und es machte ihr auf einmal Spaß, die Nase in ein Buch zu stekken.

Carl Ludwig gab ihr hoffnungsvoll alle Bücher über seine Vögel mit, Madlon nahm sie dankend, aber lieber suchte sie sich einen richtigen Roman heraus, einen mit viel Gefühl und Liebe und Herzblut. Sie waren meist etwas älteren Datums, stammten noch aus der Zeit, als Agathe und Imma junge Mädchen gewesen waren, aber das störte Madlon nicht.

Wenn Jacob sehr spät nach Hause kam, lag sie bereits im Himmelbett und schlief. Er bemühte sich, leise zu sein, sie hörte ihn dennoch, rührte sich aber nicht. Auf die Umarmung eines angetrunkenen Mannes war sie nicht besonders erpicht, es würde andere Abende geben. Dann hörte sie ihn leise schnarchen und schlief auch wieder ein. Am nächsten Morgen beim Frühstück erzählte er, was er am Abend zuvor mit den beiden Freunden getrieben und gesprochen hatte.

Sie kannte Heinrich und Albert bald so gut, als sei sie auch mit ihnen aufgewachsen, sie hegte liebevolle Gefühle für Heinrichs Mutter und schüttelte den Kopf über den Drachen samt Familie.

Schneller, als Madlon es je vermutet hatte, war dieses Leben in Jacobs Heimat in recht alltägliche Bahnen gemündet. Abgesehen davon, daß die nahende Weihnachtszeit eine nicht gerade alltägliche Stimmung und Betriebsamkeit mit sich brachte.

Zwei Ereignisse in diesem Dezember jedoch standen für sich und waren alles andere als alltäglich: der Adventstee im Hause Lalonge und der Besuch bei Jona.

Der Adventstee bei Agathe fand am zweiten Adventssonntag statt und war ein alljährlich wiederkehrendes Ereignis, bei dem die Damen aus Agathes Bekanntenkreis sich trafen, um zu besprechen, was noch zu tun und zu erledigen sei, wer vielleicht noch ihre Hilfe brauchte bei dem Werk weihnachtlicher Liebe und Fürsorge, aber auch, um Erfahrungen bei den eigenen Weihnachtsvorbereitungen auszutauschen und Anregungen mit nach Hause zu nehmen.

Darüber wurde Madlon von Jacob aufgeklärt, nachdem sie die Einladung erhalten hatte, schriftlich.

»Du gehst doch auch?« fragte sie Jacob.

»Es ist eine reine Damenangelegenheit.«

»Mon dieu! Und ich soll da hingehen?«

Er grinste. »Natürlich, geh nur. Es ist eine große Ehre für dich, daß du eingeladen bist.«

»Pöh!« machte Madlon, und am liebsten wäre sie nicht gegangen.

Jacob wußte von Clarissa genau, was sich abspielen würde: Sonntagnachmittag ab vier Tee und Kaffee, selbstgebackener Kuchen, ein Likörchen, jede der Damen mit einer Liste bewaffnet, Schluß war um sieben Uhr. Die Kinder über zehn durften mitkommen.

»Ich habe weder ein Kind noch eine Liste mitzubringen«, sagte Madlon, »was soll ich da bloß?«

»Sie werden dich kennenlernen wollen. Es gibt noch eine Menge Damen in der Stadt, die nur von dir gehört, dich aber noch nicht gesehen haben.«

»Es wird bestimmt fürchterlich«, jammerte Madlon. »Und was soll ich da nur anziehen?«

Von Agathes Kindern kannte sie bisher nur Carl Heinz, den Ältesten. Er kam oft in die Seestraße, er verstand sich gut mit Carl Eugen und Carl Ludwig, und er bewunderte Jacob. Er hörte sich geduldig alles über die Vogelwelt des Bodensees an und lauschte Eugens Pariser Erinnerungen, reduziert natürlich auf historische und kunsthistorische Einzelheiten. Stundenlang konnte er Jacob zuhören, wenn dieser von Afrika erzählte. Einen so begeisterten und teilnahmsvollen Zuhörer hatte Jacob noch nie gehabt.

Carl Heinz sagte denn auch, am Tag vor dem Adventstee: »Also, ich komm dann zu euch. Das ganze Haus voller Weiber, das ist nichts für mich.«

Sonntag, zehn Minuten nach vier, fand sich Madlon im Hause Lalonge ein. Das Palais, leicht von Schnee überpudert, sah noch imponierender aus als sonst. Madlon trug eins von den selbstgestrickten Berliner Kleidern, leuchtendblau, mit kühnen, asymmetrischen, kirschroten Streifen; eine Perlenkette hing ihr bis in den Schoß. Das Kleid war in lockeren Maschen gestrickt und ließ die Haut an Armen und Schultern durchschimmern, ansonsten war es mit Seide gefüttert.

Als Madlon die anderen Damen sah, in Schwarz, Grau und Beige, kam sie sich höchst deplaziert vor. Doch alle waren freundlich, keine giftig, man nahm nicht allzuviel Notiz von ihr, denn die Damen hatten wirklich viel zu besprechen. Madlon konnte nur staunend zuhören, was sie alles getan hatten und noch tun würden.

»Es ist ein wirkliches Problem mit Elsa Dobler«, berichtete beispielsweise eine Frau Schilling. »Sie will sich einfach nicht helfen lassen. Man kommt sich selbst wie ein Bittsteller vor, wenn man ihr etwas Gutes tun will. Sie ist so abweisend, daß es schon beleidigend ist.«

»Ja«, seufzte Agathe, »ich weiß. Ich habe den Fall auch darum dir überlassen, liebe Mimi, weil du sie schon seit deiner Kindheit kennst. Von mir will sie überhaupt nichts wissen, ich treffe nur auf kalte Abwehr. Ich dachte, du findest vielleicht den richtigen Ton.«

»Sie weiß, daß ich nicht in besonders guten Verhältnissen lebe, mein Mann ist gefallen, und meine Pension ist bescheiden. Und sie sagt glatt zu mir, kümmere dich doch um deine Angelegenheiten, da hast du genug zu tun. Meine Situation kannst du doch nicht verstehen.«

Die ›Situation‹, soviel reimte sich Madlon aus dem nun folgenden, langwährenden Gespräch zusammen, bestand darin, daß der Mann der Frau Dobler, Hauptmann genau wie der von Frau Schilling, nicht gefallen war, sondern irgendwann im Verlauf des Krieges vor einem Kriegsgericht gestanden hatte, wegen einer Hochverratssache, deren nähere Umstände Madlon nicht erfuhr, die wohl auch die Damen nicht genau kannten. Jetzt befand sich dieser Mann in russischer Gefangenschaft.

»Seit sechs Jahren«, betonte Mimi mit erhobener Stimme, und ihre Stricknadeln klapperten wild, »stellt euch das vor! Der Mann ist längst tot. Doch das will sie nicht glauben, das darf man überhaupt nicht aussprechen. Er wird zurückkommen, sagt sie, und sein Fall wird wieder aufgerollt werden und man wird ihn rehabilitieren. Mein Mann ist kein Verräter, sagt sie. Und dann schreit sie auf einmal, ganz laut: Mein Mann ist kein Verräter, ich kenne ihn, ich weiß, wie er ist, man hat ihn verleumdet. Es ist schrecklich, sage ich euch, die Frau ist nicht mehr ganz bei sich. Die Kinder sitzen verstört in den Ecken herum und sagen gar nichts mehr. Es ist kalt im Zimmer, sie haben keine Kohlen, sie haben nichts zu essen, und die Kleine hustet, daß es Gott erbarmt.«

»Ja«, sagte Agathe, »das erzählt Hortense auch. Rosmarie geht in ihre Klasse. Der Mantel geht ihr gerade bis an die Knie und ist voller Flicken, sie ist blaß wie der Tod und hustet sich die Seele aus dem Leib. Die Mitschülerinnen wollen ihr von ihren Broten etwas abgeben, aber sie nimmt nichts. Sie ist genauso stolz wie ihre Mutter.«

»Stolz, wenn ich so ebbes Dummes hör«, regte sich Mimi auf. »Das Kind ist aufgehetzt von der Mutter. Wir alle wissen nicht, ob man Hauptmann Dobler zu Recht oder zu Unrecht beschuldigt hat, wir wissen überhaupt nichts Näheres über die Affär. Wir wissen nur, daß er immer gegen den Krieg war. Gell, das wissen wir? Und ...«, sie senkte die Stimme, »gegen den Kaiser. Einen preußischen Protz hat er ihn genannt, das hab ich mit eigenen Ohren gehört. Lieb's Herrgöttle, wir haben's hier alle nicht so mit dene Preuße. Aber im Krieg – ich mein, im Krieg muß man zusammenhalten.«

»Er hat früher die Sozialdemokraten gewählt«, wußte eine andere Dame, »daraus hat er gar keinen Hehl gemacht. Ein deutscher Offizier, ich bitte euch!«

»Er war Reserveoffizier«, stellte eine andere Dame richtig, »und er war Lehrer. Oberstudienrat, na gut. Wir wissen alle, daß die Lehrer anfällig sind für die linke Richtung. Das hat man ja in Rußland vor und während der Revolution deutlich genug gesehen.«

»Hochverrat ist ein schlimmes Wort, besonders im Krieg«, sagte Agathe. »Auf jeden Fall hat man ihn seinerzeit nicht zum Tod verurteilt, er ist auch nicht aus der Armee ausgestoßen worden, also kann man ihn nicht schuldig gesprochen haben. Er wurde strafversetzt nach Galizien, und später war er in Brest-Litowsk, das ist das letzte, was man von ihm weiß. Das war kurz vor der Revolution.«

»Vielleicht«, meinte eine zierliche Brünette schaudernd und nippte an ihrem Chartreuse, »vielleicht ist er übergelaufen zu dene Bolschewisten.«

»Laß das bloß nicht Elsa hören«, warnte Mimi, »sie rammt dir glatt ein Messer in den Leib.«

»Von irgendeiner Art von Rehabilitation kann doch gar keine Rede sein«, meinte Agathe. »Falls Hauptmann Dobler wirklich noch leben sollte und er käme zurück, wen interessiert denn das heute noch. Der Krieg ist vorbei und verloren. Und wenn er wirklich bei den Sozis war, spielt das heute schon gar keine Rolle mehr. Wir haben schließlich einen sozialdemokratischen Reichspräsidenten.«

»Aber keinen Sozialdemokraten mehr im Kabinett, meine liebe Agathe«, mischte sich eine ältere Dame ein, die bisher zu dem Fall noch nichts geäußert hatte.

»Ja, das stimmt«, gab Agathe zu. »Sie haben recht, Frau von Oellingen, in dem neuen Kabinett vom 30. November nicht mehr.«

»Also, das ist alles offe und nicht zu überblicke«, nahm eine gemütliche Blonde das Wort, die mit Windeseile häkelte und auch beim Sprechen damit nicht aufhörte. »Mei Mann ist Bankdirektor, wie ihr wißt. Er weiß e bißle mehr. Er hat ja immer noch seine Verbindunge in die Schweiz, net wahr? Er sagt, demnächst wird's uns gar net so schlecht gehe, weil nämlich unsere neue Mark die Ausländer anzieht wie die Biene der Honig. Oder der Honig die Biene? Na, isch ja egal. Jetzt werdet se alle komme und ihr Geld bei uns investiere. Der Rubel rollt, sagt mein Emanuel. Oder besser sollte man sagen, der Dollar rollt. E bißle wird's uns bessergehe. Aber mir solle uns net täusche, das ist nur vorübergehend. Das dicke Ende kommt erst. Mer müsse bezahle für den Krieg. Ob mer nu den Wilhelm möge oder unseren Großherzog oder die Sozis oder die Kommuniste, das ist alles eins. Bezahlen müsse mer alle.«

»Das tun wir ja bereits«, sagte Agathe, nun sichtlich ein wenig nervös über die Wendung, die das Gespräch genommen hatte. »Wir haben den Krieg verloren, und daß wir ihn bezahlen müssen, ist nur allzu offensichtlich. Aber wir sind nicht hier zusammengekommen, liebe Elvira, um die Wirtschaftslage im großen zu besprechen, sondern im kleinen. In unserem Kreis. Sprechen wir also noch einmal über Elsa Dobler. Was können wir für sie tun? Und vor allem für die Kinder. Es sind vier, nicht wahr?«

»Vier«, bestätigte Mimi. »Der Jüngste ist sieben. Er ist nach dem Prozeß geboren. Der Wind könnt durch ihn durchblase. Und das Mädle hustet.«

»Sie hustet fürchterlich, das sagt Hortense auch. Sie ist lungenkrank. Und sie muß aus der Klasse raus, im Interesse unserer Kinder. Die Kleine muß irgendwohin zur Erholung, ins Gebirge. Es hilft nichts, ich werde mit Sanitätsrat Berger darüber sprechen müssen.«

»Das wirst du tun müssen«, stimmte Mimi zu. »Du kennst ihn gut genug und wirst das schon richtig machen. Vielleicht kann uns Elviras Mann dabei helfen, wenn er schon so gute Beziehungen zur Schweiz hat.«

»Ha, du bisch gut«, regte sich Elvira auf. »Die Schweizer sitze auf dem hohe Roß. Denkst du an eine Kur für das Kind in Davos? Wer soll das denn bezahle?«

»Wir werden zusammenlegen«, sagte Agathe kühl.

»Und wenn der Mann wirklich ein Verräter ist? Oder bei dene Bolschewiki?«

»Was kann denn das Kind dafür?«
Madlon lauschte staunend, mit steigender Aufmerksamkeit. Ihr Respekt vor Agathe wuchs. Sie war wirklich Jonas Tochter, auf ihre Art.
Als nach einer Weile eine Gesprächspause eintrat, frischer Kaffee und Tee wurde noch einmal serviert, hörte sich Madlon zu ihrer eigenen Überraschung auf einmal sagen: »Ich würde auch gern irgendwie helfen. Wenn Sie mir nur sagen würden, wie.«
Es wurde ganz still, alle Augen waren auf Madlon in ihrem leuchtendfarbigen Kleid gerichtet.
Sie bekämpfte tapfer die Verlegenheit, die sie überkam.
»Ich habe den Krieg auch erlebt. Und ich habe ihn an der Front erlebt. Eins habe ich gelernt: Mut und Tapferkeit ist die eine Seite, Not und Angst die andere. Und Gerechtigkeit ...«, ihre Stimme wurde leiser, »Gerechtigkeit darf man nicht erwarten. Nicht von Gott und nicht von den Menschen.«
Schweigen.
Jetzt schmeißen sie mich raus, dachte Madlon.
Plötzlich stand jemand auf, kam auf sie zu, beugte sich zu ihr herab und küßte sie spontan auf die Wange: Clarissa.
Clarissa hatte sich bisher am Gespräch nicht beteiligt. Sie hatte dafür gesorgt, daß alle Tassen und Teller und Gläschen gefüllt waren, sie hatte dafür gesorgt, daß die Kinder, die in einem Nebenzimmer waren, ihren Kakao bekamen und dann spielen konnten, aber nun saß sie seit einer Weile in der Runde der Damen, hatte auch ein Strickzeug in der Hand und jetzt die Gelegenheit zu zeigen, daß sie da war.
»Danke, Madeleine«, sagte sie, so laut und klar, daß alle es hören konnten. »Sie haben recht. Aber – «, sie richtete sich auf und blickte um sich, »wir können jene Gerechtigkeit, deren Menschen fähig sind, walten lassen. Wir müssen es jedenfalls versuchen. Und Mut und Tapferkeit, das ist das wenigste, was wir aufbringen können. Die Soldaten haben es uns im Feld gezeigt, und wir, unter soviel besseren Bedingungen, sollten das nicht schaffen?«
Die Damen blickten verwirrt. Sie wußten nicht recht, worauf

Clarissa hinauswollte und wieso sie sich überhaupt mit der Fremden solidarisierte. Agathe runzelte leicht die Stirn. Clarissa stand ihr näher als ihre eigenen Kinder. Was nicht heißen sollte, daß sie sie mehr liebte. Clarissa forderte keine Liebe. Sie wollte Anerkennung, sie wollte teilhaben, an allem, was geschah. Und sie steckte voll wildem Ehrgeiz, das hatte Agathe in den letzten Jahren entdeckt, ohne zu erkennen worauf dieser Ehrgeiz sich eigentlich richtete. Alles gut zu machen, möglichst besser als jeder andere, das hatte das Kind Clarissa schon gewollt. Aber was wollte sie jetzt? Sie war in der Schule eine der Besten gewesen, weil sie es nicht ertragen hätte, nicht zu den Besten zu gehören. Sie hatte mit fieberhaftem Eifer, als Kind noch, für die Soldaten gestrickt und geflickt, sie hatte Agathe begleitet auf ihren Besuchen in den Lazaretten, und sie war auch jetzt, bei diesen vergleichsweise harmlosen Weihnachtswohltätigkeiten, voll Einsatzeifer. Dazwischen hatte es die Idee gegeben, Medizin zu studieren, doch davon hörte man nichts mehr.

Und warum jetzt auf einmal diese demonstrative Zustimmung für die banalen Gemeinplätze, die Jacobs Frau von sich gegeben hatte? Agathe kannte Clarissa sehr gut. Sehr, sehr gut. Diese Frau, die ihr Bruder Jacob mitgebracht hatte, mochte mit allen Wassern gewaschen sein, Clarissa war sie nicht gewachsen. Clarissa, diese kleine Katze, unter strenger Kontrolle aufgewachsen und sehr konservativ erzogen, die doch nun anfing, selbständig ihre Krallen zu wetzen.

Agathe lächelte vor sich hin. Sie hatte einiges beobachtet in letzter Zeit. Vielleicht würde es gut sein, in Zukunft auf Clarissas Hilfe zu verzichten und ihr doch ein Studium nahezulegen.

Die Damen blickten alle fragend und ein wenig unsicher auf Clarissa, die immer noch stand, hochaufgerichtet, eine unsichtbare Fahne schwingend. Und zugleich bemerkte, daß es Zeit war, in gewohnte Bahnen zurückzukehren.

Sie lächelte, auf ihre bescheidene, sanfte Art und fuhr fort, während sie sich wieder zu ihrem Platz begab: »Ich meine, was die kleine Rosmarie Dobler betrifft, ich habe einen Cousin in der Schweiz, er ist Arzt. Und er hat lange Jahre in ei-

nem Sanatorium in Davos praktiziert. Wir stehen in Verbindung. Ich werde dafür sorgen, daß die Kleine zu ihrer Kur kommt. Und für Elsa und die Kinder werde ich einen Weihnachtskorb packen, und den stellen wir ihr einfach vor die Tür. Sie braucht gar nicht zu wissen, von wem er kommt.«
»Sie wird ihn in den Bodensee schmeiße«, sagte Mimi, die sich als erste von dem Schock erholte, den Madlon und Clarissa verursacht hatten.
Dann sprachen sie auf einmal alle wieder und alle durcheinander. Clarissa lächelte Madlon zu, und die lächelte zurück, ein wenig verwirrt. Sie bereute ihre theatralischen Worte. Aber sie freute sich über Clarissas Zustimmung und Freundlichkeit.
Sie sah Clarissa heute zum zweitenmal, sie *konnte* nicht wissen, wer dieses junge Mädchen war, wie sie war. Sie hatte ein instinktives Mißtrauen gegen sie empfunden, und das war gewiß töricht von ihr gewesen. Clarissa war so jung, so wohlbehütet und so reizend, mit diesem rötlichglänzenden Haar, das in weicher Welle aus ihrer klaren Stirn gebürstet war.
Wie jung sie ist, dachte Madlon, fast noch ein Kind.
Aber Clarissa war kein Kind mehr, sie war eine Frau. Und sie war ein Produkt der neuen Zeit, mochte sie auch noch so wohlbehütet und fern jeder Gefahr aufgewachsen sein. Dieser Zeit, die aus Frauen Menschen gemacht hatte. Dieser weltumfassende Wahnsinn hatte nicht nur auf den Schlachtfeldern und in den Schützengräben stattgefunden. Er war so epochemachend, so epocheändernd gewesen, wie es die wenigsten Menschen noch begriffen hatten. Ein neues Denken, ein neues Fühlen, eine ganz neue Art von Leben war entstanden und entstand noch immer, täglich mehr und mehr. Und nicht zuletzt die neue Frau war aus dem Grauen dieser Zeit hervorgegangen, nicht Venus Anadyomene, lieblich an Land gespült, das unschuldig blickende Opfer einer starken Männerwelt, sie war als erste in diesem Krieg getötet worden.
Es gab die neue Frau. Lagen ihre Wurzeln auch noch im Gestern und Vorgestern, hafteten an ihr auch noch wie Eierschalen die Vorurteile der Mütter und Großmütter, kannte sie auch ihre eigene Stärke noch nicht, so war sie dazu bestimmt,

in Zukunft die Machtvolle zu sein. Nicht Madlon, auch wenn sie Schulter an Schulter mit den Männern gekämpft hatte, verkörperte das neue Frauenbild. Nicht Jona und nicht Agathe, selbständig und emanzipiert, wie sie im Grunde waren. Doch Clarissa? Erzogen im Sinn der hergebrachten Ordnung, und alles, was geschehen war, hatte an der stillen Ordnung ihres Lebens nichts geändert, und doch war sie bereits anders als jene, die ihr an Jahren voraus waren. Sie würde nicht warten, was sie bekam. Sie wollte sich nehmen, was sie begehrte. Sie begehrte Jacob Goltz.

Sie war jung und hübsch und reich. Aber sie wollte diesen Mann mit seinem lahmen Bein und seinem Malariagesicht. Das wußte keiner, auch er nicht, er schon gar nicht, nur sie.

»Ich beneide Sie, wenn ich Sie alle stricken sehe«, sagte Madlon auf einmal. »Was wird das alles nur?«

Die Damen zeigten und erklärten.

»Können Sie denn auch stricken?« fragte Mimi.

»Aber das ist mein größtes Vergnügen. Sehen Sie, dieses Kleid, das ich anhabe, ich habe es selbst gestrickt.«

Elsa Dobler, ihre Kinder und alle sonstigen Bedürftigen, von denen man gesprochen hatte, waren vergessen.

»Nein? Selbst gestrickt! Das ist ja unglaublich. Das müssen Sie mir geben, dieses Muster. Und es macht so eine tolle Figur.« Madlon stand auf und drehte sich, sie strahlte. Seit sie in Konstanz war, hatte sie die Stricknadeln nicht mehr in die Hand genommen. Warum eigentlich nicht? Gleich morgen würde sie sich Wolle besorgen. Ob sie es noch schaffen würde bis Weihnachten, dieser hübschen Clarissa ein Kleid zu strikken?

Agathe lächelte ein wenig säuerlich.

Clarissa strickte und lächelte auch. Nicht säuerlich, zufrieden. Sie war zwanzig Jahre alt. Man hatte einen Krieg verloren. Wer? Sie doch nicht. Man konnte gar keinen Krieg verloren haben, wenn man lebte, wenn man jung war und wußte, was man wollte. Es war sicher, daß ein Mann eines Tages genug haben würde von einer älteren Frau, daß er genug davon haben würde, sich von vergangenen Heldentaten zu nähren, stammten sie nun aus Afrika oder sonstwoher.

Nicht lange danach sammelten die Damen ihre Kinder ein, und es gab ein großes Abschiednehmen.
Clarissa küßte Madlon zum Abschied noch einmal auf die Wange, demonstrativ, jeder konnte es sehen. Und dann knickste sie. Der respektvolle Knicks eines jungen Mädchens vor einer reifen Dame.

Wie verabredet, machten sich Madlon und Jacob auf den Weg, um Jona zu besuchen. Sie fuhren mit dem Wagen, um den ganzen Überlinger See herum, und auf diese Weise bekam Madlon wieder ein Stück der Gegend zu sehen. Es war ziemlich kalt geworden, und am Tag zuvor hatte es geschneit, aber die Straßen waren noch frei.
Am Nachmittag, kurz bevor es dunkel wurde, erreichten sie ihr Ziel. Jacob bremste den Wagen an der höchsten Stelle der Straße, hielt an und wies in die weite Mulde, auf zwei Seiten begrenzt von Wald, die links vor ihnen lag.
»Da sind wir. Da liegt Jonas Hof. Ein Stück nach Osten zu steht der andere Hof. Aber es ist schon zu dunkel, du kannst ihn nicht sehen. Das andere Anwesen ist noch etwas größer. Na, wie auch immer, nun gehören ihr beide Höfe. Sie ist komplett verrückt. Es sind ja nicht nur die Häuser und die Stallungen und das alles, es sind ja auch Äcker und Wiesen und was weiß ich noch. Wie gesagt, sie ist verrückt.«
»Bitte, Jacques, keinen Streit. Sie ist deine Mutter. Und mir gefällt sie.«
»Mir auch, was denkst du denn? Sie ist einmalig in ihrer Art. Und warum sollten wir streiten? Sie weiß, daß ich kein Talent zum Bauern habe, das habe ich damals gesagt, das sage ich heute. Darüber muß man nicht streiten. Aber warum sie sich auf ihre alten Tage eine doppelte Last aufpackt, das kann ich halt nicht verstehen.«
»Sie ist nicht alt.«
»Gut, sie sieht fabelhaft aus. Aber sie ist nicht mehr jung, und sie wird jeden Tag älter.«
»Dein Vater versteht sie. Wir haben erst gestern abend darüber gesprochen.«
»Vater hat sie immer verstanden. Wenn es nicht so gewesen

wäre, hätte sie dieses Leben nicht führen können. Außerdem ist mein Vater ja nicht weltfremd, auch wenn es manchmal so wirkt. Wie jeder in der Familie Goltz hat er Sinn für Besitz.«

»Nur du nicht.«

»Richtig. Nur ich nicht.«

»Immerhin bist du dennoch der Erbe.«

»*Einer* von den Erben. Besitz dieser Art hier ist auf jeden Fall mit Arbeit verbunden. Man kann die Felder und Wälder nicht verrotten lassen, nicht wahr? Und zu verkaufen ist der Hof bestimmt nicht wieder. Nicht in der heutigen Zeit, wo kein Mensch Geld hat. Auf dem Land will auch keiner mehr leben, alle wollen in die Stadt. Oder möchtest du da unten leben?«

Madlon blickte in die grauweiße Dämmerung, lauschte in die tiefe Stille.

»Nein«, sagte sie, »ich glaube, das könnte ich nicht.« Aber sie fügte nicht hinzu, daß ihr das Leben in Konstanz auf die Dauer auch ein wenig öde vorkam und daß sie am liebsten wieder in Berlin leben würde. Er wäre imstande und sagte: ich auch. Und was dann? Das Leben, das sie jetzt führten, war so leicht und bequem, wie Madlon es bisher nie gekannt hatte. Ein wenig Langeweile gehörte gerechterweise dazu.

»Da! Siehst du die Rehe?«

Zwei schmale Schatten waren aus dem Wald getreten, verharrten regungslos im Weiß der Fläche.

»Sind das Rehe?«

»Was sonst? Im Winter kommen sie bis ans Haus heran.«

»Werden sie nicht geschossen?«

»Nicht um diese Zeit. Aber das Jagdrecht in ihrem Wald hat sie. Ich kann mich allerdings nicht erinnern, daß sie je auf die Jagd gegangen ist. Mein Großvater auch nicht. Der Wald ist nicht sehr tief, und die Tiere wechseln von Revier zu Revier. Hier ging eigentlich immer nur der Markgraf zur Jagd. Wenn zuviel Wildschäden entstanden waren, schickte er mal einen von seinen Jägern her.«

Er brachte den Wagen wieder in Gang, bog von der Landstraße ab und in den schmalen Feldweg ein, der, ordentlich geräumt und gestreut, auf den Meinhardthof zuführte. Die Rehe stoben aufgeschreckt über den Grund und tauchten weiter oben wieder in den Wald.

Madlon hatte sich keine genaue Vorstellung, eigentlich überhaupt keine Vorstellung machen können, wie es aussehen würde auf Jonas Hof. Aber keine Phantasie der Welt hätte ausgereicht, um der Wirklichkeit gerecht zu werden.

Doch auch für Jacob war es eine Überraschung, wie der Bauernhof seines Großvaters sich verändert hatte. Ein richtiges Bauernhaus war es gewesen, mit gescheuerten Dielen, mit einfachen Möbeln, mit Petroleumlampen und eisernen Öfen, immer kühl und etwas feucht darin und mit dem typischen Geruch des Landlebens, nach Tieren, nach Dung, nach Erde.

Aber Jonas Leben in der Stadt, in der großbürgerlichen Atmosphäre der Familie Goltz, war nicht ohne Wirkung geblieben und hatte ihr die Augen geöffnet für schöne Möbel, ausreichende Beleuchtung, wertvolles Gerät, mit einem Wort, für einen gewissen Luxus des Wohnens. So nach und nach, im Laufe der Jahre, hatte sie umgebaut und angeschafft, zum großen Teil schon zu Lebzeiten ihres Vaters, der allerdings immer versucht hatte, sie daran zu hindern. Das koste zu viel Geld, war sein ständiger Einwand.

Jona hatte sich nicht beirren lassen, sie lieh sich Geld von ihrem Mann, sie ließ sich von ihm Bankkredite vermitteln, sie verstand es schließlich selbst, mit Banken zu verhandeln, und sie hatte vor allem während des Krieges und auch in den schweren Jahren danach überall in der Umgebung, wo ein Hof verkauft oder versteigert wurde, nach schönen alten Möbeln gesucht, nach Porzellan, nach Bildern, und nicht zuletzt hatten ihr auch die Städter in der Hungerszeit des Krieges manches ins Haus geschleppt, um es gegen Lebensmittel einzutauschen. So zum Beispiel den wunderschönen, tiefroten Teppich, der im Vorraum lag, und die beiden Wandleuchter, die warmes Kerzenlicht über den Teppich gossen.

Das war es, was Madlon zuerst mit erstaunten Augen betrachtete: den Teppich, der zweifellos echt war, die wertvollen Leuchter. Und das Mädchen. Keine tramplige Magd öffnete ihnen die Tür, nachdem sie durchfroren und müde von der langen Fahrt aus dem Wagen gestiegen waren. Ein junges Mädchen stand auf der Schwelle, blond und hübsch, es trug einen blauen Trachtenrock und ein ebensolches Mieder, unter dem Mieder eine blütenweiße Bluse mit Spitzenkragen und Bündchen am Handgelenk.

Das Mädchen knickste und sagte höflich: »Grüß Gott, Herr Goltz. Grüß Gott, Frau Goltz.«

»Grüß Gott«, sagte auch Jacob, und ehe er sich noch von der ungewohnten Vornehmheit des Entrees erholt hatte, ging die Tür im Hintergrund auf, Jona erschien.

Sie war heute nicht städtisch gekleidet wie bei ihrem Aufenthalt in Konstanz. Sie trug einen schwarzen, seidenen Rock, der bis zum Boden reichte; das Mieder über der Bluse war schwarz, mit Gold durchwirkt.

»Willkommen«, sagte sie herzlich und kam ihren Besuchern entgegen. »Ich habe mir schon Sorgen gemacht, wo ihr bleibt. Es ist schon dunkel draußen.«

»Wir haben einen kurzen Halt in Überlingen gemacht«, sagte Jacob. »Ich habe Madlon das Münster gezeigt. Mutter, du siehst umwerfend aus. Wie eine Fürstin.«

Er schloß sie in die Arme, küßte sie auf beide Wangen, schob sie dann ein Stück von sich und betrachtete sie eingehend.

»Du warst einmal die schönste Frau auf diesem und auf jenem Ufer, und der Teufel soll mich holen, wenn du es nicht immer noch bist.«

Jona lachte freudig überrascht. Sie strich ihm mit zwei Fingern über die Backe.

»Danke, mein Lieber, das hört sich gut an. Nun zieht eure Mäntel aus und kommt herein in die warme Stube. Erst gibt es einen Obstler zum Aufwärmen, dann Kaffee und Apfelkuchen von unseren Äpfeln. Ich kann mir denken, daß ihr mit Weihnachtsgebäck schon überfüttert seid. Bärbel hat ihn gebacken. Das ist Bärbel, meine Haustochter.«

Bärbel knickste wieder, Madlon und Jacob reichten ihr die Hand.

Auf der Schwelle zum Wohnzimmer blieb Jacob gleich wieder stehen.

»Ist ja nicht zu fassen. Ist ja nicht zum Wiedererkennen. Das sieht hier aus, wie... wie...« Weiter kam er nicht, sein Blick blieb an dem Mann haften, der in der Mitte stand und den Raum auszufüllen schien. Denn niedrig war das Zimmer immer noch, trotz der veränderten Einrichtung.

Jona sagte: »Darf ich euch mit Rudolf Moosbacher bekanntmachen? Rudolf, das ist mein Sohn, seine Frau.«

Jacob hatte mit der Gegenwart eines Mannes im Haus nicht gerechnet, und er hatte Mühe, seine Überraschung zu meistern. Von einem Verwalter hatte sie zwar gesprochen. Sein Vater hatte auch einmal eine kurze Bemerkung gemacht.

»Gut, daß sie den Moosbacher hat. Für sie allein wäre die Arbeit zuviel.«

Und Madlon erinnerte sich an Immas Worte: Sie hat ja ihren Rudolf. Fast hätte sie laut gelacht. Vom ersten Augenblick an begriff sie. Ob dieser Rudolf sich nun Verwalter nannte oder wie auch immer – er gehörte in dieses Haus, und er gehörte zu Jona.

Er war so groß wie Jacob, kräftig und breitschultrig. Haar und Augen waren dunkel, das Gesicht ausdrucksvoll und gut geschnitten; er hätte ein Bruder von Jona sein können, so ähnlich sah er ihr.

Doch als er sich, einen Handkuß andeutend, über Madlons Hand neigte, entdeckte sie, was sein gutes Aussehen beeinträchtigte: eine breite Narbe auf der linken Wange, die vom Kinn bis zur Schläfe reichte. Eine Kriegsverletzung, dachte sie, auch er ist gezeichnet. Aber was für ein Mann!

Sie merkte, daß Jacob offensichtlich nicht wußte, was er von diesem Mann halten sollte. Also begann sie zu plaudern, erzählte von der Fahrt, von ihren Eindrücken.

»Es war so einsam. Ich glaube, außer uns war kein Mensch auf der Straße. Kein Spaziergänger, kein Fuhrwerk, ein Auto schon gar nicht.«

»An einem Sonntag und dann bei diesem Wetter«, nahm Jona das Gespräch auf, »und dann noch kurz vor Weihnachten, da bleiben die Leute lieber daheim. Aber setzt euch doch. Kommen Sie, Madlon, hier auf die Ofenbank. Sie müssen ja halb erfroren sein.«

»Was heißt halb! Ich bin eiskalt von Kopf bis Fuß. Schließlich bin ich immer noch ein halber Afrikaner und andere Temperaturen gewöhnt.«
Jona blickte auf Madlons zierliche schwarze Spangenschuhe.
»Das sind aber auch keine Schuhe für diese Jahreszeit, noch dazu in einem kalten Auto. Hatten Sie denn keine Decke dabei?«
»Leider nicht. Ich habe es während der ganzen Fahrt bedauert. Aber es war eigentlich heute zum erstenmal so kalt. Bisher hat man vom Winter nicht viel gemerkt. Danke!«
Sie nahm das Glas, das Rudolf ihr reichte, und schnupperte daran.
»Selbst gebrannt«, sagte Jona. »Wenn Sie zwei davon getrunken haben, ist Ihnen bestimmt nicht mehr kalt. Aber Sie sollten trotzdem die hübschen Schuhe ausziehen, Bärbel bringt Ihnen ein Paar warme Pantoffeln.«
Small talk. Madlon war amüsiert und ganz unbefangen, und Jona schien es genauso zu ergehen. Die Männer hingegen musterten sich mit einer gewissen Unsicherheit.
Bärbel verschwand aus dem Zimmer, und Madlon setzte sich auf die Bank vor dem grünen Kachelofen und lehnte den Rücken an die herrliche Wärme. Ungeniert streifte sie die Schuhe ab und bewegte die Zehen, die wirklich ganz steif waren. Sie nippte an dem Obstler, kippte dann den Rest.
»Oh, ist der gut!« rief sie. »Pardon, ich habe ganz vergessen, Prost zu sagen.«
»Das machen wir beim nächsten«, sagte Rudolf, und er lächelte Madlon so an, daß ihr ein sanfter Schauder über den Rükken lief. Sie erkannte immer und überall sofort einen Mann, der ein Mann war.
Für Madlon bekam Jonas Leben ein ganz anderes Gesicht. Was wußte Jacob schon von seiner Mutter. Gar nichts wußte er. So waren Männer nun einmal, Söhne vermutlich erst recht. Und dazu kam, daß er jahrelang von zu Hause fortgewesen war.
Bärbel kam mit braunen, flauschigen Hausschuhen, Madlon konstatierte mit Genugtuung, daß sie gut zu ihrem lindgrü-

nen Strickkleid paßten, und schlüpfte hinein. Sie rieb den Rücken an der Ofenwand und schnurrte vor Behagen.
»Es ist wunderbar bei Ihnen, Jona.«
Was sie sagte, meinte sie auch so. Dieses Haus umfing sie mit Wärme, mit einer wärmenden Selbstverständlichkeit, die sie in ihrem Leben noch nie empfunden hatte. Es lag an Jona. Und möglicherweise stimmte es doch, was Jacob einmal gesagt hatte: Ihr seid euch ähnlich, ihr seid von gleicher Art. Eine andere Nationalität, der Altersunterschied, das mochte nichts bedeuten.
»Das freut mich, wenn es Ihnen hier gefällt, Madlon«, sagte Jona. »Ich hoffe, ihr werdet ein paar Tage bleiben.«
Dann streifte sie ihren Sohn mit einem kurzen Blick. Er hatte noch kein Wort gesprochen, seit er das Zimmer betreten hatte. Ein Lachen saß ihr in der Kehle. Jacob, ihr weitgereister Sohn, der große Kriegsheld. Was wußte er von ihr?
Sie lebte ihr drittes Leben, seit sie Rudolf kannte. Sie war sechsunddreißig Jahre alt, als ihr Vater diesen Österreicher auf den Hof brachte. Zu jener Zeit war Jona seit achtzehn Jahren verheiratet, kein anderer Mann außer Ludwig hatte sie berührt. Was Liebe war, wußte sie noch nicht. Mit Rudolf jedoch kam die Liebe in ihr Leben. Erst da wurde sie wirklich erwachsen und begriff vieles, was sie zuvor nicht begriffen hatte.
Nicht daß sie sich leicht ergab. Anfangs war sie abweisend und mißtrauisch gegen den Fremden.
»Was soll der denn hier, Vater? Du hast doch mich. Du kannst dem doch nicht trauen.«
»Ich habe immer ein schlechtes Gewissen, Jona«, sagte ihr Vater, »wenn du so lange hier bist. Dein Mann und deine Kinder brauchen dich. Und was sollen denn die Leute in Konstanz sagen, wenn du so selten daheim bist.«
»Daheim bin ich hier«, brauste sie auf, »das weißt du ganz genau.«
»Nein, daheim bist du da, wo dein Mann und deine Kinder sind«, widersprach Peter, »und so ist es auch in der Ordnung. Franz findet deine Lebensweise auch nicht richtig. Wir haben bei seinem letzten Besuch lange darüber gesprochen.«

Ihr Bruder Franz hatte im Herbst davor eine Pfarrstelle im nördlichen Schwarzwald übernommen. Es lag nun eine gewisse Entfernung zwischen ihnen, und sie konnten sich nicht allzuoft sehen. Die Einsamkeit seines Vaters, ohne Frau, ohne Kinder, bekümmerte den Pfarrer. Andererseits konnte er Jonas rastloses Leben auch nicht billigen.

»Der Moosbacher ist eine angenehme Gesellschaft. Ich unterhalte mich gern mit ihm«, hatte Peter damals noch hinzugefügt.

»Er hat im Gefängnis gesessen«, konterte Jona.

»Er hätte es mir nicht zu erzählen brauchen. Und ich hätte wohl besser daran getan, es dir nicht zu sagen. Seit wann bist du selbstgerecht, Jona?«

Jona schwieg darauf. Sie, ausgerechnet sie, nahm sich heraus, über einen anderen Menschen zu urteilen. Rudolf Moosbacher hatte freiwillig und offenherzig seine Verfehlung gebeichtet, und gemessen an dem, was sie getan hatte, war es eine Bagatelle. So gut war es ihr in den vergangenen Jahren gelungen, die Erinnerung an ihre Tat, an das tote Kind zu verdrängen. Sie war eine Mörderin und eine Lügnerin, und ihre Schuld war noch immer ungebeichtet und ungesühnt.

Sie duldete also den fremden Mann auf dem Hof. Und im Winter kam sie ohnehin selten, und ihr Vater war allein. Nun hatte er einen Gesprächspartner, einen Menschen, der ihm half, die Einsamkeit zu ertragen. Und war es schließlich nicht auch ihre Schuld, daß seine zweite Ehe so kläglich gescheitert war? Inzwischen sah sie das ein.

Im August vor einem Jahr hatten sie das Mäxele begraben. Er war auf einen hochbeladenen Erntewagen geklettert, als keiner hinschaute, und war hinuntergefallen, als die Pferde anzogen. Er brach sich ein Bein und schlug schwer mit dem Kopf auf einen Feldstein auf, und an dieser Kopfverletzung starb er vier Tage später.

Fast dreißig Jahre alt war dieser unglückliche Mensch geworden; er war nicht größer als ein Zehnjähriger, er konnte sich nur lallend verständigen, und keiner hatte je gewußt, ob er sein Elend begriff. Sein Tod ging Jona nahe, und auch ihr Vater litt darunter.

Einsam, noch einsamer würde er nun auf dem Hof sein, das hatte Franz schon bei der Beerdigung des Mäxele zu Jona gesagt, und sie hatte unwirsch geantwortet: er hat doch mich. Doch im Herbst und Winter davor war sie gar nicht auf dem Hof gewesen, sie hatte nicht einmal bei der Obsternte helfen können. Der Grund war Imma gewesen.

Im Frühjahr hatte Imma ihre Schulzeit beendet, dann ein halbes Jahr lang eine Haushaltsschule besucht; im Winter sollte die Tanzstunde folgen.

Anfang Oktober, zu Beendigung des Kurses der Haushaltsschule, unternahmen die jungen Mädchen gemeinsam mit den Lehrerinnen einen Ausflug auf die Höri.

Als sie vom Schiener Berg abwärtsfuhren, stob ihnen ein Rudel Rehe über den Weg, die Pferde des ersten Wagens scheuten und gingen durch, wie üblich die anderen hinterdrein. Es waren drei Kutschen, zwei davon brachten die Lenker wieder in ihre Gewalt. Die Kutsche, in der Imma saß, raste talwärts. Eines der Pferde stolperte in einer Wegvertiefung und stürzte. Der Wagen wurde zur Seite geschleudert und kippte um. Eine Lehrerin und zwei Mädchen wurden ernsthaft verletzt, eine davon war Imma. Bewußtlos brachte man sie zum See hinunter und fuhr sie mit dem Schiff nach Hause.

Imma lag zunächst wochenlang im Krankenhaus, dann zu Hause. Sie hatte einen Beckenbruch und eine schwere Gehirnerschütterung. Wie immer war Jonas erster Gedanke: die Strafe! Die Strafe, nun kommt sie doch.

Sie verließ das kranke Kind keine Stunde, und so konnte sie auch ihren Vater nicht besuchen.

Nach langer Zeit ging sie wieder einmal ins Münster, um zu beten.

Laß Imma wieder gesund werden. Gott im Himmel, sei gerecht, strafe mich, aber strafe nicht mein Kind.

Es war kein Gebet, es war mehr ein Befehl, den sie an Gott richtete, aber wenn es ihn gab, würde er sie dennoch verstehen.

Jona hatte wilde Phantasien, sie wähnte, Gott habe als Strafe für sie vorgesehen, daß Imma nun die Leiden des toten Mäxele übernehmen müsse.

Aber davon konnte keine Rede sein. Nachdem Imma einige Wochen lang im verdunkelten Zimmer gelegen hatte, war ihr Verstand so klar wie zuvor, und der Bruch heilte tadellos. Sie war ja noch so jung, der Körper regenerierte sich aus eigener Kraft. Im Frühjahr fuhr Jona vorsorglich mit ihr zu einer Badekur nach Bad Ragaz. Doch im Winter darauf, Duplizität der Ereignisse, hatte Imma abermals einen Unfall, diesmal allerdings nicht so einen schweren. Sie stürzte beim Schlittschuhlaufen in der gefrorenen Bucht, möglicherweise war sie doch noch nicht wieder ganz so stabil, und brach sich zur Abwechslung diesmal einen Arm. Bei dieser Gelegenheit lernte sie den Leutnant kennen, in den sie sich später so wahnsinnig verliebte.

Er brachte sie nämlich nach Hause, fürsorglich und mit tröstenden Worten, und Imma, als sie ihre Mutter sah, rief schluchzend: »Jetzt isch wieder ebbes passiert. Diesmal mit meinem Arm. Ich hab aber auch so ein Pech, Mama! So ein Pech!«

Diesmal mußte sie nicht im Bett liegen, nur mit leidender Miene ihren Gipsarm betrachten und auf den Rest der Tanzstunde verzichten. Der Leutnant kam zweimal mit Blumen, um sich nach dem Befinden des gnädigen Fräuleins zu erkundigen, und was das Tanzen betreffe, solle sie sich keine Sorgen machen, sagte er, das werde man alles nachholen. Er war ein fescher junger Mann und Imma siebzehn. Es konnte gar nicht anders kommen.

Agathe war zu jener Zeit nicht im Haus, sie besuchte ein Pensionat am Genfer See, die Kosten dafür hatte der Großpapa übernommen, der zwar ein sparsamer Mann war, aber genau wußte, wo und wann eine Investition sich lohnte.

»Sie hat das Zeug zu einer vollendeten Dame«, hatte er gesagt. »So etwas muß man fördern. Sie kann einmal eine gute Partie machen und eine Rolle in der Gesellschaft spielen.«

Womit er recht behalten sollte.

Durch Immas Unfall kam es, daß Jona den fremden Mann, den ihr Vater im Winter bei sich aufgenommen hatte, lange nicht kennenlernte; sie erfuhr nur aus einem Brief, daß es ihn gab. Sie brauche sich keine Sorgen zu machen, schrieb ihr

Vater, der Herr Moosbacher sei eine tatkräftige Hilfe, und er würde wohl eine Weile bei ihm bleiben.
Erbost sagte Jona zu Ludwig: »Verstehst du das? Was hat denn dieser fremde Kerl bei uns zu suchen? Möchtest du nicht mal hinüberfahren und nach dem Rechten sehen?«
»Jona, dein Vater ist ein erwachsener und sehr besonnener Mann. Ich bin nicht der Meinung, daß man ihn kontrollieren muß.«
Als Carl Ludwig Ende Februar einen Termin in Überlingen hatte, nahm er die Gelegenheit wahr, seinen Schwiegervater zu besuchen. Zurückgekehrt, sagte er zu Jona: »Du kannst ganz beruhigt sein, dieser Österreicher hilft deinem Vater viel, und vor allem verstehen sich die beiden sehr gut.«
Jona vernahm das nur mit Widerwillen. Was hatte ein Österreicher bei ihrem Vater verloren, schnorrte er da herum? Und was sollte das heißen, sie verstanden sich gut? Das machte sie eifersüchtig; sie war nun einmal ein possessiver Mensch, und ihr Vater gehörte ihr allein und sonst keinem auf der Welt. Sie verhielt sich auch weiterhin abweisend, als sie Rudolf Moosbacher kennenlernte, und erst recht, als sie von ihrem Vater seine Geschichte erfuhr.
Wieder in Konstanz erzählte sie Ludwig alles sehr empört. »Das hat er dir nicht gesagt, nicht wahr? Einen Verbrecher hat sich Vater auf den Hof geholt. Im Gefängnis hat der gesessen. So etwas kann man doch nicht zulassen.«
Ganz gegen seine sonstige Art antwortete Ludwig mit einem Bibelspruch: »Wer unter uns ohne Schuld ist, der werfe den ersten Stein.«
Das machte Jona stumm. Unsicher sah sie ihren Mann an. Was wußte er? Was vermutete er?
Aber Carl Ludwig wußte und vermutete gar nichts, niemals hätte er seiner Jona eine üble Tat zugetraut.
»Übrigens hat er den Mann nicht getötet, ich habe das inzwischen ermittelt. Der Mann war verletzt, aber es war ein glatter Durchschuß unterhalb der Schulter, der weder die Lunge noch das Herz getroffen hat.«
Sprachlos starrte Jona ihren Mann an.
»Du... du hast das gewußt?« stieß sie hervor.

»Ja. Dein Vater hat es mir erzählt, als ich im Februar bei ihm drüben war.«
»Und du hast es mir nicht gesagt?«
»Nein. Ich kenne dich doch, mein Lieberle. Du hättest dich nur unnötig aufgeregt.«
Man konnte durchaus nicht behaupten, daß Ludwig der Unterlegene in dieser Ehe war. Er wußte ganz gut, was er von Jona zu halten hatte und wie er sie behandeln mußte.
»Ich finde das unerhört. Du hast mich glatt belogen.«
»Nicht belogen. Dir nur etwas verschwiegen. Vorerst. Denn daß du es erfahren würdest, war zu erwarten.«
»Dieser fürchterliche Kerl! Er sieht aus wie ein Räuberhauptmann mit diesem zerschossenen Gesicht und der Augenklappe. Er wird Vater etwas antun.«
Ludwig lachte. »Das ganz gewiß nicht. Er ist deinem Vater sehr dankbar, daß er bei ihm bleiben darf.«
Lange Zeit wehrte sich Jona dagegen, den Moosbacher zu akzeptieren. Er wußte das und wartete mit Geduld. Denn er liebte sie bereits.
Das war nun über zwanzig Jahre her. Peter Meinhardt war lange tot, und Rudolf Moosbacher gehörte auf den Hof, wie er in Jonas Leben gehörte, in ihr drittes Leben.
Von alldem wußte Jacob nichts, zu lange war er fort gewesen. Immerhin kehrte eine Erinnerung zurück.
Nachdem sie den zweiten Obstler getrunken hatten, sagte er: »Aber wir kennen uns doch, Herr Moosbacher.«
»Freilich kennen wir uns.«
»Sie sind der Rudi. Wir sind einmal drunten im See um die Wette geschwommen, und Sie waren der einzige weit und breit, der schneller schwimmen konnte als ich. Und jetzt fällt mir noch etwas ein. Sie trugen damals eine schwarze Augenklappe. Nicht immer, manchmal.« Er wandte sich lebhaft zu Madlon, die auf der Ofenbank saß und mit den Beinen schlenkerte. »Wie Paul, weißt du, der trug ja auch oft eine Binde über dem Auge, wenn die alte Verletzung ihn schmerzte und das Licht sehr grell war. Lettow-Vorbeck meine ich, unseren General. Ja, Sie waren damals schon auf dem Hof, ich muß so dreizehn oder vierzehn gewesen sein.«

»Da war ich schon eine Weile hier. Sie kamen nur damals sehr selten.«
Jacob grinste. »Es waren meine Flegeljahre. Und die Schule machte mir allerhand Mühe.«
Es war die Zeit, als er nicht mehr gern auf den Hof kam, als er sich gegen Jona und ihren Anspruch wehrte. Jetzt empfand er eine gewisse Erleichterung, daß dieser Mann auf dem Hof war. Seine Mutter hatte Hilfe und würde hoffentlich nicht mehr daran denken, aus ihrem Sohn einen Bauern zu machen.
»Mutter, warum hast du mir nicht gesagt, daß dein Verwalter der Rudi ist?«
»Hättest du denn noch gewußt, wer der Rudi ist?«
»Selbstverständlich. Ich kann doch einen nicht vergessen, der mich beim Wettschwimmen besiegt hat. Aber ich konnte ja nicht ahnen, daß er für immer hierbleibt. Na, darauf müssen wir noch einen trinken.«
Rudolf warf einen raschen Blick auf Jona, sah ihr amüsiertes Lächeln, dann füllte er die Gläser.
Erstmals mischte sich Madlon wieder in dieses Gespräch. Sie fuhr mit dem Zeigefinger an ihrer linken Wange vom Kinn bis zur Schläfe und fragte: »Dann ist dies also keine Kriegsverletzung?«
»Nein«, antwortete Rudolf. »Das hatte ich schon lange vor dem Krieg. Es rührt allerdings auch von einem Schuß her.«
Jona trat hinter ihn und legte ihm leicht die Hand auf die Schulter. »Genug jetzt von den alten Geschichten. Da kommt Bärbel mit dem Kaffee.«
Er war imstande und erzählte noch, daß er nicht im Krieg gewesen sei, weil man ihn aus der österreichischen Armee ausgestoßen habe, schmachvoll.
»Und nun werden wir vor allem Bärbels Apfelkuchen probieren, mal sehen, ob er gut gelungen ist. Ihr müßt wissen, die Bärbel – komm, setz dich, mein Kind –, die Bärbel stammt aus Freudenstadt. Ihr Vater ist dort Arzt und hat eine große Praxis. Und natürlich entsprechend viel zu tun. Sie ist sehr einsam aufgewachsen, sie hat keine Geschwister, und ihre Mutter ist gestorben, als sie noch ganz klein war. Ich darf das

doch erzählen, Bärbel? Und nun hat sie sich mit einem Hofbesitzer aus dem Bühler Tal verlobt, und ehe sie den heiratet, muß sie ein wenig von Hauswirtschaft und vor allem von der Landwirtschaft verstehen. Darum ist sie hier. Das hat der Franz wieder mal gefingert, der kennt Bärbels Vater gut.«

»Der gute Onkel Franz«, sagte Jacob. »Den müssen wir auch bald besuchen, Madlon. Und dann natürlich den Onkel General. Es dauert noch eine Weile, bis wir mit der Verwandtschaft durch sind.«

»Dem General soll es nicht gut gehen«, berichtete Jona. »Er hat's mit dem Herzen. Wir waren im Oktober in Lindau und haben ihn besucht. Nun, wie schmeckt euch der Kuchen?«

»Hervorragend. Mein Kompliment, Fräulein Bärbel«, sagte Jacob. »Ich esse glatt noch ein Stück.«

So komisch, daß sie hier immerzu Kuchen essen, dachte Madlon. Das muß eine deutsche Sitte sein. Sie selbst machte sich nicht viel aus Kuchen, hatte aber notgedrungen in letzter Zeit mehr davon gegessen, als für ihre Figur gut war.

»Wirst du denn jetzt ständig hierbleiben?« fragte Jona während des Kaffeetrinkens, eine Frage, die sie lebhaft beschäftigte.

»Offen gestanden, Mutter, ich weiß es nicht. Ich ginge zwar gern nach Afrika zurück, aber so, wie die Dinge liegen, haben wir dort nichts mehr verloren. Ich möchte gerade dort nicht gern unter englischer Herrschaft leben. Sie haben uns nicht besiegt, aber sie sind trotzdem die Sieger. So etwas kann man schwer schlucken.«

Jona nickte gleichgültig. Afrika und die Engländer interessierten sie nicht. Ihre Welt war hier. Und ihre Welt war größer als ganz Afrika. Aber sie hatte schon begriffen, daß ihr Sohn sich nicht geändert hatte. Er mochte ein tapferer Kämpfer gewesen sein, doch der abenteuerliche Krieg auf afrikanischem Boden war für ihn nichts anderes gewesen als die Fortsetzung der wilden Jahre seiner Jugend. Was wußte sie von ihm? Es lag zuviel Zeit dazwischen. Er war ihr fremd geworden. Ein ungebärdiger, trotziger Junge war er gewesen, ein Tunichtgut, ein Nichtstuer. Und was war er jetzt? War er nicht nur älter geworden, sondern auch reifer?

Sie kannte einige von den Kriegern, die zurückgekehrt waren. Machte der Krieg wirklich aus Knaben Männer? Bannte er sie nicht vielmehr in eine unwirkliche Welt, die unmenschliche Bedingungen stellte und es darum verhinderte, daß sie wirklich erwachsen wurden? Sie haßte den Krieg, auch wenn er sie kaum berührt hatte.
Madlon holte ihr Strickzeug aus der großen Tasche, die sie mitgebracht hatte. Es sollte ein Kleid für Clarissa werden, das sie möglichst bis Weihnachten vollenden wollte. Sie hatte sorgfältig überlegt, welche Farbe sie wählen sollte. So bunt wie sie mochte es Clarissa sicher nicht. Schließlich hatte sie ein gedämpftes Moosgrün gewählt, das würde gut zu Clarissas Augen passen.
Jona wollte wissen, was das werden sollte, und Madlon erklärte es.
»Ach ja, Agathes Ziehtocher. Eine tüchtige kleine Person. Sie paßt so gut zu Agathe, daß man meinen könnte, sie sei ihre wirkliche Tochter. Dann ist das Kleid, das Sie anhaben, auch selbstgestrickt?«
Eine Weile sprachen sie über Madlons modisches Talent, Jacob erzählte von den Kleidern, die sie in Berlin entworfen hatte, und fügte hinzu: »Ohne Madlon hätte ich in den letzten Jahren oft nicht gewußt, wovon ich leben sollte.«
»Das glaube ich«, erwiderte Jona schlicht. Sie hatte längst erkannt, daß es nicht allein Liebe war, was ihren Sohn mit dieser Frau verband, sondern daß sie ihm Kraft und Halt gegeben hatte, sowohl während des Krieges als auch in den Berliner Jahren.
»Ich kann nicht stricken«, sagte sie. »Ich habe überhaupt nie Handarbeiten gemacht. Es fehlte mir die Zeit und die Geduld dazu. Aber dieses Kleid ist sehr hübsch, das Sie anhaben, Madlon. Dazu gehört wirklich Talent. Ja«, sie stand auf und blickte Rudolf an, »wir müssen noch mal in den Stall, denn wir haben ein krankes Pferd. Tango hat gestern eine Kolik gehabt, wir haben ihn die ganze Nacht im Hof herumgeführt. Der Tierarzt kam erst heute früh um vier, er war über Land bei einer schwierigen Operation. Jetzt ist Willy bei dem Pferd, aber wir müssen ihn endlich ablösen. Bärbel, du

machst ihm einen frischen Kaffee und gibst ihm ein großes Stück Kuchen.«
»Ich bleibe gern über Nacht bei Tango im Stall«, bot Bärbel an.
»Das ist nicht nötig. Die letzte Nacht war für uns alle anstrengend genug. Leo kommt nachher wieder, er macht nur einen Besuch bei seiner Mutter, der geht es nicht besonders gut. Er übernimmt heute nacht die Stallwache, hat er gesagt. Und ich glaube, Tango ist über den Berg.«
»Das Pferd heißt wirklich Tango?« wunderte sich Jacob. »Auf was für Ideen die Leute kommen.«
»Ja, stell dir vor. Wir haben uns auch über seinen Namen amüsiert, als wir ihn kauften. Das beste Pferd, das wir im Stall haben. Ein Rappe, bildschön. Er geht vor dem Wagen, aber du mußt ihn halten können. Du kannst ihn auch reiten, falls du gut reiten kannst. Er ist noch jung, erst fünf, und manchmal ein bißchen wild.«
»Darf ich mitkommen in den Stall?« fragte Madlon. »Ich möchte ihn gern sehen. Hoffentlich geht es ihm wieder gut. Es ist schrecklich, wenn Pferde Koliken haben, man wird selbst ganz krank dabei.«
»Sie kennen sich aus mit Pferden?« fragte Jona freundlich.
»Ich habe mehr im Sattel gesessen als auf meinen Beinen gestanden. Pferde sind mir das Allerliebste auf der Welt. Na, und so ein Bursche wie den hier, den liebe ich auch.«
Sie liebkoste den Hund, der sich neben sie gesetzt hatte und ihr das Stricken unmöglich machte, denn er legte ihr immer wieder die Pfote in den Schoß.
»Man merkt, daß die Tiere Sie mögen«, stellte Jona fest. »Bassy ist schon ganz verliebt in Sie.«
Bassy war ein schwarzweißer Münsterländer, und Jacob hatte sich, nachdem er mit der Verwunderung über das Vorhandensein eines Mannes fertiggeworden war, über die Gegenwart des Hundes im Wohnzimmer gewundert. Früher befand sich der Hund im Hof, an einer Kette. Aber nicht nur der Hund war bei ihnen, auch zwei Katzen lagen auf der Ofenbank zusammengerollt.
Es war vieles anders als früher, eine ganz andere Atmosphäre.

Die Tiere im Haus, das Zimmer warm, freundlich beleuchtet und gemütlich eingerichtet, auch das Gespräch so mühelos und geradezu heiter. Früher herrschte eine gewisse Schwermut auf dem Hof, fast konnte man sagen, Düsternis, und die ging gleichermaßen von seinem Großvater aus wie von seiner Mutter. Und natürlich hatte die Gegenwart des armen Mäxele auch immer niederdrückend gewirkt.
Freilich, die Zimmer waren immer noch niedrig, die Fenster immer noch klein, und als er später in den Raum kam, in dem er mit Madlon schlafen sollte, sah es dort eigentlich kaum anders aus als früher. Aber es war auch hier gut geheizt, und eine Stehlampe stand im Zimmer. Auf einem runden Tisch lagen zwei Bücher. Neugierig nahm er eins davon in die Hand und mußte lachen.
Lettow-Vorbecks *Erinnerungen,* als ob er die lesen müßte, das hatte er alles miterlebt. Aber er fand es rührend von seiner Mutter, sie ihm hinzulegen. Ihm zu zeigen, daß sie das Buch besaß und möglicherweise auch gelesen hatte.
Oder war es eine Aufmerksamkeit von Rudi?
Einige Minuten lang stand er überlegend, das Buch in der Hand. Rudi. Rudolf Moosbacher. Er war seit vielen Jahren auf dem Hof, sie bezeichnete ihn als ihren Verwalter. Merkwürdig war das schon. Er mußte mit Madlon darüber sprechen, was sie davon hielt. Wie alt mochte der Mann sein? Ende Vierzig, Anfang Fünfzig? Und in Amerika war er gewesen. Sehr seltsam, wirklich.
Zerstreut griff er nach dem anderen Buch. Es war von einer gewissen Colette und nannte sich *Chéri.* Das war wohl als Aufmerksamkeit für Madlon gedacht.
Er grinste vor sich hin. Ein gutes Hotel, der alte Meinhardthof. Er setzte sich auf den Bettrand und las ein paar Seiten. Fing gut an. Bücher hatte er in seinem Leben kaum gelesen, aber das war etwas, was sich nun nachholen ließ.
Nach einer Weile kam Madlon, die mit im Stall gewesen war.
»Ein prachtvolles Pferd«, schwärmte sie, »und es geht ihm wieder gut, seine Augen sind ganz blank. Was liest du denn da, Chéri?«

»Chéri.«
»Wie?«
»So heißt das Buch.«
»Ach nein, wirklich? Zeig mal her.«
Zum Abendessen gab es Hasenbraten mit Spätzle und Preiselbeeren, dazu einen Trollinger.
Das Leben auf dem Hof hatte wirklich einen Anstrich von Feudalismus bekommen, fand Jacob. Früher saßen sie in der Küche und aßen aus einer großen Schüssel. Jetzt wurde auf feinstem Porzellan serviert.
Später, als sie im Bett lagen und gemeinsam *Chéri* lasen, sagte Jacob plötzlich: »Findest du nicht, daß meine Mutter sich verändert hat?«
»Das ist eine dumme Frage. Ich kenne sie ja nicht, wie sie früher war. Aber schließlich verändert sich jeder Mensch im Laufe seines Lebens. Mir gefällt sie jedenfalls sehr, sehr gut.«
»Na ja, mir ja auch. Sie ist wirklich anders geworden, weicher, umgänglicher. Und sie lacht. Früher hat sie nie gelacht.«
»Was mag sie denn so verändert haben?« fragte Madlon mit leichtem Spott.
»Ich weiß schon, was du denkst. Du denkst, es hängt mit Rudi zusammen, nicht wahr?«
»Ich halte es für möglich«, sagte Madlon leichthin. »Sie scheinen sich sehr gut zu verstehen.«
»Du willst damit doch nicht andeuten, daß er ihr Liebhaber ist?« Jacob richtete sich empört im Bett auf, das Buch rutschte von der Bettdecke.
»Mon amour, das weiß ich nicht. Dazu kenne ich eure Familienverhältnisse zu wenig.«
»Unsere Familienverhältnisse? Die waren immer ein wenig ungewöhnlich. Schon darum, weil Mutter auf beiden Ufern zu Hause war. Aber daß sie mit einem anderen Mann zusammenlebt – nein, das glaube ich nicht, das würde sie nie tun.«
Madlon kicherte. »Für jedes Ufer einen anderen Mann. Ich finde das gar nicht so schlecht.«
»Du bist unseriös, wie immer. Es handelt sich um meine Mutter. Sie tut so etwas nicht.«

»Bon, dann tut sie es nicht. Auf jeden Fall herrscht ein – wie soll man das nennen? –, ein großes Verständnis zwischen den beiden. Man kann einander auch liebhaben, ohne ins Bett zu gehen.«

Gab es denn keine Frau in Rudis Leben? überlegte Jacob. So ein Mann wie der. Und er gefiel den Frauen, auch Madlon gefiel er. Madlon gähnte.

»Willst du noch lesen?« fragte sie.

»Nein«, sagte er geistesabwesend.

Er rückte hinüber in das andere Bett, lag auf dem Rücken und starrte in die Luft.

»Es wäre unerhört...« sagte er nach einer Weile.

»Was?« fragte Madlon schläfrig.

»Wenn sie mit ihm...«

»Hör auf, dir über anderer Leute Liebesgeschichten den Kopf zu zerbrechen.«

»Sie ist meine Mutter!«

»Du hast dich viele Jahre nicht um sie gekümmert, und da war es dir ganz egal, was sie tut. Nicht einmal gesprochen hast du von ihr. Es geht dich wirklich nichts an, wie sie lebt und wen sie liebt. Außerdem habe ich nicht den Eindruck, daß dein Vater unzufrieden ist mit seinem Leben.«

»Er ist ein alter Mann.«

»Siehst du.«

»Sie ist auch alt.«

»Ist sie nicht.«

Madlon schwieg. War doch zu komisch, wie sich dieser heimgekehrte Sohn auf einmal wichtig nahm. In ihren Augen hatte Jona ein Recht auf ihr eigenes Leben, auch auf eine eigene Liebe, falls es so war. Und wenn es jemanden etwas anging, dann nur die drei, die betroffen waren.

Jacob dachte zurück. An damals. Das Leben auf dem Hof. Hart, wortkarg, und er immer unter ihrer Fuchtel. Einmal war er ausgerückt, weil er zum Arbeiten mit aufs Feld sollte. Er war hinuntermarschiert zum See – wie alt war er denn, zwölf, dreizehn? –, und er hatte die Absicht, so lange am Hafen herumzulungern, bis ein Schiff zum anderen Ufer fuhr. Oder vielleicht erwischte er einen Frachtkahn, der ihn mitnahm.

Ehe es dazu kam, hatte sie ihn aufgespürt. Sie zog die Zügel an, band sie fest, stieg vom Bock, hieb ihm rechts und links kräftig ins Gesicht. Dann mußte er aufsteigen, und ohne ein weiteres Wort fuhren sie zurück auf den Hof. Dort sperrte sie ihn in den Hühnerstall. Sein Großvater befreite ihn am Abend. Oh, wie hatte er sie gehaßt!

Oft hatte er sie gehaßt, und als er älter wurde, hatte er es ihr gezeigt und auch gesagt.

Er erinnerte sich an eine andere Szene, drüben in Konstanz, da war er siebzehn, das wußte er noch genau. Er hatte miserable Zeugnisse nach Hause gebracht, sie stellte ihn zur Rede, ziemlich barsch, wie es ihre Art war.

»Du willst ja am liebsten einen Bauern aus mir machen«, schrie er sie an. »Wozu brauch ich dann ein Abitur? Hast du eins? Hat der Großvater eins? Aber mich bekommst du nicht auf deinen verdammten Hof, mich nicht. Ich hasse euch alle da drüben, daß du es weißt. Und dich am allermeisten.«

Sie reagierte ganz anders, als er erwartet hatte. Sie stand eine Weile wie erstarrt, dann sagte sie ruhig: »Womit hätte ich es auch verdient, einen Sohn zu haben, der mich liebt.«

Das war seltsam gewesen. Er fand es heute noch seltsam. Damals war der Rudi schon auf dem Hof, hatte sie darum vielleicht ein schlechtes Gewissen?

»Als ich siebzehn war«, begann er und drehte sich zu Madlon um, »da habe ich folgendes erlebt...«

Madlon schlief.

Auch gut. Es interessierte sie sicher nicht, was damals war. Aber ihm fielen andere Szenen, andere Gespräche ein, vieles war auf einmal wieder lebendig. Er lag lange wach, und das Fazit seiner Gedanken war: ich will fort! Ich kann hier nicht bleiben. Genausowenig wie früher kann ich hier leben.

Peter Meinhardt hatte den Moosbacher in Friedrichshafen, genauer gesagt in Manzell bei Friedrichshafen, kennengelernt, und zwar am 30. Juni des Jahres 1900. An jenem Tag hatten sich nicht nur diese beiden, sondern im ganzen etwa zwölftausend Menschen eingefunden, lauter Neugierige, um den verheißenen ersten Aufstieg eines Luftschiffes mitzuerle-

ben, das ein gewisser Graf Zeppelin unter großer Anteilnahme von Bevölkerung und Presse, teils positiv, überwiegend aber negativ dazu eingestellt, erfunden und gebaut hatte.
Das Fliegen, die Fortbewegung durch die Luft, jener alte Menschheitstraum, war um die Jahrhundertwende in ein neues, erfolgversprechendes Stadium der Entwicklung getreten. So vieles war im vergangenen Jahrhundert an technischen Neuerungen entstanden, die das Leben der Menschen erleichterten, erweiterten, ihnen die Welt erschlossen – die Dampfmaschine, die Eisenbahn, das Dampfschiff und schließlich das Gefährt, das sich ohne Pferde fortbewegen konnte, das Automobil. Warum sollte man nicht endlich auch durch die Luft fliegen können? In Europa und in Amerika waren die Erfinder und Pioniere der Luftfahrt am Werk, meist noch recht erfolglos, aber unverdrossen.
Einer der originellsten dieser Erfinder war zweifellos der Graf Zeppelin, geboren in Konstanz, mütterlicherseits von den schon erwähnten Genfer Einwanderern abstammend.
Er hatte eine ganz neue Idee; er wollte kein Flugzeug konstruieren, sondern ein Luftschiff. Es basierte auf der Weiterentwicklung des Ballons, das einzige Luftfahrzeug, das bisher mit einigem Erfolg von hier nach dort gelangt war, allerdings nicht immer dorthin, wohin es sollte, denn es ließ sich nicht lenken, war allein auf günstige Winde angewiesen. Zeppelin hatte die Idee, einen Riesenballon zu bauen, der sehr wohl steuerbar war, da das luftgefüllte Ballongebilde mit Motoren ausgestattet war. An dieser Erfindung arbeitete er seit etwa zehn Jahren, verlacht und verspottet von der zumeist fortschrittsungläubigen Umwelt, ein dankbares Objekt für Glossen und Karikaturisten. Er ließ sich nicht beirren, und er hatte Helfer und Mitarbeiter, die genauso unbeirrt an seinen Plänen mitwirkten.
Das Besondere am Grafen Zeppelin war, daß er schon eine lange Laufbahn hinter sich hatte, als er sein neues Leben als Luftschiffkonstrukteur begann. Er war Kavallerieoffizier gewesen, hatte es bis zum General gebracht, hochangesehen und bewährt, er hatte 1866 gegen die Preußen und 1870 gegen die Franzosen gekämpft, und vorher war er bereits in

Amerika gewesen und hatte seine Nase in den amerikanischen Bürgerkrieg gesteckt.
Er war sechzig Jahre alt, als er die Gesellschaft für die Luftschiffahrt gründete, und er war zweiundsechzig, als schließlich das erste Luftschiff seine Jungfernfahrt über den Bodensee antreten sollte.
Während des Wartens auf den Start waren Peter und Rudolf Moosbacher ins Gespräch gekommen, der junge und der ältere Mann fanden aneinander Gefallen, und Peter spitzte die Ohren, als er hörte, daß der Fremde aus Amerika kam. Und zwar soeben. Rudolf Moosbacher hatte vor zwei Wochen erst wieder europäischen Boden betreten. Sofort war er an den Bodensee gereist, und nun hielt er sich schon seit Tagen am schwäbischen und bayerischen Ufer auf, sah die Berge seiner Heimat aus der Ferne und traute sich nicht nach Österreich hinein.
Das allerdings erfuhr Peter am Tag ihrer Bekanntschaft noch nicht. Zum Start des Luftschiffes kam es aus ihnen unbekannten Gründen an diesem Tag nicht, und sie wanderten gegen Abend gemeinsam nach Fischbach, wo Peter in einer Gastwirtschaft Pferd und Wagen untergestellt hatte.
Sie tranken zwei Viertele guten Bodenseewein, ein Göttergetränk, wie der Moosbacher sagte, wovon man in Amerika nur träumen könne, aßen dann ein gutes Nachtmahl und genehmigten sich noch zwei Viertele.
Nachdem sie alles besprochen hatten, was über den Grafen Zeppelin zu sagen war, erzählte Rudolf von seiner Zeit in Amerika. Fünf Jahre war er drüben gewesen, zuerst in New York, später war er die Küste abwärts nach Süden gewandert, und zuletzt hatte er sich in New Orleans aufgehalten. Was er über die romantische Stadt im Delta der Mississippimündung erzählte, fand Peter höchst interessant. Er hatte noch nie von dieser Stadt gehört, und er war ja sein Leben lang nicht mehr vom Bodenseegebiet weggekommen, seit er damals als junger Mann auf seiner Wanderschaft zum See gekommen war.
New Orleans also – Rudolf schilderte die Stadt sehr plastisch, das eigentümliche Flair des französischen Viertels, die guten alten Familien, die in wundervollen Herrschaftshäusern leb-

ten und, wie es schien, auch noch in einem anderen Jahrhundert, die Musik, die überall erklang, befremdlich für europäische Ohren, die Neger, die jetzt freigelassen, aber entwurzelt und heimatlos geworden waren. Das Sklavendasein hatte sie lebensfremd gemacht, doch die Freiheit machte sie elend.

»Ich habe mich viel mit dem Negerproblem beschäftigt«, sagte Rudolf, »denn ich habe vorher so gut wie nichts davon gewußt. Zweifellos ist es eine Schande für die freien Amerikaner, sich Schwarze als gekaufte Sklaven ins Land zu holen, aber man kann es wiederum entschuldigen mit Mangel an Arbeitskräften in dem riesigen Kontinent. Dann haben sie untereinander einen langen und blutigen Krieg deswegen geführt, der Norden hat gewonnen, und nun gibt es keine Sklaven mehr. Nur – die Neger sind noch da. Man kann sie nicht zurückbringen, in Afrika will sie keiner haben, auch sind sie ja zum großen Teil schon in Amerika geboren, aber dort sind sie jetzt eine ausgestoßene Minderheit, die auch keiner mehr haben will. Manche sind freiwillig bei ihren ehemaligen Herren geblieben, sie bekommen meist nur wenig Lohn, denn wenn sie teure Arbeitskräfte werden, dann verzichtet man auf sie, und dann sitzen sie auf der Straße. Gleichzeitig verkommen viele der schönen, großen Plantagen, weil die Arbeitskräfte fehlen. Eine gewisse Trägheit der Südstaatler beschleunigt diesen Prozeß noch. Sie sagen sich: Bitte, ihr habt es so gewollt im schlauen Norden, dann tun wir halt nichts mehr, seht zu, wir ihr damit fertig werdet. Ich sehe da große Probleme für die Vereinigten Staaten kommen, speziell was die Neger betrifft. In New Orleans kann man das sehr genau verfolgen. Es war auch für mich nicht leicht, dort Arbeit zu bekommen, und ich dachte daran, wieder in den Norden zurückzugehen, denn der Schlendrian in dieser Stadt ist ansteckend.«

Peter hörte sich das an, nickte mit dem Kopf, trank seinen Wein und versuchte sich ein Bild von dem fernen Land zu machen.

»Ach, und heiß kann es da sein«, fuhr Rudolf fort, »und die Luft ist so feucht, ich mußte immer an unseren frischen, kühlen Wald denken. Und an den Bodensee.«

Er schwieg eine Weile, trank auch vom Wein, und das tat er jedesmal mit einer gewissen Andächtigkeit. Er schien jeden Tropfen zu genießen, wie Peter bemerkte.
»Ich bin zwar droben im Bregenzer Wald aufgewachsen, auf einem Bauernhof, aber meine Mutter stammte aus Bregenz, und als kleiner Bub bin ich oft hinuntergekommen an den See, wenn wir die Großeltern und die Tanten besucht haben. Und so merkwürdig das klingt, ich mußte immer an den Bodensee denken, wenn über dem Mississippi die Sonne unterging. Dabei besteht gewiß keine Ähnlichkeit zwischen dem Mississippi und dem Bodensee, das können Sie mir glauben, Herr Meinhardt, aber machen Sie was gegen Heimweh. Und Heimweh hatte ich, von Tag zu Tag mehr. Und da bin ich nun wieder hier.«
»Aber Sie sind noch nicht hinübergefahren in Ihre Heimat?«
Rudolf schüttelte melancholisch den Kopf. »Das ist es halt. Und Sie sind heute der erste Mensch, mit dem ich zusammensitze und mit dem ich reden kann, seit ich wieder da bin. Dafür danke ich Ihnen.« Er hob sein Glas, sie tranken sich zu. Und Peter wunderte sich, warum der Mann denn nun nicht hinüberfuhr in seine Heimat und zu seiner Familie, wenn es doch nur noch eine geringe Entfernung war, die ihn vom Ziel seiner Sehnsucht trennte, gemessen an der, die er schon zurückgelegt hatte.
Als Peter seinen Wagen bestieg und das ausgeruhte Pferd schon ungeduldig mit den Hufen scharrte, sagte er dem neuen Bekannten noch schnell, wo er zu finden sei und daß er sich über einen Besuch freuen würde.
Rudolf Moosbacher kam schon drei Tage später, um zu berichten, daß er am Tag zuvor nun doch das Luftschiff des Grafen Zeppelin gesehen habe, diesmal war der Start gelungen, das Schiff war durch die Luft gezogen, allerdings nur knapp zwanzig Minuten lang, bei Immenstaad war es bereits wieder zu Boden gegangen, aber immerhin glücklich gelandet.
Rudolf Moosbacher wurde zum Essen eingeladen, danach zeigte ihm Peter den Hof, besonders für die Pferde hatte

Rudolf großes Interesse, und dann verabschiedete er sich wieder.
Es verging mehr als ein Jahr, bis die beiden sich wiedersahen, ganz zufällig.
Es war im Spätherbst, nach der Obsternte, und Peter fuhr nach Lindau. Der Grund war eine Einladung, die schon seit Jahren vorlag und nun sehr dringlich wiederholt worden war.
Damals, als Leni verschwunden war, brachte Franz, zu der Zeit Kaplan in Radolfzell, ein junges Mädchen auf den Hof, allein zur Pflege und Beaufsichtigung des Mäxele. Albertine war im Waisenhaus aufgewachsen, sie war fünfzehn, mager, scheu, ängstlich, aber guten Willens und fleißig.
Nachdem sie zwei Jahre auf dem Hof gelebt hatte, war sie kaum wiederzuerkennen, sie hatte sich zu einem ansehnlichen jungen Mädchen entwickelt, denn das Essen auf dem Hof war gut, und sie fühlte sich wohl. Um das Mäxele kümmerte sie sich mit fürsorglicher Zuverlässigkeit. Aber sie packte auch überall mit an, in der Küche, im Haus, im Stall; es war für sie eine Glücksstunde gewesen, als sie den Hof betrat.
Auf diese Weise vergingen acht Jahre, und dann hatte die Tini, wie sie genannt wurde, plötzlich einen Verehrer. Drunten, in Meersburg, in einer Bäckerei, arbeitete ein Geselle, die Haare blond wie seine Semmeln, ein Gesicht so hübsch und rund wie Marzipan und von fröhlicher Gemütsart.
Er und die Tini wurden ein Paar. Das ging ganz ehrbar zu; er kam am Sonntag auf den Hof und fragte höflich, ob er die Tini zu einem Spaziergang abholen könne oder ob er eine Dampferfahrt mit ihr machen dürfe oder ob er sie am Abend zum Tanz ausführen dürfe. Er fragte jedesmal Peter, und genauso fragte er ihn zwei Jahre später, ob er die Tini heiraten dürfe. Man ließ sie ungern gehen auf dem Meinhardthof, aber inzwischen war das Mäxele ja erwachsen, soweit sich dieser Begriff auf ihn anwenden ließ, Jona kam wieder öfter, und natürlich wollte niemand Tinis Lebensglück im Weg stehen. Sie schied schweren Herzens, sie schrieb regelmäßig, kam mindestens zwei- oder dreimal im Jahr zu Besuch, und jedesmal lud sie Peter ein, doch endlich einmal nach Lindau

zu kommen, denn von dort stammte ihr Mann, dort befand sich die Bäckerei seines Vater, in der er jetzt wieder arbeitete.
Zuletzt war Tini im Sommer dagewesen, bereits hochschwanger, sie erwartete ihr zweites Kind.
»Mei, mir hoffet, daß es diesmal e Bub wird. Und dann kommet Sie aber ganz gewiß, Herr Meinhardt.«
Es war ein Bub geworden, und Peter hatte einen dringlichen Brief von Tini erhalten, mit der Einladung zur Taufe, und ob sie ihn wohl bitten dürfe, Pate von dem kleinen Peter zu werden.
Darum also fuhr Peter Meinhardt nun nach Lindau, zur Taufe des Kindes, das seinen Namen tragen sollte. Er fuhr ganz gern, denn darin hatte der Pfarrer Franz recht gehabt, er fühlte sich jetzt manchmal ein wenig einsam. In Markdorf bestieg er den Zug und fuhr durch das herbstliche Land; es war das erste Mal, daß er nach Lindau fuhr, seit er damals als junger Bursche dort an den Bodensee gekommen war.
Tini war am Bahnhof, um ihn abzuholen, sie strahlte über das ganze Gesicht, erzählte ihm gleich, was für ein strammer Bub der kleine Peter sei und wie sehr sie sich freue, daß der Herr Meinhardt nun endlich gekommen sei. Und ihr Mann freue sich auch und ihre Schwiegereltern ganz besonders. In ihrer Begleitung befand sich der Bäckerjunge, der Peters Tasche trug, in der sich sein Nachtzeug und der feine Anzug für die Taufe befanden.
»Mer brauchet koi Kutsche zu nemme«, sagte die Tini, »es sind nur e paar Schritt, der Lade isch an der Maximilianstraß, allerbeste Lage. Geh, tummel dich«, fuhr sie den Buben an, »steh net und schau dumm, geh voraus und sag, daß mir komme.«
Der Bäckerjunge trabte mit der Tasche voraus, und Peter staunte still über die Wandlung der Tini von der dienenden, demütigen Art, die sie einst gehabt hatte, zur befehlenden und bestimmenden Herrinnenart.
Vor dem Bahnhof blieb er kurz stehen und schaute sich um. Ja, das erkannte er alles wieder. Gegenüber war das große Hotel, das gab es damals auch schon, und mitten auf dem

Platz stand das Denkmal vom König Max, während dessen Regierungszeit die Bahn nach Lindau gebaut wurde, und vor allem der Damm, über den die Bahn fuhr, denn Lindau war ja eine Insel. Und der Hafen! Der hatte ihm damals gewaltig imponiert; die Hafeneinfahrt, flankiert vom Leuchtturm auf der einen und dem prächtigen bayerischen Löwen auf der anderen Seite. Es war ihm, als sehe er sich da stehen, jung, mit vor Staunen geöffnetem Mund. Wirklich war es für ihn eine echte Freude, wieder einmal nach Lindau zu kommen, und er fragte sich selbst, warum er so viel Zeit hatte vergehen lassen. Arbeit, die viele Arbeit. Und dazu all das Unglück, das ihn getroffen hatte, da blieb keine Zeit für Reisen.

Auch jetzt blieb keine Zeit, sich den Hafen genauer anzuschauen, Tini drängte, der Kaffee und der Kuchen warte, und dann werde er sich gewiß hinlegen wollen, nach der anstrengenden Reise, damit er am Abend ausgeruht sei. Morgen gebe es auch noch viel zu tun, und am Sonntag steige dann das große Fest.

Peter entschied sofort, daß er den morgigen Tag, den Samstag also, zu einem ausführlichen Rundgang durch die Stadt und zu einer genauen Besichtigung des Hafens verwenden werde. Als er sich abwendete vom Blick auf den Hafen, auf See und Berge, einem Blick, der von hier aus besonders schön war und für den man Zeit brauchte, um ihn richtig zu genießen, sah er flüchtig die vier Mietkutschen, die vor dem Bahnhof auf Reisende warteten. Eine setzte sich gerade in Bewegung. Die drei anderen hatten keine Kunden gefunden. Der Zug war ja auch ziemlich leer gewesen.

Neben einer der Kutschen stand ein Mann, halb abgewendet, die Augen auf den Ausgang des Bahnhofs geheftet, ob nicht doch noch ein Nachzügler komme. Der Mann hatte eine Hand auf die Kruppe des Braunen gelegt, und Peter nahm ihn nur halb war, drehte sich noch einmal um, schaute genauer hin und dachte: Den kenne ich doch.

Als er mit Tini durch die schmale Gasse ging, die hinter dem Hotel Bayerischer Hof entlangführte, fiel es ihm auch schon ein. Das war der Mann, den er im letzten Sommer kennengelernt hatte, der Amerikaner aus Österreich, mit dem er sich so

gut unterhalten hatte. Was machte der denn hier? War er Mietkutscher in Lindau? Und warum war er nicht in seiner Heimat?
Diese Fragen interessierten ihn im Augenblick außerordentlich, und er wäre am liebsten umgekehrt. Aber das war unmöglich, Tini strebte eilig vorwärts, sie konnte den Moment kaum erwarten, in dem sie alles vorführen konnte, was ihr nun gehörte, die beiden Kinder, den Ehemann, die Schwiegereltern, die schöne Wohnung. Sie redete aufgeregt ohne Pause, mit vor Freude geröteten Backen.
Jedoch am nächsten Tag sagte Peter gleich beim Frühstück, daß er sich heute selbständig machen wolle, er habe vor, sich gründlich in Lindau umzusehen, und vielleicht werde er eine Dampferfahrt nach Bregenz unternehmen, das er noch nicht kenne.
»Aber zum Mittagessen werdet Sie doch dasein?« fragte Tini.
»Ich denke nicht, Tini. Ihr habt doch sicher heute viel zu tun, und ich werde unterwegs eine Kleinigkeit essen.«
Viel zu tun hatten sie, denn die Taufe vom kleinen Peter würde ein großes Fest werden, das hatte der große Peter schon erfahren. Die Bäckersleute hatten viel Verwandtschaft, und die würden alle, alle kommen. Eine Begleitung lehnte er ab, danke, er finde sich ganz gewiß allein zurecht.
Zuerst ging er zum Bahnhof, doch da stand keine Kutsche, es kam wohl demnächst kein Zug an. Er wandte sich zum Hafen und wanderte in genußvoller Ruhe an ihm entlang, besuchte den Löwen, blickte lange über den hellen See, der unter einem blaßblauen Herbsthimmel still und friedlich vor ihm lag, sah hinein in das obere Rheintal und auf die mächtigen Berge, die herübergrüßten. Und das links war also Vorarlberg. Pfänder hieß der Berg bei Bregenz, das wußte er.
Einen Dampfer bestieg er nicht, es gab so viel in Lindau selbst zu sehen, daß er damit kaum fertig wurde.
Die beiden Kirchen am Marktplatz, das Damenstift, das wunderschöne Haus Cavazzen und die vielen kleinen und großen Gassen, die ihn hierhin und dorthin führten. Gegen Mittag landete er wieder in der Maximilianstraße, kehrte im Sünfzen

ein, um etwas zu essen und sich auszuruhen. Was für eine schöne Stadt das war! Anders, ganz anders als Konstanz, geruhsamer, offener gebaut, mit diesen schönen, alten Häusern. Schließlich landete er wieder im Hafen, der ihn magnetisch anzog, und von dort war er ja auch gleich am Bahnhof, und da sah er auch den Moosbacher wieder, denn der Name war ihm inzwischen eingefallen.

Wie gestern stand er neben seinem Pferd, und wie er näher kam, sah Peter, daß der Mann schlecht aussah, er war dünner geworden und machte ein mißmutiges Gesicht. Die Narbe in seinem Gesicht war rot angelaufen, und ein Auge wurde verdeckt durch eine schwarze Klappe.

Peter trat zu ihm, und Moosbacher rief eilig: »Eine Kutsche, der Herr?« Doch dann erkannte er ihn sofort. Wußte auch gleich seinen Namen.

»Herr Meinhardt! Was für eine Überraschung!«

»Ich hab Sie gestern schon gesehen, als ich ankam«, sagte Peter. »Ich war mir nur noch nicht ganz sicher, ob Sie es wirklich sind. Ich dachte mir, Sie sind längst drüben«, er wies mit dem Kinn nach Bregenz hinüber. »Oder vielleicht gar wieder in Amerika.«

»Ich bin hier hängengeblieben. Drüben«, er blickte nun auch nach Bregenz hinüber, »will mich keiner mehr haben. Oder erst recht haben, wie man's nimmt.«

Er schien bedrückt, und Peter dachte sich, daß es dem Mann wohl nicht sehr gut ging. Aber direkt fragen mochte er nicht. Er erzählte statt dessen, was ihn nach Lindau geführt hatte, und eine Weile sprachen sie über die Stadt, und dann wollte Moosbacher wissen, wie es ihm denn so gehe und wie es auf dem Hof aussehe, also erzählte Peter vom Tod des Mäxele, den der Moosbacher ja kennengelernt hatte, und er sprach von seiner Tochter in Konstanz, die zur Zeit viel Sorgen habe mit einem kranken Kind.

Dann kam ein Zug; sie hatten ihn schon pfeifen hören, als er über den Damm fuhr. Ein Reisender, dem ein Gepäckträger folgte, hatte mehrere Koffer bei sich, und nun bekam Moosbacher eine Fuhre, die erste an diesem Tag, wie er Peter zuflüsterte.

Ehe er auf den Bock stieg, fragte er, ob man sich denn nicht am Abend treffen könne zu einem Viertele.
Peter sagte sofort ja, denn noch ein Abend in der guten Stube bei den Bäckersleuten reizte ihn nicht besonders, und er würde sie ja morgen auch noch ausführlich genießen.
»In der Weinstube Frey könnten wir uns treffen«, schlug Moosbacher vor. »Da sitzt man gut, und sie haben einen vorzüglichen Wein. Und gut zu essen gibt es auch. Das ist gar nicht weit von der Bäckerei entfernt. Im ersten Stock, ja? Ich komme so gegen sieben Uhr.«
Tini war sehr enttäuscht, daß er ausgehen wollte. Heute sei er doch schon den ganzen Tag unterwegs gewesen, und sie hätten so viel zu reden. Aber sie hatte kaum ausgesprochen, da sauste sie schon wieder aus dem Zimmer; das Kind mußte gestillt werden, die Dreijährige plärrte auf Großmutters Schoß, weil sie sich den Kopf angestoßen hatte, der Bäckervater verzog sich zu seinen Freunden zu einem Viertele, nur Tinis Mann verlor die Ruhe nicht und verschwand noch einmal in seiner Backstube, um nachzusehen, ob auch wirklich alles für den nächsten Tag vorbereitet war.
Peter nahm seinen Hut und machte sich auf die Suche nach der Weinstube Frey. Die war wirklich nicht weit entfernt. Er kletterte die Stufen zum ersten Stock hinauf, es war erst halb sieben, ging durch die gemütlichen Stuben unter der schweren, dunklen Holzdecke und sah sich nach einem freien Tisch um, der ihm für einen geruhsamen Abend geeignet erschien. Als er ihn gefunden hatte, ließ er sich mit einem befriedigten Seufzer nieder. Das Familienleben bei den Bäckersleuten war ihm zu turbulent. Tini, oder Tinerl, wie man sie jetzt nannte, quirlte den ganzen Tag herum, ihr Mundwerk stand nicht still. So war sie früher nicht gewesen. Auch ihre Schwiegermutter war ein betriebsames Frauenzimmer. Peter gestand sich ein, daß er sein ruhiges Leben auf dem Hof vorzog, auch wenn er manchmal einsam war. Und was hieß schon einsam? Arbeit hatte er das ganze Jahr über genug. Es war nur manchmal an den langen Winterabenden, daß er sich ein wenig verlassen vorkam. Wenn eine Frau da wäre, mit der man reden könnte, eine Frau, mit der man sich verstand, kein Zankteufel,

keine Rechthaberin, dann wäre es schon recht.

Wenn er sich diese Frau vorstellte, die bei ihm am Tisch sitzen sollte, dann dachte er immer an Maria. Die zweite, Leni, die junge und heitere, hatte er fast vergessen.

Eine Kellnerin kam an seinen Tisch, sagte grüß Gott und fragte, was sie ihm denn bringen dürfe.

Er bestellte ein Viertel Hagnauer; mit dem Essen wolle er noch warten, es käme noch jemand.

Er sah sich um. Gemütlich war es hier. Er kam so selten in eine Wirtschaft. In Meersburg gab es ja auch ein paar nette Lokale, doch wozu sollte es gut sein, allein da herumzusitzen.

Allein, da war es wieder. Es fehlte ihm nicht nur die Frau, es fehlte ihm auch ein Sohn, einer, der mit auf dem Hof arbeiten würde. Er hatte auch keine Verwandten, er hatte nicht einmal einen Freund.

Solange wenigstens das Mäxele noch lebte –

Schluß jetzt mit diesen sinnlosen Gedanken.

Er sagte danke, als ihm die Kellnerin das Glas brachte, und nahm einen tiefen Schluck. Gut, der Wein.

Er hatte Jona. Gebe Gott, daß Imma wieder ganz gesund wurde. Er wußte um die Angst, die Jona immer um die Kinder hatte. Keine normale Angst, wie sie jede Mutter empfand, sondern eine geradezu krankhafte Angst. Es paßte gar nicht zu ihr.

Jona, seine geliebte Tochter. Es war eine bittere Zeit gewesen, als sie sich ihm entzog, als sie fort war, drüben über dem See, und er sie jahrelang nicht zu sehen bekam. Eines Tages hatte er begriffen, daß sie nicht aus Liebe geheiratet hatte, sondern nur aus einem Grund, um von ihm und dem Hof fortzukommen. Weil er wieder geheiratet hatte, darum war Jona gegangen. Sie hatte es nicht ertragen, ihn mit der anderen Frau zu teilen, so war sie eben. Sie hätte den Goltz nie geheiratet, wenn er nicht zuvor Leni geheiratet hätte. Darüber war zwischen ihnen nie ein Wort gewechselt worden, aber er wußte es.

Nun fuhr sie rastlos über den See hin und her, sie lebte hier, und sie lebte dort, sie lebte zwei Leben, und sie leistete ein

doppeltes Pensum an Arbeit, aber ob sie nun eigentlich glücklich war, das wußte er nicht.
Doch, er wußte auch dies. Glücklich war sie nicht. Aber wer war das schon? Damals, als er auf den Hof kam, als er sich in Maria verliebte, als sie seine Liebe erwiderte und seine Frau wurde, ja, da war er glücklich gewesen. Es hatte seine Zeit gedauert, und dann war es vorbei. Maria starb, das kranke Kind überlebte. Von dieser Zeit an war keiner von ihnen mehr glücklich gewesen. Aber was hieß das schon, glücklich sein? Es gab unendlich viel, was einem Menschen auf dieser Erde widerfahren konnte, und Glück war davon nur das allerwinzigste Stück.
Bis der Moosbacher kurz vor sieben erschien, hatte Peter viel sinniert und fast schon das ganze Viertele getrunken. Er blickte vor sich auf die blanke Holzplatte des massiven Tisches, er haderte nicht mit Gott und dem Schicksal, das wäre sinnlos gewesen, wie er sehr wohl wußte. Und so wichtig war ja auch ein einzelnes Menschenleben nicht. Wichtig war sein Hof, war das Land, das er bebaute, wichtig waren die Tiere, die er versorgte, und wichtig waren Blüte und Frucht der Bäume und schließlich Himmel, See und Berge, denn sie würden alles und alle überdauern.
Aber wie sich erweisen sollte, war dieser Abend in Lindau in der Weinstube Frey für Peter Meinhardt ein glücklicher Abend, denn er gewann, was er nie besessen hatte, er gewann einen Freund. Von diesem Tag an bis zu seinem Tod würde er nie mehr einsam sein.
Genau wie damals unterhielten sie sich vom ersten Augenblick an auf das beste, sie aßen Flädlesuppe und dann Krätzerfilets in Butter gebraten, und die Viertele zählten sie später nicht mehr. Peter hatte keinen weiten Heimweg, und Moosbacher hatte Pferd und Wagen nach Hause gebracht, er selbst wohne in Aeschach, erzählte er, und den Weg finde er in jedem Zustand und zu jeder Stunde mit Sicherheit.
Übrigens war er so wenig betrunken wie Peter, sie tranken langsam und genußvoll, und das intensive Gespräch hielt sie wach.
Moosbacher erzählte die Geschichte seines Lebens, und es

war deutlich zu merken, wie wohl es ihm tat, einmal darüber zu sprechen, was er an Schuld auf sich geladen, was ihm an Verhängnis widerfahren war. Nun wurde es auch verständlich, warum er in Lindau den Lohnkutscher machte, anstatt in seine Heimat zurückzukehren. Wenn er österreichischen Boden betrat, würde man ihn sofort verhaften.
Ein Bauernbub aus dem Bregenzer Wald. Die Verhältnisse zu Hause waren bescheiden, ein hartes Leben voller Arbeit. Der Vater war schwerfällig, zu Düsternis neigend, wie oft die Leute aus dem Wald. Doch die Mutter, die aus der Stadt am See kam, aus einer Handwerkerfamilie, brachte Fröhlichkeit ins Haus.
»Wenn mein Vater brummte, lachte sie das weg. Sie verstand es gut, ihn zu nehmen. Wir Kinder waren eine Mischung aus beiden. Ich habe eine Schwester, und ich hatte einen Bruder. Er stürzte ab in den Bergen, und das kostete meine Mutter viel von ihrer Fröhlichkeit. Dann kam der Kummer, den ich ihr machte, und da hat sie wohl nicht mehr gelacht. Ich war der Jüngste, sie hat mich geliebt und verwöhnt, und sicher bin ich schuld an ihrem frühen Tod, weil sie sich über mich so grämen mußte. So jedenfalls drückte es ihre Schwester, meine Tante, aus, die einmal von Bregenz herübergekommen ist, eigentlich nur, um mir das zu sagen. Ja, so ist das mit mir, Herr Meinhardt.«
Die Jagd war Rudolfs große Leidenschaft von Jugend auf. Und da der Vater nach dem Tod des älteren Sohnes bestimmte, daß Rudolf den Hof übernehmen mußte, konnte er auch nicht, wie er es sich gewünscht hatte, beim Förster in die Lehre gehen. Er tat, was viele taten, er wilderte. Es war durchaus üblich bei den Bauernburschen, mit der Flinte im Wald herumzuschleichen, nur durfte man es nicht übertreiben, und man durfte sich nicht erwischen lassen. Beides war jedoch bei Rudolf der Fall. Als er bei den Kaiserjägern diente und auf Urlaub zu Hause war – ein vorzüglicher Schütze mittlerweile –, stellte ihn der Förster, als er gerade einen kapitalen Hirsch erlegt hatte.
Aus des Kaisers Armee wurde er mit Schimpf und Schande ausgestoßen, ein Jahr schweren Kerker mußte er absitzen.

Doch als er wieder daheim war, ließ er das Wildern nicht bleiben; wieder ging er nachts in den Wald.
Was ihm blühen würde, wenn man ihn wieder erwischte, wußte er. Genauso wie er wußte, daß der Förster einen ehrgeizigen Gehilfen hatte, der aus Rudolfs Dorf stammte und der ihm nachstellte.
In einer Nacht, Ende Oktober, es war schon kalt, auf den Bergen lag der erste Schnee, kam es zu der unvermeidlichen Begegnung. Sie schossen beide, und sie trafen beide. Rudolfs Glück war es, daß der Forstgehilfe nur Schrot in seiner Büchse hatte, das rettete ihm das Leben, denn die ganze Wange war aufgerissen, eine Schrotkugel saß im äußeren Augenwinkel, was sein Auge für immer schädigte. Nachts floh er über die Berge in die Schweiz, blieb schließlich liegen, Holzfäller fanden ihn blutüberströmt, er kam zu einem Arzt, der ihn behandelte. Zurückzukehren konnte er nicht wagen; er hatte eine Kugel im Gewehr gehabt, und er wußte, daß er getroffen hatte. Wenn der Jäger tot war, war sein Leben auch verwirkt. Die Schweiz lieferte ihn nicht aus, aber er wurde ausgewiesen. Er ging wieder schwarz über die Grenze, diesmal nach Deutschland, die Wunde knapp verheilt, das Auge verbunden.
»Wie ich damals gelebt habe, kann ich nicht schildern. Es war eine Frau, die mir half, eine Bäuerin aus dem Schwarzwald, sie pflegte mich halbwegs gesund, ihr Mann duldete es widerwillig, aber ich durfte bleiben, und sobald es mir besser ging, arbeitete ich auf dem Hof, um das Essen zu verdienen.
Es war nicht daran zu denken, daß ich zurückkehren konnte, man hätte mir den Prozeß gemacht und mich wieder eingesperrt, und diesmal für lange Zeit. Ewig konnte ich auf dem Hof nicht bleiben, der Bauer wollte es nicht. Ich ging zum Rhein, arbeitete auf einem Kohlenschlepper, es war meine erste Arbeit auf einem Schiff, und das erwies sich als Vorteil, als ich später nach Hamburg verschlagen wurde. Ich heuerte als Heizer auf einem Frachtdampfer an, und so kam ich nach Amerika.«
Nun war er wieder da, nicht daheim, aber fast. Er hatte erfahren, daß seine Mutter tot war. Der Hof war verkauft worden,

sein Vater nach Linz gezogen, zu seiner Tochter, die dort verheiratet war. »Ich hab da drinnen im Wald keine Heimat mehr, und warum sollte ich hinübergehen, wenn sie mich doch nur in den Kerker bringen?«

»Solche Sachen verjähren ja nach gewisser Zeit«, meinte Peter. »Meine Tochter ist mit einem Rechtsanwalt verheiratet, der könnte das sicher herausbringen.«

»Mich will ja dort keiner mehr haben. Meine Mutter ist tot«, wiederholte Rudolf. »Es ist das schlimmste von allem, daß ich ihr das angetan habe. Ich habe nicht nur mein Leben verpfuscht, sondern das ihre dazu. Und mein Vater, so hat meine Tante aus Bregenz gesagt, würde mir nie mehr die Tür aufmachen.«

Er leerte sein Glas. Das Auge, über dem er jetzt am Abend keine Klappe trug, war gerötet und tränte. »Vielleicht hätte ich in Amerika bleiben sollen, die Entfernung hat es mir leichter gemacht. Nun bin ich hier, sehe die Berge und den See, und ich kann bereuen, was aus mir geworden ist.«

Noch ein Unglücklicher, dachte Peter. Mit Schuld beladen, von Reue geplagt, um die Heimat betrogen. Worüber beklage ich mich denn?

»Wollen Sie zu mir kommen?« fragte er.

In der Woche vor Weihnachten kam Rudolf Moosbacher auf den Meinhardthof. Er blieb, er begann ein neues Leben, er fand eine neue Heimat. Und er fand in Peter einen Freund und Vater zugleich, und er fand schließlich eine Frau, wie sie ihm noch nie begegnet war.

Frauen hatte es natürlich auf diesen wirren Wegen gegeben. Aber keine wie Jona.

Sie würde ihm nie ganz gehören, sie war verheiratet, sie kam, und sie ging, doch er liebte sie. Und sie liebte ihn auch. Das kam nicht von heute auf morgen, so war Jona nicht. Zunächst wandte sie sich gegen den Fremden.

»Was soll der denn hier? Du hast doch mich, Vater.«

Aber sie mußte zugeben, daß dieser Moosbacher brauchbare Arbeit auf dem Hof leistete. Peter wurde ja nicht jünger, und sie konnte nur immer einen Teil der nötigen Arbeit leisten. Im Sommer während der Ernte sah sie Rudolf öfter, und obwohl sie immer noch abweisend war, konnte sie nicht umhin festzustellen, daß ihr Vater sich wohl fühlte mit diesem neuen Freund.

Peter sah so gut aus wie lange nicht mehr, er lachte auch wieder, er war gesprächig, die Arbeit ging ihm leichter von der Hand. Das machte Jona eifersüchtig, denn so war sie nun einmal. Aber die Anziehung, die der Österreicher auf sie ausübte, war auch schon da, auch wenn sie es sich nicht eingestand. Sie hatte einen Mann, sie brauchte keinen andern.

Im Frühjahr darauf, nach Immas zweitem Unfall, der Arm war gut verheilt, eine Badekur war diesmal nicht vonnöten, fuhr Jona immer öfter über den See. Moosbacher war nun über ein Jahr auf dem Hof, und eigentlich war Jonas Hilfe gar nicht mehr vonnöten, so tüchtig und umsichtig arbeitete er.

Einmal, als Jona wieder gekommen war, drei junge Kälber waren geboren, die Wintergerste lag wie ein grüner Teppich auf dem noch kahlen Land, sagte Rudolf: »Ich hab den Bach ein wenig reguliert. Da drunten bei der Weide, wo er über den Hang kommt. Er kann manchmal heftig sein, wenn er viel Wasser führt, und überschwemmt uns die Weide. Wollen Sie es sich nicht einmal ansehen, Frau Goltz?«

»Ich gehe nie zum Bach«, sagte sie schroff.

Er blickte sie erstaunt an.

»Aber warum denn nicht?«

Sie nahm sich zusammen.

»Also gut, gehen wir. Ich will es mir anschauen.«

Sie zog dicke Stiefel an, denn der Boden war noch naß, und stieg mit ihm den Feldweg hinab bis zum Bach.

Nie, nie mehr war sie seitdem am Bach gewesen.

Sie starrte in das rasch fließende Wasser und sah den Körper des Kindes, wie er fortgetrieben wurde.

Sie stöhnte laut und legte beide Hände vor das Gesicht.

»Fehlt Ihnen etwas?« fragte Moosbacher bestürzt. »Ist Ihnen nicht gut?«

Ganz sanft legte er den Arm um sie, nur um sie zu stützen, doch sie machte sich heftig frei.

»Nein, nein, ist schon gut, danke.« Sie wandte sich ab, ging den Weg zurück, ohne sich zu seiner Bachregulierung zu äußern. Auf dem Weg zum Hof hinauf erzählte er, was er noch alles geplant habe an Verbesserungen und Neuheiten in nächster Zeit, die seiner Ansicht nach förderlich für den Hof sein würden.

Jona blieb abrupt stehen.

»Sie haben also die Absicht hierzubleiben?«

Er war auch stehengeblieben.

»Ich würde gern bleiben«, sagte er ruhig und sah sie an. Sein Blick machte sie unsicher. Unsicherheit war etwas, das sie nicht kannte.

»Haben Sie etwas dagegen?« fragte er, als sie schwieg.

»Der Hof gehört meinem Vater«, erwiderte sie kühl. »Und er arbeitet ja offenbar gern mit Ihnen zusammen. Wie ich gehört habe, bekommen Sie nichts bezahlt für Ihre Arbeit. Ich kann mir nicht vorstellen, daß Sie auf die Dauer damit zufrieden sein werden.«

Er lachte plötzlich.

»Wir haben nie darüber gesprochen, Ihr Vater und ich. Ich habe hier alles, was ich zum Leben brauche. Es hört sich aber wirklich so an, als ob Sie mich gern los wären.«

»Wenn Sie angestellt sind auf dem Hof, müssen Sie auch Lohn erhalten. Ich werde mit meinem Vater darüber sprechen.«

»Danke«, sagte er, nun auch kühl, »das kann ich schon selbst. Wissen Sie, Ihr Vater und ich, wir sind so etwas wie Freunde. Ich glaube, es wäre ihm unangenehm, mit mir über Geld zu sprechen.«

»Unsinn. Sie brauchen ja schließlich auch mal etwas anzuziehen. Und haben Sie keine Freundin? Wollen Sie nicht heiraten?«

»Ich habe nicht die Absicht. Einer wie ich bleibt lieber allein. Man sollte eine Frau nicht mit einem gescheiterten Leben belasten.«

Er wußte, daß Peter ihr von seiner Vergangenheit erzählt hatte. Jona wandte sich nach links, bog in einen schmalen Weg ein, der zum Wald hinführte.

»Ein wenig können Sie hier ja auf die Jagd gehen«, sagte sie nach einer Weile des Schweigens. »Ganz legal, meine ich.«

Ernsthaft erwiderte er: »Das tue ich auch. Ich habe uns im Winter einige Male einen Hasenbraten geschossen. Und im Sommer zwei Rehe, die unsere Obstbäume gar zu heftig angeknabbert hatten. Aber Sie können ganz beruhigt sein, ich werde dieses Recht nicht mißbrauchen. Ich jage nicht mehr aus Leidenschaft. Und dies ist auch keine Gegend dafür.«
Sie gelangten schweigend bis zum Waldrand. Jona blieb wieder stehen.
»Es ist mir schon recht, wenn Sie hierbleiben wollen. Mein Vater wird älter, und ich weiß, wieviel Arbeit es gibt. Aber Sie werden schon dulden müssen, Herr Moosbacher, daß ich auch ab und zu komme.«
Er sah sie stumm an mit seinen dunklen Augen, so lange, bis ihr das Blut in die Wangen stieg. Dann sagte er ruhig: »Ich freue mich über jede Stunde, die Sie hier sind. Wissen Sie das nicht?«
So begann es. Gespräche, die immer müheloser und vertrauter wurden, Sympathie, Zuneigung, schließlich Freundschaft. Auch Liebe konnte man es nennen, wenn Vertrauen, Zuneigung und Freundschaft zusammengenommen Liebe ergeben. Verliebtheit dagegen war es nie gewesen. Dem hatte sich Jona entzogen, und das hatte er respektiert. Sie hatte ihrem Mann vieles genommen, doch sie betrog ihn nicht, nicht auf diese Weise. Ludwig wußte es, auch wenn sie nie darüber sprachen. Das wiederum ermöglichte es ihm, Rudolf Moosbacher freundschaftlich zu begegnen.
Ob er denn nicht heiraten wolle? Diese Frage stellte Jona noch einmal, das war nach Beginn des Krieges, und Rudolf hatte ein Verhältnis mit einer jungen Witwe aus Hagnau, deren Mann gleich zu Beginn des Krieges gefallen war. Sie hatte einen Gasthof, in den Rudolf einheiraten konnte. Er antwortete wieder, daß er nicht die Absicht habe, jemals zu heiraten, und zum Gastwirt sei er gewiß nicht geeignet. Er werde immer nur Jona lieben, und wenn sie erlaube, daß er auf dem Hof bleibe, so seien alle seine Wünsche erfüllt. Die Affäre in Hagnau war dann auch bald beendet, die Wirtin heiratete noch während des Krieges wieder, und Rudolf berührte es nicht. Es war das einzige Mal, daß man etwas von einer Be-

ziehung zu einer Frau erfuhr. Wenn er andere Begegnungen hatte, so blieben sie Jona verborgen. Es war ein seltsames Leben, das sie führten, aber sie waren niemals unglücklich dabei. Es war das Leben, das ihnen bestimmt war. Außenseiter waren sie beide, und beide waren sie bereit und imstande, diese Tatsache zu akzeptieren.

Und vom Hof war der Moosbacher nicht mehr fortzudenken, erst recht nicht, nachdem Jonas Vater gestorben war. Er starb einen friedlichen, gnädigen Tod, dieses Geschenk jedenfalls hatte Gott ihm nach aller Mühsal seines Lebens zugedacht.

Während des Krieges gab es mehr Arbeit denn je. Die jungen Männer waren eingezogen, sie hatte nur zwei französische Kriegsgefangene zur Hilfe, doch mußten sie soviel wie möglich produzieren, um soviel wie möglich abliefern zu können. Es rächte sich nun, daß landwirtschaftlicher Boden aufgegeben worden war, daß viele Menschen vom Land in die Städte gezogen waren, dem leichteren Leben nach, von den hohen Löhnen der Industrie angezogen. Das mächtige Deutsche Reich war wirtschaftlich in keiner Weise auf den Krieg vorbereitet, es war keinerlei Vorsorge für schlechte Zeiten getroffen worden, von einer Vorratswirtschaft konnte keine Rede sein. Man hatte sich daran gewöhnt zu importieren, aus dem Ausland, aus den eigenen Kolonien. Der Hunger kam schnell, und er traf naturgemäß die Menschen in den Städten am härtesten. Aus Wohlstand, aus einem sehr großzügigen Lebensstil heraus sahen sich die Menschen in bittere Not gestürzt. Darum war der Ertrag, der sich aus jedem Quadratmeter Boden herauswirtschaften ließ, ebenso wichtig wie jede Kanone, wie jedes Gewehr, das hergestellt wurde. Das Deutsche Reich war eingeschlossen, abgeschnürt, ganz auf sich selbst gestellt, die Zahl der Feinde zu groß, der Unverstand einer bisher so friedlichen Welt größer denn je.

Der Eintritt Amerikas in den Krieg machte den bitteren Ausgang des Krieges unabwendbar und war der Anfang vom Ende der führenden Rolle Europas in der Welt.

Jona sah es nicht mit diesen Augen, sie war kein politischer Mensch, sie hatte nur begriffen, wie wichtig in solchen Zeiten das Land und der Boden für die Menschen waren. Intensive

Arbeit auf dem Hof und endlich der Wunsch nach größerem Besitz waren für sie das Ergebnis des verlorenen Krieges. Dank Rudolfs Hilfe konnte sie daran denken, den Nachbarhof zu kaufen. Sie war eine wohlhabende Bäuerin, in Konstanz war sie nur noch ein Besuch.

Ehe Madlon und Jacob am übernächsten Tag nach Konstanz zurückfuhren, führte Jona ein kurzes Gespräch mit ihrem Sohn.

Jacob hatte das leidige Thema aufgegriffen.

»Ich bin sehr froh, Mutter, daß du den Rudi auf dem Hof hast. Er ist dir eine große Hilfe, wie ich sehe.«

Jona nickte, wartete, was noch kam.

»Ich werde kaum imstande sein, auf deinem Hof zu arbeiten, Mutter. Ich habe das lahme Bein, und ich fühle mich auch nicht sehr gesund.«

Das hatte Jona beobachtet. Er hatte während der letzten Tage stärker gehinkt; der Schnee, die feuchte Witterung machten ihm zu schaffen. Er sah schlecht aus, mager, seine Haltung war gebeugt und sein Gesicht gelb. Zur Bauernarbeit war er wirklich nicht geschaffen, Jona hatte es endlich eingesehen. Blieb die Frage, was er nun wirklich zu tun gedachte, doch sie stellte die Frage nicht.

Er jedoch gab eine Antwort.

»Ich weiß, ich müßte etwas arbeiten, ich müßte Geld verdienen. Aber kannst du mir sagen, was ich tun soll? Eine Pension bekomme ich nicht, denn dann müßte ich zehn Jahre Dienst getan haben, und das reicht bei mir nicht ganz. Wenn ich zurückginge nach Afrika, könnte ich wieder auf einer Pflanzung arbeiten. Als Angestellter der Engländer. Vielleicht. Vielleicht würden sie mich auch nicht nehmen. Kriegführen, das kann ich auch. Aber nicht einmal die Fremdenlegion würde mich nehmen bei meinem Gesundheitszustand.«

»Red nicht solchen Unsinn«, sagte Jona. »Der Familie Goltz geht es nicht schlecht, und mir geht es nicht schlecht. Erhalten können wir dich und deine Frau allemal.«

»Aber du verachtest mich.«

Jona sah ihn eine Weile schweigend an.
»Nein. Ich verachte dich nicht. Du tust mir leid. Ein Mensch braucht einen Lebensinhalt, eine Aufgabe. Besonders ein Mann braucht das, denke ich mir. Bloß so dahinleben – ich fürchte, das macht unzufrieden. Aber es ist nun mal nicht zu ändern.« Sie lächelte. »Wenn der Krieg nicht gekommen wäre, hättest du sicher eine große Plantage in Afrika, und ich würde mich eines Tages auf ein Schiff setzen und würde dich besuchen. Das stell dir nur mal vor! Aber auf jeden Fall bin ich sehr froh und Gott dankbar, daß du am Leben geblieben bist.«
Dieser Satz blieb Jacob im Ohr. Aber auch der andere: Du tust mir leid. Ein Mann braucht eine Aufgabe.
Am ersten Abend in Konstanz ließ er Madlon allein bei ihrer Strickerei, wanderte zu Heinrich, der Albert aus dem Bau holte, zu dritt saßen sie zusammen und betranken sich.
Obwohl sie auf der Rückfahrt eine Decke gehabt hatte, wurde Madlon in der folgenden Woche von einer hartnäckigen Erkältung gequält, etwas, was sie gar nicht kannte.
Und Weihnachten lag Jacob mit einem schweren Malariaanfall im Bett.
Die Weihnachtsvorbereitungen hatte Madlon ausgiebig genossen, von Weihnachten selber hatte sie nicht viel. Nur von der Tür aus durfte sie den großen Christbaum in Carl Ludwigs Zimmer betrachten. Berta scheuchte sie gleich wieder weg.
»Kommet Sie nur it näher. Daß Sie mir die alte Herre it anstecke.«
Eugen und Ludwig saßen also wie jedes Jahr allein vor ihrem Punsch. Jona war nicht gekommen. Zwar lag sowohl von Agathe als auch von Imma wie jedes Jahr eine Einladung für den Heiligen Abend vor, doch wie jedes Jahr zogen sie es vor, daheim zu bleiben. An den Feiertagen kamen sie sowieso alle zu Besuch. »Nun ja«, sagte Eugen und zündete sich behaglich eine Zigarre an, »ist ja alles wie immer. Hat auch sein Gutes. Schöner Baum. Tadellos gewachsen.«
Ludwig nickte. Er hatte immer noch kalte Füße. Drei Stunden war er unterwegs gewesen, am Ufer und im Ried, um die Vö-

gel zu füttern. Berta hatte fürchterlich geschimpft, als er heimkam. Darum hatte sie wohl auch den Punsch besonders stark gemacht. Ludwig nickte ein nach dem zweiten Glas. Eugen griff sich eins der Bücher, die auf seinem Gabentisch gelegen hatten. Es war immer das gleiche – Zigarren, Cognac, Bücher. Und von Berta warme Socken.

In der Wohnung über ihnen war es ganz still. Man konnte meinen, sie sei so leer wie im Jahr zuvor.

Briefe

Wie jedes Jahr war an Weihnachten ein Brief von Lydia gekommen, wie immer an alle gerichtet, also in diesem Jahr auch an Jacob und an ihn besonders. Ein ganzer Absatz war ihm allein gewidmet.

»Ich hab so sehr gehofft, daß ich dieses Jahr Weihnachten und Silvester bei Euch verbringen könnte. Es ist so traurig, Weihnachten ohne Familie zu sein. Und wer weiß, wie lange wir uns noch haben. Aber Max Joseph geht es sehr schlecht mit seinem Herzen, ich wage gar nicht zu Ende zu denken, wie schlecht. Jacob, lieber Bub, kannst Du es nicht möglich machen, bald einmal zu kommen? Für einen langen Besuch. Der Maxl ist so begierig, einen schönen, langen Bericht von Dir zu bekommen. Unlängst hat er erst gesagt, er möchte endlich mal einen Menschen sprechen, der den Krieg gewonnen hat. Kannst Dir so was vorstellen? Ich bin schon ganz deppert vor lauter Krieg. Er liest alle Bücher, die er erwischen kann, und kämpft alle Schlachten noch einmal. Es ist eine richtige Manie bei ihm geworden. Freilich hat er auch sonst keine Abwechslung, er geht nicht mehr aus dem Haus, sitzt nur in seinem Sessel, das ist schon ein arg fades Leben. Für ihn und für mich. Am liebsten unterhält er sich jetzt mit Benedikt, der war früher Bursche bei ihm und ist jetzt ganz bei uns. Er hat vor Verdun ein Bein verloren, aber er versucht, sich nützlich zu machen, so gut es geht. Er heizt die Öfen und hilft mir beim Kartoffelschälen. Aber wieviel Kartoffeln brauchen wir schon. Dringend brauchen wir neue Öfen, die unseren taugen nicht mehr viel, und im Winter ist es kalt im Haus. Ich kann es kaum abwarten, bis es Frühling wird und Maxl wieder im Garten sitzen kann. Wenn ich denke, wie wunderbar das Leben früher war, all die Feste und

Bälle, und was hatte ich für fabelhafte Toiletten. Jetzt komme ich mir vor wie eine graue Maus. Es ist schrecklich, wenn man alt wird.«

An dieser Stelle hatte sie wohl innegehalten, das Geschriebene gelesen und nachgedacht. Es folgte ein energischer Gedankenstrich.

»Sei nicht bös, lieber Jacob, daß ich Dir so trübsinnig schreibe. Im Grunde bin ich gar nicht trübsinnig, es geht uns ja nicht schlecht, mit der Pension kommen wir schon zurecht, und das Haus ist wirklich schön. Es ist nur wegen dem Maxl seinem Herzen. Aber Du kommst bald, ja? Und bringe Deine Frau mit. Ich bin schon sehr gespannt auf sie. Imma hat geschrieben, sie ist eine sehr schöne Frau und hat viel Charme. Maxl hat natürlich die Bücher von Lettow-Vorbeck, er kennt ihn übrigens persönlich. Und er hat alle Karten von Afrika und weiß, wann Ihr wo und wie gekämpft habt. Aber wenn Du es erzählst, wird es natürlich noch viel eindrucksvoller sein. Also, Du kommst bald, versprich es.«

»Daran ist ja wohl vorerst nicht zu denken«, sagte Madlon energisch und stopfte die Decke fest um seinen fiebergeschüttelten Körper. Es war der erste Anfall seit dem vergangenen Herbst. Der Hausarzt der Familie Goltz hatte auch nicht viel mehr anzubieten als Chinin, aber wenigstens das gab es nun. In Afrika hatten sie oft nicht einmal das gehabt.

Madlon sah auch blaß aus, in den Nächten quälte sie der Husten. Am ersten Weihnachtsfeiertag kam abwechselnd die ganze Familie zu Besuch, nur im ersten Stock, versteht sich. Berta hatte eine strenge Quarantäne über den zweiten Stock verhängt. Madlon war es egal. Außer der Erkältung war sie von einer tiefen Depression befallen, auch ein neuer Zustand für sie. Der Anlaß war mehr oder weniger der Besuch bei Jona. Sie war irgendwie neidisch auf deren erfülltes Leben. Ihr eigenes Leben kam ihr langweilig und öde vor. Würde das nun immer so weitergehen, bis sie so alt war wie die beiden da unten? Ein Mann, der krank und mißmutig war, gelegentlich sinnlose Pläne wälzte und dann aus dem Haus ging, um sich zu betrinken.

Draußen war es kalt, manchmal neblig, und so fürchterlich

still. Wenn sie zurückginge nach Berlin? Möglicherweise konnte sie Arbeit finden. Sie sprach Englisch und Französisch, sie hatte modisches Talent, sie war frei und unabhängig – hier stockten ihre Gedanken. Frei und unabhängig? Sie hatte einen Mann, der krank war und sie brauchte.
Brauchte er sie wirklich? Er wurde in diesem Haus sehr gut versorgt, und wenn sie erst aus dem Weg wäre, würde sich Berta bestimmt mit vollem Einsatz um Jacob kümmern.
Allein in Berlin? Wollte sie das wirklich?
Es waren Gedankenspielereien, nicht anders, als Jacob sie auch betrieb, wenn er von Afrika redete. Was immer man tat, es gehörte viel Mut dazu, wenn man versuchen wollte, in dieser Zeit auf eigenen Füßen zu stehen.
Ein wenig enttäuscht war Madlon auch, daß sie von Kosarcz nichts gehört hatte. Wenigstens zu Weihnachten hätte er ihr einen Gruß schicken können, er kannte ihre Adresse. Und in Amerika war er sicher noch nicht, er fürchtete die Herbst- und Winterstürme auf dem Atlantik, das wußte sie ja.
Am Vormittag des zweiten Feiertages saß sie übelgelaunt in ihrem Wohnzimmer – das Meublement war etwas bunt zusammengewürfelt, doch es war gemütlich – und malte sich aus, wie es wäre, wenn Kosarcz käme, ganz plötzlich, unangemeldet. So etwas war ihm zuzutrauen. Aber Konstanz war so weit weg von Berlin. Würde er ihretwegen nach Konstanz reisen, und das mitten im Winter? Und was, wenn er käme? Würde sie sagen: Nimm mich mit!?
Was für abscheuliche Gedanken! Sie stand rasch auf und ging noch einmal zu Jacob. Das Fieber war ein wenig gesunken, seine Stirn feucht von Schweiß, das war ein gutes Zeichen.
Sie wischte ihm die Stirn ab, er regte sich nicht, leise verließ sie wieder den Raum.
Kurz zuvor war Berta da gewesen, ein kurzes Klopfen an der Tür, da stand sie und fragte, eher barsch, ob sie zum Mittagessen einen Fasan heraufschicken solle, sie hätten heute zwei davon, es gebe Kartoffelpüree und Weinkraut dazu.
»Danke, Berta. Ein halber genügt. Jacob wird doch nichts essen.«
»Aber das isch ganz arg, er kommt ja ganz von Kräften. Er

isch eh viel zu dünn.« Sie blickte Madlon tadelnd an, als sei sie schuld an Jacobs Krankheit.

»Ein Mensch, der hohes Fieber hat«, erklärte Madlon geduldig, »hat kein Bedürfnis, etwas zu essen.«

Berta schnaubte durch die Nase und verschwand ohne weiteren Kommentar. Ob ich wohl jetzt etwas zu essen bekomme? dachte Madlon amüsiert. Aber im Grunde war es ihr egal. Sie war voller Überdruß, sie kam sich vor wie ein eingesperrter Vogel, der sich nach Freiheit sehnt.

Aber welche Art von Freiheit suchte sie eigentlich? War es nicht seltsam, daß sie sich in Berlin, bei aller Kärglichkeit ihres Daseins, niemals eingesperrt vorgekommen war? Ganz zu schweigen von Afrika. Dort hatte sie sich immer frei gefühlt, trotz aller Gefahr und Beschwernis, in der sie lebten und manchmal nur vegetierten. Es konnte nur daran liegen, daß sie dort wie da immer etwas zu tun gehabt hatte, daß es immer eine Aufgabe zu erfüllen, ein Problem zu lösen gab. Die Langeweile ihres derzeitigen Lebens versetzte sie in eine Trägheit, die ihrem Wesen nicht entsprach. Ruhe, Sicherheit, Geborgenheit hatte sie sich gewünscht. Das war lächerlich gewesen. Sie wollte das alles nicht, wie sie jetzt erfuhr. Weil sie es nicht brauchte.

Es klopfte wieder an der Tür, kräftiger diesmal. Madlon fuhr auf. Unsinnigerweise dachte sie: Das ist Kosarcz, jetzt kommt er doch.

Eins der Dienstmädchen war es.

Fräulein Lalonge lasse fragen, ob ihr Besuch angenehm sei.

»Clarissa?«

»Ja, gnädige Frau.«

»Ist sie unten bei euch?«

»Ja, gnädige Frau.«

»Ah ja, ich lasse bitten. In zehn Minuten etwa.«

Sie fuhr aus dem Morgenrock, lief ins Bad, bürstete ihr Haar und legte ein wenig Rouge auf. Welches Kleid? Egal. Nein, nicht egal. Auf keinen Fall eins von den Strickkleidern, sie mochte sie auf einmal nicht mehr.

Sie riß ein Gewand aus blaßlila Seide aus dem Schrank. Und dazu die goldenen Pantoffeln. Ja, so war es gut. Noch ein wenig Rouge, ein Hauch Puder. Sie stand lächelnd an der Tür, als Clarissa kam, und sagte: »Vielleicht sollten Sie mir lieber nicht die Hand geben.«

»Ach, Unsinn«, lachte Clarissa, »ich bin doch nicht aus Zukker. Wegen so ein bißchen Erkältung. Es geht Ihnen doch schon besser, nicht? Sie sehen jedenfalls sehr gut aus. Fröhliche Weihnachten.« Sie streckte ihr die Hand hin.

Madlon lächelte erleichtert. »Ihnen auch. Danke, Clarissa. Es ist sehr lieb, daß Sie mich besuchen. Ich kam mir ganz ausgestoßen vor.«

»Ja, ich weiß, was Berta für ein Theater aufführt. Sie hat uns gestern schon ganz verrückt gemacht mit ihrem Geschwätz. Die Kinder könnten sich anstecken oder Onkel Eugen oder Onkel Ludwig, eine ganze Epidemie hat sie an die Wand gemalt. Ich bin auch ein Bazillenträger, Carl Heinz liegt ebenfalls zu Bett, er ist auch erkältet. Und wie geht es Jacob?«

»Auch ein wenig besser. Das Fieber geht zurück.«

»Hat er das öfter?«

»In unregelmäßigen Abständen, mal mehr, mal weniger. Es sind Erreger, die sich im Blut erhalten und ab und zu wieder aktiv werden. Ein Arzt in Afrika hat es mir einmal genau erklärt, aber ich kann es Ihnen nicht so gut beschreiben. Man weiß ja überhaupt erst seit ungefähr fünfundzwanzig Jahren, daß die Krankheit durch eine Mücke übertragen wird, die in Sumpfgebieten lebt. Und man hat begonnen, die Sümpfe trokkenzulegen, um die Mücke zum Aussterben zu bringen. Aber der Krieg hat diese Versuche natürlich unterbrochen.«

»Man wird sie wieder aufnehmen. Die Medizin hat ungeheure Fortschritte gemacht in den letzten hundert Jahren. Denken Sie nur an Virchow, an Robert Koch, an Röntgen, an Paul Ehrlich, an Semmelweis, an Pasteur, ach, es gibt so viele Namen. Das sind Männer, die unendlich viel für die Menschheit getan haben.«

»Sie haben sich damit beschäftigt?« fragte Madlon beeindruckt.

»Ja, seit langem. Ich wäre selbst gern Ärztin geworden. Man wird sicher auch etwas finden gegen die Spätfolgen der Malaria. Ich habe einen Cousin in Bern, der ist ein recht bekannter

Arzt. Ich glaube, ich erwähnte es schon einmal. Ich hatte sowieso die Absicht, ihn demnächst zu besuchen. Und dann gibt es ein Krankenhaus nur für Tropenmedizin in Hamburg. Vielleicht ist man dort schon mit den Forschungen weitergekommen. Ich meine, was Jacobs Leiden betrifft. Ich werde mich erkundigen.«

Wie stets betrachtete Madlon das junge Mädchen mit Hochachtung. Was für eine sichere kleine Persönlichkeit. Sie kam sich Clarissa gegenüber unfertig und töricht vor.

Sie saßen sich gegenüber auf den zierlichen Sesseln im Wohnzimmer, Clarissa gerade aufgerichtet, in einem schwarzen Rock und einer hochgeschlossenen weißen Bluse, das Haar aufgesteckt, keine Spur von Schminke in dem frischen, jungen Gesicht. Madlon in blaßlila Seide kam sich aufgedonnert vor. Wie war sie nur auf die Schnapsidee gekommen, diesem Mädchen ein Strickkleid andrehen zu wollen? Gott sei Dank war es nicht fertig geworden, angezogen hätte es Clarissa vermutlich nie.

»Darf ich Ihnen etwas anbieten? Einen Sherry? Einen Cognac?«

»Einen Sherry, gern, danke. Mir steht ja wieder ein reichhaltiges Mittagessen bevor. Man ißt immer zuviel während der Festtage. Was ich fragen wollte, bei dieser Gelegenheit – kann ich einmal für Jacob etwas bringen? Eine kräftige Hühnerbrühe, ein Kalbfleischsüppchen?«

Madlon versteifte sich.

Am liebsten hätte sie geantwortet: Danke, ich kann selbst für meinen Mann kochen.

Sie stand auf, holte den Sherry aus der Vitrine und füllte zwei kleine Gläser.

»Zur Zeit hat er keinen Appetit. Sobald er wieder etwas essen mag, bekommt er es von mir.«

Das Glas in der Hand lächelte sie auf Clarissa hinab.

Clarissa nahm ebenfalls ihr Glas und lächelte zu ihr hinauf.

»Selbstverständlich. Es war nur der Wunsch, etwas Nützliches zu tun. Irgendwie zu helfen. Verzeihen Sie, Madlon, wenn ich vorlaut war.«

Wie klug sie war! Wie rasch sie begriff!

»Berta war heute schon hier und hat uns Mittagessen offeriert. Fasan, glaube ich.« Madlon setzte sich wieder. »Übrigens, wie ist es Ihnen gelungen, an Berta vorbeizukommen?«

Clarissa lächelte. »Mich kann niemand aufhalten, wenn ich etwas vorhabe. Nicht einmal Berta. Der Sherry ist sehr gut. Ein ganz alter, nicht wahr?«

»Ja. Er ist von Jacobs Vater. Jacob selbst trinkt ihn kaum, er hat einen anderen Geschmack. Früher hat er sehr viel Whisky getrunken. Jetzt trinkt er gern Wein.«

»Nun, unser Wein ist ja auch vorzüglich. Der schadet ihm bestimmt nicht, wenn er ab und zu ein Glas davon nimmt.«

Ob sie nichts von den nächtlichen Streifzügen der drei Jugendfreunde wußte? Es erschien Madlon unwahrscheinlich, daß es etwas gab in dieser Stadt, wovon Clarissa beziehungsweise Agathe nichts wußten.

»Sie sollten Bertas Fasan nicht verschmähen. Sie kocht sehr gut.«

»Ja, ich weiß. Und ich habe für meine Person dankend angenommen. Ich denke, daß sie mir etwas heraufschicken wird.«

»Aber, meine Liebe, ich finde, Sie könnten ruhig hinuntergehen zu Onkel Eugen und Onkel Ludwig. Sie sind wirklich nicht mehr krank. Und Sie haben so ein entzückendes Kleid an. Die beiden wären über Ihren Anblick sicher höchst erfreut.«

Madlon blickte verwirrt in das junge, lächelnde Gesicht. Wie meinte sie denn das nun wohl?

Clarissa fuhr fort: »Ich werde das regeln. Ich werde Sie unten zum Mittagessen ansagen. Oder Sie kommen gleich mit mir hinunter. Ich muß leider bald gehen.«

»Aber ich huste noch in der Nacht«, sagte Madlon kindlich.

»Carl Eugen hustet immer. Das kommt vom Rauchen. Die beiden sind aus gesundem Holz. Und eine Erkältung kann man heute überall aufschnappen. Da müßte man ja in einem Glashaus leben. Darf ich kurz einmal nach Jacob schauen?«

»Ach... Er... er ist kein sehr erhebender Anblick.«

»Gewiß nicht. Aber glauben Sie mir, Madlon, ich habe schon oft an Krankenbetten gestanden. So schnell wirft mich das nicht um.«
Ich kann mir nicht vorstellen, daß es überhaupt etwas gibt, das dich umwirft, du kleines Biest, dachte Madlon.
Wie stets war ihr Gefühl Clarissa gegenüber gespalten. Einerseits Respekt, Achtung, auch durchaus Sympathie, und andererseits eine instinktive Abneigung, ein waches Mißtrauen. Und dazu kam noch das Gefühl, die Unterlegene zu sein. Ein Gefühl, das Madlon überhaupt nicht kannte. Bisher.
Jacob lag auf dem Rücken, die Augen jetzt weit geöffnet, gelb das Gesicht, nur fieberrot die Wangen. Seine Stirn war trokken. »Ehe es Morgen wird, müssen wir durchgebrochen sein. Madlon, hörst du! Pack schon die Sachen zusammen. Hast du noch Munition! Gib sie mir.«
Halb unverständlich murmelte er vor sich hin, dann hob er die Hand Madlon entgegen.
Hinter Madlon stand Clarissa, nun trat sie nahe an das Bett und griff nach der heißen Hand.
»Clarissa«, murmelte er.
»Ja. Ich bin es, Jacob. Wie schön, daß du mich erkennst. Da geht es dir schon viel besser. In ein paar Tagen bist du wieder auf dem Damm. Und dann werden wir überlegen, was zu tun ist, damit diese bösen Anfälle erst gar nicht wiederkommen. Nicht wahr, Madlon?«
Dieses Lächeln! Dieses sanfte und doch so sieghafte Lächeln in dem jungen Gesicht. In diesem Augenblick empfand Madlon Lust, in dieses Gesicht zu schlagen.
»Gute Besserung. Und auf bald, ja? Wenn du irgendwelche Wünsche hast, dann laß es mich durch Madlon wissen. Adieu!«
Zusammen mit Clarissa stieg Madlon die Treppe hinab in den ersten Stock, trank noch einen Sherry mit Ludwig und Eugen und durfte sich, wie Clarissa es angeordnet hatte, mit an den Tisch setzen zum Mittagessen. Die beiden alten Herren freuten sich. Und Madlon gab sich Mühe, sie zu unterhalten. Sie trank mehr als sonst von dem roten Wein, diesmal war es ein schwerer Burgunder, und sie war todmüde, als sie

wieder nach oben kam. Jacob schlief mit offenem Mund. Das Bett roch nach Schweiß. Madlon befühlte vorsichtig seine Stirn. Er hatte kein Fieber mehr. Das mußte wohl auch Clarissa, dieser sanfte, sieghafte Engel, bewirkt haben.
Sie streifte das blaßlila Kleid über den Kopf und ließ es zu Boden fallen. Dann zog sie den Morgenrock an, ging ins Wohnzimmer und legte sich auf die Chaiselongue. Fast augenblicklich schlief sie ein. Von ihrer Krankheit war sie noch geschwächt, eine Nacht hatte sie bei Jacob gewacht und kein Auge zugetan, und nun noch der schwere, rote Wein. Sie schlief zwei Stunden tief und fest. Genau wie Jacob träumte sie von Kampf und Gefahr und auch vom unendlichen Himmel Afrikas.
Als sie erwachte, wußte sie im ersten Moment nicht, wo sie sich befand. Dann hörte sie Jacobs Stimme nach ihr rufen. Sie setzte sich auf, fuhr mit allen zehn Fingern durch ihr Haar. Nom de dieu, dachte sie, das war mein erstes Weihnachtsfest in Konstanz. Ich wette, daß es auch das letzte war.
Noch im alten Jahr schrieb sie den Brief ins Ungewisse, über den sie oft nachgedacht, den Gedanken dann wieder als unsinnig verworfen hatte. Soviel Zeit war vergangen! So treulos hatte sie sich ihrer Familie gegenüber verhalten. Hatte sie sich je Sorgen gemacht, wie es ihrer Mutter gehen mochte, hatte sie sich gefragt, was aus ihren Brüdern, aus ihrer Schwester Ninette geworden war?
Als sie die ersten Jahre im Kongo war, hatte sie einige Male an Ninette geschrieben, später nie wieder. Der Wechsel nach Deutsch-Ost, die Unsicherheit ihrer eigenen Existenz, dann der Krieg, das mochte alles als Ausrede gelten. Aber seit fast fünf Jahren hielt sie sich in Europa auf, warum hatte sie nicht längst einmal geschrieben? Aber wohin? An wen? Das Häuschen im Dorf, in dem sie aufgewachsen war, in drangvoller Enge, gehörte der Bergwerksgesellschaft. Sie mußten ausziehen, nachdem ihr Vater ums Leben gekommen war. Sie bewohnten in einem Vorort von Liège dann zwei Zimmer, es war ein altes, baufälliges Reihenhaus, die Küche und die Toilette mußten sie mit anderen Parteien teilen; heute, von hier aus gesehen, war es ein mehr als armseliges Leben gewesen.

Ihre beiden älteren Brüder gingen dann auch ins Bergwerk, sie zogen in ein Heim für alleinstehende Männer und hatten es vergleichsweise bequem. Nachdem Ninette geheiratet hatte, mit neunzehn, sagte sie sofort zu ihrer jüngeren Schwester: »Du kommst mit mir«, und Pierre, Ninettes Mann, hatte nichts dagegen einzuwenden. Es war wieder so ein Haus, wie sie es noch zu Lebzeiten des Vaters bewohnt hatten, denn Pierre war tüchtig, er war Stollenführer, und das Haus stand ihm zu.

Während Ninettes dritter Schwangerschaft sagte Pierre zu Madlon ohne große Vorbereitung: »Los, komm!«

Er sah es als sein gutes Recht an, die Kleine, die nun seit vier Jahren bei ihnen wohnte und an seinem Tisch saß, zu benützen, wenn ihm danach war. Zu Ninette sagte er nur: »Wenn ich woanders hingehe, kostet es Geld.«

Madlon hatte sich auch kaum gewehrt. Als halbes Kind noch hatte sie bereits für Pierre geschwärmt, groß, kräftig und gutaussehend war er, und seine Art, mit weiblichen Wesen umzugehen, konnte ein junges Mädchen schon faszinieren. Aber nun hatte sich ihre kindliche Schwärmerei gelegt. Sie hatte miterlebt, wie Ninette von ihrem Mann behandelt wurde. Er schlug sie, wenn er getrunken hatte, er ließ sich bedienen, er warf auch mal den Teller an die Wand, wenn ihm das Essen nicht schmeckte, und seine sexuellen Bedürfnisse waren grenzenlos. Davon hatte Madlon genug mitbekommen. Aber nun konnte sie es nicht mehr ertragen und auch Ninettes Anblick nicht, Ninette mit dem dicken Bauch und dem blassen, müden Gesicht, ihre gebeugte Haltung, ihren Husten, ihre oft verweinten Augen. Was war aus der blonden Ninette geworden? Sie war fünf Jahre älter, und Madlon hatte sie von Kindheit an mehr geliebt als ihre Mutter. Und Pierre war ihr zuwider, wenn er mit seinem stinkenden Atem über ihr lag, sie drehte und wendete, wie es ihm paßte, und brutal, ohne ein zärtliches Wort oder eine liebevolle Geste, in sie hineinstieß.

Damals war sie fortgelaufen von zu Hause und nie wieder zurückgekehrt. Übrigens war sie nicht die erste in der Familie, die das Weite suchte. Ihr Bruder Jules war als Fünfzehnjähriger auch weggelaufen, originellerweise mit einem Circus, der damals in der Nähe gastierte. Er war so begeistert von den Schaustellern, lungerte den ganzen Tag bei ihren Wagen herum, erschien nicht bei der Arbeit und bekam entsprechende Prügel; als dann die Truppe weiterzog, war er verschwunden.

Wer weiß, dachte Madlon, vielleicht ist er ein berühmter Circusstar geworden, und ich weiß es gar nicht.

Der Brief also nun! Madlon hatte ihr Leben lang noch nicht viele Briefe geschrieben, und dieser hier war kaum zu bewältigen. Tagelang war sie damit beschäftigt.

Liebe Ninette – und was dann? Einmal schrieb sie mehrere Seiten voll, bis ihr die Hand weh tat. Erzählte fast ihr ganzes Leben, im Kongo, in Deutsch-Ost, der Krieg, die Rückkehr, Berlin, und nun – als sie in ihrer Schilderung beim Bodensee angelangt war, fluchte sie laut, stand auf und knüllte die Seiten zusammen. Was für ein Unsinn! Sie wußte ja gar nicht, wo der Brief landete, wer ihn erhielt, wer ihn lesen würde. Sie hatte nichts als die alte Adresse in Liège, und ob die noch stimmte, war mehr als fraglich. Ihr Schwager Pierre mußte jetzt Mitte Fünfzig sein, die Lunge vom Kohlenstaub zerfressen, wenn er das Bergwerk bis jetzt überlebt hatte. Dazwischen lag ein Krieg, lag die Belagerung Belgiens durch die Deutschen, Madlon hatte keine Ahnung, wie sich das abgespielt haben mochte. Der Brief, den sie dann am letzten Tag des Jahres in den Kasten steckte, war sehr kurz.

»Meine liebe Ninette, ich hoffe so sehr, daß diese Zeilen Dich erreichen. Ich lebe jetzt in Deutschland, in Konstanz am Bodensee, es geht mir gut, ich habe viel erlebt, auch Böses, alles aber gut überstanden. Ich bin verheiratet und lebe hier bei der Familie meines Mannes. Geliebte Ninette, bitte antworte mir bald. Ich muß wissen, wie es Dir geht, was Du treibst, wie Dein Leben verlaufen ist. Und dann wünsche ich, daß wir uns bald wiedersehen. Deine Schwester Madeleine.«

Das Ganze natürlich auf französisch, und nachdem sie den Brief in den Kasten gesteckt hatte, lief sie noch eine Weile, tief aufgeregt, am Ufer des Sees entlang und malte sich in hundert Variationen aus, was für ein Gesicht Ninette machen

würde, wie sie sich freuen würde, wie überrascht sie sein würde. Meine Schwester Madeleine hat mir geschrieben, würde sie jedem erzählen. Stellt euch vor!
Fünfzehn, ich glaube sogar, achtzehn Jahre lang habe ich nichts von ihr gehört. Sie war so weit fort, in Afrika, und jetzt hat sie geschrieben.
Ninette würde lachen. Sie würde den kurzen Brief immer wieder lesen, und dann würde sie sich sofort hinsetzen und eine Antwort schreiben. Liebste Madeleine, ich habe mich so gefreut, von Dir zu hören. Ich habe kaum gehofft, daß Du noch am Leben bist...
Den ganzen Abend über war Madlon aufgeregt. Sie war froh, daß sie den Brief endlich geschrieben hatte, daß er fort war. Und sie mußte einfach darüber reden.
Jacob kannte die Geburtswehen bei der Abfassung des Briefes, er hatte sie miterlebt. Onkel Eugen und Onkel Ludwig kannten sie nicht und bekamen nun alles erzählt. Auch Clarissa, die kurz gegen Abend noch hereinschaute, mußte es erfahren.
Es war Silvester. Im Hause Lalonge waren Gäste eingeladen, es gab ein festliches Diner, und anschließend sollte getanzt werden.
»Das erste Mal nach dem Krieg, daß bei uns getanzt wird«, berichtete Clarissa, auch sie aufgeregt und voller Vorfreude. »Zu schade, daß ihr nicht kommen wollt.«
Eingeladen hatte man sie, aber Jacob fühlte sich noch zu schwach. Auch Madlon hatte wenig Lust gezeigt, sich dem Bekanntenkreis der Lalonges wieder gegenüberzusehen. Sie meinte, es sei doch viel netter, mit Ludwig und Eugen Silvester zu verbringen, nachdem man sie am Heiligen Abend schon allein gelassen hatte. Was sie nicht daran hinderte, sehnsuchtsvoll an die Silvesternächte in Berlin zurückzudenken. Aber das war vorbei, das kam niemals wieder. Diese wilde Lebensfreude, diese unbändige Lebenskraft, die sie nach dem Krieg verspürt hatten, die sich austoben mußte, die schon einen gewöhnlichen Abend zum Fest machte, geschweige denn eine Silvesternacht.
Es wurde ein ruhiger, beschaulicher Abend, wieder mit einem

vorzüglichen Essen, dazu Wein, den Punsch verschmähten alle, sie blieben beim Wein, und um zwölf stießen sie mit Champagner an. Sie hatten die Fenster geöffnet, die Glocken läuteten von den Kirchtürmen der Stadt, der See war von Eis bedeckt und schimmerte silbern.

Ninette, alles Gute, hörst du? Gesundheit, Glück und schreib mir gleich. Hörst du? Schreib mir gleich. Ich warte auf deine Antwort.

Es war etwas Neues in Madlons Leben. Sie wartete nun täglich auf den Briefträger.

Doch er brachte keinen Brief für sie.

Von Ninette kam keine Antwort. Von Ninette konnte keine Antwort kommen, denn Ninette war tot.

Jeannette

Ein Mädchen in Gent

Es ist mehr oder weniger ein Wunder, daß Madlons Brief am Ende doch in die Hände von Jeannette Vallin gelangt. Zuerst einmal landet er bei der Adresse, die auf dem Umschlag steht, in dem Vorort von Liège, wo Madlon zuletzt bei Ninette und Pierre wohnte.
Dort wohnt keine Ninette Vallin, schon lange nicht mehr, also bleibt der Brief zunächst auf der Post, liegt da eine Weile herum, bis man, nicht allzuweit entfernt, einen Roger Vallin ausmacht und dem den Brief zustellt. Der öffnet den Brief zwar und liest ihn, erklärt aber, eine Ninette Vallin kenne er nicht und eine Madeleine aus Deutschland ebensowenig. Also könne er den Brief beruhigt wegwerfen, aber seine Frau klebt ihn wieder zu und gibt ihn dem Briefträger zurück. Zuletzt liegt der Brief friedlich, mit einem Vermerk versehen, auf dem Hauptpostamt in Liège, und dort könnte er nun bis zum Ende aller Tage liegenbleiben. Ab und zu bekommt ihn aber doch einer in die Hand, und dann kommt die Frage an die Postzusteller: »He, connaissez-vous Madame Ninette Vallin?« Und eines Tages ist einer dabei, ein ganz junger noch, dem fällt ein, daß er eine Madame Vallin kennt. Sie sitzt an der Rezeption eines kleinen Hotels in der Nähe der Station Guillemins, und er hat schon mit ihr geplaudert, wenn er nach einem flüchtigen Abenteuer das Hotel verließ. Madame Vallin ist freundlich und gesprächig, und die Paare, die an ihr vorüberhuschen oder getrennt das Hotel betreten, interessieren sie besonders, denn, so erzählt sie dem jungen Mann, sie war zu ihrer Zeit auch keine Kostverächterin, ah, mais non, und dann folgt eine frivole Bemerkung, und so etwas behält man im Gedächtnis. Madame Vallin ist die Freundin vom Patron, der ist dick und schwabblig, und was er mit ihr treibt,

wenn er überhaupt noch etwas treibt, kann ihr nicht viel Spaß bereiten. Auch wenn sie nicht mehr die Jüngste ist und ein wenig in die Breite gegangen, kann man immer noch erkennen, daß sie einmal eine höchst ansehnliche Person gewesen sein muß.

Als er wieder einmal das Hotel benützt, sagt der junge Mann: »Bonjour, madame. Comment allez-vous? Votre pronom, est-il Ninette?«

Madame Vallin schüttelt den Kopf. »Non, non, je m'appelle Lucille«, sie lacht eine fröhliche Tonleiter. »Pourquoi vous me le demandez?« Sie blitzt ihn herausfordernd aus immer noch schönen Augen an.

Dann erfährt sie also von dem Brief, und auf einmal wird sie ernst, nickt mehrmals mit dem Kopf, und der Postbote erfährt, daß Ninette Vallin die erste Madame Vallin war und schon lange tot ist. Lucille hat Ninette nicht kennengelernt. Als sie Pierre Vallin heiratete, war Ninette schon über ein Jahr begraben.

»La consomption, vous voyez«, fügt Lucille mit einem Seufzer hinzu. Der Postbote nickt verständnisvoll. Nicht nur vor dem Krieg, auch heute noch sterben die Frauen in den Vororten an der Schwindsucht, wenn sie nicht zuvor im Kindbett gestorben sind.

Nicht Lucille. Sie ist und war immer gesund, man sieht es ihr an. Ninette soll eine sanfte und gute Frau gewesen sein, vier Kinder hatte sie geboren, zuletzt eine Fehlgeburt, da war sie schon sehr krank. Von den vier Kindern sind zwei am Leben geblieben, zwei kleine Mädchen, und Lucille wurde ihre neue Mutter, nachdem sie Pierre Vallin geheiratet hatte.

Madame hält eine Weile inne, seufzt abermals, ihre großen, dunklen Augen werden schwermütig. Pierre, der gutaussehende, brutale, unsagbar potente Pierre. Sie hatte ihn aus Liebe geheiratet, o ja, und es war eine stürmische Liebe gewesen, und so, wie sie veranlagt war, kam sie besser mit ihm zurecht als die zarte Ninette. Wenn er sie schlug, schlug sie zurück. Wenn ihm ihr Essen nicht paßte, warf *sie* ihm die Schüssel an den Kopf. Sie bekam ebenfalls zwei Kinder, zwei Söhne, der eine starb zwar gleich nach der Geburt, doch der andere, à la bonheur, ein Prachtbursche, eine großartige Karriere steht ihm bevor, der arbeitet bei der Eisenbahn, zunächst noch bei der Gepäckabfertigung, aber Lokomotivführer will er werden oder zumindestens Bahnhofsvorstand, und das werde er auch schaffen, ihr Maxime, bien sûr.

Das alles erfährt der junge Postbote bei Madame Vallin auf das Pult gelümmelt, es ist später Nachmittag, seine Begleiterin für eine knappe Stunde hat das Hotel längst verlassen. Madame Vallin holt sogar eine Flasche Genièvre unter dem Pult hervor und schenkt jedem ein Gläschen ein. Der Patron schaut einmal aus seiner Stube heraus, brummt etwas und verschwindet wieder. Madame Vallin ist noch immer eine energische Person, sie läßt sich auch hier und heute von keinem vorschreiben, mit wem sie redet und ein Gläschen trinkt.

Als der Sturm auf Liège begann, war Madame mit den Kindern aus der Stadt geflüchtet, die Mädchen hatte sie auf einem Bauernhof zurückgelassen, sie waren alt genug, sich um sich selbst zu kümmern, sie selbst war später mit dem Jungen zurückgekehrt. Dann berichtet sie über das Schicksal von Monsieur Vallin. Als er zwangsverpflichtet werden sollte, um in einem deutschen Bergwerk zu arbeiten, ging er in den Untergrund, und da mußte er wohl ziemlich aktiv gwesen sein. Jedenfalls erwischten ihn die Deutschen eines Tages, oder besser gesagt, eines Nachts, mit seiner Franktireurgruppe, als sie aus einem Hinterhalt ein paar deutsche Soldaten umgelegt hatten, und stellten ihn kurzerhand an die Wand.

»Mais, voilà«, schließt Madame die dramatische Geschichte vom Ende ihres Gatten. »C'est la guerre. Ces Allemands, ils sont comme les diables. Mais, dieu les a punis, n'est-ce pas?«

Nach dem dritten Gläschen Genièvre fällt Madame ein, daß die erste Madame Vallin eine Schwester Madeleine gehabt haben soll, die sei als junges Ding durchgebrannt und in den Kongo gegangen. »Ah! Le Congo!« seufzt der Postbote sehnsüchtig und verdreht die Augen. Er gesteht, daß es seit seiner Knabenzeit sein größter Traum sei, in den Kongo zu gehen.

Solch ein Leben in großer Freiheit, bedient von allen Seiten, müsse es nicht herrlich sein?
Madame wiegt zweifelnd den Kopf. Das sei wohl alles auch nicht so, wie man es erzähle. Ein kleiner Mann bleibe auch im Kongo ein kleiner Mann. Natürlich, wenn man reich sei, eine Mine besitze oder eine große Plantage, ja dann...
Reich könne man dort sicher leichter werden als hier, meint der Postler. Aber wie mache man es nun mit dem Brief? Er komme jedenfalls aus Deutschland, den Namen des Absenders weiß er nicht auswendig, nur gerade den Namen Madeleine hat er sich gemerkt. Gerichtet sei er jedenfalls an Ninette Vallin, und deren Spur hat er nun gefunden und gleichzeitig erfahren, daß sie nicht mehr am Leben ist. Ja, meint Madame, da sei aber noch Jeanne Vallin, das einzige von Ninettes Kindern, das am Leben geblieben sei. Sie wohne in Gent.
Mühselig, Schritt für Schritt, bahnt sich der Brief seinen Weg zu Jeannette.
Als ihr Vater wieder heiratete, war Jeannette fünf Jahre alt, ihre Schwester Suzanne acht. Sie bekamen also eine Stiefmutter, aber sie hätten es schlechter treffen können. Zwar war Lucille energisch und temperamentvoll, es gab gelegentlich laute Worte und Ohrfeigen, aber sie war ein Mensch mit Herz und meinte es gut mit den Kindern.
»Zwei hübsche kleine Mädchen waren es«, erzählt Madame, »sehr artig. Der Großen, Suzanne, mußte man manchmal auf die Finger klopfen, sie konnte frech werden, eigenwillig war sie, und sie wußte, wie hübsch sie war. Sie war kaum zwölf, da konnte sie die Männer ganz schön anplinkern.«
Anfang des Krieges jedoch, wie schon berichtet, trennte sich Madame Vallin ohne großen Kummer von den beiden Mädchen, ließ sie irgendwo zurück. Zunächst hatte sie durchaus die Absicht, sie wieder zu holen, aber nachdem dann Pierre im Untergrund verschwunden war, mußte sie sich nach Arbeit umsehen, um sich und ihren Sohn zu erhalten. Wie glücklich sie es traf, läßt sie allerdings unter den Tisch fallen, darüber redet man besser nicht mehr. Tatsache ist, sie hat in der Küche eines deutschen Offizierscasinos abgewaschen, das

war ein höchst lukrativer Posten, da fiel manches für sie und ihren Sohn ab. Eine Zeitlang schlief sie mit dem Küchenbullen, da konnte sie zusätzlich sehr erfolgreich auf dem schwarzen Markt tätig werden, manches ließ sich zur Seite bringen. Allerdings brachte es ihr auch einmal vierzehn Tage Haft ein, doch auch davon mußte sie nicht mehr reden. Das ist vorbei. Passé. C'était la guerre, n'est-ce pas?
Die beiden Mädchen Suzanne und Jeanne jedenfalls hatten großes Glück. Sie hätten es gar nicht besser treffen können, als daß Madame sie im Stich ließ. Von dem Bauernhof jagte man sie allerdings wieder weg, aber sie kamen dann doch sage und schreibe zu den Beginen nach Gent. Da waren sie natürlich gut aufgehoben, wurden wohlbehütet und fromm erzogen. Nur hatte es bei Suzanne leider nicht lange gewährt. Sie lief den guten Frauen davon und begann einen Lebenswandel, den man nicht billigen könne.
»Ts, ts«, macht Madame und wiegt das Haupt mit den gefärbten Locken. »Heißblütig war sie. Das hatte sie von ihrem Vater. Jeanne kommt wohl mehr nach der Mutter. Ninette soll eine Stille und Brave gewesen sein. Sie ist lange bei den Beginen geblieben, Jeannette, meine ich. Nun arbeitet sie in einer Leinenfabrik. Sie wissen ja, Genter Leinen, das ist noch immer weltberühmt. Sie ist verlobt, ja, das ist sie. Ab und zu schreibt sie mir mal ein Brieflein. Eine Zeitlang hat sie mit ihrer Schwester zusammengewohnt. Aber nun ist Suzanne tot.«
»Tot?« fragte der Postler bestürzt, denn inzwischen, dank Madames plastischer Schilderung, sieht er die beiden Mädchen vor sich und hat entschieden, daß ihm Suzanne eigentlich besser gefällt.
Die Schwindsucht, wieder einmal. In ihrem letzten Brief vor ein paar Monaten hat Jeannette mitgeteilt, daß Suzanne gestorben sei.
Es war ein kurzer, aber ein sehr trauriger Brief. Désormais, je suis toute seule, hatte Jeannette geschrieben.
Madame Vallin muß noch ein Gläschen trinken. Der Gedanke an Jeannette macht sie traurig. Eigentlich hat sie ihr schreiben wollen, sie ein wenig trösten, aber sie schreibt nicht

gern Briefe, und sie hat ja auch so wenig Zeit, immer der Ärger mit diesem verdammten Hotel, das ja wohl längst der Teufel geholt hätte mit diesem faulen Dickwanst von Patron und dieser Schlampe von Patronne, wenn sie, Lucille, sich nicht um alles kümmern würde.

»Pauvre petite!« murmelt Madame und wischt eine imaginäre Träne aus den Augenwinkeln. »Portez-moi la lettre. Je l'enverrai à Jeannette.«

So gehe es auch nicht, meint der Junge von der Post. Madame gebe ihm besser die Adresse von Jeanne Vallin, und dann werde die Post den Brief offiziell weiterleiten.

»Comme vous voulez«, murmelt Madame etwas gekränkt.

Und so findet denn Jeanne Vallin an einem Tag Mitte März auf dem wackligen Stuhl in ihrer kleinen Kammer einen etwas schmuddeligen Brief vor mit mehrmals übermalter Anschrift.

Ein Brief aus Deutschland. Der Poststempel ist nicht mehr zu entziffern, der Absender jedoch deutlich lesbar.

Konstanz am Bodensee. Jeannette weiß nicht, wo das ist. Auch der Name Madeleine Goltz ist ihr fremd.

Ma chère Ninette –

Kann Jeannette sich an ihre Mutter erinnern? Kaum. Ein durchsichtiges, zartes Gesicht, das zuletzt nur noch aus den Augen zu bestehen schien, weiches, blondes Haar, eine müde Stimme.

Sie weiß das eigentlich nur, weil Suzanne, die drei Jahre älter war, es ihr so geschildert hat.

»Du bist Mama sehr ähnlich. Du hast ihre blauen Augen und ihr Haar. Und du bist auch so zart. Paß immer gut auf dich auf.«

So spricht Suzanne, als der Husten sie schon schüttelt und das ständige Fieber ihr ein unechtes blühendes Aussehen verleiht. Sie ähnelt der Mutter nicht, sie hat dichtes, braunes Haar, sie ist kräftig und vital, und trotzdem ist sie es, der Ninette die Anfälligkeit für diese Krankheit vererbt hat. Kommt natürlich das Leben dazu, das Suzanne geführt hat. Achtzehn war sie, als sie den frommen Beginen weglief, den Schutz der hohen Mauern und des grünen Gartens verließ, diesen Ort

des Friedens, an dem sie es so gut gehabt hatte wie nie zuvor. Aber sie war hungrig auf das Leben, hungrig auch nach Liebe, sie nützte die Chance nicht, die ihr das Leben geboten hatte.
Oder besser gesagt, die der Krieg bot. Denn deutsche Soldaten hatten die beiden halbwüchsigen Mädchen auf der Landstraße aufgegriffen und zu den Beginen gebracht.
Als der Krieg beginnt, marschieren die deutschen Truppen in Belgien ein. Das heißt, zunächst erbittet man auf diplomatischem Wege den friedlichen Durchmarsch, denn Belgien ist ein neutrales Land. So heißt es jedenfalls.
In Wahrheit macht Belgien schon am 31. Juli 1914 mobil, seine Grenze gegen Deutschland ist befestigt, es gibt keine Lükke zwischen den französischen und belgischen Forts. Den friedlichen Durchmarsch deutscher Truppen lehnt Belgien ab.
Da der Schlieffen-Plan jedoch vorsieht, daß die Deutschen von Norden her nach Frankreich vorstoßen, überschreiten sie also die Grenze und dringen sofort gegen Lüttich vor, um den Maasübergang zu erzwingen.
Ganz so schnell wie gehofft gelingt es nicht. Zwar ist die Innenstadt von Lüttich schon am 6. August in deutscher Hand, die Forts verteidigen sich jedoch tapfer und zeigen erst am 16. August die weiße Fahne.
Diese erste Phase des großen Krieges schadet den Deutschen sehr. Deutschland überfällt ein neutrales Land, wird es jetzt und später heißen. Und von England geht die sogenannte Greuelpropaganda aus, die Geschichten von Raub und Mord, von vergewaltigten Frauen und abgeschnittenen Kinderhänden. Was für Barbaren, diese Deutschen, so schreit die ganze Welt. Alle erdenkbaren Übel sagt man den deutschen Soldaten nach, zu Unrecht, wie auch die wissen, die es niederschreiben. Es geschieht nur das Unrecht, das *immer* geschieht, wenn ein Land in Kriegswirren gerät und von fremden Heeren heimgesucht wird. Doch der Haß auf die Deutschen wird bleiben, den ganzen fürchterlichen Krieg über, er bleibt auch in diesem Land, in dem es keinen Frieden gibt. Noch im selben Jahr sind es die furchtbaren Schlachten in Flandern, die

so vielen deutschen Soldaten das Leben kosten werden, auch 1915 kehrt keine Ruhe ein, und noch 1917 werden die Engländer versuchen, an der flandrischen Front zu stürmen.
Das Land ist besetzt, und da Deutschland rundherum an so vielen Fronten kämpfen muß und die Männer gebraucht werden, reicht die Besatzung nicht aus, um einigermaßen Ordnung im Land zu schaffen. Franktireure haben es leicht; die Schüssse aus dem Hinterhalt, die Explosionen auf Straßen und Gleisen gehören zum täglichen Leben, und die Besatzungsmacht reagiert hart, um das Leben der eigenen Soldaten zu schützen. Brüssel, die Hauptstadt, ist zudem ein dankbares Feld für Spione, Spitzel und Agenten aller Art.
Ein besetztes Land im Krieg, so schrecklich wie erregend, so tödlich wie gleichzeitig überschäumend von Leben und Lust. Das war es, was die achtzehnjährige Suzanne aus dem stillen Beginenhof vertrieb. Sie wollte dabeisein, sie wollte mitmachen, sie wollte teilhaben am Leben und an der Lust – daß es für sie eigentlich nur die Möglichkeit gab, in den Betten der Männer zu landen, dieser oder jener, hatte sie sich wohl nicht klargemacht.
Als sie von Brüssel nach Gent zurückkehrt, im Jahr 1922, sind es nicht mehr die Männer allein, die ihren Körper besitzen, die Krankheit hat bereits von ihm Besitz ergriffen, dauerhafter und intensiver als jeder Mann zuvor.
Aber sie sagt gleichwohl zu ihrer Schwester Jeannette: »Mir hat das Leben Spaß gemacht. Es war einfach wundervoll.«
Jeannette verläßt nun ihr zuliebe die Beginen auch, sie scheidet im guten, mit Dankesworten, und mit der Sicherheit, jederzeit Rat und Hilfe erbitten zu können. Sie hat viel gelernt bei den Beginen, sie ist gebildeter als viele Mädchen ihrer Herkunft, sie ist in Haushalts- und Handwerksarbeiten ausgebildet, und es fällt ihr nicht schwer, in der Leinenweberei La Lys Arbeit zu finden.
Sie zieht mit Suzanne zusammen, und es geht ihnen nicht schlecht, Suzanne hat ein wenig Geld gespart, sie haben ihr Auskommen. Von dem Geld allerdings bleibt nichts übrig, Suzannes Krankheit und die schwere Zeit verbrauchen ihre Ersparnisse.

Aber da hat Jeannette längst Michel kennengelernt, er sagt, daß er sie liebt, sie verloben sich, nachdem er sie seinen Eltern, biederen Handwerksleuten, vorgestellt hat. Suzanne spottet zwar über Michel, über das kleinbürgerliche Leben, das Jeannette erwartet, aber sie weiß, daß es für ihre Schwester das richtige Leben sein wird.
Michel mag Suzanne nicht, ihr herausforderndes Lachen, ihre morbide Schönheit, die immer strahlender wird, je kränker sie wird, und er ist eigentlich froh, als sie endlich tot ist. Jetzt gehört Jeanne ihm allein.
Suzannes Sterben ist schrecklich.
Jeanne weint tagelang, sie ist vor Entsetzen ganz starr, daß es so furchtbar sein kann, in Gottes seliges Reich zu kommen, von dem die Beginen ihr immer erzählt haben. Oder ist es für Suzanne darum so schwer gewesen, weil ihr Leben voller Sünde war?
Nein, an solche Kindermärchen glaubt auch Jeannette nicht mehr. Sie hat schließlich Krieg und Nachkriegszeit miterlebt; und auch wenn sie behütet war, weiß sie doch, wie bitter das Sterben sein kann, auch für einen Menschen, der frei von Sünde ist. Gott wird Suzanne ganz gewiß vergeben. Sie hat gebeichtet und kommuniziert, ehe sie starb, und Jesus hat Sünderinnen ihrer Art die Tür zum Reich Gottes weit geöffnet.
Dennoch weint und trauert Jeannette, sie kommt sich verlassen vor, fühlt sich einsam, und dieses Gefühl täuscht sie nicht, denn der Mensch, der ihr jetzt zur Seite stehen sollte, Michel, ihr Verlobter, hat wenig Verständnis für ihren Kummer, und er verläßt sie Anfang Februar, in den kalten Tagen des Winters. Da ist Suzanne gerade drei Monate tot. Er beteuert zwar bis zuletzt, daß er Jeannette liebt, aber dennoch sind ihm Zweifel gekommen, ob sie wohl die richtige Frau für ihn sei. Oder besser gesagt, seine Eltern und die beiden Schwestern haben diese Zweifel in ihm erweckt und werden nicht müde, mit Warnungen und Mahnungen das Gestrüpp des Mißtrauens wuchern zu lassen, bis seine Liebe darin erstickt.
Hat die sündige Schwester das Mädchen Jeannette nicht doch verdorben? Trägt sie ebenfalls den Keim der schrecklichen

Krankheit in sich und wird ihn seinen Kindern vererben? Aber das Schlimmste von allem ist die Tatsache, daß sie eigentlich nicht zu ihnen gehört, sie ist eine Fremde, eine Wallonin. Er ist Flame.

Der Nationalitätenstreit, der dieses Land von jeher zerrissen hat, ist nach einer gewissen Neutralisierung während des Krieges mit neuer Gewalt aufgebrochen, es kommt sogar zu bürgerkriegsähnlichen Zuständen.

Michel, der bei seinen Eltern wohnt, muß sich jeden Tag das gleiche Lied anhören.

Dieses Mädchen willst du heiraten? Die Schwester einer Hure. Schwindsüchtig die eine wie die andere. Wallonin.

Davon ahnt Jeannette nichts. Sie zieht um in ein kleines, einfaches Zimmer in einem alten Haus am Leiekanal, aber sie wird dort nicht lange bleiben müssen, sie wird ja in diesem Jahr noch heiraten. Das denkt sie. Sie geht wie zuvor jeden Tag zur Arbeit, die Arbeitszeit ist lang, abends ist sie sehr müde, und wer sie sieht, könnte wirklich befürchten, daß die Krankheit auch in ihr steckt. Ein zartes, schlankes, zerbrechlich wirkendes Geschöpf ist sie, furchtsam und scheu, so ein Mädchen, das eigentlich in einem Mann Beschützerinstinkte wecken müßte. Wie bringt es Michel fertig, sie zu verlassen?

Sie treffen sich jeden Sonntag und einmal in der Woche am Abend, das geht nun schon so seit Jahren. Sie hat nie einen anderen Mann gekannt, nie hat ein anderer Mann sie geküßt. Unberührt ist sie sowieso, denn Michel stammt aus ordentlichen Verhältnissen, er macht das Mädchen, das er heiraten will, nicht zu seiner Geliebten. Für gewisse Bedürfnisse gibt es andere Möglichkeiten.

Als Jeannette den Brief aus Deutschland vorfindet, ist es fast drei Wochen her, daß Michel ihr gesagt hat, und zwar aus heiterem Himmel, daß er sie nicht heiraten kann.

»Warum?« hat sie fassungslos und verständnislos gefragt.

»Du bist Wallonin. Meine Eltern erlauben es nicht.«

Sie lebt in Gent, seit sie vierzehn ist, sie spricht Flämisch so gut wie Französisch; den einheimischen wallonischen Dialekt, den sie in den Vorstädten sprachen, hat sie so gut wie vergessen. Die Lütticher sprechen ansonsten ein sehr elegantes

Französisch, dafür sind sie bekannt. Hier in Flandern will man jedoch weder ein elegantes noch ein grobes Französisch hören, eine bitterböse Grenze geht durch das kleine Land.
Jeannette kann das trotzdem nicht verstehen, bisher war *davon* zwischen ihnen nie die Rede. Er hatte zuletzt davon gesprochen, daß man vielleicht doch nicht, wie geplant, bei den Eltern wohnen werde, oder höchstens für die erste Zeit, und daß man dann eine eigene kleine Wohnung nehmen werde, auch wenn Wohnungen teuer seien, aber er würde gern mit ihr allein sein. Und dann hatten sie sich darüber unterhalten, wie sie die Wohnung einrichten würden, was man unbedingt haben müsse und worauf man verzichten könne, denn viel Geld verdient er nicht. Er ist zwar etwas Besseres als sein Vater, er ist Angestellter bei der Stadtverwaltung, aber er ist erst fünfundzwanzig, sein Einkommen ist bescheiden. Noch ein Argument, das er anführt.
»In meiner Stellung kann ich keine Wallonin heiraten.«
Wenn dem so ist, hätte ihm das eigentlich längst einfallen müssen, aber vorher hat er offenbar daran nicht gedacht. Nach allem, was sie erlebt hat, ist das ein schwerer Schlag für Jeannette.
Liebe, natürlich glaubt sie, daß sie ihn liebt. Es ist die einzige Form von Liebe, die sie bisher kennengelernt hat, zärtliche Blicke aus treublauen Augen, Arm-in-Arm-Spazierengehen am Sonntag an den Graachten entlang, die zaghaften, manchmal auch schon recht stürmischen Küsse, ein vorsichtiges Tasten nach ihrer Brust – das ist alles, was sie von Liebe weiß.
Zwar hat Suzanne so manches erzählt, aber eigentlich immer nur über die äußeren Umstände ihres Lebens, über die verschiedenen Männer und ihr Wesen, die darin eine Rolle spielten, aber niemals hat sie Jeannette genau darüber aufgeklärt, wie das, was man Liebe nennt, sich real abspielt. Michel fand sie gräßlich langweilig, und einmal sagte sie sogar: »Lieber sterbe ich, als daß ich solch einen Klotz heiraten würde. Viel Spaß wirst du mit ihm nicht haben, das kann ich dir prophezeien. Hinauf und hinunter, das wird alles sein, was der kann.« Und auch dieser Ausspruch stößt bei Jeannette weitgehend auf Verständnislosigkeit.

Spaß oder nicht Spaß, er hat sie verlassen. Er läßt sie sitzen. Diesmal weint Jeannette nicht, stumm und starr verbringt sie die Tage, geht zur Arbeit, kommt nach Haus in die kleine Kammer, und das Gefühl der Einsamkeit, der Verlassenheit steigt täglich und stündlich wie eine schwarze Mauer um sie, höher und höher, droht sie zu ersticken.

Allein. Da ist kein Mensch, der zu ihr gehört. Keiner.

Sie hat keine Eltern mehr, keine Geschwister, keine Verwandten, keine Freunde. Und Suzanne ist tot.

Wenn es noch Verwandte gibt, kennt sie sie nicht. Sie weiß nur, daß ein Bruder ihrer Mutter nach Amerika ausgewandert ist, sie hat ihn nie gesehen. Einer ist mit dem Circus durchgebrannt, als Junge schon, den kennt sie auch nicht. Einen hat sie gekannt, der älteste Bruder ihrer Mutter, der hatte das Bergwerk verlassen, fuhr zur See und ist mit seinem Schiff untergegangen.

Der einzige Mensch eigentlich, zu dem eine schwache Verbindung besteht, ist ihre Stiefmutter, Lucille Vallin in Liège, ab und zu schreibt sie ihr ein Brieflein, einmal im Jahr, höchstens zweimal. Antwort bekommt sie selten. Aber diesmal, drei Tage, nachdem sie den Brief aus Deutschland erhalten hat, kommt ein Brief von Lucille.

Hast du den Brief aus Deutschland bekommen? Ist es wirklich Deine Tante Madeleine, die ihn geschrieben hat? Und vergiß nicht, Du hast es mir zu verdanken, daß Du ihn überhaupt bekommen hast.

Folgt, etwas verworren, ein Bericht über das Gespräch mit dem Postboten.

Jeannette liest beide Briefe immer wieder. Eine Tante in Deutschland. Was kann ihr das helfen? Das ist ein fremder Mensch, der sie nichts angeht. Der Brief ist ja auch nicht an sie gerichtet, sondern an Ninette, an ihre Mutter.

Ninette, ma chérie, réponds-moi aussitôt que possible.

Also gehört es sich wohl, dieser Fremden in Deutschland mitzuteilen, daß Ninette nicht mehr am Leben ist und darum nicht antworten kann.

Zu diesem Entschluß kommt Jeannette nach einigen Tagen Überlegung, sie setzt sich hin und schreibt:

»Chère Madame...«
Es ist nur eine kurze, lapidare Mitteilung, und wie es dann dasteht, kommt es ihr doch etwas zu unfreundlich vor, also fügt sie noch hinzu, sie sei die einzige von der Familie Vallin, die noch in Belgien lebe, ihre Schwester sei vor kurzem auch gestorben und einer ihrer Onkel auf See umgekommen. Der andere sei in Amerika. Sie sei ganz allein und arbeite in einer Leinenfabrik.
Es sind nichts als Fakten, aber im ganzen klingt es doch ziemlich trübsinnig, ihrem derzeitigen Zustand entsprechend.
Doch am Tag, nachdem sie den Brief zur Post befördert hat, kommt sie auf eine gute Idee. Sie weiß nun, was sie machen wird. Sie geht durch die Stadt spazieren, es ist ein Sonntag, und ihr Weg führt sie am Beginenhof vorbei, dort, wo sie so viele Jahre gelebt hat und wo ihr keiner etwas Böses tat, keiner sie verletzte oder quälte.
Sie wird zurückkehren. Gott sei Dank ist sie noch Jungfrau, sonst ginge es nicht, man wird sie aufnehmen, und sie wird selbst eine Begine werden, wird ihr Leben Gott weihen und den Menschen Gutes tun. Sie hat damals schon in der Krankenpflege gearbeitet, darin wird sie sich weiter ausbilden lassen. Ein wenig getröstet beginnt sie die neue Woche, tut, wie immer, aufmerksam ihre Arbeit, denkt darüber nach, wann sie wohl kündigen muß. Das fällt ihr gar nicht so leicht, man hat sie immer gut behandelt bei La Lys. Vorher, natürlich, muß sie in den Beginenhof gehen und mit der Magistra sprechen. Sie muß wissen, ob man sie überhaupt haben will.
Am Mittwochabend klopft es an ihre Tür, die Frau, der die Wohnung gehört, steckt den Kopf herein: »Ihr Verlobter ist hier, Fröken.«
Das ist nicht ungewöhnlich, Mittwochabend hat Michel sie immer abgeholt, und da die beiden sich manierlich benommen haben, durfte er sie in ihrem Zimmer abholen. Von der Entlobung weiß die Vermieterin nichts. Darüber hat Jeannette nicht gesprochen. Sie schämt sich. Darum ist sie auch jeden Sonntag wie immer spazierengegangen.
Jeannette erschrickt, es ist ein freudiges Erschrecken; und als Michel ins Zimmer tritt, errötet sie.

Er ist also zurückgekommen, alles ist wieder gut.
Er nimmt sie sogleich in die Arme, stürmischer als sonst, preßt sie fest an sich, steckt das Gesicht in ihr Haar. Er liebe sie so sehr, sagt er, es sei schrecklich für ihn gewesen, sie so lange nicht zu sehen.
Jeannette hält still in seiner Umarmung, ihr Herz klopft, und als er sie fragt, ob sie ihn denn auch liebe, nickt sie. Und dann passiert, was noch nie passiert ist. Seine Küsse werden drängender, seine Hände fassen sie fester, er knöpft ihr die Bluse auf, drückt sie auf das schmale Bett. Das kommt so unerwartet, natürlich wehrt sich Jeannette, sie flüstert non! non!, aber sie wehrt sich nicht energisch genug, es darf ja auch nicht zu laut werden, keiner darf etwas hören, und die Einsamkeit der letzten Zeit war so schwer zu ertragen, und wenn er nun doch zurückgekehrt ist und alles gut ist –
Michel verführt sie; ehe sie überhaupt richtig begreift, was da geschieht, ist es schon geschehen. Er hat sich nicht einmal ausgezogen, er hat auch sie nicht völlig ausgezogen, nur ihre Brüste sind nackt, und ihr Rock ist hochgeschoben, er nimmt sie sich gierig und rasch, dann steht er schon wieder auf und knöpft sich die Hose zu. An ihren Schenkeln vermischt sich ihr Blut mit seinem Schleim, sie hat nicht geschrien, obwohl es weh getan hat, Lust hat sie keine empfunden, nur Ekel und Angst, und nun blickt sie fassungslos zu ihm auf, er sagt: »Entschuldige, aber das mußte einfach sein. Ich habe es nicht ausgehalten.« Und dann knöpft er seine Jacke zu, setzt seinen Hut auf, dreht sich um und verschwindet aus ihrem Zimmer.
Wie soll sie das verstehen? Wie kann sie das verstehen?
Nicht an diesem Abend, nicht in den folgenden Tagen; den ganzen Sonntag wartet sie, aber nachdem zwei Wochen vergangen sind, ist sie sich klar darüber geworden, daß dies ihre letzte Begegnung mit ihm war.
Gemein ist er. Gemein. Wenn sie sich je eingebildet hat, Liebe für ihn zu fühlen, so ist nur noch Haß zurückgeblieben, rotglühender, wütender Haß. Sie macht Pläne, wie sie ihn töten könnte. Dann wird man sie als Mörderin hinrichten, und das wird ihr gerade recht sein.

Aber wie tötet man einen Mann, der soviel stärker und kräftiger ist als sie, was er gerade bewiesen hat? Sie kann ihm nicht auflauern und ihn erschlagen. Eine Waffe besitzt sie nicht, um ihn zu erschießen. Sie könnte ein Messer nehmen. Ihn nachts in einen Kanal stoßen. Wenn er nur nicht soviel stärker wäre. Gift? Woher soll sie Gift nehmen? Einen Mörder dingen, der ihn umbringt. So etwas liest man manchmal in Büchern, früher gab es das. Aber wo findet man heute einen Mörder, der für Geld einen anderen tötet? Außerdem hat sie ja kein Geld.

Zu den Beginen kann sie nun nicht zurück, sie ist keine Jungfrau mehr. Es bleibt eigentlich nur ein Weg: sie muß sich selbst töten.

Sie ist eine fromme Katholikin, und sie weiß, daß es Sünde ist; alles, was sie plant, ist Sünde. Ihn zu töten, sich zu töten; was sie auch tut, ihr Weg führt in die Hölle. Sie wird Suzanne nicht wiedersehen, denn *ihr* hat Gott gewiß vergeben, nach allem, was sie hier erlitten hat bei ihrem langsamen Sterben. Sie wird ihre Mutter nicht wiedersehen. An ihren Vater denkt sie auch, möglicherweise trifft sie ihn in der Hölle. Er hat auch getötet, und sie bezweifelt, ob Gott einen Unterschied macht, ob man in einem Krieg tötet oder in der Zeit zwischen den Kriegen. Ihr Vater war ja kein Soldat, also hat er gemordet. Sie steigert sich so in ihre Wahnsinnsgedanken, daß sie krank wird, sie bekommt Fieber, ihr ist übel, sie kann nicht zur Arbeit gehen, man wird sie also hinauswerfen; recht so, sie wollte ja sowieso kündigen.

Sie legt beide Hände an ihre heißen Wangen und denkt: wie bei Suzanne. Ich habe die Krankheit auch. Also werde ich von allein sterben. Dann brauche ich es nicht selbst zu tun.

Aber in ihr wohnt nicht der Tod, in ihr wohnt Leben. Sie hat ein Kind empfangen bei dem Überfall des gemeinen Verführers, nur weiß sie es noch nicht. Das Ziehen in ihren Brüsten hält sie für einen Teil ihrer Krankheit, sie bleibt einfach liegen, sie denkt, ich kann es beschleunigen; wenn ich nicht esse und nicht trinke, werde ich sehr schnell sterben, ich werde verhungern und verdursten. Sie weist die Vermieterin ab, die brummend nach ihr sieht; Leute, die nicht arbeiten gehen,

sind ihr verdächtig, die können bald die Miete nicht mehr zahlen.
»Was fehlt Ihnen eigentlich?«
»Nichts. Ich bin nur krank.«
Ich kann es beschleunigen, ich esse nicht, ich trinke nicht, vielleicht kann ich es lernen, nicht mehr zu atmen. Aber vorher würde ich ihn gern umbringen.
Verzeih mir, Gott im Himmel, vergib mir, Herr Jesus, aber ich kann ihm nicht verzeihen. Ich kann es nicht. Nie. Nie. Und wenn ich bis zum Jüngsten Tag in der Hölle bleiben muß. Er ist so gemein. So gemein. Ich wünsche ihm alles Schlechte auf Erden. Krank und elend und vernichtet soll er sein. Unglücklich, wohin er den Fuß setzt. Verdammt die Frau, die er heiraten wird. Verflucht die Kinder, die sie zur Welt bringen wird.
Ungeahntes bricht in diesem sanften, stillen Mädchen auf.
Die Scham über die Erniedrigung, die ihr angetan wurde, erzeugt den ungeheuren Haß, der sie um Sinn und Verstand bringt.
Nach zehn Tagen läßt die Vermieterin Jeannette ins Spital bringen. Rafft die paar Sachen zusammen, die dem Mädchen gehören, und gibt sie dem Krankenträger mit. Jeannette ist fast nicht mehr bei Besinnung, sie redet wirres Zeug, ihre sanften Augen funkeln böse und wild. Sie ist übergeschnappt, denkt die Frau, gut, daß sie fort ist. Als sie das Zimmer aufräumt, sieht sie die getrockneten Blutflecken auf dem Laken.
Aha, so eine war das also. Gut, daß ich sie los bin.
Am nächsten Tag trifft ein Brief aus Deutschland ein.
Die Frau gibt ihn dem Briefträger zurück.
»Die wohnt hier nicht mehr.«
»Und wo wohnt sie jetzt?«
»Weiß nicht. Demnächst auf dem Friedhof. Der ist nicht mehr zu helfen.«
Der Brief geht mit dem Vermerk ›Unzustellbar‹ nach Deutschland zurück. Diesmal ging es schneller.
Ende April trifft Madlon in Gent ein.

Reisen

Madlon hat längst nicht mehr damit gerechnet, überhaupt eine Antwort zu bekommen. Dann aber, Monate, nachdem sie ihren Brief abgeschickt hat, ein kurzes, ziemlich nichtssagendes Schreiben von einer Frau, die offenbar ihre Nichte ist. Fast nur von Toten ist die Rede. Ninette lebt nicht mehr, eine gewisse Suzanne ist kürzlich gestorben, einer ihrer Brüder ist auf See geblieben.

Aber eigentlich nimmt Madlon nur eine Nachricht wahr: ihre Schwester Ninette ist tot.

Es trifft sie tief, denn der Brief erreicht sie in einer ohnedies deprimierten Seelenlage.

Wann ist Ninette gestorben? Wie ist sie gestorben? Und warum? Das alles berichtet der Brief nicht.

Ich habe mich nicht um sie gekümmert, ich habe sie im Stich gelassen. Sicher wäre sie nicht gestorben, wenn ich dagewesen wäre. Dieser gräßliche Mann, der sie nur gequält hat, der ist schuld. Und ich – was habe ich für meine Schwester getan?

So ungefähr sind ihre Gedanken und Gefühle, das steigert sich zu einem Ausbruch, dessen Zeuge Jacob wird.

Der zuckt nur gleichgültig mit den Achseln.

»Was soll das Theater?« fragt er hart. »Für dich ist deine Schwester schon lange gestorben. Mir kannst du nicht weismachen, daß ihr Tod dir nahegeht.«

Madlon sieht ihn haßerfüllt an.

»Dir ist noch nie etwas nahegegangen, dir wird nie etwas nahegehen. Du bist ein Mensch ohne Herz. Du bist ein Egoist, der nur gerade immer das tut, was ihm gefällt. Ein Nichts bist du. Ein Garnichts. Unfähig, irgend etwas zu leisten.«

Er tritt auf sie zu, es sieht aus, als wolle er sie schlagen. Mit wutglitzernden Augen hält sie ihm stand, er dreht sich um,

geht. So weit sind sie jetzt, ein knappes halbes Jahr der Ruhe und Beschaulichkeit hat genügt, ihr Zusammenleben zu zerstören. Hat sie vergessen, daß sie es war, die ihm sagte: Du bist ein Sohn und ein Erbe?
Nun, jetzt lebt er so. Ein Sohn und künftiger Erbe. Und sonst tut er nichts. Er ist ein Kämpfer und ein Abenteurer, ein Landsknecht im Grunde genommen, und es hat immer Männer gegeben, die sich in dieser Lebensform wohl gefühlt haben. Ihm hat man dieses Leben genommen; mit dem, was geblieben ist, weiß er nichts anzufangen. Wirklich nicht?
Es gibt noch einen anderen Grund zum Ärger zwischen Madlon und Jacob. Denn niemand kann es mehr übersehen, Madlon am wenigsten, daß da ein handfester Flirt zwischen ihm und Clarissa im Gange ist. Das hat angefangen mit den vorweihnachtlichen Besuchen, mit seinem plötzlichen Interesse, Clarissa beim Klavierspielen zuzuhören; obwohl nun Weihnachten lange vorbei ist und er keineswegs Dur von Moll unterscheiden kann, spaziert er jeden Tag oder fast jeden Tag um die drei Ecken herum zum Haus der Lalonges.
Kein Mensch weiß, was er da eigentlich tut. Nun, er tut, was er immer tut: nichts. Er lungert da herum, schaut Clarissa zu bei dem, was sie gerade tut, und meist sagt er dann: »Willst du mir nicht etwas vorspielen?«
»Aber jetzt am Vormittag habe ich doch keine Zeit«, erwidert Clarissa und enteilt in die Küche, um dort nach dem Rechten zu sehen.
»Dann komme ich am Nachmittag wieder«, sagt er unverdrossen.
Manchmal wird er auch zum Essen eingeladen und bleibt stundenlang bei den Lalonges. Henri runzelt die Stirn, und Agathe, der das höchst unpassend erscheint, wird zunehmend mißtrauischer.
»Ich könnte ihm ja«, sagt Henri einmal zu seiner Frau, »irgendeinen Posten in der Fabrik anbieten. Was hältst du davon?«
»Gar nichts. Er hat in seinem Leben nicht gearbeitet, er wird auch jetzt nicht arbeiten. Du würdest nur gutes Geld hinauswerfen. Und du erklärst mir jeden Tag, wir müssen uns ein-

schränken, Geld sei knapp. Genausogut könnte ihn Bernhard als Bürovorsteher in der Kanzlei anstellen.«
»Bernhard hat einen sehr guten Bürovorsteher.«
»Und Bernhard würde Jacob nicht anstellen, auch wenn er keinen hätte. Bernhard kann rechnen.«
»Kannst du mir sagen, wovon er lebt?«
»Von Vater. Er braucht ja nicht viel. Er wohnt gratis, er ißt gratis, neu eingekleidet ist er hier angekommen, das hat Madlon besorgt. Er braucht nur Geld für seine Sauftouren. Das läßt er anschreiben, und die Rechnung geht an die Kanzlei.«
»Woher weißt du das?«
»Von Bernhard.«
Dabei sieht Jacob so gut aus wie nie zuvor. Seit Weihnachten kein Anfall mehr, ständige ärztliche Überwachung, gutes Essen, er hat zugenommen, er sieht jung, unternehmungslustig und ausgesprochen attraktiv aus. Und wie es scheint, ist er mit seinem Leben hochzufrieden.
Agathe würde sich schließlich mit seiner Untätigkeit abfinden, er war nie anders. Aber da ist die Sache mit Clarissa, und sie ist nicht bereit, unter gar keinen Umständen, das zu dulden.
Anfangs hat sie es nicht sehr ernst genommen. Clarissa ist klug und besonnen, sie hat Verehrer, wohin sie geht, sie könnte jederzeit eine gute Partie machen. Wer wäre je auf die Idee gekommen, daß dieses überlegene Mädchen auf den abgetakelten Afrikakämpfer hereinfällt?
Januar, Februar, März, der Frühling läßt sich blicken, der See ist offen, die Luft mild und weich, manchmal stürmt der Föhn von den Bergen, manchmal tobt der See übermütig, die Vögel beginnen ein geschäftiges Treiben. Eine unruhige Zeit.
Hortense, die naseweise Zwölfjährige, ist die erste, die ihrer Mutter Näheres mitzuteilen hat. Mädchen in diesem Alter sind sehr wachsam. Außerdem kann sie sich, wenn sie den Fuß auf einen Mauervorsprung setzt, hochziehen und ins Musikzimmer hineinlinsen.
»Die knutschen sich ganz schön, die beiden«, läßt sie so nebenbei eines Tages fallen.

Agathe fährt ihr scharf über den Mund und verbietet ihr derartig kindische Spitzeleien.
»Ich meine nur«, sagt Hortense ungerührt, »die Mädchen kichern schon darüber.«
Agathe kommt also einige Male unversehens ins Musikzimmer, nichts Besonderes ist da zu erblicken. Clarissa spielt, er sitzt im Sessel oder lehnt am Flügel. Manchmal unterhalten sie sich auch, immer im gebührenden Abstand. Oft ist Carl Heinz dabei, er spielt auf der Geige, von Clarissa begleitet. Auch Hortense bekommt Klavierstunden, Clarissa nimmt alles sehr ernst, was die Kinder betrifft.
Agathe erblickt das Paar dann unvermutet ganz hinten im Garten. Es ist ein warmer, sonniger Vorfrühlingstag, der Boden ist noch feucht, alles ist kahl, und doch spürt man den Frühling, kann ihn riechen. Es dämmert schon, Agathe ist früher als erwartet von einer Komiteesitzung zurückgekommen, sie will noch durch den Garten gehen und einen Überblick gewinnen, wann man den Gärtner bestellen muß und was als nächstes zu tun ist.
Ganz hinten im Garten steht eine Laube, sie nennen sie die Rosenlaube, weil sie im Sommer von Kletterrosen umrankt wird, wirklich sehr hübsch, sie sitzen da manchmal an warmen Sommerabenden, wenn es die Mücken nicht zu toll treiben.
Jetzt kann man natürlich noch durchsehen, kein Blatt versperrt die Sicht in die Laube.
Agathe bleibt stehen wie angenagelt. Clarissa und Jacob halten sich eng umschlungen, Körper an Körper gepreßt, sie küssen sich leidenschaftlich. Nicht nur irgend so ein leichter Frühlingsabendkuß, davon kann keine Rede sein, sie küssen sich wie ein Liebespaar.
Scham und Wut steigen in Agathe auf. Niemals hätte sie das von Clarissa erwartet. Schon gar nicht mit diesem verkommenen Bruder.
Sie dreht sich abrupt um, macht sich nicht die Mühe, leise zu sein, geht durch den Garten zurück. Auf den Wegen liegt feuchtes Laub.
Das ist das erste, denkt sie mechanisch, das alte Zeug muß

weg. Warum ist das nicht längst geschehen? Wir haben seit vier Wochen keine Spur von Schnee mehr.
Früher hätte sich Clarissa von selbst darum gekümmert. Jetzt scheint ihr die Leere und Verlassenheit des Gartens gerade recht zu sein.
Beim Abendessen streift Clarissas Blick einige Male Agathe. Aber Agathe ist gelassen und freundlich wie immer, zwei Gäste, Geschäftsfreunde von Henri, sitzen mit am Tisch, Agathe plaudert, man spricht auch über die Wirtschaftslage, über Politik, die Notverordnung vom Februar hat eine schwere Krise gebracht. Vor wenigen Tagen hat sich der Reichstag aufgelöst, also wieder einmal Neuwahlen. Alle sind sich einig, daß sie eigentlich Stresemann wieder gern als Reichskanzler hätten. Später sitzt man noch bei einem Glas Wein im Salon, Clarissa zieht sich bald zurück, sie habe noch Briefe zu schreiben. Agathe blickt ihr aus schmalen Augen nach. Ihr Plan ist schon fertig.

Am nächsten Vormittag läßt sie, gleich nach dem Frühstück, Clarissa ganz offiziell von einem der Mädchen in ihr kleines Wohnzimmer rufen, das ihr als Büro dient.
Clarissa, hübsch und schlank, grauer Rock, wie immer tadellos weiße Bluse, das Haar sittsam hochgekämmt, kommt mit einem Lächeln.
Ein etwas unsicheres Lächeln. War es Agathe, oder war sie es nicht, gestern im dämmerigen Garten? Als sie sich von Jacob löste, war es ihr, als habe sie Agathes schmalen Rücken gesehen. Warum sich etwas vormachen? Sie weiß, daß es Agathe war. Fragt sich nur, ob Agathe *sie* gesehen hat.
Darüber bleibt sie nicht lange im Zweifel.
»Setz dich, mein Kind. Wir haben einiges zu besprechen.«
»Ja, bitte«, sagt Clarissa artig und setzt sich auf die Kante des grün bezogenen Stuhles.
Agathe lehnt sich zurück, sie sitzt am Schreibtisch, die Platte vor ihr ist dicht besät mit Rechnungen, Briefen, Merkzetteln, Anweisungen. Sie kommt ohne Umschweife zur Sache.
»Du hast seit langem den Wunsch geäußert, deinen Cousin Hubert in Bern zu besuchen. Ich würde sagen, das wäre jetzt

ein günstiger Zeitpunkt. Er ist ja, soviel ich weiß, Chefarzt einer Klinik, da könntest du dich schon ein wenig umsehen, und du kannst dich von ihm beraten lassen. Auf dem Hinweg wirst du dich in Zürich immatrikulieren lassen. Du könntest im Sommersemester dein Studium beginnen. Ich werde dich gern begleiten, oder Henri wird dich begleiten, wenn du meinst, du kannst das nicht allein. Sollte es Schwierigkeiten geben mit einer so kurzfristigen Immatrikulation, wird dir sicher dein Cousin helfen. Ich überlege gerade, daß es also besser sein wird, du fährst *zuerst* zu ihm und dann nach Zürich. Du stehst ja immer mit ihm in Briefverbindung, nicht wahr?«

Clarissa nickt, sprachlos.

»Er hat dich ja auch immer wieder eingeladen, nicht wahr?«

Clarissa nickt wieder.

»1921, wenn ich mich recht erinnere, hast du ihn das letzte Mal gesehen, da war er für einige Tage in Konstanz. Du gingst noch ins Lyzeum und hast ihm erzählt, daß du Medizin studieren willst. Ich war dabei, ich weiß noch, daß er diese Ankündigung sehr wohlwollend aufgenommen hat. Er sagte damals: ›Ich werde mich freuen, Clari, wenn du eines Tages als Assistenzärztin in meine Klinik kommst.‹ Das sagte er doch, nicht wahr?«

»Das hast du dir gut gemerkt«, sagt Clarissa tonlos.

»Du nicht? Du warst damals ganz begeistert. Ich bin der Meinung, es ist höchste Zeit, daß du mit deinem Studium beginnst. Du kannst natürlich auch in Deutschland studieren. Aber du hast immer von Zürich gesprochen. Heute ist Mittwoch, in den nächsten Tagen werden wir alles vorbereiten, du könntest Montag reisen. An deinen Cousin wirst du heute noch ein Telegramm absenden.«

Keine Frage, keine Erörterung, kein Für und Wider – ein Marschbefehl.

»Das kommt sehr plötzlich«, murmelt Clarissa. Das Blut ist ihr in den Kopf gestiegen, sie muß sich beherrschen, um nicht ihren Zorn darüber zu zeigen, daß man sie wie ein ungezogenes Kind wegschicken will.

Agathe hat sie also gestern gesehen im Garten, trotz der Dämmerung. Sie hat gesehen, wie sie sich küßten. Wie er seine Hand unter ihre Bluse schob. Jeder hätte sie sehen können. Sie muß verrückt gewesen sein.

»Du willst mich also los sein«, sagt sie verbittert.

»Wenn du es unbedingt so ausdrücken willst«, erwidert Agathe kühl.

»Du warst aber früher gar nicht so dafür, daß ich studiere.« Jetzt verliert sie die Ruhe, Tränen zittern in ihrer Stimme.

»Nicht so sehr. Ich dachte, du würdest bald heiraten. Du bist eine gute Partie, und es gibt genügend Männer, junge, ordentliche, gesunde Männer«, sagt sie betont, »die dich sicher gern heiraten würden.«

»Aber ich liebe ihn«, ruft Clarissa leidenschaftlich.

»Das bildest du dir ein. Es gibt nichts, was man sich so sehr einbilden kann wie das, was man Liebe nennt. Mein Bruder ist ein Taugenichts. Es tut mir leid, daß ich das sagen muß, denn er ist mein Bruder, aber wir haben jetzt ja Zeit genug gehabt, uns ein Urteil darüber zu bilden.«

»Er ist aus dem Krieg gekommen. Er ist krank.«

»Es sind viele Männer aus dem Krieg gekommen, viele davon krank oder verkrüppelt oder für alle Zeiten invalid. Jacob ist nicht so krank, daß er zu jeder Art von Tätigkeit unfähig wäre. Und der Krieg ist immerhin jetzt seit über fünf Jahren vorbei. Was glaubst du, was ein Mann tut, der nicht zu Hause unterkriechen kann?«

»Er würde ja gern etwas tun, er weiß nur nicht, was.«

»Sehr schön, geben wir ihm Zeit zu überlegen«, meint Agathe sarkastisch, »und es wird besser sein, du störst ihn nicht dabei. Ganz nebenbei darf ich dich vielleicht noch darauf aufmerksam machen, daß er verheiratet ist.«

»Er ist nicht verheiratet.«

»Bitte?«

»Das ist keine richtige Ehe. Irgend so ein Medizinmann hat sie im Busch verkuppelt.«

Jetzt klingt Gehässigkeit in Clarissas Stimme, ihr Blick ist hart und böse.

Agathe betrachtet sie mit einer gewissen Verwunderung.

»Erstaunlich!« sagt sie dann langsam. Sie lehnt sich in ihren Sessel zurück, die Finger ihrer rechten Hand trommeln leise auf ein Blatt Papier, die Metzgerrechnung vom vergangenen Monat.

Sie hatte sich eingebildet, Clarissa gut zu kennen, ihre Vorzüge, ihre Talente, ihre Schwächen. Doch, die auch. Egoistisch, ehrgeizig, selbstsüchtig. Dafür ist Agathe nie blind gewesen. Gehässig ist sie also auch.

»Ich weiß nichts darüber, wie diese Ehe geschlossen wurde«, sagt Agathe nach einer Weile, und ihre Stimme ist kalt wie Eis. »Soviel ich weiß, gab es in den deutschen Kolonien eine sehr ordentliche Verwaltung, also wird man wohl auch diese Dinge ordentlich abgewickelt haben.« Sie hebt die Hand, als Clarissa sie unterbrechen will. »Mag das sein, wie es will, die beiden haben mitten im Krieg geheiratet, hier oder dort, möglicherweise unter seltsamen Umständen. Das geht uns nichts an. Jacob hat sie hier als seine Frau eingeführt, als seine Frau wird sie hier angesehen. Und ich verbiete dir«, bisher war ihre Stimme leise, jetzt steht sie auf, ihre Stimme wird laut und hart, »ich verbiete dir, jemals noch vor meinen Ohren eine derartige Unverschämtheit über meinen Bruder und seine Frau zu äußern. Geh sofort auf dein Zimmer und fang an, deine Sachen zu ordnen. Du nimmst zwei Koffer und eine Reisetasche, das andere wird dir nachgeschickt. Hier, in diesem Haus, will ich dich erst wieder sehen, wenn du zur Vernunft gekommen bist.«

Clarissa ist auch aufgesprungen, ihre Augen stehen voll Tränen, Tränen der Wut, ihre Stimme ist erstickt, aber sie kann die Worte nicht unterdrücken: »Du kannst ihn nicht daran hindern, mich in Zürich zu besuchen. Und dort können wir tun, was wir wollen.«

»Nein, ich kann ihn nicht daran hindern. Wenn sein Vater ihm das Reisegeld gibt, kann er dich besuchen. Und ihr könnt tun, was ihr wollt. Es trifft sich sogar ausgezeichnet. Im nächsten Monat wirst du mündig. Dann kannst du mit deinem Leben machen, was du willst. Bisher habe ich mich dafür verantwortlich gefühlt. Und das tue ich noch so lange, bis du in der Schweiz angekommen bist. Dann tu, was du willst.« Die letzten Worte kommen schneidend, voller Verachtung. »Und nun geh mir aus den Augen.«

Agathe und Clarissa, ein Herz und eine Seele, mehr noch, ein Kopf und ein Gedanke bis jetzt, und nun dies. Ist es möglich, daß ein Mädchen wie Clarissa sich so in Liebe, in Verliebtheit verstrickt? Oder ist es nur, weil sie diesen Mann einfach haben will?

Sie kann sich das alles leisten. Sie ist reich. Von ihrem Vater her gehört ihr die Hälfte der Fabrik, sie kann studieren, sie kann heiraten, sie kann ohne Heirat mit einem Mann zusammenleben, freie Liebe ist heutzutage modern. Wenn nicht gerade wirtschaftlich sehr schlechte Zeiten kommen, was man natürlich nie wissen kann in einer so verrückten Zeit wie dieser, ein verlorener Krieg, Inflation, hohe Reparationszahlungen, politische Unruhen, nein, man weiß es natürlich nicht, was kommen wird, wenn also nicht sehr schlechte Zeiten kommen, eine Wirtschaftskrise beispielsweise, wird sie immer ein reichliches Auskommen haben.

Jetzt verläßt sie also die Stadt und die Familie, in der sie aufgewachsen ist.

Man wirft sie hinaus.

Eine Weile sitzt sie in ihrem Zimmer und heult. Dann fängt sie an, ihre Sachen durchzusehen, was sie mitnimmt, was zunächst hierbleiben kann. Viel zu tun ist nicht, alles ist ordentlich gewaschen und gebügelt, saubere Wäsche, Blusen und Kleider mehr als genug. Sie braucht sie nur in den Koffer zu legen.

Es kommt die Zeit, in der Jacob, wie er es zu nennen pflegt, auf seinem Morgenspaziergang mal kurz vorbeischaut.

Clarissa muß ihn sprechen, aber nicht jetzt und nicht hier im Haus. Es wäre auch gar nicht möglich, denn Jacob wird von Agathe empfangen, sehr freundlich, zu einem Himbeergeist eingeladen.

»Clarissa hat keine Zeit, sie packt.«

»Sie packt? Will sie denn verreisen?«

»Sie verläßt uns auf längere Zeit. Sie beginnt ihr Medizinstudium.«

»Aber –«

Agathe lächelt. Jacob versteht. Sie waren wohl etwas leichtsinnig in letzter Zeit.
»Das ... das tut mir aber leid«, bringt er schließlich hervor und blickt seine Schwester mit dem unschuldigen Bubengesicht an, das er schon vor zwanzig Jahren gut hinbrachte.
»Ja, das glaube ich«, sagt Agathe trocken. »Aber es geht nicht an, daß meine zwölfjährige Tochter und das Personal in diesem Hause euch in verfänglichen Situationen beobachten.« Ihre eigene Beobachtung verschweigt sie, es macht sie verlegen und wütend zugleich, den eigenen Bruder in dieser Situation gesehen zu haben.
»Wir müssen nicht weiter darüber reden, Jacob. Es wäre mir lieber und dir vermutlich auch. Ich verlange nur dein Ehrenwort, daß du Clarissa nicht nachreisen wirst, daß du sie in Ruhe lassen wirst. Du warst ja schließlich Offizier. Da kann ich dein Ehrenwort erbitten.«
Es entsteht eine längere Pause. Jacob weiß nicht, was er sagen soll. Agathe fragt: »Noch einen?« Und als er stumm nickt, füllt sie sein Glas wieder, duldet es widerspruchslos, daß er sich eine Zigarette anzündet.
Er sagt nicht, wie Clarissa: ich liebe sie.
Er sagt schließlich: »Eigentlich kannst du so was doch gar nicht von mir verlangen.«
»O doch. Ich fordere dein Ehrenwort, daß du dich von Clarissa fernhältst. Dann bleibt die ganze Sache unter uns. Ich nehme an, deine Frau wird nicht so ganz ahnungslos sein, dazu ist sie zu klug. Aber ich möchte nicht, daß die Eltern oder Imma und ihr Mann davon erfahren. Auch Henri nicht. Und ich denke, du bist dir darüber klar, wenn du Clarissa nachreist, sie wird übrigens in der Schweiz studieren, wirst du von ihrem Geld leben müssen. Ich weiß nicht, ob sich das mit deiner Ehre als Offizier verträgt. Allzuviel Geld wird es nicht sein. Sie bekommt von Henri, was sie zum Studium und zu ihrem Unterhalt braucht, ansonsten arbeitet ihr Geld in der Fabrik. Und die Gewinne sind nicht mehr so hoch, wie sie einmal waren. Bei weitem nicht.«
»Du bist ein Ungeheuer«, sagt Jacob, nicht ohne Anerkennung.

Agathe lächelt.
»Ich denke, daß ihr mir alle zu Dank verpflichtet seid. Habe ich jetzt dein Ehrenwort?«
»Also gut, bitte. Du hast es. Aber ich darf mich wenigstens von ihr verabschieden?«
»Selbstverständlich. Am Samstagabend hier im Haus. Ein paar Freunde werden kommen, wir werden alle Abschied von ihr nehmen.«
Damit ist er entlassen. Er verläßt das Haus, geht hinunter zum See, pfeift vor sich hin. Es ist nicht gerade so, daß ihm das Herz bricht. Das war ganz nett, der Flirt mit der Kleinen. Die Initiative ging von ihr aus, und natürlich hat es ihm gefallen. Aber zuletzt ist es ihm doch ein wenig über den Kopf gewachsen. Seit dem Tag nämlich, und das ist noch nicht lange her, als sie sagte: »Aber richtig verheiratet, das seid ihr doch gar nicht.«
»Wie meinst du das?« hat er verblüfft gefragt.
»Na ja, Madlon hat mal erzählt, ihr seid schon eine ganze Weile zusammen gewesen, und dann, schon im Krieg, hat einer von deinen Kameraden gesagt, eigentlich könnten wir mal eine Hochzeit feiern.«
Genauso war es. Da waren sie zwei oder drei Jahre zusammen, er wußte es nicht auf den Tag. Nur an *den* Tag erinnert er sich genau, als er sie in einer Hafenkneipe in Daressalam zum erstenmal sah. Ein Postschiff aus Deutschland war angekommen, und sie saß auf dem Tisch und sang, einer klimperte dazu auf der Gitarre – in den Wald mit ihrem Körbchen, videralla, videron, Mohn zu suchen, ging Madlon, videralla, videron – davon blieb ihr der Name. Sie flirtete mit einem der Schiffsoffiziere, sie war ein tolles Frauenzimmer damals, alle Männer waren verrückt nach ihr. Aber er hatte sie im Handumdrehn allen weggeschnappt. Mein Gott, er war ja auch ein Bursche damals! Größer als die anderen, kräftiger, strahlender. Sie sahen sich an, und später ging sie mit ihm fort.
Im Krieg dann also, im Busch, jeder wußte inzwischen, daß sie zusammengehörten, und sie waren alle gute Kameraden, vom General bis zu den Unteroffizieren, und die Askaris mit

ihren Frauen gehörten auch dazu, und einer sagte: Heute ist der richtige Tag, eine Hochzeit zu feiern. Madlon und Jacob, ihr seid dran. Am Tag zuvor hatten sie die Engländer erfolgreich in die Flucht geschlagen und eine Menge Whisky dabei erbeutet. Whisky, Gewehre, Munition, sie waren in Siegerstimmung.
Der Missionar, der schon eine Weile mit ihnen zog, aus seiner Missionsstation hatten ihn die Engländer vertrieben, und er war überhaupt ein etwas heruntergekommener Saufaus, aber ein guter Kumpel, der nahm die Trauung vor. Auch das ging ganz schnell. Ich erkläre euch zu Mann und Frau. Nur hatten sie sich in falscher Sicherheit gewiegt, die Engländer kamen schon am Nachmittag zurück und vertrieben sie aus dem Lager, sie mußten tiefer in den Busch flüchten und ein neues Lager suchen. Verluste hatten sie auch, sogar erhebliche. Keine so lustige Hochzeit also, wenn man es genau betrachtete.
»War es ein katholischer oder ein evangelischer Missionar?« fragt Clarissa listig.
»Evangelisch, glaube ich. Er kam übrigens bei dem Überfall um; uns zu verheiraten, war die letzte Amtshandlung seines Lebens gewesen. Er starb sehr schön, die Kugel traf ihn mitten in die Stirn, und er war restlos besoffen.«
Das ist sein alter Landsknechtston, er sagt das ohne Bewegung und ohne Dramatik, Clarissa schaudert es leicht, aber leider schaudert es sie angenehm. Was für ein Leben! Was für ein Mann!
Aber nun wird Clarissa verschwinden, und das ist vielleicht ganz gut so, nur wird er sich überlegen müssen, wo und wie er seine Tage verbringt.
Es fällt ihm auch gleich etwas ein. Er sagt zu Madlon, das ist am Dienstag darauf: »Weißt du was, wir werden jetzt Tante Lydia und den Onkel General besuchen, das ist schon lange fällig.«
Am Tag zuvor ist Clarissa abgereist. Am Samstag hat Madlon dem Abschiedsabend beigewohnt, ein paar Leute waren eingeladen, nicht viele, meist Schulfreunde und Altersgenossen von Clarissa, es gab nur belegte Brote und Wein, und es dau-

erte nicht lange. Clarissa war blaß und schweigsam. Agathe lächelte, ganz Herrin der Situation. Henri schien etwas verlegen zu sein. Die einzige anzügliche Bemerkung kam von Hortense, der erlaubt worden war aufzubleiben.
Sie sagte: »Na ja, Zürich ist ja nicht aus der Welt. Und wenn man bedenkt, wie lang Semesterferien sind.«
Daraufhin wurde sie von ihrer Mutter zu Bett geschickt.
Madlon hat sich klugerweise jeden Kommentar erspart. Daß da was im Gange war, weiß sie schließlich, und daß es offenbar weiter gegangen ist, als sie vermutete, beweist Clarissas plötzliche Verbannung. Auf Agathe kann man sich verlassen.
Imma, die mit ihrem Mann auch zugegen war, hat zu Madlon gesagt: »Ich hab gar net gewußt, daß sie doch noch studieren will.«
»Vielleicht hat sie es selber nicht gewußt.« Das ist die einzige süffisante Bemerkung, die von Madlon fällt, Jacob blickt sie kurz an, und Imma fragt erstaunt: »Wie meinscht du denn des?«
Als sie zu Hause sind, setzt Jacob zu einer Art Erklärung an, aber Madlon schneidet ihm das Wort ab.
»Ach, laß doch. Es interessiert mich nicht.«
Es interessiert sie wirklich nicht, sie ist viel zu sehr mit sich selbst beschäftigt. Sie langweilt sich zu Tode, das angenehme, ruhige Leben soll der Teufel holen, sie mag nicht mehr lesen, nicht mehr stricken, überhaupt jetzt, da die Tage länger werden, der Frühling in ihr kribbelt, hat sie das Gefühl, die Dekke fällt ihr auf den Kopf. Sie ist viel unterwegs, zu Fuß oder mit dem Wagen, meist allein, sie kennt inzwischen von Konstanz jeden Winkel, sie ist den ganzen Untersee hinauf- und hinuntergefahren, und sie war sogar noch einmal drüben bei Jona. Allein.
Wenn Jona sich darüber gewundert hat, zeigt sie es nicht. Die Frühjahrsarbeiten auf dem Hof haben begonnen, und Madlon fragt: »Kann ich nicht auch was tun?«
Sie reitet mit Tango auf den nassen Feldwegen entlang, er ist übermütig, auch er hat den Frühling im Sinn, er macht die tollsten Kapriolen, geht auch einmal mit ihr durch, und Mad-

lon kommt erhitzt und glücklich zurück. Jona sagt: »Paß bloß auf mit dem Pferd! Der kann ein kleiner Teufel sein.«
»Er ist ein Schatz! Ich liebe ihn.«
»Wenn dir etwas passiert, macht Jacob uns verantwortlich.«
»Jacob ist es egal, ob mir etwas passiert«, Madlon sagt das lächelnd, ohne jede Bitterkeit, »und außerdem weiß er gar nicht, was Verantwortung ist.«
Jona und Rudolf tauschen einen Blick. Sie sind zwar weit weg, auf dem anderen Ufer, aber sie wissen doch immer recht gut, was drüben vor sich geht. Wenn Jona nach Konstanz kommt, spricht sie mit Ludwig und mit Eugen, auch mit Berta, und sie trifft auch ihre Töchter. Das eine oder andere erfährt sie. Den Rest reimt sie sich zusammen.
Sie sagt während Madlons Aufenthalt auf dem Hof, er dauert diesmal fast eine Woche: »Möchtest du denn gern wieder fort von Konstanz?«
»Ich weiß nicht, was ich will. Ich habe ein wunderbares Leben da drüben, aber –«
Aber! Das ist es eben, sie hat nichts zu tun. Jona kann das voll und ganz begreifen. Was macht eine Frau wie diese, noch jung und vital, wenn sie bloß auf dem Stuhl sitzen muß und zum Fenster hinausschauen. So schön können See und Berge gar nicht sein, um ein Leben auszufüllen.
»Ob ich wohl segeln lernen könnte?« fragt Madlon eines Tages. »Ich glaube, das würde mir Spaß machen.«
»Kannst du denn schwimmen?« fragt Rudolf.
»Nein.«
»Na, dann würde ich das zuerst einmal lernen. Komm im Sommer herüber, ich bringe es dir bei.«
Sie duzen sich jetzt alle drei, das hat sich ganz von selbst ergeben. Auch der Flirt zwischen Madlon und Rudolf scheint ganz selbstverständlich zu sein, er blüht ganz schnell auf, bei Madlon ist das immer so, das erste Mal küßt er sie, als sie erhitzt von einem Ausritt zurückkommt, er hebt sie vom Pferd, sie lacht strahlend, legt beide Arme um seinen Hals, und da küßt er sie. Und sie küßt ihn auch.
Als sie nach einer Woche wegfährt, sagt sie: »Es ist Zeit, daß ich verschwinde, hier wird es gefährlich.«

»Alles hätte ich erwartet, nur nicht, daß du ein Angsthase bist«, kontert Rudolf, und Madlon darauf: »Hüte dich vor mir! Ich fresse einen Mann, wenn ich ihn mag.«
So gesehen hat Madlon wirklich keinen Grund, Jacob Vorwürfe zu machen. Wenn sie nicht auf Jona Rücksicht nehmen würde, wäre sie sehr schnell viel weiter gegangen, als Jacob seinerseits mit Clarissa weiterkommen konnte.
Jona hat das Geplänkel der beiden lächelnd und ohne jede Eifersucht mit angehört. Nur Bärbel errötet manchmal. Es sind ihre letzten Wochen auf dem Hof, im April fährt sie nach Hause, im Mai wird sie heiraten, sie sind alle eingeladen.
Madlons Besuch auf dem Hof findet statt, ehe der erste Brief aus Gent kommt. Sie hat Jona erzählt, daß sie an ihre Schwester geschrieben hat und keine Antwort bekommt.
»Ich mache mir große Vorwürfe, daß ich mich so lange nicht um sie gekümmert habe. Und ich *muß* einfach wissen, was aus ihr geworden ist.«
Als sie wieder in Konstanz ist, kommt der Brief von Jeannette, in dem steht, daß Ninette gestorben ist.
Madlon schreibt an Jeannette und bekommt den Brief zurück. Unzustellbar.
»Was soll das denn heißen? Gerade hat sie mir geschrieben, unter dieser Adresse. Wieso ist sie plötzlich verschwunden?«
»Sie ist halt weggezogen. Nun hör auf mit deiner Sippe in Belgien. Die wollen so wenig von dir wissen wie du von ihnen. Deine Schwester, na gut, das war etwas anderes. Da weißt du nun Bescheid.«
Madlon bekommt einen eigensinnigen Zug um den Mund.
»Ich werde hinfahren.«
»Was wirst du?«
»Hinfahren. Ich brauche den Wagen.«
»Nach Belgien?«
»Nach Gent. Ich will wissen, wieso die Kleine mir nicht mehr antwortet.«
»Du bist total verrückt. Und mit dem Wagen, das kommt überhaupt nicht in Frage. Bis nach Belgien! Weißt du, wie weit das ist?«

»Hach, da muß ich bloß lachen. Das sagst ausgerechnet du? Was gibt es in Europa schon für Entfernungen!«
Sie streiten erbittert wegen des Wagens. Jacob braucht ihn, um nach Bad Schachen zu fahren, er ist angemeldet, er wird Lydia und Max Joseph auf jeden Fall besuchen, und wenn sie nicht mitkommen will, bitte, soll ihm das auch recht sein. Außerdem ist der Wagen so taufrisch nun auch nicht mehr. Eine Fahrt nach Belgien, auf teilweise sicher sehr schlechten Straßen, würde ihm vermutlich den Garaus machen.
»Und einen neuen werden wir uns kaum mehr kaufen können«, gibt er zu bedenken.
»Da kannst du recht haben«, erwidert Madlon höhnisch. »Obwohl du ja nun dran wärst. Den ersten Wagen habe ich gekauft, jetzt kaufst du den nächsten.«
Er starrt sie erbittert an und dreht ihr den Rücken zu, geht aus dem Zimmer.
Solche Gespräche finden nun manchmal statt. Sie haben kein Geld mehr, gar keins. Das heißt, Madlon hat den Rest der Dollars, viel ist es nicht mehr, beiseite gebracht, und da sie ihr Verhältnis nicht damit belasten will, daß sie das Geld vor ihm versteckt, in seiner Wohnung, in seines Vaters Haus, hat sie das Geld Bernhard gegeben, mit der Bitte, es für sie aufzuheben.
»Soll ich es auf der Bank anlegen?« hat Bernhard sachlich gefragt.
»Das wird sich kaum mehr lohnen.«
»Das lohnt sich immer. Und ich finde es gut und richtig, wenn du eine gewisse Summe zu deiner eigenen Verfügung hast.«
Erstaunlicherweise hat Bernhard nämlich eine regelrechte Sympathie für die ungewöhnliche Schwägerin entwickelt, die nach wie vor oft zu ihnen ins Haus kommt, von Imma nach wie vor bewundert, von den Kindern zärtlich geliebt.
Für den Bruder seiner Frau hat Bernhard nicht das geringste übrig. Er spricht nicht mit Imma darüber, denn sie will das nicht hören, aber er ist in diesem Fall einer Meinung mit Agathe: ein Taugenichts und Nichtstuer, der Herr Schwager. Krieg hin und Afrika her, irgendwann muß ein erwachsener

Mann, der Mitte der Dreißig ist, zu einem normalen Leben finden.
Der Streit um den Wagen geht weiter, Madlon besteht darauf, mit dem Wagen zu fahren, es ist schließlich meiner, trumpft sie auf, es weitet sich zu dem bösesten Streit aus, den sie je hatten. Geschlichtet wird er dann von Jona, die überraschend wieder einmal herüberkommt und zu Madlon sagt: »Was für eine unsinnige Idee, mit dem Auto zu fahren. Es ist doch wirklich zu weit. Auch wenn der Bodensee für euch eine Pfütze ist und Europa ein Suppenteller, so ist es doch eine arg weite Fahrt. Und du ganz allein. Warum willst du es dir so schwer machen? Ich bin sicher, von Basel aus geht ein Nachtzug nach Brüssel oder wenigstens nach Paris, du fährst bequem im Schlafwagen, das ist doch viel vernünftiger.«
Unvernünftig ist Madlon noch nie gewesen, sie sieht es ein. Sie wird mit dem Zug fahren. *Daß* sie fahren soll, dafür ist Jona auch. Nachdem sie nun einmal angefangen hat, sich um die Familie zu kümmern, soll sie nicht auf halbem Weg stehenbleiben. Außerdem denkt sich Jona, daß es Madlon sehr guttun wird, ein paar Wochen auszufliegen. Jona weiß, daß Madlon es braucht. Und sie denkt auch noch weiter, sie sagt: »Falls du Geld brauchst, sag es mir. Du kannst es von mir bekommen.«
»Danke, das ist lieb. Ich hab noch was.«
So fährt also Madlon mit dem Zug nach Brüssel, Jacob mit dem Wagen nach Bad Schachen. Für beide ist es eine Reise in die Vergangenheit. Jacob wird mit dem General den ganzen Afrikafeldzug von A bis Z noch einmal durchkämpfen. Und Madlon wird den Spuren ihrer Familie nachgehen. Das heißt, was davon noch übrig ist, und das ist eigentlich nur das verschollene Mädchen.
Beide tun die Reise zur rechten Zeit: Der General wird im nächsten Jahr sterben, und das Mädchen Jeannette braucht Hilfe.
Beide Begegnungen, die Jacobs mit dem General und die Madlons mit ihrer Nichte Jeannette, werden ihr Leben verändern.

Besuch in Gent

Im Hospital hat man nicht allzuviel mit Jeannette anfangen können. Die Untersuchung ergibt, daß sie zu mager ist, anämisch, sich in einem latenten Erregungszustand befindet, aber Anzeichen einer ernsthaften Krankheit entdeckt man nicht an ihr. Natürlich wird die Lunge genau untersucht, nachdem sie, nachdrücklich befragt, zugeben mußte, daß sowohl ihre Mutter als auch ihre Schwester an Tuberkulose gestorben sind.

Eine Anfälligkeit für diese Krankheit sei zweifellos vorhanden, meint der Arzt, und eine Ansteckung sei zu befürchten, nachdem sie mit ihrer Schwester zusammengelebt habe. Allerdings seien zur Zeit noch keine Anzeichen der Krankheit erkennbar. Empfehlenswert sei ein längerer Aufenthalt auf dem Land, bei guter Ernährung, ob sie denn keine Verwandten auf dem Land habe?

Jeannette schüttelt den Kopf. Sie hat überhaupt keine Verwandten. Sie liegt so kümmerlich und unglücklich in ihrem Bett, daß der Arzt unwillkürlich zögert, ehe er weitergeht.

Ob sie sonst einen Kummer habe?

Kummer? Sie ist krank vor Scham und Haß und Wut, aber eine psychiatrische Behandlung ist in dem Saal von zwanzig Betten, in dem sie liegt, nicht vorgesehen.

Der Arzt ist ein erfahrener Mann.

»Eine Liebesgeschichte? Sind Sie vielleicht schwanger?«

Jeannette weist diesen Verdacht empört von sich. Das böse Funkeln ist wieder in ihren Augen, das früher nie darin zu finden war.

Ein wenig hysterisch, das gute Kind, denkt der Arzt, und natürlich steckt ein Mann dahinter. Dann geht er weiter.

Ob sie schwanger ist? Hat sie nicht selbst schon daran gedacht?

Das Hospital ist keine Wohltätigkeitsanstalt, nach acht Tagen wird sie entlassen und steht auf der Straße. Sie geht nicht zu dem Haus zurück, in dem sie bis jetzt gewohnt hat. Erstens weiß sie, daß sie dort nicht mehr willkommen ist, zweitens will sie das Zimmer nicht mehr wiedersehen, in dem ihr diese Schmach angetan wurde.
Es ist Frühling, ein wenig windig und kühl noch, sie steht an einer Graacht und starrt hinein.
Sind Sie vielleicht schwanger?
Ihre Periode ist ausgeblieben, sie hätte längst kommen müssen. Aber das kann die ganze Aufregung oder das, was mit ihr geschehen ist, verursacht haben. Morgens ist ihr übel, aber war das nicht früher auch schon so? Ein niedriger Blutdruck und ein wenig bleichsüchtig, das hat man ja festgestellt, da ist einem schwindlig, wenn man morgens aufwacht. Seltsam ist dieser ziehende Schmerz in der Brust, aber auch das kann von dem schrecklichen Erlebnis kommen. Sie hat keine Ahnung, wie es ist, wenn man schwanger ist. Da ist auch kein Mensch, den sie fragen könnte.
Suzanne hat ganz offen darüber gesprochen, daß sie einige Abtreibungen hinter sich hatte. Jeannette hat ihr schaudernd zugehört. »Ich hatte einen sehr guten Arzt in Brüssel«, hat Suzanne gesagt. »Darauf kommt es an, daß man einen richtigen Arzt hat. Man darf niemals zu irgendwelchen Pfuschern gehen.« Jeannette kennt weder einen Arzt noch einen Pfuscher, zu dem sie gehen könnte. Außerdem weist sie den Gedanken weit von sich. Sie ist nicht schwanger.
Einmal. Widerwillig erduldet. Vergewaltigt, wenn man es genau betrachtet. So kann man kein Kind empfangen, so bestimmt nicht. Sie starrt in die Graacht und denkt: Da kann ich immer noch hinein, das bleibt mir auf jeden Fall.
Im ganzen ist sie gelassener geworden, der Aufruhr in ihrem Inneren hat sich gelegt. Die Atmosphäre im Hospital war zu nüchtern, auch hat sie dort wirklich leidende Menschen gesehen, auch sterbende Menschen, das hat sie zur Besinnung gebracht. Sie ist jung, es wird alles gut werden, und es ist überhaupt nichts passiert.
Zunächst muß sie eine Bleibe haben. Bis zum Abend läuft sie

durch die Straßen, dann wagt sie sich in eine billige Pension in der Nähe des Hafens. Nicht gerade der passende Ort für ein anständiges Mädchen.
Man mustert sie ausführlich. Sie ist einfach und ordentlich gekleidet, drückt sich gebildet aus, nein, sie sieht nicht aus wie eine Dirne. Obwohl man ja nie wissen kann.
Die Concierge unterrichtet sie darüber, daß dies ein solides Haus sei, man dulde keine Männerbesuche.
Jeannette errötet und blickt verwirrt. Sieht sie denn aus wie so eine? Hat das eine Mal genügt, daß sie so aussieht?
Schließlich bekommt sie den Zimmerschlüssel. Das Zimmer gefällt ihr, es ist klein, aber behaglich und freundlich eingerichtet, viel hübscher als die kahle Kammer, die sie zuvor bewohnt hat. Weiße, bauschige Gardinen an den Fenstern, im letzten Tageslicht sieht sie die hohen Giebel der Zunfthäuser. Vom Hafen her tönt das Tuten und Orgeln der Schiffe.
Hier würde sie gern bleiben. Hier wird auch Michel sie nicht finden, weil er sie hier nicht vermutet. Schluß mit Michel! Nur nicht mehr an ihn denken, gleich steigt wie eine rote Welle der Haß in ihr auf. Das Zimmer ist natürlich teurer als ihr voriges. Aber sie braucht ja nicht viel zum Leben.
Am nächsten Tag geht sie zu La Lys und fragt, ob sie wieder arbeiten darf. Das darf sie, man kennt sie, und man schätzt sie, fragt, ob sie wieder gesund sei, und dann kann sie gleich anfangen.
Das Leben geht weiter, es ist fast genauso wie früher, nur daß sie um ein paar Erfahrungen reicher ist und daß sie sich einsam und verlassen fühlt. Nicht so sehr wegen Michel, an den will sie nicht mehr denken, aber Suzanne fehlt ihr. Fehlt ihr so sehr. Ein Mensch, der zu ihr gehört, eine Schwester, eine Freundin; ein Mann soll es nie wieder sein.
Eine kleine nagende Furcht begleitet sie außerdem Tag und Nacht, sie geht damit schlafen, sie steht damit auf. Ob vielleicht doch etwas passiert ist?

Madlon ist im *Cour St. Georges* abgestiegen, und natürlich gefällt es ihr in dem feudalen Hotel mit den alten, historischen Räumen. Bei ihrer Finanzlage wäre es allerdings vernünftiger

gewesen, in ein billigeres Hotel zu gehen. Aber wann wird sie schon wieder einmal in einem Hotel wohnen? So, wie die Dinge liegen, wird sie es sich kaum je wieder leisten können. Außerdem will sie vor ihrer Nichte nicht gerade als arme Frau auftreten. Die lebt ja zwar wohl auch nicht in glänzenden Verhältnissen, sonst würde sie nicht in einer Fabrik arbeiten. Immerhin, denkt Madlon, sie arbeitet wenigstens und verdient eigenes Geld. Und was tue ich? Ihr Verdruß über das Leben, das sie führt, und ihr Zorn auf Jacob, auf seine Gleichgültigkeit, seine Unfähigkeit, aus sich und seinem Leben etwas zu machen, ist durch die Entfernung nicht geringer geworden, ganz im Gegenteil. Ich werde mich von ihm trennen. Ich muß mich von ihm trennen, weil ich so nicht weiterleben kann. Und ich glaube, ich liebe ihn nicht mehr. Ist das so? Je ne l'aime plus.
Es ist sehr erstaunlich, daß sie gerade jetzt zu dieser Erkenntnis kommt. Aber es erklärt auch, warum ihr seine Poussiererei mit Clarissa so gleichgültig war.
Er kann sie haben, bitte sehr. Sie kann ihn haben, so stimmt es wohl eher. Die tüchtige, resolute Clarissa, sie wird ihn ganz schön aus den Lumpen schütteln.
Madlon lacht, nicht ohne Gehässigkeit.
Und ich? Was tue ich? Was zum Teufel werde ich tun?
Wie immer fällt ihr als erstes Kosarcz ein, und das ärgert sie. Als ob es auf der ganzen Welt keinen Weg für sie gibt als den Weg zu diesem Mann. Der sie vermutlich gar nicht mehr haben will. Denn sonst hätte er sich wohl einmal gemeldet.
Vielleicht ergibt sich hier in Belgien etwas. Schließlich ist das ihre Heimat. Sie hat keine Ahnung von den wirtschaftlichen Verhältnissen in Belgien; immerhin ist es ein Land, das den Krieg *nicht* verloren hat, es ist ein Land mit reichen Bodenschätzen und einer hochentwickelten Industrie, soviel immerhin weiß sie. Man wird sehen. Erst muß sie sich um diese Nichte kümmern, obwohl sie inzwischen eigentlich gar kein Interesse mehr an dem fremden Mädchen hat. Ninette wollte sie wiedersehen, nicht irgendeine unbekannte Nichte. Eine Fabrikarbeiterin. Komischerweise ist die Nichte nicht aufzutreiben. Bei der einzigen Adresse, die ihr bekannt ist, wird sie

mürrisch beschieden, das Fräulein wohne nicht mehr hier.
Madlon spricht Französisch, die Vermieterin Flämisch, es dauert eine Weile, bis Madlon herausbekommt, daß das Mädchen krank ist und ins Hospital gekommen ist. Wohin bitte?
Im Hospital ist sie auch nicht mehr, als gesund entlassen. Und nun?
Madlon geht durch die Straßen der alten Stadt, besichtigt s'Gravensteen, die alte Zwingburg Gents, in der so viel Blut geflossen ist. Darüber weiß Madlon nichts, leider, sie hat es nie gelernt, die große Geschichte ihres Heimatlandes ist ihr weitgehend unbekannt. Sie steht vor dem gotischen Rathaus, sie bewundert den Belfried, sie geht über den Markt und am Hafen entlang und betrachtet, täglich ein wenig aufmerksamer und aufnahmebereiter, die alten Zunfthäuser.
Die sollen sich bloß nicht so haben in Konstanz, denkt sie, hier ist es mindestens so schön, wenn nicht noch schöner.
Da sie so viel mit sich selbst beschäftigt ist, mit der Frage, was sie beginnen soll, vergißt sie manchmal ganz die Nichte. Aber dann rafft sie sich auf. Deswegen ist sie schließlich hergekommen. Sie muß noch einen Versuch machen, das Mädchen zu finden, und wenn sie es nicht findet, wird sie nach Brüssel fahren und dort noch ein paar Tage bleiben. Solange ihr Geld reicht. Vielleicht ergibt sich etwas, eine Möglichkeit, die ihr ein neues Leben bietet.
Sie geht noch einmal zu der unfreundlichen Vermieterin und fragt, wo ihre Nichte denn gearbeitet habe.
Nun wird es ganz einfach. Sie läßt sich beim Direktor der Leinenweberei La Lys melden, und der empfängt die elegante Dame sofort, natürlich kann er Französisch, sie unterhalten sich mühelos, und Mademoiselle Vallin, gewiß, ist eine bewährte Kraft, eine Weile war sie durch Krankheit ausgefallen, aber nun ist sie wieder da. Die Nichte, aha. Bitte sehr, Madame, sie wird sogleich gerufen.
Im Beisein des Direktors treffen sich die beiden Frauen zum erstenmal; die schöne, selbstsichere Madlon, die schüchterne, verhuschte Jeannette.
Madlon erschrickt. Wie sieht sie Ninette ähnlich! Sie sieht ihr so ähnlich, daß es Madlon wie einen Schlag aufs Herz emp-

findet, und sie muß sich beherrschen, das Mädchen nicht mit ihrer stürmisch hervorbrechenden Zuneigung zu erschrekken.
Der Direktor, der dem Treffen beiwohnt, ist sehr beeindruckt. Was für eine charmante Dame! Madlon kann nicht umhin, ein wenig anzugeben. Sie spricht vom Kongo, von Berlin, von ihrem Mann in Konstanz. Den Krieg in Deutsch-Ost läßt sie aus.
Für den Abend lädt sie Jeannette zum Essen in den *Cour St. Georges* ein. Jeannette knickst, ehe sie den Raum verläßt. Der Direktor von La Lys küßt Madlon die Hand. So erfreut, ihr behilflich zu sein.
»Merci, monsieur.«
»Toujours à votre service, madame.«
Madlon ist höchst zufrieden, als sie geht, sie hat nur versäumt, Jeannette zu fragen, wo sie jetzt wohnt. Aber sie hat sie gefunden, sie kann ihr nicht mehr entwischen, und am Abend kommt sie wirklich, sehr befangen in der vornehmen Umgebung, sie wagt kaum zu essen, schaut auf Madlon, ob sie auch alles richtig macht, nippt nur am Wein.
Madlon erzählt also zuerst einmal von sich, nun auch vom Krieg, was sie hier und da erlebt hat, nicht zuviel, ein wenig nur, dann beginnt sie zu fragen.
Über Ninettes Tod weiß Jeannette nicht allzuviel. Die Schwindsucht, das war es also. Madlon ist nicht weiter verwundert, sie hätte es sich denken können. Etwas länger erzählt Jeannette von Suzanne, und Madlon merkt, wie nahe ihr der Tod ihrer Schwester gegangen ist. Ganz allein also jetzt? Jeannette nickt. Keinen Freund, hübsch wie sie ist? Jeannette schüttelt den Kopf, Tränen steigen ihr in die Augen.
Madlon begreift, daß da ein wunder Punkt ist, sie fragt nicht weiter. Aber sie wird das alles erfahren, alles. Irgend etwas stimmt mit dem Mädchen nicht, sie wird es schon herausbringen. Ehe sie sich verabschieden, fragt sie nach der Adresse. Eine Pension am Hafen, so. Ob das nicht ein etwas unpassender Wohnort für ein junges Mädchen sei?
Sie wohne nur vorübergehend dort, erklärt Jeannette. Sie wä-

re eigentlich gern zu den Beginen zurückgegangen, von denen hat sie schon während des Essens erzählt, aber das gehe leider nicht mehr. Warum? Es gehe nun einmal nicht.
Am nächsten Tag, es ist ein Sonnabend, muß Jeannette auch arbeiten, aber am Sonntag hat sie frei.
Madlon hat sogleich einen Vorschlag parat. Sie wird Jeannette am Vormittag in ihrer Pension abholen, Jeannette wird ihr den Hafen zeigen, dann die Stadt, sie werden zusammen zu Mittag essen und ihr Gespräch fortsetzen. Jeannettes Blick ist unsicher. Der Gedanke, einen ganzen Tag mit dieser schönen Fremden, auch wenn es ihre Tante ist, zu verbringen, macht ihr Unbehagen. Was soll sie nur mit ihr reden?
Aber das geht viel leichter, als sie sich das vorstellt. Madlon ist voller Tatendrang, endlich hat sie etwas zu tun, und das Mädchen, das aussieht wie ihre Schwester Ninette, gefällt ihr. Sie kommt am Vormittag in die Pension in einem ihrer eleganten Kostüme, denn das Wetter ist hell und sonnig an diesem Tag. Auch Jeannette hat sich fein gemacht, sie trägt ein blaues Kostüm und eine weiße Bluse darunter, mit Garderobe ist sie nicht schlecht dran, sie hat ja viel von Suzanne geerbt.
Während sie durch die Stadt spazieren, erzählt Jeannette, was sie von Gent weiß, und das ist eine ganze Menge, denn sie hat es bei den Beginen gelernt. Gent, das Herz Flanderns, war schon immer eine schöne, stolze Stadt, stolz und eigenwillig vor allem waren stets ihre Bewohner, die sich ungern fremden Herren unterwarfen, es war eine Stadt der Zünfte, eines standesbewußten Bürgertums, das sich am liebsten selbst regieren wollte. Das bekamen die Herren von Burgund zu spüren, zu deren mächtigem Reich Flandern einst gehörte, später die Spanier, gegen die sich die Genter äußerst widerspenstig benahmen.
Karl der Kühne, der letzte der großen Burgunderherzöge, hatte ein einziges Kind, Maria von Burgund, die damals reichste Erbin Europas, eine vielbegehrte Partie, nicht nur aus finanziellen, sondern vor allem aus politischen Gründen.
Maria wurde 1457 in Brüssel geboren, sie verlor die Mutter

früh, den Vater, ewig in Krieg und Fehden verstrickt, bekam sie selten zu sehen. Auch gaben sie die Genter nicht heraus. Sie hatten sich das Vorrecht ausbedungen, die Erbin von Burgund zu erziehen, und damit hatten sie ein Pfand, um nicht zu sagen ein Druckmittel, gegen den Herzog in der Hand. Marias Erziehung war sorgfältig und vielseitig, sie war hochgebildet, sprach Lateinisch, Französisch und Flämisch, wußte über Geschichte und Politik Bescheid, Musik- und Malunterricht gehörten so selbstverständlich zu ihrem Lehrprogramm wie sportliche Übungen, sie war eine hervorragende Reiterin und Eisläuferin. Und zudem hübsch, anmutig und von liebenswertem Wesen.

Als der Vater im Januar 1477 auf dem Schlachtfeld von Nancy fällt, wird sie die Regentin von Burgund, von diesem reichen, mächtigen Staatsgebilde, das von der Schweizer Grenze bis zu den Niederlanden reicht. Karls ehrgeizige Pläne, Kaiser zu werden, hatten sich nicht erfüllt. Nun kommt es darauf an, daß seine Tochter nicht total entmachtet wird, was der französische König sofort versucht: Er überzieht ihre Länder mit Krieg und stiehlt davon, was er bekommen kann.

Bewerber um Marias Hand gibt es ausreichend. Ihr Vater hat sich jedoch schon vor seinem Tod mit dem deutschen Kaiser, dem Habsburger Friedrich III., darüber verständigt, daß dessen Sohn Maria heiraten solle.

Maria ist damit einverstanden. Sie kennt nur ein Bild des Prinzen Maximilian, und das genügt, daß sich ihre Träume ins ferne Wien richten. Alle anderen Freier, die auf oft recht plumpe Art um sie werben, lehnt sie ab. Aber natürlich müssen die Genter ihren Segen dazu geben, und bis zu ihrer Heirat, und genaugenommen auch danach, bleibt Maria eine Gefangene in Flandern. Gent und Brügge, dort darf sie sich aufhalten, weiter fort läßt man sie nicht.

Im August 1477 endlich zieht Maximilian, der letzte Ritter, wie man ihn später nennen wird, in Gent ein, und gleich darauf findet auch die Hochzeit statt. Eine politische Heirat ist es, aber sie verbindet zwei Menschen, die sich vom ersten Augenblick an herzlich zugetan sind, und das bleibt so, bis zu Marias frühem Tod im März 1482.

Sie ist fünfundzwanzig Jahre alt, als sie bei einer Jagd vom Pferd stürzt und sich so schwer verletzt, daß sie nach dreiwöchigem Krankenlager stirbt. Ihr Mann, der spätere Kaiser Maximilian, ist untröstlich. Er wird seine junge, schöne Frau nie vergessen, auch wenn er später, aus Staatsräson, wieder heiraten muß.
Drei Kinder hat Maria in der kurzen Ehe geboren, zwei davon sind am Leben geblieben, Philipp und Margarete. Philipp der Schöne, so wird Marias Sohn später genannt, hat auch nur kurze Zeit auf dieser Erde, er stirbt mit achtundzwanzig Jahren, aber er wird der Vater Karls V., der ebenfalls in Gent geboren wird und in dessen Reich, wie man sagte, die Sonne nicht unterging.
Denn das war das Besondere an der Heirat von Maria und Maximilian: Durch die Verbindung mit Burgund steigt das Haus Habsburg sehr rasch zur ersten Großmacht in Europa auf, eine Stellung, die Habsburg bis zum Ende des Ersten Weltkrieges behaupten kann.
Wo sie das alles nur gelernt hat, will Madlon von ihrer Nichte wissen, und so kommen sie wieder auf die Beginen, von denen Jeannette in den höchsten Tönen schwärmt. Sie gehen also auch am Beginenhof vorbei, und Jeannette, ganz aufgeschlossen nun, erklärt mit leuchtenden Augen, was sie dort getan hat, wie sie gelebt hat, wie friedlich und wohlbehütet ihr Leben war.
»Und nun würdest du gern wieder dorthin zurückgehen?«
»Ja, Madame.«
»Sag nicht immer Madame zu mir, ich heiße Madeleine. Warum möchtest du dahin zurück? Ist es nicht ein sehr – nun, sagen wir, ein sehr zurückgezogenes Leben für ein junges Mädchen?«
»Mir würde dieses Leben gefallen.«
»Das ist nicht normal«, erklärt Madlon energisch. »Bist du denn noch nie verliebt gewesen?«
Jeannette schüttelt den Kopf, sie errötet dabei.
Ihr hellblondes Haar ist zu einem Knoten aufgesteckt, neben dem rechten Ohr hat sich ein Löckchen gelöst, berührt spielerisch ihre Wange.

»Das glaube ich dir nicht. Die Männer in Gent können doch nicht blind sein.«
»Die Männer in Gent wollen keine Wallonin zur Frau.«
»So.«
»Und schon gar nicht eine, deren Schwester an der Schwindsucht gestorben ist.«
Madlon merkt, daß sie auf der richtigen Spur ist.
»Was hat der Kerl dir angetan?« fragt sie geradezu, und da fängt Jeannette auch schon zu weinen an.
Madlon nimmt sie mit ins Hotel, es ist inzwischen Nachmittag, nimmt sie mit hinauf in ihr Zimmer, läßt Tee und Gebäck bringen. Muß Jeannette nicht endlich einmal über alles sprechen? Ist da endlich ein Mensch, der bereit ist, ihr zuzuhören? Eine Fremde zwar, aber so freundlich und verständnisvoll, wie seit langem kein Mensch zu ihr gewesen ist. Es fällt ihr auf einmal gar nicht schwer, dieser Fremden alles zu erzählen. Freunde hat sie ohnedies nicht. Und diese Fremde ist die Schwester ihrer Mutter.
Michel, wie sie ihn kennengelernt hat, die Verlobung, Suzanne, ihre Krankheit, ihr elendes Sterben, dann wieder Michel, wie er sie im Stich läßt. Bis dahin ist es schon eine lange Geschichte. Madlon hört geduldig zu.
»Nun ja, ich würde sagen, an diesem Burschen hast du nicht so viel verloren, daß du gleich ins Kloster gehen mußt. Hast du ihn niemals wiedergesehen?«
Jeannettes Augen funkeln auf einmal, ihr weicher, mädchenhafter Mund verzerrt sich.
»Darüber möchte ich nicht sprechen.«
»Aber ja. Gerade darüber willst du sprechen. Das war bisher nur die Einleitung. Du hast ihn wiedergesehen, und du hast gedacht, alles ist wieder gut, und dann hat er dich ein zweitesmal verlassen.«
»Woher wissen Sie das?«
»So etwas kommt öfter vor. Merke es dir ein für allemal: Man darf niemals einem Mann glauben, der einen einmal verlassen hat. Er wird es wieder tun.«
»Kein anderer Mann könnte so gemein sein wie der.«
»Oh, là, là«, macht Madlon bestürzt, denn die Kleine zeigt ein

ungeahntes Temperament. »Dann erzähl mal, was passiert ist.«
Es stürzt aus Jeannette heraus wie ein reißender Strom – Scham, Wut, Enttäuschung, Haß, alles ist wieder da, ihre Stimme wird schrill, ihre Augen werden ganz dunkel, sie zittert.
»Mon dieu, chérie«, sagt Madlon ganz erschüttert und nimmt das schluchzende Mädchen in die Arme. »So beruhige dich doch! Kein Mann ist es wert, daß man sich so aufregt. Wegen dem einen Mal. Natürlich hast du recht, er hat sich ganz übel benommen, er ist ein ganz gemeiner Schuft, und der Teufel schicke ihm hundertmal soviel Läuse, wie sein Leben Tage hat. Für jeden Tag hundert Stück.«
Dieser Ausspruch läßt Jeannette aufhorchen, sie blickt Madlon an, auf ihrem tränennassen Gesicht erscheint so etwas wie ein Lächeln. Madlon küßt sie auf beide Wangen.
»Kennst du das nicht? Das ist ein alter Soldatenspruch. Und nun hör mir zu! Ich kann deine Gefühle verstehen. Welche Frau könnte das nicht. Und es wäre natürlich wunderbar, sich an dem Kerl zu rächen und ihm etwas ganz Übles anzutun. Aber ich rate dir: vergiß ihn. Vergiß ihn und die häßliche Szene. Weißt du, Männer sind in gewisser Weise komische Wesen. Meine Mutter, deine Großmutter, sagte immer: alle Männer sind Schweine. Und sie meinte das in einer ganz gewissen Beziehung. Soweit ich ihr Leben kenne, hatte sie auch allen Grund dazu, so etwas zu sagen. Und vielleicht hat deine Mutter auch so gedacht. Und deine Schwester Suzanne? Nun ja, sie hat ja wohl Spaß an den Männern gehabt. Das gibt es nämlich auch, auch und gerade in dieser Beziehung. Deswegen solltest du wegen *einer* bösen Erfahrung nicht die Freude an der Liebe verlieren, die du eines Tages bestimmt erleben wirst, hein? Und ganz gewiß solltest du dich nicht hinter einer Art von Klostermauern vergraben. So ein hübsches Mädchen wie du.«
Sie trocknet mit ihrem Taschentuch Jeannette die Tränen von den Augen, küßt sie wieder.
»Weißt du, es war ein Fehler, daß er Suzannes Krankheit und Tod miterlebt hat. Männer mögen keine kranken Frauen.

Aber alles in allem bin ich der Meinung, du hast an dem Burschen nicht viel verloren. Es wird sich etwas Besseres für dich finden.«

Wenn ich eine Tochter hätte, denkt Madlon, würde ich genauso mit ihr sprechen. Dies ist das Kind, das Ninette im Leib trug, als Pierre sich über mich hermachte. Wenn sie das wüßte, die Kleine hier, dann hätte sie gleich noch etwas dazugelernt. Alles schön und gut, was sie bei ihren geliebten Beginen gelernt hat, Maria von Burgund und so, aber wie das Leben wirklich ist, wie Männer nun einmal sind, das lernt man dort nicht. Vielleicht ist das auch ein Grund, warum sie so gern dorthin flüchten möchte. Bewahrt sein vor der rauhen Wirklichkeit des Lebens, das kann möglicherweise seine Reize haben.

»Und weil das passiert ist, meinst du, daß du nicht mehr zu den Beginen gehen kannst?«

»Ich bin keine Jungfrau mehr«, flüstert Jeannette.

»Ah so, ja. Na, Wichtigkeit, kann ich dazu nur sagen.«

»Und dann«, Jeannettes Stimme wird noch leiser, man kann sie kaum verstehen, »ich weiß ja nicht... es ist nämlich so...«

»Hm?«

»Ich weiß es ja nicht, aber ich habe solche Angst.«

»Angst?« Madlon begreift blitzschnell. »Du hast Angst, daß du ein Kind bekommst.«

Jeannette nickt.

»Wie lange ist es her?«

»Sieben Wochen. Und alles ist nicht so, wie es sein sollte. Die Brust tut mir weh. Und... und ich habe mich morgens schon ein paarmal übergeben. Oh, mein Gott!« Sie schlägt die Hände vors Gesicht und fängt wieder zu weinen an. »Ich weiß ja nicht, wie das ist.«

Madlon weiß es, und sie ist wie elektrisiert.

»Aber das ist ja fabelhaft«, ruft sie spontan.

Jeannette läßt die Hände sinken und starrt Madlon fassungslos an.

Madlon springt auf. Sie zündet sich eine Zigarette an. Sie läutet nach dem Kellner.

»Weißt du was? Wir trinken ein Glas Champagner auf den Schreck.«
Madlon lacht mit zurückgeworfenem Kopf. »Champagner tut immer gut. Jeannette, chérie, das ist überhaupt kein Grund zum Verzweifeln. Warst du schon bei einem Arzt?«
Jeannette schüttelt den Kopf. »Ich würde mich zu Tode schämen.«
»Davon hat kein Mensch was. Wahrscheinlich kann man das auch jetzt noch gar nicht mit Bestimmtheit feststellen. Zum Schämen besteht überhaupt kein Grund, schon gar nicht, wie der Fall bei dir liegt. Siehst du, man kann so etwas wegmachen lassen, das weißt du ja sicher. Aber das solltest du nicht tun. Du bist bei diesen guten Frauen fromm erzogen, du würdest es gewiß als Sünde ansehen.«
»Die guten Frauen werden meine einzige Hilfe sein«, sagt Jeannette. »Wenn ich ein Kind bekomme, muß ich es ihnen auf die Schwelle legen. Ich könnte es gar nicht ernähren.«
»Unsinn. Jede Mutter kann ihr Kind ernähren.«
Es klopft, der Kellner kommt, und Madlon bestellt den Champagner. Als er gegangen ist, klagt Jeannette weiter.
»Ich würde gar keine Wohnung finden. Keiner nimmt eine Mutter mit einem ledigen Kind. Und arbeiten gehen muß ich auch.«
»Nun, zunächst könnte man diesem gräßlichen ehemaligen Verlobten von dir auf die Bude rücken. Zahlen muß er bestimmt. Ich glaube nicht, daß das hierzulande anders ist als in Deutschland.«
»Nie, nie«, ruft Jeannette heftig. »Das täte ich nie. Ich will ihn nie wiedersehen. Lieber töte ich mich und das Kind. Und er würde sowieso alles ableugnen.«
»Also mal langsam. Ehe du dich und das Kind tötest, müssen wir erst einmal abwarten, ob du überhaupt eins bekommst.«
Madlon betrachtet das Mädchen prüfend, dann lächelt sie. »Man sieht es dir leider nicht an der Nasenspitze an.«
Sie stellt sich ans Fenster und sieht eine Weile schweigend hinaus. In ihrem Kopf tanzen die Gedanken, sie macht in Windeseile zehn Pläne und verwirft sie wieder. Sie geht alle

Möglichkeiten durch, die ihr einfallen, und da gibt es verschiedene, aber alle haben sie mit Geld zu tun. Wenn sie beispielsweise in Gent bleibt, mit Jeannette zusammenzieht und für das Kind sorgt, so muß der Lebensunterhalt für drei Personen ja irgendwoher kommen. Es geht nicht an, daß Jeannette ewig in der Fabrik arbeitet und für alle drei verdient. Es wird auch nicht reichen.
Sie trommelt leicht mit den Fingerspitzen auf die Fensterscheibe, draußen dämmert es, der Frühlingshimmel ist rauchblau, die ersten Sterne sind zu sehen.
Ach, Ninette! Dein Kind. Deine Tochter. Unsere Tochter. Wenn ich damals von Pierre ein Kind bekommen hätte, wäre es beinahe so alt wie dieses Mädchen hier. Ich habe kein Kind bekommen, Ninette. Nie. Und jetzt werde ich Großmutter, ehe ich Mutter geworden bin.
Madlon lacht. Sie dreht sich ins Zimmer zurück, dann knipst sie alle Lichter an. Der Ober kommt mit dem Champagner, füllt die beiden Gläser.
»Danke vielmals«, sagt Madlon, und sie sagt es in diesem Fall auf deutsch, gibt dem Mann ein großzügiges Trinkgeld.
Madlon hebt ihr Glas.
»Prost, Jeannette. So sagt man in Deutschland.« Sie nimmt einen langen Schluck, leert fast das ganze Glas. »Ich will dir erzählen, worüber ich gerade nachgedacht habe. Ninette, meine Schwester, deine Mutter, sie ist es, die mich hierhergeführt hat. Glaubst du an so etwas? Ich schon. Weißt du, ich bin nicht direkt fromm, das heißt, ich gehe nicht sehr oft in die Kirche, aber ich glaube ganz fest, daß es eine Art von höherer Fügung gibt. Auch Führung. Bestimmung. Ganz wie du es nennen willst. Man spricht nicht gern über solche Dinge, nicht wahr? Ich habe ein sehr bewegtes Leben gehabt. Auch oft ein sehr gefährliches Leben. Aber der liebe Gott hat mich immer behütet. Er hat nicht alle meine Wünsche erfüllt, aber das gibt es sowieso nicht. Aber er hat mich auch nie verlassen. Und ich glaube auch daran, daß einer, der schon drüben ist, einem vielleicht helfen kann. Verstehst du, was ich meine?«
»Doch«, Jeannette nickt. »Ich denke immer, daß Suzanne mir helfen würde, wenn sie es könnte.«

»Siehst du. Suzanne und Ninette, alle beide haben mich hergeschickt. Gerade jetzt. Du hast meinen Brief bekommen, und das war offenbar schwierig, aber er ist angekommen. Ich habe ihn geschrieben, und er ist angekommen. Siehst du, das sind so diese Dinge.«
Madlon ist wie beflügelt. Sie füllt ihr Glas wieder, trinkt, zündet sich eine neue Zigarette an und spaziert im Zimmer hin und her. »Und nun weiß ich auch, was wir mit dir machen.« Sie bleibt vor Jeannette stehen, sie strahlt geradezu, nimmt das Gesicht des Mädchens zwischen beide Hände und küßt sie. »Wir werden weder deinem ekelhaften Michel die Pistole auf die Brust setzen, noch wirst du abtreiben, sondern du kommst mit mir.«
»Mit Ihnen, Madame?«
»Mit mir, Jeannette. Solltest du wirklich ein Kind bekommen, dann wirst du es in Ruhe und Frieden bekommen, und kein Mensch wird dich schief ansehen. Im Gegenteil, wir alle werden uns freuen über dein Kind.«
In Madlons Kopf ist jetzt der richtige Plan gereift. Sie wird Jeannette zu Jona bringen. Nicht nach Konstanz, nein, zu Jona auf den Hof, in das grüne, fruchtbare Land zwischen See und Hügeln. Eigentlich müßten jetzt bald die Obstbäume blühen. Sie hat es noch nicht gesehen, aber sie haben ihr immer davon erzählt. Warte nur, wenn erst die Bäume blühen! Hügelauf und hügelab, auf allen Wiesen, an allen Wegen, nichts als blühende Bäume. Warte nur, wenn du das siehst, das ist wie im Paradies. Madlon hat nicht den geringsten Zweifel, daß Jonas Tür für Jeannette weit geöffnet sein wird. Jona wird alles verstehen, und es gibt keinen Platz auf der Welt, an dem Jeannette besser aufgehoben sein könnte.
Und Madlon wird endlich eine Aufgabe haben. Sie wird ein Kind bekommen. Jeannette wird stellvertretend für sie das Kind bekommen, das sie sich immer gewünscht hat.

Onkel General

»Es ist phänomenal, Jacob, was ihr geleistet habt. Phä-no-me-nal! Davon werden spätere Generationen in den Geschichtsbüchern lesen.«
Der General von Haid sitzt aufrecht in seinem Sessel und blickt in die Ferne jener Zeit, in der die Geschichte über die afrikanischen Heldentaten der Schutztruppe berichten wird. Daß zur Zeit keiner die Leistungen, die im Krieg vollbracht wurden, richtig würdigt, damit hat er sich abgefunden. Er ist ein Geschichtskenner und weiß, daß Zeitgenossen immer undankbare und ungerechte Urteile fällen. Und vollends in dieser wackligen Republik, die nicht leben und nicht sterben kann, was kann man sich da schon groß erwarten.
»Ich hab schon viel darüber gelesen. Aber wenn man es von einem hört, der dabeigewesen ist – phänomenal! Bist du nicht stolz darauf, dabeigewesen zu sein?«
»Doch, das bin ich.« Jacob lehnt sich zufrieden zurück, trinkt einen Schluck Wein, blickt seinem Onkel in die Augen und lächelt Tante Lydia zu, die ein wenig Ironie in den Mundwinkeln verbirgt. Mein Gott, diese Männer! Da sitzen sie nun Tag für Tag und nehmen diesen ganzen Feldzug durch, alle Kämpfe, alle Schlachten, jedes Gefecht, jeden Vormarsch und jeden Rückzug, und man weiß nicht, wer sich mehr daran begeistert, der alte Mann, der das letzte Mal im Siebzigerkrieg einem Feind gegenüberstand, oder der junge Mann, der jahrelang von Tod und Elend begleitet war und dem das offenbar nicht zum Ekel wurde. Liegt das nun an dem, was er immer wieder betont: Uns haben sie nicht besiegt!
Genügt das schon, um das Sterben der Menschen erträglicher zu machen?
Das sind ungefähr die Gedanken, die Lydia durch den Kopf gehen, aber sie läßt sie nicht laut werden. Sie ist ja froh, daß

ihr Maxl so gut unterhalten wird, daß er so munter dreinschaut wie schon lange nicht mehr. Sie weiß auch, daß seine Augen schlecht geworden sind und daß er sich schwertut mit dem Lesen, und wenn er das alles erzählt bekommt, ist es für ihn um so vieles leichter.
Darum also ist Lydia sehr, sehr froh, daß der Neffe zu Besuch ist und auch eine Weile zu bleiben gedenkt.
Jacob fühlt sich ebenfalls sehr wohl, er lebt jetzt wieder in Deutsch-Ost, er riecht und schmeckt und fühlt jene Welt, die so lange seine Welt war, über Not und Tod zu sprechen, ist erträglicher, als mitten darin zu stecken, und endlich einmal einen Menschen als Gesprächspartner zu haben, der das alles versteht, den das interessiert, der auch anerkennt, was man geleistet hat, verschafft ihm tiefe Befriedigung. Seine Familie hat sich für seine Heldentaten nicht sonderlich interessiert, nicht sein Vater, nicht seine Mutter, weder Schwestern noch Schwäger. Agathes Sohn, der schon, und Clarissa natürlich, aber für die waren es Abenteuergeschichten, die er erzählte, nicht harte Wirklichkeit. Der Onkel General jedoch kann würdigen, was sie geleistet und vollbracht haben, Lettow-Vorbeck und das kleine Häuflein tapferer und verlorener Männer.
Zu Beginn des Krieges zählte die Schutztruppe in Deutsch-Ost 216 Deutsche und 2540 Askaris.
Diese Zahlen faszinieren den General ganz ungeheuer, Jacob muß sie ihm mehrmals wiederholen.
»Hätte ich nie für möglich gehalten. Wir haben uns ganz falsche Vorstellungen von den Kolonien gemacht.«
»Speziell in Deutsch-Ost waren wir knapp dran. Du mußt bedenken, es lebten ja damals überhaupt nur sechstausend Weiße in der Kolonie, Frauen und Kinder eingerechnet. Verwaltung, Missionsstationen, ein paar Wissenschaftler und Ärzte, was halt so dazugehörte. Lettow hat uns oft erzählt, wie schokkiert er war, als er ins Land kam. Man hatte ihn 1914 mit dem Oberbefehl in der Kolonie betraut, er kam mit der ›Admiral‹, das war eins unserer schönen Schiffe von der Deutsch-Ostafrika-Linie, und er erwartete ähnliche Verhältnisse wie in Deutsch-Südwest, das er ja kannte. Und dann, so

sagte er immer, waren das so'n paar Männeken. Anfangs reiste er kreuz und quer durch das Land, um sich mit den Verhältnissen vertraut zu machen, und er war sich sehr schnell darüber klar, wie aussichtslos die Situation im Falle eines Krieges sein würde. Er erkannte allerdings auch den schwächsten Punkt der Engländer, das war die Ugandabahn, die parallel zu unserer Nordgrenze verlief, und es war eine verdammt lange Strecke, sie reichte bis zum Victoria-See. Die konnten sie praktisch nicht schützen und verteidigen.«

»Aber du warst ja zu jener Zeit bereits nicht mehr bei der Truppe?«

»Nein, ich hatte den Dienst quittiert und arbeitete auf einer Baumwollplantage, die einer Hamburger Compagnie gehörte. Mein Freund Barkwitz hatte mich dahin gebracht. Er fiel schon in der Schlacht von Tanga.«

Barkwitz – was für ein Mann, was für ein Freund! Ein Vater fast mehr als ein Freund. Er war fünfzehn Jahre älter als Jacob, ein Pommer, groß und stark, aber schweigsam und von Kummer erfüllt, weil seine Frau ihn verlassen hatte. Sie und das kleine Mädchen, Barkwitz' einziges Kind, vertrugen das Klima nicht, sie kehrten nach Deutschland zurück, und er war immer hin- und hergerissen zwischen der Liebe zu diesen beiden Menschen und der Liebe zu dem Land, in dem er seit über zwölf Jahren lebte und in dem er sich so wohl fühlte.

»Als der Krieg begann, haben wir uns natürlich sofort zur Verfügung gestellt, alle Pflanzer, ob sie nun gedient hatten oder nicht. Es gab außerdem eine Polizeitruppe, das waren 45 Deutsche und 2140 Askaris. Mit der Zeit waren wir dann ein ganz stattlicher Haufen. Ende 1915 hatten wir dreitausend Weiße und elftausend Askaris unter Waffen.«

»Bei der Größe des Landes war das ein Klacks.«

»Sicher. Aber du kannst es nicht mit einem europäischen Kriegsschauplatz vergleichen. Man konnte sich ganz gut aus dem Weg gehen. Sobald wir ins Innere zurückwichen, war für die Engländer, die nicht so beweglich waren wie wir, der Nachschubweg viel zu weit. Während der Regenzeit fielen die

Kämpfe sowieso aus. Und als großes Plus erwies sich unser Anfangserfolg bei Tanga. Der hat die Engländer erst einmal das Fürchten gelehrt.«

Das war gleich im November 1914, als sie sich einer Übermacht der Engländer gegenübersahen, die wohlausgerüstet von ihren Schiffen kamen und allzu sicher waren, das kleine Häuflein der Schutztruppe mit einem Handstreich zu vernichten.

Zwei Kreuzer und vierzehn Transportschiffe ankerten vor Tanga und verlangten die Übergabe der Stadt. Die Engländer ließen sich Zeit, mit der Verhandlung, mit dem Ausladen von Männern und Waffen, Zeit genug, daß Lettow-Vorbeck alle verfügbaren Männer zur Küste bringen konnte, zu Fuß, zu Pferd, mit der behelfsmäßigen Schmalspurbahn, die nach Tanga führte. Er selbst radelte schließlich durch die feindlichen Vorposten mitten nach Tanga hinein, am Abend hinunter zum Hafen, und dort betrachtete er nachdenklich die hellerleuchteten Schiffe. Bei Tagesanbruch sah er zu, wie das britische Expeditionskorps an Land ging. Als seine Schätzung bei sechstausend Mann angelangt war und die Ausschiffung immer noch weiterging, radelte er etwas beunruhigt zurück.

»Mit dem Fahrrad«, sagt der General respektvoll.

»Er zog es allen anderen Transportmitteln vor. Und er empfahl es auch seinen Offizieren. Man sei beweglich, sagte er, komme überall durch und könne sich notfalls leicht verstekken. Die Pferde waren ja ein ständiges Problem, sie waren oft krank, na, und mit dem Auto kam man meist nicht weit, ganz abgesehen davon, daß wir bald kein Benzin mehr hatten. Zum Transport menschliche Trägerkolonnen, das war das zuverlässigste, zur Erkundung das Fahrrad. Lettow war ein Artist auf dem Rad.«

»Dabei war er doch auf einem Auge blind, heißt es.«

»So gut wie blind, ja. Er hatte Granatsplitter ins Auge bekommen, früher schon, in Deutsch-Südwest, bei dem Hereroaufstand. Er machte gar nichts davon her. Manchmal trug er eine schwarze Binde über dem Auge, wenn er Schmerzen hatte.«

Achthundert Mann brachte Lettow-Vorbeck schließlich an Tanga heran, und damit gewann er die erste Schlacht dieses Krieges. Sie hatten nur uralte Gewehre und kein einziges Geschütz, während die Engländer ausreichend moderne Waffen an Land gebracht hatten. »Irgendwie stellte es die Weichen für alles, was später kam«, meint Jacob. »Es war ein Überraschungssieg, für beide Seiten. Und sehr effektvoll, was die Engländer betraf. Sie haben uns nie wieder unterschätzt. Unser Problem war von Anfang an, daß wir zu wenig Waffen hatten, zu wenig Munition, keine Maschinengewehre, keine Kanonen.« Zu Anfang des Krieges durchbrachen zwei deutsche Schiffe die Blockade in der Nordsee, und es gelang ihnen auf großen Umwegen, also um ganz Afrika herumschippernd, die Kolonie zu erreichen. Sie brachten es auch fertig, an den britischen Küstenschiffen vorbeizukommen und ihre Ladung an Land zu bringen: Gewehre, Geschütze und Munition. Es war der erste und einzige Nachschub, den die Schutztruppe während des ganzen Krieges erhielt.

»Soviel ich weiß, versuchte ja sogar einmal ein Luftschiff, zu euch durchzukommen.«

»Das muß eine ganz geheime Staatsaktion gewesen sein, wir haben davon gehört. Der Zeppelin nahm den Weg über den Balkan, kehrte aber dann aus ungeklärten Gründen wieder um. Wir haben ihn nie zu Gesicht bekommen.«

»Die Luftschiffe, die Zepps, wie die Engländer sie nannten, erwiesen sich im Laufe des Krieges sowieso als Enttäuschung«, sagt der General. »Die haben wohl immer wieder Bomben in England abgeworfen, aber sie waren viel zu schwerfällig und leicht herunterzuholen. Wir hatten da große Verluste. In der Luft, würde ich sagen, gehört die Zukunft dem Flugzeug, nicht dem Luftschiff. Ich frage mich bloß, was ihr eigentlich gemacht habt, so ganz ohne Nachschub.«

»Was wir brauchten, mußten wir uns erbeuten. Der General gab die Parole aus, jeder Soldat müsse aus einem Gefecht mehr Patronen zurückbringen, als er mitgenommen habe. Das klappte vorzüglich. Im Beutemachen waren wir groß.«

»Man kann das nicht als modernen Krieg ansehen.«

»Ganz gewiß nicht. Die Besatzung der ›Königsberg‹ brachte

uns dann ihre Geschütze vom Schiff mit. Sie zogen sie auf Lafetten über Land, unter größten Mühen, denn die Männer waren selber nur noch Wracks. Bis Juli 1915 hatte sich das Schiff im Delta der Rufiji-Mündung versteckt, dann spürten es die Engländer auf, nachdem sie lange danach gesucht hatten, und versenkten es. Die Männer waren alle krank und halb verhungert. Aber ihre Geschütze waren natürlich für uns ein Fang. Jedenfalls solange wir genug Munition hatten.«
Es ist eigentlich unmöglich, Jahre danach, im Lehnstuhl sitzend, zu schildern, wie es wirklich war. Es waren ja nicht nur die Kämpfe gegen den übermächtigen und gutgerüsteten Feind, es war ja auch der ständige Kampf gegen die Unbill des Klimas, gegen tropische Hitze und eisige Kälte, gegen Sumpf, Urwald, Busch, gegen wilde Tiere und Moskitos, gegen Hunger und Durst und gegen die Krankheiten, die sie plagten. Krank waren sie alle, Typhus, Fleckfieber, Schwarzwasserfieber und vor allem die Malaria. Lettow-Vorbeck hatte häufig selbst Malaria, einmal so schlimm, daß sie ihn für tot hielten. Chinin hatten sie auch schon bald nicht mehr, bis einer der Wissenschaftler darauf kam, aus der Rinde des Chinchonabaumes ein Präparat zu gewinnen, das das Chinin recht wirkungsvoll ersetzte.
»Nachdem Deutsch-Südwest im Juli 1915 kapituliert hatte, kamen noch stärkere Kräfte des Feindes ins Land. Und Anfang 1916 kamen dann die Südafrikaner unter General Smuts. Die kannten sich aus auf afrikanischem Boden und machten uns die Hölle heiß.«
»Das ist auch so etwas, was ich nie verstehen werde. Der Burenkrieg lag kaum mehr als ein Dutzend Jahre zurück.«
»Ja, die Geschichte macht manchmal große Sprünge.«
Das hat der General zur Genüge miterlebt. 1866 kämpfte Preußen gegen Österreich und Bayern. 1870 zogen die Bayern an der Seite Preußens in den Krieg, und in diesem Krieg, der gerade hinter ihnen liegt, waren Österreich und das Deutsche Reich Verbündete und sind nun die Verlierer. Mit einemmal sind sie kleine, unwichtige Staaten geworden, herausgeworfen aus der Weltgeschichte, arm, verachtet, verprügelt. Solche Riesenschritte kann die Geschichte machen.

»Smuts kam es vor allem darauf an, die Grenze nach Britisch-Ostafrika und die Ugandabahn zu schützen. Deswegen griff er uns um den Kilimandscharo herum an. Naturgemäß ein schwieriges Kampfgebiet, in dem sich keine offene Schlacht schlagen läßt. Wäre er so klug gewesen, an unserer Küste zu landen und uns von Süden her anzugreifen, dann hätten wir in der Falle gesessen.«

»Es wird mir dennoch ewig ein Rätsel bleiben, wie ihr euch so lange halten konntet. So wenig Menschen, so wenig Material und dazu der übermächtige Feind.«

»Wenig Menschen waren wir nicht, wenn du nicht allein von Soldaten sprichst. Wir waren ein ganz stattlicher Heerhaufen. Die Askaris hatten meist ihre Bibis dabei, und die schleppten ihre Kinder mit und bekamen auch noch ununterbrochen welche. Du mußt dir das nicht vorstellen wie eine normale Truppe, wir waren der reinste Karnevalszug. Das machte ja auch die Verpflegungsfrage so schwierig. Es waren immer zu viele, die wir füttern mußten. Natürlich gab es jagdbares Wild in Mengen, sofern du dir erlauben konntest, auf die Jagd zu gehen. Aber oft mußten unsere Pferde und unsere Maultiere daran glauben.«

»Mein Gott, wie schrecklich, wie schrecklich«, murmelt Lydia, die ansonsten wenig zu Jacobs Geschichten äußert. Sie hat genug vom Krieg und Kriegsgeschichten. Und es bekümmert sie, daß ihr Maxl so viel davon hören mag. Er war immer so ein freundlicher und friedliebender Mensch, Soldat sein Leben lang, gewiß, aber abgesehen von seinen jungen Jahren immer ein Soldat in Friedenszeiten, und darüber war er auch sehr froh. Krieg ist eine Barbarei, sagte er oft, er gehört nicht mehr in unsere aufgeschlossene, moderne Zeit. Und das hat er auch während des ganzen Krieges und in den Jahren danach gesagt, aber jetzt ist in seinem Kopf nichts anderes übriggeblieben als Gedanken an Krieg und Sieg und Niederlage. Ja, die Niederlage ist es wohl, die daran schuld ist, die Schmach des Vaterlandes, die verlorene Ehre, wie auch immer man es nennen will, es vergiftet das Ende seines Lebens. Das sieht Lydia sehr klar. Aber sie kann ihm nicht helfen.

Er wird sterben und die Gewißheit mit ins Grab nehmen, daß

aller Fortschritt dieser modernen Zeit den Menschen nicht geholfen hat, klüger zu werden. Nicht klug genug, um sich in Frieden an dieser Erde zu erfreuen, auf der sie ohnedies nur so kurze Zeit verweilen dürfen.

Vollends abenteuerlich wird es, als Jacob den Übergang über den Rovuma-Fluß schildert. Die Engländer und Südafrikaner hatten Verstärkung bekommen, und Lettow-Vorbeck erkannte, daß er sich nicht mehr stellen konnte. Von allen Seiten rückten sie auf ihn zu, die Lage erschien hoffnungslos. Und wieder fiel ihm dazu etwas ein.

Er reduzierte seine sowieso zusammengeschmolzene Truppe auf 300 Weiße und 1700 Askaris, nur die gesündesten, die zähesten, die tapfersten wurden ausgewählt, mit ihnen wagte er einen Marsch in unbekanntes Land. Das Land jenseits des Rovuma gehörte den Portugiesen, das kannten sie nicht, sie besaßen auch keine Landkarten und hatten keine Ahnung, auf was für Verhältnisse sie treffen würden. Es war ein Marsch ins Ungewisse, der im November 1917 begann. Für den Gegner war der Nachschubweg aufs neue nicht zu bewältigen, die Deutschen hatten für eine Weile Ruhe und machten bei den überraschten Portugiesen reiche Beute.

Als sich der Gegner gesammelt hatte und sich mit neuen Aufmarschplänen auf die veränderte Lage einstellte, um von der anderen Seite her anzugreifen, zogen sich die Deutschen heimlich über den Rovuma zurück nach Deutsch-Ost.

»Wenn der Waffenstillstand nicht gekommen wäre«, sagt Jacob und lacht, »zögen wir vermutlich heute noch von einer Ecke in die andere. Afrika ist groß.«

»Das hört sich an wie eine Geschichte von Karl May«, sagt Lydia einmal und betrachtet den Neffen mit gemischten Gefühlen. Da sitzt er, groß und gutaussehend, er ist nicht mehr ganz heil, aber doch einigermaßen, das Essen schmeckt ihm, der Wein ebenfalls, und er redet über alles, was er erlebt hat, als sei es nichts weiter als ein unterhaltsames Abenteuer gewesen.

Der größte Trumpf, den er auszuspielen hat, und er macht immer wieder Gebrauch davon: »Immerhin war Lettow-Vorbeck der einzige deutsche General, der hoch zu Roß durch

das Brandenburger Tor eingezogen ist. Im März 1919. Und das nach allem, was sich zuvor in Berlin abgespielt hatte. Das muß man sich einmal überlegen.«
»Jacob«, sagt Lydia an einem dieser langen Abende, an denen sie sitzen und reden, »Jacob, wie willst du dich eigentlich je wieder in einem normalen Leben zurechtfinden, nach allem, was du erlebt hast.«
Damit trifft sie ins Schwarze. Endlich jemand, der das begreift. Bisher hat keiner das begriffen.
»Es ist für alle Männer schwer, die aus dem Krieg zurückgekehrt sind, sich wieder an ein normales Leben zu gewöhnen«, sagt der General. »Wir haben so einen Fall in der Familie, ein Großneffe von mir. Er hat sich vor zwei Jahren das Leben genommen. Kam einfach nicht mehr zurecht. Sein Vater ist auch gefallen, seine Mutter hat sehr schnell wieder geheiratet, das kam wohl dazu. Wir haben den Buben hiergehabt, und wir haben versucht, nicht wahr, Lydia, wir haben versucht, ihm wieder etwas Lebensmut zu geben, ihn wieder an das, was Lydia ein normales Leben nennt, zu gewöhnen. Da ging es mir gesundheitlich auch noch besser, wir sind mit ihm hier durch die schöne Gegend spaziert, haben Ausflüge gemacht, und mit ihm haben wir nicht über den Krieg gesprochen. Das heißt, ich wollte es nicht, aber er, er konnte von nichts anderem reden. Bei ihm war es der Schützengraben, der ihn seelisch verkrüppelt hat. Er war nur einmal verwundet worden und nicht sehr schwer, daran lag es nicht. Aber er fand aus dem Schützengraben nicht heraus. Das war wie ein ewiges Gefängnis für ihn. Ein Trauma. Das ist euch ja nun erspart geblieben, ihr wart beweglich, ihr konntet handeln. Der Krieg im Schützengraben muß furchtbar deprimierend gewesen sein.«
So vergehen vierzehn Tage, drei Wochen, vier Wochen, Jacob bleibt in Bad Schachen, er denkt nicht daran, nach Konstanz zurückzufahren. Er fühlt sich so wohl wie lange nicht mehr. Keine Beschwerden, keine Malaria, auch das Hinken läßt nach, je wärmer der Frühling wird. Er sieht wieder so gut aus wie früher, ein Mann Mitte Dreißig, gesund und kräftig, er hat zugenommen, die Sauftouren haben aufgehört, dafür geht

er ein bißchen spazieren, viel schafft er nicht mit seinem Bein, und er wartet nur darauf, daß der See so warm wird, daß er darin schwimmen kann. Darauf freut er sich wie ein Kind.

Madlon ist in Belgien, die Sache mit Clarissa hat sich auch erledigt, er vermißt sie nicht im geringsten.

Als die ersten Kurgäste in das Hotel Bad Schachen einziehen, bemerkt er, daß die Frauen ihn ansehen, daß ihre Blicke ihm folgen. Es sind elegante Frauen dabei, das Hotel ist berühmt für seine Lage, seinen hervorragenden Service und seine kultivierten Gäste. Auf der Landungsbrücke beginnt er einen Flirt mit einer hübschen, blonden Rheinländerin, die fesche Kleider und einen flott gewellten Bubikopf spazierenführt. Sie ist frisch geschieden, sie hat Geld und offenbar auch Lust auf ein Abenteuer. Jacob ist nicht abgeneigt.

Madlon ist aus Belgien zurück, wie er aus einem kurzen Brief erfährt, sie hat seltsamerweise diese Nichte mitgebracht und hält sich mit ihr bei Jona auf. Sie könne jetzt nicht nach Bad Schachen kommen, läßt sie ihn wissen, aber er solle ruhig noch bleiben, wenn es ihm gefalle.

Sie vermißt ihn also offenbar nicht.

Natürlich haben es Lydia und der General sehr bedauert, daß Madlon nicht mitgekommen ist, Jacob sagt einige Male, daß er sie nun bald holen werde, aber dann fährt er lieber mit der hübschen Blonden nach Wasserburg oder nach Langenargen, sitzt mit ihr beim Kaffee, oder er trifft sie abends im Park zu einem Spaziergang. Und es dauert nicht lange, bis sie bei engeren Vertraulichkeiten angelangt sind. Es ist gar nicht so lange her, daß er Clarissa leidenschaftlich geküßt hat, doch nun küßt er einen sehr erfahrenen und willigen Mund, und das gefällt ihm ausnehmend gut. Es ist eigentlich alles so, wie es früher war, der Weg in das sogenannte normale Leben fällt ihm keineswegs so schwer, wie Lydia befürchtet hat. Daß er Madlon so viele Jahre treu war, nun, es lag an den Schwierigkeiten ihres Lebens, Schwierigkeiten, die sich gemeinsam leichter meistern ließen. Und natürlich auch daran, daß er sie liebte. Er ist auch durchaus heute noch überzeugt davon, daß er sie liebt, ein kleiner Flirt hier oder da hat damit nichts zu tun. In letzter Zeit war sie ein wenig abweisend, daran war wohl die Sache mit Clarissa schuld. Aber es besteht eine feste Bindung zwischen Madlon und ihm, immer noch. Das hat gar nicht so unbedingt mit Liebe zu tun, Liebe ist immer etwas, das beginnt und das endet. Nicht im Traum denkt er daran, Clarissa nach Zürich nachzufahren, wie Agathe befürchtet hat. Er hat Clarissa so gut wie vergessen, einen Brief von ihr, den ihm sein Vater aus Konstanz nachgeschickt hat, beantwortet er nicht einmal.

Das Wetter ist herrlich, sie frühstücken im Garten auf der Terrasse, die Sonne wärmt den alten Körper des Generals und Jacobs Knie. Benedikt, der Bursche des Generals, stapft mit seiner Beinprothese ständig um sie herum, fragt unermüdlich, ob der Herr General, der Herr Oberleutnant einen Wunsch haben. Er deckt den Tisch und räumt ab, er macht sich in der Küche nützlich und im Garten, er putzt die Schuhe und bürstet die Anzüge aus. Auch ihm ist deutlich anzumerken, wie wohl er sich fühlt in diesem Haus, bei diesen Leuten, die er als seine Familie betrachtet. Das liegt natürlich auch an Lydia, sie ist so warmherzig und gütig wie eh und je, sie lacht auch wieder, sie ist heiter, obwohl ihr Leben nicht so einfach ist. Sie müssen sparen. Nach der Inflation wurde die Pension des Generals auf dreihundert Mark herabgesetzt, vom Vermögen hat die Inflation nichts übriggelassen. Nur dreimal in der Woche kommt eine Frau für die grobe Arbeit ins Haus, alles andere schaffen Lydia und Benedikt allein. Lydia kocht selbst, und sie kocht gern und gut, und sie geht auch selbst zum Einkaufen.

In dieser Zeit fährt Jacob sie oft mit dem Wagen nach Lindau hinein, dort gibt es einen Markt, dort gibt es mehr Läden. So ein Auto sei etwas sehr Praktisches, meint Lydia, wenn sie etwas jünger wäre, würde sie selbst noch chauffieren lernen.

»Schade, Jacob, daß du nicht ganz hierbleiben kannst. Du tust dem Maxl so wohl. Es geht ihm viel besser, seit du hier bist.« Sie sagt es auf einer Rückfahrt von Lindau, sie haben den ersten Spargel bekommen, es wird ein Festmahl werden, Spargel und Meersburger Weißherbst, das harmoniert wie selten etwas auf der Erde.

»Ich bleibe gern noch eine Weile«, sagt Jacob. »Es geht mir hier so gut wie lange nicht mehr. Ich bin schon immer gern bei dir gewesen, Tante Lydia, das weißt du doch.«
Im Fahren greift er nach ihrer Hand, führt sie an die Lippen und drückt einen Kuß darauf.
»Wird deine Frau nicht ärgerlich sein?«
»Kein Mensch hindert sie daran hierherzukommen. Ich habe ihr schon zweimal geschrieben und gefragt, ob sie nicht kommen will. Aber sie ist immer noch mit der Nichte bei Jona. Ich weiß auch nicht, was sie da auf einmal für Familiengefühle entwickelt.«
»Erstaunlich finde ich, daß sie bei Jona ist. Versteht sie sich denn so gut mit ihr?«
»Es scheint so.«
Lydia hat nie eine besonders gute Beziehung zu Jona gehabt, sie begegnen sich höflich, aber distanziert. Lydia war und ist der Meinung, daß diese Frau ihren Mann, Lydias Bruder, sträflich vernachlässigt hat. So etwas kann Lydia weder verstehen noch verzeihen. Sie ist immer für ihren Maxl dagewesen, Tag und Nacht, ein ganzes Leben lang. Und so gehört es sich ihrer Meinung nach in einer richtigen Ehe. Natürlich weiß sie, daß es nicht in allen Ehen so aussieht, offensichtlich in der ihres Neffen auch nicht. Und in dieser sittenlosen Nachkriegszeit hat sich ja sowieso vieles verändert, ganz besonders in der Beziehung zwischen Mann und Frau.
Sieghaft zieht der Frühling über das Land. Jacob sitzt drunten am Ufer und sieht ihn leuchten über See und Bergen. Bei Föhn kann man weit in das Rheintal hineinschauen, die Berge sind noch schneebedeckt, der See spiegelt die Bläue des Himmels wider. Manchmal kommt die Schlanke mit dem gewellten Bubikopf, legt Jacob die Hand auf die Schulter oder pustet ihm in den Nacken. »Was machen wir heute abend?« fragt sie, und Jacob zieht sie neben sich und sagt: »Wir fahren ein Stück über Land, suchen uns einen hübschen kleinen Gasthof, essen dort zu Abend und bleiben am besten gleich über Nacht.«
»Du Schlimmer«, sagt sie und lacht.
Wenn Lydia sich wundert, daß Jacob manche Nächte außer

Haus verbringt, so verliert sie darüber kein Wort. Sie hat ihn schon mit der Dame gesehen, und sie denkt: Darum also ist seine Frau nicht hier. Na ja, so ist es halt.
Dem General verschweigt sie diese nächtlichen Eskapaden Jacobs; auch Benedikt tut, als wisse er nichts davon.
Der General steht immer spät auf, Benedikt hilft ihm beim Ankleiden und rasiert ihn, unrasiert und im Morgenrock ließe sich der General niemals blicken. Manchmal ist Jacob schon zurück, wenn sie frühstücken, manchmal sagt Lydia, er sei schon weggefahren.
Der Garten ist um diese Jahreszeit für alle eine Freude, so ungepflegt er leider ist. In ihm und um ihn herum blüht es verschwenderisch. Narzissen und Tulpen, die Baumblüte, der Flieder, die Kastanien, und schon haben die Rosen dicke Knospen.
»Wir bräuchten einen Gärtner«, seufzt Lydia. »Ich schaffe das nicht, und Benedikt mit seinem Bein – « Sie hat ein Kräutergärtlein, ein paar Blumenbeete und eine Anzahl von Rosenstöcken. Dahinter wächst wild das Gras, die Hecke ist ungebärdig, die Bäume sind riesig, besonders der alte Thujabaum, der drunten am Ende des Gartens steht.
Jacob bietet seine Hilfe an, und erstaunlicherweise macht es ihm Freude, ein wenig im Garten herumzupusseln. Lydia sieht aus der Ferne mit hochgezogenen Brauen zu. Er stellt sich reichlich ungeschickt an. Was hat der Mensch eigentlich auf der Plantage getan? Kann er wirklich gar nichts anderes als Krieg führen und mit Frauen poussieren?
Das Haus ist schön. Nur zu groß für die paar Leute, die darin wohnen. Es ist ein mächtiger quadratischer Bau, einfach und formschön, im Parterre hat der General nun auch sein Schlafzimmer, seit das Treppensteigen ihm Mühe macht. Benedikt schläft gleich nebenan, damit er zur Hand ist, wenn er gebraucht wird und wenn der General sich nicht wohl fühlen sollte in der Nacht.
Lydia schläft allein im großen Schlafzimmer im ersten Stock, daneben hat sie ein Boudoir. Am liebsten wäre sie auch ganz nach unten gezogen, doch der General hat es verboten, er will nicht, daß sie gestört wird.

Aber seitdem hat sie einen unruhigen Schlaf, sie schläft schwer ein, wacht mitten in der Nacht auf und lauscht nach unten. Ist alles ruhig? Sie fürchtet seine nächtlichen Herzanfälle. Es ist schrecklich, wenn er daliegt und nach Luft ringt, sein Gesicht wird blau, er zittert. Sie spürt es immer, wenn es wieder geschieht, und kommt leise herunter; sie weiß, daß Benedikt ihm seine Tropfen gibt und nicht von seiner Seite weicht, und meist bleibt sie bloß vor seiner Tür stehen, er soll gar nicht merken, daß sie da ist.
Der zweite Stock besteht nur aus einem großen Giebelzimmer, das nicht mehr benutzt wird, allerhand Gerümpel hat sich hier angesammelt. Es ist ein Haus für eine große Familie, die meisten Zimmer werden nicht bewohnt.
Sie haben das Haus im Tausch erworben gegen ihr Haus in München, gleich nach dem Krieg. Ein schönes Haus, nur zu groß und im Winter kalt. Es liegt nicht direkt am See, sondern gewissermaßen in der zweiten Reihe, die Einfahrt führt auf die Straße hinaus. Das Gute daran ist, meint Lydia, daß sie im Winter vom schlimmsten Nebel verschont bleiben.
Zur Familie gehört auch Putzi, der Hund, ein mittelgroßer Schnauzer, der ist auch schon alt und liegt am liebsten auf der Terrasse in der Sonne, falls sie scheint. Wenn Jacob ihn mitnehmen will auf einen Spaziergang, läuft er ein kleines Stück mit, dann legt er sich mitten auf den Weg, sein Blick sagt: Bis hierher und nicht weiter. Wenn Jacob zurückkommt, sitzt er vor dem Tor und freut sich. Sein größtes Vergnügen ist Autofahren. Wenn Jacob Mütze und Schal anlegt, läuft er hinaus und setzt sich schweifwedelnd vor den Wagen.
Der blonde Bubikopf muß schließlich zurück nach Düsseldorf. Drei Wochen Bad Schachen, so lange wollte sie gar nicht bleiben. »Aber wir sehen uns wieder. Bald«, sagt sie zu Jacob, und er erwidert: »Aber natürlich. Bald.«
Er bringt sie nach Lindau, setzt sie in den Zug, winkt lange. War sehr nett. Hübsche Abwechslung. Und nun wird er einmal bei Jona vorbeischauen, um zu erfahren, was Madlon mit dieser Nichte dort eigentlich tut.
Sie hat ihm einige Male geschrieben. »Dieser Frühling ist ein Traum. Mir geht's gut, Jacques. Dir auch?«

Der Frühling ist zum Sommer geworden, es ist Juni, als sich Jacob zur Abfahrt rüstet. Im See war er auch schon, er ist noch ziemlich kalt, der Rhein bringt das Schneewasser von den Bergen mit, das dauert noch eine Weile, bis der See sich erwärmt.

Am letzten Abend haben sie ein ernstes Gespräch.

»Wir haben uns überlegt, Lydia und ich«, sagt der General, »daß wir dir dieses Haus vererben werden. Es gibt keine jungen Menschen mehr in meiner Familie, sie sind tot oder gefallen. Wir möchten nicht gern, daß das Haus an fremde Leute kommt. Dir gefällt es doch auch, nicht wahr?«

»Mir gefällt es außerordentlich«, antwortet Jacob gerührt.

»Du wirst halt eines Tages eine Heizung einbauen lassen müssen. Und wenn du hier nicht wohnen willst, kannst du es ja vermieten, dann hast du eine Einnahme daraus. Du siehst ja selbst, wie beliebt unser Ort ist. Im Sommer kommen immer viele Fremde, das Hotel drunten ist meist ausverkauft. Es ist ein gutes Publikum. Es wird ja auch allerhand geboten, einmal in der Woche Reunion, es gibt gut zu essen, die Schiffe legen hier an, und nach Lindau ist es nicht weit, da hat man die direkte Bahnverbindung nach München. Und von hier über Friedrichshafen nach Stuttgart. Man ist hier wirklich nicht von der Welt abgeschlossen.«

Dieses große, alte Haus, denkt Jacob, was soll ich damit. Er muß ein Grinsen unterdrücken. Madlon hat das ganz richtig gesehen. Du bist ein Sohn und ein Erbe, hat sie gesagt. Er ist überdies noch ein Neffe und ein Erbe. Dieses Haus hier allerdings wird ihm ganz allein gehören, im Gegensatz zu dem an der Seestraße und zu dem am Münsterplatz. Von Jonas Hof einmal abgesehen, an dem er sich gewiß kein Anrecht erworben hat.

»Deine Schwestern und ihre Kinder sind ja alle wohlversorgt«, fährt der General fort. »Man weiß zwar nicht, was noch alles auf uns zukommt. Es wird keine leichten Jahre geben, denke ich mir. Ich werde wohl nicht mehr allzu lange leben, und Lydia hat natürlich Wohnrecht in dem Haus, solange sie lebt, und ich möchte dich auch bitten, Benedikt zu behalten, und…«

»Ach, Maxl«, sagt Lydia und nimmt seine magere, blaugeäderte Hand in ihre, »tu mir das bloß nicht an, sterb bloß nicht.«

»Irgendwann muß es ja sein.« Der General lächelt und spürt den flatternden Schlag seines Herzens. Er weiß, daß es bald sein wird.

Ein Nachmittag im Juni

Dieser Frühling ist vorüber, der Sommer hat begonnen, und als Jacob in Richtung Meersburg fährt, ist ringsum die Heuernte in vollem Gange. Auch auf dem Meinhardthof sind sie wohl bei der Arbeit, denn als Jacob am frühen Nachmittag eintrifft, findet er nur Bassy, die Münsterländerhündin, vor. Die liegt im Sonnenschein vor dem Haus, blinzelt, als der Wagen hält, steht dann träge auf, als Jacob aussteigt, und kommt langsam auf ihn zu.

»Na, kennst du mich noch?« fragt Jacob, und das scheint der Fall zu sein, Bassy beschnuppert ihn kurz und läßt sich dann mit einem Seufzer wieder nieder.

Jacob geht durchs Haus, kein Mensch ist zu sehen; doch, in der Küche sitzt eine alte Magd, klein und verhutzelt, sie wakkelt mit dem fast haarlosen Kopf und gibt auf Jacobs Fragen keine Antwort. Sie ist taub.

Er geht durch die Ställe, da steht Tango, der Rappe, doch das Pferdegespann fehlt. Das Ochsengespann jedoch ist da, also fahren sie noch nicht ein, sie sind erst beim Wenden. Er versucht, sich zu erinnern, was sonst im Juni alles noch an der Reihe ist: Kartoffelhäufeln, Unkrauthacken im Getreide, Rübenhacken – eine Sauarbeit, wie er weiß. Es fällt ihm auch wieder ein, daß im Juni selten jemand vor Anbruch der Dämmerung im Haus anzutreffen war. Seine Mutter ist natürlich mit draußen, immer noch und unermüdlich. Gutsbesitzerin – lächerlich. Sie ist und bleibt eine Bäuerin, die nicht weniger arbeitet als ihre Knechte und Mägde.

Madlon hat offenbar genug vom Landleben und ist nach Konstanz zurückgekehrt.

Jacob steht eine Weile vor der Haustür, die Hände in den Taschen, geht dann hinüber zum eingezäunten Hühnerhof und sagt zu dem stattlichen schwarzen Hahn, der ihn mißtrauisch beäugt: »Ist schon gut, keiner tut deinen Damen was«, dann blickt er ostwärts über die Wiesen, aber da ist niemand zu sehen.

Der Himmel weiß, wieviel Wiesen Jona inzwischen hat und wo die alle liegen. Vor dem Abend jedenfalls wird sich keiner hier einfinden.

Er überlegt, was er tun soll. Er könnte gleich weiterfahren, dann ist er am Abend in Konstanz, er könnte hinunterfahren zum See und schwimmen, warm genug ist es an diesem Tag, es ist geradezu heiß, und ein Bad wäre wohltuend. Er kann natürlich auch einfach hierbleiben und warten, denn wenn er schon einmal da ist, wäre es angebracht, seine Mutter zu sehen.

Er entschließt sich für das letztere, geht noch einmal ins Haus und holt sich aus dem Keller den Obstler. Mit der Flasche und dem Glas setzt er sich auf die Bank vor dem Haus und zündet sich eine Zigarette an. Bassy blinzelt faul zu ihm hin und streckt alle vier Beine weit von sich.

»Du hast es gut«, sagt Jacob. »Hund muß man sein auf einem Bauernhof. Du bist die einzige, die nichts arbeiten muß. Nicht einmal das Haus bewachst du ordentlich. Läßt es einfach zu, daß ich mir den Schnaps hole.«

Genauso faul und zufrieden wie die Hündin fühlt sich Jacob im warmen Sonnenschein, die Jacke hat er ausgezogen, nach dem dritten Obstler wird er schläfrig. Eine graugestromte Katze springt neben ihn auf die Bank, reibt ihren Kopf an seinem Arm, und als er sie streichelt, fängt sie laut zu schnurren an. Wirklich gemütlich auf Jonas Hof!

Auf den nahegelegenen Wiesen liegt das Gras bereits in Schwaden, es duftet nach Sommer, morgen werden sie es wenden, und wenn es nicht regnet, können sie es in zwei Tagen trocken einfahren. Die Obstbäume haben gut angesetzt, und drüben im Wald leuchtet es lichtgrün zwischen dem Dunkelgrün der hohen Bäume. Müßte ganz schön sein, im Wald spazierenzugehen, aber dazu müßte er aufstehen und dort hinüberlaufen, außerdem ist das Spazierengehen mit seinem lahmen Bein auch nur ein zweifelhaftes Vergnügen.

Also rückt er nur an das äußerste Eck der Bank, da wirft der alte Apfelbaum, der vor Jonas Blumengarten steht, ein wenig Schatten, und er kann ostwärts ins Land hineinblicken, ob vielleicht doch irgendwann einer kommt.
Jonas Garten ist wieder eine buntleuchtende Pracht, und Jacob fragt sich, woher sie eigentlich die Zeit nimmt, sich darum auch noch zu kümmern. Hinter dem Garten, das sieht er erst jetzt, führt ein schmaler Pfad über die Wiesen, den gab es früher nicht. Und der Zaun, der den Garten umschließt, hat nun auch dort hinten ein kleines Türchen, das ist ihm ebenfalls neu. Das ist offenbar der Privatweg hinüber zu dem anderen Hof, der ihr ja nun auch gehört. Und alle Wiesen und Felder, die dem anderen Hof angehören, sind nun ihre Wiesen und Felder.
Sie ist total verrückt, das denkt er genauso, wie er es dachte, als er vom Erwerb des Nachbarhofes hörte. Wieviel Arbeit hat sie sich aufgebürdet auf ihre alten Tage!
Und da auf einmal, er reißt erstaunt die Augen auf, die ihm schon fast zugefallen sind, kommt doch wahrhaftig ein menschliches Wesen auf dem Wiesenpfad dahergewandelt. Wandeln, anders kann man es nicht nennen; langsam, schlendernd, von einem weiten weißen Rock umschwungen, kommt eine Frau heran. Eine Frau? Eine Dame, der Kleidung nach. Eine junge Dame, wie er beim Näherkommen sieht. Das weiße Kleid hat kleine blaue Tupfen, sie trägt einen breiten weißen Strohhut, unter dem sich lange blonde Locken hervorringeln. Und das alles am hellen Werktag. Also kann es sich nur um eine Sommerfrischlerin handeln. So etwas gibt es hier nun erstaunlicherweise auch. In Bad Schachen gehörten solche Erscheinungen zum täglichen Bild. Aber hier?
Jacob blickt der Näherkommenden gespannt entgegen, seine Müdigkeit ist verflogen. Jetzt geht sie in aller Selbstverständlichkeit durch die kleine Pforte in Jonas Blumengarten hinein, geht mitten hindurch, berührt mit der Hand liebkosend eine Rose, die sich ihr entgegenneigt, und je näher sie kommt, um so besser kann Jacob erkennen, was für eine hübsche Person das ist. Das Gesicht, geneigt, beschattet von dem Hut, ist zart und von unschuldigem Liebreiz, und es interessiert ihn nun

wirklich, welche Farbe ihre Augen haben. Blau würde am besten passen.

Bassy ist aufgestanden. Sie geht der Frau entgegen, und das lebhafte Schwanzwedeln läßt erkennen, daß sie keine Fremde auf dem Hof ist. Möglicherweise, so fährt es Jacob durch den Kopf, vermietet Jona die Zimmer auf dem anderen Hof an Sommerfrischler, so etwas würde ihr ähnlich sehen.

Er stellt behutsam die große weiße Flasche mit dem Obstler auf die Erde und steht in seiner ganzen Länge auf. Eigentlich hätte sie ihn längst sehen müssen, sie ist nur noch drei Schritte von ihm entfernt, aber so verträumt und abwesend wandelt sie da vor sich hin, als gehe sie auf einer Wolke spazieren.

Jetzt allerdings sieht sie ihn, bleibt überrascht stehen, schaut ihn an – und wahrhaftig, ihre Augen sind blau wie der Himmel. Ihr Mund ist weich und unschuldig wie der eines Kindes, zartrosa wie die Rose, die sie eben gestreichelt hat, und Jacob denkt sofort, daß er diesen Mund küssen möchte. Solch ein sanfter, unschuldvoller Engel ist das, genau das, was ein Mann sich wünscht.

Sie steht regungslos, und er neigt übertrieben tief den Kopf und sagt: »Guten Tag und herzlich willkommen! Sie hat der Himmel mir geschickt, ich fing gerade an, mich zu langweilen. Darf ich Sie einladen, auf dieser Bank Platz zu nehmen? Mir zur Gesellschaft ein Gläschen mitzutrinken? Kommen Sie zufällig hier vorbei, oder wollen Sie einen Besuch in diesem Haus machen? Es ist keiner da. Nur ich.«

Jeannette versteht kein Wort. Sie ist nun schon zwar einige Wochen hier, aber sie hat sich nicht die geringste Mühe gegeben, auch nur ein Wort Deutsch zu lernen. Wozu auch, sie will ja sterben, sie will nicht leben, weder dort noch hier, also braucht sie auch die Sprache dieser Leute nicht zu lernen, bei denen sie jetzt wohnt. Die Ablehnung, die sie ihrer Umwelt entgegenbringt, die Apathie, die ihr geneigter Kopf, ihr abgewendeter Blick, ihr stummer Mund ausdrücken, wirkt auf alle, die um sie sind, verwirrend. Sie hat kein Auge für die Schönheit der Landschaft, für das Blau des Himmels, für das Grün von Wiesen und Wald, für das Leuchten der Blumen und Blüten. Daß sie soeben die Rose berührt hat, war das erste positi-

ve Zeichen von Leben, das sie seit langem gegeben hat. Es ist auf das Gespräch zurückzuführen, das sie am Abend zuvor mit Madlon gehabt hat. Oder genauer ausgedrückt, auf das, was Madlon ihr gesagt, eindringlich gesagt hat.
Die Erscheinung des Mannes, der plötzlich vor ihr steht, verursacht geradezu einen Schock. Nicht daß man sich hierzulande vor einem fremden Mann fürchten müßte, aber sie fürchtet sich noch immer vor allen Männern, und dieser hier sieht sie so eindringlich an, und außerdem hat sie einen Mann wie diesen noch nie gesehen. Und obwohl sie nie mehr in ihrem Leben von einem Mann etwas wissen will, denkt sie jetzt: was für ein großer Mann, was für ein schöner Mann!
Das denkt sie wirklich: quel bel homme!
So unrecht hat sie nicht, Jacob sieht aus wie in seiner besten Zeit. Wenn Lettow ihn ärgern wollte, nannte er ihn Jung-Siegfried. »Da kommt unser Jung-Siegfried. Habt ihr einen Drachen zur Hand?« Jacobs Gesicht ist gebräunt, seine Augen sind klar und hell, das Haar wächst ihm dicht aus der nicht allzu hohen Stirn. Und sein Mund, ja, auch bei ihm ist es der Mund, an dem der Blick der Frauen hängenbleibt, selbst der einer so unerfahrenen Frau wie Jeannette. Der Mund ist groß und schön geschwungen, die Unterlippe voll, und wenn er lächelt, wirkt es leicht ein wenig unverschämt, ganz von selbst, unbeabsichtigt.
Jetzt blickt er sie also an mit diesem Lächeln und wartet auf eine Antwort. Es kommt keine, also redet er weiter.
»Sie können nicht einfach gehen und mich hier allein sitzen lassen. Sehen Sie nur, wie gut es sich hier sitzt. Alles ist grün, das frisch gemähte Gras duftet, die Blumen blühen, na, und so weiter. Der Apfelbaum und der Hut beschatten Ihr reizendes Gesicht, die Sonne wird Ihrem Teint nicht schaden. Ich frage mich nur, wie Sie in diese Gegend kommen? Sind Sie möglicherweise eine Elfe aus des Markgrafs Wäldern?«
So aus dem Stand beginnt er einen handfesten Flirt, es ist wirklich schade, daß Jeannette ihn nicht verstehen kann. Sie macht eine rasche Bewegung zur Seite, als wolle sie fortlaufen, er faßt sie behutsam am Arm.
»Bitte! Bleiben Sie doch. Ich verspreche Ihnen, daß ich kei-

nen Unsinn mehr rede und mich ganz manierlich benehme. In Ausnahmefällen kann ich das.«

Sie versteht das Wort ›bitte‹, sie hört den freundlichen Tonfall, sie sieht den schon fast zärtlichen Blick. Nun lächelt sie ein wenig und läßt sich doch wirklich von ihm zur Bank führen, setzt sich vorsichtig, blickt nach rechts und links, lauscht ins Haus. Bemerkt auch seine Fahne.

Er hebt die Flasche vom Boden.

»Darf ich Ihnen so etwas anbieten? Ich hole noch ein Glas.«

Sie schüttelt den Kopf, doch er ist schon im Haus verschwunden und kommt in Windeseile mit dem Glas wieder, denn er hat Angst, sie könne verschwunden sein.

Sie ist noch da.

Er füllt das Glas, sie schüttelt zwar wieder den Kopf, nippt aber dann doch, nachdem er sich auch eingeschenkt hat und ihr zuprostet.

Ob sie taub ist? denkt Jacob. Oder stumm?

»Das ist ein sauberes Getränk, das einem gut bekommt. Selbst gebrannt auf diesem Hof. Sie kennen sich hier aus?« Sein immer wieder fragender Tonfall veranlaßt Jeannette nun doch zu einer Äußerung.

»Merci«, flüsterte sie, und Jacob öffnet vor Erstaunen den Mund. Das kann doch nicht wahr sein! Ist das am Ende Madlons Nichte?

Französisch, verdammt, das kann er so gut wie gar nicht. Madlon, die lernt eine fremde Sprache im Handumdrehn. Er war schon in der Schule, wie in vielen anderen Fächern, auch in Fremdsprachen ein Versager. Was allein hat es für Mühe gemacht, was hat es für Nachhilfestunden gekostet, ihn wenigstens in Latein einigermaßen über die Runden zu bringen.

»Mademoiselle«, beginnt er, »vous ... vous venez de Belgique?«

Jeannette nickt, lächelt und sagt: »Je suis Jeannette Vallin.«

»Na, so was!« Er deutet mit dem Finger auf seine Brust. »Ich...eh, ich meine, moi... Jacob. Je suis Jacob Goltz. Jacques.«

Darüber staunt Jeannette ganz außerordentlich. Der Mann von Madeleine. So hat sie sich den nicht vorgestellt. Genaugenommen hat sie ihn sich überhaupt nicht vorgestellt. Seltsamerweise verspürt sie einen Hauch von Enttäuschung. Warum? Weil er der Mann ihrer Tante ist. Darum.

Sie blickt angestrengt in die Ferne, ob denn nicht Madeleine irgendwo zu sehen ist. Sie hat das Gespann gelenkt, als sie heute morgen hinausgefahren sind zu den östlichen Wiesen, aber sie hat gesagt, sie komme am Nachmittag zurück, früher als die anderen.

»Ich koche uns etwas Gutes, ja? Wenn du schon kein Mittagessen bekommst, dann sollst du wenigstens heute ein feines Abendessen haben. Du ruhst dich schön aus, gehst ein bißchen spazieren, das ist gesund für dich. Und ich möchte heute abend keine verweinten Augen sehen. Das versprichst du mir.«

Jeannette hat wirklich keine verweinten Augen, und das kann man bereits als Ausnahme bezeichnen.

Seit sie mit Sicherheit weiß, daß sie ein Kind bekommt, hat sie fast jeden Tag geweint. Ein Kind, das dieser widerlichen Szene entstammt, ein Kind, das sie nur hassen und niemals lieben kann, weil sie den Mann, der es in sie hineingezwungen hat, haßt aus tiefstem Herzensgrund, weil sie nur aus Haß besteht, wenn sie an ihn denkt, und weil sie auch das unerwünschte Leben in ihrem Leib darum hassen muß.

Madlon hat es nicht leicht mit dieser aufgelesenen Nichte. Sie hat alle Überredungskraft aufgewendet, um das Mädchen seiner Verzweiflung zu entreißen, auch hat sie ständig Angst, daß Jeannette sich etwas antut. Denn damit droht Jeannette, das hat sie mehrmals schluchzend herausgeschrien. Der See ist nicht allzuweit entfernt.

Jona und Rudolf stehen der ganzen Angelegenheit hilflos gegenüber, denn sie können mit Jeannette nicht reden, und Jeannette kann sie nicht verstehen. Die paar Brocken Französisch, die Rudolf drüben in New Orleans gelernt hat, die hat er längst vergessen.

Aber Jeannette will auch mit keinem reden, und sie will keinen verstehen, sie will nur eins: sich in ihrem Gram verkriechen. Gestern abend nun hat Madlon ihr sehr energisch die Leviten gelesen. Hat ihr wortreich klargemacht, was für furchtbare Dinge es gibt unter Gottes Sonne, welches Leid, welche Not Menschen erdulden müssen, beispielsweise in dem noch nicht so lange vergangenen Krieg erduldet haben, und wieviel Unrecht und Elend täglich auf dieser Welt geschieht.

»Es ist kein Grund zur Verzweiflung, ein Kind zu bekommen. Ich habe mir nichts so sehnlich gewünscht wie ein Kind. Ich habe kein Kind bekommen. Gott wollte es nicht. Ich weiß, auf welch böse Weise du dieses Kind empfangen hast, und ich verstehe deinen Zorn und deine Weigerung, es hinzunehmen. Aber glaube mir, mein Kind, das ist schon vielen Frauen passiert, wir sind nun einmal in dieser Beziehung verletzbar. Es gibt Männer, die zu Frauen brutal sind, es hat sie immer gegeben. Auch wenn es jetzt heißt, die Frauen sind gleichberechtigt und brauchen sich nichts mehr gefallen zu lassen, so sind sie immer noch diejenigen, die die Kinder bekommen.«

Sie ist versucht, Jeannette zu erzählen, was mit ihr geschah, als ihre Schwester Ninette ihr drittes Kind, eben Jeannette, erwartete. Aber sie bringt es nicht über die Lippen, eine üble Geschichte löscht eine andere üble Geschichte nicht aus, und es kann für Jeannette kein Trost sein, wenn sie ihre Mutter in ihren Augen erniedrigt und ihren Vater als Wüstling hinstellt. Das ist alles so lange her, Ninette ist tot, Pierre ist tot. Es geht darum, hier und heute eine Lösung zu finden, eine Lösung, die auch Jeannette akzeptieren kann. Und die sie, das ist das wichtigste, mit dem Kind versöhnt, das sie zur Welt bringen wird.

»Man kann natürlich jederzeit eine Abtreibung vornehmen, das ist heute viel leichter als vor dem Krieg, aber es ist nun schon ein wenig spät in deinem Fall. Sicher ist es auch jetzt noch möglich, und wenn du um jeden Preis willst, fahre ich mit dir nach Berlin, und wir finden dort einen Arzt, der es tut.« Dabei denkt Madlon an ihre schlechte Finanzlage. Die Belgienreise hat viel Geld gekostet, und sie hat keine Ahnung, was eine Abtreibung kostet. Natürlich kann sie das Geld auftreiben, wenn sie will. Aber sie will nicht, daß Jeannette abtreibt, sie will das Kind.

»Aber ich denke, du bist eine fromme Katholikin, erzogen von den guten Frauen. Könntest du es denn mit deinem Gewissen vereinbaren?«

Da fängt Jeannette wieder zu weinen an, und Madlon nimmt sie tröstend in die Arme.

Sie sind allein bei diesem Gespräch, oder besser gesagt, bei dem Monolog, den Madlon hält, denn sie wohnen seit zwei Wochen auf dem anderen Hof. Das hat Jona so bestimmt. Sie sieht, wie verstört, wie gequält das Mädchen ist, und sie denkt, daß es ihm leichter fällt, mit Madlon allein, als immer mit fremden Menschen zusammenzusein.

Natürlich kennt Jona das ganze Drama, und sie hat sofort gesagt: »Deine Nichte kann hierbleiben, bis sie das Kind bekommt.« Dann hat sie Madlon und Jeannette nach Markdorf zu dem Arzt geschickt, den sie selbst gut kennt und der sie alle behandelt, falls es einmal nötig ist. Denn zuerst einmal, meinte Jona, müsse man wissen, ob wirklich eine Schwangerschaft vorliege oder ob es sich nur um eine nervöse Störung als Folge jenes üblen Nachmittags handle.

Nun wissen sie, daß Jeannette ein Kind bekommt, und alle haben sich darauf eingestellt, nur Jeannette nicht. Noch lange nicht. Ihre Tränen, ihre Verzweiflung haben alle, die um sie sind, auch Nerven gekostet. Jona konnte es nicht mehr mit ansehen. Sie ist sicher, daß es ihr gelingen würde, dieses verstörte Kind zurechtzurücken, wenn sie nur mit dem Mädchen reden könnte.

Rudolf hat auf dem anderen Hof drei Zimmer für Madlon und Jeannette eingerichtet, dort sind sie ungestört, wenn sie wollen, und Jeannette muß nicht jeden Abend bei fremden Leuten in der Stube sitzen und eine fremde Sprache hören, die sie nicht versteht, und muß nicht beschämt, mit tränengefüllten Augen an ihnen vorbei in eine Ecke starren.

Jonas Idee war nicht schlecht. Ein wenig entspannter wirkt Jeannette nun doch, sie kommt manchmal von allein herüber, sie spielt mit den Katzen, sie spricht Französisch mit dem Hund oder auch Flämisch, was weniger fremd in seinen Ohren klingt. Sie geht auch in die Ställe, zu den Pferden, zu den Kühen und den beiden starken, schönen Ochsen, und einige

Male hat ihr Jona auch schon den Korb in die Hand gedrückt, damit sie die Hühner füttert.
Die Tiere sind eine gute Medizin für Jeannette. Sie liebt die Tiere, sie findet Trost bei ihnen. Dennoch fließen die Tränen immer wieder aufs neue.
Madlon war noch einmal allein in Markdorf bei dem Arzt, um sich Rat zu holen, um zu fragen, was man tun könne, um dem Mädchen zu helfen.
Der Arzt war ein wenig ungehalten.
»Wenn Sie mich fragen, so finde ich, die junge Dame sollte Vernunft annehmen. Sie ist doch vergleichsweise in einer beneidenswerten Situation. Umsorgt, umhegt und betüttelt von Ihnen und der großartigen Frau Goltz. Also, ich kenne da andere Fälle. Ich habe armselige, verlassene Mädchen erlebt, die allen Grund zur Verzweiflung hatten. Rausgeschmissen von den Eltern, verlassen von ihrem Geliebten, verachtet von der Umwelt. Ich habe auch einige Selbstmorde in dieser Situation erlebt, o ja. Können Sie denn Ihre Nichte nicht auf irgendeine Weise beschäftigen? Es gibt doch auf einem Hof Arbeit genug. Und dann – na ja, gehen Sie öfter mal mit ihr in die Kirche. Das müßte doch auch eine gewisse Wirkung auf sie haben, nach allem, was Sie mir von ihr erzählt haben. Und lassen Sie ihr das ewige Lamento nicht durchgehen. Gott im Himmel, es ist doch heutzutage nicht mehr solch eine Tragödie, ein uneheliches Kind zu bekommen.«
Darum sagt Madlon: »Ich finde, du bist ein wenig undankbar, meine Kleine. Nicht mir gegenüber, das meine ich nicht. Aber dem Schicksal gegenüber. Oder dem lieben Gott gegenüber, wenn man es gleich beim richtigen Namen nennen will. Sieh mal, man kann es doch wirklich als höhere Fügung betrachten, daß ich nun ausgerechnet zu diesem Zeitpunkt nach Gent kam, als du Hilfe gebraucht hast. Du warst so allein und verlassen. Aber nun bist du hier, weit weg von allem, keiner kennt dich hier, keiner sagt ein schlechtes Wort über dich. Und ist es nicht schön hier? Diese Menschen hier, die dir fremd sind, waren für mich vor einem halben Jahr auch noch fremde Menschen. Und jetzt sind es meine Freunde. Ich liebe Jona. Und ich mag Rudolf. Und ich konnte dich ganz selbst-

verständlich hier ins Haus bringen, in ein Haus voll Güte und Verständnis. Solltest du nicht dafür dem lieben Gott ein wenig dankbar sein? Wenn du es mir schon nicht bist.«
Jeannette küßt Madlons Hände, dann weint sie wieder. Madlon nimmt sie in die Arme und tröstet sie. So war es an vielen Abenden, so war es am Abend zuvor.
Madlon bringt wirklich eine engelhafte Geduld auf, und das entspricht im Grunde nicht ihrer Wesensart. Sie hat Jeannette gern und möchte ihr helfen, aber vor allem will sie das Kind. Jeannette soll nicht abtreiben, sie soll auch sonst keine Dummheiten machen, und wenn Madlon für eine Weile Haus und Hof verläßt, ist sie voller Unruhe. Am Ende fällt es dem Mädchen ein, auf einen Baum zu klettern und hinunterzuspringen, das sind Ideen, auf die Frauen in vergleichbarer Situation schon gekommen sind.
Madlon will das Kind. Sie freut sich darauf, als ob es ihr eigenes wäre. Dieser Michel hat sich abscheulich benommen, aber jung und gesund muß er ja wohl gewesen sein. Und Jeannette ist ebenfalls jung und hübsch und gesund; der Arzt in Markdorf hat auch ihre Lunge gründlich untersucht. So übel, denkt Madlon, kann das Ergebnis folglich nicht sein. Nur möchte sie erreichen, daß Jeannette sich nicht immerzu grämt, daß sie nicht so viel weint und vor allem nicht diesen ständigen Haß in ihrem Herzen nährt. Das muß dem Kind ja schaden. Das sagt sie nicht zu Jeannette, so kann man mit ihr noch nicht reden, aber sie spricht darüber zu Jona, auch zu Rudolf, die beiden sind ihr so vertraut geworden wie keine anderen Menschen zuvor. Selbst Jacob stand ihr nie so nahe, nicht auf diese Art. Was für eine Art? Wie soll man es nennen, was Madlon in diesem Frühling und Sommer widerfährt?
Sie hat zum erstenmal in ihrem Leben eine Art Ruhe gefunden, eine Art Frieden, sie macht es sich nicht einmal klar, sie ist kein kontemplativer Mensch – und wirkliche Ruhe, wirklicher Frieden ist es im Grunde ja doch nicht. Da ist ihre unkontrollierbare Leidenschaft für Rudolf, das ungeklärte Verhältnis zu Jacob, die Sorge um das werdende Kind, nein, Ruhe und Frieden kann man es wirklich nicht nennen, also ist es

vielleicht eher eine Art Heimatgefühl, das sie nie zuvor gekannt hat.

Alles, was hinter ihr liegt, hat sie abgeschüttelt, in diesem Sommer beginnt sie ein neues Leben.

Drängt sich der Vergleich auf zu Jonas drittem Leben? Nur weil derselbe Mann daran beteiligt ist?

In keiner Weise läßt sich das Leben der beiden Frauen vergleichen, die Vorbedingungen sind andere, der Lebenslauf zeigt nicht die geringste Ähnlichkeit, denn so verwurzelt in ihrem Land, wie Jona es war und ist, so umhergetrieben und wurzellos war und ist Madlon. Oder ist sie es nicht mehr? In einem Punkt gleichen sich die beiden möglicherweise doch, in der Souveränität und der Stärke, mit der sie ihr Leben führen und ihre Umwelt beherrschen.

Nur gerade jetzt versagt Madlons Kraft, es gelingt ihr nicht, Jeannette ihrem Willen zu unterwerfen. Dieses zarte, unglückliche Kind widersteht mit erstaunlicher Zähigkeit jedem Trost und jeder Einsicht. Und die Angst, was Jeannette wohl tun könnte, allein gelassen, verläßt Madlon keine Minute.

Auch heute, an diesem Junitag, als sie im Waldschatten eine kurze Rast machen, fängt sie wieder davon an.

»Lieber Himmel«, sagt Jona, »mach dich doch nicht so verrückt. Man könnte meinen, du bekommst das Kind.«

»Ich? Ich würde vor Freude auf dem Tisch tanzen.«

»Das wäre dem Kind sicher auch nicht bekömmlich«, meint Jona trocken.

»Aber du verstehst mich doch, Jona. Es soll ein gesundes Kind werden. Und ein fröhliches Kind. Sie soll sich mit ihrem Kind vertragen, sie soll es liebhaben, jetzt schon. Ich denke mir, daß das wichtig ist. Wie es später weitergeht, was wir dann tun werden, das weiß ich auch nicht. Aber an später will ich jetzt nicht denken. Eins nach dem andern. Erst muß das Kind da sein. Mir wird dann schon etwas einfallen.«

Sie hat jede Menge schwierige Situationen erlebt, und es ist ihr meist etwas eingefallen. So wie ihr auch eingefallen ist, zu Jacob zu sagen: Du bist ein Sohn und ein Erbe. Laß uns zu deinen Leuten gehen.

Das ist noch gar nicht lange her, das war erst im vergangenen

November, da lag er mit seiner Malaria, geschüttelt vom Fieber, in dem kümmerlichen Pensionszimmer in Berlin, und ihr fiel ein, zu sagen: Laß uns zu deinen Leuten gehen.
Ein guter Einfall. Gut und richtig für Jacob, und wie sich gezeigt hat, auch für Madlon. Not und Elend gibt es nach wie vor in diesem geschlagenen Land, der Lebenskampf ist härter, als er jemals war, aber Madlon steht drüben in Konstanz eine geräumige Wohnung zur Verfügung, und hier lebt sie nun seit Wochen in aller Selbstverständlichkeit auf Jonas Hof. Und nicht nur das, sie hat ihr noch ihre schwangere Nichte, eine völlig Fremde, ins Haus gebracht.
»Du bist so gut, Jona«, sagt sie spontan. »Ich wüßte gar nicht, was ich ohne dich tun sollte. Wenn es dir zuviel wird, wenn du uns loshaben willst, bitte, ich bitte dich, dann sage es mir.«
Jona lächelt ein wenig spöttisch.
»Und was machst du dann? Wollt ihr das Kind in der Seestraße kriegen?«
Darüber müssen sie alle drei lachen.
»Ich sehe das Gesicht meiner Tochter Agathe vor mir. Oder das meines Schwiegersohnes. Und selbst mein guter Ludwig wäre wohl etwas überfordert.«
»Agathe ist so eine große Wohltäterin. Sie hilft doch allen Leuten.«
»Sie ist vor allem auf ihre Reputation bedacht. Und auf die der Familie. Ich, ihre eigene Mutter, bin schon eine Kröte, die sie schwer schlucken kann. Du, eine Ausländerin unklarer Abstammung, ein fremdes Mädchen, von dem sich das gleiche sagen läßt, und ein Bankert dazu, ich bezweifle, daß ihre Wohltätigkeit so weit reicht.«
Rudolf wischt sich den Schweiß von der Stirn, nimmt einen tiefen Schluck aus dem Mostkrug, schüttelt lachend den Kopf und sagt: »Ihr Frauen macht einen Wirbel um dieses ungeborene Kind, als gäbe es auf der ganzen Welt sonst nichts von Bedeutung.«
»Aber was könnte eine größere Bedeutung haben als die Geburt eines Kindes«, ruft Madlon lebhaft. »Ein Mensch kommt auf die Welt, er hat keinen Vater und eine todunglückliche Mutter. Und jeder wird ihn schief ansehen, weil er aus so un-

geordneten Verhältnissen stammt. Ein Bankert – Jona hat es gerade gesagt. Das ist doch schrecklich.«
»Ich möchte dich darauf aufmerksam machen, Madlon, daß nach diesem Krieg sehr viele Kinder ohne Vater aufwachsen müssen.«
»Das weiß ich auch, aber wenn der Vater gefallen ist, so war er doch einmal vorhanden. Und für einen toten Vater kann man ein Kind nicht verantwortlich machen. Und auch die Mutter nicht.«
»Du bist genauso verbohrt wie deine Nichte. Hör zu, Madlon, ich mach dir einen Vorschlag. Wenn es nur um die eheliche Geburt geht, na gut, ich bin bereit, deine Nichte zu heiraten. Nächste Woche, wenn du willst. Mir macht das nichts aus. Ich bin frei und ledig, ich bekomme sowieso nie die Frau, die ich will. Also heirate ich Jeannette, pro forma natürlich und nur standesamtlich, und wenn sie das Kind hat, kann sie sich scheiden lassen und tun, was sie will.«
Beide Frauen starren ihn sprachlos an. Er kann mit der Wirkung seiner Worte zufrieden sein und greift abermals zum Mostkrug. Madlon blickt hinauf in die Baumwipfel und denkt nach. Nicht nur sie, auch andere Leute haben Einfälle.
Jona sagt: »Das sollte mein Bruder Franz hören. Wenn ihr das macht, muß das wirklich ganz schnell gehen. Franz darf das nicht miterleben.«
»Ich denke, er kommt erst im Herbst«, sagt Madlon, auf einmal ganz nüchtern. »Und außerdem muß ein Priester alles verstehen und alles verzeihen.«
»Ist das so?« fragt Jona langsam. »Bei Franz wäre es vielleicht sogar möglich.« Jetzt blickt *sie* nachdenklich hinauf in die Wipfel.
Im Herbst kommt Franz nach Radolfzell, er wird dort Pfarrer, wo er einst als Kaplan begonnen hat. Jona weiß, wie sehr er sich darauf freut, wieder in ihrer Nähe zu sein.
»Jedenfalls kann er das Kind taufen. Es wird ja wohl ein Christkindl werden.« Und ganz begeistert auf einmal: »Wißt ihr was, wenn es zu kalt ist, machen wir eine Haustaufe.«
»Das mit dem Heiraten müßte sowieso schnell gehen«, meint Rudolf. »Sonst glaubt es keiner. Wenn wir deiner Tochter

Agathe ein eheliches Kind und eine ehrbare Mutter unterschieben wollen, dürfen wir keine Zeit verlieren.«

»Meine Tochter Agathe mag sein, wie sie will, dumm ist sie jedenfalls nicht. Rechnen kann sie auch.«

Madlon fragt naiv: »Würde es dir denn Freude machen, einen Sohn zu haben, Rudolf?«

Jona, die gerade trinken wollte, muß den Krug wieder absetzen, so schüttelt sie das Lachen.

»Madlon, du bist einmalig. Rudolf, dürfte es auch eine Tochter sein?«

»Na, wenn ihr das so komisch findet«, sagt Rudolf beleidigt, »brauchen wir ja nicht mehr darüber zu sprechen. Es war nur ein gutgemeinter Vorschlag. Natürlich wäre mir ein eigenes Kind lieber. Und dann möchte ich es von Madlon haben. So.«

»Das weiß ich«, bemerkt Jona kühl.

Madlon ist das Blut in die Wangen gestiegen, sie springt jäh auf. »Ach, mit euch kann man ja nicht ernsthaft reden. Ich gehe jetzt die Pferde tränken, und dann nehme ich das Rad und fahre heim. Erstens muß ich kochen, und zweitens hat Jeannette heute Geburtstag, wie ihr wißt. Gestern habe ich ihr in Meersburg ein Kleid gekauft, weiß mit blauen Punkten. Noch paßt ihr das ja. Ich habe ihr aufgetragen, daß sie es heute anzieht. Und ich habe ihr verboten zu weinen. Das Essen für die Leute habe ich schon vorgekocht, und für uns mache ich Escalopes à la crème und Spargel. Hab ich auch gestern in Meersburg noch bekommen. Bitte, kommt nicht zu spät.«

»Ich wüßte wirklich nicht, was wir ohne dich täten, Madlon«, sagt Jona in ihrem sanftesten Ton. »Wir würden glatt verhungern.«

Madlon wirft ihr einen raschen, unsicheren Blick zu, dann geht sie.

Es ist wahr, ganz unnütz ist Madlon auf dem Hof nicht. Seit Bärbel geheiratet hat, gab es keine richtige Köchin mehr. Die Magd Dorle kann nur Kaffee kochen, sonst kocht sie einen fürchterlichen Schlangenfraß, wie Rudolf sich ausdrückt. Die Leute haben gemeutert. Jetzt geht sie nur noch in den Stall und mit aufs Feld, und Madlon hat die Küche übernommen

und kocht zu aller Zufriedenheit. Anders, als man es hierzulande gewöhnt ist, aber es schmeckt immer sehr gut.
Als sie bei den Pferden ist, die sie ein Stück weiter im Wald an einem schattigen und luftigen Platz angebunden haben, kommt Rudolf.
»Willst du wirklich mit dem Rad fahren? Es ist ein weiter Weg, und bei der Hitze.«
»Das macht mir nichts. Was glaubst du, auf was für Wegen ich in Afrika herumgeradelt bin. Darum hab ich das Rad ja auf den Wagen geladen.«
Am Morgen hat sie den Wagen gelenkt, sie haben unterwegs zwei Knechte und zwei Mägde zu einem anderen Feld gebracht, die sie am Abend wieder abholen müssen. Da sie früher heimfahren will, hat sie das Rad mitgenommen.
»Madlon!«
Er will sie an sich ziehen, sie weicht zurück.
»Nein. Ich darf nicht. Sonst muß ich fort von euch. Ich will Jona nicht weh tun.«
»Jona weiß es längst.«
»Was weiß sie?«
»Wie es sein wird. Zwischen uns. Wenn deine Nichte nicht wäre . . .«
»Was wäre da?«
»Ich würde hinüberkommen in das andere Haus.«
»Wenn Jeannette nicht da wäre, würde ich nicht in dem anderen Haus wohnen. Das ändert gar nichts.«
»Nein. Das ändert gar nichts.«
Sie legt beide Arme um seinen Hals, sie küssen sich, lange, sein Körper drückt sich fest an ihren, sie spürt ihn, sein Verlangen, seine Kraft, und ihr Verlangen ist so heftig wie seins.
»Sie wird mich fortjagen«, stößt sie atemlos hervor. »Und dich dazu.«
»Nicht Jona. Sie versteht es.«
Und wieder versinken sie ineinander, vergessen, wo sie sind; der Braune schlägt mit dem Schweif nach den Fliegen, dann stößt er den Eimer um, er hat genug getrunken.
Madlon löst sich von Rudolf und holt aus dem Bottich, den sie mit hinausgefahren haben, Wasser für das andere Pferd.

»Morgen haben wir es leichter«, sagt Rudolf. »Auf der anderen Seite vom Wald ist ein Bach, da brauchen wir kein Wasser mitzunehmen.«
Sie sehen beide zu, wie das Pferd mit langen Zügen trinkt.
»Das ist alles – ganz unmöglich«, sagt sie.
»Vielleicht müssen wir doch fortgehen, wir beide. Eines Tages, wenn das Kind geboren ist.«
»Und wo soll sie hin mit dem Kind? Und wo sollen wir hin?«
»Nun –« Rudolf legt die Hand auf den glatten Pferderücken, »vielleicht – ich dachte an Amerika. Ich war schon dort, wie du weißt. Ein wenig kenne ich mich da aus. Ich würde es noch einmal versuchen. Mit dir.«
»Was für ein Unsinn!« sagt Jona. Sie steht an den Stamm einer Buche gelehnt, sie haben nicht gehört, daß sie gekommen ist. »Dazu seid ihr beide zu alt. Und Madlon wird Jacob nicht verlassen. Er braucht sie.«
Sie drückt sich ihren alten gelben Strohhut auf den Kopf und blickt hinaus auf die Wiese, wo die beiden Knechte schon wieder dabei sind, das Heu zu wenden.
»Jetzt an die Arbeit.« Doch sie dreht sich noch einmal um. »Natürlich weiß ich, was los ist mit euch beiden. Aber es geht nicht. Nicht meinetwegen. Wegen Jacob. Du solltest nicht vergessen, daß du seine Frau bist, Madlon. Und was ich dir noch sagen will, Madlon, ist folgendes: es ist mir sehr recht, wenn auf meinem Hof ein Kind geboren wird. Ein Kind, dem keiner etwas Böses antun wird. Ganz gleich, was mit dir und Rudolf wird, das Kind kann hierbleiben. Hier ist lange, sehr lange, kein Kind geboren worden. Sage das deiner Nichte in der Sprache, die sie versteht: ein Kind, dem keiner etwas Böses antun wird. Und darum sollte sie sich jetzt endlich mit ihrem Kind vertragen, wie du es ausgedrückt hast.«
Sie geht durch die lichter stehenden Stämme des Waldrandes hinaus in den Sonnenglast der Wiese, den Rechen in der Hand. Sie hat merkwürdig ernst, geradezu feierlich gesprochen, und die beiden sehen ihr betroffen nach.
Madlon zieht ärgerlich die Oberlippe hoch. Jonas Autorität ist manchmal schwer zu ertragen.

Woher nimmt sie sich das Recht, mir zu sagen, was ich zu tun und zu lassen habe, denkt sie voll Zorn. Ich bin weder ihre Tochter noch zwanzig Jahre alt.
In was für eine verrückte Situation ist sie da wieder geraten! Wird das nie anders werden? Da lebt sie auf dem Hof dieser Frau, dieser reichen und mächtigen Frau, lebt von ihr, um es genau zu sagen, und sie hat das Mädchen mitgebracht, das ein Kind erwartet. Und Jacob ist ihr Mann, und natürlich liebt sie ihn, aber es hat sie nicht daran gehindert, sich in diesen Mann zu verlieben, der Jonas Freund ist.
Oder liebt sie Jacob wirklich nicht mehr? Sie fühlt sich für ihn verantwortlich, sie hat sich seit Jahren für ihn verantwortlich gefühlt. Seine Krankheit, seine Behinderung, seine Unfähigkeit, für sich selbst zu sorgen – er ist nicht mehr der strahlende Held, den sie in der Hafenkneipe von Daressalam vor sich sah und dem sie in die Hände fiel wie eine reife Frucht. So ist er schon lange nicht mehr. So war es schon zuletzt in Afrika nicht mehr. Eines Tages war sie die Stärkere, und so ist es geblieben. Doch nun ist er in Sicherheit, er ist bei seiner Familie, die immer für ihn sorgen wird, und er muß nicht einmal dafür arbeiten. Er ist ein Sohn und ein Erbe.
Und war er nicht auf dem besten Wege, sie mit Clarissa zu betrügen, wenn Agathe es nicht verhindert hätte? Wenn es nicht schon geschehen war. Und jetzt hat er sich viele Wochen nicht um sie gekümmert, sie hat ihm nicht gefehlt, sonst wäre er längst hier aufgetaucht.
Sie macht ihm keinen Vorwurf, sie hat auch nicht an ihn gedacht; wenn sie nicht mit Jeannette beschäftigt ist, denkt sie nur an Rudolf. Wenn er nur ins Zimmer kommt, immer leicht gebeugt unter der niedrigen Tür, geht es wie ein Stromschlag durch sie. Wenn er sie ansieht mit seinen großen dunklen Augen, ist das wie ein Sog, wenn sie seine kräftigen braunen Hände sieht, wünscht sie sich, daß diese Hände nach ihr greifen. So geht es ihr nicht mit jedem Mann, so ist es ihr selten ergangen. Mit Jacob zum Beispiel, als sie ihn kennenlernte. Später mit Kosarcz. Und nun noch einmal, was sie gar nicht mehr für möglich gehalten hätte, mit Rudolf. Und so wild und sehnsuchtsvoll hat sie noch nie nach einem Mann verlangt

wie gerade nach ihm. Kommt es daher, weil man intensiver fühlt, wenn man älter ist? Und das alles unter Jonas Augen. Auch sie liebt Rudolf. Das einzig Vernünftige wäre, auf und davon zu gehen und nie wiederzukehren. Aber da sind Jeannette und das Kind.

»Hast du gesagt, du willst mit mir nach Amerika ausreißen?«

»Ich habe in letzter Zeit manchmal daran gedacht.«

Er steht neben ihr, sieht sie nicht an, blickt hinaus auf die sonnenüberglühte Wiese, und seine rechte Hand umklammert den Stiel der Heugabel so fest, daß die Knöchel weiß hervortreten. »Danke«, flüstert Madlon und legt die Wange an seine Schulter. Er hat die Ärmel seines Hemdes hochgekrempelt, seine Arme sind so braun und kräftig wie seine Hände. Sie fährt mit dem Finger an seinem nackten Arm entlang und stellt sich vor, wie es wäre, wenn er die Heugabel fallen ließe, sie mit diesen kräftigen Armen auf den Boden drückte und sich auf sie legte. Sie spürt, wie ihr Schoß sofort feucht wird und ihre Brüste hart.

Rudolf blickt hinab auf ihre liebkosenden Finger und sagt: »Laß das lieber.«

»Ich möchte dich so gern glücklich machen. Und du wärst gut für mich, das weiß ich. So etwas weiß ich einfach. Ich gehe auch mit dir nach Amerika, und ich habe keine Angst, daß wir zu alt sind. Ich fühle mich überhaupt nicht alt. Warum sagt sie das?«

Sie blickt mit zusammengezogenen Brauen zu Jona hin, die mit langen, gleichmäßigen Schwüngen das Heu wendet.

Rudolf lacht.

»Sie kann einem manchmal so etwas unter die Nase reiben, und dann meint sie das auch ernst. Es ist wahr, Madlon, hier auf dem Hof kann es nichts werden mit uns. Wir müßten fort.«

»Aber du bist hier daheim. Du würdest sicher nicht gern fortgehen.«

»Du hast recht. Ich würde nicht gern fortgehen. Nicht vom Hof und nicht von ihr.«

»Ja, und sie braucht dich auch. Jacob braucht mich, und sie braucht dich. Und was soll aus uns werden?«

»Nichts.«
Es ist offenbar sein Schicksal. Er büßt noch immer für vergangene Schuld. Peter hat ihm eine Heimat gegeben und seine Freundschaft, und nach anfänglicher Weigerung übernahm Jona Peters Rolle. Aber er hat sie niemals wirklich bekommen, er hat überhaupt keine Frau bekommen, die zu ihm gehört, er hat nicht geheiratet, er hat keine Kinder. Jona konnte ihm alles geben, nur dies nicht. Und nun will er eine Frau haben, von der er das alles auch nicht bekommen kann.
Er stößt ein kurzes, unfrohes Lachen aus, dann schultert er die Heugabel und tritt aus dem Schatten auf die Wiese hinaus.
»So warte doch«, ruft Madlon ihm nach. »Was soll denn nun werden?«
»Nichts, Madlon, gar nichts.«
»Das werden wir ja sehen«, sagt Madlon trotzig. »Ich kapituliere nicht so leicht. Nicht einmal vor Jona.«
»Ich muß an die Arbeit. Sonst schmeißt sie mich noch raus.«
»Du! Hör mal! Es war so seltsam, was sie da gesagt hat, das mit dem Kind, meine ich, das auf dem Hof geboren werden soll. Es ist hier sehr lange kein Kind geboren worden, hat sie gesagt.«
»Das stimmt ja auch. Sie hat ihre Kinder in Konstanz bekommen. Und ihre Brüder – der eine ist Priester, der andere war ein Kretin. Den habe ich sogar noch kennengelernt, ehe er starb. Als ich das erste Mal auf dem Hof war, bei Jonas Vater. Das war kurz nachdem ich aus Amerika zurückgekommen bin. Und da fällt mir etwas ein, was Peter mir später einmal erzählt hat. Viel später. Von dem Kind, das damals im Bach ertrank. Es war das Kind seiner zweiten Frau. Es muß eine ganz furchtbare Geschichte gewesen sein. Die Frau hatte danach nur noch Totgeburten, und dann hat sie ihn verlassen. Ja, das hat Jona wohl gemeint.«
»Ich verstehe kein Wort. Was für ein Kind ist ertrunken?«
Rudolf starrt auf die Wiese hinaus zu Jona.
»Daran hat sie gedacht. Und darum hat sie auch damals zu mir gesagt: ich gehe nie an den Bach. Jetzt verstehe ich das

erst. Und das muß das letzte Kind gewesen sein, das hier geboren wurde. Jona war damals selber noch ein halbes Kind.«

»Ich weiß überhaupt nicht, wovon du redest.«

»Ich kann dir auch nicht mehr erzählen. Das ist alles, was ich weiß. Ihr Vater hat einmal kurz davon gesprochen. Sie spricht nie darüber.«

»Warum?«

»Das weiß ich doch nicht. Wahrscheinlich war es für alle ganz schrecklich. Sicher haben sie nicht richtig auf das Kind aufgepaßt, es war noch sehr klein. Aber nun muß ich wirlich gehen. Leb wohl, Madlon.«

Die Worte klingen wie Abschied, er küßt sie auf die Stirn, das ist auch wie ein Abschiedskuß, und Madlon ballt die Fäuste hinter dem Rücken, sie besteht im Augenblick nur aus Widerspruch und Rebellion.

Sie sieht ihm nach, wie er mit langen Schritten auf die Wiese geht, und sie denkt: Non. Non, non ami, tu ne me dis pas adieu. Je te veux.

Sie streicht den Pferden noch einmal über den Hals, dann nimmt sie ihr Rad und schiebt es am Waldrand entlang bis zu der staubigen Landstraße, die seewärts führt. Die Sonne brennt heiß, und sie bedauert es, den alten Strohhut nicht mitgenommen zu haben, den Jona ihr angeboten hat.

»Ah bah«, hat sie gesagt, »die Sonne am Bodensee, was soll die mir schon tun. Ich kenne die Sonne Afrikas.«

Die Sonne am Bodensee zeigt ihr, was sie kann. Sie steht ihr voll ins Gesicht, während sie schwitzend vorwärtsstrampelt. Wieso eigentlich Amerika? Warum kann sie mit Rudolf nicht nach Afrika gehen? Beispielsweise in den Kongo, dort kennt sie sich aus. Sie ist Belgierin, es wäre ihr eigenes Land, in das sie ginge. Sie hat dort keinen Krieg verloren. Und Rudolf hat in keinem Krieg gekämpft. Sie könnte ihn sogar heiraten. Gibt es ein Papier, das ihre Ehe mit Jacob Goltz bezeugt? Es gibt keins. Ich erkläre euch zu Mann und Frau, irgend so etwas hat der Missionar im Busch damals gesagt, eine Stunde später war er tot. Sicher, Zeugen waren genug da, allen voran der General. Aber es gibt nichts Schriftliches über eine Eheschließung. Zweifellos war die Verwaltung in den deutschen Kolonien sehr ordentlich und gewissenhaft, nur da, wo sie dann waren, gab es keine Behörde mehr.

Warum eigentlich, grübelt sie vor sich hin, während sie die Pedale tritt und der Schweiß ihr den Nacken hinunterrinnt, warum eigentlich haben wir nie richtig geheiratet, nachdem wir in Deutschland waren? In Berlin zum Beispiel. Nicht gerade in Konstanz, das hätte Aufsehen erregt, aber in Berlin wäre das gar keine Affäre gewesen.

Weil sie gar nicht daran gedacht haben. Sie fühlten sich einander so verbunden, sie *waren* Mann und Frau, die fehlende Legalität kam ihnen gar nicht in den Sinn.

Will sie das jetzt als Waffe gegen Jacob benutzen? Beweist es denn nicht gerade, daß sie zusammengehören?

Angenommen also, sie geht mit Rudolf in den Kongo. Sie hat nicht die geringsten Bedenken, ob sie ein Auskommen finden würden. Sie können beide arbeiten, sie sind beide nicht wählerisch, wo und was es ist, spielt keine Rolle.

Aber sie kann nicht Jeannette mit dem ungeborenen Kind bei Jona zurücklassen. Also kann sie erst gehen, wenn das Kind geboren ist. Und was soll dann aus Jeannette und dem Kind werden?

Sie will das Kind.

Also geht sie mit Rudolf und Jeannette und dem Kind in den Kongo. Das ist natürlich eine vollkommen blödsinnige Idee.

Es geht ein Stück bergauf, sie tritt die Pedale wie eine Wilde, die Haare hängen ihr feucht ins Gesicht, ihr Herz klopft wie rasend, den letzten Rest des Weges muß sie dann doch schieben, das Rad ist alt und taugt nicht mehr viel.

Oder *du* bist zu alt, meine Liebe, und taugst nicht mehr viel. Jona hat ja auch gesagt: du bist zu alt.

Oben angekommen, schmeißt sie das Rad in den Straßengraben und setzt sich daneben, um wieder zu Atem zu kommen.

Was für eine wahnsinnige, was für eine ausweglose Situation! Wäre sie doch nie an diesen verdammten Bodensee gekommen! Wäre sie doch gleich mit Kosarcz nach Amerika gegan-

gen. Jacob zu seinen Leuten an den Bodensee und sie mit Kosarcz nach New York. Dort könnte sie jetzt im Waldorf Astoria sitzen und einen Cocktail trinken. Statt dessen strampelt sie hier über staubige Straßen, schweißbedeckt, verzweifelt und ratlos.
Sie steht auf und fährt sich mit allen zehn Fingern durch das feuchte Haar. Nom de dieu, was hat sie bloß alles in ihrem Leben falsch gemacht. Immer wieder und immer wieder.
Und dann sieht sie ihn. Sieht von dieser Anhöhe aus den blitzenden blauen See.
Dorthinein. Und darin schwimmen. Rudolf hat ihr längst versprochen, daß er mit ihr schwimmen geht. Daß er ihr es beibringt, denn sie kann nicht schwimmen. Aber sie ist sicher, daß sie es sehr schnell lernen wird, wenn seine Hand sie hält. Wenn er ein Stück hineingeht ins Wasser, dann wird sie ihm folgen, und dann kann sie auch schwimmen.
Sie wendet sich um, in der anderen Richtung begrenzt der lange, gerade Rücken des Gehrenbergs ihr Blickfeld. Rundherum auf den Wiesen und Feldern wird gearbeitet, keiner hat Zeit zum Spazierengehen oder zum Schwimmen. Und sie hat schließlich heute auch noch viel zu tun. Sie hebt das Rad auf – jetzt geht es bergab, jetzt kann sie es laufen lassen.
Wie schön der See ist! Die Berge am anderen Ufer sind nicht zu sehen, Schönwetterdunst verbirgt sie. Das Wetter hält sich, sie werden das Heu trocken hereinbringen.
Es wird Zeit, daß sie heimkommt, sich um Jeannette kümmert und dann um das Abendessen. Das Essen für die Leute, das Essen für die Familie. Abends wird Rudolf mit am Tisch sitzen. Kein Adieu. Alles fängt erst an.
Sie war nie so weit entfernt von Jacob wie an diesem Nachmittag. Eine Viertelstunde später sieht sie ihn wieder.
Sie glaubt ihren Augen nicht trauen zu können, als sie in den Hof einbiegt. Fast fällt sie vom Rad, so stürmisch springt Bassy sie an, und da sitzen zwei auf der Bank vorm Haus, das ist Jacob und daneben Jeannette in dem Kleid mit den blauen Tupfen, und gerade als Madlon sie erblickt, lacht Jeannette mit zurückgebogenem Kopf, sie lacht tatsächlich, es klingt hell und fröhlich.

Und wie sieht sie aus, was hat sie mit ihrem Haar gemacht? Bisher trug sie es brav aufgesteckt, und heute fällt es in schimmernden langen Locken über die Schulter und über ihre Brust.
»Parbleu!« ruft Jacob und steht langsam und leicht schwankend auf.
»Madlon! Wie siehst du aus?«
›Parbleu‹ ist sein allerbestes Französisch, das konnte er immer schon. Und er sieht fabelhaft aus, Madlon kann nicht umhin, das auf den ersten Blick festzustellen. Auf den zweiten Blick sieht sie die Flasche auf dem Boden und daß er zuviel getrunken hat.
Sie stürzt auf Jeannette zu und reißt ihr das Glas aus der Hand.
»Was trinkst du denn da? Schnaps?« Und empört zu Jacob: »Bist du verrückt? Du kannst ihr doch keinen Schnaps geben.«
Jacob lacht.
»Ein sauberer Obstler, der hat noch keinem geschadet. Ein Mädchen aus Belgien, parbleu, die kann so was vertragen. N'est-ce pas, Jeannette?«
Und mit einem Kopfschütteln zu Madlon wiederholt er seine Frage: »Wie siehst *du* denn aus? Wo kommst du denn her? Beschäftigt dich Jona neuerdings für die Feldarbeit? Grüß dich Gott, Madlon.«
»Bonjour«, erwidert Madlon steif. Wie sie aussieht, kann sie sich ungefähr vorstellen, das Gesicht verbrannt, die Haare feucht und unordentlich, keine Spur von Schminke im Gesicht, natürlich, wozu denn auch?
»Und wo kommst *du* her?« fragt sie zurück, kippt das Glas, das sie Jeannette weggenommen hat, und gießt den Schnaps auf den Boden.
»Schade drum«, sagt Jacob. »Ich komme direkt aus Bad Schachen. Und ich sitze schon stundenlang hier auf der Bank. Gott sei Dank kam dann deine bezaubernde Nichte und hat mir die Zeit vertrieben.«
»So.«
Madlon mustert die bezaubernde Nichte prüfend. Das lieb-

reizende Gesicht unter dem weißen Strohhut ist zart und hell, weder gerötet von der Sonne noch vom Schnaps, viel kann sie nicht getrunken haben, die Augen sind blank, keine Spur von Tränen, sie lächelt zwar nicht mehr, blickt Madlon ein wenig ängstlich an, und die offenen Haare sind wirklich sehr dekorativ.
Madlon lächelt ihr zu und küßt sie dann auf die Wange.
»Tu es très jolie aujourd'hui, ma chère.«
Dann bekommt auch Jacob einen Kuß auf die Backe. »Fein, daß du da bist. Lange nicht gesehen. Soll ich euch einen Kaffee kochen? Ich muß mich erst waschen. Ihr habt euch also kennengelernt. Wie habt ihr euch eigentlich verständigt?«
»Och, das ging ganz einfach«, sagt Jacob. »Manchmal hab ich geredet, und sie hat zugehört, und dann hat sie geredet, und ich habe zugehört. Man kann sich verständigen, ohne sich zu verstehen.«
Madlon ist erstaunt. Sophistereien ist sie von Jacob nicht gewöhnt. Auf jeden Fall hat der Umgang mit ihm Jeannette gutgetan. »Na, wirklich schön, daß du gerade heute kommst. Jeannette hat nämlich Geburtstag.«
»Nein? Na so was! Das hat sie mir nicht erzählt. Oder wenn sie es erzählt hat, habe ich sie nicht verstanden. Wie gratuliert man denn auf französisch?«
»Du küßt sie rechts und links auf die Wange und sagst dann: Bon anniversaire.«
»Bon ... sehr schwierig. Ich fange lieber mit dem Küssen an.«
Madlon sieht gespannt zu, wie Jeannette sich verhält. Ganz normal. Die Nähe eines Mannes, die Küsse eines Mannes, wenigstens auf die Wangen, scheinen ihr kein Unbehagen zu bereiten. Jacob hat ein Wunder vollbracht. Es ist wirklich ein Grund, sich über sein Kommen zu freuen.
Madlon lächelt beide freundlich an.
»Dann unterhaltet euch noch ein bißchen weiter. Aber ohne Schnaps. Ich gehe mich waschen und bringe euch dann Kaffee. Und was deine Frage betrifft: Ich war zwar mit draußen auf den Wiesen, aber gearbeitet habe ich nicht, ich stelle mich zu ungeschickt an. Ich helfe hier nur ein wenig im Stall und

bin als Köchin engagiert. Jona kocht ja nicht, wie du sicher weißt, und seit Bärbel weg ist, hat eine von den Mägden die Küche übernommen, und das mochte keiner essen, was die zusammenpampte.«

»Na so was!« sagt Jacob zum zweitenmal. »Und du bist die ganze Zeit, seit du zurück bist, nicht in Konstanz gewesen?«

»Aber ja. Als wir kamen, blieben wir einige Tage drüben. Aber nun sind wir hier, und es gefällt uns sehr gut. Und wie du hörst, werde ich auch gebraucht.«

»Und das ist für dich ein großartiges Gefühl.«

Madlon nickt. »C'est vrai.«

Sie geht ins Haus, begleitet von der schweifwedelnden Bassy. Die Hündin mochte Madlon schon immer; seit sie die Küche übernommen hat, kennt ihre Zuneigung keine Grenzen.

Für gewöhnlich kocht auf den Höfen die Bäuerin für alle. Jona hat das nie getan. Nach dem Tod ihrer Großmutter war lange keine Frau im Haus, und damals war es eine der älteren Mägde, die den Küchendienst versah, und die lernte dann die nächste an, das ist die, die jetzt kopfwackelnd in der Küche sitzt.

Madlon sieht zuerst nach ihr, streicht ihr über den Kopf, schaut dann in den Wasserkessel, gießt eine geringe Menge davon ab und stellt es im dafür bestimmten Topf auf die Herdplatte. Dann schürt sie das glimmende Feuer an. Puh, heute wird es ihr noch wärmer werden.

Drüben in Konstanz haben sie einen Gasherd. Das ist natürlich praktisch, so etwas sollte es hier auch geben.

Sie geht in den kleinen Raum, der am Gang zwischen Wohnhaus und Stall liegt und in dem Rudolf sehr geschickt eine Art Badezimmer eingerichtet hat. Ein großer Zuber steht hier, Eimer mit Wasser, kalt genug, um zu erfrischen, aber nicht so kalt, daß es einem den Atem nimmt.

Madlon läßt den Rock zu Boden fallen, streift die naßgeschwitzte Bluse herunter und stellt sich in den Zuber, gießt Wasser hinein, nimmt den großen Schwamm und drückt ihn immer wieder über ihren Schultern und ihrem Rücken und Brüsten aus. Das tut gut.

Natürlich gibt es im Haus auch ein richtiges Badezimmer, mit einer Badewanne auf hohen Beinen und einem Badeofen zum Heizen. Auf diesen städtischen Komfort mochte Jona nicht verzichten, nachdem sie ihn einmal kennengelernt hatte. So wie vieles auf diesem Hof anders ist als auf den Höfen rundum. Jona war ja nie allein nur auf den Ertrag des Hofes angewiesen, sie ist schließlich die Frau eines wohlhabenden Bürgers. Sie muß auch nicht sparen mit dem Personal, sie kann sich einen Knecht, eine Magd mehr leisten als der gewöhnliche Bauer. Sie hätte es auch nicht nötig, selbst das Heu auf ihren Wiesen zu wenden. Aber das will sie, das läßt sie sich nicht nehmen.

Madlon bindet ihr Haar mit einem Band zurück, zieht einen losen Kittel über den nackten Körper, der schlank und straff ist wie bei einem jungen Mädchen. Sie fühlt sich fabelhaft. Zu alt, lächerlich. Sie könnte Bäume ausreißen.

Daß Jacob gekommen ist, irritiert sie nicht im geringsten. Einmal mußte er ja kommen. Und wenn seine Sehnsucht nach ihr sich in Grenzen hielt, so braucht sie ihm auch nicht vorzuspielen, daß sie vor Verlangen nach ihm vergeht. Er wird hier im Haus schlafen, und sie schläft drüben mit Jeannette, und falls er denkt, daß heute nacht – o nein, das wird leider nicht möglich sein.

Ob er Clarissa inzwischen getroffen hat? Er sieht so aus wie immer, wenn er von einer Frau befriedigt ist. Sie weiß schließlich sehr genau, wie er dann aussieht. Wenn nicht Clarissa, dann war es eine andere in Bad Schachen, Madlon ist das sogleich klar.

Eifersucht? Nicht die Spur. Eher ein Gefühl der Erleichterung.

Eine Weile später kommt sie mit dem Tablett wieder vor das Haus und stellt alles auf den Tisch unter dem Apfelbaum.

»Zum Kuchenbacken bin ich leider nicht gekommen. Hier ist Brot, Butter und Apfelgelee. Aber eßt nicht zuviel, es gibt heute ein gutes Abendessen. As-tu compris, ma petite?«

Jeannette nickt und lächelt, sie ist wie ausgewechselt, liegt es nun am Gespräch von gestern abend, liegt es an Jacobs anregender Gesellschaft, egal, Hauptsache, es ist, wie es ist.

Es wird alles gut werden, denkt Madlon, während sie den Kaffee einschenkt. Irgendwie wird alles gut werden. Wir werden das Kind kriegen, und ich muß Jacob nicht verlassen, aber ich kann trotzdem Rudolf lieben, und Jona wird es verstehen.
Die ganze Verzweiflung, die sie auf der Herfahrt empfunden hat, ist schlagartig verschwunden. Es gibt nichts, was sie sich jetzt am späten Nachmittag dieses heißen Junitages unter dem Apfelbaum nicht zutrauen würde. Sie ist stark und mutig und ihrer selbst ganz sicher.

Der Abend verläuft zunächst in voller Harmonie und zu aller Zufriedenheit. Madlon zaubert in der Küche; nachdem die Tiere versorgt sind, finden sich die Leute in der Diele hinter der Küche ein, wo Madlon den Tisch für sie vorbereitet hat. Es ist ihre Idee, daß sie im Sommer hier essen sollen, in der Küche sei es zu warm, findet sie.
Auf Jonas Hof sind auch die Eßgewohnheiten anders als auf den anderen Höfen. Normalerweise essen der Bauer und die Bäuerin gemeinsam mit den Leuten. Aber nach dem Tod ihres Vaters hat Jona es eingeführt, daß sie allein mit ihrem Verwalter ißt. Beziehungsweise mit ihren Gästen, falls welche im Hause sind.
Daran hat sich das Gesinde mittlerweile gewöhnt.
Es ist immer wie ein Bannkreis um Jona. Man respektiert sie, achtet vor allem ihre Arbeitsleistung, schätzt ihre Gerechtigkeit und den guten Lohn, den sie zahlt, und im übrigen weiß jeder genau, wie er mit ihr dran ist. Sie wird keinen im Stich lassen, der krank oder alt wird, aber sie schmeißt rücksichtslos jeden hinaus, der faul oder falsch ist.
Diese Distanz zu ihrer Umwelt existiert nicht nur auf dem eigenen Hof, auch die Bauern in den umliegenden Orten und Gehöften können nicht viel mit ihr anfangen, und sie trifft selten mit ihnen zusammen. Jeder weiß, wer sie ist, daß sie eine halbe Bäuerin und eine halbe Städtische ist und in vieler Beziehung eine ungewöhnliche Erscheinung, mit der man nicht recht reden kann. Schon, daß sie keinen Dialekt spricht, ist befremdlich. Es ging ja auch Peter Meinhardt schon so; ganz gleich, wie lange er den Hof seines Schwiegervaters bewirtschaftet hatte, wurde er von den alteingesessenen Bauern nie so recht angenommen.
Seltsamerweise hat Madlon, die Ausländerin, sofort guten

Kontakt zu den Leuten auf Jonas Hof gefunden. Nach anfänglichem Mißtrauen begegnet man ihr jetzt mit Zutraulichkeit, sogar mit Zuneigung, und das sowohl von männlicher wie von weiblicher Seite. Und man ist jeden Tag gespannt darauf, was sie wohl auf den Tisch bringen wird.
Heute sind es Carbonades flamandes, ein belgisches Nationalgericht, das sind gebratene Rindfleischstücke in Zwiebelsauce, dazu gibt es eine Riesenschüssel Kartoffeln, und sie legt auch jedem noch vier Stangen Spargel auf den Teller. Sie sollen alle etwas merken von Jeannettes Geburtstag. Daß man von Tellern und nicht mehr aus einer gemeinsamen Schüssel ißt, hat Jona schon vor Jahren bestimmt; nach anfänglichem Befremden haben sich die Leute daran gewöhnt, nun fühlen sie sich in gewisser Weise aufgewertet. Tatsache ist, daß man gern bei Jona arbeitet, sie hat wenig Wechsel im Gesinde, die meisten sind schon seit Jahren bei ihr und arbeiten zum größten Teil sehr selbständig.
Daß sie beispielsweise zum Großknecht sagt: »Du machst das schon richtig, da brauch ich mich weiter nicht darum zu kümmern«, führt meist zu einem positiven Ergebnis. Oder wenn ein Jungknecht eingestellt wird: »Du schaust nach dem Buben, daß er alles recht gezeigt bekommt, und schaust auch drauf, daß er nicht zu kurz kommt.«
Vor zwei Jahren, als sie Rotlauf im Schweinestall hatten und alle Schweine, einschließlich der zweiunddreißig Ferkel, notgeschlachtet werden mußten, was ein großes Unheil auf einem Hof bedeutet, empfand keiner Schadenfreude, alle litten ehrlich mit der Herrin und den Tieren. Seitdem haben sie übrigens keine Schweine mehr auf dem Hof. Sie haben dafür mehr Kühe und entsprechend mehr Kälber, der Stier wird alle zwei Jahre gewechselt, damit es keine Inzucht gibt, und er ist jedesmal ein Prachtexemplar, das Jona sorgfältig aussucht. Das hatte zur Folge, daß sie mehr Raps anbauen, denn der Raps ist wichtig für die Kälberzucht. Außerdem liebt Jona den Anblick der blühenden gelben Rapsfelder im Mai.
Die Rapsernte steht bevor, Ende Juni wird es soweit sein, er hat wundervoll geblüht in diesem Jahr und verspricht einen guten Ertrag.

Alles in allem verfügt der Hof über ein Drittel Grünland und zwei Drittel Ackerland, einschließlich Futteranbau und Kartoffeln. An neu auf den Markt kommenden Maschinen ist Jona immer interessiert, im vergangenen Jahr hat sie eine Sämaschine angeschafft, was die Aussaat erleichtert und beschleunigt.
Madlon steht noch eine kleine Weile unter der Küchentür, sieht ihnen zu, wie sie essen. Daß es ihnen schmeckt, ist unüberhörbar. Sie lächelt zufrieden vor sich hin und macht sich daran, das Abendessen für die Familie zu bereiten. Die Kartoffeln sind fast gar, auch der Spargel, Jeannette hat beim Schälen geholfen, nun muß Madlon noch die Escalopes, phantasievoll gewürzt, in die Pfanne legen. Im Augenblick hat sie alle Bedrängnis vergessen, sie ist ganz ausgefüllt von dem, was sie tut, und empfindet die tiefe Befriedigung, die die Zubereitung eines gelungenen Mahles dem Koch oder der Köchin vermittelt. Sie hat immer gern gekocht, auch während des Feldzuges; wenn sie einmal in Ruhe lagen, und die Männer hatten Wild geschossen, sagte Lettow jedesmal: Laßt die Finger davon; was ich esse, soll Madlon kochen.
Eine Suppe hat sie sich geschenkt bei der Hitze, dafür bekommt jeder als ersten Gang eine Schüssel frischen Salat aus dem Garten vorgesetzt. Den Salat vor dem Hauptgericht zu servieren, ist nun wiederum eine Sitte, die Madlon eingeführt hat. Zum Nachtisch gibt es eingezuckerte Erdbeeren mit flüssiger Sahne, es sind die ersten in diesem Jahr, es gibt sie am Familientisch und in der Gesindestube, und auch hier war Jeannette, eine Schürze über das weiße Kleid mit den blauen Tupfen gebunden, bei der Zubereitung behilflich; Jacob übrigens auch.
Alles in allem muß jeder anerkennen, daß Madlon tüchtig und rasch gearbeitet hat, seit sie von den Wiesen zurückgekehrt ist; das Essen steht pünktlich auf dem Tisch, es schmeckt allen hervorragend.
Jacob sagt, nach dem Essen: »Sitten sind hier eingerissen auf diesem Hof! Man könnte meinen, man speist beim Markgrafen.«
»Madlon ist die beste Köchin, die wir je hatten«, gibt Jona zu.

»Ich werde sie gewiß nicht so schnell wieder entlassen.«
»Und jetzt lerne ich auch noch Spätzle machen. Berta hat es mir schon mal gezeigt, und Dorle kann es auch. Beim nächstenmal gibt es Rehbraten mit Spätzle, vorausgesetzt, Rudolf schießt uns ein Reh.«
»Man spricht im Dorf darüber, wie bei uns gegessen wird, seit die Französische im Haus ist«, berichtet Rudolf. »Unsere Leute erzählen stolz davon, nach der Kirche oder sonntags im Wirtshaus oder wo sie halt zusammentreffen.«
»Die Französische?« fragt Madlon entzückt. »Nennt man mich so?«
»Ja, so nennt man dich. Die Dörfler sehen dich manchmal auf Tango reiten, oder sie sehen dich den Wagen kutschieren, wenn du zum Einkaufen fährst, sie finden dich höchst ansehenswert, und daß du zu alledem noch so gut kochen kannst, verschafft dir Hochachtung.«
Madlon strahlt Jacob an.
»Na, was sagst du?«
»Ich wußte schon immer, daß du eine tüchtige Person bist. Was würden sie erst sagen, wenn sie dich mit dem Gewehr in der Hand gesehen hätten, wie du kaltblütig unsere Feinde niedermähst.«
»Jetzt übertreibst du. Ich denke nicht mehr gern daran. Und ich glaube, heute könnte ich das gar nicht mehr. Auf Menschen schießen, meine ich.«
»Das tut keiner gern. Es war halt Krieg.«
Jacob erzählt dann lange vom Onkel General, mit dem er den ganzen Krieg noch einmal geführt hat. Und wie gut Tante Lydia ihn versorgt hat.
»Ich habe dort auch sehr gut gegessen, da ist mir nichts abgegangen.«
»Man sieht es dir an«, sagt Madlon. »Du hast lange nicht so gut ausgesehen. Viel an der Luft, keine Malaria, nein?«
»Nicht die Spur.«
»Und auch sonst netten Umgang?«
»Sehr nett. Bad Schachen ist voll von Kurgästen, eine Menge hübscher Frauen laufen da in der Gegend herum. Ich wäre ja sehr gern mal ins Hotel zum Tanzen gegangen, aber mit mei-

nem blöden Bein geht das leider nicht. Aber was einem hier an reizenden Frauen geboten wird, da kann Bad Schachen nicht mit. Eine hübscher als die andere.«
Er hebt sein Glas, trinkt seiner Mutter zu, dann Madlon, schließlich Jeannette. Und jede der Damen bekommt ein Lächeln dazu, dieses verführerische, ein wenig unverschämte Lächeln, das ihm gelingt wie keinem sonst.
Madlon, die ja nicht jedes Wort übersetzen kann, dolmetscht jedoch die letzten Sätze Jacobs und sieht mit Staunen, daß Jeannette ihn geradezu schwärmerisch anblickt, als sie ihr Weinglas in die Hand nimmt. Jacob hat offenbar großen Eindruck auf die kleine Nichte gemacht. Jetzt fehlt bloß noch, daß sie sich in Jacob verliebt, denkt Madlon, dann haben wir ein totales Durcheinander.
Jacob ist bester Laune und sehr gesprächig, damit wird die Müdigkeit derjenigen, die von draußen gekommen sind, erst einmal überbrückt; erst später, als sie beim Wein sitzen, muß Jona öfter gähnen. Rudolf ist den ganzen Abend über ziemlich schweigsam, Jonas Blicke gehen von einem zum anderen, sie ist sich über die verworrenen Gefühle der hier Sitzenden vollkommen klar. Einzig Jacob wirkt ganz unbefangen.
Erstaunen zeigt er erst, als er erfährt, daß Madlon und Jeannette drüben auf dem anderen Hof wohnen.
»Warum denn das? Ihr habt doch hier im Haus Platz genug.«
»Eigentlich nicht«, sagt Madlon gelassen. »Drüben haben wir jeder unser eigenes Zimmer zum Schlafen und noch eine gemeinsame Wohnstube und auch eine Küche, wir müssen nicht ununterbrochen Jona auf die Nerven fallen.«
»Das hört sich an, als hättest du dich für einen längeren Aufenthalt eingerichtet. Ich dachte, du kommst morgen mit mir nach Konstanz zurück.«
Mit einem Blick auf Jeannette: »Mit ihr natürlich. Sicher wird es deiner Nichte auf die Dauer doch zu langweilig hier.«
»Sie hat sich noch nicht darüber beklagt. Sie hat mindestens zwei von den Katzen immer mit drüben, auch Bassy besucht uns oft. Und wie du gesehen hast, füttert Jeannette bereits ganz selbständig die Hühner.«

»Ja«, er nickt, leicht verwirrt, »ich habe es gesehen. Du kommst also wirklich nicht mit?«
»Nicht jetzt. Wenn die Heuernte vorüber ist, können wir ja mal ein paar Tage rüberkommen.«
Von Jeannettes Zustand sagt sie nichts, sie hat auch nicht die Absicht, ihm das mitzuteilen. Das geht Jacob gar nichts an. Und die Familie in Konstanz auch nicht.
»Wie mir scheint«, sagt Jacob langsam, »bist du dabei, die Gewohnheiten meiner Mutter zu übernehmen. Dein Leben zwischen diesem und jenem Ufer aufzuteilen.«
Madlon lacht ein wenig unsicher.
»Die Verhältnisse sind wohl anders. Jona hatte ja immer an beiden Ufern eine Aufgabe zu erfüllen.«
»Und du?«
»Ich habe zur Zeit hier eine.«
»Und drüben nicht? Welche Rolle hast du mir zugedacht? Ich fürchte, daß ich nicht so nachsichtig bin wie mein Vater.«
»Ach, Jacques, mach keine Affäre daraus. Bis jetzt warst du ja nicht da. Ich komme hinüber, sobald das Heu drinnen ist.«
»Und wer kocht dann das fabelhafte Essen für Jonas verwöhntes Gesinde?«
Jona gähnt.
»Geh, spiel dich nicht auf, Jacob. Kein Mensch will dir deine Frau wegnehmen.« Was eine Lüge ist, wie sie weiß. »Sie denkt halt, daß der Kleinen die Landluft guttut. Sie hat allerhand mitgemacht, erst der Tod ihrer Schwester, mit der sie zusammengelebt hat, und dann ist ihr Verlobter bei einem Unfall umgekommen. Bissel blutarm ist sie auch, wir päppeln sie hier auf.«
»Hast du Angst, daß sie in Konstanz verhungern müßte?«
Madlon hat den Atem angehalten. Was für eine großartige Lüge ist Jona da soeben eingefallen! Jeannettes Verlobter sei bei einem Unfall umgekommen. Warum ist sie nicht selbst darauf gekommen? Das ist überhaupt die allerbeste Erklärung, die es für Jeannettes Zustand und ihre nie versiegenden Tränen gibt. Das ist die Lesart, die von jetzt an alle Leute hören werden; so nach und nach wird sie, Madlon, dazu eine Bemerkung machen, dem Gesinde gegenüber, jedem gegen-

über, der mit der Zeit sehen wird, was mit Jeannette los ist. Und zweifellos ist es Rudolfs Verdienst, daß Jona darauf kam. Als er nämlich an diesem Nachmittag davon sprach, wie viele Kinder nach dem Krieg ohne Vater aufwachsen müssen.

Jonas und Madlons Blicke treffen sich, Madlon legt zwei Finger an die Lippen, sie muß sich beherrschen, um nicht vor Begeisterung aufzuspringen und Jona zu umarmen.

Rudolf sitzt stumm dabei und verzieht keine Miene.

Und Jeannette erwidert scheu Jonas Lächeln, dieses Lächeln mit leicht vorgeschobener Unterlippe, aus dem Mundwinkel heraus, das sehr viel Ähnlichkeit mit Jacobs Lächeln hat.

Wie gut, wie gut, très bon, daß Jeannette nicht versteht, was gesprochen wird. Gar nicht so dringend nötig, daß sie Deutsch lernt. Gelegentlich wird Madlon ihr auseinandersetzen, wie die neue Lage aussieht.

Immerhin merkt Jeannette, daß man über sie spricht. Das bringt wieder ein Zittern auf ihre Lippen. Erzählen sie jetzt dem schönen blonden Mann, was mit ihr los ist? Was für eine sie ist? Doch er sieht sie gar nicht an, weder Empörung noch Verachtung klingt aus seiner Stimme.

»So, verlobt war sie auch schon.«

Mit Emphase spinnt Madlon den Faden weiter.

»Ja, denk dir! Ein netter Mann muß es gewesen sein, ein richtiger Flame, blond und stattlich.« Und nun kommt ihre Phantasie richtig in Schwung, schwindeln konnte sie schon immer sehr gut. »Er war bei der belgischen Handelsflotte, Heimathafen Antwerpen. Sein Schiff ist in diesem Frühjahr ausgelaufen, ein paar Tage zuvor hat Jeannette ihn noch gesehen, und dann die Frühjahrsstürme im Kanal, das Schiff kam in Seenot. Es ist nicht untergegangen, aber ein paar Mann gingen über Bord und konnten nicht gerettet werden. Ihr Verlobter war dabei. Er war Zweiter Offizier auf dem Schiff.« Wenn schon, denn schon. Mit einem einfachen Matrosen gibt Madlon sich nicht zufrieden.

Jetzt ist es an Jona und Rudolf, bewundernd auf Madlon zu blicken. Es klingt so aufrichtig und überzeugend, was sie sagt, kein Mensch käme auf die Idee, daran zu zweifeln. Sie hat sie beide zu Komplizen gemacht, gegen Jacob, Madlons Mann.

Jacob sieht Jeannette liebevoll und mitleidig an.
»Das arme Kind! Jetzt verstehe ich, warum du sie mitgebracht hast. Nein, es ist wohl wirklich besser, wenn sie eine Weile hierbleibt, aber vielleicht hätte sie drüben in Konstanz mehr Abwechslung.«
»Ja, sicher«, sagt Madlon, »wir kommen auch bald hinüber. Du hast jedenfalls heute sehr hilfreich gewirkt. Es ist der erste Tag, seit sie hier ist, daß sie nicht geweint hat.«
»Sie hat sogar gelacht«, sagt Jacob stolz.
»Siehst du! Du bist und bleibst eben ein unübertroffener Charmeur.« Zuviel, Madlon, zuviel? Auch Lügen haben ihre Grenzen. Sie könnte nun den Rest erzählen, Jeannettes verzweifelte Situation. Aber sie tut es nicht. Noch nicht. Er wird es rechtzeitig erfahren.
»Ihr kommt also morgen nicht mit mir nach Konstanz?«
»Jetzt nicht, Jacob, du weißt ja . . .«
»Das Heu, ich weiß.«
Jona gähnt vernehmlich.
»Wollen wir nicht schlafen gehen? Wir müssen morgen früh heraus.«
»Und wo, wenn ich mir die Frage erlauben darf, werde ich schlafen?«
»Du schläfst oben in deinem Zimmer, wo du immer schläfst«, sagt Madlon schnell. »Es steht seit Wochen für dich bereit.«
Er ist nahe daran, die Bemerkung zu machen, daß sich in dem Zimmer zwei Betten befinden und daß sie bisher gemeinsam dort geschlafen haben. Doch er denkt nicht daran, sich als Ehemann aufzuspielen. Erstens merkt er, wie einig sie sich sind, gegen ihn, und zweitens kennt er diesen Ausdruck von Entschlossenheit auf Madlons Gesicht. Sie ist in Kampfstimmung, er weiß zwar nicht, warum, doch er macht sich nicht die Mühe, es herauszufinden. Auf jeden Fall weiß er nun, daß sie sich wohl fühlt auf Jonas Hof und daß es sie befriedigt, etwas zu tun zu haben. Das wundert ihn nicht. Untätigkeit ist ihr ein Greuel.
Um zu zeigen, daß es ihm genauso ergeht, rückt er jetzt damit heraus, was er keinesfalls ernsthaft erwogen hat, was nur ganz vage in seinem Kopf herumspaziert ist.

Sein Vater hat ihm aus Konstanz einen Brief nachgeschickt, den er gelesen und in die Tasche gesteckt hat, ohne mit Lydia und dem General darüber zu sprechen.
Aber jetzt spricht er davon.
»So, so«, macht er langgedehnt, füllt sein Glas wieder und blickt mit Gemächlichkeit von einem zum anderen. Wenn sie denken, sie können ihm imponieren, indem sie ihm die fleißig arbeitende Landbevölkerung vormimen, täuschen sie sich, er kann ihnen gleichfalls Tatendrang beweisen.
»Es ist nur so, Madlon, ich hätte gern einmal in Ruhe ein ernsthaftes Gespräch mit dir geführt. Unsere Zukunft betreffend. Und ich wollte die Angelegenheit zunächst mit dir allein besprechen. Aber da sich offenbar keine Gelegenheit bietet, reden wir halt jetzt darüber.«
Das war schon einmal ein spannender Anfang. Erwartungsvolles Schweigen herrscht um den Tisch. Beeindruckt hat er sie auch. Jacob Goltz hat sich mit seiner Zukunft beschäftigt.
Sein überlegener Gesichtsausdruck macht Madlon ein wenig nervös. Will er sich scheiden lassen und Clarissa heiraten?
Er kann sich gar nicht scheiden lassen, denkt sie, weil wir nicht richtig verheiratet sind. Parbleu, Jacques, c'est ça.
»Schieß los«, sagt sie burschikos.
Er erspart sich eine weitere Einleitung.
»Ich habe die Absicht, nach Afrika zurückzukehren.«
Es ist ein Volltreffer, das Schweigen um den Tisch hält an.
»Mit dir natürlich. Ich dachte, wir beide versuchen es noch einmal in jenem Erdteil, in dem wir uns ja sehr wohl gefühlt haben.«
Nun geschieht etwas Überraschendes. Madlon wirft den Kopf in den Nacken und lacht. Sie muß so lachen, daß ihr Tränen in die Augen treten. Jetzt sehen alle sie an, ihr unmotiviertes, unbeherrschtes Lachen ist keinem verständlich.
Aber ist es nicht komisch? Sie selbst hat heute nachmittag an Afrika gedacht, an den Kongo. Daß sie dorthin gehen könnte mit Rudolf. Und Rudolf seinerseits hat eine Auswanderung nach Amerika erwogen. Was ist nur los an diesem Tag, reitet der Teufel durch die warme Bodenseeluft?

»Was gibt es da zu lachen?« fragt Jacob beleidigt.
»Es ist zu komisch«, japst Madlon. »Du willst nach Afrika? In den Kongo vielleicht?«
»Nein, nach Südwest.«
»Südwestafrika? Wie kommst du bloß darauf. Das ist englisches Mandat. Du wolltest doch nicht zu den Engländern.«
»Der Krieg ist seit sechs Jahren vorbei. Inzwischen haben sich alle etwas beruhigt. Die Deutschen sind gar nicht so unbeliebt bei den Engländern. Denen hat es nämlich imponiert, wie tapfer wir uns geschlagen haben. In dieser Beziehung sind sie ein faires Volk.«
»Und deine Malaria?«
Er macht eine wegwerfende Handbewegung. »Halb so schlimm. Deswegen denke ich auch an Südwest, dort ist das Klima weitaus besser. In der Gegend von Windhuk soll es sehr angenehm sein. Windhuk liegt ziemlich hoch, schöne grüne Täler, reichlich Wasser, sie züchten dort besonders gesundes Vieh.«
»Schöne grüne Täler, reichlich Wasser, gesundes Vieh«, wiederholt Jona, und denkt: das haben wir hier auch.
Doch das spricht sie nicht aus. Das Vieh in ihrem Stall und auf ihren Weiden hat ihn noch nie interessiert.
»Wie kommst du denn darauf?« wiederholt Madlon. Sie läßt den Blick rasch über die Gesichter gleiten. Jona sieht man nicht an, was sie denkt. Rudolf hat den Kopf geneigt, eine steile Falte steht zwischen seinen Brauen. Verständnislos und hübsch anzusehen sitzt Jeannette zwischen ihnen, zum erstenmal mit dem Kuhausdruck werdender Mütter im Gesicht.
»Du erinnerst dich an Georgie? Georgie von Garsdorf?«
»Natürlich.«
»Er hat mir geschrieben. Und zwar hat er jetzt in der Nähe von Windhuk eine Farm, ein Riesenbesitz. Das sind ja in Afrika sowieso ganz andere Dimensionen als bei uns in Deutschland.«
Das mußte ja wieder einmal gesagt werden, denkt Jona und wirft einen schiefen Blick auf ihren Sohn.
»Es geht ihm ganz großartig, schreibt Georgie, er hat bereits viele Freunde unter den Engländern und den Buren, die ha-

ben gar nichts gegen ihn. Aber es sind auch noch viele Deutsche da, Südwest war ja sowieso immer besser besiedelt als Deutsch-Ost. Seit drei Jahren ist er schon wieder unten, die Farm hat er offenbar bald erworben. Zu Hause hat es ihm nicht mehr gefallen. Er ist nämlich Oberschlesier, und da, wo er herkommt, regieren jetzt die Polen. Sein Vater war Bergwerksdirektor oder so was Ähnliches. Na, jedenfalls hat er eine Jugendfreundin geheiratet, die Tochter von einem Gut, und der gefällt es in Afrika auch allerbestens.«
Keiner sagt etwas.
Also fährt Jacob fort: »Wir sollen ihn mal besuchen und uns alles anschauen, er könnte gut einen Partner für die Farm brauchen, für *eine* Familie sei der Besitz viel zu groß.« Er sieht seine Mutter an. »Ich denke mir, daß Vater mir mein Erbteil auszahlen würde, so daß ich mich bei Georgie beteiligen oder auch etwas anderes kaufen könnte.«
Von dem Haus in Bad Schachen, das er erben wird und das ihm auf alle Fälle als pied-à-terre in Deutschland zur Verfügung steht, sagt er nichts. Außerdem ist alles, was er von sich gibt, eine Eingebung des Augenblicks. Bisher hat er keine Minute ernsthaft darüber nachgedacht.
»Woher hatte er denn deine Adresse?« fragt Madlon.
»Er hat bei Lettow-Vorbeck in Bremen nachgefragt.«
»Deutsch-Südwestafrika«, murmelt Madlon. Sie ist nun wirklich aus der Fassung geraten, das Lachen ist ihr vergangen. »Das kennst du doch gar nicht.«
»Na, wenn schon. Georgie hat es auch nicht gekannt. Auf jeden Fall ist das Klima viel angenehmer als in Deutsch-Ost. Und es heißt nun auch nicht mehr Deutsch-Südwestafrika, sondern Südwestafrika, und ist, wie du ganz richtig bemerkt hast, englisches Mandat. Es grenzt an Südafrika, auch keine schlechte Gegend, nach allem, was man so hört.«
Jona lehnt sich in ihren Stuhl zurück und unterdrückt ein erneutes Gähnen. Sie ist müde, ihre Beine sind bleischwer. So leicht fällt ihr die Arbeit nicht mehr. Unter halbgesenkten Lidern betrachtet sie die Tischrunde. Sie weiß von jedem, wie es in seinem Inneren aussieht. Nur von ihrem Sohn weiß sie es nicht.

Das Erbteil will er ausgezahlt haben und in Afrika eine Farm bewirtschaften. Farmer will er werden, Bauer auf gut deutsch, genau das, was er bisher weit von sich gewiesen hat. Vermutlich lebt ein Farmer in Afrika leichter und großzügiger als ein Bauer am Bodensee, Kolonialverhältnisse sind es schließlich immer noch, mit eigenen Händen muß da wohl keiner arbeiten. Ihr Blick bleibt an ihrer Schwiegertochter haften. Die scheint etwas überrumpelt von Jacobs Vorschlag.
Madlon zündet sich eine Zigarette an, leert ihr Glas und schiebt es Jacob hin, damit er es wieder füllt.
Dann sagt sie, an alle gewendet: »Georgie war unser jüngster Leutnant. Der schlechteste Soldat, der mir je begegnet ist. Er wollte immer gern tapfer sein, aber seine Angst war meist größer. Er spielte sich als Abenteurer auf, aber er war nichts weiter als ein verwöhntes Bürschchen. Jacob hat er immer sehr bewundert und hielt ihn für den größten Helden aller Zeiten. Nach dem General natürlich.«
»Er hat auch dich immer sehr bewundert, Madlon, und war schrecklich verliebt in dich.«
»Ein wenig vielleicht.« Auch er war Zeuge bei der Heirat im Busch. Als sie überfallen wurden, schrie er: »Der Missionar! Der Missionar, den hat's erwischt.« Und dann lief er auch schon um sein Leben.
Ach ja, Georgie! Sie sieht ihn vor sich, blond, nicht sehr groß, furchtbar dünn, schmale, sensible Hände und ein weicher Mund. Als Farmer in Afrika kann sie ihn sich kaum vorstellen, aber vielleicht ist die Frau, die er geheiratet hat, sehr tüchtig. Frauen sind es ja zumeist, in Afrika und anderswo, die den Laden schmeißen müssen.
Das denkt sie wörtlich, den Ausdruck hat sie in Berlin gelernt. »Seine Mutter ist Engländerin«, erzählt sie weiter, »es war ihm sehr zuwider, daß er gegen die Engländer kämpfen mußte. Ich komme mir vor wie ein Muttermörder, sagte er immer. Möglicherweise ist es jetzt für ihn ganz günstig, daß er ein halber Engländer ist.« Sie hat ihre Fassung wiedergefunden. »Ich finde es nett, daß er dir geschrieben hat, Jacob. Schreib ihm doch auch mal. Und wenn du Lust hast, besuchst du ihn halt. Du mußt ja nicht gleich eine Farm kaufen.«

»Und du?«
»Ich habe kein Geld für so eine weite Reise.«
»Red doch nicht so einen Quatsch!« fährt Jacob sie zornig an. »Wenn ich das Geld für die Reise habe, dann habe ich es auch für dich.«
»Du bekommst es von deinem Vater. Geld für die Reise und Geld, um dich eine Weile dort aufzuhalten. Um dich umzuschauen, wie du sagst. Nicht einzusehen, warum dein Vater auch noch das Reisegeld für mich zahlen soll. Es herrschen schlechte Zeiten in Deutschland. Es ist nicht so, daß alle Leute bis zum Hals in Geld stecken, auch deine Familie in Konstanz nicht mehr. Immas Mann hat mir einen langen Vortrag darüber gehalten, als ich aus Belgien zurückkam. Er fand, ich hätte viel zuviel Geld auf dieser Reise ausgegeben.« Sie hebt den Finger und blickt tadelnd über eine imaginäre Brille. »Es ist durchaus nicht nötig, meine liebe Madlon, daß man immer in den teuersten Hotels absteigt. Und reisen kann man auch dritter Klasse. Ich fahre *immer* dritter. Und dabei ist mir ... wie sagte er doch gleich? ein ganz ulkiger Ausdruck. Ach ja, dabei ist mir noch kein Zacken aus der Krone gebrochen.«
Alle lachen jetzt, erleichtert, daß die Spannung gewichen ist. »Und dann«, fährt Madlon fort, »hat er noch hinzugefügt: Soviel mir bekannt ist, meine liebe Madlon, stammst du ja auch nicht gerade aus Verhältnissen, die einen derart aufwendigen Lebensstil obligatorisch machen.«
»Dieser unverschämte Lümmel!« ruft Jacob empört.
»Ich fand's auch nicht besonders vornehm, so was zu sagen. Aber recht hat er.«
»Du weichst mir aus, Madlon«, sagt Jacob mit leiser Schärfe in der Stimme. »Ich will, daß du mit mir fährst. Du solltest dir genau wie ich Land und Leute ansehen und auch das, was wir eventuell kaufen würden.«
»Ich möchte weder dorthin fahren noch dort etwas kaufen.«
»Was heißt das?« Seine Stimme wird jetzt laut, sie kennt ihn gut genug und weiß, daß er kurz vor einem Jähzornsausbruch steht. Genaugenommen blamiert sie ihn ja hier vor seiner Mutter, und das sollte sie nicht tun.
Sie lächelt und lenkt ein.

»Das kommt alles sehr plötzlich, nicht? Du mußt mir etwas Zeit geben, darüber nachzudenken. Und ich denke, daß auch du diese Zeit noch brauchst. Wann hast du eigentlich Georgies Brief bekommen?«

Er gibt keine Antwort, blickt sie finster an.

Jona lächelt, ein wenig spöttisch und sehr überlegen. Sie nimmt ihren Sohn nicht ernst und glaubt nicht im mindesten an seine Pläne. Mal da hinfahren mit Vaters Geld, ja, das vielleicht. Mehr aber nicht.

Aber genau wie Madlon möchte sie Streit und Ärger vermeiden.

»Madlon hat recht«, sagt sie, und es klingt abschließend. »Man muß das alles gut überlegen. Sprich doch erst einmal mit Vater darüber.« Was Unsinn ist, wie jeder weiß. Was soll der gute Ludwig zu Afrika sagen?

»Laß dir erst einmal von deinem Freund genau berichten, und dann machst du halt eine Informationsreise.«

»Ich fahre nicht ohne Madlon«, sagt Jacob gereizt.

»Brauchst du ja auch nicht. Wir werden schon zusammenlegen für das Reisegeld. Kinder, es ist Zeit, schlafen zu gehen. Morgen müssen wir wieder früh aufstehen.«

Jona steht auf, und Madlon benutzt die Gelegenheit, sich ebenfalls zu erheben, sie stellt sich hinter Jeannette und legt ihr beide Hände auf die Schultern. »Damit das klar ist, Jacques. Ich will jetzt nicht wegfahren. Nicht, solange sie hier ist.«

Jacobs Blick ist kalt wie Eis. Er fühlt sich verraten von ihr. »Ich habe nicht gesagt, daß wir morgen reisen. Du kannst ruhig hier noch ein bißchen kochen und deine Nichte verwöhnen. Wir werden im September fahren. Ich werde mich inzwischen um die Schiffspassagen kümmern.«

Alles schweigt, Madlon hat die Unterlippe zwischen die Zähne gezogen, und Jona hat Angst, daß sie gleich etwas Nichtwiedergutzumachendes sagen wird, sie legt warnend ihre Hand auf Madlons Arm.

Jacob sieht es und verzieht spöttisch den Mund. Er kommt sich so fremd vor in diesem Haus, auf seiner Mutter Hof, wie nie zuvor.

»Mich entschuldigt ihr wohl. Es ist etwas spät, um heute noch zu fahren, aber morgen seid ihr mich wieder los. Gute Nacht allerseits.«

Er geht aus dem Zimmer, die Treppe knarrt unter seinem Schritt, oben klappt die Tür zu.

Jeannette blickt verwirrt zu Madlon auf, die immer noch hinter ihr steht und ihre Finger geradezu in Jeannettes Schulter krallt. Es gab Ärger, das hat Jeannette mitbekommen. Sonst hat sie nichts verstanden. Die andern sind betreten. Madlon schämt sich. Sie hat Jacob im Stich gelassen, das hat sie noch nie getan.

Sie ist wieder da, wo sie am Nachmittag war. Ratlos und verzweifelt. Ihre Augen füllen sich mit Tränen, sie flüstert: »Oh, mon dieu! Que dois-je faire?«

Sie läßt Jeannette los, wendet sich zur Tür, bleibt wieder stehen. Soll sie hinaufgehen zu ihm? Mit ihm schlafen in dieser Nacht? »Jona! Rudolf! Was soll ich tun?«

Rudolf, der als einziger noch am Tisch sitzt, erwidert Madlons Blick nicht.

Jona hat mehr Mitleid mit Rudolf als mit ihrem Sohn. Das ist nicht normal, sie weiß es.

Es klingt hart, als sie sagt: »Wenn du ihn liebst, dann geh hinauf zu ihm. Wir bringen Jeannette hinüber. Bassy wird bei ihr bleiben und sie beschützen.«

Madlon murmelt auf französisch etwas vor sich hin, was sie nicht verstehen. Dann richtet sie sich gerade auf und sieht Jona in die Augen.

»Natürlich liebe ich ihn, er ist schließlich mein Mann. Aber wenn ich jetzt zu ihm gehe, dann habe ich auch zu allem anderen ja gesagt. Ich will nicht nach Afrika. Ich will hierbleiben. Und es ist nicht nur wegen Jeannette.«

»Es ist schwierig, zwei Männer zu lieben«, sagt Jona. »Ich weiß, wovon ich spreche. Ich habe für mich das Problem nicht gelöst. Aber ich habe eine Entscheidung getroffen und habe Rudolf gezwungen, mit dieser meiner Entscheidung zu leben. Und ich habe darum kein Recht, mich zwischen dich und Rudolf zu stellen, das will ich dir bei dieser Gelegenheit sagen. Und was du tun sollst? Da kann ich dir nicht raten. Wie gesagt, wenn du ihn liebst . . .«

»Ach, zum Teufel mit der ganzen Liebe!« ruft Madlon unbeherrscht. »Was geschieht denn, wenn ich jetzt zu ihm hinaufgehe? Hier bin ich, hier hast du mich, verzeihe mir! Das liegt mir nicht. Wir würden doch nur streiten. Und Jeannette kann nicht allein drüben schlafen, auch nicht mit Bassy. Sie würde sich fürchten. Komm, meine Kleine, allons, il est très tard.«
Bassy, die ihren Namen nun mehrmals gehört hat, steht schon schweifwedelnd an der Tür. Nun steht auch Rudolf auf.
»Wegen mir brauchst du dir keine Gedanken zu machen«, sagt er in barschem Ton, aber sein Gesicht straft seine Worte Lügen. »Falls du – falls du hier im Haus noch zu tun hast, ich bringe Jeannette hinüber und bleibe auch bei ihr. Du weißt, daß ihr nichts zustoßen wird, wenn ich bei ihr bin.«
Nun lächelt Madlon, ein sehr weiches, sehr zärtliches Lächeln. »Natürlich weiß ich das. Aber ich habe hier im Haus nichts mehr zu tun. Dorle hat den größten Teil vom Geschirr schon abgewaschen, den Rest mache ich morgen. Ich gehe nicht mit euch hinaus. Für Jeannette und Jacob mache ich ein wunderbares Frühstück, das bekommen sie unter dem Apfelbaum serviert, ich werde es vermeiden, mich mit Jacob zu streiten, ich werde sagen: nous verrons, plus tard. Wir sprechen später über alles. Nach Südwestafrika gehe ich jedenfalls nicht mit. Jetzt nicht und später nicht. Wenn überhaupt nach Afrika, dann ginge ich höchstens in den Kongo. Aber am liebsten bleibe ich hier.«
Sie tritt dicht vor Jona hin und wiederholt leise: »Es ist wahr. Am liebsten bleibe ich hier. Wenn ich darf. Nicht nur wegen Rudolf. Auch wegen dir.«
Jona hebt langsam die Hand, legt sie an Madlons Wange, dann beugt sie sich zu ihr und küßt sie sacht.
Hat Jona jemals auf diese Art einen fremden Menschen geküßt? Niemals. Hat sie jemals für ihre eigenen Töchter empfunden, was sie für diese fremde Frau empfindet, die Jacob mitgebracht hat? Diese Frau, die ihr Rudolf wegnimmt, aber dafür – ihr Blick geht zu Jeannette, die aussieht wie ein müdes, eingeschüchtertes Kind.
Ist es endlich soweit, daß sie ihre Schuld sühnen kann, jetzt, gegen das Ende ihres Lebens zu?

»Du kannst bleiben, solange du willst. Du – und diese beiden da.« Das letzte sagt sie mit einer Kopfbewegung zu Jeannette hin. Und zu Rudolf: »Bring sie hinüber! Gute Nacht.«
Bassy trabt zufrieden über den Wiesenpfad, vor den drei Menschen her, die kein Wort miteinander sprechen. Sie schläft jetzt manchmal drüben auf dem anderen Hof, und da es ihr keiner verbietet, wird es langsam zur Gewohnheit. In einer warmen Nacht wie dieser bleibt sie vor dem Haus, bleibt zwischen den Häusern, bewacht gewissermaßen beide Häuser und die Menschen darin, die sie liebt.
In mancher Beziehung ist es ein einfaches Leben, ein Hund zu sein.
»Gute Nacht«, sagt Jeannette zu Rudolf, und sie sagt es auf deutsch.
»Gute Nacht, Jeannette, schlaf gut.«
Dann wendet er sich um und geht. Nicht über den Wiesenpfad zurück, er wendet sich nach Westen, geht den Feldweg entlang, der zum Wald führt.
Madlon sieht ihm nach. Das weiße Hemd, das er sich zum Abendessen angezogen hat, ist in der Dunkelheit noch lange zu sehen.
Madlon bürstet Jeannettes weiches blondes Haar.
»Du hast so hübsch ausgesehen heute, Chérie. Und du wirst sehen, alles wird gut. Ich bleibe bei dir. Ich werde für dich sorgen.«
Nachdem Jeannette eingeschlafen ist, tritt Madlon noch einmal vor die Tür. Sie hat sich schon gewaschen, hat sich die Zähne geputzt, sie trägt wieder nur einen dünnen Kittel über dem nackten Körper. Die Nacht ist warm und so still.
Wo mag Rudolf hingegangen sein? Das weiße Hemd ist nicht mehr zu sehen. Vielleicht ist er längst zu Hause.
Sie ist nicht die Treppe hinaufgegangen zu Jacob, aber sie geht wie im Traum den Feldweg entlang, der zum Wald führt.
Bassy will sie begleiten, doch Madlon sagt scharf: »Nein. Du bleibst hier.«
Bassy gehorcht, setzt sich etwas unglücklich ins Gras und wartet. Sie wird lange warten müssen.
Der Wald verbirgt Rudolf, aber Madlon ist kaum drei vor-

sichtige Schritte unter den Bäumen gegangen, da sieht sie ihn. Er bewegt sich nicht, aber sie geht nahe zu ihm hin, bis ihre Körper sich berühren. Dann schlingt sie beide Arme um seinen Oberkörper, preßt sich fest an ihn.
»Du bist – zu mir gekommen?«
»Ja. Zu dir. Es gab nur zwei Möglichkeiten heute nacht. Ich habe eine Entscheidung getroffen, so wie Jona vorhin gesagt hat.« Ihre Lippen gleiten an seinem Hals entlang, erreichen sein Ohr, sie nimmt das Ohrläppchen sanft zwischen die Zähne. Eine Entscheidung, die gilt? möchte er fragen. Für immer? Aber was sollen sinnlose Fragen, die sowieso keiner beantworten kann. Er stürzt sich auf ihren Mund, saugt sich fest, zerrt an dem Kittel, denn daß sie darunter nackt ist, hat er schon bemerkt.
Vorsichtig legt er sie auf das Moos des Waldbodens, steht eine Weile über sie gebeugt, sein Verlangen ist so stark, so heftig, daß er weiß, alles wird in Minutenschnelle vorüber sein. Sie weiß es auch.
»Sag nichts«, flüstert sie, »kein Wort. Komm nur zu mir. Ganz schnell.«
Er reißt sich das Hemd vom Leib, streift die Hose zu Boden, legt sich neben sie, immer noch vorsichtig, immer noch in Angst, sie mit seiner Gier zu erschrecken, aber sie reißt ihn an sich, auf sich, in sich hinein, sie ist so bereit, sie ist so gierig wie er, und viel zu kurz ist diese Lust, um ihr Verlangen zu stillen.
Schon eine Viertelstunde später lieben sie sich wieder, nun ohne Hast, nun schon behutsam erforschend, wie der andere Körper reagiert, das Begehren hat nicht nachgelassen, aber nun ist Zärtlichkeit dabei, Hingabe, bewußte Lust – Liebe.
Es ist spät in der Nacht, als sie es endlich fertigbringen, sich voneinander zu trennen.
Rudolf will sie zurückbegleiten, aber sie sagt: »Nein, ich gehe allein. Du wartest noch eine Weile und machst am besten einen kleinen Umweg.«
Er begreift.
Immerhin ist es möglich, daß Jacob nicht schläft, daß er hinübergegangen ist zu dem anderen Hof und gemerkt hat, daß

Madlon nicht da ist. Sie küssen sich lange, dann geht Madlon aus dem Wald hinaus auf den Feldweg, es ist heller als zuvor, der abnehmende Mond steht am Himmel. Sie hat ein wenig Angst.
Sie weiß nicht, wie Jacob reagieren würde. Wäre es ihm egal? Oder würde er sie töten?
Seltsam, sie kennt ihn so gut und doch nicht gut genug. Beides wäre möglich.
Aber es bleibt ganz still, nichts rührt sich in der warmen Juninacht, nur Bassy kommt ihr entgegen, springt an ihr hoch und leckt ihr rasch mit der Zunge über das Gesicht.
Jeannette schläft. Madlon betrachtet sie durch den Türspalt. Sie liegt halb auf der Seite, das blonde Haar über das Kissen gebreitet, sie sieht gelöst und friedlich aus. Es sieht so aus, als sei die Krise vorüber. Sie schläft da zusammen mit ihrem Kind, in ein paar Wochen wird man ihren Zustand sehen, das Kind in ihrem Leib wird sich regen, sie wird sich vertragen mit ihm.
Madlon streckt sich lang aus im Bett, ihr Schoß brennt, ihre Schenkel sind müde, sie ist satt und zufrieden. Sie ist glücklich. Nicht jetzt, nicht in dieser Nachtstunde wird sie darüber nachdenken, was geschehen soll.
Doch plötzlich läßt ein Gedanke sie aufschrecken. Wenn Jacob drüben, im anderen Haus, Rudolf auflauert?
Sie springt aus dem Bett, geht in die Wohnstube, dessen Fenster hinüberblicken zum anderen Hof.
Dort ist es dunkel und still.
Doch das hat nichts zu bedeuten – Jacob kann im Dunkel und lautlos töten. Am liebsten würde sie hinüberlaufen und sich überzeugen, daß Rudolf gut in sein Zimmer und sein Bett gekommen ist. Aber das wäre nun wirklich heller Wahnsinn. Sie kehrt in ihr Bett zurück, die Gedanken verwirren sich, Rudolf, Jacob, Jeannette und das Kind, ach und Jona! Sie hat ihr den Mann weggenommen.
Dann schläft sie ein.
Am nächsten Tag erfährt sie, daß Rudolf gar nicht ins Haus zurückgekehrt ist. Er hat im Heu geschlafen, bei den Tieren. Nicht aus Angst vor Jacob, sondern weil er weiß, daß Jona

ihn gehört hätte. Doch gerade sie braucht dringend ihren Schlaf.
Jona hat gewartet. Sie stand am Fenster und sah ihn in den Stall gehen. Denn auch sie hatte Angst, was noch geschehen würde in dieser Nacht.
Es wird schon hell, als Jona endlich ins Bett geht. Aber sie kann lange nicht einschlafen. Sie hat Rudolf also verloren. Nein. Man kann nicht etwas verlieren, was man nie besessen hat. Und doch wird nun alles anders sein. Sie empfindet weder Eifersucht noch Zorn, nur einen leisen Schmerz.
Sie steht am nächsten Morgen nicht auf und fährt nicht mit auf die Wiesen. Sie fühle sich nicht wohl, sagt sie der Magd, die nach ihr schaut.
Später frühstückt sie mit Madlon, Jeannette und Jacob unter dem Apfelbaum. Sie sieht alt und müde aus an diesem Morgen.

Carl Ludwig

In der Woche darauf erscheint Jona überraschend in Konstanz. Sie ist mit dem Frühschiff gefahren und trifft am Vormittag in der Seestraße ein, von Berta erstaunt begrüßt.
»Isch ebbes?«
»Nein, Bertele, alles in Ordnung«, sagt Jona gutgelaunt. »Ich muß nur dringend mit meinem Mann sprechen.«
»Der Herr Doktor isch in der Kanzlei.«
»Ich rufe ihn gleich an. Wo ist mein Sohn?«
»Der Herr Jacob isch obe. Er schlaft noch. Er isch spät heimkomme in der letzscht Nacht.«
»Frühstückt er hier oder oben?«
»Ich schick ihm dann sei Frühstück nauf.«
»Ich hab auch noch nicht gefrühstückt, Berta. Könnt ich einen Tee haben und ein Kipferl?«
»Aber freili, aber gern«, ruft Berta, begeistert, daß es mal etwas zu tun gibt. »I richt's Ihne glei.«
Carl Ludwig ist ebenfalls erstaunt, als er Jonas Anruf erhält.
»Bist du in der Kanzlei unabkömmlich, oder kannst du gleich kommen? Ich muß dich sprechen. Allein.«
Auch er fragt: »Ist ebbes passiert?«
»Vieles ist passiert. Aber nichts, was dich ängstigen müßte. Ich brauche deinen Rat.«
»Ich komme sofort. Was hier zu tun ist, können Eugen und Bernhard erledigen.«
Die Sonne scheint nicht mehr, es regnet sacht vor sich hin, ein warmer, sanfter Sommerregen. Das Heu haben sie trokken hereingebracht, und der Regen ist nun höchst erwünscht. Rudolf ist heute draußen mit dem Häufelpflug, ein Pferd vorgespannt, in den Kartoffeln. Es wird ihm nichts ausmachen, daß es regnet, wahrscheinlich merkt er es gar nicht. Er ist ein

seliger Narr in diesen Tagen, er geht durch das Leben wie im Traum.
Jona steht am Fenster und lächelt wehmütig vor sich hin. Er ist glücklich. Endlich kann er einmal wirklich glücklich sein. Er soll es bleiben, und darum ist sie hier. Sie muß mit Ludwig besprechen, wie es weitergehen soll.
Die Bucht ist grau verschwommen im Regen, die Berge drüben sind verhüllt. Jona dreht sich um und überblickt den vertrauten Raum. Wie schön es hier ist! Vielleicht sollte sie sich in Zukunft wieder öfter hier aufhalten. Sie fühlt sich auf einmal alt, die Arbeit wird ihr mühsam. Und es läuft ja alles gut daheim, Rudolf arbeitet für drei mit dem neuen Schwung, der ihn erfüllt, und Madlon ist auf dem besten Wege, eine tüchtige Bäuerin zu werden. Heute assistiert sie Dorle beim Brotbacken, das will sie auch lernen.
Sie hört Pferdegetrappel und schaut wieder aus dem Fenster. Ludwig hat sich eine Droschke genommen, um schnell bei ihr zu sein. Zärtlichkeit erfüllt ihr Herz, als sie ihn aussteigen sieht. Ein wenig umständlich, der Kutscher hilft ihm. Es ist derselbe, der ihn immer fährt, seit vielen Jahren nun. Auch das Haar des Kutschers ist mittlerweile weiß geworden, genau wie Ludwigs Haar.
Es war nicht recht, ihn so viel allein zu lassen, denkt sie, er ist nun alt, er braucht mich doch.
Er kommt rasch ins Zimmer, korrekt gekleidet wie immer, dunkelgrauer Anzug, weißes Hemd, die Krawatte in etwas hellerem Grau, die Perle darin. Hinter ihm Berta mit dem Frühstück. »Was ist los, Jona?«
»Furchtbar viel, Ludwig. Ich bin ziemlich ratlos, du mußt mir helfen. Mußt mir sagen, was ich tun soll.« Sie küßt ihn auf die Wange, schiebt ihren Arm unter seinen, zusammen gehen sie zu dem runden Tisch, um den die geblümten Sessel stehen.
Berta hört gespannt zu, während sie den Tisch deckt. Aber mehr gibt es im Moment nicht zu hören.
»Bleibet Sie denn auch zum Esse hier, gnä Frau?«
»Ja, sicher.«
»Mer hent aber heut nur Nudelsupp mit Rindfleisch. Und einen Strudel hinterdrein.«

»Aber das ist doch wunderbar.«

Jona lächelt ihr zu, und Berta bleibt unschlüssig stehen. Die Neugier plagt sie fürchterlich. Was mag denn bloß los sein? Etwas mit der jungen Frau Goltz? Ist schon merkwürdig, daß die gar nicht wiederkommt, überhaupt jetzt, wo das Jacöbele wieder im Haus ist.

»Mhm!« macht Jona und überblickt den Frühstückstisch. Sie ist so erleichtert, endlich ist ein Mensch da, der ihre Sorgen teilen wird. Ein Mensch? Ihr Mann. Ihr guter, verständnisvoller Ludwig. Sie fühlt sich ihm so nah verbunden wie seit Jahren nicht mehr. »Das sieht ja herrlich aus, Berta. Selbstgemachtes Apfelgelee?«

»Von Ihre Äpfel, gnä Frau. Darf ich einschenke?«

Sie gießt Tee in die dünne Tasse, rückt Zucker und Sahne daneben, stellt den Teller mit dem goldbraunen Kipferl, die Butter und das Apfelgelee vor Jona hin.

»I hätt e gute Leberwurscht da, wenn'S die lieber mögen.«

»Nein, danke, Berta, es ist alles recht so.«

Berta blickt Ludwig an, der sich auch gesetzt hat, die beiden Ellenbogen auf die Sessellehne gestützt, die Fingerspitzen aneinandergelegt.

»Wellet Sie auch ebbes, Herr Doktor?«

»Ja, Berta. Bring mir den Sherry.«

Jona bestreicht das Kipferl dick mit Butter und Gelee, Ludwig nimmt mit einem Kopfnicken das Glas und die Karaffe mit dem Sherry entgegen, keiner sagt etwas.

Berta verharrt noch eine Weile, zieht sich dann ungern zurück. Ob sie wohl erfahren wird, was los ist?

»Also!« sagt Ludwig. »Was gibt es? Aber iß nur erst in Ruhe.«

Jona kaut und überlegt. Wie fängt sie am besten an? Womit? Worüber?

»Ludwig! Ich steck in einer schlimmen Patschen da drüben. Irgend etwas muß geschehen, aber ich weiß nicht, was. Andererseits ist alles gut so, wie es ist.«

»Hm!« Ludwig tippt die Fingerspitzen leicht aneinander. »Das ist ein bisserl schwer zu verstehen. Klammern wir mal aus. Hast du Schwierigkeiten mit dem Hof? Mit den Leuten? Mit dem Finanzamt? Kranke Tiere? Der Kartoffelkäfer? Der

Wurm im Obst? Stiehlt dir einer dein Holz? Kriegt eine von den Mägden ein Kind?«
Sie muß lachen. Das haben sie alles schon gehabt.
»Nein, auf dem Hof ist alles in Ordnung, die Tiere sind gesund, die Heuernte ist gut eingebracht. Im Wald wird nicht mehr geräubert als sonst auch. Ein Kind allerdings kriegen wir.«
Mit irgend etwas muß sie schließlich anfangen.
Und wie klug ihr Ludwig ist, beweist er gleich mit den folgenden Worten, die eine Feststellung sind, keine Frage.
»Madlons Nichte.«
Jona schaut ihn verblüfft an.
»Woher weißt du das?«
»Ich weiß es nicht, ich denk es mir halt. Sie war ja eine knappe Woche hier, wie sie aus Belgien gekommen sind. Und da hab ich ja gesehen, in was für einem desperaten Zustand das Mädle war. Und Madlon war so ruhelos, so hektisch. Sie wollte partout sofort zu dir.«
»Ja. Also, das stimmt erst einmal. Sie bekommt ein Kind, sie ist schon fast im vierten Monat, sie ist verzweifelt, und sie hat uns wochenlang etwas vorgeheult. Madlon bringt sich halb um mit ihr. Sie kann das Kind bei mir kriegen, das ist mir ganz recht. Aber sie will kein uneheliches Kind, und darum hat der Moosbacher gesagt, er wird sie heiraten.«
»Waaas?«
»Vor einer Woche hat er mal davon gesprochen, halb im Spaß, aber inzwischen hat Madlon den Gedanken aufgegriffen und findet ihn gut. Und da der Moosbacher sie liebt, wird er alles für sie tun.«
»Wen liebt der Moosbacher?«
»Madlon.«
»Madlon?«
»Ja. Und nicht nur platonisch, falls du das denkst. Sie sind ein Paar, und sie sind ganz verrückt aufeinander und ganz närrisch vor Liebe. Und ich hab alle Hände voll zu tun, damit das nicht jeder merkt und sieht.«
»Also mal langsam! Das kann kein Mensch so schnell begreifen.«

»Siehst du! Das meine ich ja.« Jona schenkt sich Tee nach, rührt in ihrer Tasse und blickt ihren Mann vertrauensvoll an. »Drüben bei mir ist der Teufel los. Zwei Verliebte, die sich benehmen, als ob sie zwanzig wären. Ein schwangeres Mädchen, das immer wieder droht, sich das Leben zu nehmen, und verheiratet werden soll, damit sie eine eheliche Geburt hat. Verschiedene Versionen über die Entstehung des Kindes und ...«

»Augenblick! Meines Wissens gibt es nur eine Version, wie ein Kind entstehen kann.«

»Ja, Herr Rechtsanwalt. Aber man kann über den sogenannten Erzeuger dies und das erzählen. Es gibt eine wahre Geschichte, die ist nicht sehr schön. Und es gibt eine Lügengeschichte, die klingt recht gut. Dir werde ich natürlich die Wahrheit erzählen. Für alle anderen soll die Lüge gelten. Das will Madlon so.«

»Madlon und der Moosbacher? Das gibt es ja gar nicht. Und du?« Jona richtet sich gerade auf.

»Zwischen mir und Rudolf ändert sich nichts. Er hat seine Arbeit auf dem Hof, und da brauche ich ihn wie das tägliche Brot. Und er ist und bleibt mein Freund. Mein Geliebter war er nie, ich nehme an, das weißt du. Und kann ich ihm verwehren, daß es endlich eine Frau gibt, die er liebt?«

»Und trotzdem will er dieses Mädchen aus Belgien heiraten?«

»Dem Kind zuliebe, Jeannette zuliebe, vor allem Madlon zuliebe. Er sagt, er ist ein freier Mann und kann nun endlich mit dieser Tatsache etwas Gutes tun. Keine kirchliche Trauung natürlich. Es wäre ja sowieso nur eine Pro-forma-Heirat, später können sie sich scheiden lassen. Das müßtest du alles arrangieren, Ludwig.«

»Mir wird ganz schwindlig, wenn ich dir zuhöre. Was treibt ihr nur alles da drüben? Du mußt mir das Ganze in Ruhe und der Reihe nach erzählen.«

»Ich fang gleich noch mal von vorn an. Mir fällt nur auf, daß du bisher deinen Sohn noch nicht erwähnt hast. In einer sehr bedrohlichen Weise gehört er auch in die Geschichte hinein. Madlon ist seine Frau.«

»Und – er weiß das alles?«
»Er weiß gar nichts.«
»Ach, du liebs Herrgöttle!«
Ludwig nippt an seinem Sherry, stützt die Ellenbogen wieder auf die Sessellehne und tippt die Fingerspitzen aneinander, nun etwas lebhafter.
»Ich rekapituliere, soweit ich begriffen habe. Falls etwas nicht stimmt, verbessere mich.«
Jona nickt zufrieden. Endlich wird so etwas wie Ordnung in das ganze Geschehen kommen. Soweit das überhaupt möglich ist.
»Es begann also mit Madlons Reise nach Belgien. Wie es dazu kam, wissen wir. Was dort geschehen ist, wissen wir nicht oder nur bruchstückweise, was sie halt davon erzählt hat. Sie hat gesagt, sie bringt die Nichte mit, weil die einsam und unglücklich ist, seit ihre Schwester gestorben ist. Von einem Mann hat sie nichts gesagt. Es war aber offensichtlich einer vorhanden, die Nichte ist schwanger – wußte Madlon das bereits, als sie mit dem Mädle hier ankam?«
»Sie wußte es nicht, sie hat es nur vermutet, nachdem die Kleine ihr das ganze Drama erzählt hatte.«
»Ist die Schwangerschaft mittlerweile ärztlicherseits festgestellt?« Jona nickt.
»Und was war es für ein Drama? Wer ist der Kindsvater?«
»Eine üble Geschichte. Ich erzähl dir jetzt, wie's wirklich war. Und dann erzähl ich dir, was wir den Leuten erzählen wollen.«
»Die Lügengeschichte, wie du es vorhin genannt hast.«
»Ja.«
Ludwig hört schweigend zu, gießt sich einen zweiten Sherry ein, als sein Glas leer ist.
Schließlich ist er genau informiert darüber, was sich in Gent zugetragen hat. Was sich abgespielt hat in den letzten Wochen auf dem Hof. Jacobs kurzer Besuch und die allerneueste Entwicklung.
»Hat er übrigens zu dir davon gesprochen, daß er nach Südwestafrika gehen will?«
»Kein Wort.«

»Ich dachte es mir. Drüben sagte er, er wolle sich sein Erbteil auszahlen lassen und sich an einer Farm beteiligen. Es war wohl mehr als Köder gedacht für Madlon. Aber sie fühlt sich sehr wohl hier am Bodensee. Sie will hierbleiben, sagt sie. Sie arbeitet sehr tüchtig bei mir, kocht für uns alle, hilft im Stall. Und sie wird auf keinen Fall fortgehen, ehe das Kind geboren ist. Und erst recht nicht, wenn das Kind da ist. Sie freut sich nämlich auf das Kind.«

»Und obendrein hat sie sich in Rudolf verliebt.«

»Ja, das auch. Ich habe es kommen sehen. Es ging nicht etwa von heute auf morgen.«

»Du hättest sie wegschicken müssen.«

»Mitsamt der Nichte?«

»Warum nicht? Die kann das Kind auch anderswo bekommen.«

»Ich freue mich auch auf das Kind.«

Ludwig öffnet vor Erstaunen den Mund.

»Sagst du das im Ernst?«

»Ganz im Ernst, Ludwig. Ich möchte, daß endlich auf meinem Hof ein Kind geboren wird.« Und sie spricht aus, was bisher nie über ihre Lippen gekommen ist. »Du weißt, was damals mit dem Buben passiert ist, dem aus Vaters zweiter Ehe. Ich hab ... ich hab das nie vergessen können. Es war ...« Es war meine Schuld, ich habe das Kind getötet. Mit meinen Händen. Aber das bringt sie auch jetzt nicht über die Lippen. Vielleicht wird sie es auf ihrem Sterbebett beichten, wenn ihr die Zeit dazu bleibt.

Aber jetzt – sie kann sich selbst nicht so zerstören in den Augen ihres Mannes.

Hastig spricht sie weiter. »Ich hab das Gefühl, es wäre da etwas gutzumachen. Schön, es ist ein ganz fremdes Kind. Aber ich möchte, daß es auf dem Hof geboren wird und dort aufwachsen kann. Sorgsam behütet.«

Sie ist sehr blaß jetzt, ihre dunklen Augen sind umschattet. Ludwig sieht sie besorgt an.

»Geht's dir nicht gut, Jona?«

»Doch, doch. Gib mir auch einen kleinen Sherry. Aber mich regt das Ganze mehr auf, als du ahnst.«

Er nimmt ihre Hand, streichelt sie liebevoll.
»Dann soll also die Nichte auch bei dir bleiben.«
»Das kann sie halten, wie sie will. Bis jetzt haßt sie das Kind. Sie will es nicht. Und wenn sie es auch nicht will, nachdem es geboren ist, behalten wir es einfach. Madlon wird ihm eine gute Mutter sein. Sie hat zwar keine Kinder, aber sie hat sich immer welche gewünscht.«
»Ihre Kinder sind ja bei einem Brand des Farmhauses ums Leben gekommen.«
Jona staunt, davon hört sie zum erstenmal. »Das hat Madlon nie erzählt.«
»Sie spricht verständlicherweise nicht gern darüber. Sie erwähnte es damals, gleich am ersten Tag, als sie hier angekommen sind.«
»Das wußte ich nicht. Jacob hat auch nie etwas darüber gesagt.«
»Es waren die Kinder aus ihrer ersten Ehe. Sie war wohl da noch im Kongo.«
»Ach so! Nun kann ich Madlon noch besser verstehen.«
»Nun noch einmal zusammengefaßt. Wenn ich richtig verstanden habe, will Madlon bei dir bleiben. Mit dem Kind der Nichte. Und sie hat ein Verhältnis mit dem Moosbacher, der die Nichte heiraten wird. Also weißt du, Jona, mir kommt es so vor, als wärt ihr da drüben alle übergeschnappt.«
»Das habe ich dir ja gleich gesagt. Jetzt siehst du, wie schwierig das alles ist. Ich finde mich nicht mehr zurecht, Ludwig, du mußt mir helfen.«
»Ja, wie denn, um Himmels willen?«
»Ich denke mir, daß du das wissen wirst«, sagt Jona schlicht und nimmt einen kleinen Schluck von ihrem Sherry.
»Also sprechen wir nun über Jacob«, sagt Ludwig nach einem kurzen Schweigen. »Was für eine Rolle soll er eigentlich spielen?«
»Madlon hat Angst, daß er sie umbringt. Oder Rudolf. Oder sie alle beide.«
»Hat sie das gesagt?«
»Ja. Das hat sie gestern zu mir gesagt.«
»Und darum bist du heute hier?«

»Ja, Ludwig.«
Wieder tippen die Fingerspitzen aneinander.
»Eigentlich müßte der Moosbacher verschwinden. Meinetwegen, nachdem er die Nichte geheiratet hat. Heiraten müßten sie natürlich hier in Konstanz, nicht drüben bei euch auf dem Dorf. Hier fällt das nicht so auf. Vielleicht kann das auch irgendwie . . .« Ludwig überlegt. »Vielleicht könnte man das in der Schweiz . . . also, da muß ich erst darüber nachdenken. Sind die Papiere von der Nichte in Ordnung?«
»Madlon sagt, sie hat alles dabei. Selber kann man ja mit diesem Mädchen nicht reden. Flämisch ist anders als Deutsch, und Französisch kann ich auch nicht.«
»Und dann muß der Moosbacher verschwinden.«
»Er ginge nicht ohne Madlon. Er hat schon erwogen, mit ihr nach Amerika auszuwandern.«
»Nach Amerika, so. Falls Jacob die beiden nicht vorher umbringt.«
»Ich brauche Rudolf auf dem Hof. Ich schaffe das nicht allein, Ludwig. Ich werde alt.«
»Lieberle«, sagt er zärtlich, »du bist nicht alt, du siehst aus wie immer.«
»Aber ich fühle mich jetzt manchmal alt. Die Beine tun mir weh. Die Glieder sind mir schwer. Meine Knie schmerzen manchmal ganz fürchterlich, ich komme früh kaum aus dem Bett.«
»Aber Jona! Davon weiß ich ja gar nichts.«
»Ich habe auch nie davon gesprochen.«
»Warst du beim Arzt?«
»Der kann mir auch nicht helfen. Ich werde älter, das ist es halt. Ich kann nicht mehr so viel arbeiten wie früher. Und ich würde ganz gern wieder öfter hier bei dir sein. Und gar nichts arbeiten.«
Ludwig schweigt lange. Das hat sie nie gesagt. Es hängt wohl doch damit zusammen, daß sich der Moosbacher in Madlon verliebt hat. Im Grunde genommen wäre das alles gar nicht so schlimm, wenn Madlon nicht Jacobs Frau wäre.
»Dann ist es ja ganz gut, wenn sie die Fähre bauen«, murmelt er versonnen nach einer Weile.

»Was für eine Fähre?«
»Es ist eine Fähre geplant, zwischen Konstanz und Meersburg, die mehrmals am Tag verkehren soll. Das Projekt ist in der Stadt noch sehr umstritten. Aber unser Bürgermeister protegiert es eifrig. Es käme natürlich teuer, man müßte hier und drüben einen neuen Hafen bauen. Auf alle Fälle dauert es noch ein paar Jahre, bis es soweit ist.«
»Das wäre ja großartig«, meint Jona.
»Und weißt du was? Wir werden im Herbst zusammen eine Kur machen. In Bad Ragaz oder Badgastein. Das wird deinen Knien guttun. Und meinen ebenso, die sind auch reichlich steif. Und dann wirst du halt den anderen Hof wieder verkaufen. Vorausgesetzt, es findet sich einer, der ihn nimmt bei dieser Wirtschaftslage. Und auf deinem Hof läßt du den Moosbacher mit Frau und Kind und als Freundin Jacobs Frau.«
Ludwig steht auf.
»Verdammt«, sagt er, und so etwas sagt er selten. »Das ist ja eine ganz und gar unmögliche Geschichte.«
»Siehst du!«
»Und was machen wir mit Jacob? Eine Farm in Südwestafrika, sagst du? Mit der Malaria und seinem Bein? Und das Erbteil soll ich ihm auszahlen? Wie stellt er sich das vor? Geld haben wir nicht mehr viel, das hat die Inflation gefressen. Wir haben das, was wir verdienen. Und das Vermögen steckt in den Häusern. Und in deinem Hof. Und soviel ist das heute nicht mehr wert wie vor dem Krieg.«
Sie schweigen beide, er überlegt, Jona fühlt sich erleichtert, und gleichzeitig ist sie todmüde.
Dann tritt Jacob auf, der von Berta inzwischen gehört hat, daß seine Mutter überraschend gekommen ist.
Nicht viel später kommt Onkel Eugen nach Hause, sie essen gemeinsam die Nudelsuppe und das Rindfleisch, hernach einen Strudel, dann trinken sie noch eine Tasse Kaffee, und dann geschieht etwas noch nie Dagewesenes; Jona sagt: »Ich muß mich hinlegen, ich bin so müde.«
Keiner hat es je erlebt, daß sie einen Mittagsschlaf gemacht hat. Heute schläft sie bis in den späten Nachmittag hinein, es ist fünf Uhr, als sie erwacht, aber nur halb, sie kuschelt sich

wieder in das Bett, schläft noch einmal ein und erscheint erst um halb sieben, gebadet, schön frisiert, in einem blauen Musselinkleid, wieder im Biedermeierzimmer.
Dort sitzt Ludwig allein, liest Zeitung, denkt dazwischen nach, wartet.
Eugen ist unten in seiner Wohnung, aber er ist zum Abendessen eingeladen und wird bald heraufkommen. Jacob ist in die Stadt gegangen, wird aber auch zum Abendessen dasein, für das Berta große Vorbereitungen getroffen hat. Sie hat das Gefühl, es müsse etwas Besonderes geben an diesem Tag.
Sie hat Felchen holen lassen, im Rohr schmurgelt ein Kalbsrollbraten, sie arbeitet am Spätzleteig.
Jona sieht frisch und ausgeruht aus, sie lächelt, sie küßt Ludwig auf die Wange, dann auf den Mund. Auch das hat sie lange nicht getan.
»Lieberle«, sagt er gerührt. »Wie fühlst du dich?«
»Wunderbar. Ich brauch mich um überhaupt nichts mehr zu kümmern. Du wirst bestimmen, was geschieht, und so wird's dann gemacht.«
Kann man noch ein viertes Leben haben? Falls es möglich sein sollte, ist Jona dabei, es zu beginnen.

Geburt und Tod

Am 21. Dezember bringt Jeannette Moosbacher einen gesunden Sohn zur Welt. Sie haben alle Angst gehabt vor der Geburt, wie wird die zarte, empfindliche Jeannette sie wohl überstehen. Aber es geht viel leichter als erwartet, sechs Stunden, nachdem die ersten Wehen eingesetzt haben, pünktlich um die Mittagsstunde, tut das Kind seinen ersten Schrei.
Dr. Fritsche aus Markdorf ist anwesend, die Hebamme hat Rudolf gleich in der Früh mit dem Auto geholt, denn sie haben Madlons Studebaker jetzt auf dem Hof.
Jeannette hat die üblichen Schmerzen ertragen müssen, die mit einer Geburt verbunden sind, aber es waren keine unerträglichen Qualen, es gab keine Komplikationen.
»Ich wünschte, es ginge immer so glatt«, meint Dr. Fritsche, als sie bei einem Imbiß und einer Tasse Kaffee in Jonas Stube sitzen. »Sie ist vorzüglich gebaut und könnte ruhig noch ein paar Kinder kriegen.«
»Gott behüte«, sagt Jona, »wir sind froh, daß wir dies erst einmal überstanden haben.«
»Es wird ihr nicht recht sein, daß es ein Junge ist«, sagt Madlon. »Sie hat immer von einem Mädchen gesprochen.«
Wenn sie überhaupt von dem Kind gesprochen hat. In den letzten Monaten schien sich Jeannette in ihr Schicksal ergeben zu haben, man könnte sagen, sie hat eine gewisse Wurschtigkeit entwickelt. Sie hilft ein bißchen im Haushalt, sie strickt und flickt und bessert Sachen aus, das kann sie gut, das hat sie bei den Beginen gelernt, sie spricht nun auch ein paar Brocken Deutsch und versteht einigermaßen, was man zu ihr sagt. Im übrigen ist sie fest davon überzeugt, daß sie bei der Geburt sterben wird. Darum hat sie sich auch keine Gedanken gemacht, was später, was danach, aus ihr werden soll.

»Ich werde ja dann tot sein«, hat sie in dem larmoyanten Ton, den sie sich angewöhnt hat, einige Male zu Madlon gesagt, »aber ich möchte, daß ihr sie Suzanne nennt.«
Sie ist nicht tot, ganz im Gegenteil, sie schläft, ein wenig erschöpft, aber nicht allzusehr mitgenommen, und das Kind ist ein Knabe, der mit dem Namen Moosbacher aufwachsen wird. Jona meint, man könne ihn ja Ludwig nennen.
»Denn was hätten wir ohne Ludwig angefangen, er hat alles geregelt und gerichtet.« Und nach einer kurzen Pause, in der keiner etwas äußert: »Nach dem Erzeuger wird sie ihn kaum nennen wollen. Höchstens vielleicht nach ihrem eigenen Vater.«
»O nein«, widerspricht Madlon entschieden. »Pierre Vallin hat es bestimmt nicht verdient, daß unser Kind seinen Namen trägt.« Unser Kind sagt sie, und darüber wundert sich inzwischen keiner mehr; Madlon könnte kaum beteiligter sein, wenn sie selbst ein Kind bekommen hätte.
Dr. Fritsche blickt von einem zum anderen, dann lacht er.
»Ihr seid eine ganz erstaunliche Familie«, sagt er. »So etwas wie hier ist mir noch nicht untergekommen.«
Jona lächelt und nickt dann.
»Ja, eine etwas seltsame Familie sind wir wohl immer gewesen.«
»Ein Sonntagskind, um die Mittagsstunde geboren«, fährt der Arzt fort. »So etwas erlebt man auch nicht alle Tage. Bin gespannt, was daraus werden wird.«
Die Hebamme kommt ins Zimmer und berichtet, daß es wirklich ein besonders prächtiger und kräftiger Bub sei. Dann gehen sie alle noch einmal in die Wochenstube, da liegt Jeannette, süß und rosig, im Schlaf, und das Kind liegt in seinem Körbchen, die Augen, die strahlendblau sind, weit geöffnet.
Madlon betrachtet es in stummem Staunen.
»Und es ist wirklich alles in Ordnung?«
»Alles so, wie es sein soll«, bestätigt die Hebamme, »und nun hätt ich auch gern einen Kaffee, wenn's recht ist.«
Dorle kommt nach einer Weile mit frischem Kaffee, sie blickt von einem zum anderen und sagt schließlich schüchtern: »Also dann tät ich auch recht schön gratulieren.«

Sie wirft einen unsicheren Blick auf Rudolf. Ist er nun der Vater oder nicht?
»Danke, Dorle«, sagt Jona ruhig.
Madlon nimmt Dorle die Kaffeekanne ab. »Wir freuen uns alle sehr, Dorle. Ein Sonntagskind, denk nur mal. Sag den anderen, daß wir am Nachmittag rüberkommen zu einem Umtrunk. Gekocht habe ich heute nicht. Aber es ist noch reichlich da von gestern, das kannst du ihnen aufwärmen.«
»Und wer ins Wirtshaus gehen will«, fügt Rudolf hinzu und lacht so vergnügt, als hätte wirklich *sein* Sohn heute das Licht der Welt erblickt, »der ist von mir eingeladen.«
Die seltsame Ehe vom Moosbacher hat die Leute sehr bewegt. Sie rätseln immer noch daran herum, wo und wann er das fremde Mädchen getroffen hat oder ob er am Ende gar nicht der Vater des Kindes ist. Auf Ludwigs Rat nämlich ist die Lügengeschichte nicht weiterverbreitet worden, er meinte, je weniger die Leute wüßten, um so besser.
Im September, nach der Ernte, haben sich die Wohnverhältnisse auf den Höfen wieder einmal geändert, Jona war der Meinung, daß Jeannette in ihrem Zustand zu ihr ins Haus gehört, außerdem passen ihr die nächtlichen Ausflüge Rudolfs nicht. Madlon und Jeannette ziehen zurück auf ihren Hof, Madlon und Rudolf haben nun ein Doppelzimmer zur Verfügung, wenn sie wollen, das heimliche Herumschleichen hört auf. Dorle behält ihre Kammer unten hinter der Küche, gleich neben der Kammer der Alten, auch der Jungknecht bleibt dort in der Schlafstelle vor dem Stall, denn Jona will nicht, daß er zuviel von dem mitbekommt, was die anderen reden und treiben. Der Bub ist gerade dreizehn Jahre alt.
Das übrige Gesinde zieht auf den anderen Hof, und diese neue Regelung behagt den Leuten außerordentlich, sie sind freier, unbeaufsichtigt, doch man kann nicht sagen, daß sie es ungehörig mißbrauchen. Sie trinken gerade mal ein Glas mehr, es geht lauter zu als früher; wenn sie Besuch mitbringen wollen, müssen sie Jona fragen. Und das tun sie auch, denn ihr Respekt vor Jona ist ungeheuer.
Ein bißchen schwierig wird es, als im Herbst eine neue Magd

auf den Hof kommt, sie ist jung und sehr hübsch, und sie hat einige Mühe, ihre Unschuld zu verteidigen. Aber diese Flora ist nicht nur ein hübsches und tüchtiges, sondern auch ein kluges Mädchen, sie weiß, was sie will. Sie stammt von einem ganz kleinen Hof hinter Wangen, der Betrieb bei Jona imponiert ihr außerordentlich, ihre Arbeit versteht sie, besonders mit dem Vieh kann sie gut umgehen, und sie möchte gern hierbleiben. Im Jahr darauf wird sie den Großknecht Kilian heiraten, und damit etabliert sich eine zuverlässige Familie auf dem Hof, die Jona bis an ihr Lebensende die Treue halten wird.

Und Jacob? Was ist mit Jacob geschehen?

Er ist nicht mehr da.

Ende Juli, sie sind mitten in der Ernte, erscheint er wieder einmal auf dem Hof, keiner hat Zeit für ihn, das kennt er zur Genüge. Nur Jeannette bleibt ihm zur Unterhaltung, ihr Zustand ist inzwischen sichtbar, und daß sie Frau Moosbacher geworden ist, weiß er auch. Nur was mit Madlon eigentlich los ist, das weiß er nicht.

Sie sagt ihm kurzentschlossen die Wahrheit, und er nimmt es erstaunlicherweise sehr gelassen auf. Keine Rede davon, daß er jemanden umbringen will.

»Du kannst dich ja scheiden lassen«, schlägt sie ihm vor.

»Wie denn?« fragt er lakonisch.

Er ist sich also auch der Fragwürdigkeit ihrer Ehe bewußt.

»Und wozu auch? Den Moosbacher kannst du nicht heiraten, der ist jetzt mit deiner Nichte verheiratet. Zu albern so was.«

»Diese Ehe kann jederzeit wieder geschieden werden. Und wir müßten eine richtige Ehe eingehen, dann können wir uns auch scheiden lassen.«

»Blödsinn«, sagt Jacob. »Viel zu umständlich. Willst du den Rudi unbedingt heiraten?«

»Nein. Ich will nur, daß du deine Freiheit hast.«

»Die habe ich.«

Seine Augen sind kalt, er läßt sich nicht anmerken, wie verletzt er ist.

Ob es nun Liebe ist oder wie man es nennen will, Madlon

und er, sie waren so eng verbunden, wie konnte sie das von einem Tag auf den anderen auslöschen.
Wenn sie es kann, kann er es auch.
Doch er wird ihr nie verzeihen, es wird nicht einmal mehr Freundschaft bleiben zwischen ihnen, jedenfalls soweit es ihn betrifft. Er macht nicht den kleinsten Versuch, sie zurückzugewinnen, er ist kalt, abweisend, fast bösartig. Madlon bedrückt es. Er hat ja recht, sie hat ihn verraten. So viele Jahre der Gemeinschaft, und warum hat sie ihm das nun angetan?
An diesem Tag ihres letzten Zusammentreffens weiß sie es selber nicht. Bedeutet ihr Rudolf wirklich so viel mehr als ihr eigener Mann?
»Ich kann auf keinen Fall hier weg, ehe Jeannette das Kind bekommen hat«, sagt sie hilflos.
»Du kannst hierbleiben, bis du angewachsen bist auf diesem verdammten Hof. Ich mochte ihn nie, das weißt du ja. Er hat mir meine Mutter genommen, und jetzt nimmt er mir meine Frau. Und wenn es dir gefällt, hier zu verbauern, dann mußt du es halt tun.«
Blitzartig wird ihm klar, daß es nicht Rudolf ist, an den er sie verloren hat. Jona hat sie ihm weggenommen. Und nun vertreibt Madlon ihn aus seiner eigenen Familie, nachdem sie es war, die ihn zurückgebracht hat.
Absurd. Lachhaft geradezu.
Sie ist schöner denn je, sie ist so lebendig, so kraftvoll, sie hat sich kaum verändert seit damals, als er sie in der Hafenkneipe in Daressalam zum erstenmal sah.
»In den Wald mit ihrem Körbchen, videralla, videron, Mohn zu suchen ging Madlon – videralla, videron –«
Sie saß auf dem Tisch und sang, einer klimperte auf der Gitarre, die Männer verschlangen sie mit den Augen.
Aber keiner war so groß und blond und jung wie Jacob. Noch am selben Abend fuhr sie mit ihm hinaus zur Plantage; Barkwitz lächelte wehmütig, als er die schöne junge Frau sah, er saß vor der Flasche wie so oft, er war einsam und unglücklich.
In seinem Zimmer zog Jacob sie aus, löste ihr langes Haar,

schlang es sich um den Hals, umfing die erste Frau seines Lebens, die er wirklich und leidenschaftlich lieben konnte.
Kann man so etwas vergessen? Sie kann es, aber er war auch nicht der erste, den sie geliebt hat.
Er wird es nun auch vergessen.
Er fährt umgehend nach Zürich und beginnt ein Verhältnis mit Clarissa, das seine Wunde heilen soll. Das Semester ist zu Ende, er begleitet Clarissa nach Bern, wird in der großen alten Villa ihrer Verwandten sehr freundlich aufgenommen. Clarissas Cousin und seine Frau haben schon viel von dem Helden aus Afrika gehört. Wie schön, daß er eine Weile bei ihnen bleiben wird.
Clarissa arbeitet während der Semesterferien in der Klinik ihres Cousins, sie tut jede Arbeit, und sei es die allerniedrigste, die von ihr verlangt wird. Sie will lernen. Lernen und erfahren. Wenn sie nicht arbeitet, ist sie bei Jacob. Endlich gehört er ihr. Sie hat das Glück, daß er gerade zu dieser Zeit einen neuen Malariaanfall bekommt, sie pflegt ihn mit Hingabe, und sie läßt ihn auch nicht aus den Fingern, als er wieder gesund ist. Anfang Oktober flüchtet Jacob nach Berlin.
Agathe erfährt natürlich, was sich in Zürich und Bern abspielt; Clarissa bekommt endgültig Hausverbot. Ihren Bruder Jacob wird Agathe nicht mehr empfangen, er hat sein Ehrenwort gebrochen, doch zunächst hat sie sowieso keine Gelegenheit, ihm die Tür zu weisen, er läßt sich in Konstanz nicht blicken. In Berlin führt er ein recht bewegtes Leben, da ist nun wirklich viel los, die tollen zwanziger Jahre sind höchst unterhaltsam, die Kneipen und Bars die ganzen Nächte geöffnet, die Mädchen willig. Überhaupt wenn man genügend Geld zur Verfügung hat.
Das hat er. Finanziert wird das alles stillschweigend von seinem Vater. Auch als er in einem Brief mitteilt, daß er nun doch gern einen Besuch bei seinem Freund Garsdorf in Afrika machen würde, bekommt er anstandslos das Reisegeld.
Ludwig hat deswegen eine harte Auseinandersetzung, die erste dieser Art, mit seinem Schwiegersohn Bernhard Bornemann. Bernhard ist der Meinung, daß man es sich auf die Dauer nicht leisten kann, diesen arbeitsscheuen Sohn des

Hauses, der noch nie eine Mark selbst verdient hat, in derart großzügiger Weise zu unterstützen und ihm auch noch teure Auslandsreisen zu finanzieren.
Ludwig beschafft sich das Geld durch einen Bankkredit, der durch eine Hypothek auf das Haus am Münsterplatz abgesichert wird. Bernhard schäumt vor Wut, Eugen versucht zu beschwichtigen, Imma muß viel weinen; erstens muß sie es ausbaden, wenn Bernhard wütend ist, und zweitens erwartet sie ihr drittes Kind, wovon sie gar nicht entzückt ist. Sie hat nicht mehr damit gerechnet, noch einmal ein Kind zu bekommen, sie ist achtunddreißig, und Bernhards sexuelle Gelüste waren in den letzten Jahren ohnedies recht bescheiden. Sie wird bockig, nachdem sie sich pausenlos die Vorwürfe ihres Mannes anhören muß über die sinnlose Verschwendung, die ihr Vater zugunsten Jacobs betreibt.
»Jacob ist mein Bruder, und er hat ein Recht auf das Geld. Du? Du hast schließlich hier eingeheiratet.«
»Ich arbeite für euch alle«, schreit Bernhard, mit vor Wut überkippender Stimme. »Was tätet ihr denn ohne mich? Dein Vater ist senil, das ist ja wohl deutlich sichtbar. Na, und Eugen, der hat sich noch nie ein Bein ausgerissen.«
Unfriede in der Familie. Agathe rümpft zu alledem nur die Nase, sie hat ja immer gesagt, Jacob ist ein Taugenichts, und was sich auf dem Hof ihrer Mutter abspielt, schreit zum Himmel. Sie macht sich ihren eigenen Vers darauf, warum Madlon dortbleibt und warum ihr Bruder verschwunden ist. Und sie kommt der Wahrheit sehr nahe. Sie war lange nicht mehr auf dem Hof, den Moosbacher hat sie ohnedies immer übersehen.
Im Februar schifft sich Jacob von Marseille aus nach Afrika ein, erster Klasse natürlich, das Schiff heißt *Azay le Rideau* und ist die frühere *General* der Woermannlinie, die nach dem Krieg von Frankreich beschlagnahmt wurde.
Für einige Zeit wird man von Carl Jacob Goltz wieder einmal nichts hören.
Clarissa, die sich für ihr drittes Semester in Berlin einschreiben wollte, um bei ihm zu sein, ist außer sich. Sie ist keine Frau, die leichthändig die Männer wechselt, sie will diesen

und keinen anderen. Und sie wird sich davon nicht abbringen lassen.
Jacob ist kaum auf See, da stirbt in Bad Schachen der General von Haid.
Bei der Beerdigung trifft die Familie fast vollzählig zusammen, auch Agathe ist gekommen, auch Bernhard. Das gehört sich so. Nur Imma nicht, es geht ihr nicht gut, ihr Zustand macht ihr zu schaffen. Ihr wird schlecht, sobald sie ein Schiff nur sieht, geschweige denn darauf fährt.
Alle benehmen sich natürlich tadellos, von den Familienquerelen merkt keiner etwas.
Jona hält Ludwigs Hand fest während der ganzen Trauerfeier, und sie denkt: Lieber Gott, laß ihn nicht so bald sterben. Ich brauche ihn, und ich werde jetzt viel, viel öfter bei ihm sein. Sie macht sich Sorgen, weil er so schmal, so blaß ist. Alt sieht er aus und irgendwie krank. Was ist eigentlich mit seinem Herzen?
Ende September, Anfang Oktober waren sie wirklich vierzehn Tage in Badgastein. Das erste Mal seit ihrer Hochzeitsreise, die sie an den Vierwaldstätter See gemacht haben, daß sie zusammen verreist sind.
In Badgastein hat er manchmal an sein Herz gefaßt.
»Was hast du?« hat sie gefragt.
»Da tut es mir manchmal weh.«
Es ist kalt auf dem Friedhof, windig, und Jona schiebt besorgt ihre Schulter an Ludwigs Schulter. Wenn er sich bloß nicht erkältet!
Später sitzen sie bei Lydia in dem großen Haus, in dem es nicht besonders gemütlich ist.
»Die Heizung fehlt«, sagt Lydia, auch sie sieht blaß und krank und müde aus. Sie wird nun sehr einsam sein.
»Dann solltest du endlich eine ordentliche Heizung einbauen lassen«, sagt Ludwig.
»Wovon denn?«
»Das werde ich finanzieren«, sagt Ludwig, und er weiß genau, was für ein Gesicht sein Schwiegersohn Bernhard jetzt macht. Das freut ihn mittlerweile, wenn er den ärgern kann.
»Selbstverständlich«, meint Eugen, »das machen wir. Voraus-

gesetzt, du willst in dem Haus bleiben. Du könntest doch auch zu uns nach Konstanz kommen. Wir haben Platz genug. Seit Jacob nicht mehr da ist, steht die ganze Etage leer.«

»Aber Jacob wird doch zurückkommen«, meint Lydia. »Und seine Frau . . .«

Sie weiß ja nicht, was da vorgegangen ist. Madlon kennt sie immer noch nicht, sie weiß nur, daß sie sich bei Jona aufhält und daß Jacob verschwunden ist.

Benedikt, der die Gäste bedient, blickt Lydia ängstlich an, und sie nickt ihm zu.

»Wo immer ich bin, hier oder dort, Benedikt bleibt bei mir.«

»Selbstverständlich«, sagt Eugen. »Auch für ihn haben wir Platz genug.«

»Auch bei uns wäre Platz für dich und Benedikt, Tante Lydia«, sagt Agathe, und es klingt herzlich. »Du solltest wirklich nicht allein in dem großen Haus hier bleiben.«

»Ach, ich weiß nicht. Ich habe so lange mit dem Maxl hier gewohnt.«

»Am besten wäre es, das Haus zu verkaufen«, läßt sich Bernhard vernehmen. »Warum sollte man noch unnötig Geld in den alten Kasten stecken, für Heizung oder ähnliches.«

Um Lydias Mund erscheint ein leichter Zug von Hochmut, in ihrem Blick liegt Abneigung. Bernhard war ihr noch nie sonderlich sympathisch. Und darum sagt sie nicht, was sie gerade sagen wollte.

Erst spät in der Nacht, ehe sie schlafen gehen, sie sind alle müde, es war ein langer und anstrengender Tag, hält sie ihren Bruder Ludwig am Arm fest.

»Bleib noch einen Moment. Ich muß dir noch etwas sagen.«

Und so erfährt Ludwig von dem Testament des Generals, erfährt, daß Jacob dieses Haus, dieses große Grundstück mit dem schönen Garten, erben soll.

»Das hat der Maxl so gewollt, und ich will es auch. Ob ich hierbleibe oder zu euch komme, verkaufen kann ich das Haus auf keinen Fall. Es gehört Jacob.«

Diese Neuigkeit befriedigt Ludwig ganz außerordentlich.

Als er hinaufkommt, liegt Jona schon im Bett, die Decke bis

über die Ohren gezogen. Es ist wirklich ungemütlich kalt in diesem Haus. »Ich muß dir was erzählen«, sagt er.
»Ja. Aber komm erst ins Bett. Du erkältest dich sonst. Das ist ja wie am Nordpol hier bei denen. Der arme Maxl, was muß er all die Jahre gefroren haben. Und die arme Lydia! Ich fände es wirklich gut, wenn sie zu uns nach Konstanz käme.«
Zu uns, sagt sie, Ludwig vermerkt es gerührt.
Die Botschaft, daß Jacob dieses Haus erben soll, macht ihr keinen besonderen Eindruck.
»Möchte wissen, was er hier soll. Und nach Afrika wird es ihm bestimmt hier zu kalt sein.«
»Es ist ja nicht immer Winter am Bodensee«, sagt Ludwig und räkelt sich zurecht. Sein Knie schmerzt wieder, sein Rükken ist steif, aber sonst ist er ganz zufrieden. Jona ist bei ihm. Was immer war, sie ist bei ihm geblieben. Er ist viel besser dran als Jacob, sein Sohn. Aber wenigstens wird Jacob dann ein Haus für sich allein haben, ob er es nun verkauft oder vermietet oder bewohnt, das kann er halten, wie er will.
»Weißt du was«, sagt Jona und kuschelt sich an ihn. »Morgen fahren wir auf den Hof. Am Vormittag fährt ein Zug, da können wir zum Mittagessen schon dasein. Bei mir ist es schön warm. Und Madlon wird uns etwas Gutes kochen. Und dann mußt du doch endlich das Baby einmal sehen, den kleinen Ludwig. Zu schad, daß du bei der Taufe nicht dabeiwarst. Der Franzl hat so schön gesprochen, wenn er sich auch sehr gewundert hat. Jeannette sah so süß und unschuldig aus, und Madlon leuchtete vor Glück und hielt während der ganzen Zeremonie den Rudolf bei der Hand. Ich habe dem Franzl natürlich erzählt, wie das alles ist, ich kann ja meinen Bruder nicht belügen, noch dazu, wenn er das Kind tauft. Er hat nur immer den Kopf geschüttelt. Was macht ihr nur für Sachen, hat er gesagt. Was macht ihr nur für Sachen.«
Zur Taufe konnte Ludwig nicht kommen, es war sehr kalt, der See fast zugefroren, es fuhren keine Schiffe.
»Aber morgen«, murmelt Jona, »morgen wirst du ihn sehen, den kleinen Ludwig. Er ist ja eigentlich ein ganz fremdes Kind, aber irgendwie . . .«
Dann schläft sie ein, den Kopf an der Schulter ihres Mannes.

Mary

Jacob hatte zwar, gleich nachdem er in Berlin eingetroffen war, an Georg von Garsdorf geschrieben, aber dann die geplante Reise nach Afrika erst einmal vergessen. Er stürzte sich in den Trubel der Berliner Nächte und stellte fest, daß man ihn in seinen Stammkneipen erfreut begrüßte; noch nicht einmal ein Jahr war vergangen, seit er Berlin verlassen hatte, und so schnellebig die Stadt auch sein mochte, die meisten der alten Bekannten waren noch da und schienen nur auf ihn gewartet zu haben, um so mehr, als er diesmal nicht knapp bei Kasse war. Nur wenn einer ihn nach Madlon fragte, wurde er böse. »Ich weiß nicht, was aus ihr geworden ist. Interessiert mich auch nicht«, lautete seine stereotype Antwort.

Meistens schwiegen die anderen dazu, vor allem die Männer, nur einer, von dem Jacob wußte, daß er ganz verrückt nach Madlon gewesen war, lachte anerkennend und setzte Jacob in größte Verwunderung mit dem Ausspruch: »Also hat Kosarcz sie sich doch geschnappt. Der Bursche kriegt immer, was er haben will. Nebenbei bemerkt, das Klügste, was Madlon tun konnte, der verdammte Schieber schwimmt im Geld. Ich hab mich seinerzeit schon gewundert, daß sie nicht mit ihm abgehaun ist. War ja eine leidenschaftliche Affäre mit den beiden.«

Jacob ersparte sich die Antwort und verkniff sich eine Frage. Aber wenn es stimmte, was er zu hören bekam, wenn Madlon ihn schon mit dem Ungarn betrogen hatte, dann konnte das seinen Haß nur noch vertiefen.

Denn je länger die Trennung dauerte, um so bösartiger wurden seine Gefühle. Tatsächlich empfand er immer stärkeren Haß auf die Frau, die ihn betrog und, wie er nun erfuhr, offenbar nicht zum erstenmal. Mit wem wohl noch in all den

Jahren? Vielleicht in Afrika schon? Männer waren genug dagewesen; er ging sie in Gedanken alle durch, denen Madlon Freundin und Kameradin gewesen war und möglicherweise auch Geliebte. Bis zu dem General verstieg sich sein Verdacht. Kosarcz – das hätte er sogar noch verstanden, das war ein richtiger Kerl. Aber dieser halbblinde Österreicher mit dem zerfetzten Gesicht, was konnte sie an dem schon finden?

Doch Jacob war sich darüber klar, daß der Mann gar nicht schuld an dem war, was sich entwickelt hatte. Die Weiber waren es; erst die blonde Unschuld mit dem Kind im Bauch und dann natürlich, wie konnte es anders sein, seine Mutter. Unter ihrem Einfluß hatte Madlon ihn abgelegt wie einen alten Hut. Köchin und Kuhmagd auf diesem verdammten Hof, das war aus ihr geworden, und dazu noch die Geliebte des Liebhabers seiner Mutter, blieb alles in der Familie, geradeso, wie es Jona paßte. Immer und ewig mußte es nach ihrem Willen gehen.

Nur bei mir nicht, dachte Jacob voll Grimm, bei mir ist es ihr nicht gelungen. Mich kriegt sie nicht. Nie.

Madlon schrieb ihm zweimal, er antwortete nicht. Die Adresse hatte sie von seinem Vater, dem er sie notgedrungen mitteilen mußte, denn von ihm kam das Geld. Ausreichend. Jacob konnte es sich leisten, in einem komfortablen kleinen Hotel in einer Seitenstraße des Kurfürstendammes zu wohnen, und es störte ihn nicht im geringsten, daß er von Vaters Geld existierte. Stand es ihm etwa nicht zu?

Nur eine Bedingung hatte sein Vater gestellt: er wünsche immer zu wissen, wo sein Sohn sich aufhalte. Anonyme Banküberweisungen nehme er nicht vor.

Im stillen hoffte Jacob, Madlon würde eines Tages auftauchen, und mit Genuß malte er sich aus, wie er sie hinauswerfen würde. Aber sie kam nicht.

Statt dessen erschien Clarissa in der Woche vor Weihnachten und reiste noch vor dem Heiligen Abend wieder ab, als sie entdeckt hatte, daß er mit einer Tänzerin der Scala liiert war. Nicht allerdings, ohne ihm mitzuteilen, daß sie ab dem nächsten Semester in Berlin studieren werde.

»Bis dahin wirst du ja wohl diese alberne Affäre beendet haben«, sagte sie mit funkelnden Augen.
»Sicherlich«, erwiderte Jacob friedlich, und der Plan, nach Afrika zu reisen, nahm wieder festere Formen an. Erstens hatte er inzwischen die Naumanns kennengelernt, und zweitens war die Vorstellung nicht sehr verlockend, endgültig unter Clarissas Fuchtel zu geraten.
Er brachte sie zum Anhalter Bahnhof, sie sah reizend aus, ein Pelzkäppchen auf dem inzwischen kurz geschnittenen Haar, die Nase hochmütig emporgereckt, um sich nicht anmerken zu lassen, wie verletzt sie war. Er war immer noch der Mann, den sie liebte und den sie haben wollte, auch wenn sie ihn zurückstieß, als er sie zum Abschied küssen wollte.
»Einmal wirst du ja erwachsen werden«, ihre Stimme klang kühl und beherrscht, und sie ähnelte in diesem Augenblick auf geradezu lächerliche Weise seiner Schwester Agathe, mit der sie nicht einmal verwandt war. Einundzwanzig war sie nun, und sie hatte in der Fingerspitze mehr Verstand als er im ganzen Kopf. Blieb nur zu hoffen, sie entdeckte eines Tages, daß es noch andere Männer auf der Welt gab.
Er seufzte, als er den Bahnhof verließ, und bereute es, daß er sie wegfahren ließ. Sicher wäre sie zu versöhnen gewesen, wenn er es nur ernsthaft versucht hätte. Konnte er je eine Frau finden, die attraktiver und begehrenswerter war als dieses kluge Mädchen? Eine gute Partie war sie obendrein. Schon im Sommer, in Bern, hatte sie ihn wissen lassen, daß sie ihn heiraten wollte. Nun hatte er sie tief beleidigt. Er war nicht nur der erste, er war noch immer der einzige Mann in ihrem Leben. Bewundernswert war ihre Haltung, trotz der glitzernden Wut in ihren grünen Augen.
Wenn er Clarissa heiraten würde – so seine Gedanken, als er, die Hände in den Taschen, zum Potsdamer Platz schlenderte –, welch eine großartige Rache an Madlon mit ihrem abgetakelten Österreicher, welch ein Ärger für seine aufgeblasene Schwester Agathe.
Die Strafe ereilte ihn schon in der folgenden Nacht, als seine hübsche, schwarzhaarige Tänzerin ihm mitteilte, daß sie keineswegs gedenke, den Heiligen Abend mit ihm zu verbrin-

gen. Ungeniert ließ sie ihn wissen, daß er nicht der einzige sei, es gebe da einen Mann mit älteren Rechten, und seine Weihnachtsgeschenke seien immer besonders wertvoll.
Dagegen ließ sich schwer argumentieren. Jacob hatte noch nicht einmal darüber nachgedacht, was er ihr schenken sollte. Und daß sie einige sehr hübsche und kostbare Schmuckstükke besaß, war ihm schon aufgefallen, ohne daß es ihn sonderlich interessiert hätte, woher sie wohl stammen mochten. Daß ein Mann sie ihr geschenkt haben mußte, lag auf der Hand, nur daß dieser Mann vorhanden war, neben ihm, auf die Idee war er nicht gekommen.
»Verschwinde! Und laß dich hier nicht mehr blicken«, sagte er finster. Sie lachte, sprang mit einem eleganten Satz aus dem Bett, machte dann, nackt wie sie war, eine Brücke und anschließend einen gekonnten Überschlag. Das Zimmer war so groß, daß sie sich das erlauben konnte. Sie verschwand im Bad, zog sich dann in aller Ruhe an, schlüpfte in den Pelz – sicher auch ein Geschenk von dem anderen –, und ganz zum Schluß erst stieg sie in die hochhackigen schwarzen Pumps.
Sie warf ihm eine Kußhand zu.
»Mach's gut, Darling. Und fröhliche Weihnachten.«
»Der Teufel soll dich holen«, lautete sein Abschiedsgruß.
Jacob lag im Bett, die Arme unter dem Kopf verschränkt. Mit Weihnachten hatte er offenbar kein Glück. Voriges Jahr war es Malaria gewesen, diesmal dieses kleine Miststück. Und dafür hatte er Clarissa sausen lassen.
Flüchtig kam ihm der Gedanke, Clarissa nachzureisen, sie in Zürich zu überraschen. Vielleicht war sie aber auch bei ihrem Cousin in Bern gelandet, möglicherweise sogar reumütig nach Konstanz zurückgekehrt, und weder nach heimischem noch nach Schweizer Familienleben stand ihm der Sinn. Daß es ihm am Weihnachtsabend an Gesellschaft mangeln würde, stand nicht zu befürchten, in den vergangenen Jahren hatte er mit Madlon schließlich auch in den Kneipen gesessen und sich bestens unterhalten.
Doch diesmal kam es anders; er verbrachte Weihnachten mit seinen neuen Bekannten, den Naumanns, die seit etwa vier-

zehn Tagen im selben Hotel wohnten, die einen Brief und Grüße von Georgie mitgebracht hatten und die sich auf dem verändertern Berliner Pflaster gar nicht wohl fühlten.

Frau Naumann hatte im Hotelzimmer ein Bäumchen aufgestellt und geschmückt und fragte Jacob am Mittag des Vierundzwanzigsten, ob er denn nicht mit ihnen zusammen feiern wolle, da er ja offenbar allein sei. Jacob brachte es nicht übers Herz, ihr das abzuschlagen. Später in der Nacht konnte er sich immer noch anderswo umsehen.

Clarissas Ankunft und rasch darauffolgende Abreise hatten sie am Rande mitbekommen und konnten sich natürlich keinen Vers darauf machen. Die Schwarzhaarige hatten sie nie zu sehen bekommen. Daß er verheiratet war, wußten sie zwar, von Georgie, der Madlon ausführlich beschrieben hatte, aber wie auch immer, sie war nicht da.

So kam es, daß Jacob mit den Naumanns bei Kempinski speiste und später bei ihnen im Hotel saß, wo sie ein Schlafzimmer und einen Salon bewohnten, sehr gemütlich eingerichtet.

Und damit kam die Reise nach Afrika wieder aufs Tapet. Dr. Friedrich Naumann war ein deutscher Arzt, der seit 1906 in Windhuk praktiziert hatte, auch nach dem Krieg nicht ausgewiesen worden war, ganz einfach, weil er gebraucht wurde. Er war einer der ersten Privatärzte gewesen, die sich in der Kolonie niedergelassen hatten, zuvor gab es nur Militärärzte und davon auch zu wenig.

In dem Brief, den Dr. Naumann mitgebracht hatte, wiederholte Georgie dringlich seine Einladung, sonst stand nicht viel darin, denn, so schrieb Georgie, alles, was du wissen willst, kann Dr. Naumann dir erzählen.

So war es auch. Ehe Jacob seine Reise antrat, war er über Südwestafrika, über Land und Leute bestens informiert.

»Wir kennen uns alle«, erzählte Dr. Naumann. »Wir sind wie eine große Familie, und daran hat auch der Krieg nichts geändert.«

Im Juli 1915 hatte Deutsch-Südwest bereits kapituliert, und soweit die Deutschen interniert wurden, behandelte man sie sehr anständig. Nach Kriegsende wurden zwar die Angehöri-

gen der Schutztruppe und die Beamten ausgewiesen, auch manche Farmer mußten ihr Land hergeben, aber letzteres war nur ein vorübergehender Zustand, viele waren zurückgekehrt und lebten auf dem Boden der ehemaligen deutschen Kolonie in bestem Einvernehmen mit den neuen weißen Herren und arbeiteten wie zuvor auch ohne Schwierigkeiten mit den Farbigen zusammen. Die Haltung der Engländer und Buren gegenüber den Deutschen war ebenso klug wie großzügig. Engländer waren sowieso nicht viele da, die Buren oder Afrikaaner, wie man sie später nannte, verstanden sich gut mit den Deutschen, das waren fleißige Arbeiter und zuverlässige Geschäftspartner. Südwestafrika war englisches Mandat, wurde verwaltet von der südafrikanischen Union und stand politisch unter Aufsicht des Völkerbundes.
Das höre sich schwierig an, gab Dr. Naumann zu, aber in der Praxis merke man nichts davon, es sei alles so wie immer. Und überhaupt sei es das schönste, friedlichste und freundlichste Land der Welt, ein Paradies auf Erden.
Kaum hatte Dr. Naumann es verlassen, sehnte er sich danach zurück. Es war der Wunsch von Leonore Naumann gewesen, den Rest ihres Lebens in Deutschland zu verbringen, das sie als junge Frau verlassen hatte.
»Und nu, Muttchen«, fragte der Arzt, ein großer, stattlicher Mann, dem man seine Fünfundsechzig nicht ansah, keiner hätte ihn älter als Anfang der Fünfzig eingeschätzt, »und nu? Biste nu zufrieden? Gefällt's dir hier?«
Sie waren zwar erst knapp zwei Wochen da, aber Leonore Naumann hatte bereits festgestellt, daß es ihr nicht gefiel im Berlin der zwanziger Jahre.
»Konnte man denn wissen, daß alles so anders geworden ist? Das ist doch eine verrückte Welt hier, da kann man doch nicht drin leben.«
»Siehste! Hat dir aber jeder gesagt. Aber nee, du mußt nach Berlin. Möchte wissen, was wir hier sollen. Passen wir nicht mehr hin. Und alle unsere Freunde sind in Südwest.«
Die zierliche Dame, auch sie noch sehr ansehnlich und temperamentvoll, schüttelte seufzend den Kopf und erging sich in Erinnerungen an das Berlin der Kaiserzeit, in dem sie all

die Jahre ein verlorenes Paradies gesehen hatte. Verloren blieb es jetzt auch.
Sie war in sehr guten Verhältnissen aufgewachsen, in einer Villa am Tiergarten, behütet und verwöhnt, sie hatte als junges Mädchen große Feste und Bälle mitgemacht, an Verehrern hatte es ihr nicht gefehlt. Davon erzählte sie lange und ausführlich.
»Und dann mußte ich mich ausgerechnet in diesen langen Lulatsch von Doktor verlieben. Er war an der Charité damals. Hatte weiß Gott wenig Geld. Aber machen Sie mal was gegen die Liebe!«
Sie sah ihn an, den langen Lulatsch, und in ihren Augen stand zu lesen, daß sich nach über dreißigjähriger Ehe an dieser Liebe nichts geändert hatte.
»Mein Vater sagte: Gott, Kind, was willste denn mit dem? Aber irgendwie mochte er Paul eben auch. Und da haben wir dann geheiratet.«
»1893 war das«, fügte der Arzt hinzu. »War wirklich ne schöne Zeit damals. Doch, muß man sagen.«
»Eine hübsche Praxis hier in Berlin, so hatte ich mir das vorgestellt. Meinetwegen auch Chefarzt in ner guten Klinik, war ja alles drin. Und dann ist der Mann so abenteuerlustig. Will unbedingt nach Afrika. Ich habe mich lange dagegen gesträubt. Die Kinder waren noch so jung, die Inge acht und der Heinz elf, das müssen Sie sich mal vorstellen, Herr Goltz. Aber Gott sei Dank, Gott sei ewig gedankt –«, sie legte die Hände ineinander und schüttelte sie heftig in Richtung Zimmerdecke, »wir haben sie dann bald nachkommen lassen. Ein Offizier der Schutztruppe brachte sie mit, sicher und wohlbehalten kamen sie an, und wir haben sie in Swakopmund abgeholt. Allein wenn ich denke, wie sie ausgeschifft wurden, das ist nämlich man schwierig dort, der Hafen ist gar kein richtiger Hafen, zu stürmisch, wissen Sie. Man schwingt in einem Sessel durch die Luft und landet klitschnaß in einem Boot, das dann durch die Brandung donnert. Fürchterlich! Einfach fürchterlich! Mein Gott, was habe ich ausgestanden, bis sie endlich an Land waren. Kein Schiff kann dort ordentlich anlegen. So ist das nämlich.«

Ihr Mann lachte vergnügt.
»Das war unser Hafen in Swakopmund. In Walfishbay gleich nebenan geht es zu wie in einem richtigen Hafen. Aber dort saßen ja immer die Engländer, das haben sie nie hergegeben. Heute spielt das ja keine Rolle mehr. Aber den Kindern hat das Spaß gemacht damals.«
»Spaß! Inge war ganz grün um die Nase. Und dann die Bahnfahrt, Herr Goltz. Die dauerte zwei Tage. Ging immer nur tagsüber, man mußte dazwischen übernachten. Weil die Gleise immer gefegt werden mußten. Ja, ist wahr, Sie brauchen gar nicht zu lachen. Ist ja überall Sand und Wüste, und die Gleise waren ständig zugeweht. Jeder Streckenabschnitt mußte gefegt werden, wenn ein Zug darüberfahren sollte. Zustände waren das!«
Jacob lehnte sich behaglich zurück, er fühlte sich wohl bei den beiden. Er hatte Clarissa vergessen, auch die treulose Schwarzhaarige, und an Madlon wollte er schon gar nicht denken.
»Aber in Windhuk lebten sie sich dann schnell ein«, fuhr Leonore fort. »Wir haben dort sehr gute Schulen, und die Kinder haben alles gelernt, was sie fürs Leben brauchen. Und der ganze schreckliche Krieg ist ihnen erspart geblieben.«
Als dringend benötigter Arzt war Dr. Naumann nicht interniert worden, und die Familie lebte in ungestörten Verhältnissen, ohne Hunger und Not oder Gefahr. Der Sohn hatte in Johannesburg studiert und war heute Mineningenieur, die Tochter Inge war in Südwest mit einem Karakulfarmer verheiratet. Zwei Enkel gab es auch schon.
»Und wir«, grollte der Doktor, »wir sind nu hier. Allein. Nee, Muttchen, da kannste machen, was du willst, hier bleib ich nicht. Alle unsere Freunde sind in Windhuk, und die Kinder sind nicht so weit entfernt und unser schönes Haus in der Leutweinstraße – nee, Muttchen, sag selber.«
»Wir haben das Haus nur vermietet, Herr Goltz«, berichtete Frau Leonore, »nur vermietet. Schon wegen der Kinder, nicht wahr? Nur vermietet, Herr Goltz!« Ihre Stimme klang bedeutungsschwer, sie blickte ihren Mann an. »Da können wir wieder hin.«
»Na, was sagen Sie zu dieser Frau?« Der Doktor lachte schal-

lend. »Piesackt mich jahrelang. Sie muß zurück nach Berlin. Partout nach Berlin. Meine Schwiegereltern sind lange tot. Der einzige Bruder meiner Frau ist im Krieg gefallen. Und nun frage ich Sie, was wir eigentlich hier sollen? Wir ziehn in irgendeine kleine dunkle Wohnung, wo das ganze Jahr kein Sonnenstrahl reinkommt, nich? Und zu Hause haben wir ein schönes großes Haus, mit Blick über die ganze Stadt. Und die warmen Quellen sind ganz in der Nähe.«

»Warme Quellen?« wunderte sich Jacob pflichtschuldigst.

»Haben wir, haben wir. Was denken Sie denn, warum die Leute in Südwest so gesund sind und so alt werden?«

»Na, hier haben Sie es doch sehr gemütlich«, sagte Jacob und wies mit dem Korkenzieher in der Hand über das Zimmer hin, dann zog er die nächste Flasche auf.

Es war ein schwerer Rheinhessen, der dem Doktor trefflich mundete, Jacob weniger, er war an die spritzigen Bodenseeweine gewöhnt. Ob es wohl sehr unhöflich war, wenn er in sein Zimmer ging und die Whiskyflasche holte?

»Wir können ja nicht alle Lebtag im Hotel wohnen«, meinte Frau Leonore. »Das ist viel zu teuer. So viel Geld haben wir nicht gespart. Und hier ist sowieso alles sehr teuer, auch die Wohnungen, da habe ich mich schon erkundigt. Ach, und dann der Lärm hier und der irrsinnige Verkehr, man wird ja ganz dösig davon. Und all die gräßlichen Leute mit ihrer ewigen Politik. Jetzt soll es schon wieder eine neue Regierung geben, habe ich in der Zeitung gelesen. Und die Kommunisten und das alles, nee, wissen Sie, Herr Goltz, an so was sind wir nicht gewöhnt. Bei uns in Windhuk herrscht Ruhe und Ordnung, da gibt es keine Keilereien auf den Straßen wie hier. Und Arbeit findet auch jeder, der arbeiten will!«

»Ja, ja, Muttchen«, sagte der Doktor und kostete von seinem Wein. »Wer nicht hören will, muß fühlen.«

»Ach, und deine armen Patienten! Was waren sie traurig, daß du weggegangen bist. Daß du sie einfach im Stich gelassen hast.«

»Nun hör sich einer die Frau an! *Ich* wollte ja gar nicht weg. Jetzt bin ich auf einmal derjenige, der alles im Stich gelassen hat. Das wird ja immer besser.«

»Der Neue, der deine Praxis übernommen hat – nee, wissen Sie, Herr Goltz, man soll ja nicht vorschnell urteilen, soll man gewiß nicht, aber ich kann mir beim besten Willen nicht vorstellen, daß unsere Patienten mit dem zurechtkommen.«
»Sie werden sich schon an ihn gewöhnen. Er ist ein moderner, junger Arzt, hat eine sehr ordentliche Ausbildung. Die Erfahrung wird er schon noch bekommen. Und mit Land und Leuten kennt er sich aus. Er ist in Südafrika aufgewachsen.«
»Das allein macht noch keinen guten Arzt aus«, widersprach seine Frau.
»Anfangen muß jeder mal. Mußte ich auch. Und unter weitaus schwierigeren Bedingungen. Lange Zeit waren wir nur drei Ärzte, weit und breit. Außer den Militärärzten natürlich. Wir mußten alles können. Vom Kinderkriegen bis zum Blinddarm, von der Mandelentzündung bis zur Syphilis. Und jede Art von Verletzungen und Unfall; was so einem armen Menschen alles passieren kann auf dieser Erde.«
»Ja«, sagte Frau Leonore leise und nachdenklich, »es war immer viel Arbeit. Viel Mühe. Aber eine gottgesegnete Arbeit, das war es auch.«
Eine Weile schwiegen die drei, es war nach Mitternacht, die Heilige Nacht, die den Menschen Erlösung verhieß von allem Bösen. Erlösen kann sie nur ihr Glaube, denn das Böse ist noch da und gehört zum Menschenschicksal auf Erden.
»Was ich damals für Angst hatte vor Afrika!« Frau Leonore war immer noch bei ihren Erinnerungen. »Mir graulte vor den Schwarzen und vor der Hitze und vor den wilden Tieren und was es sonst noch alles geben mochte. Und heute bin ich dort daheim. Und hier ist alles fremd geworden.«
Noch ehe Jacob abreiste, war es beschlossene Sache, daß die Naumanns nach Windhuk zurückkehren würden, in einem halben Jahr etwa. Die Heimkehr nach Deutschland hatte sich unterdessen in einen Besuch verwandelt. Jacob bekam ein Kündigungsschreiben an den Mieter in der Leutweinstraße mit.
»Denn sagen wir man bloß auf Wiedersehen«, meinte Leonore bei seinem letzten Besuch. »Grüßen Sie Windhuk. Haben

Sie auch alle Adressen gut aufgeschrieben? Ach, ist ja gar nicht nötig, die Leute werden sich sofort auf Sie stürzen. Ein Mann aus Deutschland, so ein schmucker Mann wie Sie, ein Schutztruppler dazu. Sie werden sich vor Einladungen nicht retten können.«

Das klang sehr verheißungsvoll, und Jacob, der sich etwas überstürzt zu der Reise entschlossen hatte und es nun fast schon wieder bereute, fand langsam Geschmack an dem Unternehmen.

»Sie kommen zum Ende der Regenzeit, mein Lieber«, sagte der Doktor, »das ist die schönste Zeit, da ist alles grün, und es blüht. Die Regenzeit ist für uns die wichtigste Zeit im Jahr. Je mehr es regnet, je mehr Wasser die Riviere führen, um so besser wird das Jahr, dann haben Mensch und Tier nichts zu fürchten. Wenn es wenig regnet oder gar nicht, was leider auch mal vorkommt, dann ist es eine Katastrophe. Denn das ganze übrige Jahr regnet es keinen Tropfen mehr. Die Riviere trocknen sehr schnell aus, das Gras verdorrt, die Tiere verdursten. Flüsse haben wir ja nicht viele, nur den Oranje im Süden und den Kunene im Norden. Die Riviere, das sind außerhalb der Regenzeit trockene Sandbetten. Aber wenn es ordentlich regnet, dann strömt es nur so dahin, und je mehr davon in Tümpeln stehen bleibt, um so besser.«

»Und wenn hier Sommer ist«, erklärte Frau Leonore, »haben wir Winter. Da kann es ganz schön kalt werden. Ganz schnell mal unter null Grad. Jedenfalls in der Nacht. Am Tag scheint ja immer die Sonne.«

Das alles hatte Jacob nun schon so oft gehört, daß er es auswendig kannte. Denn er war viel mit den Naumanns zusammen, nicht nur weil sie im selben Hotel wohnten, auch weil die beiden sich etwas verloren vorkamen in Berlin. Es gab nur noch eine entfernte Cousine von ihr, ein paar alte Schulfreundinnen, doch da lagen Welten dazwischen.

Dr. Naumann, der aus Stettin stammte und ein Einzelkind gewesen war, besaß überhaupt keine Verwandten mehr. Von Windhuk her waren sie an engen nachbarlichen Verkehr und abwechslungsreiches gesellschaftliches Leben gewöhnt, ganz zu schweigen von den vielen lieben, netten und dankbaren

Patienten. Kein Wunder, daß sie sich hier vereinsamt fühlten. Sie trabten zwar unermüdlich durch Berlin, die Friedrichstraße und die Leipziger entlang, Unter den Linden, durch den Tiergarten und natürlich den Kurfürstendamm hinauf und hinunter. Auch ins Theater gingen sie öfter, einmal in die Scala, einmal in den Wintergarten und natürlich immer in gute Restaurants zum Essen.

Bei all diesen Unternehmungen begleitete Jacob sie oft, und Frau Leonore meinte einmal befriedigt: »Also, das macht schon Spaß, mit zwei so stattlichen, schönen Männern auszugehen.«

Der Doktor grinste, und Jacob zeigte seine besten Manieren. In gewisser Weise lenkte ihn das Zusammensein mit den beiden mehr von den Ärgernissen der letzten Zeit ab als das nächtelange Herumsitzen in den Kneipen.

Als nächstes, so Ende Februar etwa, planten die Naumanns eine Reise ins Riesengebirge, das Leonore von ihrer Kindheit her kannte.

»So mal richtig wieder im Schnee spazierengehen und Schlitten fahren, darauf freue ich mich. Und dann reicht das auch für den Rest des Lebens.«

»So im Mai, Juni reisen wir dann. Da ist das Meer friedlich. Meiner Frau graust es vor der Seereise.«

»Ach ja«, seufzte Leonore, »die ist so lang. Und kann sehr stürmisch sein. Aber weißt du, Paul, was ich mir noch ausgedacht habe? Wie wäre es denn im Frühling mit drei Wochen Baden-Baden? Da war ich mit Papa oft. Noch mal auf der Lichtenthaler Allee spazierengehen – also, das würde mir Spaß machen.«

»Du machst mir jetzt schon Spaß. Wo sollen wir denn die Piepen hernehmen?«

»Ach, dazu reicht es schon noch. Wenn du wieder zu Hause bist, wirst du ja doch wieder Praxis machen, das ist doch klar. Oder denkst du, deine Patienten werden nicht in Scharen angestürmt kommen, wenn sie hören, du bist wieder da?«

»Ich habe keine Praxis mehr.«

»Das machen wir bei uns im Haus, habe ich mir schon überlegt. Ein bißchen Praxis eben. Wir nehmen das ehemalige

Schulzimmer von den Kindern als Ordination und das Zimmer von der Bubba daneben als Wartezimmer. Das richte ich dir ganz süß ein. Bubba war unser schwarzes Kindermädchen«, fügte sie erläuternd hinzu. »Und Baden-Baden lasse ich mir auf keinen Fall entgehen.«

Der Doktor hatte Jacob geraten, die Seereise in Marseille anzutreten, er spare sich damit die stürmische Fahrt durch Nordsee und Kanal und die Biscaya entlang.

»Und schneller geht es auch. Ich habe jetzt schon von mehreren Südwestern gehört, die so gereist sind und sehr zufrieden waren.« Es klang verlockend in Jacobs Ohren. Ein paar Tage in Paris, das er nicht kannte, dann mit dem Zug quer durch Frankreich. Störend waren wieder nur seine mangelnden Sprachkenntnisse, sowohl Englisch wie Französisch sprach er sehr kärglich.

Doch ganz überraschend kam er zu einem Reisegefährten. In seiner Stammkneipe in der Nürnberger Straße erzählte er eines Abends einem alten Bekannten von diesen Plänen, und Viktor Mayer war begeistert.

»Mensch, da beneide ich dich aber. Mal raus hier. Nach Paris! Einmal Paris noch wiedersehen. Auch wenn die heute auf uns nicht mehr gut zu sprechen sind. Aber mein Französisch ist so perfekt, die merken gar nicht, daß ich Deutscher bin.«

»Woher kannst du denn so gut Französisch?«

»Ich bin da sogar ein paar Jahre in die Schule gegangen. Habe ich das nie erzählt? Nee, wozu auch? Ist so lange her, und wenn ich davon spreche, kriege ich bloß das heulende Elend.«

Viktors Vater war Physiker gewesen und hatte einige Jahre bei Pierre Curie in Paris gearbeitet.

»Damals, als wir dort waren, bekam er den Nobelpreis. 1903 war das. Mensch, war das ne Aufregung. Ich war ja noch ein Rotzjunge, aber ich weiß noch, wie bewegt alle waren. Mein Vater hatte immerzu Tränen in den Augen, und der war bestimmt kein Weichmann. Das heißt, sie bekamen ihn ja beide, Pierre und Marie. War das eine tolle Frau! Mein Vater betete sie an. Ein Genie, sagte er immer, diese Frau ist ein Genie. Meine Mutter war immer richtig eifersüchtig auf Madame

Curie. Pierre starb ja dann schon drei Jahre drauf. Und mein Vater bekam einen Ruf an die Friedrich-Wilhelms-Universität. Und so kehrten wir nach Berlin zurück.«
Jacob betrachtete den schmalen, dunkelhaarigen Viktor mit Respekt. Das hatte er nicht gewußt. Viktor war Jude, wirkte immer ein wenig heruntergekommen, trotz seiner tadellosen Manieren; auch einer, den der Krieg zerstört hatte. Zwar hatte er ein Studium begonnen, war dann bei Kriegsbeginn eingezogen und gleich bei Langemarck sehr schwer verwundet worden. Er lag zwei Jahre lang im Lazarett, zum Fronteinsatz kam er nie wieder, aber dank seiner guten Sprachkenntnisse, das erfuhr Jacob nun auch, beschäftigte man ihn als Dolmetscher in Kriegsgefangenenlagern. Nach dem Krieg versuchte er das Studium wieder aufzunehmen, aber es wurde nichts daraus, er konnte, er wollte sich nicht konzentrieren, die Kopfverletzung, die er neben dem Lungendurchschuß davongetragen hatte, machte ihn müde und unlustig. Er trank viel, er redete wenig, er saß nur meist so dabei. Madlon und Jacob hatten ihn kennengelernt, schon bald nachdem sie nach Berlin gekommen waren.
Viktor lebte allein. Seine Mutter war noch vor Kriegsbeginn gestorben, an Krebs, sein Vater gegen Ende des Krieges bei einem Unfall im Labor ums Leben gekommen.
»Ich bin der einsamste Hund unter Gottes Sonne«, sagte Viktor, und seine dunklen, schwermütigen Augen blickten an Jacob vorbei in die trostlose Zukunft, die vor ihm lag. »Ich war verlobt, weißt du. Vor dem Krieg schon. Aber ich habe das aufgegeben. Es ist keiner Frau zuzumuten, mit mir zu leben. Es wird sowieso nie etwas aus mir.«
Er malte. Bildete sich ein, malen zu können, wie er es selbst ausdrückte. Natürlich ohne jeden Erfolg, und wovon er eigentlich lebte, wußte keiner. Sicher bekam er eine kleine Rente, und das war es auch schon.
»Der einzige Mensch auf Erden, der mich noch kennt, als Kind, meine ich – verstehst du, was ich meine?« Er blickte Jacob an, ein wenig betrunken inzwischen, wie fast an jedem Abend. Jacob nickte.
»Ein Mensch, für den ich nicht nur das Wrack bin, das ich

heute bin, sondern der auch weiß, daß ich mal ein begabter und netter kleiner Junge war. Das gibt es nämlich in meinem Leben nicht mehr.«

»Doch. Gerade hast du gesagt, das gibt es. Wer ist es denn?«

»Meine Tante Valérie. Ich schreibe ihr manchmal. Und sie schreibt mir. Sie ist eine jüngere Schwester meiner Mutter. Sie war so eine Art Enfant terrible in unserer Familie. Sie ist mit einem russischen ... Ja, was war der noch gleich? Der war gar nichts. Der war nur reich. Also sie ist mit einem Russen durchgebrannt. Ein verheirateter Russe natürlich. Schon lange vor dem Krieg. Sie hat ein kleines Hotel in Antibes. Das heißt, sie hat später dann einen Franzosen geheiratet, nachdem der Russe wieder fort war. Mit dem war sie an die Riviera gegangen. Da gingen die Russen immer hin.« Die Erzählung Viktors wurde immer zerfahrener, seine Augen immer schwermütiger, seine Sprache stockte manchmal.

»Und dann hat sie also einen französischen Hotelier geheiratet«, nahm Jacob nach einem kurzen Schweigen den Faden wieder auf.

»Ja. Hotel oder Pension, was weiß ich. Wir haben sie nie mehr gesehen. Der Krieg und das alles. Aber ich schreibe ihr manchmal. Und sie schreibt mir. Ich soll sie mal besuchen, schreibt sie. Ich kann mir kaum ne S-Bahn-Karte nach Potsdam kaufen.«

Später brachte Jacob den torkelnden Viktor nach Hause, sofern man das schmale kleine Hinterzimmer in der Kantstraße ein Zuhause nennen konnte. Doch schon am nächsten Vormittag tauchte Jacob dort wieder auf und rüttelte Viktor aus dem Schlaf. »Hör zu, Mensch! Ich habe heute nacht eine fabelhafte Idee geboren. Hörst du mich?«

»Du bist nicht ganz normal, mitten in der Nacht hier anzutanzen.«

»Es ist elf Uhr. Die Sonne scheint, ein herrlicher Wintermorgen. Und ab sofort wirst du weniger saufen, sonst bleibst du nämlich hier.«

»Wo soll ich denn sonst bleiben?«

»Also, ich habe mir ausgedacht, wir fahren zusammen nach

Paris. Wenn du doch so gut Französisch kannst, ist das für mich sehr nützlich. Ich kann's nämlich so gut wie gar nicht.«

»Trotz deiner schönen Madlon? Hat sie dir das nicht beigebracht?«

Viktor saß nun im Bett und versuchte Jacob zu folgen. »Hast du gesagt, nach Paris?«

»Genau das hab ich gesagt. Wir bleiben eine Woche in Paris oder so, dann fahren wir nach Süden, ich nach Marseille aufs Schiff, und du besuchst deine Tante Valérie. Na? Wie findest du das?«

»Und wie soll ich das bezahlen?«

»Das bezahle ich. Beziehungsweise mein Vater. Ich kriege ja genug Geld von daheim. Die haben es ja.«

»Haben sie so viel? Wo bist du her? Aus Koblenz, nicht?«

»Aus Konstanz, du Trottel. Konstanz am Bodensee. Wir sind nicht direkt reich. Aber auch nicht arm. Wenn ich studiert hätte, wie sie das wollten, das hätte schließlich auch eine Menge Geld gekostet. Jahrelang war ich nicht da, hab ich die keinen Penny gekostet. Ich war im Krieg, ich hab mich hier so durchgeschlagen, du weißt es ja, aber jetzt bin ich nicht mehr so blöd. Meine Mutter hat ne Art Gut, leistet sich sogar einen Verwalter. Meine Schwester ist mit einem reichen Fabrikanten verheiratet. Die andere mit dem Anwalt, der die Kanzlei macht, nee, für mich reicht das auch noch. Und deine Reise bezahle ich. Du mußt Französisch reden. Und bei Tante Valérie läßt du dich herausfüttern. Als Maler, Mensch, an der Riviera! Da bist du doch goldrichtig. Vielleicht kannst du dortbleiben. Wird deiner Lunge auch guttun. Und in Frankreich bekommst du gut zu essen, das mal bestimmt. Und einen guten Wein gibt es auch. Und wenn du so fabelhaft Französisch sprichst, stört es bestimmt keinen Menschen, daß du Deutscher bist!«

Jacob saß auf dem Bettrand; und auf einmal rannen Viktor die hellen Tränen über das Gesicht.

»Du bist so gut, Jacob, du bist so gut zu mir. Noch nie ist ein Mensch so gut zu mir gewesen. Das willst du alles bezahlen?«

»Klar. Alles. Kümmere dich um deinen Paß. Und morgen kaufen wir für dich noch einen anständigen Anzug, und nächste Woche reisen wir. Ab die Post.«
Endlich tat sich etwas, endlich kam wieder Schwung in Jacobs Leben. Plötzlich verstand er gar nicht, wie er eigentlich das letzte langweilige Jahr ertragen hatte.
Als er in Marseille an Bord ging, lagen fünf amüsante Tage in Paris hinter ihm, zu mehr hatte die Zeit nicht gereicht. Viktor war in einen Zug nach Nizza verfrachtet worden und fieberte Tante Valérie entgegen.
»Viel Glück, Mensch! Vielleicht sehen wir uns mal wieder«, sagte Jacob zum Abschied.
Und Viktor schluchzte: »Ich werde dir das nie vergessen. Nie, nie. Du hast die Adresse. Wenn's dir mal danach ist, kommst du nach Antibes. Das heißt, wenn ich da bleiben kann, das weiß ich ja noch nicht.«
»Du kannst bleiben, du wirst sehen. Du malst, setzt dich in die Sonne, siehst du, hier scheint sie schon, und dann hilfst du Tantchen ein bißchen im Hotel, machst dich nützlich, und siehst, daß du mit ihrem Mann gut auskommst. Hat sie eigentlich Kinder?«
»Wer?«
»Na, Tante Valérie.«
»Nicht daß ich wüßte. Da war sie wohl schon zu alt zu, als sie den Franzosen geheiratet hat.«
»Na, siehst du, vielleicht erbst du eines Tages das Hotel. Ist alles möglich.«
Und dann mußte Jacob über sich selbst lachen. So etwas hätte auch Madlon einfallen können, und das erste Mal dachte er ohne Haß und Rachegefühle an sie. Arme Madlon! Saß da mitten im Kuhmist, und er fuhr hinaus in die weite Welt. Nach Afrika. In sein geliebtes Afrika.
Auf dem Schiff erging es ihm nicht viel anders als mit den Naumanns in Berlin. Mehrere Südwestler waren an Bord und belegten ihn gleich mit Beschlag, als sie erfuhren, wo seine Reise hinging. Zwei Farmer waren es, ein Landwarenhändler aus Windhuk, der sich auf der Grünen Woche in Berlin über den neuesten Stand landwirtschaftlicher Maschinen infor-

miert hatte, ein Botaniker, der erstmals nach Südwest ging, um im Auftrag einer Universität Forschungen anzustellen, ein Geologe mit gleichen Absichten und schließlich einer, etwa in Jacobs Alter, der bei der Schutztruppe gedient hatte, nach 1919 ausgewiesen worden war und nun zurückkehrte, von nicht zu stillendem Heimweh nach Afrika getrieben.

»Einmal Afrika, immer Afrika«, sagte er. »Ich kann einfach woanders nicht mehr leben. Geld habe ich nicht, aber vielleicht kann ich auf einer Farm Arbeit finden. Und mich später mal beteiligen.«

Er hatte also ähnliche Pläne wie Jacob, und das alles zusammen ergab viel Gesprächsstoff auf der langen Reise, die durch das Mittelmeer und an Gibraltar vorbei sehr friedlich verlief und erst, als sie die Westküste Afrikas erreichten, stürmische Grüße vom Atlantik brachte.

Nur ein einziger Engländer war an Bord, ein Diplomat unteren Ranges, der von Paris kam und nun, wie er freimütig zugab, nach Pretoria strafversetzt worden war. Warum, ließ sich bald erkennen, denn ohne Whiskyglas in der Hand sah man ihn selten. Bis fünf Uhr nachmittags hielt er mühsam durch, bis dahin trank er Bier, aber kaum war die Bar geöffnet, fand man ihn dort, und er verließ sie, abgesehen von der Abendmahlzeit, nicht mehr, bis sie schloß.

»Das haben wir in Indien gelernt. In Jaipur habe ich eine Kompanie Sepoys befehligt, god save my soul, was kann man da anderes tun als saufen. Aber es war eine schöne Zeit.« Und er begann von Indien zu schwärmen, so wie die anderen von Afrika schwärmten.

Die Franzosen an Bord hielten sich abseits, mit ihnen kam man kaum ins Gespräch. Mit den Deutschen wollten sie nichts zu tun haben, und von den Engländern hielten sie auch nicht viel, zumal sie der Meinung waren, daß sie den Deutschen viel zu großzügig in der Reparationsfrage entgegenkämen. Der Dawesplan hatte ihre Zustimmung nicht gefunden.

Einer von den Farmern, Uwe Barnsen mit Namen, war ein Nachbar von Georgie und kannte ihn gut.

»Was man bei uns so Nachbarn nennt. Sind so Stücker siebzig bis achtzig Kilometer zwischen unseren Farmen. Aber ein ganz ordentlicher Pad ist da, wir kommen da schon öfter mal rüber.«

Pad, so lernte Jacob, nannte man die Straßen in Südwest. Sie waren meist breit, denn angelegt hatte man sie für Ochsenkarren, die einst das schnellste und beste Verkehrsmittel waren und auch heute noch benutzt wurden. Zwanzig Ochsen wurden manchmal vorgespannt, und das ging dann zwar nicht flott, aber stetig durch das Land. Autos gab es natürlich inzwischen auch genug; wenn die Pads es erlaubten, fuhren sie nun im Auto durch das Land, meist in Fords.

Auch Frau Barnsen befand sich an Bord, sie trank keinen Tropfen Alkohol und hielt sich fern von den Männergesprächen, meist einen tadelnden Blick in den Augen. Ihretwegen, so erfuhren die Mitreisenden, war man in Marseille an Bord gegangen, denn Elke Barnsens Lebenstraum war es gewesen, Paris und das südliche Frankreich kennenzulernen.

»Warum, kann ich Ihnen auch nicht erklären«, sagte ihr Mann. »Jedenfalls ist sie nun für alle Zeiten kuriert. Die Franzosen behandeln uns wie den letzten Rotz. Für die ist der Krieg noch lange nicht vorbei. Poincaré hat da gute Arbeit geleistet. Und dann, wissen Sie, meine Frau hat nicht das geringste Talent, sich auf die Verhältnisse in einem anderen Land einzustellen. In Frankreich ist es nun mal üblich, daß man gut und lange ißt, und denn sitzt sie am Tisch, zieht die Nase kraus und sagt: am liebsten möchte ich eine Kartoffelsuppe. Wein trinkt sie schon gar nicht. Was mich das Nerven gekostet hat. In Lyon hätte ich sie am liebsten in der Rhône ersäuft. Soll man wahr sein.«

Die Herren lachten und warfen einen Blick hinaus in den Salon, wo die Damen saßen. Elke Barnsen strickte mit vehementer Eile.

»Weil nämlich«, erläuterte Herr Barnsen, »unser erster Enkel ist unterwegs. Drum haben wir es eilig heimzukommen.«

»Und wie«, fragte Jacob, »hat sich denn Ihre Frau in Afrika zurechtgefunden, wenn sie sich so schlecht auf fremde Länder einstellen kann?«

»Ach, da ist sie schon als junges Mädchen mit ihren Eltern

hingekommen. Sie gehört mit zu den ersten Siedlern. Und auf unserer Farm geht es deutscher zu als in Deutschland. Das war bei meiner Schwiegermutter schon so.«
Eines lernte Jacob auf dieser Reise wie schon zuvor von den Naumanns in Berlin, diese Südwestler schienen wirklich eine einzige große Familie zu sein, einer wußte alles vom anderen. Natürlich wußte Uwe Barnsen auch genau über Georgie von Garsdorf Bescheid, und Jacob bekam, ohne daß er viel fragen mußte, weitere Informationen.
»Was den guten Georgie betrifft, so ist er bestimmt nicht als Farmer auf die Welt gekommen. Wenn er seine tüchtige Mary nicht hätte, müßte er den Laden dichtmachen. Aber sie hält alles am Laufen, und wie. Die kann zupacken. Und sie reitet wie der Teufel. Mit den Farbigen kommt sie prima aus, da hat sie genau den richtigen Ton, bestimmt, streng, aber immer gerecht, ohne die Leute zu schurigeln. Die wissen genau, wie sie mit ihr dran sind, und dann spuren sie auch. Wenn man bedenkt, wie kurze Zeit sie das erst macht, also dann – Hut ab! Sie soll von einem großen Gut stammen, da hat sie das wohl gelernt. Da sitzen jetzt die Polen. Wir wundern uns bloß alle, wie sie auf die Idee kam, den guten Georgie zu heiraten.«
»Ist die Ehe denn nicht gut?« fragte Jacob, mäßig interessiert, nur um überhaupt etwas zu sagen. Meist bestritten Uwe Barnsen und sein Freund Erich Kellermann, der eine Karakulfarm weiter südwärts besaß, die Unterhaltung allein. Wenn nicht der Engländer seine indischen Träume spann, die immer bunter wurden, je später der Abend und je höher sein Whiskykonsum wurde.
»Ist die Ehe gut?« wiederholte Barnsen und bewegte zweifelnd den Kopf von rechts nach links. »Eine Ehe ist eine Ehe. Und bei uns, da ist das so, mein lieber Herr Goltz, da sind wir aufeinander angewiesen, auch Mann und Frau. Sehen Sie, meine Frau –« er dämpfte seine Stimme vorsorglich – »ist auch manchmal schwierig. Hat so ihre Mucken. Hat sie von ihrer Mutter. Die war ne Kapitänstochter aus Blankenese. Falls Sie wissen, was das bedeutet. Das ist ne Rasse für sich. Aber meine Elke, die war ein verdammt hübsches Mädchen.«

»Ich finde, das sieht man heute noch deutlich«, sagte Jacob höflich.

»Na ja, eben, eben. Und tüchtig ist sie. Sparsam, zuverlässig, treu wie Gold. Und sehr fleißig. Unsere Kinder sind alle wohlgeraten. Tadellos. Da gibt es nichts.«

Vier waren es, wie Jacob längst wußte.

»Nur eben ihr Fimmel mit Frankreich. Da hat ihr Vater immer von geklütert. Na, nun ist sie ja bedient, nun war sie dort, und damit hat die liebe Seele Ruh. Wissen Sie, das ist so meine jahrelange Erfahrung als Ehemann. Man muß den Frauen auch mal ihren Willen lassen, denn kommen sie am ehesten zu Verstand. Hat bannig viel Geld gekostet, die Frankreichreise. Und mir hat sie eigentlich Spaß gemacht. Manchmal, wenn ich mich nicht zu sehr über die Franzmänner ärgern mußte. Wo ist eigentlich Ihre Frau, Herr Goltz? Die süße Madlon. Georgie schwärmt unentwegt von ihr.«

Die Berliner Antwort paßte nicht hierher. Also sagte Jacob: »Ich will mich erst einmal allein umschauen. Gefällt es mir, kommt sie nach.«

»Das ist nämlich ein Lieblingsthema von Georgie. Von Ihren Heldentaten in Deutsch-Ost kann er stundenlang erzählen. Kaum zu glauben, was der Junge dort angestellt hat. Erst recht nicht zu glauben, wenn man ihn heute so sieht. Muß ja ein doller Knabe gewesen sein.«

Jacob unterdrückte ein Grinsen. Das kannte er. Krieg hinterher zu führen, in wildbewegten Erzählungen, das war eine feine Sache. »Ja«, sagte er, »Georgie war ein tapferer Soldat.«

»Na, und Sie erst. Und Ihr General. Aber Georgie erzählt auch viel von Ihrer Frau, die muß ja eine wahre Heldin gewesen sein. Erzählen Sie uns doch ein bißchen was.«

Aber Jacob wich aus. Er verspürte auf einmal keine Lust mehr, über den Krieg, über ihre Kämpfe zu sprechen. Es würde ohnehin zum Dauerthema werden, wenn er erst bei Georgie war.

»Ich bin nach wie vor der Meinung«, mischte sich Erich Kellermann ein, »daß es ein Fehler war, schwarze Truppen einzusetzen. Gewiß, ich weiß, die Askaris waren sehr tapfer, und ohne sie hätte Lettow-Vorbeck den Krieg nicht so lange durchgestanden. Aber es hat die Engländer sehr gegen uns aufgebracht. Sie haben von vornherein gesagt, die Schwarzen dürfen niemals gegen Weiße kämpfen. Und der schwarze Mann sollte nicht einmal mit ansehen, daß weiße Männer sich bekämpfen, das untergräbt für alle Zeit den Respekt. Wir hatten ja keine Askaris, wie Sie wissen.«

»Ja, ich weiß. Darum mußtet ihr auch 1915 schon kapitulieren.«

»Das war es nicht allein. Die Umstände in Deutsch-Südwest waren anders. Wir haben immer eng mit Südafrika zusammen gelebt und gearbeitet, wir konnten sie gar nicht von heute auf morgen als Feinde betrachten. Und dann – in einem so wasserarmen Land, einem Land, in dem es so viel Wüste gibt, läßt sich auf die Dauer kein Krieg führen. Einmal in die Wüste abgedrängt, kann man nur zu Grunde gehen. Das haben die Hereroaufstände bereits gelehrt.«

»Ach ja, die Schlacht am Waterberg.«

»Das war das glorreiche Ende. Aber vorher gab es viel Elend und sinnloses Sterben.«

»Und die Hereros sind heute friedlich?«

»Sie sind der intelligenteste Teil der farbigen Bevölkerung, und wir kommen sehr gut mit ihnen aus. Auch sie sind ja ursprünglich keine Eingeborenen, sie sind eingewandert, von Norden her. Nur eine Weile früher als wir. In Afrika gibt es ja auch so etwas wie eine Völkerwanderung so wie früher in Europa. Die Hereros waren stark und klug und besiegten die Buschmänner sehr schnell, die ein reines Nomadenleben führten. Sie wurden auch mit den Hottentotten fertig und mit verschiedenen anderen Stämmen. Es gibt ja keine einheitliche einheimische Bevölkerung bei uns, sie setzt sich aus verschiedenen Stämmen zusammen, die miteinander nichts zu tun haben wollen, wenn sie sich nicht sogar spinnefeind sind. Daran hat sich bis heute nichts geändert.«

»Es gibt eine feste Rangordnung, und jeder weiß, wo er hingehört«, fuhr Barnsen fort. »Sie können Hereros und Hottentotten und Damaras auf Ihrer Farm arbeiten lassen, und wenn man ein strenges Regiment führt, dann klappt das auch. Aber sie würden sich niemals privat zusammensetzen, bei-

spielsweise beim Essen, da bleibt jeder Stamm für sich.«
»Die Hereros haben seinerzeit erfolgreich um die Vorherrschaft in diesem Teil Afrikas gekämpft, soweit sich in diesen riesigen Gebieten überhaupt eine Art Herrschaft errichten läßt. Es gibt immer noch Gegenden, wo kein Weißer je hingekommen ist und wo uns unbekannte Stämme leben wie in der Steinzeit.«
»Aber warum haben die Hereros damals den Aufstand gegen die Weißen gemacht?«
»Sie hatten uns zuerst Land verkauft, die Häuptlinge. Gute Rechner waren sie durchaus. Aber dann wollten sie die Herrschaft des weißen Mannes doch nicht anerkennen. So kam es zu den Aufständen. In denen sie sich als tapfere und zähe Krieger erwiesen. Es gibt noch Leute, die sehr anschaulich davon erzählen können.«
»Und wie ist es heute?«
»Heute geht alles gut.«
Der Engländer, der bei ihnen an der Bar saß und nicht sehr viel von dem deutsch geführten Gespräch verstand, mischte sich ein. »Askari bad«, sagte er. »Schwarze Mann zusammen mit weiße Mann gegen weiße Mann nicht gut.«
»Das soll man wahr sein«, meinte Barnsen. »Damit haben wir viel an Ansehen bei den Schwarzen verloren.«
Und wie sie gekämpft hatten, die Askaris. Gekämpft und gestorben für einen fernen Kaiser und ein nie gesehenes Deutsches Reich. Aber Jacob hatte nun schon begriffen, daß man dies in Südwest nicht so gern hörte.
An einem anderen Abend sprachen sie über Georgies Farm. »Ein schöner Besitz, tipptopp in Schuß«, berichtete Uwe Barnsen. »Er hat da sehr günstig gekauft. Friedrichsburg liegt nordöstlich von Windhuk, hat sehr gutes Klima. Die Farm war immer gut bewirtschaftet, hat viele Windräder, sehr ordentliche Bauten und wunderschönes Vieh. Sie gehörte vor dem Krieg einem preußischen Baron, der da viel hineingesteckt hat. Man erzählt, die Familie habe ihn abgeschoben, weil er allerhand Unfug in seiner aktiven Zeit angerichtet hat. Spielschulden, Duelle, allerhand Affären. Was glaubhaft ist, denn er war ein toller Kerl, sah sehr gut aus. Unsere Frauen

verdrehten sich immer die Köpfe nach ihm, wenn er mal nach Windhuk kam. Aber tüchtig war er auch.«

»Ja, er hat einen Musterbetrieb aufgebaut«, sagte der Landwarenhändler. »Die modernsten Maschinen, das beste Werkzeug, und ein Auto hatte er damals schon. Die Familie war wohl reich und hat ihn gut abgefunden. Und die Farbigen liebten ihn über alles, ihr Baas war der Größte, für den wären sie durchs Feuer gegangen. Nur verheiratet war er nicht.«

»Nee, wir bekamen jedenfalls nie eine Frau zu sehen. Das gehörte wohl mit zu seiner dunklen Vergangenheit. Aber gleich nach Kriegsbeginn ist er verschwunden, ist nach Deutschland zurück und hat sich wieder bei seinem Regiment gemeldet. Na, und bei Verdun ist er dann gefallen. Zum Sterben war er dem Vaterland wieder recht.«

Barnsen hob sein Glas.

»Trinken wir einen Schluck auf ihn. Er war ein feiner Kerl.«

»Und was wurde aus der Farm?« fragte Jacob.

»Von Windhuk aus, also vom deutschen Gouverneur, wurde zunächst ein Verwalter eingesetzt, aber den internierten sie dann nach der Kapitulation. Dann kam einer vom Kap mit seiner jungen Frau, aber der konnte sich dort nicht eingewöhnen, hatte immer Heimweh. Der verschwand nach einem Jahr wieder. Tja, und dann sah es eine Weile schlimm aus mit Friedrichsburg. Die Farm verwahrloste, das Vieh wurde gestohlen, die Farbigen verliefen sich. So um 20 oder 21 rum kam einer aus dem Süden, wieder ein Deutscher, der kaufte Friedrichsburg, aber er hatte nicht viel Glück. Er baute zwar wieder Viehstämme auf, aber die Zeiten waren damals auch bei uns nicht so rosig, war alles ein bißchen ungewiß, kam noch ein Dürrejahr dazu, wie das so geht, wenn einer Pech hat. Der wollte dann nicht mehr. Wie hieß er doch gleich? Blaschke, nicht? Tja, und denn tauchte Georgie mit seiner Mary in Windhuk auf. Sie wohnten im Thüringer Hof, waren feine Leute und wurden von ganz Windhuk bestaunt. Georgie von Garsdorf, ein Held aus Deutsch-Ost, einer, der den Krieg gewonnen hatte, und wie. Und so ne hübsche junge Frau dazu. Daß sie was kaufen wollten, wußte bald jeder, und einer meinte dann, Friedrichsburg wäre genau das Richtige.«

»Ich hab sie zusammengebracht«, erzählte der Landwarenhändler, »Blaschke und Garsdorf. Blaschke war ordentlich froh, daß er den Laden loswurde und die ganzen Schulden dazu, zudem war noch kurz zuvor seine Frau im Kindbett gestorben. Wenn Sie den Dr. Naumann in Berlin getroffen haben, der hätte Ihnen das genau erzählen können. Ging ihm verdammt nahe, daß die junge Frau draufging. Es war ihr erstes Kind.«

»Ja, und Blaschke nahm sein Kind und verschwand. Wir haben nie wieder von ihm gehört. Und Georgie war noch keine acht Wochen im Land, da hatte er Friedrichsburg, eine der schönsten Farmen in ganz Südwest.«

Ein Besitz von 15 000 Hektar war es, begrast von 1500 Rindern. Denn die Faustregel lautete, wie Jacob lernte: zehn Hektar für ein Rind. Hier wuchs das Gras nicht so mühelos wie auf Jonas Hof. Mit dem Wasser, das die Regenzeit brachte, mit dem Gras, das sie wachsen ließ, mußten die Tiere das ganze Jahr auskommen. War nur wenig oder gar kein Regen gefallen, gingen die Tiere ein. Auch die pausenlos sich drehenden Windräder, das Wahrzeichen der Farmen in Südwest, konnten nicht so viel Wasser heraufpumpen, daß es für alle Tiere gereicht hätte. Doch die moderne Technik, so wußte der Landwarenhändler, würde in Zukunft Abhilfe schaffen. Es gab Pläne, wie man Staudämme errichten, wie man Leitungen legen wollte. Allerdings mochten darüber noch Jahre hingehen, besonders solange die politische Lage der ehemaligen Kolonie noch ungeklärt war.

»Die südafrikanische Union ist der Meinung, Deutsch-Südwest müsse voll angegliedert werden. Und meiner Ansicht nach wäre das auch die vernünftigste Lösung. Die Union ist reich, modern und ein freier Staat, gehört zudem zum Commonwealth, was ihr den weltpolitischen Rückhalt gibt. Da ist nur dieser komische Völkerbund in Genf, der sich am Grünen Tisch seine Vorstellungen macht. Ist ja immer so nach einem Krieg, daß um die Beute gestritten wird. Und selten wird danach gefragt, was für ein Land das beste ist.«

Bei der Politik landeten sie immer wieder einmal während ihrer nächtlichen Gespräche auf der langen Seereise.
Wie immer und überall bei solchen Gesprächen waren es die Bestimmungen des Versailler Vertrages, an denen man sich erhitzte.
»Jährlich zweieinhalb Milliarden Mark«, erregte sich der Geologe, »man muß sich das einmal vorstellen. Das ist doch Utopie.«
»Das werden wir nicht zahlen, und das können wir nicht zahlen. Aber der Dawesplan läßt uns zunächst etwas Luft«, sagte der Botaniker.
Die beiden Herren, noch jung an Jahren, beide Kriegsteilnehmer, beide gerade erst mit dem Studium fertig, waren gut informiert. Der eine kam aus Köln, der andere aus München. Jacob, der aus Berlin kam und von dem sie Auskunft heischten, bewies wieder einmal seine beschämende Unkenntnis der politischen Lage. Die Weimarer Republik hatte ihn nie sonderlich interessiert, und das Gezänk der Parteien war ihm gleichgültig.
»Vielleicht kommt es daher«, sagte er mit einem entschuldigenden Lächeln, »daß ich in einer so gottgesegneten Gegend aufgewachsen bin. Fern der Hauptstadt. Am Bodensee, wissen Sie, Konstanz am Bodensee. Wir haben uns immer als Badener gefühlt, fast sogar als halbe Schweizer. Berlin und was dort passierte, ging uns kaum etwas an. Das war schon so, als ich noch ein Kind war. Na ja, und dann ging ich verhältnismäßig jung nach Deutsch-Ost, habe dort meine Art von Krieg erlebt, und als ich dann wieder in Deutschland war –«
Er verstummte. Er hätte sagen müssen, es ging mir zu dreckig, ich war krank, ich hatte kein Geld, *wir* hatten kein Geld, denn eine Frau hatte ich damals auch noch, wir wußten oft nicht, wovon wir am nächsten Tag leben sollten, aber wir hatten ein amüsantes Leben. Trotzdem. Und diese ganze Republik und ihre Parteien waren uns schnurzegal. Die Inflation höchstens, ja, die hat uns getroffen, aber nur des Geldes wegen. Aber so konnte er sich nicht ausdrücken, es klang zu läppisch; es hätte nur einmal mehr gezeigt, wie oberflächlich, wie träge er in den Tag hineingelebt hatte. Madlon, die

Freunde, der Amüsierbetrieb in Berlin – mein Gott, hatten nicht viele so gelebt nach dem Krieg? Die Reparationen? Gewiß. Von seinem Geld wurden sie nicht bezahlt, denn er verdiente kein Geld.

Das war natürlich kindisch, das wußte er selbst. Und da er sich vorgenommen hatte, in Südwest ernst genommen zu werden und gute Figur zu machen, verschwieg er alles, was er dachte.

»Meine Verwundung aus dem Krieg, dann meine Malaria, das quälte mich in den ersten Jahren noch sehr«, sagte er statt dessen. »Ich lebte dann wieder bei meiner Familie am Bodensee, und von dort ist Berlin immer noch so weit entfernt wie früher.«

»Malaria haben wir in Südwest nicht«, sagte Barnsen. »Bei uns gibt es keinen Sumpf. Bei uns sind Sie richtig.«

»Aber jetzt«, beharrte der Geologe, »jetzt kommen Sie doch aus Berlin.«

»Ja, gewiß, einige Monate war ich dort.« Er runzelte die Stirn. Der Dawesplan? Das war letzten Sommer gewesen, da hatte man viel davon geredet.

An den letzten Wahlen im Dezember hatte er gar nicht teilgenommen. Der Reichstag war im vergangenen Monat, im Januar, neu zusammengetreten, und soviel er wußte, hieß der neue Reichskanzler Luther. Das war aber auch schon alles, was er wußte.

»Der beste Mann, den wir haben«, sagte der Kölner, »ist Stresemann. Sehr schade, daß er nicht mehr Reichskanzler ist. Aber wenigstens Außenminister. Und ich bin sicher, er wird auch wieder Kanzler.«

Und auf einmal, ganz unmotiviert, begann der Münchner von Adolf Hitler zu schwärmen. Das sei der Mann der Zukunft, der werde wieder Ordnung schaffen in Deutschland.

»Der?« fragte der Landwarenhändler. »Der sitzt doch irgendwo in Süddeutschland. Muß ein ziemlich übler Bursche sein, nach allem, was ich so gehört habe in Berlin. Der hat doch einen Putsch gemacht in München. Und dann haben sie ihn eingelocht.«

»Es handelt sich um eine ehrenvolle Haft. In Landsberg am

Lech«, sagte der junge Botaniker feindselig. »Und dort wird er nicht lange bleiben. Deutschland braucht diesen Mann.«
Jacob blickte gelangweilt von einem zum anderen. Immer das gleiche Lied. Die Kommunisten, die Nationalsozialisten, natürlich, so am Rande hatte er das alles mitbekommen, und damals, während seiner ersten Berliner Zeit, hatte er sich auch noch manchmal darüber aufgeregt. Heute war es ihm vollkommen gleichgültig. Der eine sagte, wir brauchen Stresemann, der andere sagte, wir brauchen Hitler, und wenn noch ein paar mehr dagewesen wären, hätten sie bestimmt noch andere Namen gewußt. Den Südwestlern schien es egal zu sein. Sein Vater, das immerhin fiel Jacob ein, hatte sich mehrmals ausgesprochen positiv über Stresemann geäußert. Über so einen Typ wie Hitler hatten sie in der Seestraße nicht gesprochen, ebensowenig wie über die Kommunisten.
Aber sie waren etwa auf der Höhe von Dakar, als ein Funkspruch das Schiff erreichte, der ihre Gespräche erst einmal verstummen ließ. Friedrich Ebert, der erste Reichspräsident der Weimarer Republik, war gestorben.
Viel mehr erfuhren sie nicht, sie befanden sich auf einem französischen Schiff, und die Franzosen nahmen keinen Anteil an der Nachricht, blickten nur manchmal forschend, manchmal höhnisch auf die kleine Gruppe der Deutschen.
Doch die hatten alle keine nähere Beziehung zu Ebert. Der junge Rückkehrer nach Afrika meinte nur: »Er hat seine Sache nicht schlecht gemacht. Es war eine harte Zeit, die er durchzustehen hatte.«
Und der Geologe sagte: »Ich bin kein Sozialdemokrat. Aber ich kann diesem Mann meine Hochachtung nicht verweigern. Sie haben ihn zu Tode gequält in dieser schrecklichen Republik.«
So wie es auch, in einigen Jahren, dem von ihm so bewunderten Stresemann ergehen würde.
Nur einer würde leider ungeschoren all die kommenden schweren Jahre überleben. Das war der, der zur Zeit in Landsberg am Lech einsaß. In ehrenvoller Haft, wie sein Bewunderer gesagt hatte.
Nein, Gottes Segen ruhte wohl nicht auf dieser Republik, die

aus dem Inferno des Krieges entstanden war. Der gute Wille, der selbstlose Einsatz vieler fähiger Männer konnte ihr nicht helfen, sowenig wie dem deutschen Volk. Der Krieg war noch nicht zu Ende. Noch lange nicht.

Die Bahnfahrt nach Windhuk war lang und ermüdend und mußte wirklich einmal unterbrochen werden. Jacob bekam gleich wieder einen Eindruck davon, wie groß dieses Land war und wie klein und verloren sich ein Mensch darin vorkommen konnte. Schon während des letzten Stücks der Seereise, als das Schiff an der südwestafrikanischen Küste entlangstampfte, bei teilweise heftigem Seegang, hatte Jacob all die Schauergeschichten von den gestrandeten Schiffen und verdursteten Seeleuten zu hören bekommen, denen dieser Teil der Küste den makabren Namen Skelettküste verdankte. 2000 Kilometer lang erstreckte sich unmittelbar hinter Brandung und Sandstrand die Wüste Namib, in der weder Mensch noch Tier leben konnte. Seit kühne Seefahrer die Küste Afrikas hinabgesegelt waren, später meist auf der Suche nach der Spitze des Kontinents, um so den ersehnten Seeweg nach Indien zu finden, waren nur allzu viele Schiffe in der mörderischen Brandung gestrandet. Konnten sich die unglücklichen Seeleute an Land retten, waren sie dennoch dem Tode geweiht, ihre Skelette lagen haufenweise in der Wüste, wie man Jacob erzählte.
Sein Einwand, ob da nicht ein wenig Übertreibung zu vermuten sei, wurde von seinen Bekannten einhellig zurückgewiesen. Die Namib sei eine der furchtbarsten Wüsten der Welt, gerade weil sie so unmittelbar ans Meer, also an Salzwasser, grenzte. Nun war der Zug durch die Namib gefahren, und sie war so gefährlich schön wie jede Wüste, in den seltsam wechselnden Farben je nach Tageszeit, hohe Dünen stiegen auf zwischen weiten öden Flächen, und leer, leer war diese Erde, wie am ersten Tag der Schöpfung.
Später rollte der Zug durch endloses Hochland, durch Steppe, man sah ein wenig Vegetation, in der Ferne erblickte man riesige Berge. Sonnengetränkt war das Land, schattenlos. Die Regenzeit war vorüber.

Wie schon manchmal während der Seereise kamen Jacob Zweifel an dem ganzen Unternehmen. Er war nicht mehr so abenteuerlustig wie als junger Mann, er hatte die Zeit seiner Abenteuer gehabt und kein Verlangen danach, neue zu erleben. Und ganz und gar nicht hatte er den Wunsch, Farmer zu werden. Der Schlendrian der letzten Jahre hatte ihm im Grunde sehr gut gefallen. Gewiß, die Nachkriegszeit war von Sorgen nicht frei gewesen, aber wer hatte die zu jener Zeit nicht gehabt. Doch nun, im vergangenen Jahr, war es ihm eigentlich ganz gut gegangen. Das Leben in Berlin war abwechslungsreich und amüsant gewesen, und selbst der heimische Bodensee erschien ihm angesichts der Wüste in verlokkendem Licht. Und wieder regte sich der Zorn auf Madlon in ihm; sie, nur sie, war schuld, daß er jetzt in diesem verteufelten heißen Zug saß und gen Windhuk rollte.
Einige der Reisegefährten vom Schiff waren ebenfalls im Zug; der Botaniker war in Swakopmund geblieben, er wollte einige Exkursionen in die Namib machen, der Geologe war weitergefahren nach Lüderitzbucht, ihn interessierten vor allem die Minen. Kellermann und seine Frau schließlich stiegen in Okahandja aus, aber mit den anderen blieb Jacob bis Windhuk zusammen. Müde und gereizt, mit Kopfschmerzen, verbrachte er den letzten Teil der endlos scheinenden Reise. Vermutlich kam er mit Malaria in Windhuk an. Auch wenn sie alle erklärten, in diesem Lande kenne man die Malaria nicht, er hatte sie nun einmal.
Aber Windhuk, 1600 Meter hoch in einem weiträumigen Hochtal gelegen, empfing ihn freundlich und hatte sogleich eine Überraschung für ihn bereit. Neben den Gleisen stand ein junger Mann, im offenen Hemd, fröhliche braune Augen im wohlgeformten Gesicht, der stracks auf Jacob zukam und dabei rief: »Sie müssen es sein! Carl Jacob Goltz! Willkommen in Windhuk!« Erstaunt schüttelte Jacob die dargebotene Hand.
»Ich bin Andreas Matussek«, sagte der junge Mann und machte eine artige Verbeugung. »Ich bin hier, um Sie abzuholen, Herr Goltz.«
»Sehr liebenswürdig«, erwiderte Jacob, und als keiner seiner

Reisegefährten eine Reaktion zeigte, fügte er hinzu: »Sie kennen sich?«
»Absolut nicht«, meinte Vogt, offenbar höchst erstaunt darüber, daß einer in Windhuk neben den Gleisen stand, so, als gehöre er dahin, und den kannte er nicht einmal.
»Andreas Matussek«, wiederholte der junge Mann seinen Namen, und Jacob ging daran, ihn mit seinen Begleitern bekannt zu machen, weit jedoch kam er damit nicht, denn nun rollte mit wedelnden Armen eine rundliche Frauengestalt heran, im Schlepptau drei Kinder verschiedener Altersstufen, und alle schrien begeistert: »Papa! Papa!« und umringten den Landwarenhändler, womit klar wurde, daß es sich um seine Familie handelte.
Frau Vogt überschüttete ihren Mann sofort mit Fragen. Wie die Reise gewesen sei, ob viel Sand im Zug, ob das Meer sehr stürmisch, ob er todmüde sei, ob er alles mitgebracht habe, was sie aufgeschrieben hatte, und was die Frauen in Berlin jetzt für Hüte trügen.
Das ging so eine Weile, das Gepäck wurde nebenbei auf einige Farbige verteilt, die von Frau Vogt kommandiert wurden, dann unterbrach sie ihren Redestrom, wandte sich an Elke und Uwe, um ihnen mitzuteilen, daß es höchste Zeit sei, ihre Tochter befinde sich bereits in der Stadt im Entbindungsheim, es könne jede Stunde soweit sein, und dann kam Jacob dran, sie rief überschwenglich: »Und Sie sind also der sagenhafte Herr Goltz. Der Held aus Deutsch-Ost. Auf Sie wartet schon die ganze Stadt.«
Dabei schüttelte sie kräftig Jacobs Hand, und ehe der etwas sagen konnte, wandte sie sich an den Braunäugigen.
»Das ist aber nett, Andreas, daß Sie den Herrn Goltz abholen. Werden Sie bei uns wohnen? Wann gehen Sie auf den Pad?«
»Danke, danke, Frau Vogt«, lachte Andreas sie an, »machen Sie sich keine Umstände, ich habe zwei Zimmer im Thüringer Hof reservieren lassen. Und ich denke, wir bleiben drei Tage hier, damit Herr Goltz ein bißchen was von Windhuk sieht, dann fahren wir raus auf die Farm.«
»Hach, ein bißchen was von Windhuk, das ist gut. In drei Ta-

gen kennt er die ganze Stadt auswendig. Aber Sie kommen morgen abend bestimmt zu uns, Herr Goltz? Wir machen ein Braaivleis zum Empfang für meinen Mann. Da lernen Sie gleich alle wichtigen Leute kennen.«
»Um Himmels willen, Martha«, unterbrach sie ihr Mann. »Wen hast du denn alles eingeladen?«
»Ná, so an die vierzig bis fünfzig Leute. Sie kommen bestimmt, Herr Goltz? Sie auch, Andreas. Und Sie und Ihr Mann natürlich auch, Frau Barnsen, falls Sie noch in der Stadt sind.«
»Bestimmt sind wir noch in der Stadt«, antwortete Elke Barnsen mit Nachdruck, »wenn Sie doch sagen, Elly ist schon im Spital. O Gott, o Gott, ist es wirklich schon soweit? Ich dachte, erst in vierzehn Tagen.«
»Nein, nein, die Wehen haben schon eingesetzt und ...«
»Aber da muß ich ja gleich ...«
Der Zustand der werdenden Mutter beschäftigte die Damen eine Weile, Vogt wurde von seinen Kindern mit Beschlag belegt, so daß Jacob endlich dazu kam, sich den jungen Mann näher anzusehen. Er lachte, ein wenig gehemmt, und sagte: »Ich wußte gar nicht, daß ich hier schon so bekannt bin, ehe ich überhaupt da bin. Sie ... Sie kennen mich auch?«
Andreas strahlte ihn an. »Kennengelernt, so von Angesicht zu Angesicht, habe ich Sie eben jetzt erst. Aber sonst weiß ich alles über Sie. Was denken Sie denn, wovon Georgie redet, seit Ihr Telegramm aus Paris gekommen ist? Nur von Ihnen. Ich habe inzwischen den ganzen Feldzug in Deutsch-Ostafrika so gut wie auswendig gelernt.«
»Von mir werden Sie nicht viel darüber hören. Für mich ist der Krieg vorbei«, sagte Jacob und staunte selbst über seine Worte. Aber seit er mit seinem Onkel so ausführlich über den Feldzug geredet hatte, hing ihm das Thema zum Hals heraus. Und erst recht, seit Madlon, die Gefährtin jener Zeit, ihn verlassen hatte, war das alles zu einem abgeschlossenen Kapitel seines Lebens geworden. Freilich, mit Georgie über das alles wieder und wieder zu reden, würde sich kaum vermeiden lassen.
»Sie kennen Georgie gut?«

»Klar doch. Marie Charlotte ist meine Schwester.«
»Marie Charlotte?«
»Na, Georgie ist mein Schwager.«
»Ach so. Georgie ist Ihr Schwager. Demnach ist Frau von Garsdorf Ihre Schwester.«
»So ist es. Jetzt haben wir endlich Licht ins Dunkel gebracht. Konnten Sie ja auch nicht wissen. Gehen wir? Die sind hier noch eine Weile mit Kinderkriegen beschäftigt, außerdem sehen wir sie ja morgen abend. Sie werden ein Bad brauchen und einen kühlen Trunk. Die Bahnfahrt ist wirklich mörderisch.«
Später, sie saßen in dem hübschen Restaurant des Hotels bei einem späten Abendessen, meinte Jacob: »Bisher war immer von Mary die Rede, wenn von Georgies Frau gesprochen wurde.«
»Er nennt sie so. Sie kennen ja vermutlich seinen englischen Fimmel. Hier nennt sie jeder so. Ich werde mich auch noch daran gewöhnen. Ich bin ja noch nicht lange hier, ich bin gewissermaßen drei Schiffe vor Ihnen gekommen.«
»Ach, darum waren Sie meinen Reisebegleitern heute unbekannt.«
»Ja, die haben nicht schlecht gestaunt, was? Es ist ein wahres Wunder, wenn hier einer einen nicht kennt. Wir waren eine Woche in der Stadt, nachdem ich angekommen war, und seitdem kenne ich halb Windhuk. Nee, das reicht nicht. Mindestens drei Viertel. Die sind hier sehr gastfreundlich, und jeder Fremde ist eine willkommene Abwechslung. Außerdem ist meine Schwester sehr beliebt. Sie konnte leider nicht mit hereinkommen, sie hat derzeit auf der Farm viel zu tun, die Tiere müssen getrieben werden, jetzt, nach der Regenzeit, und sie hat viel neue Leute, die sie einweisen muß. Und Georgie konnte nicht kommen, weil er sich den großen Zeh gebrochen hat. Er hat sich ein Beil darauf fallen lassen, glücklicherweise mit der stumpfen Seite. Meine Schwester sagt, sie wundert sich, daß er sich den Kopf noch nicht abrasiert hat. Er ist manchmal sagenhaft ungeschickt.« Daran konnte Jacob sich noch lebhaft erinnern.
»Ich bin mit dem Auto hier. Es ist nämlich nicht sehr weit zu

unserer Farm, und wir haben einen erstklassigen Pad, jedenfalls für hiesige Verhältnisse. Da hat meine Schwester für gesorgt, sie hat ihn selbst mit ihren Leuten ausgebessert. Angelegt ist er schon vom früheren Besitzer, noch aus der Kolonialzeit. Der muß außerordentlich tüchtig gewesen sein.«
»Ja, von dem hat man mir schon erzählt.«
»Im allgemeinen ist es hierzulande recht abenteuerlich, mit dem Auto unterwegs zu sein. Irgendwo bleibt man immer stecken, sei es im Sand, sei es in einem Loch, die Reifen platzen, die Achsen brechen, nach wie vor gilt der Ochsenkarren als sicherstes Fortbewegungsmittel. Morgen zeige ich Ihnen den Ausspannplatz, der ist wirklich eindrucksvoll. Was ich noch fragen wollte – sind Sie zufrieden mit Ihrem Zimmer?«
»Mehr als das. Es schwimmt nicht auf dem Meer, es fährt nicht mit dem Zug, es bewegt sich überhaupt nicht, das finde ich schon einmal großartig.«
Der Junge lachte. »Kann ich verstehen. Die Reise ist ziemlich lang. Ich hab ja in Hamburg angeheuert, ich bin als Hilfssteward gefahren, sonst hätte ich mir die Reise gar nicht leisten können.«
»Sie wollen auf der Farm bleiben?«
»Gott behüte! Ich besuche nur meine Schwester. Mein Vater hat mich hergeschickt, ihm war es gar nicht recht, daß Marie so weit fortgegangen ist. Wir sind eigentlich eine Familie, die zusammengehört. Jetzt noch mehr als früher, nachdem wir nicht zu Hause sein können.«
Andreas wurde zum erstenmal ernst, das unbeschwerte Lachen verschwand aus seinem Gesicht, als er von dem verlorenen Gut erzählte. Bei Lissa hatte es gelegen, das jetzt Lezno hieß, und wo nun die Polen residierten.
»Was glauben Sie, was es für meinen Vater bedeutet hat, einfach fortzugehen, alles zu verlassen? Aber er wollte nicht für Polen optieren, er ist schließlich deutscher Offizier. Und Schiebung war sowieso dabei, trotz der internationalen Kommission, die angeblich alles überwachte. Den Polen wurde ein großer Teil des Landes zugesprochen, in dem für Deutschland optiert worden war.«

Die Familie lebte jetzt in Breslau, wie Jacob weiter erfuhr. Der Rest der Familie. Andreas' älterer Bruder war im Krieg gefallen, seine Mutter kurz nach Kriegsende gestorben. Und Marie hatte sie verlassen, lebte so weit entfernt, was sie alle bekümmerte.

»Nach Mutters Tod war sie der Mittelpunkt der Familie. Und sie war immer der Liebling meines Vaters. Irgendwie sind wir alle verbittert darüber, daß sie Georgie geheiratet hat. Entschuldigen Sie, er ist Ihr Freund, aber eigentlich passen sie nicht zusammen. Aber sie hat es auch nicht verwunden, daß wir das Gut verloren haben. In der Stadt kann sie nicht leben.«

In Breslau lebten sie jetzt zu viert in einer Wohnung: Ernst Matussek, sein Sohn Andreas, seine jüngste Tochter Julia und seine Schwester Margarethe, die ihnen den Haushalt führte. Ihr Mann war ebenfalls gefallen. Und sie lebten, gemessen an früher, in recht bescheidenen Verhältnissen.

»Es klingt absurd«, sagte Andreas langsam, »aber irgendwie sind wir ganz glücklich darüber, daß meine Mutter nicht mehr erleben mußte, wie wir das Gut verließen. Und wie wir jetzt so leben. Es hätte ihr sowieso das Herz gebrochen, Schönweide zu verlassen. Sie ist dort aufgewachsen, sie war das einzige Kind im Haus, mein Vater hat eingeheiratet, wie man so sagt. Er war nur der Sohn des Verwalters. Und sie ist eine geborene Gräfin Loskow. Was glauben Sie, was da los gewesen ist, als sie den Sohn des Verwalters heiraten wollte! Wir Kinder haben es ja nicht miterlebt, aber sie erzählte oft davon, sie lachte bis an ihr Lebensende darüber. Die ganze hochadlige Familie stand kopf. Und meine Mutter sagte immer: es war eben Liebe. Liebe, nichts als Liebe. Und dann umarmte sie Vater und sagte: es war alles gut und richtig. Ja.«

Andreas nahm einen Schluck aus seinem Bierglas. »Sie haben sich sehr geliebt. Und nun können Sie sich vorstellen, wie meinem Vater jetzt zumute ist. Das Gut weg, die Frau tot, der Sohn tot und nun Marie auch noch in Afrika.«

»Und gefällt es Ihrer Schwester nun hier?«

»Sie findet es großartig. Und am liebsten wäre es ihr, wir kämen alle und blieben bei ihr. Aber abgesehen davon, daß ich zum Beispiel hier nicht leben möchte, will ich jetzt erst einmal studieren. Aber für meinen Vater wäre es vielleicht nicht schlecht, könnte sein, daß er sich gut einlebt. So etwas weiß man ja vorher nicht. Aber was macht man dann mit Tante Gretel? Die käme bestimmt nicht mit. Und meine kleine Schwester – die ist gerade siebzehn und sehr hübsch, die träumt von einem fabelhaften Leben in Berlin. Sie war ja auch noch ein Kind, als wir von Schönweide weggingen, sie leidet am wenigsten darunter. Und hier? Was bliebe ihr denn weiter übrig, als irgend so einen Farmer aus dem Hinterland zu heiraten. Nö, das finde ich auch nicht gut. Sie ist anders als Marie. Mehr ein geistiger Mensch. Verstehen Sie? Sie liest ein Buch nach dem anderen, und sie geht gern ins Theater und ins Konzert. Sagen Sie selbst, was soll so ein Mädchen in Südwestafrika?«

Geradezu kummervoll sah der Junge jetzt aus, die Probleme der Familie machten ihm offensichtlich schwer zu schaffen. Jacob, obwohl nur mäßig daran interessiert, hatte sich alles mit verständnisvoller Miene angehört. Er war müde und unlustig und hatte immer noch Kopfschmerzen. Er versuchte Andreas abzulenken.

»Sie wollen studieren?«

Nun kam wieder Leben in die braunen Augen.

»Ja. Ich weiß zwar noch nicht, wie ich das finanzieren werde. Ich muß halt nebenbei arbeiten. Vielleicht bekomme ich auch ein Stipendium.«

»Und was wollen Sie studieren?«

»Ach, so Verschiedenes. Geschichte. Germanistik. Mein Vater ist für Jura. Aber ich – wissen Sie, was ich am liebsten werden möchte?«

»Nein, wie sollte ich?«

»Sie finden es vielleicht albern, aber ich möchte gern Journalist werden. Das Leben ist so interessant, es passiert so viel. Ich stelle es mir fabelhaft vor, wenn man da an der Quelle sitzt. Ich meine, wenn man alles aus erster Hand erfährt und dazu auch seine Meinung sagen kann. Mein Vater findet allerdings, es sei kein seriöser Beruf. Aber da ist er wirklich etwas altmodisch. Wir denken heute anders darüber.«

Wir? Wen meinte er damit?
Er gehörte einer neuen Generation an, erkannte Jacob auf einmal, der Nachkriegsgeneration. Zwanzig, einundzwanzig höchstens, älter war der Junge nicht. Er war ein Kind gewesen während des Krieges, und er war auch noch ein Kind, als sie ihre Heimat verlassen mußten. Und er suchte nun, wie jeder junge Mensch, das große Abenteuer, das Abenteuer *seiner* Zeit. Daß seine Familie zu der großen Schar derer gehörte, die der Krieg in eine andere Gesellschaftsschicht gestoßen hatte, bekümmerte ihn wenig. Auch die Tatsache, kein Geld zu haben, machte keinen sonderlichen Eindruck auf ihn. Er hatte Pläne, er hatte so etwas Ähnliches wie ein Ziel, er war jung, ihm gehörte die Zukunft.
Studieren, ach ja! Jacob dachte flüchtig an seine Familie. Er hätte sorgenfrei, ohne Geldmangel, studieren können. Doch der Krieg wäre ihm nicht erspart geblieben. Der Krieg auf europäischem Boden allerdings. Fraglich, ob er den überlebt hätte.
Aber so etwas war wohl Schicksal. Härter als auf afrikanischem Boden konnte er auch nicht gewesen sein. Aber wie hatte sein Onkel gesagt? Ihr konntet wenigstens etwas tun. Ja, und gesiegt hatten sie auch noch.
Jacobs Laune besserte sich. Eine andere Generation? Na bitte, von ihm aus. Sollte der junge Mann studieren, was er wollte.
»Ich denke, daß es ein sehr interessanter Beruf ist«, sagte er höflich. Jona fiel ihm ein: ein Mann muß eine Aufgabe haben.
Etwas anderes interessierte ihn im Augenblick mehr.
»Wie ist eigentlich Georgie an Ihre Schwester geraten?«
»Ich kenne Georgie praktisch, seit ich auf der Welt bin. Sein Vater kam oft zu uns aufs Gut hinaus. Einige Male sogar seine Mutter, die kühle Maud. Ich weiß eigentlich gar nicht so genau, woher meine Eltern Georgies Vater kannten. Aber Georgie kam oft in den Ferien zu uns. Er ist ja in Posen aufgewachsen, sein Vater besitzt dort ein Bergwerk. Und er besitzt es noch, denn er hat für Polen optiert.« Ein wenig Verachtung klang mit in der Stimme des Jungen. Dann seufzte

er. »Der Garsdorf war immer schon reich. Und heute ist er erst recht reich. Er ist ein eiskalter Hund. Georgie hat sich mit seinem Vater nie verstanden, und darum ging er auch seinerzeit zur Schutztruppe. Aus Trotz, wie er selber sagt. Und seine Mutter ist auch so ein kaltes Biest. Entschuldigen Sie, aber ich sehe es so.«

»Bitte, bitte, Sie können das beurteilen, ich nicht.«

»Ich war noch ein ganz kleiner Junge, da kam Julius Garsdorf schon aufs Gut. Er ist übrigens auch der Pate meiner Schwester Julia. Er besucht uns manchmal in Breslau, und dann geht er mit Julia einkaufen, sie bekommt alles von ihm, was sie will. Und er setzt ihr eine Menge Flöhe ins Ohr, wie mein Vater es nennt. Daß sie eine bildschöne Frau sein wird, daß sie nur einen reichen Mann heiraten darf und so ähnlichen Kram. Doch meine kleine Schwester lacht ihn aus, sie sagt, sie möchte Musik studieren, das ist ihr Lebenstraum. Vielleicht will sie auch lieber Schauspielerin werden, das weiß sie nicht so genau. Bis jetzt geht sie noch in die Schule.«

»Sie wollten mir von Georgie erzählen«, ermahnte ihn Jacob. »Wie er früher war.« Daß Andreas vernarrt war in seine kleine Schwester, hatte er nun schon begriffen.

»Ja, früher. Er kam in den Ferien oft nach Schönweide, seine Eltern verstanden sich ja nicht besonders gut und schoben das Kind ab, weil sie nicht gemeinsam verreisen wollten. Aber Georgie war gern bei uns. Und er tat uns immer leid, weil ihn keiner richtig liebhatte. Das heißt nicht wir, ich war noch zu klein. Aber Fritz, mein großer Bruder, sie waren etwa gleichaltrig, und Marie, die gaben sich viel mit ihm ab.«

»Wollen Sie sagen, Marie hat Georgie aus Mitleid geheiratet?«

»Nein, wegen seines Geldes«, erklärte Andreas gelassen.

Jacob zog überrascht die Brauen hoch.

»Wegen seines Geldes?«

»Na, klar doch. Genauer gesagt, wegen seines Vaters Geld.«

»Also hat sie genau das getan, was Herr von Garsdorf eurer hübschen Julia empfiehlt.«

»Er meint das wohl anders. Marie ging es nicht um Reichtum, um ein bequemes Leben, ihr ging es nur um einen eigenen

Besitz. Ein Gut. Eine Farm, bitte, warum nicht? Georgie hat ihr das versprochen, und da hat sie ihn geheiratet. Sie können mir glauben, daß keiner von uns darüber sehr glücklich war.«

»Warum nicht?«

»Erstens, weil sie so weit fortgehen wollte, und zweitens, weil wir finden, sie ist zu schade für Georgie. Entschuldigen Sie, daß ich das sage.«

»Bitte, bitte. So nahe steht Georgie meinem Herzen nun auch wieder nicht.«

Jacob war amüsiert. Armer Georgie! Was er auch anfaßte, es ging daneben. Wie oft hatte er in einem Schlamassel gesteckt, aus dem man ihn herausholen mußte. Diesmal also war es eine problematische Ehe mit einer berechnenden Frau.

»Als wir Schönweide verlassen mußten«, erzählte Andreas, »war Marie einundzwanzig. Es war für sie buchstäblich der Weltuntergang. Sie liebte nichts auf der Welt so wie das Gut, mit allen Feldern und Wiesen, und vor allem ihre Tiere. Ich weiß nicht, ob Sie so etwas verstehen können.«

Und ob Jacob das konnte! Eine zweite Jona stand ihm offenbar bevor.

»Mit vierzehn hatte man sie in ein Pensionat nach Dresden geschickt, Bildung und Schliff, feine Manieren, na alles, was eben eine Tochter aus guter Familie lernen muß. Aber sie war dort todunglücklich und brannte zweimal durch. Im Krieg holte Mutter sie zurück, denn schließlich bekam sie auf dem Gut mehr zu essen. Sie stürzte sich gleich mit Feuereifer in die Arbeit, und sie machte das ganz fabelhaft, so jung sie war. Mein Vater war eingezogen, er war Reserveoffizier. Mein Bruder kam direkt vom Gymnasium ins Feld. Mutter und Marie leiteten zusammen den ganzen Gutsbetrieb. Wir hatten noch einen Verwalter, Gott sei Dank war es ein älterer Mann, der wurde wenigstens nicht eingezogen. Aber der war langsam und umständlich und kam gar nicht gut mit den Gefangenen aus. Mit der Zeit hatten wir zur Arbeit ja fast nur noch Kriegsgefangene. Aber Sie hätten meine Schwester sehen müssen! Die machte das, als sei sie mit lauter Russen und Franzosen aufgewachsen, und das Dollste war, die mochten sie alle, die liebten sie geradezu und taten ihr alles zu Gefallen. Wenn ich sie heute mit den Farbigen umgehen sehe, draußen in Friedrichsburg, da ist das wieder genauso. Die gehen für sie durchs Feuer. Und man könnte denken, sie sei in diesem Land aufgewachsen.«

Jacob hörte das mit einem gewissen Mißbehagen. So wie es ihm immer Mißbehagen schuf, wenn Leute so tüchtig waren.

»Natürlich wächst hier kein Getreide, das muß man importieren. Nur Hirse und Mais und so ein Zeug. Aber sie hat ihre Rinder, viele, viele Rinder. Und um das Farmhaus herum hat sie einen Gemüsegarten angelegt, also, da kriegen Sie den Mund nicht zu, was da alles wächst. Sogar eigene Kartoffeln hat sie. Jeder, der nach Friedrichsburg kommt, staunt von früh bis spät, was sie in den wenigen Jahren alles zustande gebracht hat. Nee, Marie will da nicht wieder weg. Und das wird Schwierigkeiten mit Georgie geben.«

»Wieso?«

»Na, der mit seinem England. Jeden zweiten Tag sagt er, wenn's uns hier nicht mehr paßt, gehen wir zu Mam nach England. Die ist nämlich wieder dort, Georgies Eltern haben sich getrennt.«

Bis sie drei Tage später zur Farm hinausfuhren, nachdem Jacob wirklich die ganze Stadt Windhuk und mindestens die Hälfte ihrer Einwohner kennengelernt hatte, war er sehr gespannt auf Mary von Garsdorf. Nur hatte Andreas versäumt, ihn davon zu unterrichten, daß er Mary eigentlich schon kannte, ehe er sie gesehen hatte. Sie sah genauso aus wie ihr Bruder Andreas. Sie hatte die gleichen strahlenden braunen Augen, das hübsche, wohlgeformte Gesicht, das gleiche bezwingende Lächeln. Die hellbraunen Haare fielen ihr lockig auf die Schultern, sie war voller Schwung und Leben, von sprühendem Temperament, gesprächig, heiter, pausenlos tätig, ohne jedoch hektisch zu wirken. Ihre Figur war schlank und fest, wohlgerundet, aber ohne jede Üppigkeit. Sie war mit einem Wort ganz bezaubernd, und wie Jacob schon am ersten Tag dachte, nachdem er sie kennengelernt hatte, viel zu schade, um auf einer abgelegenen Farm in Südwestafrika zu ver-

bauern und zu versauern. Dazu noch mit dem trödligen Georgie als Ehemann.
Aber Mary von Garsdorf schien hochzufrieden zu sein mit dem Platz, den sie gefunden hatte: Die Riesenfarm unter dem endlosen blauen Himmel, ihre 1500 Rinder, die drei Hunde, die fünf Pferde, ein Stall voll Gespannochsen, ein paar Schafe und Ziegen, eine Schar von Perlhühnern und die unüberschaubare Anzahl der Farbigen, die für sie arbeiteten, Männer, Frauen, Kinder, und um deren Wohl sie genauso besorgt war wie um das jener Leute, die damals auf Vaters Gut gearbeitet hatten. Und dazu noch der sagenhafte Obst- und Gemüsegarten, auf den sie mit Recht stolz war. Das war ihre Welt, in der sie sich rasch eingelebt hatte und die sie von morgens bis abends auf Trab hielt, was sie offenbar zu ihrem Lebensglück brauchte.
Das einzig störende Utensil in dieser ganzen Pracht war ihr Mann: Georgie von Garsdorf.
Der hatte zwar zur Zeit einen gebrochenen Zeh, aber wie Jacob bald heraushörte, tat er auch sonst nicht viel, er saß auf der Veranda, er nörgelte, er trank viel Whisky und träumte von dem Landsitz in England, den er sowieso eines Tages erben würde, denn er gehörte dem unverheirateten Bruder seiner Mutter.
»Ich bin bloß so aus alter Anhänglichkeit nach Afrika gegangen, weißt du«, sagte er zu Jacob.
Georgie hatte seinen Gipsfuß sorglich auf einen Stuhl gebettet, er schien mit seinem derzeitigen Zustand nicht unzufrieden. »War doch unsere ganz große Zeit, nicht? Zu denken, daß wir als einzige den Krieg gewonnen haben, so was gibt's doch gar nicht. Das wollte ich Mary alles mal zeigen.«
»Aber da bist du ja hier auf der falschen Seite. Hier ist doch alles ganz anders als in Deutsch-Ost.«
»Sicher. Aber das weiß sie ja nicht. Für sie ist Afrika eben Afrika, nicht? Und sie wollte so gern eine Farm haben. Du kennst ja das Drama mit Schönweide. Außerdem ist hier das Klima besser als in Deutsch-Ost. Ich hab mir ja schließlich auch eine Malaria eingefangen, genau wie du. Nach drüben wäre ich nicht wieder gegangen. Und hier sind die Leute alle

so nett. Mit den Buren kommt man prima aus. Engländer sind kaum da, siehste ja selber. Aber für mich spielt das sowieso keine Rolle, ich bin ja fast ein Engländer. Außerdem imponiert es denen ganz gewaltig, wie wir uns geschlagen haben. Ist Mary nicht wundervoll?«

Jacob nickte. »Eine bemerkenswerte Frau.«

»Hättest du auch nicht gedacht, daß ich mal so etwas Besonderes für mich bekomme, nicht? Du mit deiner Madlon, um die habe ich dich immer beneidet. Mary hat mir schon imponiert, als sie noch ein kleines Mädchen war. Ich war ganz baff, als sie einwilligte, mich zu heiraten, hatte ich gar nicht erwartet. Es klappte auch nur, weil ich ihr versprach, eine Farm in Afrika zu kaufen. Also nun hat sie das Ding, und da kann sie sich erst mal austoben.«

»Und später? Meinst du, sie wird später mit dir nach England gehen?«

»Sicher. Warum denn nicht? Mein Onkel George hat da auch einen schönen Besitz. Alles schön grün gegen hier. Und es regnet auch mal zu vernünftigen Zeiten und nicht bloß ein paar Wochen im Jahr wie hier, wo es dann aber gleich Tag und Nacht schüttet. Und die Bäume! Weißt du, ich bin ganz verrückt darauf, mal wieder Bäume zu sehen. Hier in diesem komischen Land gibt es ja keine Bäume. Außer diesen Kokkerdingern oder wie die heißen. Und was man halt selber so mühselig anpflanzt und pausenlos begießt. Falls man Wasser hat. Falls!« Er hob den Zeigefinger. »Hast du schon einmal ein Dürrejahr hier erlebt? Furchtbar, sage ich dir. Einfach furchtbar.«

»In Windhuk fand ich aber alles ganz schön grün.«

»Die stecken da auch was hinein, was denkst du. Park und Gärten und so. Die lassen sich das was kosten. Und dann vergiß nicht, du bist einen Monat nach der Regenzeit gekommen. Schau dir das alles mal in einem halben Jahr an. Nee, bei allem, was gut und teuer ist, für immer will ich hier nicht bleiben.«

»Warum schreibst du mir dann, ich soll kommen und mich beteiligen?«

»Irgend etwas mußte ich doch schreiben, um dich herzulokken. Du kannst dich beteiligen, wenn du willst. Du kannst die ganze Klitsche übernehmen, wenn wir später nach England gehen. Du kannst auch bloß so hier bei uns leben, das spielt alles keine Rolle. Du brauchst hier nicht zu arbeiten.« Georgie lehnte sich zufrieden zurück in seinem Sessel, nahm einen Schluck aus seinem Glas und erklärte mit Nachdruck: »Wir haben genug fürs Vaterland getan. Ein für allemal.«

Jacob mußte lachen. Das hätte Jona hören sollen.

»Weißt du, wenn ich gleich nach England gegangen wäre, das hat so ein paar Haken, mit meinem Onkel komme ich zwar gut hin, aber meine Mutter lebt jetzt ständig dort, seit sie sich von meinem Vater getrennt hat, und die würde mir in alles hineinreden. So ist sie nun mal. Und ich glaube nicht, daß Mary da glücklich dabei wäre. Die muß einfach etwas zu tun haben, bloß so die Lady spielen und sich immer nach dem tüttrigen Butler richten, also, das gefiele ihr nicht. Wenn wir erst einmal Kinder haben, ist das etwas anderes. Da hat sie zu tun. Und die sollen dann auch in England aufwachsen.«

»Es kann ja sein, dein Onkel heiratet noch und bekommt selber Kinder.«

»Der nicht. Der macht sich nichts aus Frauen, der ist homosexuell.«

»Und wann bekommt Mary ihr erstes Kind? Ihr seid doch nun schon vier Jahre verheiratet oder so.«

»Die hat keine Zeit, das siehst du ja. Die saust den ganzen Tag lang kreuz und quer durch die Lande. Da, bitte!«

Denn gerade kam Mary auf ihrer braunen Stute in den Hof geritten, winkte ihnen zu und sang dabei: »Wohlauf, Kameraden, aufs Pferd, aufs Pferd!« und verschwand um die Hausecke.

»Und ich hab ja auch den gebrochenen Zeh«, fügte Georgie weinerlich hinzu.

Jacob mußte lachen. Der gebrochene Zeh konnte kaum als Entschuldigung dafür gelten, daß er in all den Jahren kein Kind gezeugt hatte. Immerhin genoß Georgie den gebrochenen Zeh mit Hingabe; in den vier Wochen, die Jacob nun in Friedrichsburg war, hatte sich daran nichts geändert. Georgie humpelte, auf einen Stock gestützt, von Sessel zu Sessel und

ließ sich von allen Seiten bedienen. Endlich hatte er eine passende Ausrede, gar nichts mehr zu tun.
Doch in den Gesprächen mit Jacob schwärmte er von all den Reisen, die er später machen würde.
»Du warst ja erst kürzlich in Paris, nicht? Also, da muß ich auch noch hin. Und nach Rom. Und nach Wien. Mein Vater kennt das alles, der ist immer viel gereist.«
»Mit deiner Mutter?«
»Selten. Am Anfang vielleicht, das weiß ich nicht. Später hatte er immer andere Frauen.«
Vaters Liebesleben war überhaupt ein Thema, das Georgie immer wieder fesselte.
»Das Dollste war diese Polin!« So eines Abends. »Ein Donnerweib! Augen schwarz wie die Hölle, und ein Busen – so!« Mit den Händen deutete er an, wie der Busen der Polin ausgesehen hatte, und Mary rümpfte die Nase.
»Gräßlich! Wie ein Euter. Da konnte sich dein Vater gleich eine Kuh halten.«
Andreas mußte so lachen, daß er sich am Bier verschluckte, seine Schwester klopfte ihm kräftig auf den Rücken.
Mary, die sich meist sehr ungeniert ausdrückte, fuhr fort: »Dein Vater war ein Beau. Ich habe ihn als kleines Mädchen angehimmelt. Und wenn er mir später begegnet wäre und versucht hätte, mich zu verführen – also, ich glaube, da hätte ich mitgemacht.«
»Ja, ja«, meinte Georgie säuerlich, »er sieht ja noch ganz gut aus. Und auf besagtem Gebiet ist er immer noch recht aktiv.«
»Schade, daß er dir da nicht was von vererbt hat«, kam es von Mary, und Georgie darauf, mit vorwurfsvoller Miene: »Ich mit dem gebrochenen Zeh? Wie stellst du dir das vor?«
»Na, rate mal, wie ich mir das vorstelle. Übrigens kommt in drei Tagen Dr. Bender heraus, der macht dir den blöden Gips ab. Der Zeh muß schon dreimal geheilt sein.«
»Glaube ich nicht.«
»Wirst du ja sehen. Wenn der Gips zu lang dranbleibt, wird der ganze Fuß schwächlich.«
Georgie betrachtete mit kummervoller Miene seinen Gipsfuß.

»Ich habe sowieso das Gefühl, der wird nicht wieder richtig.«
»Ich werde dich massieren«, rief Mary energisch, »sollst mal sehen, wie schnell du wieder laufen kannst. Kurz ist der Schmerz, doch ewig ist die Freude.« Es war eine Spezialität von ihr, gelegentlich Schillerzitate in ihren Reden unterzubringen. Dann mit einem Blick auf Jacob: »Kommen Sie morgen mit mir auf die Jagd, Jacob? Wir brauchen Fleisch. Der Doktor kommt nicht allein, er bringt Trudi und die Kinder mit und vielleicht noch einen anderen Besuch. Da ist jetzt einer in Windhuk, ein Botaniker, den habe ich kennengelernt, als ich vorige Woche in der Stadt war. Der sagt, Sie waren zusammen auf dem Schiff, und er würde Sie gern wiedersehen. Außerdem forscht er in der Gegend herum und will mal sehen, was bei mir hier so wächst.«
»Ach, der!« machte Jacob, mäßig begeistert. »Ich erinnere mich. Der schwärmt von einem gewissen Hitler.«
»Von dem habe ich auch schon gehört«, sagte Andreas. »Muß eine komische Type sein.«
»Ist aber interessant, darüber mal zu reden«, meinte Georgie. »Wir wissen hier ja überhaupt nicht, was in der Welt vorgeht.«
»Na, immerhin hast du gehört, daß wir einen neuen Reichspräsidenten haben.«
»Ja, Hindenburg. Großartig. Ein Generalfeldmarschall, ein Held, der Sieger von Tannenberg. Da haben sie endlich den richtigen Mann auf den richtigen Platz gesetzt.«
»Ist er nicht schon ein bißchen alt?« wandte Andreas ein.
»Das ist so die typische Respektlosigkeit der Jugend von heute«, Georgie schüttelte kummervoll sein Haupt. »Er war auch schon siebenundsechzig, als er die Russen aus Ostpreußen hinauswarf. Und da gehörte ein bißchen mehr dazu, als diese wacklige Republik zu regieren.«
»Er regiert sie ja nicht«, warf Jacob ein.
»Na, siehst du, nicht mal das.«
»Schnell fertig ist die Jugend mit dem Wort«, zitierte Mary. Sie stand auf. »Ich gehe schlafen. Wenn wir auf die Jagd wollen, müssen wir um vier Uhr los. Kommen Sie nun mit, Ja-

cob? Wir müssen einen Kudu schießen. Oder einen Springbock, es ist kein Fleisch mehr im Haus.«
Jacob blickte zu ihr auf und nickte. Sie hatte ihren Bruder nicht aufgefordert mitzukommen, sie alle wußten, daß Andreas nicht schießen mochte, weder auf Mensch noch Tier, aber er hätte sie ja wenigstens begleiten können. Nun, sicher würde einer der Farbigen mitkommen, einer, der es verstand, Fährten zu lesen und das Wild aufzuspüren.
Mary erwiderte Jacobs Blick, in ihren Augen sah er Zärtlichkeit. Und noch anderes, das Jacob sehr gut in den Augen einer Frau zu lesen vermochte und gern darin las. Doch in diesem Fall gab es eine Grenze, die er nicht überschreiten wollte: Sie war die Frau eines Freundes, eines Kameraden. In diesem Punkt dachte Jacob sehr konventionell, und darum verhielt er sich Mary gegenüber äußerst korrekt und vermied jedes Alleinsein mit ihr. Was ihm nichts nützen würde. Mary hatte keineswegs die Absicht, auf ihren Mann Rücksicht zu nehmen. Sie hatte sich in Jacob verliebt, doch das war es nicht allein. Verliebt hatte sie sich schon oft in ihrem Leben, schon als ganz junges Ding. Das war das einzige, was sie hier vermißte, ab und zu ein kleiner Flirt, ein wenig Verliebtheit. Auf der Farm gab es dazu keine Gelegenheit, in die Stadt kam sie selten, und dort waren sie auch viel zu brav und bieder. Kein Wunder, daß Jacob ihr so willkommen war. Doch sie wollte mehr von ihm als nur ein paar Küsse und seine Liebe, sie wollte ein Kind von ihm. Sie wollte endlich ein Kind haben, und da Georgie es ihr nicht geben mochte, würde sie es sich anderswo holen. Das war ihr gutes Recht, fand sie. Georgie war kein besonders ergiebiger Liebhaber, er war zu faul und zu egoistisch. Er sprach zwar gern über Liebesaffären, teils über die seines Vaters, teils über jene, die er angeblich früher selbst gehabt hatte, was Mary bezweifelte. Was sie nicht wußte: Georgie hatte als blutjunger Mensch eine Geschlechtskrankheit gehabt, was sein Vater erfuhr, der ihn sofort zum Arzt brachte und zu einer rigorosen Kur zwang. Das war mit einer der Gründe gewesen, warum Georgie sich zur Schutztruppe meldete. Er wollte fort von zu Hause, von der beschämenden Situation, in der er sich dort befunden hatte.

Er sprach niemals darüber. Aber von jener Zeit her war ihm ein gewisser Horror vor Frauen geblieben, oder besser gesagt, vor dem sexuellen Zusammensein mit einer Frau. Es gefiel ihm, Mary um sich zu haben, sie zu sehen, ihr Geplauder zu hören, sich von ihr verwöhnen zu lassen. Nur mit ihr schlafen mochte er nicht gern. Am Anfang ihrer Ehe hatte er sich dazu gezwungen, und im Hinblick auf die Kinder, die auch er gern haben wollte, tat er es später dann und wann. Aber genaugenommen war er dankbar für jede Ausrede und froh, wenn sie ihn nicht bedrängte. Mary hatte das inzwischen begriffen und tat von sich aus nichts mehr, um ihn anzuregen. Sie begriff nur nicht, warum das so war. Aber sie war voll Verlangen nach einem Mann. Und sie wollte ein Kind.

Jacob Goltz würde ihr nicht entkommen. Im Grunde war es nur die Rücksicht auf ihren jungen Bruder, die sie veranlaßte, noch zu warten. Andreas würde im nächsten Monat die Heimreise antreten, auf demselben Schiff und auf die gleiche Weise, er würde wieder als Hilfssteward arbeiten.

Mary lächelte der Reihe nach die drei Männer noch einmal an. »Wißt ihr, ich freu mich, wenn Besuch kommt. Morgen schießen wir Fleisch, übermorgen backe ich Kuchen. Von der Stirne heiß rinnen muß der Schweiß – ach, apropos, Jacob, saufen Sie nicht zuviel, sonst finden Sie morgen nicht aus dem Bett. Um vier, ja? Gute Nacht, ihr Lieben.«

Ein wenig heiß war es Jacob unter ihrem Blick geworden, er wußte, was ihn erwartete. Der erste Kuß würde alle Dämme niederreißen, und lange ließ sich der nicht mehr hinauszögern.

Er warf einen Seitenblick auf Georgie, der ein ausgesprochen zufriedenes Gesicht machte. Möglicherweise war es dem sogar egal. Irgend etwas stimmte in dieser Ehe nicht, soviel war Jacob klargeworden. War es möglich, daß Georgie die Veranlagung von Onkel George geerbt hatte?

Jacob versuchte sich zu erinnern, wie das damals mit Georgie gewesen war. Er hatte Madlon angehimmelt, wo sie ging und stand. Aber niemals hatte man eine wirkliche Affäre beobachtet. Obwohl, wie und wo? Sie hatten Georgie erst im Krieg kennengelernt, und die wenigen Frauen, mit denen sie zusammentrafen, auf den Farmen, in den Ansiedlungen, waren verheiratet. Was nicht heißen sollte, daß nicht hier und dort doch etwas passierte, worüber man klatschte.

Jacob schob sein Glas über den Tisch zu Georgie.

»Na, dann gib mir noch einen Kleinen zum Abschluß, und dann gehe ich in die Falle, wie Madame befohlen hat. Wehe, wenn ich morgen danebenschieße, dann wirft sie mich den Löwen zum Fraße vor.«

»Hier bis zu uns sind noch keine Löwen gekommen«, meinte Georgie ernsthaft. »Aber zwei Leoparden, die hatten wir schon mal da.«

»Vor seinem Löwengarten, das Kampfspiel zu erwarten...« begann Andreas, dann schlug er sich die Hand vor die Stirn. »Jetzt fange ich auch schon an mit Schiller. Wird Zeit, daß ich heimwärtsgondle.«

»Du wirst uns fehlen«, sagte Georgie liebenswürdig.

»Na, ihr habt ja jetzt Jacob. Mit dem läßt sich weitaus mehr anfangen als mit mir.«

Fast hätte Jacob laut gelacht. Der Junge wußte Bescheid. Er kannte seine Schwester, und daß die Luft zwischen ihr und Jacob vor Spannung knisterte, war ihm offenbar nicht entgangen. Und Georgie?

Jacob warf einen forschenden Blick auf den Freund, als er sein Glas entgegennahm. Georgie lächelte freundlich und nickte ihm zu.

»Klar doch«, sagte er. »Warte nur, bis mein Fuß wieder in Ordnung ist, dann gehen wir zusammen auf die Jagd und lassen die tugendsame Hausfrau da, wo sie hingehört. Am heimischen Herd beim Kuchenbacken.«

Es war heiß und trocken an diesem Tag im Oktober, der Himmel von einem so erbarmungslosen Blau, als sei noch nie eine Wolke über ihn gezogen. Und das nennen die hier Frühling, dachte Jacob. Wie schrecklich ist es auf dieser Erde, wenn kein Regen fällt.

Vom Regen sprachen sie jetzt alle, wo man hinkam, wen man traf. Wann er wohl kommen würde? Ob es vielleicht im November schon anfangen würde zu regnen? Wissen Sie, mein

Lieber, ich erinnere mich, daß wir auch schon mal im Oktober Regen hatten. Na ja, ein paar Tröpfchen vielleicht. Wissen Sie, damals im Jahr – Ist auch nicht gut, wenn er zu früh kommt, dann hört er auch zu früh wieder auf. Hauptsache, im Januar und im Februar kommt ordentlich was runter. Und dann vor allem –

Und wovor sie alle bangten und zitterten, war die Möglichkeit, daß kein Regen kam oder zu wenig. Dann folgte ein Dürrejahr, und ein Dürrejahr war ein Katastrophenjahr.

Jacob kannte diese Gespräche mittlerweile zur Genüge, sei es draußen auf der Farm, sei es hier in der Stadt.

Er war vor drei Tagen mit dem Buick nach Windhuk gefahren, er müsse einiges einkaufen, hatte er gesagt, ein paar Briefe und Telegramme aufgeben, bei der Bank vorbeischauen – es waren mehr oder weniger Vorwände.

Er hatte den Wunsch, ein paar Tage für sich zu sein, ein paar Tage von Marys heftiger, fordernder Liebe befreit zu sein, ein paar Tage Georgies klägliches Lächeln nicht zu sehen, ein paar Tage das zu tun, was er früher so gut wie nie getan hatte: nachdenken. Über sich, seine Situation und wie das alles weitergehen sollte.

Es war höchst angenehm, im Hotel zu wohnen, in einem Bett zu liegen, in dem er vor der liebessüchtigen Mary sicher war. Den Tag einfach so zu verbringen, wie es ihm paßte. Denn mittlerweile hatte er auf der Farm ein paar Aufgaben übernommen, auch wünschte Mary seine Begleitung, wenn sie ritt oder fuhr, um weiter entfernt liegende Weiden zu kontrollieren, wenn es irgendwelche Auseinandersetzungen zwischen den Farbigen gab, wenn jemand krank war, sei es Mensch oder Tier; irgendwo war immer etwas los, und Mary verlangte von Jacob, daß er sie stets und ständig begleite. Den Buick hatte er sich bei seinem letzten Aufenthalt in Windhuk gekauft, er war unabhängiger mit einem eigenen Wagen. Auch hatte er ja so gut wie keine Gelegenheit, Geld auszugeben, sein Kreditbrief bei der Bank blieb meist unberührt. Auf der Farm lebte er umsonst, bekam er alles, was er zum Leben brauchte. Mehr als das.

Er hatte es vermieden, seit er in der Stadt war, allzu viele

Leute zu treffen; traf er dennoch Bekannte, gab er vor, viel zu tun zu haben. Nur die Naumanns hatte er am Tag zuvor besucht, die nun längst wieder im Lande waren und von Berlin, vom Riesengebirge und von Baden-Baden schwärmten.

An diesem Tag nun, am späten Nachmittag, als Jacob langsam die Stufen von der Alten Feste hinunterstieg, als er die grauen, trostlosen Büsche sah, die matt herabhängenden Fächer der Palmen, dachte er auf einmal an den Bodensee. Klare, durchsichtige Herbsttage, die Nächte schon kühl, vielleicht erste Nebel am Abend, das Laub an den Bäumen goldengetönt, das Obst geerntet, die Weinlese im Gang. Auf der Zunge spürte er den Geschmack der Goldparmänen von Jonas Bäumen, fester Biß, süße Säure. Ob sie die Ernte gut hereingebracht hatten? Jetzt begannen sie tiefzupflügen, dann kam die Herbstsaat in den Boden. Damit hatten sie noch einige Wochen zu tun, aber es mußte getan sein, ehe der erste Frost kam.

Und Madlon? War sie noch dort? Lebte sie wirklich ständig auf Jonas Hof, zusammen mit dem anderen Mann?

Vor dem Denkmal des Reiters blieb Jacob stehen, sah zu ihm auf. Kein Kunstwerk auf dieser Erde, und sei es das kostbarste, würde ihm je mehr Eindruck machen, würde seinem Herzen so viel bedeuten wie dieser »Reiter von Südwest«. Wie er da auf seinem Pferd saß, stolz aufgerichtet, das Gesicht edel unter dem Schutztruppenhut, den Blick wachsam in die Ferne gerichtet, in der rechten Hand das Gewehr, in der linken die Zügel des Pferdes, der Kandarenzügel hing durch, das war alles so echt, so wirklich, das gefiel ihm jedesmal besser, je öfter er es sah. Und es verging kein Tag, wenn Jacob sich in Windhuk aufhielt, daß er nicht einmal dem Reiter seinen Besuch abstattete. Denn der da auf dem Pferd saß, das war er selbst. War seine große, seine stolze, seine lebendige Zeit.

Das bin ich. Das war ich. Und damals war ich glücklich. Trotz allem, was geschah.

Er nahm den weißen Hut ab und wischte sich den Schweiß von der Stirn. Stand eine lange Weile, ohne sich zu rühren.

Sie war ihm ganz nah, und er empfand eine wilde Sehnsucht nach ihr, nach ihrem Mund, nach ihrem Körper; aber das war es nicht allein. Einen zärtlichen Mund, einen leidenschaftlichen Körper, das hatte er hier auch, es war viel mehr, was ihn mit Madlon verband; die gemeinsamen Erinnerungen, das, was sie erlebt und erlitten hatten. Jene Jahre seines Lebens, die es einzig wert gewesen waren, sie gelebt zu haben, die hatte sie mit ihm geteilt.

Er stülpte sich den Hut wieder auf den Kopf und stieg die Stufen weiter hinab. Was für Gedanken! Wenn ein Mensch anfing, nur in seinen Erinnerungen zu leben, war er alt. Wenn er den Höhepunkt seines Lebens im Vergangenen sah, war sein Leben vorbei. Doch er war nicht alt, sechsunddreißig, ein Mann in der Mitte seines Lebens, er wurde geliebt, er wurde gebraucht. – Von wem?

Keiner brauchte ihn, keiner liebte ihn, weder sein Vater noch seine Mutter und schon gar nicht Madlon.

Und Mary, die süße, wilde Mary, die seine Männlichkeit bis zur Erschöpfung strapazierte, die behauptete, ihn zu lieben? Liebte sie ihn wirklich? Brauchte sie ihn?

Er wandte sich noch einmal zu dem Reiter um, hob grüßend die Hand. Bis morgen, Kamerad.

Liebe? Sie benutzte ihn.

Dann ärgerte ihn der Gedanke, es war ein häßlicher Gedanke, und er tat ihr unrecht. Sie erklärte ihm fast jede Nacht, wie sehr sie ihn liebe, und sie bewies es mit unermüdlicher Hingabe. Und endlich hatte sie erreicht, was sie wollte: sie war schwanger. Auch ein Grund, warum er sich für einige Tage in die Stadt geflüchtet hatte. Das Thema, ob, wann, wie und wo das Kind geboren werden sollte, hing ihm bereits zum Hals heraus, ihre Pläne, was Geburt, Taufe und das dazugehörige Fest angingen, kannte er bereits auswendig, und er hatte sich vorgenommen, nicht mehr anwesend zu sein, wenn es soweit sein würde.

Als er eine kurze Bemerkung in dieser Richtung machte, war Mary ebenso erstaunt wie empört.

»Wieso? Wo sollst du denn dann sein?«

»Hör mal, mein Kind, meinst du nicht, daß der Eindruck nicht der allerbeste sein wird, wenn du ein Kind bekommst, und ich hänge hier noch herum?«

»Wieso?«
»Tu nicht so naiv«, fuhr er sie an. »Denk doch an deinen Mann.«
»Ach, Georgie weiß schließlich selber gut genug, daß er nicht der Vater ist.«
»Na schön, aber deswegen müssen es doch alle anderen Menschen nicht auch wissen. Meine Anwesenheit wird den einen oder anderen doch auf komische Gedanken bringen.«
»Na, wenn schon.«
Mary, diese tüchtige, lebensfrohe junge Frau, hatte nicht die geringsten Bedenken, eine Ehe zu dritt zu statuieren.
Das war der Punkt, an dem Jacob ihr nicht mehr zu folgen vermochte, und das war es auch, was trotz aller Leidenschaft verhinderte, daß er sie wirklich zu lieben vermochte. Ihre rücksichtslose Art, Georgie seinen Platz zuzuweisen, stieß Jacob ab. Georgie, dem sie schließlich alles zu verdanken hatte, was sie nun besaß, und der sein Möglichstes tat, diese unmögliche Situation mit Würde zu tragen.
Für Jacob war dies eine ständige Belastung, er schämte sich vor Georgie. Vor Georgie und für Georgie. Er lebte in dessen Haus, lebte auf seine Kosten, schlief mit seiner Frau, machte ihr ein Kind, und Mary hielt es für völlig in Ordnung, und Georgie hatte sich damit abgefunden.
Hatte er das wirklich?
Das zurückgezogene Leben auf der einsamen Farm machte es für Georgie sicher leichter, die Situation zu ertragen. Oder war es ihm im Grunde wirklich egal, was seine Frau und sein Freund trieben? Darüber wurde sich Jacob nie ganz klar.
Anfangs hatte er versucht, so etwas wie Heimlichkeit zu bewahren, aber das ließ sich nicht durchführen, so groß war das Farmhaus nicht. Mary und Georgie hatten zwar von jeher getrennte Schlafzimmer, aber die Zimmer lagen immerhin nebeneinander. Jacob weigerte sich daher, in Marys Zimmer zu kommen, darin blieb er standhaft. Dafür kam Mary zu ihm. Und da es auf diese Weise in ihrem Belieben stand, wie oft sie kam, kam sie für Jacobs Geschmack zu oft.
Er schlief das erste Mal mit ihr, als Georgie, nun ohne Gipsfuß, nach Windhuk gefahren war, um einzukaufen.

»Paar Bekannte muß ich auch mal wieder treffen. Bißchen Abwechslung haben. Werdet ihr es ein paar Tage aushalten ohne mich?«

Er *mußte* gewußt haben, was geschehen würde, sobald er nicht mehr im Haus war.

Schon am ersten Abend gingen sie miteinander ins Bett.

Beim Abendessen war Mary aufgeregt wie ein Kind vor Weihnachten, mit roten Wangen und leuchtenden Augen, sie verbarg nichts von ihrer erwartungsvollen Freude.

»Vielleicht wäre es besser gewesen, ich wäre mit nach Windhuk gefahren«, sagte Jacob, mit einem letzten Versuch, sich zu retten vor so viel auf ihn einstürmender Liebe.

Aber Mary trat hinter ihn, schlang beide Arme um seinen Hals, legte ihre Wange an seine und flüsterte: »Und denk bloß, an diesen Türen hier gibt es nirgends Schlüssel. Du bist nicht sicher vor mir.«

Spannung hatte sich genug aufgeladen, die erste gemeinsame Nacht war ein Erfolg. Auch Jacob hatte ja nun seit einiger Zeit keine Frau gehabt.

Er wurde zunehmend nervöser, als Georgies Rückkehr bevorstand. »Was machen wir bloß? Er wird es merken.«

»Natürlich merkt er es«, sagte Mary kühl. »Es ist ihm gleichgültig.«

»Das verstehe ich nicht. Er liebt dich doch, und er ist so stolz auf dich. Er hat dich doch schließlich aus Liebe geheiratet. Du ihn nicht. Gut. Aber er verdient nicht, so schlecht behandelt zu werden.«

»Wer tut das denn? Und warum sagst du, ich liebe ihn nicht? Ich habe ihn sehr, sehr lieb. Wir waren schon Freunde, als er noch ein kleiner Junge war. Als ich fünf war, war er zehn, und er tat alles, was ich wollte, und ließ mich nicht aus den Augen. Er hat mir mal gesagt, er hätte sich nie eine andere Frau gewünscht als mich. Nun hat er mich. Er braucht eine Frau, eine Freundin, eine Gefährtin. Aber er braucht keine Geliebte. Oder nur sehr, sehr selten.«

»Und warum ist das so?«

»Das weiß ich nicht. Vielleicht ist die verkorkste Ehe seiner Eltern daran schuld. Die herausfordernde Sinnlichkeit seines

Vaters. Oder warte, jetzt hab ich's: seine Mutter ist schuld. Ich bin für ihn wie eine Mutter, nämlich die Art von Mutter, die er sich gewünscht hat.«

»Kommt mir vor wie Sigmund Freud«, murmelte Jacob.

»Na, so etwas Ähnliches ist es ja auch.«

Es war also nicht an dem, daß sie sich über Georgie nicht den Kopf zerbrochen hätten. Und sie waren beide lieb zu ihm, besorgt um ihn, behandelten ihn wie ein rohes Ei. Einige Male versuchte Jacob so etwas wie eine Aussprache herbeizuführen, doch Georgie winkte jedesmal ab.

»Mensch, laß doch! Hauptsache, Mary ist glücklich. Das wollen wir doch beide.«

Nur einmal, das war vor sechs Wochen gewesen, und Mary konnte noch nicht mit Bestimmtheit wissen, ob sie wirklich schwanger war, aber sie war ihrer Sache so sicher, daß sie die beiden Männer auch davon überzeugte, da sagte Georgie zu Jacob: »Also, wenn euch das lieber ist, kann ich auch von hier verschwinden. Ich meine, ich könnte nach England gehen. Ich lasse mich auch scheiden, wenn du das möchtest.«

»Hör auf!« fuhr Jacob ihn an. »Wenn einer von hier verschwindet, dann bin ich das.«

»Aber vielleicht will Mary noch ein Kind. Und wenn das so gut geklappt hat mit euch . . .«

Der Blick, den Jacob seinem Freund zuwarf, war dermaßen vernichtend, daß Georgie den Rest des Satzes verschluckte.

Und Jacob war nahe daran, etwas Bösartiges zu sagen. Ich bin nicht euer Zuchtbulle, nur weil du unfähig bist, selbst ein Kind zu zeugen. Daraufhin vermieden sie überhaupt jedes Gespräch, das sich mit ihrer Lage befaßte, sie lebten in scheinbarer Freundschaft und Freundlichkeit zusammen, alle drei.

Das Seltsame war, daß für Jacob die Tatsache, ein Kind gezeugt zu haben, von gewisser Bedeutung war. Er wußte ja, wie heiß sich Madlon ein Kind gewünscht hatte, und daß sie es nie bekam, konnte ja genauso an ihm liegen. Auch wenn sie vorher bereits mit einem anderen Mann verheiratet gewesen war.

Er selbst hatte keine Kinder. Die ersten Torheiten seiner Jugend waren wohl ohne Folgen geblieben. Und die Hafendirnen in Daressalam wußten sich zu helfen, die rotblonde Krankenschwester von der Missionsstation hatte es wohl auch verstanden. Nachdem er Madlon getroffen hatte, gab es für ihn sowieso keine andere Frau mehr. Bis zu dem albernen Flirt mit Clarissa, damit hatte das ganze Unheil angefangen, darum hatte er Madlon verloren.

Aus Kindern hatte er sich nie etwas gemacht, und er hatte sich nie welche gewünscht. Im Grunde war er sehr zufrieden, daß Madlon keine bekam, auch wenn sie immer wieder davon sprach. »Wie stellst du dir das vor? Du bist total verrückt. Du kannst doch mitten im Krieg, hier im Dschungel, kein Kind bekommen.« Das sah sie ein, sie nickte, aber ihre Blicke wanderten sehnsüchtig zu den Bibis der Askaris, die ungeniert ihre Kinder bekamen, Krieg oder nicht. Wurde das Lager abgebrochen, banden sie sich die Kinder vor den Bauch und zogen weiter.

»Außerdem will ich dich nicht häßlich und dick haben. Niemals. Du gehörst mir, aber nicht so einem schreienden Balg. Kinder sind etwas Lästiges, sie machen Krach, immerzu muß man etwas für sie tun, man muß sie füttern, man muß sie auf den Topf setzen, man muß auf sie aufpassen und weiß der Teufel was. Ich war immer froh, daß ich der Jüngste in der Familie war, daß keine kleineren Kinder nach mir kamen. Ich hab es bei Schulkameraden erlebt, was die auszustehen hatten mit Geschwistern.«

Folgsame Madlon! Sie hatte kein Kind bekommen, weder im Krieg noch danach. Vielleicht bekam sie jetzt eins von ihrem neuen Liebhaber. Falls der noch dazu fähig war. Und schließlich hatte sie ja nun das Kind von der komischen Nichte, da konnte sie ihre Mutterinstinkte austoben.

Auf der Kaiserstraße angekommen, machte Jacob immer längere Schritte, das kam von dem Ärger und der Wut, die ihn immer überkamen, wenn er an Madlon dachte.

Nein, Kinder interessierten ihn nicht im geringsten, auch das von Mary nicht.

Sie hatte unbedingt ein Kind haben wollen, sie hatte es sich bei einem anderen Mann geholt, nicht bei ihrem eigenen, das

war ihre Angelegenheit. Und nun fing der alberne Georgie an, von Scheidung zu reden, das fehlte gerade noch!
In Jacobs Schläfen klopfte das Blut. Der Schlag würde ihn noch treffen wegen dieser verdammten Weiber!
Jähzorn stieg in ihm auf, er spürte, wie sein Gesicht sich rötete. Er blieb unter den Kolonnaden vor einem der Schaufenster stehen, um ruhiger zu werden.
Er entdeckte, daß er genug von Mary hatte, mochte sie eine noch so hingebungsvolle Geliebte sein, er hatte dreimal genug von Georgie, genug von der Farm, genug von Windhuk, mochten seine Einwohner noch so freundlich sein, genug von Südwest, genug von Afrika, once and forever.
Ja. Das wurde ihm plötzlich klar, als hätte es einer vor ihm auf die Scheibe des Schaufensters geschrieben: er war fertig mit Afrika. Was dieses Land, drüben im Osten, ihm damals gegeben hatte in seinen jungen Jahren, das war viel, das hatte ihn und sein Leben geprägt. Aber das war vorbei. Es gehörte zu seiner Jugend.
Zurückzukehren nach Afrika, in dieses so ganz andere Land an der Westküste des Kontinents, war eine Schnapsidee gewesen. Was hatte er sich nur dabei gedacht?
Es war ihm, als höre er das spöttische Lachen seiner Mutter. Gar nichts, mein Sohn, wie immer.
Wenn er eine Farm in Südwestafrika bewirtschaften wollte, dann konnte er genausogut ... Nein, nicht einmal mehr das. Jonas Hof war für ihn verloren, dort lebte Madlon mit einem anderen Mann. Es war so absurd, es ließ sich gar nicht zu Ende denken. Er ballte die Fäuste, in seinen Ohren sauste es. Madlon, seine eigene Frau, hatte ihn vom Hof seiner Mutter vertrieben, der von eh und je ihm, nur ihm, zugedacht gewesen war, und dieses ehrlose, treulose Weib lebte mit einem hergelaufenen Kerl zusammen, der dort seit Jahren und Jahren herumschmarotzte, erst Jona ausnützte, nein, erst ihren Vater, dann Jona, und als die ihm zu alt geworden war, nahm er sich die schöne Madlon. Was hatte der Kerl an sich? Das zerstörte Gesicht, das tote Auge – zum Teufel, was fanden so kluge Frauen wie Jona und Madlon an ihm so anziehend? Was konnte Madlon an ihm reizen, da sie Jacob besaß? Er

starrte in sein Gesicht, das die Scheibe widerspiegelte. Carl Jacob Goltz, der Held, der große Eroberer, der Liebling der Frauen. Er hinkte ein bißchen, das war schon alles. Und er hatte Madlon ja schließlich ein wohlhabendes Leben geboten im letzten Jahr, ohne Arbeit, ohne Plage, nach der Plage so vieler Jahre. Und endlich – er war gut zwanzig Jahre jünger als der andere und der beste Liebhaber, der sich denken ließ.

Das jedenfalls versicherte Mary ihm, sooft es nur anging. Nun war er wieder bei Mary angelangt. Eine hübsche, temperamentvolle, liebende Frau, sehr schön. Dennoch würde er schleunigst von hier verschwinden, ehe sich Georgie entschloß, zu seiner Mam nach England zu reisen.

Dann kam er nie mehr von hier weg, nicht von Mary, nicht von der Farm.

Er mußte weg.

Zurück an den Bodensee? Von dort hatte ihn Madlon vertrieben. Aber die Welt war groß. Berlin, Paris, Amerika.

Heimatlos. Entwurzelt, ein Mann ohne Plan und ohne Ziel. Strandgut des Krieges.

An diesem Nachmittag in Windhuk kam Jacob sich so elend vor wie nie zuvor in seinem Leben.

Doch in gewisser Weise, das wußte er selbst noch nicht, bewirkte es einen Wandel seines Wesens und seines Lebens.

»Hello, Goltz!« vernahm er eine Stimme hinter sich. »For shopping in town? Anything like that? For sweet little Mary?« Jacob bemerkte jetzt erst, vor was für einem Schaufenster er sich aufhielt: Damenkleidung und Damenwäsche.

Er wandte sich um, der Bann war gebrochen.

»Not at all. Hello, van Clees, how are you?«

Er lachte erleichtert, dankbar für die Ablenkung. Mehr Englisch brauchte er nicht zu sprechen, Hendrik van Clees sprach ebensogut Deutsch wie Englisch und selbstverständlich Afrikaans. Er war Bure, stammte aus dem Kapland, lebte aber seit Jahren in Südwest und hatte einen Autohandel nebst einer Fordvertretung, die ihm ein gutes Einkommen verschafften, da sich immer mehr Leute ein Auto zulegten.

Eine Weile später saßen sie unter den Kastanien des Kaiserhofes, tranken Bier und besprachen die Ereignisse der letzten Zeit. Und vom Regen natürlich, vom Regen, der kommen mußte, sprachen sie auch.
Unvermittelt wurde ihr Gespräch sehr ernst, sie sprachen, wie so oft Männer, die es erlebt haben, vom Krieg. Van Clees, der älter war als Jacob, hatte bereits als junger Mensch am Burenkrieg teilgenommen.
»Begreifen wird man das nie. Ein Krieg und das, was danach kommt. Wie haben wir die Engländer gehaßt, wie verbissen haben wir gekämpft! Und jetzt? Wir sind gute Briten geworden, wir gehören zum Commonwealth, und wir haben im letzten Krieg an der Seite der Engländer gegen euch gekämpft. Können Sie mir sagen, wofür Menschen eigentlich gestorben sind? Heute ist etwas so wichtig, daß man dafür sterben muß, morgen ist es vergessen, ist bloß noch Geschichte, die bestenfalls die Historiker beschäftigt, und da färbt es jeder auf seine Weise, entsprechend der Seite, zu der er gehört. Kaiser Wilhelm – was für ein bedeutender Mann in Ihrer Jugend, nicht wahr? Das deutsche Kaiserreich, welch eine Pracht, welch ein Glanz! Und seht euch an, was daraus geworden ist. Seine Majestät lebt friedlich in Doorn, er hat noch einmal geheiratet, und es heißt, er fühlt sich prächtig. Da war sein Kollege aus dem Hause Habsburg weit übler dran. 1916, mitten im Krieg, mußte Karl die wacklige Kaiserkrone übernehmen. Das hatte er nie vermutet, aber ein Thronfolger nach dem anderen ging den Habsburgern verloren. Der arme Karl! 1922 ist er verlassen und unglücklich auf der Insel Madeira gestorben. Fragen Sie mal die Leute, wer das noch weiß. Fast keiner.«
»Aber Sie, van Clees, ich staune, Sie wissen gut Bescheid.«
»Der Wahnsinn der Geschichte hat mich immer schon bewegt. Kommt wohl noch vom Burenkrieg her. Ich habe, wie gesagt, als junger Mensch, leidenschaftlich gegen die Engländer gekämpft, und auf einmal war ich Engländer. Ich weiß nur zu gut, wie viele Menschen gestorben sind, verreckt in den Konzentrationslagern der Engländer. Mein Vater zum Beispiel. Seitdem findet Politik für mich nicht mehr statt. Ich

kenne auch kein Vaterland mehr. Ich will von all diesen Phrasen nichts mehr wissen.«

»Solche Ansichten sind mir wohlbekannt. Besonders in Berlin können Sie Sätze dieser Art jeden Tag hören. In gewissen Kreisen, zugegeben. Es mag Leute geben, die anders denken. Die sich nicht behaglich fühlen in einer Zeit ohne Ideale.«

»Behaglich! Das ist so ein typisch deutsches Wort. Ich möchte wissen, wer sich je auf dieser Erde behaglich gefühlt hat.«

»Nun –« begann Jacob zögernd. Er war an Gespräche dieser Art nicht gewöhnt. Und er ärgerte sich, daß er das Wort behaglich gebraucht hatte. Er war wohl doch ein Provinzler, wie Madlon es genannt hatte. Aber was waren die denn hier? Etwas Provinzielleres ließ sich kaum vorstellen als diese friedliche kleine Stadt hier, wo einer den anderen kannte und alles von ihm wußte.

»Verstehen Sie mich recht«, fuhr van Clees fort, »ich bin nicht unzufrieden mit meinem Leben. Mir geht es gut hier, mein Geschäft läuft. Seit ich mich befreit habe von den Ideen meiner Jugend, den guten und den bösen, lebe ich viel leichter. Und seit ich erkannt habe, wie sinnlos es ist, sich für eine Sache zu engagieren, die sich mit Sicherheit eines Tages gegen Sie wendet, bin ich ein freier Mensch. Politik, Vaterland, der Kampf für irgend etwas und irgend jemand, ah bah, Betrug ist das, an dem, der daran glaubt. Wie viele sind sinnlos gestorben und umgekommen, wofür, für wen? Wem hat es genutzt? Sie haben das doch auch miterlebt. Einmal jedenfalls. Ich für meine Person zweimal.«

»Ich habe es erlebt«, sagte Jacob, »das ist wahr. Aber ich denke manchmal, daß diejenigen, die gefallen sind, das bessere Los gezogen haben. Ein sinnloser Tod, sagen Sie. Das mag sein. Aber das haben sie wohl nicht gedacht. Schlimmer, finde ich, ist ein sinnloses Leben.«

Van Clees lehnte sich zurück, seine Brauen, dichte, dunkle Brauen, schoben sich zusammen.

»Das gibt es nicht«, sagte er mit Bestimmtheit. »Und ich möchte nicht hoffen, daß Sie diesen Begriff auf sich selbst anwenden wollen.«

Jacob lachte unsicher.

»Heute, als ich durch Windhuk ging – heute hatte ich so ähnliche Gefühle. Ich kam mir vor wie ein Mensch, der nicht weiß, wieso und wozu und warum überhaupt er auf der Welt ist.«

»Das erstaunt mich. Gerade solche Gefühle hätte ich bei Ihnen nicht vermutet. Sie sind jung, Sie sehen gut aus, und wie ich hier immer wieder höre, sind Sie außerordentlich beliebt bei den Leuten, und draußen in Friedrichsburg, nun, hm, ich dachte, Sie hätten dort – wie nannten Sie es – ein recht behagliches Leben.«

»Das habe ich zweifellos. Ich kann trotzdem nicht sagen, so wie Sie, daß ich zufrieden bin. Und schon gar nicht fühle ich mich als freier Mensch.«

»So werden Sie also nicht in Friedrichsburg bleiben?«

»Ich glaube nicht.«

»Und was haben Sie vor?«

»Das weiß ich nicht. Gar nichts habe ich vor.«

»Ja, sehen Sie, und das macht Sie unzufrieden. Haben Sie denn keine Wünsche? Keine Träume?«

Jacob schüttelte den Kopf, blickte den anderen erstaunt an ob der schillernden Worte, die er auf einmal ins Gespräch brachte.

»Wenn Sie mir als dem wesentlich Älteren erlauben, Ihnen einen Rat zu geben: Forschen Sie in sich selber nach einem Wunsch, nach einem Traum. Oder lassen wir den Traum, es klingt so unmännlich, bleiben wir beim Wunsch. Ein Mensch, der keine Wünsche mehr hat, ist so gut wie tot. Ich sagte vorhin, man solle sich nicht für eine Sache engagieren, sich nicht einspannen und mißbrauchen lassen für gerade tonangebende Ideale. Aber Sie sollen sich engagieren für sich selbst. Für das, was aus Ihnen werden kann. Und einen großen Herzenswunsch, den sollten Sie immer haben. Ob er nun in Erfüllung gehen wird oder nicht, ob es überhaupt möglich ist, ihn Wirklichkeit werden zu lassen, bleibt die Frage. Man sollte es jedoch versuchen.«

»Und Sie? Haben Sie solch einen Herzenswunsch?«

»Zwei«, erwiderte van Clees, ohne zu überlegen. »Und beide, so nehme ich an, sind realisierbar.«

»Ich will nicht neugierig sein –«
»Doch, doch, ich sage es Ihnen gern. Und Sie werden enttäuscht sein, was für einfache, natürliche Wünsche es sind. Ich möchte eines Tages wieder in Kapstadt leben, in einem Haus über dem Meer, denn ich brauche das Meer, seinen Anblick, wie die Luft zum Atmen. So hübsch es hier ist, mir fehlt die Freiheit des Meeres. Und wenn ich genug verdient habe mit meinem Autohandel, und ich verdiene gut und bin ein sparsamer Mann, werde ich mir dieses Haus kaufen.«
»Ein vernünftiger Wunsch und sicher auch ein erfüllbarer.«
»Ja.«
»Und der zweite?«
»Nun, er ist auch nicht so abwegig, wenn auch etwas schwieriger zu realisieren. Ich möchte wieder eine Frau haben.«
»Eine Frau?« fragte Jacob erstaunt.
»Nicht irgendeine. Sondern die richtige. Eine Frau, die ich heiraten kann und die mit mir in diesem Haus am Meer leben soll.«
»Dieser Wunsch müßte doch ganz leicht zu erfüllen sein. Ich bin sicher, in dieser Stadt gibt es viele hübsche Mädchen und Frauen, die mit Begeisterung ja sagen würden. Ich kann Ihr Kompliment von vorhin zurückgeben, Sie sehen gut aus, Sie sind jung genug –«
»Ich bin siebenundvierzig. Und es geht mir nicht um eine hübsche Frau, die ja sagt. Ich meine eine bestimmte Frau.«
»Sie wissen schon, welche?«
»Ich war sehr glücklich verheiratet, allerdings nur vier Jahre lang. Dann starb meine Frau bei der Geburt unseres zweiten Kindes.«
»Oh!« machte Jacob, »davon habe ich nie gehört.«
»Das weiß hier auch keiner. Ich spreche nicht darüber. Wozu auch? Wir kamen jetzt darauf, weil wir von einem großen Herzenswunsch sprachen, nicht wahr? Und auch weil ich das Gefühl habe –« van Clees stockte »– nun, so eine Art Gefühl, als fehle Ihnen ein Mensch, mit dem Sie einiges besprechen können. Wir sind uns im Grunde fremd, wir werden vielleicht nie wieder miteinander reden. Vielleicht werden wir auch Freunde, und Sie besuchen mich eines Tages in meinem Haus

am Kap. Beides ist möglich. Ich habe 1907 geheiratet, fünf Jahre nach Ende unseres Krieges. Ich war verwundet gewesen und brauchte eine lange Rekonvaleszenz, wurde aber wieder ganz gesund. Mein Vater war im Lager umgekommen, ich sagte es schon, meine Mutter kurz darauf ebenfalls gestorben. Daß ich am Leben blieb beziehungsweise ins Leben zurückfand, verdanke ich einem Freund meines Vaters. Denn ich habe die Beobachtung gemacht, um nach einem Krieg wieder zu einem normalen Leben zurückfinden zu können, dazu braucht man Hilfe. Von Eltern, Verwandten, Freunden, einer Frau, egal, es muß nur jemand dasein, der versteht und einem die Zeit läßt, wieder zu sich zu kommen.
Ich hatte keine Eltern mehr, und der Verlust traf mich schwer, denn ich liebte meine Eltern. Mein einziger Bruder war gefallen. Aber dieser Freund meines Vaters war da. Er nahm mich auf in sein Haus, seine Frau pflegte mich, solange ich krank war, seine Kinder, er hatte einen Sohn und zwei Töchter, gaben mir Lebensfreude und Lachen zurück, als mein Körper wieder gesundet war. Ich verliebte mich in beide Mädchen, und beide verliebten sich in mich. Das war zuerst ein Spiel, doch es wurde sehr bald ernst. Hübsch und wohlerzogen waren sie beide, wenn auch einander kaum ähnlich. Kaatje, die Ältere, war heiter, lebenslustig, mir erschien sie auch als die Hübschere, auch war sie wohl schon etwas geübter in Flirt und Verführung. Liza war drei Jahre jünger, ernster veranlagt, ein wenig verträumt noch, damals gerade achtzehn Jahre alt. Nun ja, ich entschied mich für Kaatje, und ich weiß, daß Liza darunter litt. Kaatje wußte es auch, es tat ihr leid, sie liebte ihre Schwester, aber ich konnte nun mal nur eine heiraten. Tja, so war das.«
Van Clees lachte, ein wenig verlegen.
»Komisch, daß ich Ihnen das erzähle. Wirklich, ich spreche sonst nie darüber.«
»Und Sie verloren Ihre Frau dann so bald«, sagte Jacob, nur um etwas zu sagen.
»Ja, es traf mich schwer. Darum ging ich später vom Kap weg, um in eine andere Umgebung zu kommen. Ich war erst in Johannesburg, und nun bin ich seit sieben Jahren hier.«

»Und die Schwester? Was wurde aus ihr?«
»Sie ist die Frau, die ich mir wünsche. Die Frau, die ich heiraten möchte.«
»Nun also –«
»Leider ist sie verheiratet. Sie lebt in England, mein Sohn ist bei ihr, das heißt, er geht jetzt ins College, genau wie sein Cousin, Lizas Sohn. Sie hat ziemlich bald dann auch geheiratet, wie ich mir anmaße zu denken, um mich zu vergessen. Einen englischen Schiffsoffizier. Es ist keine sehr gute Ehe geworden. Ihr Mann ist mittlerweile Kapitän, meist unterwegs natürlich und ihr nicht immer treu. Ich möchte, daß sie sich scheiden läßt.«
»Sie stehen also mit ihr in Verbindung.«
»Selbstverständlich. Schon wegen des Jungen.«
»Und – wird sie sich scheiden lassen?«
»Das ist es, was ich mir wünsche. Liza als meine Frau in dem Haus am Kap. Sie sehen, es sind große Wünsche, aber ich lebe darauf zu und gebe nicht auf. Wir sind übereingekommen, wenn die Jungen mit dem College fertig sind und zur Universität gehen, dann, nun ja, dann wird sie es versuchen. Die Scheidung, meine ich. Solange, lieber Herr Goltz, werde ich noch Autos in Windhuk verkaufen.«
Nach einem langen Schweigen sagte Jacob: »Es sind Wünsche, aber es ist mehr als das, es ist ein Programm. Ich habe beides nicht, weder Wünsche noch ein Programm. Meine Frau hat mich verlassen und lebt mit einem anderen Mann. Meine Eltern leben noch, aber sie vermissen mich nicht. Vielleicht, weil ich nie das tat, was sie wollten.«
Er brach ab. »Möglicherweise ist es Unsinn, was ich sage. Es klingt unreif. Vielleicht vermissen sie mich doch. Derjenige, der sich nicht anpassen konnte, der sie enttäuscht hat, bin ich. Und was eigentlich aus mir werden soll, weiß ich selber nicht.«
»Trinken wir darauf, daß es Ihnen bald einfällt.«
Es ging auf den Abend zu, die Tische ringsum waren alle besetzt, meist mit Männern, die ihren Abendschoppen tranken. Man kannte sich, hatte sich gegrüßt.
Plötzlich betrat ein neuer Gast den Garten, blieb unsicher stehen, blickte sich um, kam dann auf sie zu.

»Herr Goltz! Guten Abend. Kennen Sie mich noch?«
Doch, Jacob kannte ihn, auch wenn ihm der Name nicht einfiel. Es war der Mann, der mit ihm auf dem Schiff gewesen war, der Rückkehrer nach Afrika, der sich hier eine neue Existenz aufbauen wollte.
Jacob stand auf.
»Guten Abend. Nett, Sie zu sehen, Herr ...«
»Hansen ist der Name.«
Jacob machte die Herren bekannt und forderte Hansen auf, sich zu ihnen zu setzen.
»Sie sind in Windhuk? Sie wollten doch farmen.«
»Ich bin seit einer Woche wieder hier. Ich suche Arbeit. Bis jetzt wohne ich hier im Hotel.«
Jacob klärte van Clees kurz über den Landsmann auf und fragte dann: »Und was haben Sie bis jetzt getan?«
»Ich war im Süden, auf einer Karakulfarm. Eventuell wollte ich mich beteiligen, ganz bescheiden nur, denn viel Geld habe ich nicht. Der Besitzer ist schon alt und sucht einen Teilhaber. Aber wir sind nicht sehr gut miteinander ausgekommen, darum bin ich jetzt fortgegangen. Und außerdem«, er lachte etwas verlegen, »diese Karakulzucht – also, ich weiß nicht, es liegt mir nicht. Diesen Lämmchen das Fell über die Ohren zu ziehen, kaum, daß sie einen Tag alt sind, es widerstrebt mir einfach. Schmidt, so heißt der Farmer, meinte, ich sei ein Weichmann. Mag ja sein.«
Van Clees meinte gutmütig: »Doch, ich verstehe das schon. Obwohl die Karakulzucht absolut gute Aussichten hat. Es gibt genügend Frauen auf der Welt, die gern einen Persianermantel tragen. Und die Rinder leben auch nicht bis zu ihrem natürlichen Ende.«
»Aber wir schlachten nicht auf der Farm«, sagte Jacob. »Die Tiere werden lebend verkauft. Natürlich, um geschlachtet zu werden. Bloß man muß es nicht mitmachen, und sie haben wenigstens eine Zeitlang ihr Leben genossen, ein Leben in großer Freiheit.«
»Tja, mit Sentimentalität kann man überhaupt kein Farmer sein. Jedenfalls nicht, wenn es um Tiere geht. Sie hätten besser nach Amerika gehen sollen, Herr Hansen, auf eine große

Weizenfarm. Oder auf eine Obstplantage. Wie ich gehört habe, läßt sich da gutes Geld machen. Da habe ich es mit meinen Autos leichter. Wenn die vom Hof fahren, reibe ich mir befriedigt die Hände. Versuchen Sie hier in Windhuk etwas zu bekommen, Herr Hansen, Maschinenhandel oder ähnliches. Ich will mich gern umhören.«
Das Gespräch glitt ins Allgemeine, die Marktlage im Land, diejenige in der Welt, Geschäfte, Bilanzen und dann wieder – der Regen.
Drei Tage später fuhr Jacob wieder nach Friedrichsburg hinaus, mit Geschenken für Mary, einigen Flaschen einer besonderen Whiskymarke für Georgie, und alles ging weiter wie bisher. Mary, liebevoll und zärtlich, umsorgte ihn und verlangte nach seiner Gesellschaft des Tages und in der Nacht, und im übrigen beobachtete sie ihren Körper, sein Wachsen, das Kind, das sich in ihr regte, sie war rundherum glücklich mit ihrem Dasein. Jacob brachte es nicht übers Herz, ihr zu sagen, daß er eine Rückkehr nach Deutschland erwog. Dafür sprach Georgie wieder öfter von England, von den grünen Bäumen und Büschen, den Hecken an den Wegen, auf denen man, ohne daß man einen Sonnenstich bekam, mit einem braven Pferd dahintraben konnte.
»Ach, Unsinn«, sagte Mary, »jetzt regnet es hier, siehst du doch, und bald haben wir auch alles schön grün. In England ist es jetzt kalt und neblig, keine Rede von grünen Hecken und spazierenreiten.«
Ein Brief seiner Mutter kam Jacob zu Hilfe, das war im Januar. Sie schrieben sich selten, es war genau wie früher auch, die Trennung war wieder einmal vollzogen.
Trotzdem schrieb Jona: ›Ich habe lange nichts von Dir gehört, und ich möchte gern wissen, wie es Dir geht. Auch möchte ich wissen, ob Du dortbleiben willst. Für immer, meine ich. Uns geht es hier nicht sehr gut, Dein Vater ist sehr krank, Jacob, und ich wünschte, Du würdest kommen, um ihn noch einmal zu sehen. Und Du solltest bald kommen. Tante Lydia in Schachen wartet auch sehnsüchtig auf Dich. Sie sitzt allein in ihrem großen Haus, das ja jetzt Dein Haus ist. Wir besuchen sie manchmal, weil sie so einsam ist. Sie war auch

schon einige Tage bei uns, auch mal drüben, aber für längere Zeit will sie aus dem Haus nicht fort. Es muß bewohnt und belebt sein, wenn Jacob kommt, sagt sie. Ja, und dann haben wir vergangene Woche Berta begraben. Ich bin jetzt immer bei Deinem Vater, denn er kann nicht mehr allein sein.‹

Dieser Brief, auch wenn er traurige Mitteilungen enthielt, gab Jacob den willkommenen Anlaß, Friedrichsburg zu verlassen. Ein Besuch zu Hause, so nannte er es.

»Aber du wirst wieder zurück sein, wenn das Kind kommt?« fragte Mary bang. Das würde im April sein.

»Ich denke, daß ich das schaffen kann«, sagte Jacob. »Oder besser, ein bißchen danach. Es macht sich besser. Wegen Georgie.«

»Pöh!« machte Mary. »Der will doch nach England.«

»Er wird bei dir bleiben, solange du ihn brauchst.«

Mary widersetzte sich seiner Abreise nicht. Ein kranker Vater, das war ein Argument, das sie gelten ließ, denn ihren Vater liebte sie sehr, sie sprach immer von ihm und was für Sehnsucht sie nach ihm hatte.

»Weißt du«, sagte sie eines Tages elektrisiert, »könntest du nicht mal schnell nach Breslau fahren und mit Vater sprechen? Ihm erzählen, wie schön es hier ist und daß er bald kommen soll?«

Natürlich, von Afrika aus gesehen, war es keine besonders weite Entfernung von Konstanz nach Breslau. »Julia ist ja nun schließlich erwachsen genug, um ohne seine Aufsicht leben zu können. Und Tante Margarethe ist ja auch noch da, die sich um sie kümmert. Au ja, Jacob, versprich es mir, das machst du, am besten bringst du ihn gleich mit.«

Es war nicht so leicht möglich, Mary die gute Laune zu verderben; Wünsche, Pläne, Träume hatte sie immer. Und sie war stark genug, mit sich und ihrem Leben fertigzuwerden.

In Windhuk, kurz ehe er abreiste, hatte Jacob noch eine großartige Idee. Er wohnte die letzten drei Tage wieder im Hotel, allein, denn für Mary war die Fahrt während der Regenzeit, durch die strömenden Riviere, zu strapaziös. Und Georgie, so befand Jacob, dürfe sie nun in ihrem Zustand auch nicht mehr allein lassen.

»Was denn?« fragte Georgie, »soll ich hier sitzen bleiben und versauern, bis sie das Kind hat?«
»Das wird sich so gehören. Schließlich ist es dein Kind.«
»Was du nicht sagst!«
In Windhuk suchte Jacob van Clees auf, er wollte ihm seinen Wagen zum Verkauf übergeben. Und dann erkunden, ob van Clees etwas über Hansen wisse, wo der sich jetzt befinde.
Er arbeite bei der Brauerei, erfuhr Jacob, im Transport.
»Sagen Sie ihm doch, er soll mal in Friedrichsburg vorbeischauen. Geben Sie ihm ein Empfehlungsschreiben mit. Ich denke mir, Mary und Georgie könnten Hilfe brauchen. Sie bekommt im April ein Kind. Und Georgie, na, Sie wissen ja.«
Van Clees lächelte. »Ich weiß«, sagte er mit Nachdruck. »Alles klar. Sie werden demnach nicht wiederkommen?«
»Ich weiß es noch nicht. Nein, ich glaube, ich werde nicht wiederkommen.«
»Alles Gute dann, Goltz. Das mit Hansen bringe ich in Gang, Sie können sich darauf verlassen. Er ist ein ordentlicher Mann. Und Sie werden mich einmal am Kap besuchen?«
»Lieber Himmel«, Jacob lachte, »wer soll das wissen? Bis jetzt sind Sie ja selber noch nicht dort.«
»Es dauert nicht mehr allzu lange. Lizas Mann hat in die Scheidung eingewilligt. Gestern hat sie mir das telegraphiert.«
»Dann also viel Glück. Und wo finde ich Sie am Kap?«
»Ich werde im Telefonbuch von Kapstadt stehen. So in zwei bis drei Jahren, schätze ich. Take it easy, old fellow. And good luck to you.«

Wieder einmal kehrte Jacob zurück in die Stadt am See. Und hatte er nun Wünsche und Träume? Er beschäftigte sich viel mit dem, was van Clees gesagt hatte. Es verlangte ihn nicht nach einem Haus am Meer. Er hatte ein Haus am See, ein schönes altes Haus, mit einem großen Garten, in dessen Bäumen im Herbst der Nebel hing, in dem im Frühling Tulpen und Narzissen blühten und später die Rosen leuchteten. Tante Lydia hielt es am Leben, damit er darin wohnen konnte.

Und warum eigentlich nicht? Warum nicht versuchen, dieses Haus zu *seinem* Haus zu machen?
Eine Frau? Die wünschte er sich nicht. Er war gerade einer davongelaufen, und Madlon wollte er niemals wiederhaben. Was also sollte er sich wünschen? Vor allem dies: seinen Vater noch am Leben zu finden. Das wünschte er sich wirklich aus tiefstem Herzensgrund, das erschien ihm als der größte Wunsch, den er je gehabt hatte.
Mary von Garsdorf brachte Ende April eine Tochter zur Welt. Sie nannte sie sinnigerweise Konstanze.

Jona

Es ist nicht so, daß Carl Ludwig Goltz unter einer schweren Krankheit zu leiden hat; er ist nur nach und nach immer ein wenig kränker geworden und dadurch sehr gealtert. Seine Kräfte haben sichtlich abgenommen, aber an seinem Wesen hat sich nichts verändert, er ist wie eh und je, still, sanft und voll verständnisvoller Güte.

An einem Nachmittag im Februar sagt Jona, und sie hält dabei seine kalte Hand in ihrer: »Ich habe es wirklich nicht verdient, daß ich so einen guten Mann wie dich bekommen habe.«

Seine Finger schließen sich ein wenig fester um ihre Hand, er sagt: »Aber Lieberle, einen viel, viel besseren hättest du verdient.«

»Nein. Ich habe dich gewiß nicht verdient. Ich war eigenwillig, egoistisch und auch böse. Das hätte mir ja eigentlich – ja, wie soll ich das nennen? –, das hätte mir ja eigentlich heimgezahlt werden müssen, nicht wahr? Ich denke jetzt manchmal darüber nach. Aber ich hatte einen so guten Vater, der alles verstand und alles verzieh, und ich habe dich, einen so guten Mann, der alles versteht und alles verzeiht. Und du hast mir dazu noch ...«

Sie stockt und überlegt. Es stimmt nicht, was sie gerade gesagt hat. Alles konnten beide nicht verstehen und verzeihen, denn alles wußten sie nicht von ihr. Verstehen? Verzeihen? Kann man einen Mord verstehen? Kann man den Mord an einem unschuldigen Kind verzeihen? Wieder ist die Versuchung da, es ihrem Mann zu sagen, es *einmal* auszusprechen, ein einziges Mal in ihrem Leben ein Geständnis abzulegen. Aber dazu ist es nun zu spät. Sie darf seinen Frieden nicht stören, nur damit sie ihre Schuld leichter tragen kann. Eine sicherlich verjährte Schuld, juristisch betrachtet. Aber Gott ist kein Jurist. Ob *er* ihr verzeihen kann, ob ihr Leben voll Arbeit und Pflichterfüllung, ihr Leben voll von Reue und Scham genügen wird, um *seine* Verzeihung zu erlangen, das weiß sie nicht.

»Und du hast mir dazu noch ... Was wolltest du noch sagen, Jona?«

»Und du hast mir immer geholfen, das wollte ich sagen. In jeder schwierigen Lage hattest du den richtigen Rat. Und es blieb nicht nur bei Worten, du hast auch gehandelt. So sind nicht alle Menschen.«

Ein leiser, freundlicher Herr, vornehm und zurückhaltend, das war er in seiner Jugend, das ist er geblieben. Nicht das, was man sich unter einem Mann der Tat vorstellt. Aber da ist eine unerschütterliche Stärke in ihm, der feste Mittelpunkt im Leben eines Menschen, der immer mit sich selbst im Einklang gelebt hat und der die Kraft der Treue, der Ehrlichkeit und des Selbstvertrauens besitzt.

»Und die Kinder sind auch alle gesund und gut geraten, auch das ist ja gar nicht selbstverständlich. Nur mit Jacob ... es macht mir so großen Kummer, an ihn zu denken. Ich möchte gern, daß er wiederkommt. Gleichzeitig weiß ich aber nicht, was geschehen wird, wenn er wiederkommt. Ich habe immer ein schlechtes Gewissen, wenn ich an ihn denke. Etwas muß ich falsch gemacht haben, schon als er noch klein war. Habe ich ihn zuviel allein gelassen, weil ich drüben war? Habe ich ihm Zwang angetan, wenn ich bei ihm war?«

Ludwig drückt wieder ihre Hand, seine Stimme klingt müde: »Quäl dich doch nicht! Er ist ein erwachsener Mann, der für sich selbst verantwortlich ist.«

Er hält ein, überlegt eine Weile und fügt dann langsam hinzu: »Vielleicht machen wir auch heute manches falsch mit ihm, grad weil wir es nicht darauf ankommen lassen, daß er endlich für sich selbst verantwortlich sein muß.«

Sie weiß, er meint das Geld, das Jacob nach wie vor ausreichend bekommt, wo immer er sich aufhält, was immer er tut. Genau wie sie weiß, daß keiner in der Familie damit einverstanden ist.

Daß sie an Jacob geschrieben hat, schon im Dezember, ob er

nicht heimkommen wolle, hat sie Ludwig nicht gesagt. Und sie beendet auch jetzt entschlossen das Thema, sie spricht viel zu oft von Jacob, und wenn sie sich selbst schon unausgesetzt mit dem Gedanken an diesen verlorenen Sohn quält, darf sie Ludwig nicht damit quälen. Sie fühlt sich schuldig, wenn sie an Jacob denkt. Sie hat seine Ehe zerstört, bei ihr haben Madlon und Rudolf sich kennengelernt, auf ihrem Hof, den Jacob immer gehaßt hat. Und sie war nicht hart genug, Madlon und Rudolf zu trennen, das zu verhindern, was sie kommen sah, und Madlon dahin zurückzuschicken, wohin sie gehörte. Und darum ist sie es, die Jacob vertrieben hat.

Im vorletzten Sommer, als alles begann, hat sie es auch noch nicht so gesehen, aber inzwischen hat sie sich diese Schuld selbst aufgebaut und aufgeladen, und es wirkt zerstörend auf sie, weil sie so viel darüber nachdenken muß. Dieser Brief, den sie an Jacob geschrieben hat – schweren Herzens und halben Herzens –, ›bitte, komm, wenn Du Deinen Vater noch einmal sehen willst‹, ist im Grunde eine Lüge. Sie hätte schreiben müssen: bitte, komm, ich möchte Dir helfen, ich möchte alles wieder gutmachen, ich weiß zwar nicht, wie, aber ich möchte es versuchen, ich möchte Dir helfen, helfen, mein Sohn.

Aber so in dieser Form kann sie es Ludwig nicht sagen, es würde ihn unnötig belasten. Er ist wie ein krankes Kind, das sie hegt und pflegt, sie empfindet unendliche Zärtlichkeit und Liebe für ihn, für diesen Mann, den sie als törichtes, unreifes und böses Kind geheiratet hat und der sie selbst und ihr Leben viel mehr geprägt hat, als sie es je begriffen hat. Früher. Jetzt, alt geworden, begreift sie es um so besser.

Sie sitzen am Fenster und blicken auf den See hinaus, es ist kalt und klar, doch die Tage sind wieder länger geworden, die Sonne ist eben hinter den Bergen untergegangen, und das Wasser der Bucht spiegelt das Abendrot des Himmels wider.

Seit Ludwig nicht mehr aus dem Haus geht, sitzen sie oft am Fenster. Jona hat ein Sofa dorthin geschoben, auf dem sie miteinander sitzen und hinausschauen können. Er soll See und Berge soviel wie möglich sehen, die Stadt drüben und seine geliebten Vögel, wenn sie über den See fliegen. Aber viel sieht er dennoch nicht mehr davon, seine Augen sind schlecht geworden, wie ein Schleier liege es darüber, so beschreibt er es, er kann auch nicht mehr lesen, und das ist hart für einen Menschen, dem die Bücher immer so viel bedeutet haben.

»Was flog da gerad? War es ein Kormoran?«

»Ja, ja«, erwidert Jona. »Ich glaube, es war ein Kormoran.«

Sie hat es nie gelernt, die Vögel so genau zu unterscheiden, aber sie bemüht sich jetzt darum, am Flügelschlag, am Zug durch die Luft, zu sehen, was da fliegt, um es ihm zu beschreiben. Wenn es dunkel geworden ist, liest sie ihm vor, aus der Zeitung, aus einem Buch, und so ist es auch für Jona, die immer tätig war, ein ganz neues Leben, das ihr gar nicht so gut bekommt. Gewiß, da ist der Haushalt, der sie beschäftigt, Einkäufe, die sie meist selbst besorgt, denn es fällt ihr schwer, stundenlang still auf einem Fleck zu sitzen; gemessen an ihrem bisherigen Leben bedeutet das Dasein mit dem kranken Mann für sie eine einschneidende Veränderung. Vielleicht auch darum macht sie sich so viele quälende Gedanken.

Angefangen hat das alles im vergangenen Frühjahr, als Ludwig operiert werden mußte, ein Leistenbruch, weiter keine aufregende Angelegenheit, aber er erholte sich lange nicht davon, und Jona ist seitdem fast immer bei ihm geblieben. Zunehmend fiel ihm das Atmen schwer, der Arzt diagnostizierte ein Lungenemphysem, und dann im Herbst, zu jener Zeit ging er noch aus, auch in die Kanzlei, bekam er als Folge einer Erkältung eine schwere Bronchitis, die sich einfach nicht auskurieren ließ. Seitdem ist er immer schmaler und durchsichtiger geworden, keuchender Husten schüttelt ihn, essen mag er nicht mehr, womit er Berta zur Verzweiflung bringt, die ihm die besten Häppchen zubereitet, die er dann doch zur Seite schiebt.

In der Vorweihnachtszeit stirbt Berta. Sie bricht über einer Schüssel zusammen, in der sie mit beiden Händen einen Teig gewalkt hat, und ist tot, von einer Minute auf die andere.

»Du hast ihr das Herz gebrochen«, sagt Jona, »weil du nicht essen wolltest, was sie für dich gekocht hat.«

Und Ludwig erwidert darauf: »Dann habe ich ihr zu einem

schönen Tod verholfen. Wer würde sich nicht wünschen, auf diese Weise zu sterben, rasch und leicht, während er gerade das tut, was er immer am liebsten getan hat.«

Bertas Tod beeindruckt ihn nicht sonderlich, der Tod besitzt für ihn keinen Schrecken, weder der anderer noch der eigene, er lebt ja selbst sehr bewußt auf seinen Tod zu und fürchtet ihn nicht.

An diesem Nachmittag im Februar, während draußen die Abendschatten über den See fallen, sagt Jona: »Das war ein schöner Tag heute, nicht wahr? Warte nur, jetzt wird es bald wärmer. Und dann verreisen wir. Eine schöne Reise in den Süden machen wir, ins Tessin oder nach Italien, da wird dein gräßlicher Husten gleich verschwinden.«

»Ich mache keine Reise mehr, Jona.«

»Mir zuliebe schon. Ich bin nie verreist in meinem Leben. Ich würde gern einmal nach Italien fahren.« Was gelogen ist, wie er sehr wohl weiß. »Oder wie wäre es mit der französischen Riviera? Da muß es wunderbar sein im Frühling.«

»Ich mache nur noch eine Reise, Jona. Die führt viel weiter weg als nach Italien oder an die Riviera. Auf das Ziel dieser Reise bin ich schon sehr gespannt.«

»Du darfst mich nicht allein lassen, Ludwig –«

»Du bist nicht allein, Lieberle. Du hast den Rudolf und eine doppelte Schwiegertochter, die du sehr gern hast. Und du hast die Kinder und die Enkel. Und dann noch den kleinen Buben drüben bei dir. Erzähl mir von ihm! Von Ludwig dem Zweiten.«

Er hört es gern, wenn sie von drüben erzählt, obwohl es nichts zu berichten gibt, was er noch nicht weiß, denn Jona war das letzte Mal Anfang Dezember auf dem Hof, kurz ehe Berta starb. Sie läßt ihn jetzt ungern allein, obwohl Agathe und Imma jeden Tag nach ihm schauen, Bernhard kommt getreulich, mit Berichten aus der Kanzlei, Eugen kommt herauf, und Muckl, Eugens Diener, fragt jeden Tag mindestens zehnmal, ob man etwas brauche oder wünsche.

Aber Jona weiß, er braucht sie. Und sei es nur um des Geplauders willen, wenn sie so nebeneinander, Hand in Hand, auf dem Sofa sitzen.

»Es ist ein netter Bub«, erzählt sie also zum xtenmal, »immer vergnügt und munter. Er fängt jetzt an zu laufen, und er plappert schon eine ganze Menge, sogar mal ein paar französische Bröckle darunter, das ist sehr komisch. Und sie passen alle gut auf ihn auf, Madlon und Rudolf und die Leute auf dem Hof, vor allen Dingen Flora. Seine eigene Mutter eigentlich am wenigsten. Die ist und bleibt eine seltsame Person. Manchmal kommt sie mir vor wie eine Traumtänzerin. Sie kann sehr lieb sein. Und dann wieder kann sie dich ganz kalt anblicken, so, als hätte sie dich nie gesehen.«
»Die Frau Moosbacher!« Ludwig lacht in sich hinein. »Damit haben sich nun alle abgefunden, wie?«
»Es scheint so. Ich weiß nicht, was die Leute denken. Komische Verhältnisse sind das schon auf dem Hof.«
»Sehr komische Verhältnisse.«
»Ich bin nur froh, daß ich die Flora und den Kilian habe. Seit sie verheiratet sind, ist eine wunderbare Ordnung auf dem Hof, denn Flora hat ihre Augen und Ohren überall. Und energisch ist sie. Wenn ihr etwas nicht paßt, dann guckt sie nur mal scharf, und dann haben alle gewissermaßen die Hände an der Hosennaht. Die kann das noch besser als ich. Und wenn wirklich mal einer aufmuckt, wie das Bürschle, der neue Jungknecht, den Rudolf im Herbst angestellt hat, also, da müßtest du Flora erleben. Sie stemmt die Hände in die Seiten und verfügt plötzlich über eine erstaunliche Lautstärke. ›Hältst glei dei Mei, du rotzfrecher Lausbub‹, schreit sie, ›glei fangst eine, daß'd meinst, Ostern und Pfingsten isch am selben Tag.‹«
Auch diese Geschichte kennt Ludwig natürlich schon, aber er hört sie mit dem gleichen Vergnügen wie beim erstenmal. Er lacht, worauf ihn für eine Weile Husten schüttelt. »Und der Bub?« fragt er, als er wieder sprechen kann, »was tut der Bub?«
»Er zieht den Kopf ein und trollt sich und tut genau das, was Flora ihm angeschafft hat. Es ist sehr lustig, wenn sie solch einen Ausbruch bekommt, denn für gewöhnlich ist sie gar nicht laut, sie spricht ruhig und gelassen mit den Leuten, schaut jeden dabei an, lächelt freundlich, und jeder macht es so, wie

sie es haben will. Es war wirklich ein Glückstag, als sie auf den Hof kam. Und ein Glück war es, daß sie den Kilian geheiratet hat. Im April kriegt sie ihr erstes Kind, hoffentlich geht alles gut. Sie sagt: Gell, hab ich gut ausgerechnet, net wahr? Bei der Mahd bin i wieder dabei.«

Dann wird es zwei Kinder auf dem Hof geben, darüber freut sich Jona. Doch zur Zeit ist sie nur noch ein seltener Besuch auf dem Hof. Zwar hat Ludwig im Sommer und im Herbst immer wieder gesagt: »Fahr rüber. Kümmere dich um deine Leut. Ich komm schon zurecht hier«, aber sie weiß, daß ihr Platz jetzt bei ihm ist. Sie wird ihn nicht mehr verlassen, solange er lebt, sie kann die vielen Stunden, die sie ihn allein gelassen hat, nicht mehr zurückholen, aber nun ist sie jede Stunde für ihn da.

Sie wird auch wirklich auf dem Hof nicht gebraucht. Rudolf arbeitet für drei, er tut es mit Freude und Umsicht, er ist ein glücklicher Mann, ein Mann, der liebt und geliebt wird, für ihn hat das Leben neu begonnen. Ganz so leicht ist es für Jona nicht, das mit anzusehen, aber sie versteht es, und da sie ihn lieb hat, gönnt sie es ihm. Von den Sorgen um Jacob, die sie plagen, spricht sie drüben nicht.

Und da sie doch nicht immer darüber schweigen könnte, ist es besser, sie ist nicht bei den beiden, die sich lieben, überläßt sie jetzt einmal sich selbst und dem, was sie glücklich macht. Madlon besorgt das Hauswesen, kocht für alle, kümmert sich um das Kind. Nach wie vor ist sie beliebt beim Gesinde, ihr unkompliziertes Wesen, ihre Aufgeschlossenheit gewinnen ihr jedes Herz. An die komischen Verhältnisse, wie Ludwig es nennt, haben sich die Leute inzwischen wirklich gewöhnt. Daß Madlon und Rudolf sich gut verstehen, setzt nur die Tradition im Hause fort, Jona und Rudolf haben sich auch immer gut verstanden, es gab keinen Streit, keine Kompetenzschwierigkeiten, die gibt es auch jetzt nicht. Die Einteilung ist geblieben, die Familie wohnt auf dem alten Hof, das Gesinde auf dem neuen Hof, zwar sind beide Höfe gleich alt, aber um sie zu unterscheiden, nennt man den später hinzugekommenen der Einfachheit halber den neuen Hof. Seit Flora dort das Sagen hat, geht es zu wie in einer Sonntagsschule,

Rudolf braucht sich überhaupt nicht darum zu kümmern. Der einzige Fremdling auf den Höfen ist Frau Moosbacher. Jeannette, die Traumtänzerin. Sie ist ein Bild von einer Frau, nach der Geburt des Kindes ist sie schön geworden. Wie ein Engele sieht sie aus, sagen die Leute hinter ihrem Rücken. Aber keiner weiß so recht, wie er mit ihr dran ist. Sie ist freundlich und höflich, sie ist nicht mehr verbiestert und verbittert, und ein wenig Deutsch reden hat sie mittlerweile auch gelernt. Die Zwiespältigkeit ihres Daseins, ihres Wesens liegt nicht so offen zutage, daß man sich daran stoßen könnte. Zum Beispiel ihr Verhältnis zu dem Kind. Sie hat es eine Zeitlang gestillt, sie hat getan, was zu tun ist bei der Pflege eines Babys, obwohl ihr das meiste von Madlon abgenommen wird, aber man hat nie den Eindruck, daß sie die Mutter des Kindes ist. Das Kind scheint ihr gleichgültig zu sein. Sie liebt es nicht, sie haßt es nicht, wie sie vor seiner Geburt verkündet hat, sie betrachtet es als lästiges Anhängsel ihres Lebens, obwohl ihr Leben derzeit ein sehr bequemes ist und das Kind sie gar nicht belastet. Sie spielt ein bißchen mit ihm, schiebt sein Wägelchen im Garten herum, jagt im Sommer die Fliegen von seinem Gesicht, doch, dies alles schon; aber sie zeigt keinerlei Glückseligkeit, wenn sie das Kind sieht, sie beschleunigt keinen ihrer Schritte, um bei dem Kind zu sein, und sie zeigt nicht die geringste Regung von Eifersucht, wenn Madlon das Kind versorgt, es auf den Arm nimmt, ihm das Fläschchen gibt, es zu Bett bringt. Sie blickt traumverloren darüber hinweg, setzt ihren breiten weißen Strohhut auf und geht durch die Wiesen spazieren, pflückt Blumen, summt vor sich hin. So war das im vergangenen Sommer, und einmal sagt Madlon zu Rudolf: »Ich weiß ja nicht, wie sie früher war, aber manchmal denke ich, sie hat bei der Affäre da in Gent einen kleinen Stich bekommen. Ganz normal ist sie doch nicht. Oder?«

»Wie du sagst, du weißt nicht, wie sie früher war. Auf alle Fälle führt sie hier bei uns kein normales Leben. Sie ist eine hübsche, junge Frau, sie müßte einen Mann haben, sie müßte heiraten und leben wie andere junge Frauen auch. Du wolltest sie doch fragen, wie sie über eine Scheidung denkt.«

»Ich habe vor ein paar Tagen mit ihr gesprochen. Da hat sie mich ganz entsetzt angesehen, mit großen, blauen Kinderaugen, und hat gefragt: ›Willst du mich wegjagen?‹ Wegjagen, wörtlich. Ich sagte, du kannst hierbleiben, solange du willst. Aber du kannst auch nach Gent zurück, wenn du das lieber willst. Und du brauchst das Kind nicht mitzunehmen, du kannst es hierlassen. Und weißt du, was dann passierte?«

»Was?«

»Sie fing an zu weinen. Das tut sie ja leicht. Immer noch. Ich wolle sie nur los sein, ich wolle sie wegjagen, und sie sei eben ganz überflüssig auf der Welt, und sie habe ja schon immer sterben wollen und der ganze bekannte Sermon von vorn. Also habe ich sie getröstet und habe ihr gut zugeredet, und alles bleibt wie es ist. Sie bleibt deine Frau, und da du ja nicht heiraten willst, macht es ja nichts, hein?«

»Wenn ich dich nicht heiraten kann, behalte ich das Fräulein Nichte. Warum auch nicht?«

»Mich kannst du nicht heiraten, auch wenn du geschieden bist. Das würde ja nun wirklich kein Mensch hier mehr begreifen. Ganz abgesehen davon, daß ich ja nie genau weiß, ob ich eigentlich verheiratet bin oder nicht. Angenommen, Jacob kommt eines Tages mit einer neuen Frau an, da müßte man diese Frage irgendwie klären. Aber inzwischen geht es auch so.«

»Es geht wunderbar so«, sagt Rudolf, nimmt sie in die Arme und küßt sie lange.

So etwas geschieht aber nur, wenn sie allein sind. Sie vermeiden vor Zeugen jede Intimität, sie haben einen freundschaftlichen, kameradschaftlichen Ton, der ganz unverfänglich ist. Denn für die Leute ist Madlon die junge Frau Goltz, ihr Mann ist in Afrika, warum und wo, weiß keiner, aber in gewisser Weise imponiert es ihnen, wenn sie im Wirtshaus erzählen: der junge Herr ist in Afrika.

Madlon sieht gut aus, jung, schön, sprühend vor Leben und Kraft, sie liebt Rudolf, sie liebt das Kind, sie ist voll ausgelastet mit Arbeit. Sie vermißt Jona nicht allzusehr, so gern sie sie hat, mittlerweile fühlt sich Madlon auf dem Hof ganz zu Hause, sie denkt und fühlt wie eine Bäuerin. »Das ist kein

Wunder«, erklärt sie Rudolf einmal in vollem Ernst. »Meine Mutter stammte von einem Bauernhof in den Ardennen. Als ich klein war, hat sie manchmal davon erzählt, später nicht mehr. Ich habe meine Großeltern nie kennengelernt, sie wollten von meiner Mutter nichts mehr wissen, weil sie einen Bergwerker geheiratet hat. Versteh ich auch nicht, warum sie das getan hat, sie hat die Hölle bei ihm gehabt. Sicher war es nur ein ganz kleiner Hof, und sicher waren sie sehr arm, da, wo sie herkam, aber es ist trotzdem schade, daß ich da nie hindurfte. Für uns Kinder wäre es schön gewesen. Und gesund! Vielleicht wäre Ninette dann nicht an der Schwindsucht gestorben.«

Nicht daß Jeannette eine Müßiggängerin ist, das würde Madlon nicht dulden. Es wird ihr ausreichend Arbeit zugeteilt, im Haus und in der Küche, nur keine Feld- und keine Stallarbeit, dafür eignet sie sich wirklich nicht. Aber das Federvieh ist ihr anvertraut, alle Hühner hat sie mit Namen versehen, der Hahn heißt Monsieur Le Coq, und wenn Nachwuchs kommt, kümmert sie sich mit Hingabe um das Gelege und um die Küken. Außerdem macht sie alle Näharbeiten, die auf dem Hof anfallen, und das ist nicht wenig. Das hat sie bei den Beginen gelernt, sie ist sehr geschickt, und wenn die Ausbesserungsarbeiten ihr Zeit lassen, schneidert sie für sich und für Madlon ein Kleid, das dann auch wirklich paßt. Sie tanzt um Madlon herum, steckt und zupft, kniet am Boden, den Mund voller Stecknadeln, und Madlon sagt: »Mon dieu, Kind, nimm die Nadeln aus dem Mund! Ich kann das gar nicht sehen. Wenn du eine verschluckst!« Aber Jeannette kann sogar lachen mit Nadeln im Mund, sie ist nie so fröhlich und gelöst, als wenn sie etwas Neues anfertigen darf, ein Kleid, einen Rock, eine Bluse.

»Das hat sie von mir«, stellt Madlon fest. »Ich habe ja früher auch wunderbare Kleider entworfen. Und meine Strickkleider, die waren sehenswert. Jetzt komme ich bloß nicht mehr dazu. Aber im Winter werde ich bestimmt wieder strikken.«

Madlons berühmte Strickkleider sind inzwischen auf dem Hof, sie hat immer wieder mal eines mitgebracht, wenn sie in

Konstanz war. In der Seestraße befinden sich nur noch wenige Sachen von ihr, ein paar elegante Kleider zum Ausgehen, aber die sind mittlerweile auch unmodern geworden.
Dic Strickkleider sitzen ein bißchen stramm, denn Madlon hat zugenommen, um die Hüften, am Busen, nicht viel, ein wenig, aber Strickkleider zeigen dies allzu deutlich. Obwohl sie den ganzen Tag auf den Beinen ist, hat sie zugenommen. Aber es schmeckt ihr selber gut, was sie kocht, und dann ist ja doch eine große Ruhe und Gleichmäßigkeit in ihr Leben gekommen. Behaglichkeit, Geborgenheit, Gemütlichkeit – was immer man für Provinzausdrücke gebrauchen will –, es ist eine Art von Leben, das Madlon nie, nie gekannt hat. Und es polstert nicht nur ihre Nerven und ihr Gemüt, es polstert auch ihre Hüften ein wenig aus.
Im vergangenen Frühjahr, als sie Kosarcz traf, war davon noch nichts zu bemerken. Er ist hingerissen, als er sie sieht. »Wie machst du das, Madlon? Du bist hübscher und jünger denn je.«
Kosarcz! Hat sie eigentlich noch an ihn gedacht? Doch, manchmal schon, wie sie an alles denkt, was sie erlebt hat. Sie hat nichts von ihrem Leben weggeworfen, alles gehört dazu, alles gehört ihr. Rudolf kennt ihre Lebensgeschichte, sie hat ihm viel erzählt, nicht alles natürlich, das tut eine kluge Frau nicht.
Kosarcz ist vorgekommen, die Sache mit dem Ring und den Dollars und daß er sie mitnehmen wollte nach Amerika. Es war ein Flirt, sagt sie. Daß sie mit ihm geschlafen hat, verschweigt sie.
»Wenn ich mit ihm gegangen wäre, dann wäre ich jetzt eine reiche Amerikanerin«, prahlt sie.
»Du bereust es also«, sagt Rudolf mit steifen Lippen.
»Kein bißchen. Ich bin jetzt auch eine reiche Frau. Die reichste Frau der Welt überhaupt.«
Der Anruf kam aus dem Inselhotel, und Berta holte Jona an den Apparat.
»Da isch oiner, der heißt so komisch, der will die Frau Madlon sprechen.«
»Joe Kosarcz hier«, sagt die Stimme am Telefon. »Ich bin ein

alter Freund von Madlon Goltz aus Berlin. Kann ich Madlon unter dieser Nummer erreichen?«

»Im Augenblick nicht«, erwidert Jona. »Meine Schwiegertochter ist drüben. Ich meine, am anderen Ufer des Sees.«

»Also ist sie noch hier am Bodensee?«

»Ja, freilich.«

»Ist es möglich, daß ich sie einmal sprechen könnte?«

»Wie lange bleiben Sie in Konstanz?«

»Nun, vielleicht morgen noch.«

»Ich werde Madlon verständigen. Sagen Sie mir bitte noch einmal Ihren Namen.

»Kosarcz, Josip Kosarcz, aus Berlin.«

Ein alter Freund von Madlon. Wieder einmal denkt Jona, daß man nun endlich Telefon auf dem Hof haben sollte.

Alter Freund, was heißt das schon? Es gibt diese und jene Freunde, und ob Madlon diesen sprechen will, ist die Frage. Sie spricht diesen Gedanken laut aus, und Muckl, der gerade bei ihr steht und das Gespräch mitgehört hat, legt den Kopf schief.

»Da müßte man die gnädige Frau Madlon fragen«, schlägt er vor.

»So schlau bin ich selber. Aber wie machen wir das? Ich könnte ein paar Zeilen schreiben, und du steckst sie in den Kasten, wenn du nachher in die Apotheke gehst.«

Muckl bekommt seine listigen Augen, wie Jona das immer nennt. »Vielleicht ist es doch etwas Wichtiges. Dann dauert es zu lange mit einem Brief. Wenn ich mich beeile, bekomme ich das Schiff noch. Die Emmi kann ja in die Apotheke gehen. Und wenn die gnädige Frau Madlon den Herrn sehen will, kann sie heute mit dem Abendschiff herüberkommen.«

Jona, an ihrem Schreibtisch sitzend, blickt zu Muckl auf und lächelt. Sie weiß, daß ihn die Neugier plagt. Er war schon jahrelang nicht mehr auf dem Hof, er würde gar zu gern wissen, was da drüben wohl vor sich geht. Die Nichte hat er kennengelernt, er weiß, daß sie nun Frau Moosbacher ist, von dem Kind hat er auch gehört. Aber das alles mit eigenen Augen einmal zu sehen, wäre schon interessant.

»Und wie kommst du hinaus zum Hof, Muckl?«

»Da können Sie beruhigt sein, gnädige Frau. Ich find schon einen, der mich fährt.«
Muckl ist inzwischen der Rüstigste im ganzen Haus, er ist nie krank, hat keinerlei Leiden, und er versorgt Carl Eugen, der ziemlich schwer hört und manchmal Magen- und Darmbeschwerden hat, sehr sorgfältig.
Nur weil er im Haus ist, kann Jona gelegentlich für einige Tage hinüberfahren, denn dann versorgt er auch Ludwig. Berta ist einfach zu schußlig und vergeßlich mittlerweile.
Madlon ist sofort Feuer und Flamme, als sie von dem unerwarteten Besuch erfährt, natürlich wird sie mit dem Abendschiff hinüberfahren und ihren guten Freund Kosarcz treffen.
Doch zunächst gibt es eine kleine Auseinandersetzung mit Rudolf. »So. Da wirst du mich also jetzt verlassen und nach Amerika auswandern. Bei euch ist das wohl so üblich, daß man von Zeit zu Zeit die Erdteile wechselt.«
»Was willst du damit sagen? Bei euch? Mon dieu, was soll ich denn da nur anziehen?« Sie wühlt in ihrem Schrank, der bescheiden ausgestattet ist. Auch die beiden Kleider, die Jeannette ihr geschneidert hat, kommen ihr nun zu simpel vor für ein Treffen mit Kosarcz. Sie überlegt, was noch drüben in der Seestraße hängt. Es ist Mai und schön warm, sie hatte da ein gelbes Leinenkleid mit dazu passender Jacke, noch aus Berlin, falls ihr das noch paßt – aber wie lang trägt man eigentlich jetzt die Röcke?
»Ich bin total verbauert«, ruft sie verzweifelt. Sie fährt sich mit beiden Händen durch das Haar. »Und zum Friseur muß ich morgen vormittag auch noch gehen.«
»So sieht es also aus, wenn man von einer Frau betrogen wird«, sagt Rudolf finster.
»Ganz genauso sieht es nicht aus, so fängt es höchstens an«, lacht sie ihn aus. Es ist schön, daß Rudolf eifersüchtig ist. Fast ein Jahr lang hat er sich allzu sicher gefühlt, Madlon war nur für ihn da, kein anderer Mann in Sicht.
Am nächsten Morgen trägt Muckl ein Briefchen in das Inselhotel, in dem Madlon mitteilt, daß sie sich gegen Mittag im Hotel einfinden werde und daß sie sich sehr freue, ihren guten Freund Josip wiederzutreffen.

Kosarcz

Josip Kosarcz, der sich jetzt Joe P. Kosarcz nennt – das P. steht für Petru –, freut sich, ist voll Ungeduld, macht nur einen kurzen Rundgang durch den Stadtgarten, lungert eine Weile am Hafen herum, besichtigt respektvoll das Konzilsgebäude, dann kopfschüttelnd den mickrigen kleinen Bahnhof dieser einstmals so bedeutenden Stadt. Können sie sich denn keinen besseren Bahnhof leisten? Das ist ja wie im amerikanischen Mittelwesten.

Dann kehrt er ins Hotel zurück, kämmt in seinem Zimmer noch einmal das volle dunkle Haar, das nur wenige weiße Fäden aufweist, spritzt ein wenig Eau de Cologne auf sein Taschentuch und hinter sein Ohr, tigert eine Weile unruhig durch das Hotel, umrundet zum viertenmal, seit er hier ist, den Kreuzgang mit seinen fabelhaften Bildern, die ihm ungeheuer imponieren. So etwas hat er noch nie gesehen, das gibt es nicht einmal in Amerika.

Als sie kommt, steht er vor dem Portal des Inselhotels und breitet weit die Arme aus, und Madlon schmiegt sich bereitwillig hinein.

»Madlon, Täubchen, darling mine.« Er küßt sie, schiebt sie dann ein Stück zurück und betrachtet sie genau. »Madlon, wie machst du das? Du bist hübscher und jünger denn je.«

Sie gehen auf die Terrasse des Hotels, denn er will ihr unbedingt den Blick von dort aus zeigen.

»Aber ich kenne ihn«, sagt Madlon. »Ich sehe fast dasselbe. Siehst du, da drüben über der Brücke, das ist die Seestraße, da steht das Goltzhaus.«

Er wiegt anerkennend den Kopf. »Nicht schlecht. Da hast du dich also in ein warmes Nest gesetzt.«

»Genaugenommen in zwei. Aber dabei gibt es auch gewisse Komplikationen.«

»Das kann ich mir denken. Ich kenne dich schließlich.«
»Das denkst du. Du kennst nur ein kleines Stück von mir.«
»Du wirst mir alles erzählen. Aber jetzt sieh da hinüber – dieser See, diese Berge. Oben liegt noch Schnee, hier blitzt die Sonne über dem Wasser, und die Vögel schreien vor Lust. Hörst du sie? Was für ein Glanz! Was für eine Pracht! Ich sehe das alles von oben aus auch, denn ich habe ein Zimmer mit zwei riesigen Balkontüren auf den See hinaus. Ich kann mich nicht satt sehen daran.«
»Du hast dir auch die schönste Jahreszeit ausgesucht. Das ganze Land steht in Blüte.«
Eine Weile reden sie kreuz und quer durcheinander, es ist gar keine Fremdheit zwischen ihnen, in gewisser Weise sind sie aus dem gleichen Holz gemacht, sie aus dem Lütticher Kohlenbecken stammend, er vom Fuße der Karpaten her, sie aus dem belgischen Königreich, er aus dem alten Habsburger Reich herkommend, beide armer Leute Kind, mit der Gabe, das Leben zu packen und es nach eigenem Willen zu formen. Wo kommst du her, wieso bist du hier, wie geht es dir denn? Lebst du gern hier? Eine hübsche kleine Stadt. Wie geht es deinem Mann? Was treibst du den ganzen Tag? Und wo warst du eigentlich gestern?
Was? Jacob ist in Afrika? Wieso denn das? Was macht er dann da?
Gleich, sag mir erst, wo du mit einemmal herkommst? Bist du noch in Amerika? Ausschauen tust du fabelhaft.
Sie sitzen auf der Terrasse im Sonnenschein, trinken ein paar Cocktails, die ein lächelnder Ober aus der Bar bringt, Madlon trägt das gelbe Leinenkleid, es paßt noch ausgezeichnet, ihr Haar ist frisch onduliert, sie hat sich wieder einmal ein wenig geschminkt, ihre Augen strahlen.
Kosarcz trägt einen hellgrauen maßgeschneiderten Anzug mit dunkelblauer Krawatte, er ist ein Herr der Oberschicht, das kann man sogleich sehen, der kleine Akzent, der seinem Deutsch anhaftet, stört gar nicht. Und er kommt gerade aus Genf, wie Madlon schließlich erfährt, er hatte beim Völkerbund zu tun.
»Beim Völkerbund? Bist du neuerdings in der Politik?«

Man müsse nicht unbedingt Politiker sein, um gelegentlich Verbindungen zum Völkerbund zu pflegen, erfährt sie.
Von Genf aus ist er nach Zürich gefahren, auch eine schöne Stadt an einem blitzblauen See, und dort kam ihm der Gedanke, daß es gar nicht so weit sein könnte bis zu dem nächsten See, bis zu Madlon.
»Ich wußte ja nicht, ob du noch hier bist. Aber ich habe versprochen, daß ich mich nach einem Jahr nach deinem Befinden erkundigen werde. Es hat etwas länger gedauert, aber nun bin ich da.«
»Um mich nach Amerika mitzunehmen?«
Er zögert ein wenig, fragt dann: »Möchtest du?«
»Was würdest du für ein Gesicht machen, wenn ich ja sage?«
Er lacht.
»Du bringst mich nicht in Verlegenheit. Wenn du mitkommen willst, nehme ich dich mit. Für dich habe ich immer einen Platz in meinem Leben.«
»Hm«, macht Madlon, »klingt ja komisch. Ein Nebenplatz? Zweite Reihe oder so?«
Er weicht aus, möchte wissen, warum Jacob in Afrika ist und was er da macht.
»Was er macht, weiß ich auch nicht. Und warum er dort ist, weiß er vermutlich selber nicht.«
»Und du wolltest nicht mit ihm dorthin?«
»Nein, bestimmt nicht. Du hast ja gerade selbst gesagt, wie schön es hier ist. Außerdem – ich lebe mit einem anderen Mann.«
Kosarcz nickt mehrmals und meint, das überrasche ihn nicht so sehr. Nur finde er es in diesem Fall erstaunlich, daß sie hiergeblieben ist.
»Die Dame, mit der ich gestern telefoniert habe, nannte dich ›meine Schwiegertochter‹.«
»Das stimmt, ja. Jona ist meine Schwiegermutter.«
»Und sie toleriert es, daß du mit einem anderen Mann lebst? Dann hat Jacob also auch eine andere Frau.«
»Das ist alles nicht mit zwei Worten zu erklären. Es ist eine lange Geschichte. Sie wird dich sicher langweilen.«

»Das glaube ich kaum. Aber vorher sag mir eins: Liebst du diesen Mann, bei dem du jetzt bist?«
Sie nickt heftig mit dem Kopf. »Ja, sehr.«
»Mehr als mich?« fragt er eitel.
Sie lacht. »Das ist etwas anderes. Ich lebe mit ihm zusammen. Wir arbeiten zusammen. Wir haben –«, beinahe hätte sie gesagt, wir haben ein Kind. Sie vergißt manchmal, daß der kleine Ludwig nicht wirklich ihr Kind ist.
»Ihr arbeitet zusammen? Nun verstehe ich gar nichts mehr. Erzähl es mir!«
»Später. Es ist nämlich wirklich eine lange Geschichte. Erst möchte ich wissen, warum ich nur noch einen Nebenplatz in deinem Leben bekommen kann.«
Er hat geheiratet, vor vier Monaten. Sie ist die Tochter eines reichen Zeitungsherausgebers aus New Jersey, war schon einmal mit einem Modearchitekten verheiratet, ist lukrativ geschieden, hat ein Traumhaus an der Atlantikküste, zwei Kinder aus erster Ehe, die von ihrem Daddy gut versorgt werden.
Er hat auch ein Bild parat. Eine schlanke, langbeinige Frau, sie lehnt an dem Mast einer Segelyacht, ihr blondes Haar weht im Wind, sie zeigt ein tadelloses Gebiß.
Sie kann höchstens – Madlon überlegt, bei Amerikanerinnen läßt sich das schwer schätzen, auf jeden Fall ist sie weit jünger als er.
»Glücklich?« fragt sie und ist nun doch ein wenig enttäuscht.
»Man wird sehen. Bis jetzt geht es gut. Sie ist verwöhnt, aber selbständig. Verheiratet war ich schnell, eine Amerikanerin läßt einem keine Zeit zum Überlegen. Entweder wird geheiratet oder Schluß. Da habe ich sie geheiratet. Nicht wegen Geld, das habe ich selber. Aber sie hat sehr nützliche gesellschaftliche Verbindungen, die mir gefehlt haben. Sie ist meist guter Laune, sehr sportlich, sehr aktiv, kameradschaftlich, im Bett natürlich nicht zu vergleichen mit dir –«
»Mon dieu, Josip!«
»Ich meine nur. Die Kinder sind in der High-School, die stören weiter nicht. Ja, so ist das.«

Sie wechseln in den ersten Stock ins Restaurant zum Mittagessen, nachdem er vorher noch einmal mit ihr um den Kreuzgang gewandelt ist, um ihr die Bilder zu zeigen. Madlon kennt sie schon, Jacob hat sie ihr längst gezeigt.
Das neueste Bild interessiert ihn mehr als die alten.
»Kaiser Wilhelm bei seinem Besuch in Konstanz, 1888. Hast du so etwas schon einmal gesehen?«
»Na ja, eben hier. Es ist eines der schönsten Hotels in Deutschland, sagt Jacob. Früher war es ein Kloster, und dann gehörte es einer Familie, die aus Genf gekommen war, die machten eine Art Textilfabrik daraus. Und Zeppelin ist in diesem Haus geboren.«
»Ja, ich weiß. Ich habe das gestern abend schon ausführlich studiert. Du lebst hier inmitten großer Geschichte, Madlon. Was alles in dieser Stadt passiert ist! Das Konzil –«
»1414 bis 1418«, plappert Madlon mechanisch, denn inzwischen kennt sie sich aus mit dem Konstanzer Konzil. »Und Johan Hus ist hier verbrannt worden. Du weißt doch hoffentlich, wer das ist.«
»Natürlich weiß ich, wer das ist. Er ist ja fast ein Landsmann von mir.«
»Ich dachte immer, du wärst Ungar.«
»Nicht direkt. Ich stamme aus der ostböhmischen Ecke.«
Sie essen sehr gut und trinken hellen Bodenseewein dazu. Später machen sie einen Stadtbummel, sie soll ihm alles zeigen, aber wie sich herausstellt, hat er den Tag gut genutzt, den er bereits da war, er kennt sich gut aus in der Stadt. Das Münster hat er schon besichtigt, auch die Stephanskirche und einige der berühmten alten Gebäude. So schlendern sie also durch die Theatergasse in die Stadt hinein bis zum Münsterplatz, Madlon zeigt ihm das Haus der Familie, erzählt ein bißchen von den Verwandten, ihre eigene Geschichte kennt er noch nicht, sie ist ausgewichen. Er hat sie nicht gedrängt, er spürt, daß es eine schwierige Geschichte ist und daß manches sie auch belastet.
Durch die Katzgasse, die Untere Laube entlang, kommen sie schließlich zum Pulverturm und somit zum Untersee und gehen dann den Rheinsteig entlang bis zur Brücke.

»Hier fließt der Rhein aus dem Bodensee heraus, weißt du. Von hier geht er auf seine weite Reise.«
»Und er hat schon vorher ein gutes Stück hinter sich gebracht, seit er von den Schweizer Bergen herunterkam. Ich finde den Gedanken trotzdem verwunderlich, daß ein Fluß in einen so großen See fließt, seine Strömung und seine Richtung behält, und auf der weit entfernten anderen Seite wieder herauskommt und einfach weiterfließt. Das ist schon etwas ganz Einmaliges.«
»Ja, da hast du eigentlich recht«, sagt Madlon, selbst erstaunt. Ihr ist warm, das Jäckchen hat sie ausgezogen, ihr Gesicht glüht, ihre Füße brennen, sie ist das Stadtleben nicht mehr gewöhnt.
Am Rheintorturm bleiben sie stehen.
»Hier geht es hinein in die Altstadt, die sogenannte Niederburg. Es ist zwar alles alt hier, aber da ist es noch ein bißchen mehr älter. Aber offen gestanden habe ich jetzt keine Lust, auf dem Kopfsteinpflaster herumzulaufen. Willst du mit in die Seestraße kommen? Wir könnten Tee trinken oder was du sonst magst.«
»Wenn ich richtig verstanden habe, ist dort zwar nicht Jacob, aber seine Familie.«
»Ich habe eine Wohnung für mich.«
»Und der Mann, von dem du gesprochen hast, ist der nicht dort?«
»Nein, der ist drüben.« Sie hat sich das nun auch angewöhnt, hebt den Arm und weist mit einer vagen Geste über den See.
»Wenn es dir recht ist, mache ich folgenden Vorschlag: Du gehst in deine Seestraße und ruhst dich ein wenig aus, und ich tue dasselbe im Hotel. Die Familie muß ich nicht unbedingt kennenlernen, nicht wahr? Wenn du mit mir kommen willst, geht das auch ohne die Erlaubnis deiner Schwiegermutter. Oder?«
Sie muß lachen. »Ich glaube nicht. Wenn du sie kennen würdest, hättest du das eben nicht gesagt. Sie ist die Herrin über alles, was ... was ... wie sagen sie immer? über alles, was kreucht und fleucht.«

Sie spricht das sehr drollig aus, und Kosarcz lacht auch. »Wenn ich mit dir komme«, fragt sie, »was für eine Rolle spiele ich dann, wenn es schon nicht die Hauptrolle ist?«
»Das wird sich arrangieren lassen.«
Sie küßt ihn auf die Wange.
»Ich bin sehr glücklich verliebt, weißt du. Und ich werde nicht mit dir gehen. Aber ich freue mich, daß du da bist.« Für den Abend verabreden sie sich wieder zum Essen, und sie verbringen die nächsten drei Tage zusammen, sie fahren mit dem Schiff einmal auf die Insel Mainau, die in leuchtender Farbenpracht blüht, einmal auf die Reichenau, deren alte Kirchen Kosarcz still und ehrfürchtig machen.
Am dritten Tag mietet er ein Auto, obwohl er eigentlich längst in London sein müßte, wie er sagt. Er hat dort noch einiges zu erledigen, und in einer halben Woche geht sein Schiff, das ihn in die Staaten zurückbringt. Aber nun fahren sie erst einmal mit dem Auto auf der Schweizer Seite den Untersee entlang, queren hinüber nach Stein am Rhein, das auch Madlon noch nicht kennt, und fahren inmitten blühender Bäume um den ganzen Gnadensee und Zellersee nach Konstanz zurück.
Das ist ein langer Tagesausflug, der sie beide müde gemacht hat, und es ist nun auch ihr letzter Tag.
Inzwischen kennt er natürlich Madlons ganze Geschichte, sie hat ihm alles erzählt – Jona, der Hof, Rudolf –, so, in dieser Reihenfolge; Jeannette und das Kind.
»Du hast viel erlebt in der kurzen Zeit, die wir uns nicht gesehen haben«, meint er. »Wie lange ist es her?«
»November 23. Als du mir die Dollars gabst.«
»Ein ganzes Jahr und ein halbes. Erstaunlich, was du da alles angestellt hast. Und wie soll es weitergehen?«
Sie zieht die Schultern hoch.
»Wer weiß das schon.«
»Ich denke an Jacob. Wie soll es mit ihm weitergehen?«
»Ich habe keine Ahnung. Er ist in Südwestafrika, seit kurzem erst. Sein Vater bekam ein Telegramm, daß er gut angekommen ist. Ich werde wohl keine Nachricht von ihm bekommen. Ich hoffe, er kann dort finden, was er sucht.«

»Was er sucht? Was sucht er denn, Madlon?«
»Das weiß ich nicht.«
»Du solltest es aber wissen. Niemand kennt ihn so gut, wie du ihn kennst. Ich würde sagen, er sucht dort gar nichts, und darum kann er auch nichts finden. Er ist einfach nur fortgelaufen. Deinetwegen. Das Beste, was er je gefunden hat, das warst du.«
»Ach«, macht sie. Sie fühlt sich unbehaglich unter seinem ernsten Blick.
»Ich finde es nicht gut, Madlon, daß du ihn verlassen hast. Auch wenn du behauptest, diesen Rudolf zu lieben, du hättest Jacob nicht verlassen dürfen.«
»Du machst mir Spaß«, sagt sie mit unterdrücktem Zorn. »Du wolltest mich mitnehmen nach Amerika. Ohne Jacob. Da hätte ich ihn ja auch verlassen müssen.«
»Aber du bist nicht mit mir gekommen. Du hast damals gesagt: Ich kann Jacob nicht verlassen. Er braucht mich.«
»Ja. Das habe ich gesagt.«
»Und nun? Braucht er dich nicht mehr?«
»Ich habe dafür gesorgt, daß er hierher zurückgekommen ist. Zu seiner Familie. Vorher hat er mich wirklich gebraucht.«
»So viel scheint ihm ja seine Familie nicht zu bedeuten. Ohne dich wird er immer allein sein.« Das klingt unvermutet ernst, Madlon fühlt sich unsicher und ins Unrecht gesetzt.
Sie weiß das ja alles selbst. Der Gedanke an Jacob ist eine ständige Belastung, auch wenn sie ihn im Ansturm täglicher Arbeit beiseite schieben kann. Und sie weiß auch, daß es Jona ähnlich ergeht wie ihr. Beide haben sie Jacob verraten. Einmal, ein einziges Mal, hat Jona das ausgesprochen, es ist noch gar nicht lange her.
»Nur habe ich es schon viel früher getan als du«, fügt sie hinzu. »Mir kommt es heute vor, als hätte ich ihn als Kind schon im Stich gelassen. Ich habe ihn zwar soviel wie möglich mitgenommen auf den Hof, aber damit wollte ich ihn zu einem Leben zwingen, das er nicht haben wollte. Darum ist er weggelaufen. Das verstehe ich alles heute erst.« Sie seufzte unglücklich. »Ich bin eine schlechte Mutter. Und du bist eine schlechte Frau, du hast ihn auch im Stich gelassen.«

Was soll Madlon darauf erwidern? Daß sie sehr lange zu ihm gehalten und schwere Zeiten mit ihm durchgestanden hat? Das ist nun vorbei, und es gilt nicht mehr. Jetzt hat Jona recht mit dem, was sie denkt und sagt.
Und Kosarcz sagt es nun auch.
An diesem letzten Abend essen sie noch einmal im Hotel, sie sind müde von der langen Fahrt, am nächsten Tag will er früh aufbrechen, er hat sich einen Chauffeur bestellt, der ihn nach Basel bringen wird, von wo aus er über Paris nach Ostende fährt und von dort mit dem Fährschiff nach London.
Zwei Dinge hat er sich bis zum Schluß aufgehoben.
Er gibt ihr eine Karte, auf der sein Name, eine Adresse und eine Telefonnummer stehen.
»Das ist mein Büro in New York«, sagt er, »dort kannst du mich immer erreichen, oder man wird dir sagen, wo ich zu finden bin. Mein Sekretär kennt deinen Namen ja, und ich werde ihm sagen, daß ich für dich immer zu sprechen bin.«
Es ist immer noch der junge Mann, den Madlon zuletzt in der Grunewaldvilla gesehen hat, Kosarcz hat ihn mitgenommen nach Amerika und ist höchst zufrieden mit ihm.
»Ich kann ihm vertrauen«, sagt er.
Später, nach dem Börsenkrach im Jahre 1929, bei dem Kosarcz sein ganzes Geld verliert, wird ihn seine Frau verlassen, und der einstige Leutnant aus des Kaisers Armee wird nach Deutschland zurückkehren und dort eine neue Karriere starten, in der zukunftsträchtigen Partei eines gewissen Adolf Hitler, in der man einen Mann mit speziellen amerikanischen Finanzkenntnissen gut gebrauchen kann.
Aber davon kann jetzt, im Mai des Jahres 1925, noch keiner etwas wissen.
Vielleicht ahnen? Oder eigentlich doch wissen? Denn zu jeder Zeit gibt es kluge Leute mit einem unvernebelten Verstand, der rechnen kann. Der Krieg war teuer, und der unkluge Vertrag von Versailles hat den Frieden zu einer fragwürdigen Sache gemacht. Und Schulden anwachsen lassen, anstatt zu beseitigen. Auch der große Betrug der Inflation kann an Tatsachen nichts ändern. Der kluge Rechner wird erkennen,

daß die Wirtschaft der mittleren zwanziger Jahre nur eine Scheinblüte erlebt. Weil er genau weiß, daß jede Rechnung einmal präsentiert wird. Jede.
Ein erfahrener Kopf wie Ludwig Goltz vermutet es genauso, wie sein Schlaukopf von Schwiegersohn es weiß. Nicht umsonst redet Bernhard Bornemann immer nur vom Sparen und legt die Hände sorgsam auf das Geld und leidet um die verschwendeten Summen, die Jacob Goltz zufließen.
Seltsam, daß ein so geschickter Rechner wie Josip Kosarcz es nicht einkalkuliert hat. Aber er ist und bleibt ein Herr Neureich, keiner, dem der Umgang mit Geld im Blut steckt, der es in den Fingerspitzen fühlt, wann es kommt und wann es geht. Doch im Blut steckt ihm der Argwohn des Emporkömmlings. Denn am Ende dieses Abends greift er in die Jackentasche und legt den Ring vor Madlon auf den Tisch, ihren Ring mit dem großen funkelnden Diamanten.
»Ich möchte ihn dir wiedergeben.«
»Aber –«
»Amerikanische Frauen legen großen Wert auf diese Dinger. Möglicherweise haben sie recht. Ich sagte seinerzeit, ich würde ihn für dich aufheben. Nun, hier ist er. Vielleicht kannst du ihn eines Tages brauchen.«
Madlon zögert, nach dem Ring zu greifen.
»Aber – du hast ihn bezahlt.«
»Also schenke ich ihn dir. Vielleicht paßt er dort nicht hin, wo du jetzt lebst, dann lege ihn in einen Banksafe. Der Teufel ist ein Eichhörnchen und die Erde, auf der wir leben, ein außerordentlich unsicheres Pflaster.«
Madlon streift den Ring über ihren Finger, er gleitet mühelos darüber, er paßt ihr noch, sie betrachtet ihn entzückt wie einen wiedergefundenen Freund.
Eine Stunde später liegt Madlon auf ihrem Bett und weint, warum, das weiß sie selber nicht. Sie hat ein paar wunderschöne Tage mit einem alten Freund verlebt, morgen fährt sie heim zu Rudolf und dem Kind, aber in dieser einsamen Nachtstunde denkt sie nur an Jacob. Der Ring an ihrem Finger brennt wie eine Wunde. Für ihn hat sie ihn damals verkauft, um ihm zu helfen.

Und was hat sie jetzt daraus gemacht?
Ohne dich wird Jacob immer allein sein, hat Kosarcz gesagt, und das hat er ganz ernst gemeint.
Auch das Leben ist eine Rechenaufgabe, die sich nicht lösen läßt. Wie kann ein Mensch jemals glücklich sein, wenn er sein Glück mit dem Unglück eines anderen bezahlt.
Eine Zeitlang war das Leben doch so leicht für Madlon. Aber auch das war nur scheinbar so.
Das Haus in der Seestraße hat Kosarcz nicht betreten, und er war nicht drüben am anderen Ufer. Er hat den Hof nicht gesehen, nicht Rudolf, nicht das Kind, nicht die Traumtänzerin. Er wollte es nicht, und Madlon wollte es eigentlich auch nicht. Obwohl es schade ist, daß er Meersburg und Überlingen und die blühenden Bäume drüben nicht gesehen hat.
Es gibt so manches im Leben, das sich nicht vereinigen läßt. Höhere Mathematik, Linien, die sich im Unendlichen treffen, für ein menschliches Hirn und erst recht für ein menschliches Herz muß so vieles ein Rätsel bleiben.
»Man kann nicht zwei Leben leben«, hat Jona gesagt. Sie selbst hat so eine Art Rückweg jetzt gefunden, aber natürlich ist es dafür nun längst zu spät.
Eine stille, in sich gekehrte Madlon kommt am nächsten Tag auf den Hof zurück und findet einen völlig verstörten Rudolf vor. Jeannette sieht verheult aus, es muß dunkel gewesen sein in den Tagen, in denen Madlon nicht da war.
»Ach, laß mich in Ruhe«, sagt sie abweisend zu Rudolf, als der mit Eifersuchtszenen aufwarten will. Zum erstenmal gibt es eine Trübung in ihrer Beziehung, gibt es Tage, an denen sie aneinander vorübergehen. Die tägliche Arbeit, der Umgang mit dem Kind bringen Madlon bald wieder ins Gleichgewicht, sie ist ja im Grunde keine Grüblerin und hält sich selten damit auf, sich selbst und das Leben zu analysieren.

Das Testament

Im Herbst desselben Jahres, und zwar noch ehe Ludwig sich wirklich krank fühlt, führen er und Jona wieder einmal ein ernstes Gespräch.

Während der Obsternte war sie für etwas längere Zeit drüben gewesen, Anfang Oktober kommt sie zurück.

»Ich möchte ein Testament machen, Ludwig«, sagt sie.

»Und wie hast du es dir gedacht?« fragt er sachlich.

»Ich weiß es nicht. Ich will mit dir darüber sprechen.«

»Ich höre, Jona.«

»Normalerweise ist es doch so, daß du mein Erbe bist, wenn ich sterbe.«

»Ich und die Kinder.«

Er kommt ihr nicht mit albernen Sentimentalitäten, er spricht genauso ernst wie sie und, wie immer, versteht er sie. »Und was du denkst, ist folgendes: Ich werde auch nicht ewig leben, und dann fällt mein Erbteil ebenfalls an die Kinder.«

»Ja«, sagt sie erleichtert. »Darüber habe ich nachgedacht. Was werden sie mit meinem Hof machen?«

»Nun, Agathe und Imma hatten nie Interesse an dem Hof. Und Jacob, auf den kommt es dir wohl hauptsächlich an, hat es zu jeder Zeit seines Lebens abgelehnt, auf dem Hof zu leben und zu arbeiten.«

»Agathe hat Familie, und ihr Mann hat die Fabrik. Imma hat Familie, und ihr Mann führt die Kanzlei«, spricht Jona ihre Gedanken aus, die sie zuletzt in einigen schlaflosen Nächten geplagt haben, »keiner von ihnen wird sich um den Hof kümmern. Daß Jacob eines Tages noch Bauer werden will, das hältst du doch auch nicht für möglich. Oder?«

»Offen gestanden, nein. Wenn er es gewollt hätte, dann hätte er es bei dir lernen müssen, und das hat er abgelehnt. Bei Rudolf wird er es kaum lernen wollen.«

»Bleiben die Kinder von Agathe und Imma.«
»Zum Teil sind sie noch zu jung, um in diesem Punkt eine Meinung zu haben. Die Größeren, also Carl Heinz und Hortense, eignen sich nicht für ein Bauerndasein. Seltsamerweise haben sie beide künstlerische Interessen, die ich, nebenbei bemerkt, höchstens bei Carl Heinz ernst nehme. Er macht nächstes Jahr Abitur und will Musik studieren. Wir sprachen kürzlich einmal davon. Weder Agathe noch Henri sind begeistert, Henri möchte natürlich einen Nachfolger in der Fabrik, aber er hat ja schließlich noch einen Sohn. Ich kann es nicht beurteilen, ob der Bub begabt genug ist für einen so schweren Beruf. Ich will nicht sagen, daß es in unserer Familie niemals eine künstlerische Begabung gegeben hätte, aber jedenfalls ist es eine Weile her. Von meiner Großmutter sagte man, daß sie musikalisch gewesen sei und sehr schön gesungen habe, natürlich nur in privatem Kreis. Ich habe das nicht gehört, jedenfalls nicht mit Bewußtsein. Sie starb, als ich drei Jahre alt war.«
Es ist schön, daß er so lange und so ausführlich darüber redet, das gibt Jona Zeit, klar zu denken und das Thema ohne Emotionen zu behandeln.
»Sie war es übrigens, die den Namen Carl mit C in unserer Familie etablierte. Ich glaube, ich habe dir schon einmal davon erzählt. Sie verliebte sich als ganz junges Mädchen unsterblich in einen französischen Marquis, der während der Revolution aus Frankreich geflohen war und schließlich hier ein Exil fand. Mit Vornamen hieß er Charles. Abgesehen davon, daß der Marquis arm war und dabei sehr arrogant – diese Weisheit stammt von meinem Großvater –, war er auch noch gut und gern dreißig Jahre älter als die spätere Madame Goltz. So wurde also nichts daraus. Sie heiratete dann meinen Großvater und hat *ihm* etwas vorgesungen. Sie bekam drei Söhne, und die heißen Charles Edmund, Charles Amadeus – nach Mozart, den sie heiß verehrte – und Charles Joseph. Möglicherweise bezog sich das auf Haydn. Jedenfalls sollten sie so heißen, mein Großvater machte Carl daraus. Aber er ließ ihr das C. Das hohe C, wenn du so willst.«
Jona lacht.

»Ludwig, du bist einmalig. Du weißt nicht, wie sehr ich dich liebe.«

»Ach, mein Lieberle«, sagt er zärtlich.

Dann kommen sie ohne lange Umwege auf die Gegenwart zurück. »Also, die Kinder«, sagt Ludwig. »Die Zweitälteste ist Hortense, und sie hat ebenfalls künstlerische Ambitionen. Sie weiß noch nicht genau, ob sie Schauspielerin werden will, Sängerin oder doch lieber Malerin. Sie könne alles gleich gut, hat sie mir unlängst erklärt. Und dabei Proben ihres Könnens in jedem Fach abgelegt. Beeindruckend, wie ich zugeben muß.«

»Jetzt, als ich drüben war?«

»Ja. Eins der Kinder kam immer zu Besuch. Agathe sorgt da sehr nachdrücklich dafür.«

Nicht daß es für Ludwig immer so erwünscht ist. Kinder sind anstrengend, und er will ihnen gerecht werden, aber manchmal wäre er lieber allein gewesen und hätte seine Ruhe gehabt. »Rein äußerlich ist sie eine bestrickende Erscheinung, aber ja noch ein Kind. Ihre Leistungen in der Schule lassen zu wünschen übrig, wie sie selbst freimütig zugibt. Wie auch immer, ich glaube kaum, daß sie Bäuerin werden möchte. Womit wir also wieder in medias res gehen können. Du machst dir Sorgen, was aus dem Hof werden soll und vermutlich auch, was mit Rudolf geschieht.«

»Ja«, gibt Jona erleichtert zu, »genauso ist es. Und darum will ich von dir wissen, was unsere Erben mit dem Hof machen werden.«

»Vermutlich werde ich vor dir sterben, also ist es nur recht und billig, daß du dein Testament bedenkst. Ich habe natürlich ein Testament gemacht, das aber in keiner Weise originell ist, denn es teilt dir und den Kindern zu, was euch ohnedies zukommt. Was sollte ich auch sonst tun?«

»Ja, bei dir ist es einfach«, sagt sie ungeduldig. »Aber was wird aus meinem Hof?«

»Du sagst mit Recht: *mein* Hof, denn es ist dein Hof und nur deiner, keiner hat sich ein Anrecht daran erworben. Deine Arbeit, die Arbeit deines Vaters und schließlich Rudolfs Arbeit haben ihn erhalten und über schwere Zeiten gebracht und sogar vergrößert. Was damit geschieht? Ich glaube, ich kann es dir ziemlich genau sagen. Bernhard wird versuchen, ihn zu verkaufen.«

Jona senkt den Kopf. »Das habe ich mir auch gedacht.«

»Was sollten die Kinder auch sonst damit anfangen? Du mußt versuchen, gerecht zu sein. Sie lieben den Hof alle nicht, denn der Hof hat ihnen einen großen Teil ihrer Mutter genommen. Das ist kein Vorwurf, nur eine Feststellung. Bernhard sieht es logischerweise rein finanziell. Fragt sich nur, ob sich der Hof in der heutigen Zeit verkaufen läßt. Ob er sich a) überhaupt verkaufen läßt oder b) nur mit großem Verlust. Letzteres würde Bernhard nicht tun. Also würde er einen Pächter auf den Hof setzen, der eine anständige Pacht bezahlen müßte. Das könnte im Zweifelsfalle Rudolf sein, denn er kennt sich drüben am besten aus. Womit ich mich nicht auskenne, das sind die Gefühle des Herrn Bernhard Bornemann. Falls er welche hat. Ob es ihm möglicherweise eine gewisse Genugtuung bereiten würde, Rudolf Moosbacher vom Hof zu weisen, der dann der Familie Goltz/Bornemann gehört. Bei Agathe wäre es gewiß so, das weiß ich. Bleibt Jacob. Nun, über dessen Gefühle in diesem Punkt gibt es wohl kaum Zweifel.«

»Du sprichst genau das aus, was ich denke«, wiederholt Jona.

»Das ist alles nicht so schwer zu erkennen«, meint Ludwig. »Und was du möchtest, das weiß ich auch. Du möchtest, daß Rudolf den Hof erbt.«

»Mein Gott, Ludwig, das kann ich doch nicht tun! Ich kann doch nicht die Kinder enterben um eines Fremden willen.«

»Bitte, Jona, du bist noch nie sentimental und noch nie verlogen gewesen. Rudolf ist für dich kein Fremder. Und was dir am Herzen liegt, ist das Fortbestehen des Hofes, und das wäre bei Rudolf in besten Händen. Außerdem möchtest du, daß Rudolf dableiben kann, wo er hingehört. Und das Recht dazu hat er sich in über zwanzig Jahren Arbeit erworben. Ein wenig denkst du auch an Madlon.«

»Ich denke an alle drüben«, sagt Jona leise. »An Rudolf, an Madlon, an den kleinen Ludwig. Wo sollen sie denn alle hin?

Rudolf wird im nächsten Monat einundfünfzig. Er kann doch kein neues Leben mehr beginnen.«
»Soweit ich mich erinnere, erwog er im vergangenen Jahr, nach Amerika auszuwandern, nicht wahr?«
»Ach, das war doch Unsinn.«
»Kommt natürlich darauf an, wie lange er noch auf dem Hof arbeiten kann. Auch er ist nicht unsterblich. Und soviel jünger als du ist er nicht, Jona. Die Nachfolge auf dem Hof bleibt in jedem Fall ungesichert.«
»Ja, man kann hin und her denken, wie man will, man kommt zu keinem Ergebnis.«
»Kommt dazu, daß ein Testament, das allein Rudolf begünstigt, von Bernhard angefochten werden würde.«
»Sie haben doch alle ihr Haus«, sagt Jona kummervoll. »Und mehr als das. Agathe hat die prächtige Villa, Bernhard hat das am Münsterplatz, und das Haus hier erben sie auch noch, und Jacob hat das Haus vom Onkel General in Bad Schachen. Findest du nicht, daß sie alle sehr gut versorgt sind? Warum sollten sie Rudolf und Madlon denn vertreiben wollen?«
»Ach, Lieberle, weil die Menschen so sind. Und sie sind nie so bösartig, als wenn es ans Erben geht. Was habe ich im Laufe meiner Praxis in dieser Beziehung alles erlebt. Manchmal habe ich mir gedacht, Erbschaften müßten überhaupt abgeschafft werden. Andererseits gewähren sie natürlich einen gewissen Bestand an Werten. Und Gerechtigkeit, nicht wahr, Gerechtigkeit gibt es nun einmal nicht auf unserer schönen Erde.«
»Was sollen wir also tun?« fragt sie ungeduldig.
»Ich werde darüber nachdenken. Gründlich.«
Das tut er, auch wenn sich sein Zustand im Herbst und Winter zusehends verschlechtert. Er zieht auch seinen Bruder zu Rate, denn er weiß, daß Carl Eugen in diesem Punkt sachlich denken kann, und ein gerissener Advokat war er zeit seines Lebens. Auch ist er schon zu alt, um eigene Interessen zu haben oder familiäre Sentimentalitäten zu pflegen.
Die Brüder sind sich einig darüber, daß Rudolf sich um den Hof verdient gemacht hat und daß Jona das Recht hat, mit ihrem Eigentum zu machen, was sie will.

Zusammen klügeln sie ein raffiniertes Testament aus, in dem Rudolf Hauptbegünstigter ist und Madlon Nebenerbe; via Madlon hätte dann also auch Jacob ein gewisses Erbrecht. Wie sich das im Ernstfall zwischen diesen drei Menschen abspielen würde, läßt sich beim besten Willen nicht vorausberechnen. Noch weniger allerdings, was Bernhard Bornemann unternehmen wird, er ist mindestens so raffiniert wie die beiden alten Herren, und er hat den Vorteil auf seiner Seite, daß er sie höchstwahrscheinlich alle überleben wird.

Ganz zufriedengestellt ist Jona nicht, kann sie gar nicht sein. Der Hof ist nun einmal das Herzstück ihres Lebens, sie weiß schließlich auch genau, was er ihrem Vater bedeutet hat, und darum ist die Vorstellung, er könne eines Tages in fremde Hände geraten, verkauft, verschleudert, versteigert werden, für sie ein Albtraum.

Sie fährt sogar einmal um diese Zeit, es ist mitten im Winter, mit dem Zug nach Radolfzell, um ihren Bruder Franz zu besuchen und ihm ihr Herz auszuschütten.

»Johanna«, sagt er, er nennt sie immer bei ihrem vollen Namen, nie mit der gebräuchlichen Abkürzung, »Johanna, sei nicht so töricht. Aller Besitz auf Erden ist eitel. Ist nur geliehen und darum auch kein wirklicher Besitz. Ich sage das jetzt nicht als Priester, sondern ganz praktisch gesehen. Hast du nicht miterlebt in den letzten zehn Jahren, was Menschen alles verloren haben, was sie hergeben mußten, und nicht nur Haus und Hof, nicht nur Geld und Gut, vor allem doch Menschen, die sie liebten. Männer, Brüder, Söhne. Wenn ich an den Krieg denke, auch an die Jahre nach dem Krieg, wenn die weinenden schwarzgekleideten Frauen zu mir kamen, die tief gebeugten Väter, und wenn ich ihnen nie etwas anderes sagen konnte als – der Herr hat's gegeben, der Herr hat's genommen, der Name des Herrn sei gelobt – das war zu wenig, Johanna, viel zu wenig, so oft der Spruch über meine Lippen kam. Hat er wirklich den Krieg gemacht? Hat er wirklich all dies Elend, all diese Grausamkeit seinen Menschenkindern zufügen wollen, hat er es zugelassen, daß sie es einander zufügten, und hat nicht Einhalt geboten? Warum schweigt Gott? Warum greift er nicht ein, verhindert nicht die Torheit und

Gemeinheit seiner eigenen Geschöpfe? Ich bin so alt geworden, und ich weiß die Antwort darauf nicht. Und es ist für mich als Priester ein Unrecht, diese Fragen überhaupt zu stellen, das weiß ich sehr genau. *Dein* Wille geschehe, so heißt es doch sehr deutlich. Warum kann ich mich dem immer noch nicht beugen? Und sieh, es ist ja nicht nur in unserer Zeit so, es war immer, immer so, seit lebende Wesen diese Erde bevölkern, ob Mensch, ob Tier, sie leiden, es geschieht ihnen Schmerz und Unrecht, sie sterben so oft einen grausamen Tod. *Sein* Wille? *Seine* Gleichgültigkeit?«

»Was sagst du da, Franz«, murmelt Jona erschüttert. »*Seine* Gleichgültigkeit?«

»Ja, ich weiß, es klingt furchtbar aus meinem Mund, aber so denke ich manchmal. Ich bereue, daß ich so denke, ich flehe um Verzeihung für diesen ketzerischen Gedanken, aber ich kann ihn nicht verdrängen. Vater unser im Himmel – kann ein Vater gleichgültig sein gegen seine Kinder? Oder ist dieser Vater einfach zu groß für uns, zu unbegreiflich, und sind wir für ihn zu klein und zu unwichtig. Oder ist es einfach so, daß wir das ganze Muster nie werden begreifen können, nicht hier und nicht jetzt jedenfalls. Wenn es aber so ist, dann frage ich, was für eine Rolle ich dann spiele.«

So hat Franz noch nie mit ihr gesprochen, und Jona vergißt, weswegen sie herkam.

»Der Glaube«, sagt sie leise, »das ist es doch, was du – ja, was du vor allen anderen haben müßtest.«

»Ja, da hast du recht. Wenn ich mich mit Fragen herumschlage, die ich nicht beantworten kann, oder sagen wir es ganz deutlich, wenn ich zweifeln muß an dem, was ich glauben soll, wie kann ich es mir herausnehmen, den Menschen, die mir zuhören, zu sagen: glauben müßt ihr! Ihr müßt glauben an Gottes Güte und Gerechtigkeit, an *seine* Weisheit und *seine* Allmacht. Ihr müßt beten um *seine* Hilfe und *seine* Gnade, und nur durch euer Wohlverhalten und euren Glauben kann sie euch zuteil werden.«

»Wann ... wann sind dir diese Zweifel gekommen?« fragt sie leise.

»Abgesehen von meiner Jugend, von meinen ersten Jahren im

Amt, habe ich sie eigentlich immer gehabt. Blind zu glauben, war mir nie gegeben. Nur habe ich früher den Zweifel als etwas Befruchtendes, als etwas Schöpferisches gesehen. Etwas, was den Glauben erst recht stark machen kann. Aber im Krieg, als ich erlebte, was da geschah, als ich die Opfer sah, denn es gab ja nicht nur die Toten, es gab ja auch jene, die zwar das Leben behielten, aber als Krüppel, blind, gehörlos, gesichtslos, in ihrem Gemüt zerstört, in ihrem Geist verwirrt, auf eine sinnlose Weise am Leben blieben, da wurde es mir immer schwerer zu sagen: *Dein* Wille geschehe! Da dachte ich viel öfter: Warum? Nein, ich bin kein guter Priester mehr. Ich bin es vielleicht nie gewesen. Ich denke zuviel und glaube zuwenig.«

Sie schweigen für eine lange Weile. Der Pfarrer gießt Wein in ihre Gläser, die Teller ihrer Abendmahlzeit sind von seiner Haushälterin bereits abgeräumt worden.

Jona trinkt nachdenklich. Nach allem, was ihr Bruder gesagt hat, wagt sie es nicht, auf ihre Sorgen, auf die Frage, was denn aus dem Hof werden solle nach ihrem Tod, zurückzukommen. Franz fängt von selbst wieder davon an.

»Ich verstehe schon, daß du dir Gedanken machst, was aus dem Hof werden soll. Ich weiß schließlich, was er dir dein Leben lang bedeutet hat. Ich weiß, was er Vater bedeutet hat, schließlich bin ich auch dort aufgewachsen. Wäre ich auf dem Hof geblieben, so wäre ich heute der Bauer. Und ich hätte vielleicht Söhne, die rechte Erben wären. Unser Vater hat kein Glück gehabt mit seinen Söhnen. Ich bin diesen anderen Weg gegangen. Das Mäxele war ein unglückseliges Kind. Der Sohn seiner zweiten Frau kam ums Leben –«

»Schweig von diesem Kind!«

»Ja, ich weiß, wie tief dich das damals getroffen hat. Ihr habt euch alle Vorwürfe gemacht, das Kind nicht ordentlich gehütet zu haben. Aber zuvor, das mußt du zugeben, Johanna, hast du dich abweisend gegen Vaters zweite Frau verhalten, und dieses Kind war dir doch im Grunde unerwünscht.«

Jonas Gesicht ist weiß, ihre dunklen Augen brennen darin wie schwarze Feuer. Sie nimmt ihr Glas und leert es mit einem Schluck.

»Willst du sagen, ich hätte diesem Kind den Tod gewünscht?«
»In Christi Namen, nein, Johanna, so etwas würde ich niemals sagen.«
Sie lacht.
»Das wäre aber keine Lüge. Du könntest sogar noch weitergehen, du könntest sagen ...«
Er unterbricht sie. »Ich wußte, daß dich dieser Gedanke immer gequält hat. Darum warst du danach so verändert, so fremd geworden. Ich habe immer verstanden, aus welchem Motiv die Düsternis deines Wesens kam, damals, nachdem das Kind verunglückt war.«
Jona lacht hart auf. »So? Hast du das?«
Ihre Mundwinkel biegen sich herab, ihre Augen schließen sich zu einem schmalen Spalt, sie möchte es ihm ins Gesicht schreien, in sein stilles altes Priestergesicht: du weißt nichts, nichts weißt du von mir. Ihm den Tod gewünscht? Ich habe mich nie mit halben Sachen abgegeben. Ich habe es getötet, dieses unerwünschte Kind. Mit meinen eigenen Händen.
Unwillkürlich hat sie ihre Hände ausgestreckt, doch ihr Mund bleibt stumm.
Es gibt keinen Menschen auf dieser Erde, keinen, dem sie je ihre Schuld eingestehen kann. Auch nicht ihrem Bruder, dem Priester.
Sie preßt die Lippen zusammen, als Franz nach ihren ausgestreckten Händen greift.
»Es ist so lange her, Johanna. Hast du denn immer noch das Gefühl – einer Schuld?«
Sie zieht die Hände zurück, ihr Gesicht verschließt sich. »Wir wollen nicht mehr davon sprechen.«
»Auch in diesem Fall muß man doch wohl sagen, und in diesem Fall mit einer gewissen Berechtigung: Es war Gottes Wille. Er hat's gegeben, er –«
»Ach, hör auf«, sagt sie heftig. »Komm *mir* nicht mit Bibelsprüchen. Eben hast du selbst gesagt, daß du nicht daran glauben kannst.«
»So drastisch habe ich es nicht gesagt. Ich habe dir nur zu erklären versucht, daß es für mich schwer ist, allein mit dem

Glauben zu leben. Daß ich immer gern auch begreifen wollte. Aber das ist wohl gerade das Vermessene daran. *Er* ist nicht zu begreifen. Nicht von uns.«
»Dann frage ich mich, warum wir uns überhaupt mit ihm abgeben sollen. Er ist nicht zu begreifen. Er ist zu groß, er ist – gleichgültig. Wenn wir ihm gleichgültig sind, kann er uns auch gleichgültig sein.«
»Johanna, so darfst du nicht sprechen.«
»Nein? Aber du hast damit angefangen.«
»Sprechen wir wieder von dem Hof«, sagt der Pfarrer müde.
»Du hängst an Besitz. Aber der Mensch soll an irdischen Besitz nicht sein Herz hängen.«
»Die meisten Menschen tun es. Außerdem hänge ich nicht an Besitz an sich, aber an dem Hof. Weil ich weiß, was er für unseren Vater bedeutet hat.«
»Und für dich.«
»Ja, für mich auch. Ich bin ja durch meine Heirat auch keine arme Frau, es gibt genug, was ich *besitze* und was ich jederzeit klaglos hergeben könnte. Ich will ja den Hof auch nicht behalten. Wenn ich sterbe, behalte ich so wenig wie jeder andere Mensch auch. Ich möchte nur bestimmen können, was mit dem Hof geschieht.«
»Ich verstehe schon, wie du es meinst.«
Natürlich versteht er es. Er kennt Rudolf, weiß, welche Rolle er in Jonas Leben spielt. Er kennt auch die neueste Entwicklung, weiß, daß Jonas Schwiegertochter auf dem Hof lebt und daß es eine Verbundenheit gibt zwischen ihr und Rudolf, der so lange Jahre ein Lebensgefährte für Jona war. Und daß dadurch allem Anschein nach Jacob, Jonas Sohn, in die Fremde getrieben worden ist.
Das alles spricht Franz jetzt aus, klar und unverblümt, und er fügt hinzu: »Du kannst nicht erwarten, daß *ich* billige, was mit deiner Billigung auf dem Hof geschieht. Es sind, milde ausgedrückt, reichlich unordentliche Verhältnisse.«
Jona lächelt.
»Danke, daß du nicht gesagt hast, sündige Verhältnisse, wie es dir zugestanden hätte. Ja, es sind wirklich unordentliche

Verhältnisse, ich nenne es auch so ähnlich. Liebe bringt immer Unordnung in das Leben der Menschen.«
»Nicht unbedingt«, widerspricht der Pfarrer.
»Nein, nicht unbedingt. Es gibt Leute, die sich ordentlich lieben, ordentlich heiraten, ordentlich zusammenleben, natürlich gibt es das.«
»Diese fingierte Ehe des Herrn Moosbacher, das ist wirklich Sünde, Johanna.«
»Er hat es getan, um einem Mädchen zu helfen, das mit Selbstmord drohte. Er tat es, damit ein Kind ungefährdet zur Welt kommen konnte. Du hast dieses Kind getauft, Franz. Es wächst auf dem Hof auf, da, wo das andere Kind, wie du sagst, ums Leben kam. Ich betrachte das als ... als ...« Sie weiß nicht, wie sie ihre verworrenen Gedanken in diesem Punkt formulieren soll. »... als einen Weg, etwas gutzumachen. Vielleicht. Ich habe diesem Mädchen und seinem Kind eine Heimstatt gegeben, und ich möchte sie ihnen erhalten. Nicht nur Rudolf, auch Madlon, auch ihrer Nichte und dem kleinen Buben. Du siehst, ich denke nicht nur an Besitz, wenn ich versuche, die Verhältnisse für die Zukunft wenigstens etwas ordentlicher zu gestalten. Ich will den Hof erhalten. Für die Menschen, die dort leben. Und ich möchte nicht, daß mein Schwiegersohn Bernhard, nach meinem Tod und nach Ludwigs Tod, Vaters Hof an fremde Leute verkauft. Verstehst du das denn nicht? Daß er alle fortjagt, die dort eine Heimat haben.« Natürlich kann ihr Bruder das verstehen, sowenig er ihr auch helfen kann. Er sagt mit Recht, daß sie ja einen tüchtigen Anwalt zum Mann habe, der sicher in der Lage sei, sie besser zu beraten als er.
So entsteht also Jonas Testament. Um die Zeit, in der es endgültig fixiert wird, ist sie einundsechzig Jahre alt und kerngesund, abgesehen von gelegentlichen Schmerzen in den Knien und im Rücken. Sie betet niemals um ein langes Leben.
Wenn sie betet, ist es immer noch dieselbe Bitte: Vergib mir! Strafe mich! Nicht die anderen, nicht die Kinder, nicht Ludwig! Und nun schließt sie in Gedanken, nicht in Worten, noch an: nicht Rudolf, nicht Madlon, nicht ...
Betet sie für das Kind einer Fremden?

Jacobs zweite Heimkehr

Diesmal geht es dramatisch zu bei Jacobs Heimkehr. Er hat eine stürmische und lange Seereise hinter sich, er sieht schlecht aus, und kaum ist er angekommen, wirft ihn ein Malariaanfall nieder, der so heftig ist, daß man eine Zeitlang um sein Leben fürchten muß. Fieber schüttelt ihn Tag und Nacht, er spricht wirr, ist oft nicht bei Bewußtsein. Er ist sehr geschwächt, und es dauert eine Weile, bis er wieder auf den Beinen ist.

Der Frühling geht vorüber, der Sommer beginnt, Jona hat zwei kranke Männer zu betreuen, das nimmt ihre ganze Zeit in Anspruch. Nicht daran zu denken, daß sie hinüberfährt; die Frühjahrsbestellung, die erste Mahd, alles findet ohne sie statt. Da sie nicht davon spricht, könnte man annehmen, der Hof sei ihr nun ferngerückt. Doch ihrem Sohn ist sie nähergekommen, sie verstehen sich so gut wie nie zuvor. Jacob ist liebebedürftig, während der Rekonvaleszenz sucht er ständig Jonas Nähe, auch er hält nun manchmal ihre Hand genau wie sein Vater, er legt sein Gesicht in diese große kräftige Hand und sagt: »Mutter!« Es klingt zärtlich.

Jona, die nicht zu Rührseligkeit neigt, treibt es die Tränen in die Augen. Wie lang ist der Weg, bis ein Mensch zu einem Menschen findet, sogar ein Sohn zu seiner Mutter.

Sie geht sehr vorsichtig mit dieser unerwarteten Zuneigung um, vermeidet jedes gefährliche Thema, und das ist vor allem das Thema Madlon und Rudolf.

Jacob fängt eines Tages selbst davon an.

Es ist mittlerweile Ende Juni, und er hat sich nun einigermaßen erholt, er ist kräftiger geworden, hat zugenommen, die gelbe Farbe ist aus seinem Gesicht verschwunden. Er geht ein wenig spazieren, er sitzt lange am See, meist unten an der Promenade, zusammen mit seinem Vater. Denn auch Ludwig

geht es wider Erwarten viel besser, der Husten hat nachgelassen, sein Atmen ist nicht mehr so gequält.
Oft sitzen sie auf einer Bank am Ufer, blicken auf den See hinaus, und Ludwig versucht, seine geliebten Vögel zu erkennen und ihrem Flug zu folgen. Sie reden von diesem und jenem, Jacob erzählt von Afrika, und Ludwig, dessen Gedächtnis noch tadellos ist, erzählt von früher, von der Stadt und ihren Bewohnern, viel von der Familie und ihrer langen Geschichte, die so eng mit der Geschichte der Stadt verbunden ist. Jacob hört ihm geduldig zu, durchaus nicht ohne Interesse. Manches, was er schon einmal wußte, wird ihm ins Gedächtnis zurückgerufen, anderes ist neu für ihn. Bei alledem ist eine tiefe, friedliche Ruhe über ihn gekommen, wie es oft geschieht nach schwerer Krankheit.
Jede Unrast ist von ihm gewichen, er sieht auch weit und breit nichts, was ihn ärgern könnte oder Kummer bereiten, und dazu gehört auch Madlon, die gleichsam aus seinem Leben herausgeglitten ist. Die sehnsuchtsvollen Gedanken, der Zorn, die Bitternis, all das, was ihn noch in Windhuk gequält hat, ist vergangen. Er sitzt still neben seinem Vater, dem Schicksal dankbar, das er ihn noch lebend angetroffen hat, sie blicken auf den See hinaus, der im ersten Abendlicht seine Farbe ändert, die Sonne rutscht über die Berggipfel, und das Abendschiff gleitet langsam in die Bucht.
»Wie es wohl früher gewesen sein mag«, sagt Jacob. »Als es noch keine Dampfschiffe gab.«
»Der Verkehr auf dem See war immer rege. Es wurde halt gesegelt oder gerudert. Vor allem ging ja immer ein lebhafter Frachtverkehr über den See, ein Nord-Süd-Verkehr, der auf die Alpen zuführte. Dadurch wurde Konstanz seinerzeit zu einer wichtigen und reichen Handelsstadt, ein Umschlagplatz von großer Bedeutung. Was es heute leider nicht mehr ist. Außerdem ist die Schiffahrt so alt wie die Menschheitsgeschichte, nicht nur auf einem See wie diesem, sogar auf dem Meer. Es ist höchst interessant, die Historie der Seefahrt zu studieren, ich habe mich zeitweise viel damit beschäftigt. Wie mutig diese Menschen waren, wenn sie sich diesem unberechenbaren Element, dem Wasser, anvertrauten. Ganz ohne ei-

nen Dampfkessel im Schiffsbauch, der ist ja noch ziemlich neu.«
»Ich habe jedenfalls für einige Zeit genug von der Seefahrt«, meint Jacob. »Von Walfish Bay bis Hamburg, das nahm und nahm kein Ende. Und wenn ich mir vorstelle, das im Segelschiff, na, vielen Dank, wenn man allein auf den Wind angewiesen ist.«
»Es war schon eine gewaltige Leistung, wie die Menschen lernten zu navigieren. Das habe ich immer bewundert. Wie sie dieses riesige unbekannte Meer mit dem Stand der Sterne verknüpften. Heinrich der Seefahrer, der Portugiese, das war für mich immer eine faszinierende Gestalt. Ohne seine Entdeckungen hätte fünfzig Jahre später Columbus kaum auf die Reise gehen können.«
Jacob sieht seine Mutter die Promenade entlangkommen. Sie geht für ihre Verhältnisse sehr langsam, man könnte sagen, sie schlendert. Den Kopf trägt sie hocherhoben, sie ist groß und schlank, der Rock des blauen Kleides weht im Abendwind. Aus der Ferne wirkt sie wie eine junge Frau.
»Ja«, meint Jacob, »weil es Schiffe gibt, konntest du dir eine Frau vom anderen Ufer holen.«
»So groß ist der Bodensee nun auch wieder nicht. Es gab schon immer die Möglichkeit, außen herumzufahren. Aber du hast natürlich recht, da hätte ich sie vielleicht nicht getroffen. Wir haben uns schließlich auf einem Schiff kennengelernt. Immerhin hat die Tatsache, daß deine Mutter von drüben kam, den See für mich sehr groß gemacht.«
»Wie meinst du das?«
»Der See war ja immer da, man konnte ihn auch jederzeit überqueren, wenn man wollte. Was man aber nur selten tat. In gewisser Weise begrenzte er meine Welt. Durch Jona jedoch wurde er riesengroß, fast unüberwindlich. Wie ein Feind war er da manchmal für mich. Ich habe mir oft gewünscht, es wäre nur ein Graben da, den man mit einem Schritt überspringen könnte.«
So etwas hat er noch nie ausgesprochen. Jacob ist bestürzt, aber Ludwig mißfällt selbst, was er da gerade gesagt hat; es hört sich an, als wolle er sich über Jona beklagen.

»Sie war mir trotzdem immer nahe«, fügt er hinzu. »Und nun ist sie ja da. Sie verläßt mich nicht mehr, weil sie weiß, daß ich bald sterben werde.«
»Vater!« sagt Jacob in bittendem Ton.
»Es macht mir nicht soviel aus. Ich bin recht zufrieden mit meinem Leben, so wie es war. Und da du nun wieder da bist und hier neben mir sitzt, bleibt mir nichts mehr zu wünschen übrig.«
Wie ein Echo kommt die Stimme aus Windhuk zu Jacob – ein Mensch, der keine Wünsche mehr hat, ist so gut wie tot.
»Aber es geht dir doch wieder gut, Vater.«
»Es geht mir sehr gut.«
»Dort kommt Mutter.«
Ludwig wendet den Kopf der nahenden Gestalt entgegen, er kann ihr Gesicht nicht erkennen, aber er kennt ihre Haltung, ihren Gang.
»Sie hat ein blaues Kleid an.«
»Ja, das blaue Musselinkleid, das kenne ich auch schon eine ganze Weile.«
»Wir werden ihr sagen, daß sie sich bald einmal ein neues Kleid kaufen soll. Aber dieses blaue steht ihr gut, nicht wahr?«
»Es steht ihr sehr gut. Früher hat sie soviel Schwarz getragen.«
»Das ist Bauernart.« Ludwig lacht leise in sich hinein. »Schade, daß es damals die Fähre noch nicht gab, da wäre vieles leichter gewesen. Wenn wir die Fähre erst haben und den neuen Hafen, dann geht es schnell über den See hinüber und herüber. Da wird er auf einmal viel kleiner sein.«
»Na, ihr beiden«, sagt Jona. »Wollt ihr nicht nach Hause kommen? Es wird kühl.«
»Nicht die Spur«, widerspricht Ludwig. »Es ist ein wunderbar milder Sommerabend.«
»Das Nachtessen ist fertig.«
»Ich bin noch satt vom Mittag«, sagt Jacob. »Deine neue Köchin ist ein Juwel, aber sie mästet uns.«
»Da habe ich eine gute Wahl getroffen, nicht?«
Jona, die vom Kochen nicht viel versteht, hat seit drei Mona-

ten eine neue Köchin, sie heißt Hilaria und legt Wert darauf, auch so genannt zu werden. Zwar stammt sie aus Allensbach, aber sie hat viele Jahre lang in Schweizer Restaurants gearbeitet, erst in St. Gallen, später in Luzern und zuletzt sogar in Lausanne. Sie kocht einfach großartig und viel raffinierter als Berta. Ihr ganzes Glück ist Jacob; seit es ihm besser geht, ißt er ordentlich, und nun weiß sie wenigstens, für wen sie sich Mühe geben kann. Jona war noch nie eine starke Esserin, und Ludwig ißt sehr, sehr wenig, das bekümmert Hilaria genauso, wie es Berta bekümmert hat.

Während sie am Seeufer entlang zurück zum Haus gehen – Jona hat ihren Arm unter den Ludwigs geschoben, damit er sich auf sie stützen kann –, berichtet sie: »Hortense war vorhin da. Wir sind alle am Sonntag bei Agathe eingeladen.«

»Ich auch?« fragt Jacob.

»Aber selbstverständlich. Warum du nicht?«

Er grinst. »Es gab eine Zeit, da war mir Agathe nicht so grün.«

»Agathe hat viel Familiensinn. Als du krank warst, hat sie sich jeden Tag nach deinem Befinden erkundigt.«

»Das hast du mir bereits erzählt. Ich werde mich am Sonntag gebührend dafür bedanken.«

»Zu Mittag gibt es Flädlesuppe, dann Kalbsbraten mit Spätzle und frischem Gemüse, hat Hortense erzählt. Wenn das Wetter so schön bleibt, gibt es anschließend eine große Kaffeetafel im Garten. Abends eine Erdbeerbowle.«

»Um Himmels willen«, sagt Ludwig. »Doch nicht den ganzen Tag.«

»Man wird sehen. Du bleibst so lange, wie du magst.«

Er geht langsam und mühselig, die Augen haften unsicher auf dem Boden, aber er geht. Wenn man bedenkt, daß er monatelang überhaupt nicht aus dem Haus gegangen ist, so kann man mit seinem Zustand zufrieden sein.

»Da werde ich ja den ganzen Nachwuchs wieder einmal sehen«, meint Jacob. »Möglicherweise auch Immas neuestes Erzeugnis. Bisher hat sie ja sorgfältig vermieden, den Kleinen mitzubringen. Dabei ist ja Malaria nun wirklich nicht ansteckend.«

»Davon wirst du Imma nie überzeugen. Am liebsten hätte sie die beiden Großen auch von dir ferngehalten.«
Übrigens hat er Jona und Ludwig von seiner Tochter erzählt. Mary hat die Geburt telegrafisch mitgeteilt, inzwischen ist auch ein langer Brief eingetroffen, der mit der Frage endet: Wann kommst du zurück?
»Und woher willst du wissen, daß es wirklich deine Tochter ist?« hat Jona mißtrauisch gefragt.
»Weil sich zwischen Mary und Georgie nichts mehr abgespielt hat, woraus ein Kind entstehen könnte. Aber mich hat Mary mit Haut und Haar verschlungen. Sie behauptet, mich wahnsinnig zu lieben.«
»Und ihr Mann? Was sagt der dazu?«
»Was soll er groß dazu sagen. Jedenfalls war er nicht eifersüchtig, sonst hätte er mich wohl zum Teufel gejagt. Aber du kennst Mary nicht, Mutter, die tut sowieso nur, was sie will. Und vor allem wollte sie einen Mann, der – na ja«, er stockt und sucht nach einer artigen Formulierung, die die Ohren seiner Mutter nicht beleidigt.
Jona lächelt. Sie findet es nett, daß er diese Rücksicht nimmt, sie weiß sehr genau, wie Männer im allgemeinen reden.
»Ich versteh schon, was du meinst.«
»Und ein Kind wollte sie. Das hat sie nun.«
»Und wie soll es weitergehen?« In gewisser Weise erleichtert es Jona zu hören, daß er mit einer Frau zusammengelebt hat. Es erscheint ihr gerecht im Hinblick auf Madlon. Und warum soll er kein Kind haben? Alt genug ist er inzwischen.
»Es muß überhaupt nicht weitergehen. Natürlich möchte sie, daß ich wiederkomme. Aber ich habe nicht die Absicht, in Afrika zu leben. Das liegt hinter mir. Und wenn ich nicht komme, wird Mary nicht an gebrochenem Herzen sterben, der Typ ist sie nicht.«
»Aber wenn sie eines Tages hier auftaucht?«
»Das sähe ihr ähnlich. Sie ist sehr impulsiv. Vielleicht möchte sie noch ein Kind.«
»Ich finde, du redest reichlich frivol«, tadelt Jona ihn nun doch. Sie betrachtet die Fotografien, die Jacob von der Farm, von Mary und Georgie gemacht hat.

»Eine sehr hübsche Person«, muß sie zugeben.
»Ganz reizend«, bestätigt Jacob. »Hübsch, temperamentvoll und dazu noch sehr tüchtig. Eine unermüdliche Arbeiterin auf ihrer Farm. Sie würde dir gut gefallen, Mutter.«
Seltsam, denkt Jona, daß er immer an so tüchtige und temperamentvolle Frauen gerät. Was finden sie nur an ihm, der weder viel Temperament spüren läßt noch sich in irgendeiner Weise durch Tüchtigkeit und Arbeitslust auszeichnet. Ist es nur sein gutes Aussehen? Oder hat er bestimmte Talente, die sie, als Mutter, nicht kennen kann?
»Du willst sie nicht heiraten, diese Mary?«
»Glücklicherweise ist sie ja verheiratet.«
An diesem warmen Sommerabend im Juni sitzen sie nach dem Abendessen zusammen im Wohnzimmer, Jona hat Ludwig aus der Zeitung vorgelesen, aber nun ist er in seinem Sessel eingenickt, und sie läßt die Zeitung sinken, da sagt Jacob auf einmal: »Du kannst mir ruhig von ihnen erzählen.«
Sie versteht sofort, was er meint.
»Ich kann dir nicht viel erzählen. Du siehst ja selbst, daß ich immer hier bin. Kurz ehe du kamst, war ich das letzte Mal drüben. Und auch nur für zwei Tage. Lydia war gerade zu Besuch und hat nach Ludwig geschaut.«
»Ich werde Tante Lydia demnächst besuchen, das habe ich mir schon vorgenommen.«
»Sie ist sehr allein. Und leider schon ziemlich klapprig.«
Jona sagt das ungerührt, im Bewußtsein ihrer eigenen Lebenskraft. »Ich frage mich, was sie eigentlich den ganzen Tag über tut. Ein paar Bekannte hat sie natürlich schon, sie wohnt ja lange genug dort. Wir haben ihr immer wieder angeboten, sie soll hier ins Haus ziehen, Platz haben wir mehr als genug. Aber sie will halt nicht. Ja, fahr einmal hin, das wird sie freuen.«
»Und du willst mir also nichts erzählen über Madlon und ihren ... ihren Freund?«
»Ich erzähle dir alles, was du wissen willst. Falls du es hören willst. Bisher hast du nicht danach gefragt.«
»Warum sollte ich es nicht hören wollen? Ich bin fertig damit. Madlon gehört in eine vergangene Epoche meines Lebens.

Oder denkst du etwa, daß es mir viel ausmacht, sie nicht mehr zu haben?«
»Das kann ich nicht wissen, Jacob. Da du ja nie davon sprichst –«
»Nun, jetzt spreche ich davon. Ich gebe zu, es wäre mir lieber, sie wäre sonstwo, nur nicht gerade auf deinem Hof. Vorhin, als wir am See saßen, und ein Schiff kam, sagte Vater, die Tatsache, daß du von drüben kamst, hat den See für ihn so riesengroß gemacht.«
»Das hat er gesagt?«
»Ja.«
»Wie hat er das denn gemeint?«
»Ich verstand es so, daß der See euch trennte.«
»Ach ja. So hat er es gemeint«, murmelt Jona und blickt auf ihren schlafenden Mann.
»Vielleicht hat mich das darauf gebracht. Ich sehe nicht ein, warum der See für mich nun auch riesengroß sein muß. Daß das andere Ufer für mich einfach nicht mehr da sein soll, nur weil Madlon da drüben wohnt.«
»Erstens wohnt sie nicht am Ufer«, sagt Jona sachlich, »und zweitens kannst du dich drüben aufhalten, soviel du willst, ohne den Hof zu betreten.«
»Also lebt sie nach wie vor auf dem Hof, zusammen mit Rudolf. Und sie arbeitet dort.«
Jona nickt. »Und wie! Ich werde gar nicht mehr gebraucht. Sie sind so eine Art Familie geworden, drüben bei mir. Madlon hat immer noch die Nichte da und den kleinen Buben, an dem sie sehr hängt. Ja, und Rudolf ist natürlich auch da.«
»Sie liebt ihn?«
»Jacob, so genau weiß ich das nicht. Darüber sprechen wir nicht. Ich will das auch gar nicht so genau wissen.«
»Warum nicht?« beharrt er.
»Mein Gott, Jacob, verstehst du das denn nicht? Rudolf stand mir viele Jahre lang sehr nahe.«
»Und nun nicht mehr?«
»Doch, natürlich. Aber er und Madlon – ob sie sich nun lieben oder was auch immer, das sind ja nur Worte. Jedenfalls verstehen sie sich und arbeiten zusammen, und das ist inso-

fern gut, weil ich mich nun ganz deinem Vater widmen kann.«
Eine Weile bleibt es still, dann sagt Jacob etwas Erstaunliches. »Wenn man es genau bedenkt, hat Madlon den Platz auf deinem Hof eingenommen, den du mir zugedacht hattest.«
Jona schaut ihn verblüfft an.
»Aber Jacob!«
»Ganz nüchtern betrachtet ist es doch so. Und sie ist weitaus brauchbarer als ich, denn nun hat Rudolf endlich auch eine Frau. Warum heiraten sie eigentlich nicht?«
»Das können sie doch nicht. Ich denke, Madlon ist mit dir verheiratet. Und Rudolf mit Jeannette.«
Jacob schüttelt den Kopf und denkt, was jeder denkt: verrückte Verhältnisse!
»Jacob«, sagt Jona heftig, »du hast nach wie vor jedes Recht auf den Hof. Wenn du dort sein willst –«
»Ja und? Sollen wir zu dritt wirtschaften? Oder willst du die beiden zum Teufel jagen?«
Wieder entsteht ein Schweigen.
Dann rückt Jona näher an den Tisch, stützt die Ellenbogen auf und legt ihr Gesicht in die Hände.
»Jacob, ich glaube, ich sollte dir etwas sagen.«
»Was willst du mir sagen, Mutter?«
»Es ist wegen – es betrifft – mein Testament.«
Und dann berichtet sie mit knappen, kühlen Sätzen, was für Gedanken sie sich gemacht hat, was für Sorgen, und wie sie schließlich das Testament ausgeklügelt haben.
»Du mußt das wissen«, schließt sie, »denn ich habe natürlich ein schlechtes Gewissen dir gegenüber. Nicht wegen der Mädchen, die sind gut versorgt. Aber du – an dir habe ich übel gehandelt.«
»Du hast es absolut richtig gemacht«, sagt Jacob ruhig, und er meint es auch so. »Ich hoffe, daß du noch lange lebst, Mutter, und daß du dir darum ganz unnötige Sorgen machst. Aber eins verspreche ich dir, und das ist das einzige, was ich je für den Hof tun kann: Falls Bernhard dein Testament anfechten würde, und das müßte er ja dann wohl auch in meinem Namen tun, würde ich mich jedem Verkauf widersetzen, und ich

würde darauf bestehen, daß Madlon und Rudolf auf dem Hof bleiben.«

»Das ist ein vernünftiger Standpunkt«, läßt sich Ludwig vernehmen, der aufgewacht ist und den letzten Teil ihres Gespräches gehört hat.

»Das würdest du tun?« fragt Jona, und man sieht ihr an, daß Jacobs Worte sie aus der Fassung gebracht haben.

»Aber ja. Schon im eigensten Interesse. Zurücknehmen würde ich Madlon nie, das ist vorbei. Aber so ist sie wenigstens versorgt, und ich muß mich nicht darum kümmern, was aus ihr wird. Und da sie nun auch noch die Nichte und das Kind auf dem Hals hat, ich bitte euch, besser könnte sie ja gar nicht untergebracht sein.«

»Sehr vernünftig«, wiederholt Ludwig. »Kann ich noch einen kleinen Schluck Wein haben? Und dann gehe ich zu Bett.«

Die Flasche ist längst geleert. Jacob steht auf.

»Ich hole eine Flasche, und dann trinken wir alle noch ein Glas. Ihr wißt ja gar nicht, wie gut es ist, wieder unseren Wein zu haben. Der hat mir gefehlt in Afrika.«

Er beugt sich über Jona und küßt sie auf die Wange, dann geht er aus dem Zimmer, sie hören ihn pfeifen, während er die Treppe hinabsteigt, um in den Keller zu gelangen.

»Was sagst du dazu?« fragt Jona, noch immer fassungslos.

Ludwig lächelt ihr zu.

»Was soll ich dazu sagen, Lieberle? Man kann doch eigentlich erwarten, daß er von dir und von mir und von einigen anderen, die vor uns waren, ein paar Unzen Verstand geerbt hat. Oder nicht?«

Familientag

Agathes Familiensonntag wird ein großer Erfolg. Das Essen ist vorzüglich, und da das Wetter gehalten hat, sitzen sie wirklich am Nachmittag um einen großen Kaffeetisch im Garten. Es gibt reichlich Kuchen, an dem sich vor allem die Kinder ergötzen, auch Immas Jüngster, mittlerweile ein Jahr und drei Monate alt, mampft schon tapfer mit. Daß es ein Sohn ist, hat Bernhard Bornemann sehr befriedigt, nun hat er, wie die Lalonges, auch zwei Söhne.

Ludwig und Eugen haben sich nach dem Essen eine Stunde hingelegt, auch Henri hat sich für eine Weile zurückgezogen. Es sind nur Familienmitglieder zugegen, auch solche, die man sonst selten trifft, zum Beispiel zwei Cousinen von Ludwigs mütterlicher Seite her. Die eine ist verwitwet, die andere hat nie geheiratet, sie leben zusammen, in nicht gerade üppigen, aber auskömmlichen Verhältnissen. Ludwig mag sie beide nicht besonders, schon in seiner Kinderzeit hat er mit der Jüngeren oft Streit gehabt, was bei Ludwigs friedfertigem Wesen allerhand besagt. Aber Eugenie, genannt Jenny, hatte immer eine spitze Zunge und fand ihr größtes Vergnügen daran, Schwächen und Fehler ihrer Mitmenschen zu entdecken oder sie ihnen anzudichten. Ihre Hauptbeschäftigung bestand und besteht darin, den Klatsch in der Stadt zu erfahren und weiterzuverbreiten. Carl Eugens Lebenswandel beispielsweise war ihr immer ein Dorn im Auge, und wenn man ihr glauben sollte, war er der größte Bruder Leichtfuß und Frauenverführer aller Zeiten. Was Carl Eugen nie im mindesten gekratzt hat.

Aber noch mehr Gesprächsstoff lieferte Carl Ludwigs unmögliche Heirat. Jonas Art und Lebensweise boten ein Leben lang Grund zu rechtschaffenem Ärgernis.

Daran hat sich bis heute nichts geändert. Oder ist es etwa

kein Ärgernis, diese Person in ihrem Kreis sitzen zu sehen, in dem sie eindeutig auch noch der Mittelpunkt ist; jeder begegnet ihr mit Achtung, die Blicke der Kinder hängen an ihr, und außerdem sieht sie viel zu jung aus für ihr Alter. Dieses ungebildete Bauernweib, wie Cousine Jenny sie stets gehässig nannte, ist immer noch eine schöne Frau. Die ausgeprägte Form des Gesichts hat sich nicht geändert, der Teint ist leicht bräunlichgetönt, und um in dem schweren schwarzen Haar ein paar graue Fäden zu entdecken, muß man sehr genau hinschauen; und dazu diese Augen, groß und dunkel, ungetrübt, aufmerksam, doch ohne weiteres dazu imstande, Kühle widerzuspiegeln und Distanz zu ihrer Umwelt herzustellen. Von einem gütigen Altfrauenblick kann keine Rede sein.

Und dazu noch das Kleid, das Jona trägt! Keiner hat es zuvor an ihr gesehen. Goldbraune Seide, die schmiegsam an ihrer hohen schlanken Figur niederfällt, um den Hals einen Spitzenkragen, etwas heller in der Farbe, doch im gleichen Ton; die Ärmel sind weit und offen, wenn sie zurückfallen, sieht man Jonas schlanke und doch kräftige Arme.

Das Kleid wird allenthalben bewundert.

»Jeannette hat es geschneidert«, sagt Jona freundlich. »Die Kleine kann das wirklich gut.«

Es ist das einzige Kleid, das Jeannette für Jona gemacht hat, und es ist wirklich ein Meisterwerk geworden. Madlon brachte den Stoff einmal aus Konstanz mit und hatte gleich bestimmt: das ist für Jona.

Zwar hatte Jona widersprochen. »Aber Kinder, wann und wo sollte ich so etwas anziehen. So eine wundervolle Seide.«

Aber Jeannette war nicht zu bremsen, sie schnitt zu, heftete, probierte, summte, den Mund voller Nadeln, und war ganz glücklich darüber, wie gut ihr die Arbeit gelang.

Auch Ludwig ist von dem Kleid entzückt.

»Du bist die schönste von allen Frauen, Lieberle«, flüstert er ihr zu.

»Aber Ludwig! Eine alte Frau wie ich.«

»Du warst immer die Schönste, daran hat sich bis heute nichts geändert.«

Nicht für dich, denkt sie, und legt zärtlich ihre Hand auf seine. Cousine Jenny entgeht das nicht, sie rümpft die Nase. Jahrelang hat diese Person den Mann allein gelassen, hat ihn betrogen, hat sich um die Kinder nicht gekümmert, und nun spielt sie hier die liebende Ehefrau. Er, der Trottel, hat sie wohl immer geliebt.

Und was hört man so von da drüben? Eine angebliche Nichte von Jacobs unmöglicher Frau soll dort sein, vermutlich ein uneheliches Kind von ihr, und ihrerseits hat diese Hergelaufene auch ein Kind, angeblich von Jonas Verwalter, der sie notgedrungen geheiratet hat. Eine Ausländerin, genau wie Jacobs Frau. Und die hat also dieses auffallende Kleid geschneidert.

Und was ist eigentlich mit Jacob, dem Sohn Goltz? Neugierig forscht Jennys Blick in seinem hageren Gesicht. Ein Nichtsnutz und Herumtreiber, das war er sein Leben lang, und daran hat sich wohl auch nichts geändert. Liegt seinem Vater auf der Tasche, die Frau hat er einfach bei seiner Mutter zurückgelassen, er selbst hat sich wieder einmal in Afrika herumgetrieben und ist sterbenskrank zurückgekommen. Viel mehr weiß Cousine Jenny auch nicht; seit Berta nicht mehr lebt, fehlt eine wichtige Informationsquelle. Muckl läßt sich nicht dazu herab, mit dem Mädchen der Cousinen zu sprechen, geschweige denn zu berichten, was im Hause Goltz vor sich geht.

Jenny im Wechselgesang mit ihrer Schwester Luise, genannt Lisel, versucht, Jacob auszufragen, und er erzählt bereitwillig und ohne Zögern von Afrika, wie es dort war, was er getan und erlebt hat, er schildert Windhuk, die Farm Friedrichsburg, Mary und Georgie und einige andere Leute, die er kennengelernt hat.

Er grinst vor sich hin bei dem Gedanken, was sie wohl sagen würden, wenn er sie wissen ließe, daß auf der Farm ein Baby existiert, das seine Tochter ist.

Auch Jona muß an Jacobs kleine Tochter im fernen Afrika denken, als sie wie die anderen seiner Erzählung lauscht.

Eigentlich schade, daß er keine richtige Familie hat, denkt sie. Sie bemerkt, daß die Kinder sich von ihm angezogen fühlen, er ist für sie ein interessanter, weitgereister Mann, der viel zu erzählen hat, und er hat eine legere, sehr natürliche Art, mit den Kindern umzugehen, gar nichts Onkelhaftes an ihm, er ist wie ihr älterer Bruder.

Für Hortense allerdings ist er gerade dies auf keinen Fall, sie verliebt sich an diesem Nachmittag ganz schrecklich in ihn. Sie ist fünfzehn, im besten schwärmerischen Backfischalter und sowieso meist in irgend jemand verliebt. Aber Jacob ist natürlich das Großartigste, was ihr je begegnet ist; sein Auftreten, sein Aussehen, sein Lächeln aus dem Mundwinkel, sein Blick, der nicht einem kleinen Mädchen zu gelten scheint, sondern einer durchaus ernst zu nehmenden jungen Dame. Er ist nun einmal ein Mann, der auf Frauen wirkt, auch auf so eine unfertige wie diese hier; Jona hat an diesem Nachmittag Gelegenheit, das zu beobachten.

Natürlich erinnert sich Hortense auch noch sehr gut daran, wie verknallt die tugendhafte Clarissa in diesen Mann war, wie sie ihn geküßt hat. Was Clarissa kann, kann sie schon lange, und hübscher als Clarissa ist sie auch.

Sie kokettiert sehr lebhaft mit Jacob, Agathes tadelnde und Jonas amüsierte Blicke übersicht sie gekonnt, da ist sie anders als Clarissa, sie wird sich nicht einfach aus dem Haus schikken lassen, sie wird ihren Willen durchsetzen. Vaters Liebling ist sie schließlich auch.

Genau wie damals Clarissa beschließt Hortense an diesem Nachmittag, daß sie Jacob heiraten wird. Später, wenn sie eine berühmte Schauspielerin ist.

Sie bringt ihn dazu, mit ihr durch den Garten zu spazieren, der Garten ist groß, fast schon ein Park, es gibt Bäume und Büsche darin, und sie richtet es geschickt so ein, daß sie den Blicken der anderen verborgen sind. Kann ja sein, er will sie küssen. So wie er Clarissa geküßt hat.

»Ich werde Schauspielerin«, erzählt sie ihm.

»Donnerwetter!« wundert sich Jacob pflichtschuldigst. »Wie kommst du denn auf die Idee?«

»Weil ich Talent habe. Wenn wir in der Schule mit verteilten Rollen lesen, die Klassiker und so, bekomme ich immer die Hauptrolle. Und im Weihnachtsmärchen – wir führen jedes Jahr ein Weihnachtsmärchen auf, weißt du – spiele ich immer

die größte Rolle. Letztes Jahr wollte die Bohne sie mir nicht geben. Weil meine Leistungen so schlecht waren.«
Sie bleibt stehen, kraust die Stirn, zieht die Nasenlöcher hoch und näselt: »Dieses Jahr, Hortense, stöcken wir dich in die Statisterie. Mehr kommt für döch nicht in Frage, so wie du in diesem Jahr versagt hast. Versagt, mein Können, anders kann man es nicht nennen. Nicht weil du domm bist, weil du unbeschroiblich faul bist.«
Sie wartet die Wirkung ab, die ihre Worte auf Jacob haben, und der nickt und meint: »Das hast du wohl von mir geerbt. Ich war in der Schule auch ein Versager.«
»Lieber faul als dumm, habe ich ihr geantwortet. Faulheit kann man kurieren, aber Dummheit ist irreparabel, wie Beispiel zeigt. Was für ein Beispiel moinst du? fragte sie drohend, und ich sagte«, ihre braunen Augen sind die Unschuld selbst, »ich hatte keinen bestimmten Fall im Auge. Die ist bald geplatzt. Fröch, sagte sie, fröch auch noch. Wie könnte es anders soin.«
Sie lacht übermütig, Jacob lacht auch. »Talent hast du offenbar. Bohne ist demnach eine Lehrerin.«
»Unsere Klassenlehrerin. Sie heißt Bonnwitz. Aber wir nennen sie Bohne, weil sie immer so spricht, als ob sie eine Bohne in der Nase hat.«
»Vermutlich hat sie Polypen.«
Hortense blickt ihn bewundernd an.
»Fabelhaft, wie du das gleich heraushast.« Sie denkt nach. »Polyp, das wäre natürlich auch ein guter Name für sie.«
»Und wie war's dann in der Statisterie?«
»Ich und Statisterie! Nicht bei mir. Ich habe das arme Waisenkind gespielt, das verstoßen wird und sich im Wald verirrt und beinahe erfriert. Aber es wird natürlich vom Christkind gerettet. Eine Bombenrolle! Ich war großartig. Alle haben geweint. Schade, daß du noch nicht da warst. Aber dieses Jahr kommst du zu unserer Aufführung, das versprichst du mir.«
»Falls ich noch hier bin.«
»Nein, Jacob, du darfst nicht wieder zu den ollen Schwarzen gehen. Jetzt mußt du hierbleiben.«

»Warum?«
»Weil ich das möchte.«
»Warum hast du das eben so betont: *jetzt* mußt du hierbleiben.«
Sie möchte antworten, weil Clarissa weg ist und du dich jetzt in mich verlieben kannst. Aber diese Formulierung ist ihr dann doch zu direkt, also sagt sie: »Weil ich jetzt etwas von dir habe.«
»So? Was hast du denn von mir?«
»Oh, du wirst öfter zu Besuch kommen, und wir werden zusammen segeln gehen. Und zum Schwimmen. Und ich darf reiten lernen, hat Papa versprochen, und das kannst du doch gut, das könntest du mir beibringen. Wir müßten es natürlich heimlich tun, denn meine Mutter erlaubt nicht, daß ich reite, solange ich in der Schule so schlecht bin.«
»Das ist allerdings ein beachtliches Programm.«
»Zeit hast du ja. Das ist ja das Gute an dir, du mußt nicht immerzu arbeiten wie die anderen Männer.«
Jacob lacht laut.
»Du schlägst ziemlich aus der Art. Weder dein Vater noch deine Mutter dürften deiner Meinung sein.«
»Meine Mutter ist sowieso fast nie meiner Meinung, daran bin ich gewöhnt. Aber Papi tut alles, was ich will.«
Kurz danach muß Jacob sie schaukeln, ihr Röckchen fliegt, ihre langen, dunkelbraunen Locken auch.
»Und wenn ich dann abspringe«, ruft sie, »mußt du mich auffangen. Mit beiden Armen, ja? Aber du mußt natürlich auf die andere Seite kommen, hier vorn hin.« Mit ausgestrecktem Arm weist sie ihm seinen Platz zu, doch da kommt rechtzeitig Agathe dazwischen.
Unter ihrem strengen Blick schaukelt Hortense langsam aus, aus dem Sprung in Jacobs Arme wird nichts.
»Hast du nichts zu tun?« fragt Agathe ihre Tochter. »Keine Schularbeiten?«
»Heute? Am Sonntag?« fragt das Mädchen empört zurück. »Ich denke, wir feiern ein Familienfest?«
»Die Familie kann vorübergehend auf deine Mitwirkung verzichten. Außerdem besteht sie nicht nur aus deinem Onkel

Jacob. Wenn du schon hierbleibst, könntest du ein wenig mit Evi und Konrad spielen.«
»Ich denke nicht daran«, gibt die Tochter pampig zur Antwort. »Dann helfe ich lieber Papa bei der Erdbeerbowle. Einer muß sie schließlich kosten.«
»Untersteh dich.«
Hortense wirft die langen Locken über die Schulter, Jacob fängt noch einen koketten Blick auf, dann tänzelt sie davon.
Agathe seufzt hörbar, und Jacob sagt: »Die Mädchen, die du aufziehst, werden alle recht muntere Püppchen.«
»Falls du auf Clarissa anspielst . . .«
»Genau das.«
»Sie arbeitet sehr fleißig, zur Zeit ist sie in München.«
»Wollte sie nicht nach Berlin?«
»Sie hat sich das anders überlegt. Hauptsächlich wegen eines Professors namens Sauerbruch, der ihr offenbar sehr imponiert. Sie ist erwachsen genug, um zu wissen, was sie tut.«
»Ja, da muß ich dir zustimmen. Sie wußte immer, was sie wollte.« Er grinst seine große Schwester ungeniert an, die ihn kühl und nicht gerade mit schwesterlicher Liebe mustert.
»Sie hat mir ganz schön eingeheizt, deine brave Clarissa. Und diese Kleine hier, da kannst du dich noch auf allerhand gefaßt machen.«
»Bitte, Jacob –«
»Weißt du eigentlich, daß Clarissa mich in Berlin besucht hat?«
»Nein, und ich will es auch gar nicht wissen. Ich hoffe nur, du hast inzwischen wenigstens soviel Verstand, daß du in meinem Haus nicht wieder Unruhe stiftest. Hortense ist noch ein Kind.«
»Etwas jünger als seinerzeit Clarissa, das stimmt. Aber sie wird sich sehr schnell herausmachen, paß mal auf. Schneller als Clarissa.«
Agathe preßte die Lippen zusammen und schweigt. Nebeneinander gehen sie zu den anderen zurück, die Kaffeetafel ist aufgehoben, die Familie hat sich im Garten verstreut, manche sitzen, manche spazieren herum, die Kinder liegen im Gras. Imma hat ihren Jüngsten auf dem Schoß, nur Carl Heinz hat sich verzogen, man hört Klavierspiel aus dem Haus.

»Begabte Kinder hast du«, sagt Jacob freundlich, um die Verstimmung aus dem Weg zu räumen, er will Agathe ja nicht ärgern. »Wie ich höre, will Carl Heinz Musik studieren.«
»Das sagt er.«
»Und Hortense will Schauspielerin werden.«
»Sie will jeden Tag etwas anderes. Ich hoffe, du wirst sie in diesem Unsinn nicht bestärken.«
»Ich? Ich verstehe weder etwas von Musik noch von Schauspielerei. Aber eigentlich ist es doch interessant, Agathe, mitzuerleben, wie die Kinder sich entwickeln und was dabei so herauskommt.«
»Du hast leicht reden«, murmelt Agathe. »Sei froh, daß du keine Kinder hast.«
Schon wieder reitet ihn der Teufel. »Wer sagt dir das?«
Agathe verhält den Schritt, blickt ihn mit hochgezogenen Brauen an. »Was soll das heißen?«
»Ich habe eine kleine Tochter.«
»Du hast . . .«
»Aber ja. Es ist kein Geheimnis. Vater und Mutter wissen es.«
»Du hast eine Tochter?«
»Sie ist noch sehr klein. Im April geboren. Ich war schon abgereist, als sie zur Welt kam.«
»Von einer Schwarzen etwa?« Agathe fragt es fassungslos.
»Aber nein! Von Mary. Sie ist die Frau meines Freundes Garsdorf.«
»Wie es scheint, bist du darauf auch noch stolz.«
»Wieso sollte ich? Es ist kein Kunststück, ein Kind zu machen. Und Mary und ich, wir haben uns sehr geliebt.«
Agathe stößt einen leisen Zischlaut aus, dann sagt sie: »Ich kann Madlon jetzt sehr viel besser verstehen.« Dreht sich um und läßt ihn stehen. Jacob erinnert sich gut an diesen Zischlaut, Clarissa beherrschte ihn auch.
Er lacht vor sich hin. Da ist er wieder einmal mitten ins Fettnäpfchen getreten. Und dabei hatte er sich vorgenommen, besonders nett zu Agathe zu sein. Aber es ist komisch, es hat ihn schon immer gereizt, sie zu schockieren. Dabei war sie die ganze Zeit so taktvoll: kein Wort über Madlon.

Nur gerade eben, eine Retourkutsche.
Das nächste Gespräch, in das Jacob verwickelt wird, ist von ganz anderer Art. Sein Schwager Bernhard Bornemann winkt ihn beiseite und führt ihn zu einer weißen Gartenbank, auf der sie sich niederlassen.
Jacob ist auf der Hut. Was kommt nun wohl?
Bernhard beginnt sehr höflich, kommt aber schnell zur Sache.
»Ich freue mich, daß es dir offensichtlich wieder gutgeht.«
»Ja, dank Mutters Pflege habe ich mich schnell erholt.«
»Seltsam mit dieser Malaria. Kommt wohl immer wieder.«
»Ich hatte lange keinen Anfall. Vielleicht haben wir an Bord zuviel getrunken. Es war eine ziemlich unruhige Überfahrt.«
»Ich würde annehmen, dann trinkt man lieber weniger.«
»Wie recht du hast. Aber Menschen reagieren leider oft sehr unvernünftig.«
Bernhard unterdrückt eine naheliegende Replik, außerdem ist er nicht der Mann, der sich leicht herausfordern läßt. Er hat etwas ganz Bestimmtes im Sinn.
»Wie ich höre, hast du die Absicht, Tante Lydia zu besuchen«, kommt er zum Thema.
»Ja. Hat Mutter dir das erzählt?«
»Es war heute die Rede davon. Aber ich hatte ohnedies die Absicht, mit dir darüber zu sprechen. Über dein Haus in Bad Schachen.«
»Ach ja, mein Haus.«
»Es ist ein sehr schöner Besitz, Jacob. Ein wertvoller Besitz. Ein großes Grundstück, ein solide gebautes Haus mit viel Raum. Und das alles an einem attraktiven Ort. Bad Schachen erfreut sich des besten Rufes. Auch in einer schweren Zeit wie dieser kommt jeden Sommer ein gutes Publikum dorthin, die Hotels sind sehr gut besucht.«
»Hm. Ja, ich weiß.«
»Was hast du für Pläne mit dem Haus?« fragt Bernhard geradezu.
»Pläne?«
»Na ja, du mußt doch irgendeine Vorstellung davon haben, was du damit machen willst.«

Dieser verdammte Paragraphenfuchs will mir das Haus abluchsen, denkt Jacob und fühlt, wie sich Ärger in ihm regt. Vielleicht als Rückzahlung für das, was ich die Familie gekostet habe.

»Was soll ich schon groß mit dem Haus machen?« Seine Stimme klingt leicht gereizt. »Noch verfüge ich ja nicht darüber. Tante Lydia wohnt dort und will dort wohnen bleiben, das ist ihr gutes Recht. Ich werde sie besuchen und eine Weile bei ihr bleiben. Sie fühlt sich sehr einsam, sagt Mutter.«

»Sie *ist* einsam. Aber wie auch immer, das Haus legt dir ja auch gewisse Verpflichtungen auf. Um Besitz muß man sich kümmern, sonst verkommt er. Du kannst das Haus natürlich eines Tages verkaufen, wenn du dort nicht wohnen willst. Du bekämst bestimmt einen guten Preis dafür. Vielleicht willst du ja wieder nach Afrika zurückkehren.«

Jacob schweigt und blickt seinen Schwager abwartend an. Mal sehen, was da noch kommt. Will er etwa einen guten Preis bieten? Aber es kommt ganz anders.

»Ich finde, du solltest nun endlich eine Heizung einbauen lassen. Das Haus ist bitterkalt im Winter. Mich erbarmt es, wie Tante Lydia da leben muß.«

Es erbarmt ihn, den Bernhard Bornemann.

Jacob betrachtet ihn mit Staunen. »Es ist kalt im Winter?«

»Du bist offenbar im Winter noch nicht dort gewesen. Das Haus ist groß, die Zimmer sind groß, die Gänge sind breit, und sie haben sehr schlechte alte Öfen, die sich schwer heizen lassen. Benedikt tut sein möglichstes, aber er ist ja körperlich schwer behindert, wie du weißt. Und es ist sinnlos, viel Kohlen in Öfen zu stecken, bei denen die Wärme durch den Kamin gleich wieder abzieht. Sie heizen im Winter nur die Küche und ein Zimmer. In diesem Zimmer wohnt und schläft Tante Lydia. Ich finde, das ist für sie ein unerträglicher Zustand. Aber sie kann es sich nun einmal nicht leisten, eine Heizung legen zu lassen. Du könntest es.«

»Ich? Wovon denn?«

»Dein Leben in den letzten Jahren war auch nicht gerade billig, und es hat dir, mal ehrlich gesprochen, doch keinerlei Nutzen gebracht.«

Bernhard sieht seinem Schwager ganz geradeaus in die Augen. Jacob fühlt sich beklommen. »Es ist dein Haus, Jacob. Auch wenn du es eines Tages verkaufen willst, erhöht es seinen Wert beträchtlich, wenn es ordentlich heizbar ist. Ich bin bereit, es vorzufinanzieren. Ich kann dir auch einen Kredit beschaffen, ganz wie du willst.«

Jetzt ist Jacob ziemlich ratlos.

»Ich kenne mich mit Geldgeschäften nicht aus.«

»Dann wird es Zeit, daß du es lernst«, bescheidet ihn Bernhard knapp. »Dazu hast du ja mich. Dein Vater hatte an sich die Absicht, seiner Schwester die Heizung einbauen zu lassen, aber dann kam seine Krankheit dazwischen, und ich riet davon ab, denn schließlich ist es deine Sache, denn du bist der Besitzer des Hauses.«

Kleine Pause, Jacob schweigt. Wie meint dieser Mensch das bloß?

»Du müßtest die Heizung natürlich bauen lassen, solange es Sommer ist.«

»Du meinst – in diesem Sommer?«

»Ich meine in diesem Sommer. Falls du nun bald hinüberfährst, wäre es höchste Zeit, sich darum zu kümmern. Ich könnte dir die Adresse eines Kollegen in Lindau geben, der würde dir die richtige Firma nennen. Oder er läßt am besten erst einmal ein paar Kostenvoranschläge machen. Auch im Haus selbst wird wohl einiges zu richten sein. Ich war das letzte Mal drüben bei der Beerdigung von Onkal Max Joseph, da kam mir das Haus bereits ziemlich verwahrlost vor. Das kann so nicht weitergehen. Und darum solltest du die Sache schnell in Angriff nehmen. In Tante Lydias Interesse und in deinem eigensten Interesse.«

Kein Zweifel, das ist kein spontaner Einfall von Bernhard, das hat er bereits sehr sorgfältig überlegt.

Jacob überdenkt das eine Weile und merkt, daß ihm der Plan gefällt.

»Und du würdest wirklich für das Geld sorgen?«

»Selbstverständlich. Das habe ich dir ja gerade angeboten. Aber du müßtest natürlich mit Verstand vorgehen. Es ist leider zu weit weg, als daß ich mich darum kümmern kann.

Aber da sind diese Bekannten von Tante Lydia, diese Korianders. Von denen hast du doch sicher schon gehört.«
»Ich kenne sie sogar, sie kamen einige Male zu Besuch, als ich dort war. Koriander hat irgendeine hohe Position in Lindau. Seine Frau und Tante Lydia verstanden sich sehr gut. Sie haben ein Haus über der Straße, ganz hübsch, aber viel kleiner als das von Tante Lydia.«
»Als das von dir«, korrigiert Bernhard freundlich. »Das Haus befindet sich voll in deinem Besitz, Tante Lydia hat dort nur Wohnrecht bis an ihr Lebensende. Also, was ich sagen wollte, Korianders sind in Schachen und in Lindau gut bekannt, sie würden dir sicher mit Rat und Tat zur Seite stehen. Und vor allem ist der Sohn nun wieder da.«
»Der Sohn? Was für ein Sohn?«
»Felix Koriander. Tante Lydia erzählte von ihm, als sie im März für ein paar Tage hier war. Er hat im Krieg allerhand mitgemacht, war zuletzt in russischer Gefangenschaft und kam ziemlich elend zurück. Aber dann hat er sich aufgerappelt und hat studiert. Sehr fleißig studiert.«
Das sagt er langsam und prononciert und macht daraufhin eine kleine Pause, in der unausgesprochen, aber deutlich genug zu hören ist: das gibt es nämlich, mein Lieber, Leute, die das getan haben!
Jacob schweigt. Das weiß er schließlich auch.
»Jedenfalls ist der junge Koriander wieder da. Er dürfte etwa in deinem Alter sein. Er ist Ingenieur und Architekt und soll ein sehr fähiger Mann sein. Soweit Tante Lydia. Ich werde von meinem Kollegen in Lindau eine Auskunft anfordern.«
»Was tut der junge Koriander denn in Bad Schachen, wenn er so ein fähiger Mann ist?«
»Er hat geheiratet und lebt jetzt mit seiner Frau bei seinen Eltern. Ich würde sagen, es bieten sich ihm in Lindau eine Menge Möglichkeiten, angefangen bei privater Bauwirtschaft bis zu einer Position bei Stadt oder Staat. Lindau ist eine wohlhabende Stadt. Der Hafen ist bestens ausgebaut und hat eine hohe Frequenz. Und dann haben sie diesen großartigen Bahnhof! Alle Züge nach Österreich und in die Schweiz gehen über Lindau, von München aus ist man schnell da, man

hat über Friedrichshafen direkte Verbindung nach Stuttgart. Wir liegen hier dagegen sehr abseits in unserem Winkel.«
Die Züge, die über Lindau fahren, interessieren Jacob nicht sonderlich, etwas anderes ist ihm eingefallen.
»Dann müßte ich vor allem wieder ein Auto haben.«
Bernhard ist irritiert.
»Ein Auto? Wozu denn das? Du kannst sehr gut von hier aus mit der Bahn nach Lindau fahren beziehungsweise nach Enzisweiler.«
»Ja, sicher. Hin komme ich schon. Aber wenn ich dort so viel zu tun habe, verhandeln muß mit Handwerkern und Baugeschäften und was weiß ich noch, muß ich beweglich sein. Einen Wagen brauche ich bestimmt.«
Bernhard liegt offenbar viel daran, daß Jacob sich dem Haus in Bad Schachen zuwendet und sich möglichst dort niederläßt. Er schluckt sogar das Auto.
»Es muß ja nicht gleich wieder ein Amerikaner sein«, denkt er laut. »Ich habe zur Zeit einen Mandanten, der ist Gläubiger einer Speditionsfirma, die in Konkurs gegangen ist. Da stehen mehrere Autos zum Verkauf. Vielleicht bekomme ich für dich günstig einen Wagen.«
»Das wäre fabelhaft«, ruft Jacob begeistert. Er kann nicht wissen, daß Bernhard viel weiter denkt, daß er nicht nur Pläne hat, sondern mitten in Verhandlungen steckt, in Verhandlungen über äußerst lukrative Projekte, die eigentlich so gut wie abgeschlossen sind. Es verzögert sich alles nur ein wenig, weil Carl Ludwig Goltz nun doch länger lebt, als man erwartet hat. Für Jacob jedoch bringt dieser Familiensonntag bei seiner Schwester Agathe einen Wendepunkt seines Lebens.
Schon in der Woche darauf fährt er nach Bad Schachen, sogar in einem Daimler, den Bernhard für einen Pappenstiel aus der Konkursmasse erstanden hat. Er fährt diesmal andersherum, am Schweizer Ufer entlang, über Romanshorn, Rorschach, nach Österreich hinein, überquert den Rhein, bevor er in den Bodensee fließt, sieht sich kurz in Bregenz um, das er noch nicht kennt, und kommt schließlich an jenes andere Ende des Sees, das zu Bayern gehört. Zwar gibt es keinen bayerischen König mehr, aber auch wenn Lindau zum Deut-

schen Reich gehört, ist es dennoch eine bayerische Stadt. Da, wo die Welt bayerisch ist, ist sie immer noch etwas anders als anderswo in Deutschland.

Tante Lydia weint vor Freude, als sie den Neffen endlich in die Arme schließen kann, Benedikt humpelt vor Begeisterung doppelt so schnell, Jacob ist gerührt.
Und dann kommt auf einmal sehr viel Bewegung in sein Leben, man kann sagen, sein Leben ändert sich von einem Tag auf den anderen, und das liegt nicht an ihm, das verursacht Felix Koriander. Schon am Tag nach Jacobs Ankunft erscheint er im Haus, und die beiden Männer verstehen sich auf Anhieb allerbestens. Sie sind im selben Alter, haben beide den Krieg von Anfang bis zum bitteren Ende mitgemacht, nur daß Koriander die Zeit seitdem sehr gut genutzt hat. Er ist ein Mann ohne Illusionen, groß und kräftig, dunkelhaarig, temperamentvoll, vor allem aber ist er ein Mann, der fest entschlossen ist, aus seinem Leben etwas zu machen. Ein Mann im Aufbau – schlechte Zeiten hin oder her. Er wird seine eigene Baufirma gründen, er hat ein Grundstück am Ortsrand von Bad Schachen erworben, seine Frau, aus wohlhabendem Haus stammend, erwartet ein Kind, und er selbst ist ein Mann so voll Schwung und Tatkraft, daß Jacob davon mitgerissen wird, ehe er richtig begreift, was da mit ihm geschieht.
Die Männer werden sehr schnell Freunde. Und wann hat Jacob je einen wirklichen Freund besessen? Wenn man von Barkwitz absieht, damals in Deutsch-Ost, der nun schon so lange tot ist, eigentlich nie.
Was mit Jacobs Haus geschehen soll, hat Felix schon fix und fertig im Kopf und kurz darauf auch auf dem Papier. Es geht nicht nur um die Heizung, es muß auch an den Räumlichkeiten einiges verändert und umgebaut werden, vor allem gehören noch Bäder ins Haus und Toiletten, Leitungen müssen neu verlegt werden, und dieses herrliche Zimmer im Obergeschoß, von wo aus man, über die Bäume hinweg, einen Blick auf See und Berge hat, muß überhaupt das Schmuckstück des Hauses werden.

»Ein großes Haus und darin nur ein einziges Badezimmer und ein einziges Klo, das ist doch vorsintflutlich. Ich frage mich nur, was sich mein Kollege, der dieses Haus baute, eigentlich dabei gedacht hat. So ein prachtvolles Haus, so große Räume und dann diese kümmerlichen sanitären Anlagen.«
»Aber das kostet doch alles furchtbar viel Geld«, wendet Jacob ein.
»Das Haus ist schuldenfrei. Wo gibt's denn so was noch! Sie bekommen eine wunderbare Hypothek darauf, das erspart Ihnen noch Steuern. Ich verstehe nicht, warum Ihr Onkel nie auf die Idee gekommen ist.«
Es mag daran liegen, daß der Onkel General einer Generation angehörte, in der man sparsamer lebte und Schulden für etwas Verwerfliches hielt. Jedenfalls in gewissen Kreisen.
Zunächst jammert und klagt Tante Lydia über Unordnung, Schmutz und Lärm in ihrem lieben alten Haus, steht anfangs hilflos all diesen Veränderungen gegenüber, genau wie Benedikt, der sich oft gekränkt in den Garten verkriecht und den Baustaub von den Rosenstöcken wischt.
Aber schon im Winter, als es im Haus sauber, neu tapeziert, bequem und vor allem gemütlich warm ist, werden sie ihre Meinung ändern. Koriander hat ein Wunder vollbracht, was Akkuratesse und Fixigkeit seiner Arbeit betrifft. Außerdem gibt es genügend Handwerker und Firmen, die froh sind, Aufträge zu erhalten, und darum auch schnell und gut arbeiten.
Versöhnt allerdings ist Tante Lydia schon vorher, nämlich als sie unerwartet Gesellschaft erhält, die ihr Unterhaltung und Freude ins Leben bringt, und ihr eine neue Aufgabe geschenkt wird – geschenkt, so muß man in diesem Fall wirklich sagen, denn Lydia von Haid, geborene Goltz, ist geblieben, was sie ihr Leben lang war: warmherzig, gütig, bereit, am Leben anderer teilzunehmen. Das Alleinsein, das Verlassensein war schwer für sie zu ertragen.
Sie verjüngt sich geradezu, als Jacob ihr die junge Frau ins Haus bringt. Das geschieht schon während der Bauzeit, als alles noch drunter und drüber geht, so daß Tante Lydia weitgehend von der gegenwärtigen Unbill abgelenkt wird. Hat sie sich nicht immer eine Tochter gewünscht? Nun ist eine da –

jung und schön, erst ein wenig scheu, aber bald sehr zutraulich. Es handelt sich um Jeannette Vallin, die jetzt Moosbacher heißt, was zunächst etwas irritierend wirkt, aber war für Lydia nicht alles, was von Jona kam, verwirrend?
Jeannette, zunächst nur ein Gast in Lydias Haus, fühlt sich bald heimisch in dem großzügigen komfortablen Rahmen, der ihr geboten wird. Sie schenkt Lydia ihre Zuneigung, sie liebt das erste Mal in ihrem Leben wirklich einen Mann, und sie ist endlich das Kind los, das sie so widerwillig bekommen hat.

Jeannette

Die Entführung

Es kann im Leben eines Menschen einen ganz gewissen Zeitpunkt geben, in dem Bedingungen und Möglichkeiten zusammentreffen, die zwangsläufig eine Änderung, sei es positiv, sei es negativ, in diesem Leben herbeiführen. Man mag es Schicksal nennen, ein Frommer spricht von Gottes Fügung, für andere steht es in den Sternen geschrieben.

Es gibt aber auch Menschen, die von vornherein ihr Leben in die Hand nehmen und es nach eigenem Willen formen – soweit das möglich ist.

So einer war Felix Koriander; allerdings gab es auch in seinem Leben eine Zeit, in der das Schicksal stärker war als sein Wille. Der Krieg und dann die Gefangenschaft, die er drei Jahre ertragen mußte, raubten ihm wertvolle Jahre seines Lebens. Seitdem jedoch hatte er mit aller Kraft versucht, diese verlorene Zeit gutzumachen, durch Arbeit, Fleiß und Phantasie, doch auch mit großem Mut, mit ungebrochener Lebensfreude und vor allem mit dem unerschütterlichen Glauben an sich selbst und an seinen Erfolg, der ihn vieles wagen ließ und zu kühnen Entscheidungen veranlaßte.

Anders Jacob. Er hatte bisher nur eine große Entscheidung getroffen, und ob er sich wirklich etwas dabei gedacht hatte, als er sich zur Schutztruppe meldete, oder ob nur Leichtsinn und Abenteuerlust ihn dazu brachten, nach Afrika zu gehen, sei dahingestellt.

Wie auch immer, dieser Entschluß hatte sein Leben geformt und beeinflußt, und er hatte sich seitdem nie wieder zu einer wirklichen Tat, zu einem echten Entschluß aufgerafft, er war ein Mensch, der sich treiben ließ.

Nun aber trafen verschiedene Imponderabilien zusammen, die eine Wende in sein Leben brachten: das ererbte Haus, die Transaktionen, die Bernhard Bornemann plante, die Begegnung mit Felix Koriander. So entstand ganz von selbst eine Situation, die Jacob ein neues Leben aufzwang. Was natürlich seinen Charakter nicht änderte, das ist nicht möglich, aber es erwachten Fähigkeiten in ihm, von denen er selbst nichts gewußt hatte.

Schon als er vier Wochen später, der Umbau war bereits in vollem Gang, nach Konstanz fuhr, um seine Eltern und natürlich auch seinen Schwager Bornemann über den Stand der Dinge zu unterrichten und nun auch, schon recht gut informiert, weitere finanzielle und rechtliche Beratung von ihm zu erbitten, war Jacob ein anderer Mann geworden: straff, beschwingt, voll Tatendrang.

So kostete es ihn auch keinerlei Überwindung, Jonas Hof zu einem kurzen Zwischenaufenthalt anzusteuern.

Die Situation war ähnlich wie bei seinem Besuch vor zwei Jahren. Es war sehr warm, es war Erntezeit, doch da der Sommer weiter vorgeschritten war als damals, wurde nicht Gras geschnitten, sondern Roggen und Wintergerste geerntet.

Aber sonst glich die Szene jener von damals; als sein Wagen in den Hof einbog, lag Bassy weitausgestreckt in der Sonne, das blonde Mädchen kam zwar nicht über die Wiese gewandelt, sondern saß mit einer Näharbeit beschäftigt auf der Bank vor dem Haus. Neu war das Kind, ein blonder Knabe, der neben ihr auf einem Rasenfleck spielte.

Jeannette hatte den Wagen kommen sehen auf dem leicht ansteigenden Sträßlein, das von der großen Straße abbog, die Kurve entzog ihn ihrem Blick, danach neigte sich der Weg abwärts, und erst kurz, bevor er den Hof erreichte, konnte sie ihn wieder sehen.

Sie erkannte den Mann sofort, der ausstieg. Madlons Mann. Langsam stand sie auf. Und wie damals dachte sie: quel bel homme! Und Jacob dachte, als er auf sie zuging: Madlons hübsche Nichte. Ob ihre Augen noch so blau sind? »Bonjour, Mademoiselle«, rief er ihr zu. »Comment allez-vous?« Erst dann fiel ihm ein, daß sie ja keine Mademoiselle mehr war, sondern eine Madame. Madame Moosbacher. Und was da auf der Wiese herumkrabbelte, war das Kind von dem über Bord gegangenen Verlobten.

»Sie können mit misch Deutsch reden«, sagte Madame Moosbacher statt einer Begrüßung.
»Das ist ja großartig«, lachte Jacob. »ich kann mit dich Deutsch reden, Blauauge? Das erleichtert die Konversation gewaltig.«
Ohne weitere Vorreden nahm er sie in die Arme, küßte sie erst auf die rechte, dann auf die linke Wange, und als sie keinen Versuch unternahm zu fliehen, küßte er sie auf den Mund. Es war lange her, daß dieser Mund geküßt worden war, und wenn sie sich noch daran erinnerte, so war es in keiner Weise mit dem Gefühl zu vergleichen, das sie jetzt empfand. Sie empfand auch keinerlei Abscheu vor dem Körper des Mannes, den sie an ihrem spürte, Michels Gewalttat war nun doch in den heilsamen Abgrund der Zeit gesunken.
Natürlich wich sie dann doch zurück, errötete, aber das Lächeln blieb um ihren Mund, wenn ihr auch die richtigen deutschen Worte nicht einfielen, um ihn zurechtzuweisen. Sie flüsterte nur: »Oh, non –«
Und Jacob erwiderte: »Oh, ja. So gehört sich das unter Verwandten, wenn man sich so lange nicht gesehen hat. Ich bin ja schließlich so etwas Ähnliches wie dein Onkel, nicht?«
Das war nun doch zuviel und zu schnell gesprochen, also wiederholte er mehrmals und langsam, was er gesagt hatte, bis sie verstand, und dann lachte sie und rief: »Mon oncle? Oh, non. Nein. Nicht Onkel.«
»Nicht Onkel. Auch gut. Oder sogar viel besser. Und das da ist also dein Kind?«
Mit seinem neuerwachten Interesse an Kindern schaute er den Kleinen an, der seinerseits fasziniert den großen, fremden Mann betrachtete.
»Oui. Ja. Das sein Ludwig.«
»Ludwig. Ausgerechnet.«
»Ludwig der Zweite, so sagt Jona.«
»Ein reichlich makabrer Witz, würde ich sagen. Meine Mutter war in Geschichte noch nie sehr bewandert.«
Das war nun natürlich wieder viel zu schwierig, und so zwischen Verstehen und Nichtverstehen plänkelten sie eine Weile herum, dann nahm Jacob sogar den Buben auf den Schoß,

der sich das widerspruchslos gefallen ließ. Er war den Umgang mit vielen Menschen gewöhnt, bisher hatte ihm keiner etwas Übles getan, und überhaupt war er ein freundliches, nie quengeliges Kind. »Ein sehr hübsches Kind«, stellte Jacob fest. »Genauso hübsch wie du.«

»Isch? Isch bin 'übsch?«

»Das bist du, und das weißt du verdammt genau. Willst du mir noch einen Kuß geben?«

»Oh!« machte Jeannette wieder. Das Non fehlte.

Also legte Jacob, das Kind auf dem Schoß, einen Arm um ihre Schulter, zog sie an sich und küßte sie noch einmal, diesmal etwas länger, doch sehr behutsam. Der kleine Ludwig juchzte dazu und patschte mit den Händen auf Jacobs ihm zugewandte Backe.

Jacob ließ Jeannette los, lehnte sich zurück und spürte, wie sich sehr heftig Verlangen in seinem Körper regte. Seit der Trennung von Mary hatte er keine Frau im Arm gehabt, und es war wohl höchste Zeit, diesen Zustand zu beenden.

Madlons kostbare Nichte! Die Frau Moosbacher. Er mußte sich beherrschen, um nicht in lautes Gelächter auszubrechen. Das würde die richtige Rache an Madlon sein. Außerdem hatte ihm die Kleine damals schon gefallen mit ihrem blauen Unschuldsblick.

»Gefällt es dir denn hier?« fragte er und wies mit einer Handbewegung über den Hof.

»Mir gefällt?«

»Ich meine, bist du gern hier? Ist es nicht langweilig für eine hübsche, junge Frau? Kommst du denn manchmal unter Leute?« Es dauerte eine Weile, bis sie in diesem Punkt eine Art Verständigung erreicht hatten, und Jacob wußte dann, daß sie regelmäßig in die Kirche ging, daß sie auch manchmal nach Meersburg oder nach Markdorf mitgenommen wurde, auch schon einmal in Überlingen gewesen war, aber sonst schien ihr Leben ziemlich eintönig zu verlaufen. Die Menschen, mit denen sie umging, waren die Menschen, die auf dem Hof lebten, sonst niemand.

Nicht lange danach erschien Madlon auf der Bildfläche. Ihr Auftritt war diesmal wirkungsvoller als vor zwei Jahren: sie

kam auf Tango in den Hof geritten, sogar eine Büchse hing ihr über der Schulter.
Da sie auf dem Feldweg vom Wald herangetrabt war – Kilian hatte ihr von großen Wildschäden im Wald berichtet, und sie wollte sich das einmal anschauen –, hatte sie weder gesehen, was sich vor dem Haus tat, noch hatten die drei auf der Bank sie kommen sehen. Sie sahen sie erst, als der Rappe um die Scheune herum in den Hof schritt, und sie sah zuerst den fremden Wagen und dann das Idyll auf der Bank vor dem Haus. »Mille tonnerre!« rief sie laut. »Jacques!«
Und dann saß sie bewegungslos auf dem Pferd und starrte ihn an. Jacob setzte das Kind auf Jeannettes Schoß, stand dann auf und ging langsam, mit freundlicher Miene, auf Madlon zu. Haß? Wut? Verbitterung? Er hatte momentan viel zuviel anderes im Kopf, um sich damit abzugeben.
»Hallo, Madlon! Schön, dich wieder mal zu sehen.«
Madlon betrachtete ihn ungläubig. Immer hatte sie sich gefürchtet vor einem Wiedersehen, hatte sich schreckliche Dinge ausgemalt, die passieren würden. Nichts passierte, Jacob sagte freundlich hallo. Das ärgerte sie einen Augenblick lang außerordentlich, und das war eine typisch weibliche Reaktion. Aber da sie eine vernünftige Frau mit praktischem Verstand war, zeigte sie ihre Enttäuschung nicht.
Jacob klopfte dem Rappen den Hals.
»Schönes Pferd. Ist das nicht Tango?«
»Ja, das ist Tango.«
Bassy war auch herangekommen, umschwänzelte das Pferd, sprang an ihm hoch, um Madlons Füße zu erreichen.
»Wo kommst du denn her?«
»Direkt aus Bad Schachen. Von Tante Lydia.«
»Ach, hast du sie besucht?«
»Ja. Ich habe sie besucht, und ich habe ihr furchtbar viele Unannehmlichkeiten bereitet.«
»Warum denn das?«
»Ich erzähle es dir, wenn du abgesessen bist.«
»Zuletzt habe ich gehört, daß du krank bist.«
»Das ist schon eine Weile her. Das Übliche, Malaria. Als ich von Afrika zurückkam.«

Sie blickte an ihm vorbei.
»Ich wußte ja, daß Jona bei dir ist, sonst wäre ich . . .«
»Ja?« fragte er gedehnt.
»Na, ich wäre natürlich gekommen.«
»Um mich gesund zu pflegen? Bist du denn der Meinung, daß ich dich gern an meinem Krankenbett gesehen hätte?«
»Das weiß ich nicht. Ich hätte es halt versucht.«
»Du meinst, wenn ich im Fieber daliege, kann ich mich doch nicht wehren.«
Er lächelte spöttisch zu ihr hinauf, die Hand immer noch auf dem Pferdehals. Die Hand gegeben hatten sie sich nicht.
»Ach, Jacob«, sagte sie leise. »Du hast ja keine Ahnung.«
»Wovon habe ich keine Ahnung?«
»Wieviel Kummer ich mir um dich gemacht habe. Und wie elend ich mir oft vorkomme.«
»Das finde ich ganz in Ordnung. Ich habe gehofft, daß du leiden wirst.«
»Und du? Hast du nicht geleidet?«
Sie sahen einander in die Augen, sehr ernst auf einmal. Die falsche Verbform, so ungewohnt bei Madlon, nahm die Spannung, er lächelte.
»Si, Madame. Ich habe auch geleidet. Aber nun habe ich mich an das Leben ohne dich gewöhnt.«
»Hast du eine andere Frau?«
»Natürlich.«
Sie seufzte. »Naturellement.« Wieder ein Moment der Erstarrung, dann fragte sie: »Wo ist sie? In Konstanz? In Bad Schachen?«
»In Südwestafrika.«
»Oh!« Ihre Augen öffneten sich weit. »Du suchst dir deine Frauen immer noch in Afrika?«
»Sieht so aus. Aber möchtest du nicht absteigen und dich zu uns setzen?«
»Ja, natürlich. Ich bringe nur Tango in den Stall. Ich komme gleich.« Sie kam eine Weile später, in verbeulten alten Reithosen, die offensichtlich einem Mann gehörten. Sie waren zwar reichlich in der Länge, aber sie spannten um die Hüften. Er sah sofort, daß sie zugenommen hatte.

»Was willst du? Kaffee? Einen Obstler? Oder lieber etwas Kaltes?«
»Am liebsten ein Bier.«
Er blieb sitzen und ließ sie es holen. Sie war jetzt die Herrin auf dem Hof, er nur ein Besuch.
Sie wartete, bis er das Glas halb geleert hatte und sich mit einem befriedigten Seufzer die Lippen abwischte.
»Kommt sie her?«
»Wer?« stellte er sich dumm.
»Die Frau aus Afrika. Oder gehst du wieder runter?«
»Ich weiß noch nicht«, sagte er, und es war eine bewußte Lüge. Und dann hatte er doch den Wunsch, ihr weh zu tun. Sie da zu verletzen, wo sie am verletzlichsten war.
»Sie fühlt sich sehr wohl auf der Farm. Es ist ein riesiger, sehr schöner Besitz. Und sie ist eine sehr tüchtige Farmerin. Ja, vielleicht gehe ich wieder hin. Wir haben ein Kind.«
Das ließ sie für eine Weile verstummen. Sie streichelte abwesend den Kopf des Hundes, der sich an ihr Knie schmiegte, blickte verloren ins Weite.
»So«, sagte sie dann. Ihr Blick folgte dem kleinen Ludwig, der von Jeannettes Schoß gekrabbelt war und wieder im Gras saß. »Ich habe jetzt auch ein Kind, wie du siehst. Leider ist es nicht mein Kind.«
Es tat ihm leid, daß er es gesagt hatte.
»Aber fast«, sagte er gutmütig. »Ein sehr netter Bub. Und sonst? Geht es dir gut? Du bist – glücklich hier?«
»Ich bin gern hier«, sagte sie einfach. »Ich habe mich an das Leben hier gewöhnt. Es ist viel Arbeit, aber ich mache sie gern.«
»Jona hat es mir erzählt. Seltsam, daß du nun seßhaft geworden bist. Ausgerechnet du. Gerade das hätte ich bei dir nicht erwartet.«
»Seßhaft?«
Er erklärte ihr den Begriff. Sie nickte.
»Ja, so kann man es nennen. Und warum sagst du, du hast es nicht erwartet? Ich habe es mir immer gewünscht.«
Hatte sie je davon gesprochen, Haus und Hof zu haben, Land und Vieh zu versorgen? Er konnte sich nicht daran erinnern.

Aber es wäre ja auch lächerlich gewesen, bei dem Leben, das sie führten, wenn sie davon gesprochen hätte. Aber sie hatte immer gern für alle gesorgt, hatte für sie gekocht, hatte sie gepflegt, wenn sie krank waren, sie hatte die Tiere geliebt und gut behandelt und – sie hatte sich Kinder gewünscht. Hatte dies alles nicht deutlich genug gezeigt, was für ein Leben sie sich wünschte?
Angenommen, er hätte den Hof übernommen, wie seine Mutter es wollte, dann würde Madlon heute mit ihm hier leben und zufrieden sein. Also war es doch so, wie er es sich manchmal gedacht hatte: er hatte sie nicht an einen anderen Mann verloren, sondern an den Hof, an Jona.
Nach Rudolf fragte er nicht. Er betrat auch das Haus nicht, während der halben Stunde, die er noch blieb, ehe er nach Konstanz weiterfuhr.
Er erzählte von dem Umbau in Schachen, wieviel Ungemach er Tante Lydia bereitete, erwähnte auch Koriander, mit dem er sich so gut angefreundet hatte in den vergangenen Wochen. Und plötzlich hatte er einen Einfall, einen ganz großartigen Einfall, wie es ihm vorkam.
»Sag mal, deine Nichte hier, brauchst du sie eigentlich sehr dringend auf dem Hof?«
»Wieso?« fragte sie argwöhnisch.
»Wir haben uns ein bißchen unterhalten, ehe du kamst. Sie spricht ja jetzt schon ganz gut Deutsch. Und da habe ich mir gedacht, ob man sie nicht für eine Weile ausleihen könnte.«
»Jeannette? Ausleihen?«
»Für Tante Lydia. Sie könnte etwas Hilfe gebrauchen während des Umbaus. Und ein wenig Gesellschaft. Ich kann ja nicht pausenlos bei ihr sein. Meinst du, Jeannette könnte sich um Tante Lydia kümmern, mal mit ihr spazierengehen, auch ein bißchen im Haus helfen? Ich habe einen sehr tüchtigen Baumeister, und er hat eine nette Frau, die würde Jeannette behilflich sein, sich zurechtzufinden.«
»Quelle folie!« sagte Madlon unwirsch.
Jeannette hatte begriffen, daß von ihr die Rede war, verstand aber natürlich nicht, worum es ging. Mit großen Augen blickte sie von einem zum anderen.

»Bist du deswegen hergekommen?«
»Himmel, nein. Ich konnte mich an deine Nichte kaum erinnern. Nein, glaub mir, erst vorhin, als wir hier saßen und miteinander redeten, kam mir die Idee.«
Sie war ihm soeben gekommen, und er fand sie großartig. Er wußte auch schon, daß Jeannette gern mit ihm kommen würde.
»Das kommt nicht in Frage.«
»Denk mal darüber nach! Wäre doch eine hübsche Abwechslung für Jeannette. Nun sitzt sie schon über zwei Jahre hier herum. Oder brauchst du sie so dringend?«
Madlon blickte mit gerunzelter Stirn erst ihn, dann das Mädchen an. Und er betrachtete mit erbarmungsloser Genauigkeit Madlon. Jünger und schöner war sie nicht geworden, ihr Gesicht ohne jede Schminke, das Haar ungepflegt. Madeleine aus dem Lütticher Kohlenpott, eine etwas breithüftige Wallonin, eine Bauersfrau aus dem badischen Hinterland. Hatte er eigentlich so viel an ihr verloren?
Gehässigkeit flammte noch einmal kurz in ihm auf, und böse war, was er nun sagte.
»Ich fragte, wird sie hier gebraucht? Braucht Rudolf sie?«
»Rudolf?« Verständnislos starrte Madlon in sein lächelndes Gesicht.
»Ich meine, sie ist schließlich seine Frau. Schläft er mit ihr?«
»Merde alors!« Wütend sprang Madlon auf, es sah aus, als wolle sie ihn ohrfeigen. Jacob hob abwehrend die Hände.
»Pardon, pardon! Es war nur eine Frage. Ich kenne mich mit den Verhältnissen hier im Haus ja wirklich nicht aus. Und du wirst zugeben, daß ich darüber mit Jona kaum sprechen kann.«
»Rudolf schläft mit mir und mit sonst niemand.«
»Wie schön für dich. Dann sehe ich aber wirklich nicht ein, warum ich Jeannette nicht für eine Weile zu Tante Lydia bringen kann.«
»Jeannette hat ein Kind.«
»Sie kann es mitnehmen. Lydia ist sehr kinderlieb.«
»Das Kind bleibt hier«, fauchte Madlon. »Sie macht sich so-

wieso nicht viel aus ihm. Es wird von mir viel besser versorgt.«
Er lehnte sich mit einem zufriedenen Lächeln zurück.
»Siehst du. Frag deine liebe Nichte, was sie von meinem Vorschlag hält.«
»Ich denke nicht daran.«
Aber Jeannette sprach auf einmal in raschem Französisch auf Madlon ein, sie hatte das wenigste von dem verstanden, was über sie geredet wurde, und sie wollte es wissen. Madlon antwortete ihr abweisend und unfreundlich, ebenfalls auf französisch, und dem konnte nun Jacob wieder nicht folgen. Er betrachtete die beiden Frauen nur. Jeannette saß auf der Bank, Madlon stand vor ihr, in geradezu drohender Haltung, ihr Gesicht war voll Zorn, schön war sie in diesem Moment wirklich nicht.
Das Gespräch wurde dadurch beendet, daß Jeannette aufsprang, ihnen den Rücken kehrte und ins Haus lief.
»Nun? Hast du ihr meinen Vorschlag unterbreitet? Was hält sie davon?«
»Ich habe dir schon gesagt, es kommt nicht in Frage.«
»Wie du willst. Ist nicht so wichtig, war nur so ein Gedanke.«
Er stand nun ebenfalls auf. »Ich muß jetzt fahren. Du kannst dir das ja mal in Ruhe überlegen. Besprich es mit Rudolf. Es geht mir wirklich nur um Tante Lydia. Ich kann nicht bei ihr bleiben, ich bin die meiste Zeit in Konstanz. So in zwei Wochen komme ich wieder vorbei, und dann läßt du mich hören, was du beschlossen hast.«
»Tu es un salaud!« zischte sie.
Er lächelte. »Pardon? Ich habe nicht verstanden. Danke für das Bier. Au revoir, ma chère.«
Er kam nicht nach zwei Wochen, er kam bereits nach fünf Tagen, und man konnte es fast eine Entführung nennen. Nur daß Jeannette gern und freiwillig mit ihm ging. Sie wußte inzwischen, worum es sich handelte, und der Gedanke war höchst reizvoll für sie. Denn immer noch wußten sie alle nicht, wie Jeannette wirklich war, Pierre Vallins Tochter, Suzannes Schwester. Hatte diese Jeannette eigentlich schon gelebt, hatte sie sich selbst schon entdeckt; im Zeichen der Zwil-

linge geboren, zwielichtig, verspielt und raffiniert zugleich, neugierig auf das Leben, auf Abwechslung, auf Amüsement, nicht leidenschaftlich veranlagt, aber katzenlustig auf das Spiel mit der Liebe.

Zwischen Rudolf und Madlon hatte es fast jeden Abend Gespräche und auch ziemlich ernsthaften Streit gegeben.

»Ich habe dir immer gesagt, daß Jeannette nicht ihr ganzes Leben lang hier auf dem Hof herumsitzen kann. Sie ist jung, Madlon. Sie hat ein Recht auf ihr eigenes Leben.«

»Was soll das sein, das eigene Leben? Jacob etwa?«

»Du sprichst seinen Namen aus, als sei er dein größter Feind.«

»Sie hat ein Kind.«

»Na gut, sie hat ein Kind, das ihr nicht viel bedeutet. Das wissen wir schließlich alle. Sie hätte es am liebsten getötet, ehe es geboren war, und danach –«

»Ach, hör auf! Sie hat das Kind, und das Kind gehört zu ihr.«

»Sie kann es ja mitnehmen.«

»Nie! Nie!« rief Madlon leidenschaftlich.

»Bitte, Madlon, sei doch vernünftig! Warum unterstellst du Jacob von vornherein böse Absichten.«

»Ich kenne ihn.«

»Du hast ihn geliebt, denke ich.«

»Gerade darum kenne ich ihn.«

Mit Madlon war einfach nicht zu reden, auch wenn Rudolf es Abend für Abend geduldig versuchte. Im Grunde war es ihm gleichgültig, was Jeannette tat.

»In Bad Schachen ist jetzt Saison. Das würde ihr vielleicht Spaß machen.«

»Und dann kommt sie mit dem nächsten Kind im Bauch hier an, wie?«

Rudolf war sichtlich indigniert.

»Ich nehme an, daß diese Tante Lydia auf sie aufpassen wird. Und ich finde, du bist sehr ungerecht. Wir wissen, wie das damals passiert ist. Und seit Jeannette hier ist, hat sie keinen Mann angesehen, hat nichts getan, was dich veranlassen könnte, so häßlich von ihr zu reden.«

»Du Idiot!« fuhr Madlon ihn an. »Denkst du, ich habe nicht gemerkt, wie sie Jacob angesehen hat. Und denkst du, ich kenne Jacob nicht?«
»Das sagtest du bereits. Du bist also eifersüchtig.«
»Ich? Auf wen?«
»Auf Jacob. Und darf ich dir noch sagen, daß ich es nicht gern höre, wenn man mich einen Idioten nennt.«
»Entschuldige. Und ich bin nicht eifersüchtig auf Jacob. Aber ich werde niemals zulassen, daß er sich Jeannette einfach nimmt.«
»Du hast mir erzählt, er hat eine Frau in Afrika.«
»Na und?«
»Schön. Es ist deine Nichte. Mach, was du willst.«
»Es ist dir also egal, was aus ihr wird.«
»Ich habe sie geheiratet«, sagte Rudolf müde. »Ich weiß, das ist keine besondere Heldentat, aber es war das einzige, was ich für sie tun konnte. Ich bin bereit, mich jederzeit von ihr scheiden zu lassen, falls sie einen richtigen Mann heiraten will. Das ist, verdammt noch mal, ihr gutes Recht. Du hast ihr geholfen in einer schwierigen Situation, aber das gibt *dir* nicht das Recht, über ihr ganzes Leben zu bestimmen.«
»Sie hat ein Kind! Sie hat ein Kind!«
»Ich weiß es, du brauchst nicht so zu schreien. Sie hat ein Kind, und sie kann es mitnehmen, wohin immer sie geht.«
»Sie wird es mir nicht wegnehmen. Nie. Nie. Und du bist ein Idiot, ein Idiot, ein Idiot, wenn du nicht begreifst, daß ich das Kind nicht hergebe.«
Rudolf stand auf. Er hatte einen langen Arbeitstag hinter sich, er war müde, und er war der täglichen Gespräche über Jeannette überdrüssig bis zum Hals. Gespräche, an denen sich übrigens Jeannette, weder auf deutsch noch auf französisch, nicht im geringsten beteiligte. Sie schneiderte sich zur Zeit ein neues Kleid, weiß, mit kleinen rosa Blümchen bedruckt. Weiß war noch immer ihre Lieblingsfarbe. Sie summte vor sich hin, wenn sie vor dem Spiegel das Kleid probierte. Dann saß sie vor dem Spiegel und bürstete ihr Haar; weich, lang, sanft gelockt. Sie hielt sich überhaupt viel vor dem Spiegel auf.

Sie hörte, wie sich Madlon und Rudolf ihretwegen stritten. Aber sie dachte hauptsächlich an die weißen Schuhe, die sie sich zu dem Kleid wünschte. Aber was sollte sie mit weißen Schuhen hier mitten auf dem Land?

Jacob hatte den Tag gut gewählt. Es war schwül, und es hing ein Gewitter über den Bergen. Er dachte sich, daß sie alle draußen auf den Feldern sein würden, um bis zum Abend einzufahren.

War Madlon trotzdem da, nun, dann hatte er eben Pech gehabt. Aber es klappte wie probiert. Jeannette war allein im Haus, trödelte herum, das Kleid war fertig, und sie zog es noch einmal an, um sich darin zu bewundern. Drehte sich vor dem Spiegel, daß der weite Rock flog. In ihrem Kopf schwirrten jetzt manchmal ganz neue Gedanken herum. Wenn sie nach Brüssel ging und versuchte, dort als Schneiderin ein Auskommen zu finden. Nicht nach Gent, aber nach Brüssel. Es gab dort Modesalons in der Stadt, die sie vielleicht beschäftigen würden. Sie dachte oft an ihre Schwester Suzanne, die ihr viel von Brüssel erzählt hatte. Das Schloß, die großen Hotels, die feinen Geschäfte.

Sie hatte ganz gut verstanden, was Rudolf schon ein paarmal gesagt hatte: sie ist jung, sie ist so hübsch, sie kann doch nicht ihr ganzes Leben lang hier auf dem Land herumsitzen. Sie war nun vierundzwanzig und bereit zum Aufbruch. Es bestand eine Übereinstimmung in diesem Punkt zwischen Jacob und ihr, was sie natürlich nicht wissen konnte. Möglicherweise wäre es besser gewesen, sie hätte all ihre hübschen Kleider in einen Koffer gepackt und wäre nach Brüssel gefahren. Nur gab es da ein großes Hindernis – sie hatte kein Geld, überhaupt keins; sie hätte Madlon um Geld bitten müssen.

Nein, nicht Madlon, sondern Rudolf. War er nicht ihr Mann? Aber er würde nichts tun, ohne es mit Madlon zu besprechen. Sie spielte zwar mit all diesen Gedanken, sonst geschah nichts. Es geschah nur, daß Jacob kam, und statt sich in Brüssel an der neuesten Mode zu orientieren und noch hübschere Kleider zu machen, geriet Jeannette erneut in eine Situation, in der sie nicht glücklich werden konnte.

Niemand war zu sehen, als Jacob im Hof hielt, nicht einmal der Hund. Er stieg aus und blickte sich um, wischte sich den Schweiß von der Stirn. Es war schwül, kein Lüftchen regte sich, doch über den Bergen ballten sich immer drohender dunkle Wolken zusammen. Sie mochten herüberkommen oder nicht, das wußte man nie genau, der See blubberte, bis zum Nachmittag mochte das Gewitter dasein. Jacob ging ins Haus, auch hier alles leer und still. Waren sie alle auf den Feldern draußen, die Blonde auch?
»Ist keiner da?« rief er in die Stille des Hauses hinein, und dann regte es sich oben, am Ende der Treppe erschien das Mädchen in einem duftigen weißen Kleid und blickte staunend zu ihm herab.
»Bonjour, Jeannette. Du hast dich aber fein gemacht. Willst du ausgehen? Es wird bald ein Gewitter geben.«
Sie kam die Hälfte der Treppe herab, er stieg die andere Hälfte hinauf. Er sah, daß sie keine Schuhe trug, und sie sagte, statt jeder Begrüßung: »Ich möchte kaufen weiße Schuhe.«
»Ah, ja? Und wo?«
Sie zuckte die Achseln. »Hier es gibt nicht Laden.«
»Dann fahr mit mir, und wir suchen einen Laden. In Friedrichshafen oder in Lindau, wo wir hübsche weiße Schuhe für dein schönes Kleid finden. Hast du das auch selbst gemacht?«
Denn von Jona wußte er ja von ihrem modischen Talent.
Sie nickte.
»Und wenn wir dort überall nicht die richtigen weißen Schuhe finden, die dir gefallen, dann fahren wir nach München.«
»München?«
»Munich. Die Hauptstadt von Bayern. Kommst du mit?«
Auf der Treppe stehend führten sie ein rasches und für Jeannette weitgehend mißverständliches Gespräch. Aber sie wußte ja inzwischen, worum es ging und was er vorgeschlagen hatte. Er erzählte wieder von Tante Lydia und daß Jeannette es zunächst einmal für eine Woche versuchen sollte, dann würde man weitersehen. Sie könne jederzeit auf den Hof zurückkehren, ganz wie es ihr beliebte.
Jeannette wandte den Kopf auf dem langen schlanken Hals unschlüssig nach rechts und links.

»Madlon ist nicht da.«
»Das dachte ich mir. Keiner ist da, nicht wahr?«
»Nein. Alle auf Feld.«
»Und wo ist der Kleine?«
»Chez Flora«, meinte Jeannette lässig.
Wer Flora war, wußte Jacob aus den Erzählungen seiner Mutter, auch daß Flora ebenfalls einen Buben hatte, etwas jünger als der kleine Ludwig.
Flora war nicht aufs Feld gefahren, sie würde sich heute nur um das Vieh kümmern und abends für alle kochen. Den kleinen Ludwig hatte sie schon am Morgen geholt, er saß zusammen mit ihrem Buben in einem Laufstall, den sie aber ins Haus geholt hatte, denn die Fliegen und Bremsen waren heute sehr bissig.
So bemerkte auch Flora nichts von dem Aufbruch oder, wenn man es denn so nennen wollte, von der Entführung.
»Laß uns deinen Koffer packen«, hatte Jacob gesagt, ohne weitere Debatten zu führen. »Du wirst die hübschen Kleider in Bad Schachen brauchen.«
Jeannette folgte ihm wie verzaubert in ihr Zimmer; sie war zu verwirrt, um an vernünftiges Packen zu denken, er besorgte es für sie. Es zeigte sich, daß der Koffer, mit dem sie angereist war, inzwischen nicht ausreichte, um die angewachsene Garderobe aufzunehmen.
»Macht nichts«, sagte Jacob, »wir legen die Sachen hinten ins Auto, da werden sie schon nicht zerdrückt.«
Sie wollte sich umziehen, aber er sagte: »Laß doch. Du siehst so süß aus in dem Kleid. Und vielleicht bekommen wir unterwegs doch irgendwo Schuhe. Und wenn es regnet, kann ich das Verdeck hochmachen, kein Problem.«
Während sie fahrig in ihren Sachen kramte, ging er mehrmals vors Haus und blickte um sich. Nun, da alles so weit gediehen war, hätte es ihn geärgert, wenn man sie überrascht hätte. Es erwies sich auch als Vorteil, daß die Frontseite des alten Hofes vom neuen Hof nicht eingesehen werden konnte. Falls Flora wirklich aus dem Fenster sah, sah sie gar nichts, nicht einmal das Auto. Zum Schluß verlangte er noch, daß Jeannette ein paar Zeilen an Madlon schrieb. Das fiel ihr schwer.

»Was ich schreiben?« fragte sie verzagt.
»Du kannst ja auf französisch schreiben«, sagte er. »Schreib einfach, Jacob ist gekommen, hm – Jacob est venu – ja, richtig? Je aller, nö, heißt, glaub ich, je vais pour une semaine à Tante Lydia. Na, so ähnlich, das wirst du wohl fertigbringen.«
Jeannette kicherte aufgeregt, ihre Wangen hatten sich gerötet, ihre Augen, gar nicht mehr unschuldig und kindlich, blitzten. Seltsam war es schon. Sie hatte gar keine Angst vor Jacob. Nicht die geringsten Bedenken, mit ihm zu fahren. Dabei hatte sie ihn erst drei- oder viermal in ihrem Leben gesehen.
Ein wenig doch Suzannes Erbe? Oder einfach Hunger auf Leben, und war das nicht zu verstehen? Es genügte einfach nicht, sich nur immer selbst im Spiegel zu bewundern, ein anderer mußte es endlich auch einmal tun.
Und das widerfuhr ihr an diesem Tag reichlich, sie wurde allerseits und sehr ausführlich bewundert.
In Friedrichshafen bekamen sie wirklich weiße Schuhe, mit ziemlich hohen Absätzen sogar, in denen Jeannette erst gehen lernen mußte. Die braunen Halbschuhe, die sie bisher getragen hatte, ließ sie mit einem Seufzer der Erleichterung ins Wageninnere fallen.
Sie fuhren die Uferstraße entlang, es regnete immer noch nicht, im Gegenteil, die schwarzen Wolken blieben zurück, nur drüben über den Bergen zuckten manchmal Blitze.
Sie kamen am frühen Nachmittag in Schachen an, und Jeannettes Auftritt war ein voller Erfolg. Die Arbeit war noch in vollem Gange, das Haus voller Menschen, auch Felix war da. Tante Lydia streifte ruhelos im Garten umher mit unglücklichem Gesicht, und da trat plötzlich Jacob auf sie zu, und an der Hand führte er ein engelszartes Geschöpf in einem weißen Kleid, das mit rosa Blümchen übersät war.
»Das ist Jeannette, Tante Lydia. Sie wird dir eine Weile Gesellschaft leisten und wird dich von dem ganzen Durcheinander ablenken. Ihr könnt schön im Park spazierengehen. Sie spricht ein bißchen Deutsch, und du sprichst ja Französisch, also werdet ihr euch wohl ganz gut verständigen.«
»Ist das Madlons Nichte?«
»Ja. Madlon vertraut sie einige Zeit deiner Obhut an.«

»Wie reizend, Jacob«, sagte Tante Lydia und betrachtete entzückt die junge Frau, die stumm und verlegen vor ihr stand. Benedikt kam aus dem Haus gehumpelt und starrte staunend, und aus den Fenstern staunten die Handwerker. Dann kam glücklicherweise Felix Koriander und brachte Bewegung in die stumme Szene. »A la bonheur! Was hast du dir da Hübsches eingefangen, Jacob?« Denn inzwischen duzten sie sich, nachdem sie neben all der Arbeit auch eine Anzahl von guten Schoppen miteinander geleert hatten.
Von raschem Entschluß, wie Felix war, stellte er sofort fest: »Also, die junge Dame kann hier nicht wohnen, und deiner Tante ist es beim derzeitigen Stand der Arbeit eigentlich auch nicht mehr zuzumuten. Weißt du, was wir machen? Wir bringen die beiden Damen ins Hotel. Sie sollen für zwei Wochen oder so im Hotel wohnen, bis wir wenigstens ein paar Zimmer und die Küche und ein Bad ordentlich instand gesetzt haben. Was hältst du davon?«
Jacob fand den Vorschlag gut. Er fand ihn sogar großartig. Das enthob ihn zunächst jeder Verantwortung. Kam Madlon wirklich wutschnaubend morgen hier an, und Jeannette wohnte mit Tante Lydia im Hotel – unverfänglicher konnte die Situation nicht sein. Zumal er keineswegs die Absicht hatte, sich sogleich auf Jeannette zu stürzen. Jeannette war nicht Madlon, die seinerzeit vom Fleck weg mit ihm fuhr und am selben Abend mit ihm ins Bett ging. O nein, in diesem Fall war es anders, das mußte sich entwickeln, das brauchte seine Zeit, und gerade das hatte für ihn einen besonderen, ganz neuen Reiz.
Wie sich zeigte, war im Kurhotel kein Zimmer frei, es war Hochsaison, alles besetzt. Für Felix kein Problem.
»Der Bayerische Hof in Lindau! Ein prachtvolles Hotel. Ich kenne den Besitzer gut. Ich rufe sofort an.«
Gegen Abend brachten Felix und Jacob die aufgeregte Tante Lydia und die eingeschüchterte Jeannette nach Lindau hinein. Sie bekamen zwei hübsche Zimmer mit Blick auf den Hafen.
»Alors, mon enfant«, rief Tante Lydia, »n'est-ce pas merveilleux?«

»Si«, flüsterte Jeannette. »C'est admirable.«
Im Rheintal war es noch hell, eine gelbgrüne Helligkeit, die auf den See hinausstrahlte. Doch sonst war der Himmel von Wolken überzogen, auf den Bergen blitzte es, von fern grollte Donner, der See schäumte unruhig.
Später speisten die beiden Herren mit den Damen auf der Terrasse des Hotels, aufmerksam bedient, ein vorzügliches Menü. Tante Lydia in ihrem besten Grauseidenen war lebhaft wie lange nicht mehr. Das war wie in alten Zeiten, als sie mit ihrem Maxl auf Reisen ging und in vornehmen Hotels wohnte.
Sie begann davon zu erzählen, von Baden-Baden, von Straßburg, von Luzern, von Paris, und landete schließlich bei ihren glücklichen Jahren im Berlin der Kaiserzeit. Sie sprach halb Deutsch, halb Französisch, sie schien um Jahre jünger geworden, und Jacob, als er sie ansah, beglückwünschte sich zu seinem Einfall, Jeannette mitgebracht zu haben.
Auch Felix war dieser Meinung.
»Das hast du gut gemacht, Jacob. Jetzt werden wir in Ruhe zu Ende bauen können.«
»Aber wie lange sollen wir denn hier wohnen?« fragte Tante Lydia. »Das ist doch entsetzlich teuer.«
»A bah!« sagte Felix wegwerfend. »Sie haben uns soeben von glanzvollen Zeiten erzählt, gnädige Frau. Die kommen nicht wieder. Aber ein Hotelzimmer oder auch zwei, das können wir uns auch heute noch leisten. Das ist im Umbau inbegriffen.«
»Aber ihr müßt euch um den Benedikt kümmern, wenn ich nicht da bin. Er ist bestimmt ganz verzweifelt.«
»Er hat genug zu tun. Und es wird ihn beruhigen, daß Sie gut untergebracht sind.«
Und Jeannette? Sie war an diesem Abend wieder so, wie Jona sie genannt hatte: eine Traumtänzerin.
Sie sprach nicht viel, ihre Augen waren groß und staunend geöffnet, und später, als sie müde wurde vom Essen und vom Wein, von der Aufregung des ganzen Tages, sank die Müdigkeit wie ein Schatten in sie hinein, das Blau verblaßte, die langen Wimpern senkten sich wie ein Vorhang darüber.

»Das arme Kind ist müde«, sagte Tante Lydia gegen zehn. »Wir haben erstklassige Betten oben, wie ich festgestellt habe; und morgen können wir ausschlafen. Kein Krach, kein Staub, kein Hämmern, es wird wunderbar sein.«
»Morgen zeigen Sie Jeannette Lindau«, schlug Felix vor, »das heißt, falls es nicht regnet. Sonst ruhen Sie sich schön aus im Hotel, essen etwas Gutes und lesen einen spannenden Roman. Einer von uns läßt sich immer mal hier blicken.«
Als Felix und Jacob zurückfuhren nach Schachen, regnete es sacht vor sich hin. Das Gewitter war am anderen Ende des Sees hängengeblieben, hier hatten sie kaum etwas davon gemerkt. Nur jetzt dieser sanfte, leise Regen, der wohltuend war nach der Schwüle des Tages.
»Hast du Absichten auf die Kleine?« fragte Felix nach einer langen Weile des Schweigens.
»Vielleicht«, antwortete Jacob. »Wenn sie will. Und wenn Madlon mir nicht vorher die Augen auskratzt.«
»War sie dagegen, daß sie mitkam?«
»Ich habe Jeannette gewissermaßen entführt. Madlon hat es erst gemerkt, als sie vom Feld hereinkam. Es ist möglich, daß sie morgen hier aufkreuzt.«
Er erzählte kurz, was sich abgespielt hatte bei seinem Besuch vor fünf Tagen und wie er es heute gemacht hatte. Felix lachte: »Du bist ein Filou. Aber so wie es jetzt ist, kann Madlon nicht viel daran auszusetzen haben. Jeannette ist in guter Hut. Und so wie sie wirkt, Jeannette, meine ich, wirst du sowieso sehr vorsichtig mit ihr umgehen müssen. Sie hat ein Kind, sagst du. Das erscheint höchst unglaubwürdig. Sie wirkt so, als hätte noch kein Mann sie berührt.«
Was wußten sie wirklich über Jeannette? Was wußte irgend jemand, der sie kannte, einschließlich Madlon, von ihr?
Eine lieblose, verworrene Jugend, ein paar behütete, aber auch wiederum weltfremde Jahre bei den Beginen, dann plötzlich Arbeiterin in einer Fabrik, die kranke Schwester, die von einer fremden, seltsamen Welt erzählte und dann starb. Der Schock einer Vergewaltigung, die Schwangerschaft, die Verzweiflung. Und dann hatten sie sie in ein Glashaus gesetzt.

Wie Jacob richtig vermutet hatte, schäumte Madlon vor Wut, und Rudolf hatte es auszubaden. Auch dieser Abend nach Jeannettes Verschwinden endete mit Streit, die Verstimmung hielt am nächsten Morgen an, als Madlon schweigend in aller Herrgottsfrühe das Frühstück auf den Tisch stellte. Nicht wie sonst besprachen sie die anstehende Arbeit des Tages, und an Madlons Kleidung konnte man sehen, daß sie nicht die Absicht hatte, daran teilzunehmen. Sie trug das hellgraue Baumwollkleid mit dem weißen Kragen, das sie immer anzog, wenn sie nach Meersburg oder Markdorf zum Einkaufen fuhren. Sie hatte sich also wohl entschlossen, der geflohenen Nichte nachzufahren.

Aber dem war nicht so. Madlon hatte Hemmungen, nach Bad Schachen zu fahren, sie kannte Lydia von Haid nicht, sie hatte keine Ahnung, was sie dort vorfinden würde.

Als Rudolf ihr nicht den Gefallen tat zu fragen, teilte sie ihm schließlich kurz mit, daß sie mit dem Morgenschiff hinüber nach Konstanz fahre. Rudolf trank den letzten Schluck Kaffee und blickte mit unbewegter Miene zu ihr auf. »So«, sagte er, sonst nichts.

»Ich muß mit Jona sprechen.«

»Willst du *sie* engagieren, damit sie Jeannette zurückholt?«

»Ich muß mit ihr sprechen«, wiederholte sie und verließ die Küche.

Etwas Besseres war ihr nicht eingefallen, als Jona um Rat zu fragen. War sie nicht Jacobs Mutter, besaß sie nicht Autorität genug, auch ihrem Sohn gegenüber? Rudolf hatte schon recht. Ihr schwebte vor, Jona würde die Sache in die Hand nehmen, und dann würde alles wieder gut werden.

Aber Jona dachte nicht daran. Sie schüttelte den Kopf, als sie Madlons wütende Tirade über Jacob zu Ende angehört hatte. »Er wird Jeannette kaum mit Gewalt mitgenommen haben«, sagte sie ruhig. »Du hast gerade selbst gesagt, Jacob habe Eindruck auf sie gemacht. Hast du denn nicht erwartet, daß so etwas Ähnliches einmal passieren würde?«

Sie dachte genau wie Rudolf. »Du kannst Jeannette nicht ein Leben lang auf dem Hof einsperren.«

»Aber ausgerechnet Jacob.«

Ludwig, der bei dem Gespräch dabei war, sagte: »Ich gebe Madlon recht, es ist eine irrwitzige Situation. Aber so lebt ihr da drüben nun schon lange Zeit. Du mußt dir doch klar darüber sein, Madlon, daß an eurem ganzen Leben nichts normal ist.«

Jona senkte den Blick und sah an ihrem Mann vorbei.

»Ich nehme an, damit bin ich auch gemeint«, sagte sie düster. »Ich glaube, es liegt ein Fluch auf dem Hof.«

Ludwig mußte lachen, dann husten. »Komm, Lieberle, werde nicht allzu dramatisch. Zugegeben, es war immer alles etwas ungewöhnlich. Es begann, als dein Vater den Moosbacher auf den Hof nahm.«

»Nein«, widersprach Jona. »Es begann viel früher. Viel, viel früher. Richtig glücklich werden kann dort keiner mehr. Es ist doch ein Fluch.«

Madlon blickte verständnislos von einem zum anderen, dann begann sie ihre Litanei von vorn.

»Hör zu, Madlon«, unterbrach Jona sie energisch, »ich gebe dir recht, daß es nicht unbedingt Jacob sein mußte. Oder denkst du, mir gefällt das? Ich habe auch, ehrlich gestanden, nicht erwartet, daß er sich bei euch blicken läßt. Mag sein, es ist eine gewisse Rankünе bei dem, was er getan hat. Und was Jeannette betrifft? Soweit ich sehe, ist er der einzige akzeptable Mann, den sie seit langem zu Gesicht bekommen hat. Du kannst sie nicht an einen Bauern oder an einen aus dem Dorf verheiraten, keiner würde sie nehmen als geschiedene Frau mit einem Kind und dazu von unklarer Herkunft. Die Menschen auf dem Land denken halt noch recht konservativ.«

»Und was wird meine kleine Jeannette nun sein? Die Mätresse von Jacob.«

»Ein hübsches, altmodisches Wort«, meinte Ludwig.

»Ihr könnt das doch nicht zulassen«, rief Madlon verzweifelt und begann zu weinen. »Das ist doch – das ist doch unmöglich. Ich dulde es nicht.«

Jona, einen harten Zug um den Mund, sah die weinende Madlon ungerührt an.

Ich hätte sie längst wegschicken sollen. Alle. Und vor allem die Nichte. Mitsamt dem Kind.

Doch sofort stockten ihre Gedanken. Mitsamt dem Kind? Hatte sie nicht selbst gesagt, es sei ihr nur recht, wenn ein Kind, wohlbehütet und wohlversorgt, auf dem Hof aufwachsen könne? Man konnte es drehen und wenden, wie man wollte, sie waren alle gefangen in diesem Chaos der Gefühle und der Geschehnisse. Sie selbst doch auch. Das Testament fiel ihr ein. Sie hatte ja dafür gesorgt, daß die Verhältnisse auf dem Hof sich nicht ändern konnten. Rudolf und Madlon, die Nichte, das Kind – ihnen allen gehörte jetzt der Hof, ihr selbst am wenigsten. Sie war fortgegangen und hatte ihnen alles überlassen. Hatte sie sich innerlich gelöst von dem Hof? Nein, nie. Aber sie konnte dort nicht mehr leben, so wie es jetzt war. Ihr würde es nur lieb sein, wenn Jeannette vom Hof verschwand, und noch besser wäre es, sie wäre endlich von Rudolf geschieden, damit wenigstens in dieser Hinsicht klare Verhältnisse herrschten. Aber wollte sie etwa, daß Jacob Jeannette heiratete? Nein, gewiß nicht. Und noch war Jacob mit Madlon verheiratet oder jedenfalls so etwas Ähnliches.
Es war überall das gleiche Durcheinander.
Sie lachte kurz auf. »Es bleibt immerhin alles in der Familie.«
Madlon war auch auf Jona zornig. Keiner verstand sie, keiner wollte ihr helfen.
Nach Bad Schachen zu fahren, lehnte Jona entschieden ab. Sie würde sich nicht einmischen, und sehr vertraut war ihr Verhältnis zu Lydia nie gewesen.
»Bien«, sagte Madlon verbissen, »dann fahre ich.«
Das gelbe Leinenkleid paßte nun wirklich nicht mehr, sie ließ es im Schrank. Doch sie ging zum Friseur, kaufte sich eine Hautcreme, Puder und einen Lippenstift.
Am nächsten Tag überquerte sie wieder den See. Zu Hause holte sie den kleinen Ludwig bei Flora ab und überprüfte seine und ihre Garderobe. Sie hatte sich entschlossen, das Kind mitzunehmen, das konnte seine Wirkung auf Jeannette und schließlich auch auf Jacob nicht verfehlen. Was sollte sie anziehen? Das graue Baumwollkleid war nicht mehr ganz sauber, und außerdem war es ihr auch nicht elegant genug für diese Mission. Die Kleider, die Jeannette für sie gemacht hatte, waren ja recht hübsch, nur waren sie alle, Jeannettes Ge-

schmack entsprechend, verspielt, flattrig, mit weiten Röcken und luftigen Ärmeln. Warum aber nicht, es war schließlich Sommer.

Als Rudolf abends vom Feld kam, schwieg sie zunächst, wie er auch, aber ihrem Temperament entsprach langes Schweigen und Schmollen nicht. Sie legte die Arme um seinen Hals und küßte ihn.

»Hab mich wieder lieb«, bat sie. »Es tut mir leid, wenn ich dich geärgert habe.«

Und dann erzählte sie ihm, daß Jona es abgelehnt habe, sich des Falles anzunehmen.

»Das hätte ich dir vorher sagen können.«

Und seltsam, er dachte in dieser Stunde genau dasselbe, was Jona am Tag zuvor gedacht hatte.

Wir haben sie von ihrem eigenen Hof vertrieben, ich, Madlon, Jeannette, das Kind – wir haben ihr zuviel zugemutet. Würde sie nun für immer drübenbleiben am anderen Ufer? Gewiß, er hatte Madlon, er liebte sie, aber nicht so, wie er all die Jahre Jona geliebt hatte, wie er sie immer noch liebte. Das wurde ihm blitzartig klar, und es traf ihn so, daß er nicht weiteressen konnte, wie eine Faust umkrallte es seinen Hals, Schweiß trat auf seine Stirn. Was hatte er Jona angetan!

»Ich fahre morgen nach Bad Schachen«, verkündete Madlon.

Er nickte, ohne sie anzusehen.

»Tu, was du nicht lassen kannst.«

»Und das Kind nehme ich mit.«

Rudolf schob den halbgeleerten Teller zurück und sprang so heftig auf, daß sein Stuhl umfiel. Seine Stirn rötete sich, seine Stimme bebte vor Wut.

»Wenn du das tust, brauchst du niemals wieder hierher zurückzukehren, du nicht, das Kind nicht und dein verdammtes Miststück von Nichte schon dreimal nicht.«

Madlon starrte ihn sprachlos an. So hatte sie Rudolf noch nie erlebt, es sah aus, als wolle er sie schlagen.

»Das ist die größte Geschmacklosigkeit, von der ich je gehört habe«, fuhr er fort. »Du willst behaupten, du liebst das Kind? Und willst es auf diese Art mißbrauchen? Hör gut zu, was ich sage!« Und nun schrie er. »Keiner von euch dreien wird je wieder den Hof betreten, wenn du ihn morgen zusammen mit dem Kind verläßt. Ich hoffe, du hast mir genau zugehört und hast es verstanden.« Dann verließ er den Raum und schlug mit lautem Knall die Tür hinter sich zu.

Madlon saß wie erstarrt. War das wirklich Rudolf gewesen? So hatte sie ihn noch nie erlebt. Heftige Zornesausbrüche, Jähzorn, das hatte sie bei Jacob erlebt, oft aus nichtigen Gründen. Aber Rudolf war immer ausgeglichen, immer ruhig und gelassen, er fluchte nicht, es gab keine rauhen Worte, auch zu den Leuten nicht, und schon gar nicht hatte er je ein lautes Wort zu ihr gesagt. Aber sie hatte erkannt, daß er es ernst gemeint hatte.

Wut stieg jetzt auch in ihr auf, sie ballte die Fäuste, und sie war nahe daran, ihm nachzulaufen und ihn genauso anzuschreien. Die Haustür fiel nun auch zu. Er ging also fort. Madlon sprang auf, es war noch hell draußen, sie konnte ihn sehen, sie konnte ihm folgen und –

Doch sie blieb sitzen und fing an zu weinen, wütend und verzweifelt wie ein geschlagenes Kind.

Nach einer Weile ging sie in ihr Zimmer und setzte sich neben das Bettchen des Kindes. Sie hatte es heute zeitig zu Bett gebracht, denn sie wollte am nächsten Tag sehr früh aufbrechen. Aber nun war sie nahe daran, das ganze Unternehmen aufzugeben. Sollte Jeannette doch tun, was sie wollte. Hauptsache, das Kind blieb ihr.

Bis zum nächsten Morgen hatte sie es sich wieder anders überlegt. Sie würde fahren, nun erst recht, ihr Stolz ließ es nicht zu, total klein beizugeben, aber sie würde allein fahren, ohne das Kind.

Rudolf verließ schon früh um fünf den Hof, und kurz danach stand Madlon auf, bereitete alles für die Fahrt vor, brachte den Buben hinüber zu Flora und startete, ehe die große Hitze begann, mit dem Studebaker in Richtung Bad Schachen. Sie hatte sich sehr sorgfältig zurechtgemacht, ein wenig geschminkt, ihr Haar lockte sich schimmernd, und sie trug ein zartgrünes Seidenkleid mit tiefem Ausschnitt. Die Verschönerungsaktion allerdings hatte sie erst vorgenommen, nachdem sie bei Flora gewesen war.

Und dann war wieder alles ganz anders, als sie es erwartet hatte. Das Haus war nicht schwer zu finden, sie fuhr vor, stieg aus und sah sofort, daß hier wirklich gearbeitet wurde. Überall standen Karren mit Bauschutt, Handwerkszeug lag herum, das Hämmern klang laut durch den stillen Vormittag. Von der Straße aus führte ein kleiner Weg durch den Vorgarten zum Eingang des Hauses, der seitwärts lag. Zögernd ging sie hinein, ratlos stand sie auf der Schwelle. Staub und Lärm, genau wie Jacob es geschildert hatte. Plötzlich überkam sie Mitleid mit Jeannette. Was sollte das arme Kind denn hier? Vielleicht wirklich arbeiten, anderer Leute Dreck wegräumen? Sie fragte einen Maurer, der mit einem Eimer voll angerührtem Mörtel an ihr vorbeidrängte, nach Frau von Haid.
Der Mann zuckte die Achseln.
»Die isch nit do.«
Aber da kam Felix Koriander die Treppe herab. Er war im ersten Stock gewesen, wo gerade neue Fensterstöcke eingesetzt wurden, und sah den Wagen vorfahren. Er wußte sofort, wen er vor sich hatte. Und sie gefiel ihm gut – die großen dunklen Augen in dem gebräunten Gesicht, das volle, rotdunkle Haar – eine interessante Frau.
»Koriander«, stellte er sich vor. »Und ich nehme an, Sie sind – eh, Jacobs Frau. Madlon.«
Er war wie immer gewandt und liebenswürdig, der Situation gewachsen. Und dazu ein Mann von attraktivem Aussehen. So etwas wirkte auf Madlon sofort.
Sie lächelte ihn an.
»O ja. Woher kennen Sie mich?«
»Jacob hat von Ihnen gesprochen, Madame. Madlon ist eine schöne Frau, hat er gesagt. Und voilà, das sind Sie.«
Das war ein guter Anfang, der Madlon den Wind des Zorns, der sie hergetrieben hatte, aus den Segeln nahm.
Er legte leicht seine Hand unter ihren Ellenbogen.
»Kommen Sie mit mir in den Garten, Madame. Hier drinnen ist es schmutzig, es wäre schade um Ihr schönes Kleid.«
Und während sie um das Haus herum in den Garten spazierten, ganz gemächlich und in freundlichem Einvernehmen, fuhr er fort: »Ich kann Ihnen leider nichts anbieten. Wir ar-

beiten jetzt mit Volldampf, solange die Dame des Hauses nicht da ist, damit wir möglichst schnell vorankommen.«
»Frau von Haid ist nicht da?«
»Nein. Wir haben sie für die schlimmste Zeit des Umbaus ausquartiert, sie wohnt derzeit in einem Hotel in Lindau. Zusammen mit Ihrer Nichte Jeannette, die ihr Gesellschaft leistet. Es war wirklich eine sehr gute Idee von Jacob, die junge Dame mitzubringen. Wissen Sie, Frau von Haid war ganz verzweifelt in diesem Trubel hier. Aber jetzt fühlt sie sich recht wohl, glaube ich. Und Ihre Nichte ist ja ein sehr liebes Mädchen, die beiden Damen verstehen sich ganz ausgezeichnet.«
Das hatte er am Abend zuvor festgestellt. Sie waren zum Abendessen nach Lindau gefahren, er und Jacob, und diesmal war auch Ellen dabei, Korianders Frau, die natürlich neugierig war, nachdem sie die Geschichte nun kannte.
Einen hübschen Abend hatten sie verbracht, ganz unbeschwert, geradezu fröhlich. Sie hatten in der Weinstube Frey gegessen, waren dann ein wenig unter einem klaren Sternenhimmel auf der Uferpromenade hin und her spaziert und zu einem letzten Glas Wein im Hotel eingekehrt. Lydia war kaum wiederzuerkennen, heiter, gelöst, gesprächig, und zwar mühelos in zwei Sprachen, und da auch Ellen gut Französisch sprach, wechselten die Damen munter von einer Sprache in die andere, auch wenn sie Jeannette immer wieder ermutigten, das eben Gesagte auf deutsch zu wiederholen. Jeannette war ebenfalls ganz unbefangen und sah sehr reizvoll aus.
»Jeannette wohnt im Hotel?« fragte Madlon fassungslos.
»Ja. Sie sehen doch selbst, Madame, daß man hier zur Zeit nicht wohnen kann.«
»Und wo ... wo ist Jacob?«
»Er wohnt bei uns. Das heißt, bei meinen Eltern. Im Moment ist er nicht da, er ist mit unserem Polier zum Einkaufen gefahren, es fehlen ein paar Kleinigkeiten. Aber ich denke, daß er bald zurückkommt. Am Nachmittag will er nach Lindau fahren und mit den Damen die Tapeten aussuchen.«
»Tapeten?«
»Nun ja, die Dame des Hauses muß da natürlich das erste

Wort haben. Und Ihre Nichte hat einen sehr guten Geschmack, wie man schon an ihrer Kleidung sieht. Ich denke, ihr Rat wird sehr nützlich sein.«
Madlon war selten in ihrem Leben so überfahren worden, aber gegen Korianders Charme kam sie nicht an. Und sie konnte ihn schlecht fragen, ob ihr Mann mit ihrer Nichte schlief.
Nun kam zum Glück Benedikt angehumpelt, machte einen Diener und besah sich neugierig die Frau von Jacob Goltz, von der so manchesmal die Rede gewesen war. Ihm gefiel sie ausnehmend gut.
»Was meinst du, Benedikt, können wir der gnädigen Frau etwas anbieten? Es ist wieder ziemlich heiß heute, und sie hat eine lange Fahrt hinter sich.«
Die Maurer hätten zwar genügend Bier im Haus, meinte Benedikt, doch das würde der gnädigen Frau ja kaum munden. Aber er könne eine Flasche Wein aus dem Keller holen, frischen Hagnauer, und saubere Gläser habe er auch.
»Das ist eine großartige Idee«, rief Koriander, der niemals Wein am Vormittag trank. »Trinken wir ein Glas Wein und warten auf Jacob. Und dann kommen Sie mit uns und essen bei meinen Eltern.«
»O nein, danke, das ist wirklich nicht nötig«, wehrte Madlon ab.
»Aber Jacob ißt fast jeden Tag bei uns. Meine Mutter kocht selbst und mit sehr viel Liebe. Meine Frau ist ein wenig schonungsbedürftig«, er lächelte, »sie ist im sechsten Monat.«
»Oh!« machte Madlon, sofort interessiert. »Wie schön! Ihr erstes Kind?«
»Ja. Wir sind auch entsprechend aufgeregt. Oder vielmehr ich bin es. Frauen nehmen ja diese Umstände weit gelassener hin.«
Sie saßen im Schatten des großen Thujabaumes, weit vom Haus entfernt, um dem Lärm zu entgehen, und hatten fast die ganze Flasche Wein geleert, als Jacob auf der Szene erschien. In Hemdsärmeln, braungebrannt, frisch aussehend, kaum hinkend. Wie immer, wenn es warm war, plagte ihn das Bein so gut wie gar nicht.

Madlon war im besten Flirt mit Koriander begriffen, ihre Augen glitzerten, ihr Mund war schön und weich, und sie lächelte Jacob entgegen, als er durch den Garten auf sie zukam. Jona hätte sie so sehen sollen, auch Rudolf, kein Zorn und keine Angriffslust mehr; auch Madlon hatte offenbar, genau wie Jeannette, ein wenig Abwechslung nötig gehabt.
»Madlon! Chérie!« sagte Jacob, beugte sich herab und küßte sie auf die Wange.
»Ah, tu es un salaud!« wiederholte Madlon die Worte, mit denen sie ihn vor einer Woche verabschiedet hatte, aber heute hatten sie einen anderen Tonfall.
Eine Weile später gingen sie dann hinüber zu dem Haus von Korianders Eltern, das nur über die Straße und um die nächste Ecke lag, nachdem Felix einen Lehrbuben hinübergeschickt hatte, um seine Mutter zu fragen, ob sie noch einen Gast bewirten könne.
Sie konnte, der Empfang war herzlich, das Essen gut, und Ellen Koriander, eine aparte, rotblonde junge Frau, verstand sich sofort sehr gut mit Madlon.
Am Nachmittag fuhr Madlon mit Jacob nach Lindau hinein und fand Lydia und Jeannette bereits wartend auf einer Bank auf der Uferpromenade sitzend.
Jeannette, diesmal in einem kirschroten Kleid mit weißen Punkten und einem großen weißen Kragen, sah entzückend aus. Und sie hatte sich doch wirklich die Lippen ein wenig geschminkt, wie Madlon sofort erkannte. Noch dazu im gleichen Rot wie das Kleid. Das war die Vormittagsbeschäftigung der Damen gewesen, einen Lippenstift für Jeannette zu kaufen. Lydia hielt das auch für nötig, sie war nicht altmodisch, auch wenn sie aus einer Zeit stammte, in der eine wirkliche Dame sich nicht schminkte.
»Aber das«, so erklärte sie Jeannette, »muß man nicht so ernst nehmen. Ein bißchen haben wir immer nachgeholfen, jedenfalls einige von uns, die halt eitel genug waren. Ich färbte auch immer meine Wangen und meine Lippen mit etwas Rouge, ganz vorsichtig natürlich. Als wir in Berlin lebten, Jeannette, da waren wir gut befreundet mit einer berühmten Schauspielerin vom Hoftheater, die hat mir gezeigt, wie man

das macht. So wie wir uns auf der Bühne schminken, sagte sie, darf es an anderem Ort niemals zu sehen sein. Die kleinen Schönheitshilfen müssen sehr behutsam angebracht werden, besonders bei Tageslicht. Am Abend darf man ein wenig kühner sein. Das war in Berlin, wohlgemerkt. Als wir noch in Landsberg lebten, hätte ich nicht im Traum daran gedacht.«

»Ich weiß auch, wie man das macht«, erzählte nun Jeannette. »Meine Schwester Suzanne schminkte sich immer. Vielleicht ein bißchen zu stark. Und sie sagte immer, ich solle es auch tun.«

»Erzähl mir von deiner Schwester.«

Leicht vorzustellen, daß die beiden Damen, die alte und die junge, sich nicht langweilten. Und langwierig waren diese Unterhaltungen auch, denn Lydia bestand darauf, daß Jeannette alles, was sie aussprach, gleich darauf auf deutsch wiederholte, wobei sie ihr über die Sprachklippen half, und umgekehrt ging es genauso, Lydia sagte etwas auf französisch und wiederholte es dann langsam, mit genauen Erklärungen dazwischen, auf deutsch. Oder sie standen vor einem Schaufenster, und Jeannette mußte die Dinge, die darin ausgestellt waren, mit den richtigen Namen bezeichnen. Dabei spielte es keine Rolle, ob es sich um eine Metzgerei, einen Hutladen oder eine Drogerie handelte. Dann mußte Jeannette ein Haus beschreiben, Tür, Fenster, erster Stock, zweiter Stock, ein Torbogen ... »Comment?«

»Torbogen«, sprach Tante Lydia mit gespitzten Lippen.

Kirchturm war auch ein schweres Wort und erst Kirchturmuhr! Keine Minute war es den beiden langweilig, das ging mühelos von einer Runde in die andere, angefangen beim Frühstück über den Stadtbummel bis zum Mittagessen, gerade daß sie Zeit für ein kleines Nickerchen nach dem Essen fanden.

Jeannette machte das alles großen Spaß, und sie war zutraulich wie ein Kind. Jetzt allerdings blickte sie mit ängstlichen Augen Madlon entgegen, die an Jacobs Seite auf sie zukam. Halb und halb hatte sie so etwas erwartet.

Doch die Begrüßung fiel freundlich aus. Madlon war klug genug, erkannt zu haben, daß sie die gegebene Situation hinnehmen mußte. Der richtige Zeitpunkt, Jeannette warnend darauf hinzuweisen, auf was sie sich da einließ, würde sich schon finden.

Als Jeannette merkte, daß ihr kein Ungemach von Madlon drohte, begann sie sofort sprudelnd zu erzählen. Was für ein wunderbares Hotel dies sei, und was für ein schönes Zimmer sie habe, Madlon müsse sich das nachher gleich ansehen, und dieser Hafen, sei er nicht wundervoll? Dies da sei der Leuchtturm, und gegenüber saß der Löwe, der bayerische Löwe.

Und weil sie sich das jetzt schon angewöhnt hatte, wiederholte sie die beiden Worte auf deutsch. Leuchtturm, das hatte sie gestern lange geübt.

Auch von Lindau hatte sie nun schon einiges gesehen, die Kirche sei wundervoll, ach, und das Damenstift!

»Früher war es ein richtiges Kloster, aber dann war es wie bei den Beginen. Alles feine Damen aus guter Gesellschaft, sie waren frei, weißt du, aber gut behütet. Es ist ein herrliches Gebäude. Wirst du es dir ansehen?«

Ihre Augen waren die Unschuld selbst, ihr Lächeln kindlich sanft, ihre Bewegungen voller Anmut.

Du kleines Luder, dachte Madlon, ich habe dich bisher gar nicht richtig gekannt. Sie sah den gütigen Blick der alten Dame und das Lächeln von Jacob, das gewisse Lächeln, das sie nur zu gut kannte. Sie hatte Mühe, erneut aufsteigenden Zorn zu bekämpfen. Aber da war wohl nichts mehr zu machen. Jeannette würde auf den Hof nicht zurückkehren, nicht wegen ihr und schon gar nicht wegen des Kindes.

Und wie recht Rudolf gehabt hatte! Wie albern, wenn sie jetzt hier mit dem Kind an der Hand aufgekreuzt wäre. Sicher hätte sich Jeannette zu einer zärtlichen Umarmung und zu einem Küßchen herbeigelassen, und dann hätte sie, wie meist, den Buben Madlon überlassen.

Dann gingen sie Tapeten aussuchen, ein langwieriges Unternehmen, ermüdet kehrten sie zum Hotel zurück, und Jacob meinte, daß Madlon heute auf keinen Fall mehr zurückfahren könne, er werde nachfragen, ob es auch für sie ein Zimmer im Hotel gebe. Im Bayerischen Hof war nichts mehr frei, aber im

daneben gelegenen Hotel Reutemann konnte Madlon untergebracht werden.
Kurz vor Geschäftsschluß gingen Madlon und Jacob noch einmal in die Hauptstraße zum Einkaufen, ein Nachthemd, eine Zahnbürste und einige Toilettenartikel wurden benötigt. Nun, endlich ohne Zeugen, fragte Madlon ihn, was er eigentlich mit Jeannette vorhabe.
Jacob verhielt sich sehr geschickt.
»Du mußt mir verzeihen, daß ich sie einfach mitgenommen habe. Aber ich wußte, daß du es nicht erlaubt hättest. Du kannst beruhigt sein, ich tue ihr nichts. Sie ist wirklich nur zur Gesellschaft von Tante Lydia da. Apropos – findest du Tante Lydia nicht auch sehr liebenswert?«
Dem mußte Madlon zustimmen, aber sie sagte gleich darauf, während sie rasch unter den vorgelegten Nachthemden wählte: »Du mußt nicht denken, Jacques, daß ich dumm bin.«
»Das habe ich noch nie gedacht, Madlon. Wenn du willst, kannst du sie morgen mitnehmen. Obwohl sie davon nicht sehr erbaut wäre, wie ich glaube. Aber ich bringe sie dir unbeschädigt zurück, wenn wir mit dem Umbau fertig sind.«
»Das glaube ich dir nicht.«
»Doch, ich verspreche es dir. Aber ich gebe zu, ich würde sie auch ganz gern behalten. Vorausgesetzt, Jeannette will.«
»Hast du dich denn – in sie verliebt?«
»Es könnte sein.«
»Aber ich muß auf sie aufpassen. Sie ist mir anvertraut.«
»Von wem?«
Madlon schwieg darauf. Von Ninette, hätte sie antworten mögen, aber das war natürlich Unsinn.
»Sie ist eine erwachsene Frau, nicht wahr? Wenn sie mich nicht will, wird sie mir das mitteilen. Und soweit es uns beide betrifft, so bitte ich dich zu bedenken: du hast mich verlassen. Nicht ich dich. Hast du etwa erwartet, daß ich ins Kloster gehe?«
»Aber muß es gerade Jeannette sein? Ich denke, du liebst diese Frau in Afrika. Du hast gesagt, du hast ein Kind mit ihr.«
»Sie ist verheiratet. Es ist die Frau von Georgie.«

»Oh! Das hast du mir nicht erzählt.«
»Wir kamen neulich nicht dazu.«
»Und das Kind ist wirklich von dir?«
»Mary ist sehr leidenschaftlich und temperamentvoll. Beides kann man von Georgie nicht behaupten. Sie wollte gern ein Kind, von Georgie bekam sie es nicht. Weil er – nun, du erinnerst dich an Georgie. Er hat immer für dich geschwärmt, aber hat er jemals den Versuch gemacht, dich auch nur zu küssen?«
»Mon dieu, der kleine Georgie! Wie hätte er das bloß angefangen.«
»Siehst du! Mary ist ein ähnliches Kaliber wie du, eine Frau mit viel avec, und sie braucht einen Mann.«
Auf dem Weg zurück ins Hotel erzählte er ihr kurz die Geschichte, die sich auf Friedrichsburg abgespielt hatte. Und genau wie Jona fragte Madlon: »Und wenn sie eines Tages kommt?«
»Ich glaube es nicht. Sie ist glücklich auf ihrer Farm.«
»Aber sie möchte, daß du zurückkommst.«
»Ja, das möchte sie gern.«
Madlon schwieg darauf. Vor dem Portal des Hotels blieb sie stehen, sie hätte gern noch einmal von Jeannette gesprochen, aber es kam ihr nun selbst sinnlos vor. Jacob würde tun, was er wollte, mit sich und seinem Leben. Und mit Jeannette. Und sie hatte das Recht verwirkt, ihm Vorhaltungen zu machen, sie hatte ihn verlassen. Blieb eigentlich nur die Hoffnung, daß Jeannettes erstes und einziges Erlebnis mit einem Mann sie so geschockt hatte, daß sie jeden ernsthaften Annäherungsversuch von Jacob zurückwies. Aber durfte sie ihr das wirklich wünschen, gerade sie, der die Liebe immer so viel bedeutet hatte? War es nicht gut und richtig, wenn Jeannette eine Frau sein konnte wie jede andere auch, wenn sie vergaß, was damals geschehen war?
Nur – mußte es ausgerechnet Jacob sein! Damit endeten Madlons Gedanken immer wieder.
Sie seufzte und betrat mit ihm, der geduldig neben ihr gewartet hatte, das Hotel.
Sie aßen alle vier zusammen im Hotel, Jeannette schien es

vorzüglich zu schmecken, sie führte ihre neuen Sprachkünste vor, sie war unbeschwert und ein klein wenig herausfordernd, sie fühlte sich als Siegerin. Madlon bemerkte das sehr wohl. Die Beginen und das Damenstift – sie sprach zwar in höchsten Tönen davon, doch das war eine Welt, die hinter ihr lag. Genau wie Michel und das, was ihr geschehen war. Genau wie das Kind, das sie ohne Bedauern im Stich ließ.

Am nächsten Tag fuhr Madlon zurück auf den Hof. Sie war so erfüllt von allem, was sie gesehen, gehört und empfunden hatte, daß sie allen Groll vergaß und lebhaft auf Rudolf einredete.

»Es ist alles ganz anders, als ich dachte«, schloß sie ihren Bericht. »Und ich glaube nicht, daß Jeannette wiederkommen wird.«

Es klang traurig. Keiner hatte begriffen, daß sie nicht nur das Kind liebte, das Jeannette geboren hatte, sondern daß auch Jeannette, Ninettes Tochter, von ihr wie eine Tochter geliebt wurde.

Sie lag in dieser Nacht in Rudolfs Arm, sie weinte ein bißchen, sie verlangte seine Liebe. Aber zum erstenmal versagte Rudolf. Es war etwas zerbrochen zwischen Madlon und ihm. Rudolf war kein junger Mann, Sexualität allein genügte ihm nicht. Er war empfindsam und empfindlich, die Liebe, die er ersehnte, bekam er nicht. Madlon war auf ihre Art genauso eine harte Frau wie Jona. Die eine gab ihm dies, die andere gab ihm jenes, aber keine gab ihm alles.

Nichts ist ewig – nur die Veränderung

Das Verhältnis zwischen Jeannette und Jacob blieb noch für einige Zeit in der Schwebe; Flirt, Verlockung, Versuchung, mehr nicht. Während des Umbaus hatte Jacob auch wirklich viel zu tun, er hatte Spaß an der Arbeit gefunden und packte an, wo es nur möglich war. Auch eigene Ideen entwickelte er, so den Vorschlag, Lydias Wohnzimmer und den großen Salon, der daneben lag und immer ein wenig trist gewesen war, durch einen Mauerdurchbruch zu verbinden. Ihr Schlafzimmer lag dahinter, daran anschließend ein modern eingerichtetes Badezimmer. Auf diese Weise bekam Lydia eine sehr gemütliche Wohnung, die zwar neu tapeziert, jedoch mit den ihr vertrauten Möbeln eingerichtet wurde. Jacobs Vorschläge fanden zumeist den Beifall von Felix.
»Du hättest Architekt werden sollen, mein Lieber, für diesen Beruf wärst du ausgesprochen begabt. Weißt du was, du kannst in meiner Baufirma Partner werden.«
»In was für einer Baufirma?«
»In der, die ich gründen werde, sobald wir hier fertig sind. Inzwischen gebe ich dir mal ein paar Bücher, da kannst du die Nase hineinstecken.«
Erstaunlich war, daß der sparsame Bernhard Bornemann sich gar nicht knickrig zeigte, wenn Jacob mit neuen Geldforderungen kam. Er ließ sich zwar alles genau vorrechnen, belegen, begutachtete die Zeichnungen, und dank Felix wußte Jacob nun ganz gut Bescheid mit diesen Dingen. Dann nickte Bernhard beifällig und sagte wie ein gütiger Onkel: »Du sollst dich wohl fühlen in deinem Haus. Wenn schon renoviert wird, dann mach es gründlich.«
Auf einer dieser Fahrten nach Konstanz machte Jacob wieder einmal kurz Station auf dem Hof. Es war am Samstag, am späten Vormittag, einige Tage lang hatte es geregnet, ein weicher

warmer Sommerregen, und es regnete auch an diesem Tag. So traf er Madlon und Rudolf im Haus an, Madlon war mit der Zubereitung des Mittagessens beschäftigt, Rudolf, den man selten einmal bei einer Mußestunde erwischte, las die Zeitung.
Die beiden Männer hatten sich lange nicht gesehen, und Rudolf war sehr schweigsam. Madlon, die ins Wohnzimmer kam, sich den Buben auf den Schoß setzte, der etwas ungehalten darüber war, denn er hatte gerade so schön mit seinem kleinen Bauernhof gespielt, Madlon war fahrig und sprunghaft, aggressiv gegen Jacob. Jacob übersah und überhörte es, er war ruhig und freundlich, erzählte von dem Umbau, von den Erlebnissen und Begegnungen, die sich dabei ergaben, dann sprach er von Felix und sagte zu Madlon: »Du wirst zugeben, daß er ein sympathischer Mann ist.«
Widerwillig mußte Madlon es zugeben. »Doch, ja, ein netter Mann.«
»Wir haben uns gut angefreundet. Ich wohne zwar jetzt bei mir, das Giebelzimmer ist fertig, und es ist ein wunderschöner Raum geworden, mußt du dir unbedingt ansehen. Aber ich esse immer noch drüben bei Korianders.«
»Und Jeannette?« fragte Madlon nun doch, da er absolut nicht von ihr sprechen wollte.
»Sie ist in Lindau mit Tante Lydia.«
»Willst du sagen, sie wohnen immer noch im Hotel?« fragte Madlon ungläubig.
»Ja, sicher. Tante Lydia darf erst ins Haus, wenn ihre Räume bewohnbar sind. Für Jeannette richte ich im ersten Stock ein Zimmer ein, das wird sehr hübsch, dafür habe ich sogar neue Möbel gekauft, ganz hell, die Tapete wird zartblau, genauso die Vorhänge. Das hat sie selbst ausgesucht. Sie liebt es ja in Blau.«
»Soll sie dort etwa wohnen bleiben?« fragte Madlon in unfreundlichem Ton.
»Wenn sie mag. Doch sie kann auch jederzeit zu euch zurückkommen, das kann sie halten, wie sie will.«
»Na, wenn sie jetzt so ein feines Leben gewöhnt ist, wird es ihr bei uns kaum mehr gefallen.«

»Und was du natürlich noch gern wissen möchtest«, sagte Jacob mit seinem unverschämten Lächeln, »soweit es mich betrifft, ist Jeannette unberührt. Tante Lydia paßt gut auf sie auf.«
»Und der hier?« fragte Madlon und legte die Arme fester um das Kind, das ein wenig quengelte, denn es wollte wieder zu seinem Spielzeug.
»Fragt sie nicht nach ihm?«
»Mich nicht.«
»Sie ist treulos«, sagte Madlon finster.
»Ob gerade *du* ihr diesen Vorwurf machen solltest . . .«
»Wenn ich ein Kind hätte«, rief Madlon lebhaft, »würde ich es nie verlassen. Nie. Nie. Keinen Schritt würde ich von seiner Seite gehen.«
»Du hast das Kind ja«, sagte Jacob friedlich. »Sei doch froh, daß sie es nicht für sich beansprucht. Du könntest nämlich gar nichts dagegen machen, wenn sie es drüben bei mir haben wollte.«
»Bei dir!« wiederholte Madlon in verächtlichem Ton. »Soll das heißen, daß du dich dort jetzt für immer niederlassen willst? Im Haus deiner Tante? Und was ist, wenn die Lady aus Afrika kommt?«
»Erstens ist das Haus meiner Tante auch mein Haus. Zweitens ist Mary eine sehr selbständige und gescheite Frau. Wenn sie käme, würden wir uns bestimmt verständigen. Sie stammt, wenn ich das einmal erwähnen darf, aus sehr gutem Haus.«
»Phhh!« machte Madlon. »Ich werde dir sagen, was sie tut, diese Dame aus gutem Haus. Sie wird Jeannette in hohem Bogen hinauswerfen.«
»Ich wüßte nicht, warum. Außer, daß dir das gefallen würde.«
Rudolf beteiligte sich an dem Gespräch überhaupt nicht, er hielt die Zeitung noch in der Hand, blickte nur manchmal mißbilligend auf Madlon, manchmal auf Jacob. Was sie redeten, und der Tonfall, in dem sie redeten, behagte ihm durchaus nicht. Unangenehm war ihm Jacobs Gegenwart sowieso; ein Schuldgefühl Jacob gegenüber, latent vorhanden, ver-

stärkte sich natürlich in seiner Anwesenheit. Madlon dagegen fühlte sich in keiner Weise mehr schuldig. Seit er Jeannette mitgenommen hatte, war ihr schlechtes Gewissen wie weggeblasen; jetzt hatte *er* sich ins Unrecht gesetzt.
»Mary ist genauso eine verheiratete Frau wie Jeannette«, fuhr Jacob geduldig fort, »jede von beiden hat ein Kind, eines ist inoffiziell von mir, das andere ist offiziell von Herrn Moosbacher«, nun klang Hohn in seiner Stimme mit, »ich wüßte nicht, was sie einander vorzuwerfen hätten.«
Nun blickte Rudolf mit finsterem Blick auf Jacob, auf seiner Stirn standen zwei tiefe Falten. Das verletzte Auge war gerötet und merkwürdig starr.
Ob er ganz blind ist auf diesem Auge? dachte Jacob.
Er hob die Hände und lächelte.
»Bitte, verzeih, Rudolf, es war nur so eine Bemerkung. Ich bin nach wie vor der Meinung, du hast höchst anständig an Jeannette gehandelt.«
»Er hat es für mich getan«, warf Madlon ein.
Endlich sprach Rudolf auch ein Wort. »Wenn Sie Jeannette heiraten wollen, kann sie jederzeit geschieden werden.«
»Ach, laß das doch«, erwiderte Jacob, nun auch gereizt. »Das höre ich zum hundertstenmal. Jeannette kann geschieden werden, Mary kann geschieden werden, Madlon am Ende auch noch – ich weiß, daß das alles möglich ist, aber was soll der Unsinn? Wer will denn eigentlich heiraten? Wir leben heute in einer modernen Zeit, in der es nicht mehr so kleinbürgerlich zugeht. Bourgeois, würde Madlon sagen. Von unseren Bekannten, die wir in Berlin hatten, war fast keiner verheiratet.«
»Wie du meinst«, sagte Rudolf steif. »Es ging mir nicht um dich, sondern um Jeannette.«
»Ich habe nicht das Gefühl, daß es Jeannette schlecht geht. Jedenfalls nicht mehr, seit Madlon sich ihrer angenommen hat. Madlon, meine Mutter, du, Tante Lydia nun auch noch, alle sind um Jeannette bemüht und machen ihr das Leben angenehm, um nicht gleich zu sagen, verwöhnen sie. Sie hat einmal im Leben Pech gehabt, aber seitdem legt ihr jeder die Hände unter die Füße.«

»Du auch?« fragte Madlon spitz.
Jacob lachte. »Das wird sich finden.«
Madlon stand auf, setzte den Buben wieder vor seine Spielsachen und beendete das sinnlose Gespräch: »Ich muß in die Küche. Bleibst du zum Essen?«
»Nein, ich fahre weiter. Ich möchte Bernhard heute noch sprechen. Und den Abend mit Mutter und Vater verbringen. Zu essen werde ich schon etwas bekommen, du weißt ja, Hilaria ist eine großartige Köchin.«
Dies blieb der einzige Besuch für den Rest des Jahres. Sie hatten sich offenbar wirklich nichts mehr zu sagen, jedenfalls nichts Vernünftiges, und Madlon mußte akzeptieren, daß sich Jacob von ihr gelöst hatte und daß es durchaus nichts mit Jeannette zu tun hatte. Es begann mit der Frau in Afrika, und nun war es mehr als Jeannette der Mann, mit dem er sich angefreundet hatte, der Jacobs Leben veränderte.
Er brauchte sie nicht mehr. Sie hatte keinen Einfluß mehr auf ihn. Das kränkte Madlon außerordentlich, ganz gleich, was sie ihm angetan hatte. In diesem Punkt, so vernünftig sie auch in mancher Beziehung denken konnte, war sie unlogisch wie jede Frau, die sich im Stich gelassen fühlt. Es waren keine freundlichen Gedanken, die sie ihm nachschickte. Und da sie sie nicht für sich behalten konnte, was klüger gewesen wäre, quengelte sie während des Mittagessens und während des ganzen Nachmittages an Rudolf hin, ähnlich wie das Kind, dem man das Spielzeug weggenommen hatte, bis er aufstand und das Haus verließ.
Erst ging er in die Ställe und sah nach dem Rechten, dann zu dem Vieh, das sich auf der Weide befand, und dann, was selten vorkam, begab er sich ins Dorf und setzte sich ins Wirtshaus.
Aber nicht nur über Jacob ärgerte sich Madlon, auch Jeannettes Verhalten grämte sie. Das Mädchen schien nicht die geringste Sehnsucht nach ihr zu haben, sie war gegangen, wie sie gekommen war, sie hatte genommen, was man ihr gegeben hatte, und nun lebte sie abermals ein anderes Leben. Eines, das ihr offenbar besser gefiel. Sie fragte nicht nach Madlon, nicht nach ihrem Kind – sie war eben doch treulos.

Dabei wäre Madlon ganz gern wieder einmal nach Lindau gefahren. Die kleine Reise war eine Abwechslung gewesen. Aber da Jacob sie nicht dazu aufgefordert hatte, unterließ sie es. Von selbst würde sie nicht mehr hinfahren.
Jeannette gefiel das neue Leben über alle Maßen. Nach drei Wochen im Bayerischen Hof, unter der behutsamen Anleitung von Tante Lydia, hatte sie sich zu einer anmutsvollen jungen Dame mit ausgezeichneten Manieren entwickelt. Sie war sich ihres guten Aussehens und ihrer Wirkung bewußt. Ihre deutschen Sprachkenntnisse verbesserten sich in den drei Wochen zusehends, sie lernte mehr als in den zwei Jahren zuvor. Das war natürlich das Verdienst von Lydia, die, seit den Beginen, das Beste war, was Jeannette widerfahren konnte. Und Jeannette erkannte das. Sie begegnete der alten Dame mit Aufmerksamkeit und Respekt, mit Vertrauen und auch mit echter Zuneigung.
Es war ein gegenseitiges Geschenk, denn für Lydia bedeutete das Zusammensein mit der jungen Frau ebenfalls ein neues Leben. Es war, als hätte sie auf einmal eine Tochter bekommen und eine dankbare und gelehrige Schülerin dazu. Die Einsamkeit, unter der sie nach dem Tod ihres Mannes so gelitten hatte, war vergessen. Sie waren auch nicht ausschließlich auf ihre eigene Gesellschaft angewiesen, hin und wieder schlossen sie Bekanntschaften im Hotel, die ein wenig Unterhaltung boten. Ganz besonders nett war es mit einer Dame aus München, die mit ihrem gutaussehenden und wohlerzogenen Sohn für einige Tage im Bayerischen Hof abstieg, auf dem Heimweg von einer ausgedehnten Schweizer Reise, die für den jungen Mann die Belohnung für ein abgeschlossenes Studium und die vor kurzem erfolgte Promotion bedeutete. Er hatte Pharmazie und Chemie studiert und würde anschließend, in München, in die Apotheke seines Vaters eintreten.
»Da hat mein Mann endlich etwas mehr Zeit und kann auch einmal an eine Reise denken«, erzählte die Münchnerin. »Unsere Apotheke befindet sich in bester Lage im Stadtinnern, und da ist immer Betrieb, und es gibt viel Arbeit. Es verändert sich ja auch so viel auf dem pharmazeutischen Sektor. All diese neuen Mittel. Und mein Mann ist sehr sorgfältig

und will genau wissen, was er verkauft. Wenn ich denke, als wir geheiratet haben, da wurden die meisten Medikamente noch vom Apotheker eigenhändig abgewogen und gemischt. Gewiß ist es in vieler Hinsicht heute leichter mit den fertig verpackten Präparaten. Aber treiben Sie einem altgedienten Apotheker sein Mißtrauen aus! Mein Mann sagt immer, die Hälfte dieser Arzneien ist das Papier nicht wert, in das sie eingepackt sind.«
Das interessierte Lydia durchaus, denn auch sie schluckte diese und jene Mittelchen, die der Apotheker ihr empfahl. Für Jeannette dagegen war der Flirt mit dem frischgebackenen Herrn Doktor höchst unterhaltsam. Das begann damit, daß sie alle zusammen auf der Hafenpromenade saßen und dem Konzert lauschten, das den Sommergästen dort täglich vorgespielt wurde.
Dann sagte der Herr Apotheker beispielsweise: »Wollen wir ein wenig auf und ab gehen«, und sie gingen also, von der Schiffsanlegestelle aus, am alten Leuchtturm vorbei bis zum Ende des Hafenbeckens und manchmal noch ein Stück weiter, zum Löwen, oder auf der gegenüberliegenden Seite um die Bastion herum. Immer von den wohlwollenden Blicken der beiden Damen verfolgt, denn sie waren ein hübsches Paar. Als nächstes kam der junge Herr Doktor auf die Idee, mit Jeannette ein Stück hinauszurudern, das konnte er sehr gut, flott kamen sie vorwärts, der Wind ließ Jeannettes blonde Locken tanzen.
Sie war in Lindau beim Friseur gewesen, und zusammen mit ihm war ein Kompromiß gefunden worden, der Jeannettes schönes weiches Haar erhielt, ohne daß sie einen altmodischen Knoten tragen mußte. Der ganz kurze Bubikopf sei sowieso nicht mehr modern, wußte der Figaro. Er schnitt ihr das Haar halblang, so konnte sie es offen tragen oder, wenn sie wollte, locker aufstecken, beides stand ihr gut.
Ein andermal machte sie mit ihrem neuen Verehrer eine Dampferfahrt nach Bregenz, für Jeannette ein großes Erlebnis. Dafür zeigte sie ihm Lindau, das sie mittlerweile recht gut kannte, vor allem das von ihr so bewunderte Damenstift, dessen Geschichte sie ihm nicht vorenthielt. Oder sie gingen zu-

sammen Kaffee trinken, hinauf zum Hoyerberg, von wo man eine besonders schöne Aussicht auf den See, die Berge und weit ins Rheintal hinein hatte. Gärtchen auf der Mauer hieß ein anderes Café, das sie gern besuchten.
Nach wenigen Tagen waren sie alle vier dazu übergegangen, die Mahlzeiten gemeinsam einzunehmen, und am Freitagabend tanzte Jeannette nach dem Abendessen mit dem jungen Herrn Doktor, denn jeden Freitag gab es im Bayerischen Hof Abendkonzert mit anschließendem Tanz.
Tante Lydia und die Frau Apotheker sahen ›den Kindern‹, wie sie die beiden nannten, gerührt zu, tauschten Lebenserfahrungen aus, empörten sich vor allen Dingen über die ewig steigenden Preise.
Tante Lydia beispielsweise fand es horrend, daß man im Hotel für ein gebratenes Bodenseefelchen sage und schreibe zwei Mark und fünfzig bezahlen mußte, für eine gefüllte Kalbsbrust mit gemischtem Salat wenigstens nur eine Mark fünfzig, obwohl, wie Lydia sagte: »Das ist auch Geld genug. Wenn das so weitergeht, kann sich bald kein Mensch mehr leisten, im Restaurant zu essen. Eine Portion Mokka neunzig Pfennig, das ist doch wirklich die Höhe!«
Die Frau Apotheker meinte, so schlimm finde sie das nicht, in München seien die Preise eher noch höher, jedenfalls in Lokalen dieser Güteklasse.
»Ach ja, München!« seufzte Lydia, und das gab Gesprächsstoff für lange Zeit, wenn Lydia ihre Erinnerungen an die bayerische Hauptstadt, in der sie so lange gelebt hatte, auskramte.
»So schön es hier ist«, sagte sie, »so vermisse ich es doch sehr, daß ich nicht mehr in die Oper gehen kann. Mein Mann und ich, wir gingen sehr oft in die Oper. Was haben wir für wundervolle Aufführungen gesehen. Später in Berlin natürlich auch. Aber ein Abend wird mir bis an mein Lebensende unvergeßlich bleiben: die Eröffnungsvorstellung im Prinzregenten-Theater. Das war am 21. August 1901, ich weiß es noch genau. Und wie waren wir gespannt auf dieses neue Theater. Es ist ein wundervoller Bau, eine herrliche Akustik. Na, Sie kennen es ja genausogut wie ich. Man gab damals als erste

Vorstellung in dem neuen Haus die *Meistersinger.* Und was für eine Besetzung! Feinhals als Sachs, Knote als Stolzing. Sie sangen wie die Götter. Teuer war es allerdings sehr. Sie verlangten zwanzig Mark für eine Karte. Aber es war ja ein besonderes Ereignis, es war schon wert, dabeigewesen zu sein.«

Die Frau Apotheker hatte eine jüngere Erinnerung an das Prinzregenten-Theater, in dem während des Sommers jetzt immer Festspiele stattfanden. Im vergangenen Jahr hatte sie *Tristan und Isolde* gehört, mit Richard Strauss am Pult, und Heinrich Knote hatte doch tatsächlich den Tristan gesungen.

»Und zwanzig Mark kostet es immer noch, und zwar für alle Plätze gleich.«

»Eigentlich seltsam«, meinte Lydia, »Krieg und Inflation und das neue Geld, aber der Eintritt ins Prinzregenten-Theater kostet immer noch zwanzig Mark.«

»Nur speziell bei Wagners Werken. Andere Opern kosten um die zehn Mark herum. Das Teuerste, was ich je erlebt habe, war das Gastspiel von Caruso, das war ungefähr zwei Jahre vor dem Krieg. Aber nicht im Prinzregenten-, sondern im Hof-Theater. Man gab *Carmen.* Ach, dieser Caruso, das ist auch so etwas, was man sein Lebtag nicht vergißt. Bei diesem Gastspiel, das weiß ich noch ganz genau, kosteten die teuersten Plätze fünfzig Mark und vierzig Pfennig.«

»Nicht möglich!« staunte Lydia.

»Nun ja, bei Caruso. Wir hatten unsere Plätze im ersten Rang, da kostete jeder auch noch dreißig Mark und vierzig Pfennig.«

Währenddessen tanzten die Kinder selbstvergessen einen English Waltz, sehr eng aneinandergeschmiegt, der junge Herr Doktor mit verliebten Augen, die blonde Jeannette mit verträumtem Blick, und wer sie so beobachtete, wäre nie auf die Idee gekommen, daß die Nähe eines Mannes ihr irgendeine Art von Abscheu einflößen könnte. Ganz im Gegenteil, die körperliche Nähe eines Mannes barg keinen Schrecken mehr für Jeannette, sondern bereitete ihr einen wohligen kleinen Schauder. Saßen sie dann wieder bei den Damen am Tisch, plauderte Jeannette ganz heiter und gelöst, spickte ihr

Deutsch mit französischen Brocken, weil sie schon gemerkt hatte, wie gut das allen gefiel.
Und als die jungen Leute noch einen kleinen Spaziergang am Hafen machten, um, wie sie sagten, frische Luft zu schnappen, geschah es dann auch, daß Jeannette in den Armen des jungen Mannes lag und sich küssen ließ, und auch das ließ sie sich nur allzugern gefallen.
Erfreulicherweise hatte die Frau Apotheker nichts gegen die offensichtliche Verliebtheit des jungen Mannes einzuwenden, was immerhin für die Mutter eines so prachtvollen Sohnes bemerkenswert war. Aber Jeannettes Charme, ihre anmutige Bescheidenheit verfehlten ihre Wirkung nicht. Fünf Tage hatten Mutter und Sohn bleiben wollen, nun verlängerten sie den Aufenthalt auf zehn Tage.
Als sie schließlich zur Abreise rüsteten, tauschte man Adressen aus, eine Einladung nach München war ausgesprochen worden. »Keine schlechte Partie, so ein Apotheker«, sagte Lydia mit bedeutungsvoller Miene zu Jeannette, nachdem sie ihre neuen Freunde zur Bahn gebracht hatten und ihnen nachwinkten, bis der Zug auf den Damm hinausfuhr, der hinüber zum Festland führte.
Sicherheitshalber wiederholte sie den Satz auf französisch, was gar nicht nötig war, Jeannette hatte sehr gut verstanden. Mit ihrem verträumtesten Blick ging sie dann noch ein wenig am Seeufer spazieren und malte sich aus, wie ihr Hochzeitskleid aussehen könnte. Es mußte nicht unbedingt der soeben Abgereiste sein. Aber wenn sich so ein hübscher, junger Mann in sie verliebte und ihr oft genug erklärt hatte, wie reizend, wie bezaubernd, wie einmalig wunderschön sie sei, dann gab es möglicherweise auch noch andere Männer, die so dachten.
Aber zunächst war Jacob der Mann, mit dem Jeannette sich zufriedengeben mußte. Der andere war fort, Jacob war da. Er kam jetzt zwar nur noch selten zu ihnen, weil der Umbau dem Höhepunkt entgegenging und es viel Arbeit gab.
Einmal, als sie zu dritt zu Abend speisten, kam das Gespräch auf den kleinen Ludwig, nachdem Jacob von seinem Besuch auf dem Hof erzählt hatte.

Lydia war verständlicherweise ein wenig neugierig. Sie lebte nun so vertraut mit der jungen Frau zusammen, wußte auch schon vieles über ihr Leben, besonders über ihr Leben bei den Beginen, denn darüber sprach Jeannette besonders gern. Auch von Suzanne war die Rede gewesen, es war eine traurige Geschichte, aber keine ungebührliche, denn Jeannette hatte den Lebenslauf ihrer Schwester dem Moralverständnis ihrer Zuhörerin angepaßt.

An diesem Abend nun stellte Lydia eine vorsichtige Frage nach dem Vater des Kindes.

Jeannette wußte sehr wohl, daß Lydia ebenso wie Jacob nur die zweite Fassung der Geschichte kannte, von dem Schiffsoffizier, mit dem sie verlobt gewesen war und der auf See blieb. Sie hatte auch in diesem Fall nicht die Absicht, die wahre Geschichte zu erzählen.

»Das war bestimmt alles sehr traurig für dich«, meinte Lydia mitfühlend. »Sicher hast du ihn sehr lieb gehabt.«

Jeannette neigte das zarte Gesicht und senkte die Wimpern.

»Und du warst noch so jung, und dann all die ... die, eh, die Schwierigkeiten, die folgten.«

»Ich hätte es nicht tun sollen«, sagte Jeannette mit ihrem gekonntesten Unschuldsblick. »Es geschah auch nur ein einziges Mal. Ehe er das letzte Mal ausfuhr. Er ... er wollte es so gern. Und wir wollten ja heiraten, wenn er zurückkam. Aber ich – ich hätte es nicht tun sollen. Ach, bitte, ich möchte nicht darüber sprechen.«

Ihre Bitte wurde respektiert. Lydia streichelte mitleidig ihre Hand, und Jacob hatte registriert, daß sie nur ein einziges Mal mit einem Mann zusammengewesen war. Es erschien auch durchaus glaubhaft, wenn man sie vor sich sah, sie wirkte mädchenhaft, fast kindlich. Unglaubhaft dagegen war es immer noch, daß sie die Mutter eines Kindes war.

»Vielleicht kommt es daher«, sagte Lydia zu Jacob, als sie eine Weile allein waren, »daß sie gar keine Muttergefühle entwickelt, weil sie einfach zu jung war. Noch nicht reif genug, nicht für die Liebe, nicht für ein Kind.«

Daß sie selbst bereits mit siebzehn schon ganz genau gewußt

hatte, wie sehr sie den Leutnant von Haid liebte, fiel ihr in diesem Zusammenhang ein. Aber schließlich waren die Menschen nun einmal sehr verschieden, und ihre eigene, wohlbehütete, heitere Kindheit ließ sich mit Jeannettes Leben nicht vergleichen.

Die Mutter nicht gekannt, bei einer Stiefmutter aufgewachsen, vollends heimatlos durch den Krieg, dann die Jahre bei den frommen Frauen, bei denen sie ja gut behütet gewesen war, aber doch ohne die Geborgenheit in einer Familie zu verspüren, das Leben mit der Schwester, deren Tod und dann diese unglückliche Liebesaffäre.

Nein, das Kind war zu bedauern, und damit meinte Lydia Jeannette, nicht den Bub auf dem Hof, den sie gar nicht kannte. Und der auch nicht zu bedauern war, er hatte Madlon.

Selbstverständlich fuhr Lydia einige Male mit hinüber nach Schachen, um den Stand der Arbeiten und das, was dabei geschah, zu begutachten. Felix erklärte, Jacob erklärte, und Lydia sagte nur immer: »Du lieb's Herrgöttle! Was das alles koschtet.« Aber als sie dann endlich in ihr Haus zurückkehrte, war sie hingerissen.

»Wenn das der Maxl noch erlebt hätte!« war ihre stehende Rede. Lydias Räume befanden sich nun alle im Hochparterre, damit ihr das Treppensteigen erspart blieb, auch war sie gleich auf der Terrasse draußen und von dort aus über vier Stufen im Garten. Im ersten Stock lagen ein großer Eckraum, in dem die Bücher des Generals untergebracht waren und das daher den hochtrabenden Namen Bibliothek erhielt, Jacobs Räume, das schöne große Zimmer für Jeannette, ein Fremdenzimmer, ein großes, gut eingerichtetes Bad mit Toilette und noch eine Toilette extra.

Jacob hatte sich außerdem sehr gemütlich im Giebelzimmer eingerichtet und auch beschlossen, dort zu schlafen.

»Es ist nicht zu fassen«, sagte Tante Lydia. »Und diese Hitze! Ihr seid ja verrückt, macht die Fenster auf.«

Obwohl es erst September war und noch sehr warm, hatten sie den großen Koksofen im Keller angeheizt, mit dem Benedikt umzugehen gelernt hatte und von dem aus alle Heizkörper des Hauses und die Warmwasserleitung versorgt wurden.

Man wollte Tante Lydia vorführen, wie gut die Heizung funktionierte. Eine Veränderung bestand auch darin, daß man die Küche vom Souterrain ins Hochparterre verlegt hatte, eine große, modern eingerichtete Küche, denn, so meinte Felix: »Küche im Souterrain ist veraltet. Personal will heute nicht mehr im Keller hausen.« Als Personal gab es allerdings nur Benedikt, der auch ein neues Zimmer erhalten hatte, ein zweites Zimmer, bis jetzt noch nicht eingerichtet, war für eine eventuell einzustellende Stütze der Hausfrau vorgesehen, aber wie bisher kam nur noch Frau Becker ins Haus zum Saubermachen, sie wohnte ganz in der Nähe.
Den ganzen September über gab es noch viel zu tun, es wurde Oktober, bis der letzte Handwerker das Haus verließ und man davon sprechen konnte, daß der Umbau vollendet war.
Kurz darauf bekam Ellen Koriander ihr Kind, einen gesunden Knaben, und während die letzten Äpfel geerntet und die ersten Trauben gelesen wurden, fand die Taufe statt, ein großes Fest, zu dem der glückliche Vater eine Riesengesellschaft einlud. Auch alle Handwerksmeister, die beim Umbau beteiligt gewesen waren und schon die Pläne kannten für das Haus, das Felix im nächsten Jahr bauen wollte, waren eingeladen. Es wurde in beiden Häusern gefeiert, die Mittagstafel im Korianderschen Garten, denn das Wetter war noch prachtvoll, der Nachmittagskaffee, als es kühler wurde, in Jacobs Haus. Tante Lydia fungierte begeistert als Gastgeberin. Wie lange war es her, daß sie in diesem Haus ein Fest gefeiert hatte? Wenn man es genau nahm, eigentlich nie.
Jeannette assistierte mit viel Geschick und Charme, sie sah bildhübsch aus in einem zu dieser Gelegenheit geschneiderten Kleid und wurde von allen sehr bewundert.
In der Folge konnte sich Jacob als Bürger des Ortes betrachten. Man kannte ihn nun, man schätzte ihn als tüchtigen und unternehmungslustigen Mann, kein Mensch wäre hier auf die Idee gekommen, ihn als Nichtstuer oder Taugenichts zu bezeichnen. Richard Koriander, Felix' Vater, sehr gerührt bei diesem Tauffest, so glücklich über dieses erste Enkelkind, hielt eine kleine Ansprache, die alle bewegte.

»Wir alle haben die schreckliche Zeit erlebt, die hinter uns liegt, den Krieg und die elenden Jahre, die ihm folgten. Auch heute kann man noch nicht sagen, daß es gutgeht in dieser Republik, die Zeit ist voll Unsicherheit, voll Not, und es bedarf noch vieler Mühe und großen Mutes, unser Vaterland zu einem Hort der Sicherheit und der Stärke zu machen, in dem die Menschen in Ruhe leben und erfolgreich arbeiten können. Aber eine Hoffnung ist nun zur Gewißheit geworden: Krieg wird es nie wieder geben. Das haben die Menschen aller Völker wohl nun begriffen, daß Krieg in unserer modernen Zeit nur Vernichtung und das Ende jeder Zivilisation bedeuten würde. Und für mich ist es der schönste Gedanke an diesem festlichen Tag, daß dieses Kind, das wir heute getauft haben, niemals einen Krieg wird erleben müssen, daß es in Frieden aufwachsen wird und auch als erwachsener Mensch wird in Frieden leben können.« Das war im Oktober 1926. Vor einem Monat war Deutschland in den Völkerbund aufgenommen worden.
Vielleicht hätte Richard Koriander diese Worte nicht gesprochen, wenn er in Berlin oder München gelebt hätte. Doch hier in dieser gottgesegneten Landschaft, dieser äußersten Südwestecke des Reiches, sah die Welt wirklich friedlich aus.
Jeder, der seine Worte hörte, wußte, was Richard Koriander meinte. Sein jüngster Sohn war im Krieg gefallen. Und um Felix hatten er und seine Frau lange bangen müssen; er galt als vermißt, dann war er in Rußland, im neuen Sowjetrußland, in Gefangenschaft, und keiner wußte, ob und wann er nach Hause zurückkehren würde.
Dies war auch mit ein Grund, warum Felix sich entschlossen hatte, in seine Heimatstadt zurückzukehren. Seinen Eltern zuliebe. Er hatte schon vor dem Krieg an der Technischen Hochschule in München sein Studium begonnen, es dann nach der Rückkehr aus der Gefangenschaft fortgesetzt und beendet mit dem Diplomingenieur. Er hatte sich sehr wohl gefühlt in München, er hatte dort viele Freunde, und schließlich war es auch nicht so weit von Lindau entfernt.
Ellen, die aus Ansbach stammte, hatte in München die Kunst-

akademie besucht, auf einem Faschingsfest hatten sie sich kennengelernt und gleich gewußt, daß dies kein Faschingsflirt, sondern Liebe war.
Als er sie fragte, ob sie vielleicht Lust hätte, ihn zu heiraten, fügte er hinzu: »Und bitte, geliebtes Wesen, überlege gleichzeitig, ob du Lust hättest, mit mir am Bodensee zu leben. Es ist sehr schön dort, es ist ein wunderbares Land, und Motive zum Malen findest du über und über, und du bekommst von mir ein herrliches Atelier. Und ich verspreche dir jedes Jahr eine Reise zum Fasching nach München. Und ich baue dir ein prachtvolles Haus. Und ich schwimme jeden Tag mit dir im Bodensee, jedenfalls im Sommer, denn ich weiß ja, wie gern du schwimmst, aber es ist natürlich nicht München.«
Aber Ellen war so verliebt in diesen großen, lebensbejahenden Mann, daß sie nicht lange zu überlegen brauchte. Sie hätte schon Lust, ihn zu heiraten, sagte sie, und den Bodensee kenne sie noch nicht, aber sie werde hinfahren und sich das alles ansehen. Dann könne sie antworten.
»Du fährst mit mir, und ich zeige dir alles.«
»Ich fahre allein«, sagte die moderne junge Frau, »und schaue mir ohne Belehrung alles genau an. Lindau auf der Insel, den großen See, deinen Kurort mit dem Hotel, von dem du immer schwärmst, wahrscheinlich hast du dort mit allen Mädchen poussiert.«
»Da ist was dran. Weißt du, wie man unser Hotel in Bad Schachen immer nannte? Das Verlobungshotel. Dort kamen die Eltern mit heiratsfähigen Töchtern hin, und die in Frage kommenden jungen Herren wußten das, und so ist manche Ehe dort entstanden. Findest du nicht, daß dies ein gutes Omen ist?«
Ellen fuhr tatsächlich erst einmal allein nach Lindau, auch sie wohnte im Bayerischen Hof, spazierte durch die Stadt, besah sich alles sehr genau mit ihrem künstlerisch geschulten Auge, täglich umrundete sie mehrmals das Rathaus, an dem sie sich nicht satt sehen konnte. Ihren Skizzenblock hatte sie natürlich dabei, und als sie acht Tage, auch das war im September gewesen, in Lindau verbracht hatte, schien ihr der Gedanke, hier zu leben, höchst verlockend. Natürlich, es war eine kleine

Stadt. Aber sie selbst kam auch aus einer kleinen Stadt, einer Residenzstadt allerdings, in der es noch ganz traditionell zuging. Hier war das Leben viel freier, die Leute erschienen ihr allesamt sehr lebensfroh.
Natürlich war sie auch in Bad Schachen gewesen, in dem es nicht viel zu sehen gab, außer dem prächtigen Hotel mit seinem hohen Turm und dem daran anschließenden wundervollen Park. Am Haus von Felix' Eltern kam sie auch einige Male vorbei, und eines Tages sah sie eine Dame im Garten, die Rosen schnitt.
Ellen trat an den Zaun, die Dame blickte auf und lächelte. Kam dann auf sie zu und blieb vor dem Zaungast stehen.
»Mein Name ist Ellen Bloch, und ich . . .«
»Kommen Sie nur herein. Wir warten schon auf Sie. Der Kaffee ist gleich fertig, und die Blumen habe ich sowieso für Sie geschnitten.«
Drinnen warteten nicht nur seine Eltern auf sie, auch Felix war da, wie sie erfuhr, schon seit fünf Tagen. Er war ihr manchmal gefolgt, hatte sie aus der Ferne beobachtet, aber nicht gestört. Sie sollte in Ruhe und unbeeinflußt ihre Eindrücke sammeln und zu einem Entschluß kommen.
Gleich an diesem Nachmittag feierten sie Verlobung. Richard Koriander, zu der Zeit noch nicht pensioniert, war Vorsteher des Hauptzollamtes in Lindau, ein großer, stattlicher Mann, genau wie sein Sohn, und genauso lebensbejahend, trotz der schweren Jahre, die hinter ihm lagen.
Vom ersten Tag an fühlte Ellen sich im Korianderschen Haus so wohl, als sei sie ihr Leben lang auf dem Weg hierher gewesen. Und nun also hatte sie ein Kind geboren, dessen Erscheinen auf dieser traurigen Erde von allen so begeistert begrüßt wurde.
Ein wenig befremdet und ein wenig neidisch sah Jeannette das mit an, und natürlich konnte sie an diesem Tag nicht umhin, an ihr eigenes Kind zu denken, das sie gehaßt hatte, bevor es geboren wurde, und dem sie sich auch jetzt nicht verbunden fühlte. Mit scheuen Augen betrachtete sie den Säugling und fand, daß er nicht viel anders aussah als der kleine Ludwig kurz nach seiner Geburt. Die freuten sich also dar-

über. Und wer hatte sich über ihr Kind gefreut? Sie zu allerletzt. Aber die anderen, Madlon, Jona, Rudolf, sie alle hatten mit liebevollen Augen das Kind betrachtet. Die Taufe war auch sehr feierlich gewesen, im Haus allerdings, nicht wie hier in der Stiftskirche von Lindau.
Sie hatte an allen vorbeigesehen an diesem Tag, sie wollte die Freude der anderen nicht sehen, und daß sie eine verheiratete Frau war und Frau Moosbacher hieß, war im Grunde nichts als ein Betrug. Das wurde alles in ihr wieder sehr lebendig, und sie war der einzige Gast bei diesem Tauffest, der nicht fröhlich war.
Daß Jacob das genau begriff, war kaum anzunehmen. Jedoch er merkte, wie unruhig sie war, wie verloren sie manchmal vor sich hinblickte. Er kam immer wieder an ihre Seite, er legte den Arm um sie, und er folgte ihr am Abend, es war schon dunkel, in den Garten, wo sie allein und trübsinnig herumstand, nicht wissend, was sie eigentlich hier tat.
Ohne ein weiteres Wort nahm er sie in die Arme und küßte sie. Sie wehrte sich nicht, sie ließ sich an ihn sinken und seufzte erleichtert auf. Sie hatte sich an ihn gewöhnt, an sein Lächeln, seine kleinen, zärtlichen Gesten, seine Küsse, die flüchtig, aber liebevoll waren und die sie an diesem Abend das erste Mal erwiderte.
Als alle Gäste das Haus verlassen hatten, räumte Jeannette noch ein wenig auf, doch Lydia sagte: »Laß doch, Kind, du bist sicher auch todmüde. Ich kann kaum mehr die Augen offenhalten. Geh nur gleich zu Bett, morgen früh kommt Frau Becker, da bringen wir alles in Ordnung.«
Nicht lange danach klopfte Jacob an die Tür des weißblauen Zimmers, und als Jeannette öffnete, machte er: »Pst!« Eine Flasche Wein und zwei Gläser hatte er mitgebracht.
»Ich dachte, wir trinken noch ein Glas auf das Wohl von Koriander junior.«
»Aber ich habe schon so viel Wein getrunken heute abend.«
»Ich kann mich nicht erinnern, daß du auch nur einmal mit mir angestoßen hast. Alle Männer haben dich bewundert. Unserem Zimmermann ging jedesmal die Zigarre aus, wenn er dich ansah.«

»Ach, ich«, sagte Jeannette verloren.
»Ja, du«, sagte er zärtlich und kam herein. »So ein hübsches Kleid hast du an.«
Sie hatte es in Windeseile geschneidert für die Taufe, das erste Mal seit längerer Zeit, daß sie sich ein Kleid gemacht hatte. Es war blau, blau wie ihre Augen, die jetzt dunkel und ängstlich zu ihm aufsahen.
»Aber noch viel hübscher als dein Kleid bist du.«
Er schloß sie wieder in die Arme, liebevoll, verliebt und voll Begier. Doch er hatte sich vorgenommen, ganz behutsam mit ihr umzugehen, sie nicht zu erschrecken, sie war nicht wie die anderen, nicht wie Madlon, nicht wie Mary.
Aber es war gar nicht schwer, sie zu verführen. Sie sehnte sich nach Liebe und Zärtlichkeit, nicht einmal der Schatten Michels hielt sich in dem weißblauen Zimmer auf.
Jacob suchte die Knöpfe an dem blauen Kleid, doch da waren keine, es hatte einen runden Ausschnitt, man mußte es über den Kopf ziehen, und Jeannette half ihm dabei.
Er küßte ihren Hals, ihre Schultern, die kleinen Brüste, und Jeannette lag nackt, mit geschlossenen Augen, auf ihrem jungfräulichen Bett. Denn, ganz egal, was Michel getan hatte, ganz egal, ob sie ein Kind geboren hatte, sie war im Grunde noch immer eine Jungfrau.
Aber nun wollte sie keine mehr sein, und als Jacob in sie hineinsank, wurde er warm umschlossen vom Schoß einer liebesbereiten Frau.
Später tranken sie den Wein, und Jeannette war nicht mehr traurig, auch nicht befangen, sie plauderte mit ihm, sie lachte, sie kuschelte sich in seinen Arm, als sei das für sie der selbstverständlichste Platz auf der Welt. Er liebte sie ein zweites Mal, und nun antwortete ihr Körper schon, empfand sie Begierde, aber vor allem Freude an dem neuen Spiel, das für sie, aber das konnte er nicht ahnen, immer nur ein Spiel bleiben würde. Sie schlief in seinem Arm ein, und er verließ sie erst, als der Morgen graute und anzunehmen war, daß Benedikt demnächst aufstehen würde. Leise schlich er hinauf in das Giebelzimmer. Als er in sein kühles Bett kroch, mußte er lachen, weil er an Madlon dachte. Die himmelblaue Unschuld,

die kleine Nichte, die Frau Moosbacher – gar nicht schlecht für eine Anfängerin.

Carl Ludwig Goltz starb Mitte November. Ein langsamer, aber friedlicher Tod. Schon im Oktober hatte er über Schmerzen in der Brust geklagt, von da an verweigerte er so gut wie jede Nahrung, Jona mußte ihn füttern wie ein Kind. Er lag im Bett, stand nicht mehr auf, er verging und verblich vor ihren Augen, und sie wußte, daß sie ihn nicht mehr zurückhalten konnte.

Es gab ein großes Requiem im Münster, an dem fast die halbe Stadt teilnahm. Madlon durfte nicht dabeisein, das hatte Jacob sich verbeten, und Jona stimmte ihm zu. Madlon war verschwunden aus der Stadt, von diesem Ufer, nach einem kurzen Gastspiel nur, es gab keinen Grund, daß man sie bei dieser Gelegenheit noch einmal auftreten ließ.

Tante Lydia war da und weinte bitterlich um ihren Bruder, geplagt von schlechtem Gewissen, denn den ganzen Herbst über hatte sie davon gesprochen, daß sie Ludwig besuchen wolle, aber das neue Haus, das neue Leben darin, das neue Leben drumherum hatte sie die Reise immer wieder verschieben lassen.

Und dann erfuhr Jacob, erfuhr die Familie, warum Bernhard Bornemann im letzten Jahr gar so großzügig mit dem Geld umgegangen war. Der Vertrag lag vor, er mußte nur noch unterschrieben werden. Carl Eugen, Jona, Jacob und Agathe mußten ihre Zustimmung geben, nach Immas Meinung wurde nicht gefragt.

Das Haus in der Seestraße sollte verkauft werden, und zwar an eine Schweizer Versicherungsgesellschaft, die einen stolzen Preis dafür bot.

Jacob war zunächst perplex.

»Darum also«, sagte er, »hast du mir den Umbau in Bad Schachen finanziert.«

»Gewiß«, entgegnete Bernhard selbstsicher. »Es ging mir darum, daß alle gut untergebracht sind. Du fühlst dich wohl in diesem Haus, das hast du mir selbst gesagt. Tante Lydia ist gut aufgehoben und versorgt, und wie ich höre, hast du sogar

eine Tätigkeit im Auge.« Von der Frau, die in diesem Haus lebte, mit Jacob lebte, was Bernhard sehr wohl wußte, sprach er nicht. Das war Jacobs Angelegenheit und wie er diese Dinge in Ordnung brachte, falls er sie in Ordnung bringen wollte, ebenfalls.
Henri Lalonge war nicht überrascht, er kannte Bernhards Pläne und billigte sie. Geld konnte auch er gebrauchen.
Eine Überraschung war es jedoch für Jona. So klug sie sonst auch war, daran hatte sie nicht gedacht. Außerdem war sie im letzten Jahr so ausschließlich mit ihrem Mann beschäftigt gewesen, daß sie sich kaum um die Aktivitäten der Familie gekümmert hatte.
»Meiner Ansicht nach«, sagte Bernhard, nahm die Brille von der Nase und wirbelte sie selbstzufrieden um den Finger, »ist für alle gut gesorgt. Mutter hat ihren Hof, auf dem sie sich sowieso am liebsten aufhält. Agathe hat ein prachtvolles Haus, und der Fabrik wird eine Finanzspritze wohltun. Jacob hat sein Haus und möglicherweise auch dort in Bad Schachen ein Auskommen. Uns bleibt das Haus am Münsterplatz. Dort werden wir drei Zimmer für Onkel Eugen einrichten, und natürlich ist auch Platz im Haus für Muckl, der sich bestimmt gern nützlich betätigen wird.«
Er setzte die Brille wieder auf, blickte von einem zum anderen. Die Szene spielte in seinem Büro in der Kanzlei. »Das Geld, das wir erhalten, wird gerecht aufgeteilt, jeder kann damit machen, was er will. Aber ich schlage vor, daß man mir die Vollmacht gibt, das meiste davon gewinnbringend anzulegen, und einen nicht geringen Teil davon in der Schweiz. Moment!« Er hob abwehrend die Hand, als Jacob etwas sagen wollte.
»Ich habe mir das gut überlegt. Die wirtschaftliche Lage in dieser Republik ist fragwürdig. Und noch mehr ist es die politische. Es könnte sein, daß ihr mir eines Tages sehr dankbar sein werdet.«
Worauf eine längere Pause eintrat.
Jona blickte aus dem Fenster, hinauf zum Turm des Münsters. Ach Gott, Ludwig, dachte sie, nun werde ich aus deinem Haus, aus unserer Wohnung vertrieben, in der ich mich zu-

letzt so wohl gefühlt habe. Aber kann ich etwas dagegen sagen? Ich habe es so verdient.

Auch sie schwieg.

Carl Eugen blickte vor sich auf den Schreibtisch des Herrn Bornemann, sein Kinn hing ein wenig herab. In diesem Haus hier war er geboren, in diesem Haus war er aufgewachsen, in diesem Haus sollte er nun sterben. Noch hatte seine Stimme Gewicht, das wußte er, darum konnte er protestieren. Seine Wohnung in der Seestraße war ihm so vertraut, es war seine Welt. Hier bekam er drei Zimmer und mußte sehen, wie er damit zurechtkam. Er würde bei Imma am Tisch essen, sein Schwiegerneffe würde ihm stets mit dem gebührenden Respekt begegnen, vielleicht auch manchmal seinen Rat einholen in juristischen Fragen, aus Höflichkeit, nicht, weil er ihn brauchte. Die Kinder waren da, sorgten für Unterhaltung. Der arme Muckl – an ihn wagte er nicht zu denken. Er war seit vielen Jahren gewöhnt, ganz selbständig zu regieren und zu walten, ihm würde es schwerfallen. Muckl zuliebe war Carl Eugen bereit, ein Veto einzulegen. Er hob den Blick, öffnete den Mund.

Bernhard lächelte verbindlich.

»Ja? Onkel Eugen? Du wolltest etwas sagen.«

Eugen spürte den grimmigen Magenschmerz, den er jetzt so oft hatte.

Ich werde auch bald sterben, dachte er.

»Nun, das kommt sehr plötzlich«, sagte er hilflos. »Hättest du es nicht mit uns besprechen müssen?«

»Aber das tue ich ja gerade. Noch ist nichts geschehen, unterschreiben müssen wir alle, beziehungsweise ich muß von euch die Vollmacht dafür haben. Aber bedenke, Onkel Eugen, du würdest ganz allein in dem Haus in der Seestraße wohnen. Das wäre doch unlukrativ. Also müßte man mindestens zwei Etagen vermieten. Du hättest fremde Leute im Haus, vielleicht wollen sie einiges geändert haben, umgebaut haben, du wärst, so stelle ich mir vor, doch in vieler Hinsicht behindert. Hier bist du mitten in der Stadt, der Weg zu deinem Stammtisch ist nicht weit, du speist gern einmal im Inselhotel, nun ersparst du dir den Weg über die Brücke. Sei versi-

chert, daß wir alle dich lieben und schätzen und alles für dein Wohlergehen tun werden. Nicht wahr, Imma?«
Imma nickte heftig. »Ja, natürlich, alles, Onkel Eugen, alles.«
»Auch Agathe und Henri«, fuhr Bernhard fort, »würden dich sicher gern bei sich aufnehmen, falls du das vorziehst.«
Was ebenso überzeugend von Agathe und Henri bestätigt wurde.
Eugen senkte wieder den Kopf. Wer alt ist, hat unrecht. Und es war ihm klar, daß er nicht allein das große Haus in der Seestraße bewohnen konnte, das war wirklich unlukrativ.
»Nein, nein«, murmelte er. »Hier wäre es mir schon recht.« Und nach einem langen Seufzer fügte er hinzu: »So schließt sich der Kreis. Nichts ist ewig – nur die Veränderung.«
Dann heftete sich Bernhards kühler Blick auf Jona.
»Du bist einverstanden, Mutter?«
Jona senkte die Lider, damit er die Abneigung in ihrem Blick nicht sah. Abneigung? Fast war es Haß.
Auch sie war versucht zu widersprechen. Zu sagen: Wenn Eugen und ich in dem Haus wohnen, sind wir schon zwei.
Aber sie schwieg.
Bernhard wartete höflich eine Weile, dann bohrte er nach: »Du bist einverstanden?«
»Ja«, sagte Jona, und sie dachte mit großer Befriedigung an ihr Testament. Den Hof würde er nicht bekommen. Den Hof bekam Rudolf und sonst keiner.
Anschließend sprach Henri Lalonge eine längere Weile, erging sich über die wirtschaftliche Lage, über die Schwierigkeiten in seiner Fabrik und für wie vorteilhaft er Bernhards Initiative ansehe.
Agathe schwieg auch. Sie war ja nicht dumm, und sie wußte genau, was ihre Mutter dachte und was Carl Eugen dachte. Aber sie war auch nicht sentimental. Das Haus in der Seestraße hatte sie bezogen, als sie neunzehn Jahre alt war, es bedeutete ihr nicht so viel. Ihr jetziges Haus war weitaus moderner und komfortabler. Und Geld in der Schweiz würde auf jeden Fall vorteilhaft sein, wenn man an die Zukunft von drei Kindern denken mußte.

Jona, Carl Eugen und Jacob gingen zum Mittagessen ins Inselhotel, Immas Einladung hatten sie abgelehnt. Sie waren alle drei schweigsam und nachdenklich.
»Ein ganz gerissener Fuchs, dieser Bernhard«, sagte Jacob nach der Suppe.
»Was keine schlechte Beurteilung ist für einen Anwalt und, in diesem Fall, einen Vermögensverwalter. Gerissen, aber ehrlich. Betrügen wird er uns nie.«
»Du hättest protestieren können.«
»Ich allein? Denkst du, das hätte etwas genützt? Du bist der Sohn des Hauses Goltz. Du hättest als erster protestieren müssen. Ich bin ein alter Mann, ich werde Ludwig bald folgen. Stell dir vor, ich sterbe nächstes Jahr, und dieser große Fisch wäre euch aus dem Netz geschlüpft, was würdet ihr dann sagen? So eine Transaktion bietet sich nicht jeden Tag.«
»Er hat mich ganz schön eingewickelt. Drum das Geld für den Umbau drüben. Das hat er alles längst geplant.«
Jacob war vierzehn gewesen, als sie in die Seestraße zogen. Neunzehn, als er das Haus verließ, um für lange Zeit nicht wiederzukommen. Und bald darauf war er wieder gegangen.
»Du hast deine Meinung überhaupt nicht geäußert, Mutter«, wandte er sich an Jona.
Jona hatte zwei scharfe Falten um den Mund, als sie ihren Sohn anblickte.
»Ich denke, ich habe kein Recht dazu. Mein Leben war geteilt zwischen hier und drüben, das weißt du. Ich habe in das Haus am Münsterplatz eingeheiratet, ich habe meine Kinder dort geboren, ich habe später in der Seestraße gewohnt, aber meine Heimat war immer drüben. Ich werde wieder auf meinem Hof leben, wo ich hingehöre.«
Ich werde noch einen Mord begehen, dachte sie, ich werde Madlon töten, denn sie hat mir Rudolf weggenommen.
Sie wurde weiß im Gesicht und wandte den Kopf zur Seite, als der Ober ihr den Fisch servierte.
Hilf, Gott, was dachte sie da!
War sie dieselbe geblieben? Immer noch bereit, brutal aus dem Weg zu räumen, was sie störte?

Sie starrte hinaus auf den See, er verschwamm vor ihren Augen, ihre Hände zitterten.
»Mutter!«
Sie zwang sich zur Ruhe, blickte die beiden Männer an, die höflich warteten, bis sie anfing zu essen. Sie nahm das Fischbesteck zur Hand.
»Ich werde dort leben mit Rudolf, mit Madlon, falls sie bleiben. Und mit dem Kind, das Madlons Nichte dort zurückgelassen hat.«
Eine Weile aßen sie schweigend, jeder mit seinen Gedanken beschäftigt, jeder bedrückt. Bedrückt wegen eines Hauses, das sie verlassen sollten, um es gegen viel Geld einzutauschen. Es ist töricht, dachte Jona, ich habe dieses Haus immer wieder und immer wieder verlassen. Und Madlon hat es auch verlassen. Es wäre anders, wenn sie dortgeblieben wäre mit Jacob – aber was band Madlon an dieses Haus? Und was bedeutete es schließlich Jacob?
»Um von etwas anderem zu sprechen, Jacob: hast du die Absicht, Jeannette ... ich meine, willst du sie ... behalten?«
Sie hatte sagen wollen: heiraten. Aber sie wußte selbst gut genug, was für Hindernisse dem im Weg standen.
Jacob erwiderte ganz unbefangen: »Ich mag sie gern, und wir sind recht glücklich miteinander. Auch wenn Madlon sehr verärgert darüber ist.«
»Das weiß ich. Mir wäre es auch lieber, du hättest eine andere Frau gefunden. Aber eine andere Frau könntest du vermutlich auch nicht heiraten. Das Verhältnis zwischen dir und Madlon ist ja wohl weitgehend ungeklärt.«
»Die Ehe zwischen Madlon und mir ist auf keinem amtlichen Dokument festgehalten, wenn du das meinst. Ich muß mich nicht unbedingt als verheiratet betrachten.«
»Du wirst zugeben, daß dies schwer zu verstehen ist. Da wir nun einmal davon sprechen, möchte ich es gern genau wissen. Das Land, in dem du dich damals aufgehalten hast, war zu jener Zeit deutsches Territorium. Und der Mann, der die Trauung vorgenommen hat, war ein deutscher Missionar. Mag er auch einer anderen Konfession angehört haben, das spielt ja wohl keine Rolle.«

»Natürlich konntest du in den Kolonien ganz formell bei einer Behörde heiraten, mit oder ohne Missionar. Nur waren wir damals weit von jeder Behörde entfernt, es war mitten im Krieg, und die Umstände, unter denen wir lebten, waren so extrem, daß wir uns eigentlich gar nichts gedacht haben. Wenn du so willst, war diese Trauung mehr ein ... ein Spaß.«
»Ein Spaß?« wiederholte Jona befremdet.
»Bitte, nimm es nicht so wörtlich. Aber Soldaten in einer Gefechtspause, das ist ... das ist ein Stück anderes Leben. Da ist man aufgedreht, übermütig, denkt nicht zurück und nicht nach vorn, man lebt einfach und das sehr intensiv. Madlon und ich, wir waren seit Jahren zusammen, waren so vertraut ...« Er verstummte. Es war so schwer zu erklären.
»Ihr habt es jedenfalls als eine Heirat betrachtet.«
»Ja«, gab Jacob unter dem strengen Blick seiner Mutter zu.
»Und ihr habt nie daran gedacht, eine richtige standesamtliche Eheschließung nachzuholen?«
»Seltsamerweise nicht.« Nun klang Bitterkeit in seiner Stimme. »Du wirst es vielleicht nicht für möglich halten, aber ich fühlte mich mit Madlon ganz richtig und ernsthaft verheiratet. Sie war meine Frau, sie gehörte zu mir. *Ich* habe diesen Bund nicht gebrochen.«
»Ich denke mir«, sagte Carl Eugen, »daß es keinerlei Schwierigkeiten gibt, wenn Jacob wirklich heiraten will. Wenn keine Papiere über eine Eheschließung vorhanden sind – was sollte ihn dann daran hindern?«
Jona blickte wieder hinaus auf den See.
Ach, Ludwig, könntest du mir doch helfen.
Ach, Lieberle, nimm es nicht so schwer. Es ist alles nicht so wichtig. Nichts ist wichtig, was mit uns geschieht.
Das hatte er ihr einmal geantwortet, als sie sich über die verworrenen Verhältnisse ihres Daseins beklagt hatte.
Vielleicht war es wirklich nicht wichtig, von da aus gesehen, wo er jetzt war. Aber solange man lebte, solange man mittendrin steckte, war es eben doch wichtig, alles und jedes.
Sie legte das Besteck nieder, sie hatte keinen Appetit. Aber Ruhe gab sie noch nicht.

»Willst du Jeannette denn heiraten?« fragte sie nun doch.
»Bitte, Mutter, jetzt fängst du auch damit an. Madlon hat mich das schon gefragt. Bis jetzt ist Jeannette mit Rudolf verheiratet, und das hast du schließlich mit eingefädelt. Du brauchst mir gar nicht inquisitorische Fragen zu stellen, du hast selber . . .«
»Ich weiß gut genug, was ich getan habe«, unterbrach ihn Jona. »Ich weiß alles, was ich getan habe. Und ich vergesse es nicht. Ich will mich auch nicht in dein Leben einmischen, du bist alt genug, um zu wissen, was du tust. Und ich muß dir gestehen, Jeannette ist mir ziemlich gleichgültig. Ich sehe in ihr nicht das engelhafte Wesen, als das Madlon sie betrachtet. Sie hat eine ganze Weile bei mir drüben gelebt, aber nähergekommen ist sie mir nicht.«
Es war wohl auch schwer, einer Frau wie Jona nahezukommen, wenn man so geartet war wie Jeannette und sich in so schwieriger Lage befand wie sie, als sie auf den Hof kam. Das dachte Jacob. Laut sagte er: »Tante Lydia versteht sich sehr gut mit ihr.«
»Um so besser für euch. Also behältst du sie, solange du sie behalten willst, und dann, so nehme ich an, schickst du sie mir zurück auf den Hof.«
Das war keine Frage, das war eine Feststellung.
Jacob blickte hilfesuchend auf Onkel Eugen, doch den plagten wieder heftige Schmerzen im Leib. Dieses Mädchen aus Belgien war ihm vollkommen gleichgültig, aber es war so unendlich traurig, wenn einem das Essen nicht mehr schmeckte, und wenn es einem schmeckte, nicht mehr bekam. Das Leben gefiel ihm nicht mehr, sein Körper verdarb es ihm.
Jona zweifelte nicht daran, daß Jeannette wieder bei ihr auf dem Hof landen würde. Wo sollte sie denn auch sonst hin, lebensfremd und scheu, wie sie war?
Außerdem hatte Jona das Gesicht von Clarissa Lalonge gesehen; sie war zur Trauerfeier aus München gekommen, ganz in Schwarz, sehr selbstbewußt, sehr selbstsicher – aber einmal zerbrach diese Maske. Jona hatte den Blick gesehen, mit dem Clarissa im Münster Jacob angesehen hatte. Sie hatte ihn gesehen und, wie sie bemerkte, Agathe auch.

Jacob wohl nicht. Mochte Jeannette auch zehnmal hübscher sein, Clarissa war sie nicht gewachsen.
Clarissa – Studentin im siebten Semester, sehr tüchtig, sehr fleißig, sehr eifrig, wie es hieß, erfüllt von ihrer Arbeit. Vielleicht war es nur eine bestimmte Erinnerung gewesen, die ihren Blick so begehrlich, so heißhungrig gemacht hatte; jedenfalls war es nur der eine Blick gewesen, dann hatte sich in diesem Gesicht nichts mehr gezeigt als die angemessene Trauer um den Verstorbenen.
War noch die Frage zu klären, was mit Hilaria geschehen sollte. Ohne Zweifel würde sie wieder eine gute Stellung finden, eine gute Köchin wie sie. Gerade darum aber war es schade, sie zu verlieren, Jona war auch dieser Meinung. Aber eine Herrschaftsköchin wurde auf dem Hof nicht gebraucht. Agathe hatte eine gute Köchin, lange bewährt. Bernhard Bornemann, den neuen Wohlstand vor Augen, war nicht einmal abgeneigt, Hilaria zu übernehmen, aber dagegen protestierte Imma. Sie kochte gern und wollte das Kommando in ihrer Küche nicht an eine derartige Kapazität abgeben. Außerdem sei ja dann auch Muckl da, argumentierte sie, der sowieso den Einkauf übernehmen würde, denn was Fisch, Fleisch und Gemüse betraf, von Wein ganz zu schweigen, hatte er seine Quellen, aus erster und allerbester Hand.
Jacob, der nach der Beerdigung noch zwei Wochen bei seiner Mutter blieb und in dieser Zeit wieder Hilarias gutes Essen genoß, entschied schließlich: »Hilaria kommt zu uns. Wir haben ein schönes Zimmer für sie, wir haben eine ganz modern eingerichtete Küche, und Gäste haben wir auch manchmal. Tante Lydia kocht sowieso meist das gleiche. Und sie ist nun doch ein wenig umständlich. Von Jeannette kann man bestenfalls Handlangerdienste erwarten.«
Hilaria meinte vorsichtig, sie werde sich das ansehen, das sei ja doch sehr weit weg, da am anderen Ende des Sees. Immerhin war sie eine weitgereiste Frau, möglicherweise würde sie auch diese Entfernung verkraften. Zunächst erbat sie sich zwei Wochen Urlaub, die sie aus alter Anhänglichkeit in der Schweiz verbringen wollte. Dann, so verhieß sie, werde sie sich in Bad Schachen einfinden.

Diesmal drängte Jona nichts hinüber zum anderen Ufer. Es war Winter, auf dem Hof brauchte man sie nicht. Die Seestraße sollte zum Jahresbeginn geräumt werden, und bis zuletzt blieb Jona dort wohnen, zusammen mit Eugen und Muckl. Vielleicht brauchte man sie auf dem Hof überhaupt nicht mehr.
Kurz vor Weihnachten kam Rudolf herüber; in das Haus, das er nie zuvor betreten hatte. »Warum kommst du nicht?«
»Willst du denn, daß ich komme?«
Statt einer Antwort schloß er sie in die Arme, legte sein Gesicht an ihre hohe Stirn, hielt sie eine Weile fest, ganz fest.
»Brauchst du mich denn noch?« fragte Jona, als er sich nicht rührte.
»Ich will, daß du kommst«, antwortete er, ohne sie loszulassen, »und ich brauche dich. Mein Leben ist leer ohne dich.«
»Aber – du hast doch Madlon.«
»Ja, ich habe Madlon. Aber das bist nicht du.«
»Du liebst Madlon doch. Du warst doch so glücklich mit ihr.«
»Jona, es gibt diese und jene Art von Liebe. Und du weißt doch, ich meine, du verstehst doch ...« Er suchte nach den richtigen, behutsamen Worten.
»Natürlich verstehe ich, Rudolf. Madlon kann dir etwas geben, was ich dir nicht geben konnte. Ich habe das immer verstanden. Und ich weiß, daß ich unrecht gehandelt habe an dir. Genau wie ich an Ludwig unrecht gehandelt habe und an meinen Kindern, und ich – ich habe mein Leben lang alles falsch gemacht.« Sie weinte.
Jona weinte. Das hatte er noch nie erlebt.
»Jona, Jona, bitte, du hast nicht unrecht gehandelt. Du bist, wie du sein mußt, und ich habe es immer verstanden, ich auch. Aber davon rede ich jetzt nicht. Ich will nur, daß du kommst.«
»Ich gehöre nicht zu euch. Ich ... ich störe euch nur.«
»Du gehörst auf deinen Hof und sonst nirgendwohin. Das ist der Ort, der dir gehört, zu dem du gehörst, und das will dir niemand streitig machen, ganz gewiß nicht Madlon.«
»Aber du liebst Madlon doch«, wiederholte Jona.

»Ich kann sie niemals so lieben, wie ich dich liebe. Begreife doch, daß Madlon im Grunde eine Fremde für mich ist. Und das wird sie immer bleiben. Das Ganze war wie ... wie ein Rausch.«
»Du sagst, es *war* ein Rausch. Ist es denn vorüber?«
»Jeannette hat Unfrieden zwischen uns gebracht.«
»Jeannette?«
»Weil sie fortging, mit Jacob. Madlon kommt nicht darüber hinweg, sie redet ununterbrochen davon, und es hängt mir zum Hals heraus. Ich hoffe, du wirst ihr einmal deutlich die Meinung sagen.«
»Dieses dumme kleine Mädchen aus Gent!« sagte Jona. »Sie hat alles durcheinandergebracht. Durch sie kam Madlon auf den Hof und ist dortgeblieben, und dadurch kam es zur Trennung zwischen Madlon und Jacob, und nun ist Jeannette auch noch Jacobs Geliebte.«
»Ich hoffe, sie bleibt es. Und wir sind sie los. Und von mir aus kann Madlon zu ihnen gehen.«
»Rudolf, das wäre doch eine unmögliche Situation.«
»Unmöglich?« Er lachte. »Was ist daran so unmöglich? Nicht unmöglicher als alles, was wir schon erlebt haben.«
»Ich möchte, daß auch in Jacobs Leben ein wenig Ruhe und Ordnung kommt, und es sieht jetzt danach aus. Er hat sich gut eingelebt in Schachen, er hat einen Freund, mit dem er zusammen arbeiten kann und nicht nur durch die Kneipen zieht. Er ist sehr zufrieden mit seinem umgebauten Haus, das ich mir bald einmal ansehen werde. Und wenn er Jeannette gern hat, dann muß man sich halt damit zufriedengeben.«
»Du willst mich also Jacob opfern?« fragte er bitter.
»Komm, Rudolf, setz dich und rede nicht so dumm. Wir haben an Jacob etwas gutzumachen, auch du.«
»Ich will, daß du wieder bei mir bist.«
Aber Jona blieb bis zum Jahresende in der Seestraße, auch Eugen zuliebe, den sie Weihnachten nicht allein lassen wollte. Es war ein stilles Weihnachtsfest, Muckl bereitete das Essen für sie, sie sprachen von diesem und jenem, meist von früher, Eugen erzählte von seinen Eltern; wie alle alten Menschen sprach er gern von seiner Jugend.

Spät in der Nacht ging Jona allein unten am See entlang, sah die Schwäne im dunklen Wasser. Hier war sie oft im letzten Jahr mit Ludwig gegangen, auf der Bank hatten sie gesessen, Hand in Hand, und hier war auch eine Weile, friedlich, liebevoll, besorgt, Jacob bei ihnen gewesen. Es befriedigte Jona tief, daß Ludwig in diesem letzten Jahr wenigstens für eine Zeitlang seinen Sohn so nahe und vertraut um sich gehabt hatte.

Dann gingen ihre Gedanken hinüber zum anderen Ufer. Weihnachten auf dem Hof, Madlon und Rudolf. Sie hatten dem Gesinde beschert, wie Rudolf es von ihr gewöhnt war, sie hatten gegessen und getrunken, bestimmt hatte Madlon etwas Gutes gekocht, und hoffentlich hatten sie nicht wegen Jeannette gestritten. Sie hatten das Kind, den hübschen, blonden Buben, den Madlon so abgöttisch liebte. Auch Jona vermißte ihn. Sie war bei seinem Geburtstag nicht dabeigewesen, nicht bei der Weihnachtsbescherung. Er war nun in einem Alter, wo er sich daran freuen konnte. Im vergangenen Jahr war er noch zu klein gewesen.

Jona hob den Kopf und blickte hinaus auf das dunkle Wasser. Sie konnte eine Reise machen, sie konnte eine Weile zu Jacob gehen oder zu ihrem Bruder Franz, möglicherweise würde sie für immer bei Franz bleiben können, das würde ihn sicher freuen. Aber er würde es nicht begreifen, er würde nur bemerken, daß sie sich selbst verloren hatte. Es war alles Unsinn. Sie wußte schließlich, wohin sie gehörte. Sie würde Eugen und Muckl beim Umzug helfen und dann hinüberfahren. Dahin, wo ihr Platz war.

Imma richtete Carl Eugen mit seinen eigenen Möbeln eine gemütliche Wohnung am Münsterplatz ein, und er ergab sich in sein Schicksal. Muckl war anfangs etwas störrisch, aber bald erkannte er, wie abwechslungsreich das Leben in der neuen Umgebung war. Immas Kinder, die ihn immer schon mochten, belegten ihn voll mit Beschlag. Imma beteiligte ihn ausgiebig an ihren Haushaltsarbeiten, und sogar in der Kanzlei war Muckl gern gesehen, immer bereit für Botengänge, denn ein langweiliges Leben behagte ihm gar nicht. Und zuletzt war es in der Seestraße mehr als langweilig gewesen, keine Gäste, keine Einladungen, der tägliche Streit mit Berta war auch weggefallen.

Muckl gewöhnte sich sehr schnell an das veränderte Leben, mitten in der Stadt, wo immer etwas los war. Mit Imma zusammen tüftelte er einen Diätplan für Eugen aus, dem es daraufhin wirklich besser ging. In die Seestraße zogen Handwerker ein, und auch da spazierte Muckl oft vorbei und sah sich an, was da vor sich ging. Zu Eugen sprach er jedoch nicht davon.

Zu aller Zufriedenheit verlief das Weihnachtsfest in Bad Schachen. Das einzig Störende waren Jeannettes plötzlich erwachte Muttergefühle. Sie sprach auf einmal viel und oft von ihrem kleinen Sohn, sie sagte, daß sie sich nach ihm sehne und daß sie ihn gern bei sich hätte.

Das war eine unerwartete Entwicklung, und schuld daran war das Kind im Hause Koriander, der kleine Ferdinand. Den Namen hatte er zu Ehren von Graf Zeppelin erhalten, den Felix als Bub maßlos bewundert hatte. Im Jahr 1907 war das erste Luftschiff über Lindau hinweggezogen, und zwei Jahre später, als Felix sein Abitur machte, wurde Graf Ferdinand von Zeppelin zum Ehrenbürger von Lindau ernannt, wobei Felix mit einer Abordnung seiner Schule aufzog und sogar eine kleine Ansprache hielt.

Ferdinand Koriander, genannt Ferdl, war der Magnet, der Jeannette immer wieder ins Haus Koriander zog. Seltsam war es und kaum zu erklären, wieso Jeannette, die für das eigene Kind weder Interesse noch Zuneigung bekundet hatte, sich nun zu einem fremden Kind hingezogen fühlte. Aber seltsam und unerklärlich sind oft die Vorgänge und Wandlungen im Herzen eines Menschen. Obwohl sie in diesem Fall, im Fall Jeannette, rein psychologisch leicht zu erklären waren. Es war ihre immer stärker zutage tretende Gefallsucht, ihr nimmersatter Wunsch nach Liebe, nach Zuwendung. In dieser Beziehung hatten zuerst Madlon, dann Lydia und nun auch Jacob sie allzusehr verwöhnt.

Bei der Taufe des kleinen Koriander hatte sie miterlebt, wie alles sich um das Kind drehte, wie vernarrt Felix in seinen

Sohn war, wie glückselig die Großeltern über das Kind und vor allem, welches Ansehen, welche Wertschätzung Ellen Koriander allein durch die Tatsache genoß, daß sie ein Kind zur Welt gebracht hatte. Und so war es geblieben.

Ich habe auch ein Kind, dachte Jeannette eifersüchtig, ein hübsches Kind, ein artiges Kind, warum lobt *mich* niemand dafür, warum bewundert niemand *meinen* Sohn?

Kindlich war sie noch immer, um nicht zu sagen kindisch. Sie beneidete Ellen Koriander um ihr Kind, und sie begann, mit spielerischen Gedanken zunächst, ihr eigenes Kind in ihr Leben einzubauen. Würde es sich nicht gut ausnehmen hier in diesem Haus? War es hier nicht viel vornehmer als auf dem Hof?

Sie sprach also auf einmal von dem kleinen Ludwig, zunächst im Hinblick auf seinen Geburtstag, dann in Gedanken an das bevorstehende Weihnachtsfest. Sie würde ihn so gern bei sich haben, sagte sie.

Wie nicht anders zu erwarten, griff Tante Lydia den Gedanken begeistert auf. Man habe es jetzt schön warm und gemütlich, Platz genug sowieso, und überhaupt gehöre ein Kind zu seiner Mutter. Außerdem sei es doch höchst begrüßenswert, so sagte sie zu Jacob, wenn die arme kleine Jeannette ihren Kummer um den toten Seemann nun soweit überwunden habe, daß sie bereit sei, sich ganz ihrem Kind zu widmen.

Jacob äußerte sich nicht dazu. Er wußte schließlich gut genug, wie Madlon an dem Buben hing, außerdem mißtraute er Jeannettes so plötzlich erwachter Mutterliebe. Ihren Wunsch, den kleinen Ludwig über Weihnachten ins Haus zu holen, hatte er strikt abgelehnt.

»Hör mal, Baby, das kannst du Madlon nicht antun. Du weißt doch, wie sie an dem Jungen hängt.«

»Es ist mein Sohn«, trumpfte Jeannette auf.

»Wir wissen es. Aber kannst du dir Madlon vorstellen, wenn wir jetzt hinauffahren und den Buben holen?«

Doch, das konnte Jeannette sich sehr gut vorstellen, und Angst vor Madlon hatte sie auch. Dennoch schmollte sie mit Jacob und spielte für einige Tage die unverstandene Mutter.

Weihnachten wurde dennoch ein gelungenes Fest, und Jeannette vergaß zunächst einmal wieder das Kind. Sie bekam sehr viel geschenkt, von Jacob eine Perlenkette, seidene Dessous, so wunderzart, wie sie sie noch nie besessen hatte, ein Handtäschchen mit passenden Handschuhen; bei diesen Einkäufen hatte Ellen natürlich Jacob begleitet. Von Tante Lydia bekam Jeannette Crêpe de Chine in Grünblau, damit sie sich wieder einmal ein neues Kleid machen konnte. Geschenke kamen auch aus dem Hause Koriander reichlich, und über alles freute sich Jeannette mit kindlichem Entzücken, genauso wie über den Christbaum, eine riesige Tanne, die Jacob ausgesucht und geschmückt hatte; auch für ihn war es ja, seit vielen Jahren, das erste normale Weihnachten mit Familie und dazu noch im eigenen Haus. Staunend hörte Jeannette zu, als Lydia die Weihnachtsgeschichte las und sich anschließend ans Klavier setzte, Weihnachtslieder spielte und mit noch recht wohltönender Stimme dazu sang. Jacob stimmte ein, auch Benedikt, und am kräftigsten sang Hilaria mit, die sich nun seit vierzehn Tagen im Hause befand und ersichtlich mit allem sehr zufrieden war, was sie vorgefunden hatte. Es waren zwei Männer im Haus, die ordentlich essen konnten, eine hübsche junge Frau war da, und die alte Dame redete ihr nicht hinein, sondern lobte alles, was sie auf den Tisch stellte. Besuch kam auch genügend ins Haus, am Weihnachtsabend selbst noch die Korianders, die hatten zwar schon gegessen, versuchten jedoch Hilarias Gebäck und lobten es sehr. Später fuhren sie alle zur Mitternachtsmesse in die Stiftskirche nach Lindau, auch Hilaria durfte mitkommen. Jeannette war zwar todmüde, als sie spät nachts in Jacobs Arm lag, aber eigensinnig war sie auch.

»Es war so schön, so schön. Mais l'année prochaine, nächstes Jahr, zu Weihnachten, mon petit Ludwig ist hier. Verspreche mich das.«

»Wir werden sehen . . .« murmelte Jacob, der ebenfalls sehr müde war.

»Verspreche es mich.«

»Ja, Baby, ich verspreche es. Und nun schlaf endlich. Morgen müssen wir Gänsebraten essen, das wird auch anstrengend . . .

Was denkst du, was für eine fabelhafte Gans uns Hilaria braten wird.«
»'ilaria ist so lieb. Aber du mich versprechen? Ludwig kommt bald.«
Übrigens fand Jeannette Verständnis bei Hilaria, die ja die Vorgeschichte nicht kannte, nur von dem Kind erfahren hatte und meinte, ein kleiner Bub im Haus, das würde doch die Familie erst vollkommen machen. Sie kannte so viele Kuchen- und Süßspeisenrezepte, alles, was Kinder gern essen. Jeannette, schön und zart und, wenn sie wollte, von unwiderstehlichem Charme, wurde von Hilaria bald heiß bewundert und geliebt und das unbekannte Kind gleich mit. Gesprächsweise lebte Ludwig der Zweite eigentlich seit Beginn des Jahres mit im Haus, und alle gewöhnten sich an den Gedanken, daß er eines Tages leibhaftig dasein würde.
Nur Jacob mied diese Gespräche. Für ihn bestand kein Zweifel daran, daß Madlon das Kind nicht freiwillig herausgeben würde, und eine zweite Entführung plante er keineswegs. Auf jeden Fall mußte die ganze Angelegenheit zuerst einmal mit Jona besprochen werden.
Ansonsten war Jacob, zu Beginn des Jahres 1927, ein rundherum glücklicher und zufriedener Mann. Das Leben, das er jetzt führte, gefiel ihm, und das kam nicht zuletzt daher, daß seine Umgebung so gar nichts an ihm auszusetzen hatte. Tante Lydia liebte ihn von Herzen, Felix und seine Familie brachten ihm echte Freundschaft entgegen, Benedikt respektierte ihn als neuen Herrn des Hauses, und Hilaria bewunderte ihn und kochte mit wachsender Begeisterung. Nur etwas hatte sie zu bemängeln, daß sie am Ort nicht alles zu kaufen bekam, was sie benötigte, und jedesmal nach Lindau hineinfahren mußte. Manchmal fuhr Jacob sie mit dem Wagen auf die Insel, manchmal nahm Felix sie mit, und dann beschloß Hilaria, den Führerschein zu machen. Ohne langes Zögern begann sie Fahrstunden zu nehmen und erwies sich als begabt.
»Ich kann mich wirklich als gemachter Mann betrachten«, meinte Jacob, »demnächst habe ich eine motorisierte Köchin.«

Und war Jacob nun nicht wirklich ein gemachter Mann? Er hatte einen Teil des Geldes, das er aus dem Verkauf des Hauses in der Seestraße erhielt, in Korianders neugegründete Baufirma gesteckt, konnte sich jetzt als dessen Teilhaber bezeichnen und wurde von Felix zu allen Plänen befragt und an allen Tätigkeiten beteiligt. Felix' Tüchtigkeit steckte an. Wieder einmal gab es in Jacobs Leben eine starke Persönlichkeit, die ihn mitriß und seinen Tatendrang weckte. So, wie einst sein General. So, wie später, jedenfalls zeitweise, Madlon.

Blieb Jeannette. Man konnte es eine glückliche Liebesgeschichte nennen. Sie war für ihn da, wann immer er wollte, sie war eine zärtliche und anschmiegsame Geliebte, weder so leidenschaftlich wie Madlon noch so mitreißend wie Mary, doch verspielt wie ein Kind, manchmal ein wenig launisch, doch meist heiter und gesprächig, nicht mehr scheu und ängstlich. Die Initiative in der Liebe lag ganz bei ihm, sie ließ sich verführen und erobern, immer wieder aufs neue, und auch das hatte einen gewissen Reiz, besonders für Jacob.

Er hatte an seinem Leben nichts auszusetzen, sah auch nichts, das er unbedingt verändern mußte. Seine Vaterstadt war ihm wieder einmal ferngerückt. Aber er dachte oft an Jona, weniger gern an Madlon.

»Ja, Baby, wir werden deinen Kleinen besuchen. Und dann holen wir ihn für einige Zeit zu uns. Laß erst einmal den Winter vorbeigehen.«

Zwei Dinge lenkten jedoch Jeannette sehr bald wieder von ihren neuerwachten Muttergefühlen ab: Das war die Reise nach München, und das war die von ihr keineswegs begrüßte Tatsache, daß sie wieder schwanger war.

Die Reise nach München

Der Vorschlag kam von Felix.

Als er Ellen heiratete und sie nach Lindau verpflanzte, so erzählte er ihnen an einem Sonntagabend im Februar, habe er ihr versprochen, mindestens zweimal im Jahr in ihr geliebtes München zu fahren, ganz bestimmt zum Fasching. Aus diesen oder jenen Gründen habe er dieses Versprechen bisher nicht einlösen können, aber nun stehe dem nichts mehr im Wege, Ellen stille das Kind nicht mehr, Fasching sei auch, und Jeannette müsse München unbedingt kennenlernen. »Nächste Woche fahren wir.«

Ellen seufzte. »Und Ferdl? Deine Mutter wird ihn zu Tode füttern.«

Daß Ellen ihren Sohn schon nach dreieinhalb Monaten absetzte, hatte zur ersten ernsthaften Meinungsverschiedenheit mit ihrer Schwiegermutter geführt.

»Ich habe Fritz sechs und Felix sogar sieben Monate gestillt. Sieh dir an, was aus ihm geworden ist.«

Worauf Ellen ihr erklärte, moderne Frauen kürzten die Stillzeit ab, der Figur zuliebe. Manche Frauen weigerten sich überhaupt, ihr Kind zu stillen.

»Figur?« schnaubte die Großmama unwillig. »Ich hatte immer eine fabelhafte Figur. Mein Busen kann sich heute noch sehen lassen.« Und nun hatte sie immer Angst, das Kind werde nicht richtig ernährt, bekomme überhaupt zu wenig zu essen, wogegen Ellen der Meinung war, ein Baby zu überfüttern, sei sehr ungesund. Generationsgespräche, die Herren beteiligten sich nicht daran und amüsierten sich nur still darüber.

Doch nach München wollte Ellen sehr gern fahren, eine kleine Abwechslung hatte sie längst nötig; und so fuhren sie denn, an einem hellen Wintertag, und zwar mit dem Zug.

Dies allein schon bereitete Jeannette viel Vergnügen. Seit sie von Gent gekommen war, hatte sie keinen Zug mehr bestiegen, und jene Fahrt war ohnedies ihre erste Reise gewesen, die sie, in ihrem verzweifelten Zustand, nicht einmal genossen hatte. Nun fuhr sie also über den Damm, der die Insel Lindau mit dem Festland verband; das hatte sie sich lange gewünscht, jedesmal, wenn sie einen Zug dampfend darüberrollen sah.

Von ihrem Zustand wußte sie noch nichts. Möglicherweise würden die lästigen Tage gerade eintreten, während sie in München war, aber da ihre Monatsblutungen immer verspätet kamen, ging es vielleicht auch gerade noch gut.

Von der Tiefe des Sees stieg der Zug mühselig hinauf und fuhr dann durch den hohen Schnee an den Allgäuer Bergen entlang, pfeifend, dicke Dampfwolken neben sich herziehend.

»Was für Berge!« freute sich Felix. »Was für ein herrlicher Schnee! Nächsten Winter werde ich mal meine Skier wieder hervorholen und sehen, ob ich damit noch umgehen kann. Du kannst nicht Ski laufen?« Die Frage galt Jacob.

»Ich kann es nicht. Es war eines der wenigen Fortbewegungsmittel, das wir in Afrika nicht gebraucht haben. Und komm bitte nicht auf die Idee, daß du es mir beibringen willst, ich habe ein lahmes Bein.«

»Na, davon merkt man kaum etwas.«

Das stimmte. Jacob hinkte kaum noch, nur bei feuchtem und wechselndem Wetter bemerkte man seine Behinderung.

In München kam Jeannette aus dem Staunen nicht heraus: dieser riesige Bahnhof, der Verkehr auf dem Stachus, von dem einem ganz schwindlig wurde, Fuhrwerke, Pferdekutschen, viele, viele Autos, und dazwischen bimmelte die weißblaue Trambahn wie ein Blitz durch die Gegend. Aber das war noch gar nichts gegen die herrlichen Geschäfte, an deren Schaufenstern sie sich nicht satt sehen konnte.

Jacob hatte nur noch Kindheitserinnerungen an München, doch Ellen und Felix kannten sich in der Stadt gut aus und besaßen von ihrer Studienzeit her noch viele Freunde, die sich sehr über die Besucher freuten und alles taten, um ihnen

die Tage unterhaltsam und die Nächte vergnügt zu gestalten.
Sie wohnten im Hotel Leinfelder am Stachus, und von dort aus waren sie sogleich mitten in der Stadt, bummelten durch das Karlstor, die Neuhauser Straße, die Kaufinger Straße entlang bis zum Marienplatz, bewunderten das Rathaus, gingen in die Frauenkirche und in die Theatinerkirche. Am Odeonsplatz klärte Felix sie darüber auf, daß die Feldherrnhalle der Loggia dei Lanzi in Florenz nachgebaut sei; sie mußten durch den Hofgarten marschieren und die Residenz von allen Seiten bewundern. Das schönste Bild bot sich dann auf dem Max-Josephs-Platz, wo man alles vor sich hatte: das Denkmal des Königs, die edle Fassade der Residenz, die wundervolle Front des Nationaltheaters und dazwischen das Residenztheater.
»Dort gehen wir bestimmt hinein, der Zuschauerraum ist das kostbarste Stück Rokoko, das je erbaut wurde. Übrigens von François Cuvilliés, einem der größten Baumeister unserer Erde. Das Residenztheater erstand relativ spät, erst während der Regierungszeit des Kurfürsten Max Joseph III., der ein Segen für das Bayernland war, denn seine Vorgänger hatten ziemlich gehaust, sowohl mit dem Geld wie auch mit dem Leben ihrer Untertanen. Zum Beispiel sein Vorgänger Karl Albrecht, der sogar einige Jahre Kaiser wurde und der in dieser Zeit . . .«
Ellen, die das natürlich alles wußte, schlug die Augen zum Himmel auf und unterbrach ihren Mann kurzentschlossen.
»Schatzi, ich hab kalte Füße. Wie wär's mit einer Brotzeit, und du erzählst uns dabei noch ein bißchen was von den Wittelsbachern?«
Kalt war es wirklich, und außerdem machten solche Stadtrundgänge müde und hungrig. Also kehrten sie ein, im Spaten, im Franziskaner, im Spöckmeyer, und Jeannette aß zum erstenmal in ihrem Leben Weißwürste, die sie zunächst mißtrauisch betrachtete, die ihr aber dann sehr gut schmeckten.
Abends speisten sie in vornehmen Lokalen, im Preysingpalais, in den Torggelstuben, bei Humplmayr, meist begleitet

von Freunden der Korianders. Und sie gingen nicht nur ins Residenztheater, sondern auch in die Oper, und selbstverständlich verbrachten sie einige Abende im berühmt-berüchtigten Schwabing, wo man die Nächte sowieso zum Tage werden ließ. Zweimal besuchten sie einen Faschingsball, wozu Kostüme besorgt werden mußten, und Jeannette, verkleidet als Rokokoballerina, konnte sich vor Verehrern kaum retten. Auch Korianders Freunde waren von ihr entzückt, ihre Anmut, ihr drolliges Deutsch-Französisch verfehlten die Wirkung auf die Männer nicht. Und sie, keineswegs mehr scheu und schüchtern, flirtete mit lieblicher Vehemenz.
»Na, Jacob, mein Lieber«, meinte Felix, »da mußt du dich aber mächtig anstrengen, wenn du diesen Schatz behalten willst. Die macht sich ganz schön heraus, die Kleine.«
Das Allerschönste für Jeannette jedoch waren die Läden und was sie darin kaufen konnte. Man konnte es einen Kaufrausch nennen, der sie überkam, und sogar die vernünftige Ellen wurde davon angesteckt. Felix mußte immer wieder die Brieftasche zücken, und Jacob, noch niemals ein sparsamer Mann, verfügte ja nun über genügend Geld, um Jeannette alle Wünsche zu erfüllen. Anfangs nahmen die Herren an jedem Einkaufsbummel teil, dann wurde es ihnen zu langweilig, sie verabredeten sich in einem Lokal in der Stadt, und Ellen und Jeannette zogen allein durch die Geschäfte. Das Kaufhaus Tietz am Bahnhof, das Kaufhaus Oberpollinger in der Neuhauser Straße; Jeannette staunte fassungslos und mußte jede Etage genau besichtigen. Das Roman-Mayr-Haus am Marienplatz, der vornehme Lodenfrey und die vielen kleinen, eleganten Läden, was gab es nur alles in dieser Stadt zu sehen und zu bewundern. Kleider, Mäntel, Blusen, Schuhe, hauchzarte Wäsche, diese herrlichen seidenen Strümpfe – es war wirklich wie ein Rausch.
Die Damen beluden sich mit Paketen und Päckchen, bis sie darauf kamen, sich ihre Einkäufe von einem Dienstmann nachtragen oder sie gleich ins Hotel schicken zu lassen. »Lieber Himmel, Baby«, sagte Jacob, »wann willst du das bloß alles anziehen?«
Gewaltigen Eindruck machte auf Jeannette auch das Lebens-

mittelhaus Dallmayr. Kopfschüttelnd ging sie von Raum zu Raum, wo alle nur denkbaren Genüsse angeboten wurden, und wiederholte immer wieder: »Das soll sehen 'ilaria. Oh, 'ilaria muß staunen, sie kann kaufen und kaufen, was sie gefällt.«

»Mehr kaufen als du könnte sie auch nicht«, sagte Felix. »Ein Glück, daß wir hier keinen Haushalt führen.«

Aber Jeannette wollte die köstlichen Dinge auch essen, die sie zu sehen bekam, sie speiste abends mit größter Selbstverständlichkeit Dinge, die sie nicht einmal dem Namen nach kannte oder bestenfalls aus Suzannes Erzählungen – Austern, Kaviar, Hummersalat, gebratene Wachteln, Artischocken, Ananas, und am liebsten trank sie Champagner dazu.

War das noch Jeannette Vallin, Arbeiterin in einer Leinenfabrik, aufgezogen im stillen Beginenhof, verlobt mit dem biederen Michel? Wo hatte sie denn tanzen gelernt? Sie konnte es, sie schwebte leicht in den Armen ihres Partners durch den Saal, genoß sehr bewußt all die Bewunderung, die ihr zuteil wurde. War das noch dieselbe Jeannette, die gramvoll auf ihre Niederkunft wartete, die Augen vom Weinen gerötet, auf den bebenden Lippen die Drohung mit Selbstmord, mit baldigem Sterben?

Ach, Jeannette wußte nicht, wie kurz diese Freude für sie sein würde, wie bald sie wieder einer harten Wirklichkeit ins Auge sehen mußte.

Jacob, der eigentlich vorgehabt hatte, sich einmal mit Clarissa zu treffen, ließ den Gedanken fallen. Das war nun schon so lange her, und es blieb ihm auch gar keine Zeit dazu.

Anders Jeannette. Sie wartete nur auf eine Gelegenheit, ihren Apothekerfreund vom letzten Sommer wiederzusehen; der nette kleine Flirt war nicht vergessen. Ab und zu war ein Brieflein aus München gekommen, das Jeannette, assistiert von Tante Lydia, auch immer artig beantwortet hatte. Kein Geheimnis vor Jacob, er wußte davon, nahm es nicht ernst.

An einem Vormittag, Ellen war mit einer Freundin verabredet, die Herren wollten sich mit Studienkameraden von Felix beim Augustiner zum Frühschoppen treffen, blieb Jeannette sich selbst überlassen.

»Isch bleiben gern in Hotel«, sagte sie mit Unschuldsblick, »isch kann anziehen alle meine neuen Sachen. Und dann – peut-être, isch gehen zu Coiffeur.«
Am Abend wollte man einen Ball besuchen.
Kaum allein, spazierte sie in die Stadt hinein; der Weg am Künstlerhaus vorbei, auf die Frauenkirche zu, war ihr nun schon vertraut, und wo sich die Apotheke befand, hatte sie längst entdeckt.
In einem blauen Tuchmantel mit einem großen Fuchskragen, der ihr bis zur Nasenspitze reichte – auch eine Neuerwerbung –, ein rundes blaues Hütchen auf dem blonden Haar, so betrat sie die Apotheke, und kaum stand sie da und blickte suchend um sich, hatte der junge Herr Apotheker sie schon erspäht. Auch in München betraten nicht jeden Tag so hübsche junge Damen seine Apotheke. Es fehlte nicht viel, und er wäre in seinem weißen Kittel über den dunkelbraunen, würdigen Apothekerladentisch gesprungen.
»Jeannette! Du bist hier!«
»Oui, hier bin isch. Bonjour, mon ami.«
Sie lächelte, sie war ohne Scheu, sich ihrer Erscheinung und Wirkung wohl bewußt.
Er brachte sie in ein Hinterzimmer, und gleich darauf erschien der Herr Papa, Apotheker senior, stattlich, würdevoll, und beugte sich mit altväterlicher Grazie zu einem Handkuß über Jeannettes anmutig dargebotene Hand, indes der Junior glückselig verlauten ließ: »Papa, das ist Jeannette.«
Der Vater wußte, wer Jeannette war, es war oft genug die Rede von ihr gewesen; aber er wußte nicht mehr, als was der Sohn auch wußte: eine junge Belgierin, von ihrer Tante an den Bodensee mitgebracht, von einer anderen Tante sorglich gehütet. Es war keine Rede gewesen von einem ertrunkenen Seemann, nicht von einem Kind und schon gar nicht von einem Onkel, der sie der ersten Tante abgenommen hatte, und zwar in ganz eindeutiger Absicht.
Von all dem war auch jetzt nicht die Rede, Jeannette plauderte in ihrem entzückenden Kauderwelsch – in Tante Lydias Gegenwart sprach sie viel besser Deutsch –, sie erzählte, daß sie zum erstenmal in München sei, mit ihrem Onkel und mit

Herrn und Frau Koriander, die der junge Apotheker einmal kennengelernt hatte, und daß alles hier ganz, ganz wundervoll sei. Was für eine Stadt! Magnifique! Et son opéra! Et sa cathédrale! Et ses restaurants! Très, très bon. Und Weißwürste? Ah, bien sûr, sehr gut. Mais la bière, non, je prefère du vin.
So ging das eine halbe Stunde lang, und beide Apotheker, Vater und Sohn, waren hingerissen.
Aber nun müsse sie leider gehen, sie müsse zum Coiffeur, am Abend gingen sie zu einem Faschingsball ins Deutsche Theater.
»Mon dieu, Ludwig!« sagte der Vater Apotheker, denn ein wenig Französisch sprach er auch, nachdem sie das Elfengeschöpf zur Tür gebracht und mit vielen Dienern und Handküssen verabschiedet hatten. »Was für ein bezauberndes Mädchen! Jetzt verstehe ich deine Begeisterung.«
Sie blickten ihr nach, wie sie die Residenzstraße entlangging, rasch, leicht, graziös, ein Tänzerinnenschritt.
Wieder einer, der Ludwig hieß. Wenn man so wollte, Ludwig der Dritte, falls die geringste Möglichkeit bestanden hätte, daß aus der Sache etwas werden könnte.
Zwar tauchte dieser Ludwig am Abend im Deutschen Theater auf, verkleidet als Maharadscha, und Jeannette, mit wippendem Ballerinenrock und weißer Perücke, raubte ihm fast den Verstand. Er hatte sie bald gefunden und holte sie immer wieder zum Tanz.
»Du solltest besser auf Jeannette aufpassen«, sagte Felix im Laufe der Nacht zu Jacob.
»Aufpassen? Du hast mir selbst gesagt, im Fasching sei das nicht erlaubt.«
»Ich kenne diesen Knaben, den da mit dem Turban. Der ist im Sommer schon in Lindau um sie herumscharwenzelt. Meinst du, das ist ein Zufall, daß der heute hier herumhopst?«
»Wir sind nicht die einzigen auf diesem Ball. Laß sie doch tanzen, wenn es ihr Spaß macht.«
Eifersüchtig war Jacob nicht. Er war es nur bei einer Frau gewesen, bei Madlon, er würde es nie mehr sein. Und schon gar nicht auf Jeannette, die kleine Jeannette, die ihm gehörte mit

Haut und Haar. Er tanzte nicht, sein Bein erlaube es nicht, sagte er, und er fand im Laufe der Nacht eine üppige Dunkelhaarige, die sich damit begnügte, mit ihm an der Bar zu sitzen, Knie an Knie, und ihn schließlich ausführlich küßte.
»Dein Onkel amüsiert sich auch ganz gut«, meinte der Apotheker arglos, als sie einmal an der Bar vorbeikamen.
»Ah, oui«, machte Jeannette, »das ist fein.«
Hingeschmolzen, aber innerlich unbeteiligt, lag sie in des Apothekers Armen, als er sie küßte.
»Jeannette, oh, Jeannette, willst du mich heiraten?«
»'eiraten?« hauchte Jeannette.
»Épouser«, ging der Apotheker auf Nummer sicher, denn er hatte am Nachmittag noch ein französisches Dictionnaire studiert.
»Oh!« machte Jeannette und senkte die langen Wimpern über die blauen Augen. »Isch muß überlegen dieses.«
»Du schreibst mir? Und dann komme ich gleich nach Lindau.« Er bekam keine Antwort auf seine Briefe, um dies vorwegzunehmen, und dann kam er wirklich. Das war im April, kurz vor Ostern.
Jeannette konnte sich inzwischen über ihren Zustand nicht mehr täuschen, und wie gehabt, hatte sie sich ganz zurückgezogen, wandelte einsam durch den Park, war traurig, zornig, genauso verzweifelt wie beim erstenmal. Sie war wieder in einen Käfig geraten. So, wie sie ihr ganzes Leben lang in einem Käfig gelebt hatte – die frommen Frauen, Suzannes Krankheit, die Fabrik, die Schwangerschaft, Madlon und der Hof, und nun Jacob, und selbst die Liebe, die Tante Lydia ihr entgegenbrachte – das alles hielt sie in Gefangenschaft.
Im Hause Goltz/Haid wußte noch keiner von Jeannettes Zustand, sie sprach nicht davon, sie grübelte nur immer wieder darüber nach, wie sie sich daraus befreien könnte. Sterben? Eine Abtreibung? Suzanne hatte davon gesprochen, auch Madlon. In Berlin hatte Madlon gesagt, würde es am besten möglich sein. Aber wie sollte Jeannette nach Berlin kommen? Sie hatte kein Geld, und sie hätte nicht gewußt, wie sie es anfangen sollte. In dieser Zeit wünschte sie sich, Madlon wäre noch ihre Freundin, sie hätte ihr bestimmt geholfen, diesmal

ganz gewiß. Als der junge Apotheker sich telefonisch aus Lindau anmeldete, floh Jeannette in den Park.

»Du es ihm sagen. Alles sagen«, beschwor sie Tante Lydia.

»Aber Kind! Was soll ich ihm denn sagen?«

Lydia entledigte sich ihres Auftrages, so gut es ging.

»Es gibt vielleicht einige Dinge, die Sie wissen müßten, ehe Sie sich weiterhin um Jeannette bewerben«, sagte sie mit Würde. »Wir erwarten jetzt zu Ostern den Besuch von Jeannettes kleinem Sohn. Und geschieden ist sie auch noch nicht.«

Nicht gerade diplomatisch, ein harter Volltreffer.

»Ja, ist sie denn verheiratet?« stammelte der junge Mann verwirrt.

Auch die Geschichte, die Lydia erzählte, war verwirrend und entsprach nicht ganz der Wahrheit. Das war auch nicht nötig. Der Herr Apotheker, aus guter Münchner Familie, streng katholisch, würde sowieso keine geschiedene Frau heiraten. Mit einem Kind dazu.

»Das Kind wäre kein Hindernis«, sagte Tante Lydia unglücklich, »es ist gut untergebracht.«

»Und ... und ihr Mann?«

»Die Scheidung ist sowieso beabsichtigt.«

Langes Schweigen. Tiefer Kummer im Herzen eines jungen Mannes, der sich so heftig in ein Zauberwesen verliebt hatte.

»Wo ... wo ist sie denn?«

»Sie wollte Sie nicht wiedersehen, ehe Sie nicht alles wissen«, gab Tante Lydia zur Antwort.

Warum hat sie mir das nicht alles längst erzählt, hätte er fragen müssen. Eine sinnlose Frage. Wann hätte sie es erzählen sollen? Ein kleiner Flirt auf der Hafenpromenade, das verlangte nicht Geständnisse dieser Art. Und ein Faschingsball?

»Sie hätte es mir ja schreiben können«, murmelte Ludwig, der nun nicht der Dritte wurde, und verabschiedete sich. Aber das geschah erst später. In den zwei Wochen, die Jeannette in München verbrachte, genoß sie ihr Leben wie nie zuvor.

Am letzten Abend waren sie zu einem privaten Faschingsfest

in Schwabing eingeladen, ein rauschendes Fest, eine verrückte Nacht. Diesmal handelte es sich um einen Freund von Ellen, aus ihrer Zeit an der Akademie, ein junger Maler, nicht sonderlich begabt, aber aus betuchtem Haus, weshalb er sich eine feudale Atelierwohnung in Schwabing leisten konnte.
Das war der letzte Triumph für Jeannette.
Der Gastgeber ließ sie nicht aus den Händen, zog sie in alle dunklen Ecken, küßte sie, bis sie halb ohnmächtig in seinen Armen lag, zog ihr das blaue Elfengewand, das sie an diesem Abend trug, über die Schultern und liebkoste ihre nackten Brüste.
Jacob war vergessen, der Apotheker war vergessen, Jeannette glühte vor Lust und Verlangen, sie bog den Kopf zurück und lachte, als der Maler sagte: »Bleib bei mir. Bleib bei mir, ma belle.«
Die anderen hörten es auch, und Ellen sagte trocken: »Komm wieder zu dir, du Hanswurst, diese Frau hat schon einen Mann.«
»Sie braucht nur mich.«
Jacob, ziemlich angetrunken, lachte nur.
Auch Jeannette hatte zuviel getrunken, und die Korianders hatten alle Mühe, die beiden ins Hotel zu schaffen; das war schon gegen Morgen, in sechs Stunden ging ihr Zug.
Als sie in ihrem Zimmer waren, sagte Ellen zu ihrem Mann: »Das war alles wunderschön, aber weißt du, ich werde froh sein, wenn wir wieder zu Hause sind. Anstrengend, so ein Fasching«, gähnte sie.
»Du wirst doch noch nicht alt, meine Liebe?«
»Unverschämter Ehemann! Ich werd's dir schon noch zeigen.«
»Aber bitte nicht mehr diese Nacht.«
»Ah! Du wirst doch nicht alt, mein Lieber?«
Lachend lagen sie im Bett, sie liebten sich und waren glücklich. Zwei Menschen, die zueinander paßten.
Ehe sie einschlief, sagte Ellen: »Jacobs blonder Unschuldsengel, na, weißt du, die hat es faustdick hinter den Ohren.«
»Ach, na ja, du mußt das nicht so ernst nehmen. Das war alles neu für sie und mußte ihr ja in den Kopf steigen. All die

Mannsbilder, die um sie herumgeschwirrt sind. Sonst ist sie ja immer sehr brav.«
Während der Heimfahrt waren sie alle sehr still, müde, abgespannt, Jacob schlief in seiner Ecke, Felix las die *Münchner Neueste Nachrichten,* Ellen freute sich auf ihren Sohn.
Jeannette blickte versonnen aus dem Fenster. Der Apotheker wollte sie heiraten, der hübsche Maler wollte sie behalten. Aber was war mit ihr eigentlich los? Wie ein Gespenst kroch die Angst in ihr Herz. Konnte es möglich sein?
War es unmöglich? Natürlich nicht.
Von Muttergefühlen keine Spur mehr. Weder für den kleinen Ludwig noch für das, was möglich war.
Unsinn! In zwei, drei Tagen würde sie alle Sorgen los sein. Die ganze Aufregung in München, der Fasching, der Alkohol, die langen Nächte, das Tanzen – genau wie damals rettete sie sich in alle Ausflüchte, die ihr einfielen.
Es müßte schön sein, in München zu leben, so träumte sie vor sich hin. Theater, Oper, Bälle, abends in guten Restaurants speisen und immerzu neue Kleider kaufen.
Ob der Apotheker sich eine Ehe so vorstellte? Wohl kaum.
Sie kicherte vor sich hin, und Felix blickte von seiner Zeitung auf und lächelte. Er mochte sie. Ein wenig, ein ganz klein wenig war auch er in sie verliebt, wie konnte es anders sein.
Dann wurde es sehr schnell Frühling, und der Hund kam ins Haus, worüber sich Jeannette mehr freute als über jedes Kind.
Felix brachte ihn mit, von einem Bauern in Oberreitnau, der in seinem Hof einiges umgebaut haben wollte. Fünf Welpen hatte die Hündin geworfen, und der Bauer sagte, drei müsse er ersäufen, fünf junge Hunde könne er nicht gebrauchen.
Lassen Sie sie bei der Mutter, schlug Felix vor, zwei übernehme ich dann. Er hatte sich die Mutter angesehen, sie war rotbraun, kurzhaarig, sah aus wie ein bayerischer Schweißhund, nur ein wenig größer. Der Vater allerdings war unbekannt. Aber ihre Augen waren wachsam, klug und schön. Ein Hund für Ellen, einer für Jeannette.
Es war eine kleine dunkle Hündin, und Jeannette taufte sie Chérie. Der alte Schnauzer, der früher im Haus gewesen war,

hatte sein Leben kurz nach dem Tod des Generals ebenfalls beendet. Seitdem hatte es keinen Hund im Haus gegeben, und das sei kein Zustand, sagte Lydia, ein Hund gehöre ins Haus, sie hätten immer Hunde gehabt.
Chérie hatte das große Los gezogen. Alle im Haus taten das Beste, einen gesunden, folgsamen Hund heranzuziehen. Von Jeannette bekam er Zärtlichkeit und Liebe, von Jacob lernte er gehorchen, und an Tante Lydia kuschelte er sich beim Mittagsschlaf. Hilaria erkundete sorglich beim Tierarzt, was ein kleiner Hund fressen dürfe und solle.
Darüber vergaßen sie nicht den kleinen Ludwig; sowohl Tante Lydia wie Hilaria wollten ihn endlich kennenlernen. Auch wenn Jeannettes dringender Wunsch, den Sohn bei sich zu haben, inzwischen verstummt war.
»Sie traut sich nicht mehr, etwas zu sagen«, befürchtete Tante Lydia. »Sie hat Angst vor ihrer Tante. Was meinst du, Jacob?«
»Schon möglich. Ich muß sowieso einmal hinunterfahren. Jona geht es nicht gut, das hast du ja gehört.«
»Vielleicht kommt sie mit?« regte Lydia an. »Als Osterbesuch. Ich habe einiges an ihr gutzumachen, glaube ich.«
»Ich werde die Einladung überbringen.«
»Wir lassen das Büble im Garten Ostereier suchen«, frohlockte Hilaria. »Ich werde sie selbst färben.«
Jeannette schwieg dazu.
Und als Osterbesuch kam Andreas Matussek ins Haus. Und Clarissa Lalonge.

Die zweite Entführung

Der Brief von Andreas Matussek war Anfang März gekommen.

Nach einer einleitenden Floskel schrieb er: »– Ich weiß nicht, ob Sie sich noch an mich erinnern. Ich bin der Bruder von Mary von Garsdorf, und wir machen uns Sorgen um meine Schwester, die jetzt ganz allein ist auf der Riesenfarm. Georgie ist nun schon seit einigen Monaten in England und hat offenbar die Absicht dortzubleiben. Sie wissen ja aus eigener Anschauung, wie es in Friedrichsburg aussieht, und sind sicher mit mir einer Meinung, daß es einfach über die Kräfte einer Frau geht, diesen Besitz allein zu bewirtschaften. Dieser Mann, den Sie ihr damals empfohlen hatten, ein gewisser Hansen, ist wieder gegangen, oder, genauer gesagt, sie hat ihn entlassen, weil er, wie sie schreibt, total untauglich gewesen sei. Meine Schwester beklagt sich nicht, aber wir können doch aus ihren Briefen herauslesen, daß sie sich einsam fühlt. Sie fragt immer wieder, warum wir nicht zu ihr kommen, vor allem meinen Vater hätte sie gern da, er wäre ihr sicher eine große Hilfe, und ein Fachmann ist er auch. Ich studiere ja, wie Sie wissen, und würde mein Studium nicht gern unterbrechen, so leicht ist es ja heutzutage nicht, sich durchzuschlagen. Wir in Breslau hier überlegen hin und her, was wir tun sollen, um Marie zu helfen. Sehr geehrter Herr Goltz, bitte verstehen Sie mich richtig, ich möchte Ihnen nicht lästig fallen mit meinem Schreiben, ich möchte nur die Frage an Sie stellen, ob Sie die Absicht haben, zu Mary zurückzukehren. Für eine offene Antwort wäre ich Ihnen sehr dankbar.«

Jacob saß mit gerunzelter Stirn und mit schlechtem Gewissen vor diesem Brief. Mary! Er hatte sie so gut wie vergessen. Sein neues Leben beanspruchte ihn so sehr, daß er wirklich nicht mehr an sie gedacht hatte. Es war ihm nicht einmal aufgefallen, daß seit Monaten kein Brief von ihr gekommen war. Anfangs hatte sie regelmäßig geschrieben, man konnte sagen, mit jedem Dampfer war ein Brief von ihr gekommen. Sie berichtete von ihrem Leben, von der Farm, von Erlebnissen mit den Farbigen, von Georgie und natürlich – und das ausführlich – von der Entwicklung der kleinen Konstanze. Hansen hatte sie zwei- oder dreimal erwähnt, ohne weiteren Kommentar, und Jacob hatte gedacht: Na gut, daß sie den jetzt dort hat, er ist jung und kräftig und wird ihr schon helfen können.

Das war also nichts gewesen; ein Versager, dieser Mensch, wo immer er hinkam. So etwas dachte Jacob Goltz nun, genau in dieser Formulierung. Daß sie ihn gefeuert hatte, stand in keinem ihrer Briefe, genausowenig wie die Nachricht, daß Georgie sie verlassen hatte. Aber es war ja auch lange kein Brief gekommen. Und wohl vor allem darum nicht, weil Jacob ihr seit letztem Herbst nicht mehr geantwortet hatte.

Jacob brütete lange über dem Brief aus Breslau. Die mochten dort eine üble Meinung von ihm haben, und das zu Recht, denn er hatte sich übel gegenüber Mary betragen. Mary, die ihn liebte und die lange auf seine Rückkehr gewartet hatte. Mehrmals begann er einen Brief an Andreas, oben allein in seinem Giebelzimmer. Immer wieder wanderte der Entwurf in den Papierkorb.

Schließlich besprach er sich mit Tante Lydia, der er zwar von Mary, von Georgie und von der Farm erzählt hatte, nicht jedoch von dem Kind.

»Ein Kind?« fragte sie fassungslos.

»Ja, ein kleines Mädchen.«

»Und du hast dich einfach nicht mehr darum gekümmert?«

»Hör mal, Tante Lydia, du mußt das aus der richtigen Perspektive sehen. Erstens hat Mary einen Mann. Zweitens wollte sie ein Kind. Drittens habe ich nie versprochen, daß ich zurückkomme. Sie wollte es, gut, zugegeben. Aber ich . . .«

»Ja, du«, sagte Lydia, und es klang ein wenig traurig. »Du bist ein leichtfertiger Bursche mit deinen Frauengeschichten, das warst du wohl immer schon. Madlon hast du im Stich gelassen, Jeannette hast du dir so einfach zu deinem Amüsement ins Haus geholt, in Afrika läßt du eine Frau sitzen, die ein Kind von dir hat. Ich hab dich immer lieb gehabt, Jacob, das weißt du, aber du kannst nicht von mir erwarten, daß ich dein Handeln gut und richtig finde.«

Jacob war das Blut in die Stirn gestiegen.

»Also, mal langsam«, sagte er. »Madlon hat mich verlassen, nicht ich sie. Und Jeannette hat hier ein wundervolles Leben. Geradezu ein Luxusleben. Oder findest du nicht? Verwöhnt von allen, und am meisten von dir. Und mein Amüsement? Mein Gott, irgendeine Frau muß ich ja schließlich haben. Und was Mary betrifft, so sagte ich ja bereits, daß sie verheiratet ist und daß alles, was geschehen ist, ihr freier Wunsch und Wille war. Sie hat mich erobert, nicht ich sie.«

Lydia wischte seine Verteidigung mit einer Handbewegung vom Tisch.

»Man kann das alles von zwei Seiten betrachten, und du biegst es dir halt so zurecht, wie du es brauchen kannst. Das ist so Männerart.« Sie hielt inne, überlegte und schämte sich, daß sie das gesagt hatte. Sie hatte gewiß keinen Grund, so etwas auszusprechen. »Die Art mancher Männer«, verbesserte sie sich. »Und nun wollen wir überlegen, was wir mit dem jungen Mann aus Breslau machen. Antworten mußt du ihm, und zwar bald. Und an Mary solltest du auch wieder einmal schreiben. Halt, ich hab's.« Sie streckte elektrisiert den Zeigefinger in die Luft. »Ich hab's, Jacob, ich hab's! Warum lädst du den jungen Mann nicht ein, über Ostern herzukommen? Oder auch gleich. Wenn er studiert, hat er doch jetzt Semesterferien.«

»Hm«, machte Jacob, »keine schlechte Idee.«

»Nicht nur für ein paar Tage«, fuhr Lydia fort. »Du lädst ihn zu einem schönen Urlaub bei uns ein. Ein erstklassiges Gästezimmer haben wir ja jetzt. Na ja, die Reise, die ist natürlich teuer. Von Breslau hierher – wie könnte man ihn taktvoll wissen lassen, daß wir die Reisekosten übernehmen.«

»Ich glaube, so arm sind sie nicht, daß er sich keine Fahrkarte leisten kann. Und was heißt taktvoll – Andreas ist ein moderner junger Mann, dem kann ich das geradeheraus mitteilen, ohne daß er beleidigt ist.«

»Um so besser. Dann schreibe gleich. Noch heute.«
Das war Mitte März. Ostern würde in diesem Jahr spät liegen, erst Mitte April, und bis dahin würde der Frühling am Bodensee seinen Einzug gehalten haben.
Damit begann Jacob seinen Brief, ganz poetisch, dann sprach er ohne weitere Umschweife seine Einladung aus. Andreas, auch sein Vater, falls er Lust zu einer Reise habe, seien herzlich willkommen, und dann werde man ernsthaft besprechen, wie es mit Mary weitergehen solle. Was ihn selbst betreffe, so wolle er die offene Antwort geben, die Andreas erbeten habe: er gedenke, hierzubleiben, er habe sich an einem Geschäft beteiligt, er habe sein Haus umgebaut und fühle sich sehr wohl darin. Natürlich sei Mary ihm jederzeit willkommen.
Den letzten Satz fügte er aus Höflichkeit hinzu. Es sollte nicht so aussehen, als ob er Mary endgültig aus seinem Leben streichen wollte. Er war ziemlich sicher, daß sie nicht kommen würde.
Und wenn doch – Jacob grinste vor sich hin, als er den Brief selbst zum Kasten brachte –, dann hatte er hier in der Gegend drei Frauen, die zu ihm gehörten oder wie man das immer nennen wollte. Amüsement hatte Tante Lydia es mit einem deutlich verächtlichen Tonfall genannt. Falls es das je gewesen war, dann bestimmt mit Mary.
Andreas antwortete postwendend, bedankte sich für die Einladung, er komme gern über Ostern, sein Vater allerdings lehne dankend ab. Auf die Reisekosten ging er nicht ein, also hatte Tante Lydia recht, und es war wohl doch ein wenig taktlos gewesen, diese kurze Bemerkung dem Brief hinzuzufügen.
»Also«, klärte Jacob seine Mitbewohner auf, »wir werden Ostern mindestens zwei Gäste im Haus haben, Andreas Matussek, ein sehr netter junger Mann, ein Student, und ich nehme an, Hilaria, er wird ein tüchtiger Esser sein. Und dann kommt jetzt endlich mal Jeannettes Bub hierher, das ist lange geplant, und wir müssen Madlon zeigen, daß es nicht immer nur nach ihrem Kopf geht. Falls es mir gelingt, meine Mutter zu überreden, daß sie mitkommt, dann hätten wir drei Gäste.«

Für Hilaria waren das erfreuliche Neuigkeiten, und Lydia meinte: »Das geht großartig, der junge Mann bekommt das Gästezimmer, und Jona und der Kleine können in deiner Wohnung sein. Du bist ja doch meist oben.«
Das stimmte. Jacob hatte zwar Wohnzimmer, Arbeitszimmer, Schlafzimmer und ein eigenes Bad im ersten Stock, doch meist hielt er sich im Giebelzimmer auf, er schlief auch dort, auf einem großen, breiten Lager, das er sich nach eigenen Angaben hatte anfertigen lassen.
»Ein richtiges Lotterbett«, hatte Ellen mit erhobenen Brauen gesagt, als sie das niedrige, fellbezogene Lager zum erstenmal gesehen hatte. »Eigentlich direkt unanständig.«
»Ich verstehe gar nicht, wie einer anständigen Frau beim Anblick eines schlichten Lagers unanständige Gedanken kommen können«, konterte Jacob, und Felix hatte gesagt: »Frauen haben meist unanständige Gedanken, wenn sie etwas zu sehen bekommen, worauf man kuschelig liegen kann, viel eher als Männer.«
Ende März machte sich Jacob auf den Weg zum Hof, nachdem die Ostereinladung für Jona und den Buben bereits schriftlich vorausgeschickt worden war, denn sie hatten noch immer kein Telefon auf dem Hof.
»Willst du nicht mitkommen?« fragte er Jeannette.
Sie schüttelte den Kopf.
»Meinst du nicht, es wäre an der Zeit, daß du Madlon einmal wiedersiehst?«
Jeannette schüttelte noch heftiger den Kopf, Tränen traten ihr in die Augen.
»Schon gut, schon gut«, sagte Jacob, denn sie weinte für seinen Geschmack ein wenig zu oft und ganz ohne Grund in letzter Zeit. »Ich fahre allein, und vielleicht bringe ich die beiden gleich mit.«
Es war ganz seltsam, aber er hatte geradezu Sehnsucht nach Jona, die er seit Dezember nicht mehr gesehen hatte.
Aber so einfach, wie er es sich vorgestellt hatte, war es auch diesmal nicht. Madlon war unansprechbar wie eh und je, wenn es um das Kind ging. Auf keinen Fall, so erklärte sie sofort, würde sie Ludwig nach Bad Schachen fahren lassen.

»Sie hat sich nie um ihr Kind gekümmert. Hat sie einmal nach ihm gefragt, seit sie bei dir ist?«
»Sie hat viel von ihm gesprochen. Und sie möchte ihn endlich einmal bei sich haben.«
Das war falsch gewesen.
»Ah! Sie will ihn mir wegnehmen. Nie, nie. Es ist mein Kind. Jacques, hörst du! Es ist *mein* Kind.«
»Sei nicht albern, Madlon. Es ist nicht dein Kind. Es ist Jeannettes Kind, und sie hat das Recht, ihn wenigstens gelegentlich zu sehen.«
»Dann soll sie doch herkommen. Warum kommt sie denn nicht? Kannst du mir das erklären? Weil sie verlogen ist. Verlogen und schlecht. Sie wagt es nicht, mir unter die Augen zu treten, das ist es; aber das Kind will sie mir wegnehmen.«
»Es handelt sich um einen Besuch bei uns.«
»Das hast du schon zwanzigmal gesagt. Aber deine Tante und deine Freunde und deine fabelhafte Köchin, alle wollen sie meinen Ludwig haben. Ostereier, ha! Die kann er hier auch bekommen.«
Sie stritten den ganzen Abend darüber, sie stritten laut und bissig, sogar Rudolf beteiligte sich daran.
Nur Jona nicht. Sie schwieg, sie saß, blaß und schmal geworden, in ihrem Lehnstuhl, sie blickte von einem zum anderen, in ihrem Blick lagen Abneigung und Überdruß.
Sie war lange Zeit krank gewesen, schon im Januar, als sie heimkehrte. Es begann mit Rückenschmerzen, das kannte sie schon, doch kamen diesmal Gelenk- und Gliederschmerzen dazu, manchmal so stark, daß sie sich kaum rühren konnte. Rheuma, lautete die Diagnose von Dr. Fritsche, er verschrieb Tabletten, Bäder, Mittel zum Einreiben, und Jona ließ es widerwillig über sich ergehen, daß Madlon ihr Packungen machte, Bäder bereitete, den Rücken massierte. Jona war ungeduldig und unwirsch, sie war nie krank gewesen, sie wollte nicht krank sein.
»Sie wird doch nicht sterben?« fragte Rudolf verzweifelt.
»Unsinn! Warum soll sie denn sterben?«
»Das gibt es manchmal. Daß eine Frau ihrem Mann nachstirbt.«

»An einem bißchen Rheuma stirbt man nicht. Sie war immer gesund, das hast du selbst gesagt, und sobald es Frühling wird, ist alles wieder gut. Sie sollte eine Kur machen. Und du fährst mit ihr.«
»Ich?«
»Ja, warum nicht? Du warst lange nicht verreist.«
»Ich war nie verreist, seit ich hier bin. Und wer soll die Arbeit machen?«
»Das machen wir schon. Und du sollst ja auch nicht lange wegbleiben, drei oder vier Wochen. Ich freue mich jetzt schon, wenn du wiederkommst.«
Er sah sie an, aber er lächelte nicht. Er machte sich große Sorgen um Jona, er hatte wirklich Angst um ihr Leben, wenn er sie blaß und schmerzgeplagt daliegen sah.
Doch nun ging es wirklich besser, sie war noch schwach, auch gegen früher auf erstaunliche Weise interesselos. Wenn Rudolf ihr von seiner Tagesarbeit berichtete, nickte sie bloß, gab keine Kommentare. Erst als sie Anfang März den Bazillus Bang in den Stall bekamen und drei Kühe verwarfen, wurde sie etwas aktiver. Sie ordnete an, daß die gesunden Tiere sofort von den anderen getrennt wurden, sie sprach selbst mit dem Tierarzt, sie ging jeden Tag in die Ställe. So schlimm die Krankheit im Stall war, für Rudolf war es eine Erleichterung, daß sie wieder Anteil nahm an dem Leben auf dem Hof.
Aber nun, an diesem Abend, nachdem Jacob gekommen war, als dieser sinnlose Streit, dieses ewige Gezerre um Jeannette und ihr Kind ihren Frieden störte, war Rudolf zornig und gereizt. »Herrgott noch mal«, schrie er Madlon plötzlich an, »ich hab es satt bis obenhin, immer wieder der gleiche Krach wegen deiner Nichte und dem Buben. Es ist Jeannettes Kind, und wenn sie es haben will, dann soll sie es haben, und endlich Schluß damit!«
Madlon starrte ihn sprachlos an, auch Jacob war perplex. Die große Liebe zwischen den beiden – was war eigentlich daraus geworden? Rudolf verstand es offenbar nicht so gut, mit Madlon umzugehen. Oder ihr Wesen, ihre Art lagen ihm im Grunde nicht.
Madlon, dieses Temperamentsbündel, immer zum Kampf be

reit. Immer aber auch zur darauf folgenden Versöhnung. Wer wußte das besser als er. Nur begriff er nicht, daß Rudolf nicht nur wesentlich älter war, sondern daß er ein Mensch war, der Ruhe brauchte, Stetigkeit, um wirklich leben zu können. Daß Streit seine Gefühle nicht belebte, sondern lähmte.
Rudolf war noch nicht fertig. Er war aufgesprungen, sein Gesicht war zornig gerötet.
»Ich möchte endlich davon nichts mehr hören. Von mir aus kann Jeannette mit ihrem Bastard dahin gehen, wo der Pfeffer wächst. Sie sind wir los, nun gib ihr endlich das Kind, damit wir Ruhe im Haus haben.«
Madlon stand nun auch, ihre Augen funkelten vor Wut.
»Ach, und ich vielleicht auch? Soll ich auch dahin gehen, wo der Pfeffer wächst? Wär dir gerade recht, hein?« Sie setzte zu einer längeren Tirade an, doch Jona befahl eisig: »Ruhe!« Ihre Autorität war groß genug, daß wirklich Schweigen einkehrte. Ein langes Schweigen.
Jacob fühlte sich unbehaglich. So wie es aussah, war das Verhältnis zwischen Madlon und Rudolf empfindlich gestört, das kam bei dieser Gelegenheit zum Ausbruch.
Am Ende, dachte er, gibt er sie mir zurück. Er und Jona, Jona und er – sie brauchen Madlon nicht.
Er räusperte sich.
»Wenn ich vielleicht endlich einmal zu Ende sprechen kann, Madlon, und wenn du mir endlich in Ruhe zuhören willst, dann wäre ich dir sehr verbunden. Es ist an einen Osterbesuch gedacht. Und ich möchte nicht nur den Kleinen mitnehmen, ich möchte auch, daß Mutter mitkommt. Sie ist hiermit von Tante Lydia herzlich eingeladen.« Er sah Jona an. »Wir würden uns alle riesig freuen, Mutter. Und ich ganz besonders. Du hast eine ganze Wohnung zur Verfügung, wir werden alles für dich tun, was nur möglich ist.«
»Danke, Jacob«, erwiderte Jona ruhig. »Ich fühle mich noch nicht so wohl, um zu verreisen.«
Und sie hätte hinzufügen mögen: Was soll ich bei euch? Lydia war ihr nie nähergekommen, Jacobs neue Freunde kannte sie nicht, und nach Jeannette hatte sie nicht das geringste Verlangen.

Dann fing Madlon von vorn an.
»Warum kommt Jeannette nicht her, wenn sie Ludwig sehen will? Sie hätte allen Grund, sich wieder einmal sehen zu lassen. Auch bei mir. Sie ist einfach weggelaufen, ohne adieu zu sagen. Nach allem, was ich für sie getan habe. Ich verstehe nicht, nein, ich kann nicht verstehen, warum ihr das richtig findet.«
Sie begann zu weinen. Madlon war nicht mehr glücklich, Madlon kam sich überflüssig vor. Sie hatte Jacob verlassen, und das war eine Torheit gewesen, wie sich nun zeigte. Rudolf liebte sie nicht. Keiner liebte sie mehr. Aber Jona? Jona doch wenigstens.
Sie warf einen scheuen Blick in das schöne, strenge Gesicht über dem schwarzen Kleid. Hatte sie Jonas Zuneigung nun auch verloren?
Sie wischte die Tränen aus dem Gesicht, Trotz stieg in ihr auf. Dann nicht. Ich brauche euch nicht. Ich brauche euch so wenig, wie ihr mich braucht.
»Bitte«, sagte Jacob, »hör auf zu weinen, Madlon, und setz dich wieder hin. Du bitte auch, Rudolf. Es hat doch keinen Sinn, daß wir uns hier gegenseitig anschreien. Mir ist gerade eine Idee gekommen, und ich finde sie ganz gut. Aber überlegt erst einmal, ehe ihr über mich herfallt. Wie wäre es denn, wenn Madlon mitkommt? Jona will nicht. Der Bub würde sich vielleicht fremd fühlen bei uns, seine Mutter – entschuldige, Madlon – hat er lange nicht gesehen. Du kommst mit dem Kleinen, dann kannst du aufpassen, daß ihn dir keiner wegnimmt, ihr wohnt in meinen Zimmern und seid ganz unbehelligt. Na?«
»C'est absurde!« sagte Madlon.
»Es hat dir im vergangenen Jahr doch sehr gut gefallen bei uns. Du hast noch nicht gesehen, was aus dem Haus geworden ist, damals waren wir ja noch mitten im Umbau. Einen netten jungen Mann bekommen wir auch noch als Osterbesuch. Es wird bestimmt nicht langweilig.«
»Ich will nicht«, sagte Madlon eigensinnig.
Jeannette im weißen Kleid beim Konzert auf der Promenade sitzend, verwöhnt und verhätschelt von allen, und dann der

unsichere Blick, mit dem sie Madlon ansah, das falsche Lächeln. O nein, Madlon hatte es nicht vergessen. *Sie* war es schließlich, die Jeannette aus dem ganzen Dreck herausgeholt hatte. Und nun spielte sie die feine Dame und wollte von Madlon nichts mehr wissen.

»Sie ist nichts anderes als deine Mätresse«, sagte sie. »Und die Frau in Afrika? Dein Kind in Afrika?«

Ihren Gedankensprüngen war schwer zu folgen.

»Wie kommst du jetzt darauf?« fragte Jacob verwundert. »Aber da wir schon davon sprechen, der junge Mann, von dem ich sprach, der uns besuchen wird, ist Marys Bruder.« Und nun mußte er sie doch wieder reizen. »Wir wollen gemeinsam überlegen, wann wir zu Mary reisen.«

»Du?«

Er lächelte in ihre zornigen Augen hinein.

»Warum nicht? Ich würde meine Tochter gern einmal sehen, ich kenne sie ja noch gar nicht.«

»Willst du vielleicht Jeannette mitnehmen?«

»Ich kann deine eigenen Worte nur wiederholen: c'est absurde. Und ich möchte nur wissen, was du an Jeannettes Leben auszusetzen hast. Es geht ihr glänzend. Besser könnte es ihr gar nicht gehen. Beinahe hätte sie mir jetzt einer weggeheiratet.«

Um die Spannung zu lösen, erzählte er ausführlich von der Münchener Reise. Daß sie dort gewesen waren, wußten sie natürlich, denn sie hatten einige Ansichtskarten geschickt. Nun erzählte er von dem Apotheker, von seinem Besuch im Haus.

»Er hatte wohl die Absicht, bei mir um Jeannettes Hand anzuhalten, da ich für ihn als ihr Onkel gelte«, schloß er grinsend.

»Das würde ich dir gönnen«, sagte Madlon boshaft. »Daß einer sie dir wegschnappt. Sie könnte eine großartige Partie machen, so, wie sie aussieht.«

»Vor allem, wie sie jetzt aussieht. Du wirst staunen, wenn du die Sachen siehst, die sie in München gekauft hat. Sie war einfach nicht zu bremsen. Aus einem Laden raus, in den anderen rein.«

»Kannst du dir das denn leisten?«
»Warum nicht?«
Madlon stand wieder auf, sie umkreiste den Tisch, an dem sie saßen, blieb hinter Jacob stehen und blickte auf ihn herab, lächelte spöttisch. »Mein Rat war eben damals doch gut, hein?«
Er blickte zu ihr auf. »Das war er. Nur dich selbst hast du wohl schlecht beraten.« Er hatte verstanden, was sie meinte. Du bist ein Sohn und ein Erbe. Und nun hatte er wirklich geerbt.
Madlon zog die Oberlippe über die Zähne, es sah nach einem neuen Ausbruch aus, Jona sagte scharf: »Schluß jetzt. Wir gehen schlafen, es ist spät. Madlon wird sich deinen Vorschlag überlegen.«
»Ich habe schon überlegt«, sagte Madlon mit funkelnden Augen. »Ich komme mit. Wir werden euch besuchen, Ludwig und ich. Und werden uns die feine Dame ansehen.«
»Viel Spaß«, sagte Rudolf. »Das kann ja heiter werden.«
Jacob lachte. »Ach, wir werden uns schon vertragen. Felix macht Madlon wieder den Hof, wir gehen viel aus, und Madlon ist noch immer vernünftig gewesen, wenn es darauf ankam. Nicht wahr, Chérie? Kommst du dann morgen gleich mit mir mit?«
»O nein, nicht so schnell. Ich habe einiges vorzubereiten, wenn meine Nichte jetzt eine so vornehme Dame geworden ist. Ich brauche auch noch ein neues Kleid. Und Ludwig braucht neue Höschen und Strümpfe. Wir kommen Ostern. Und ich komme mit meinem Wagen.«
Sie lächelte, sie sah ganz friedlich und freundlich aus. Die drei betrachteten sie erstaunt, der Stimmungswandel war sehr plötzlich gekommen.
»Ich kann euch doch holen«, meinte Jacob.
»Nein, ich sagte es schon, ich komme mit meinem Wagen. Ich möchte ... wie sagt man? ich möchte unabhängig sein.«
»Bitte. Wie Madame wünschen. Mittwoch vor Ostern also?«
»Mittwoch oder Gründonnerstag, ich weiß noch nicht.«
»Also, ich bin sicher, es wird ein großer Spaß werden«, sagte Jacob.

»Ein großer Spaß. Naturellement«, lächelte Madlon.
Auch sie hatte eine Idee geboren, und den Spaß würde sie ihnen verderben.
Zunächst fuhr sie hinüber nach Konstanz. Sie habe Besorgungen zu machen.
»Aber du bekommst doch alles, was du brauchst, in Meersburg«, meinte Jona. »Und du hast drüben keine Wohnung.«
»Ich denke, daß ich bei Imma übernachten kann. Und ich möchte gern einmal wieder nach Konstanz.«
Zuerst sprach sie mit Bernhard.
»Ich habe doch noch ein wenig Geld. Kann ich es haben?«
»Natürlich. Wieviel wollen Sie?«
»Alles.«
»Alles?« Er blickte sie stirnrunzelnd an. »Ich habe es angelegt für Sie, wie Sie wissen. So schnell kann ich es nicht flüssig machen. Und ich kann Ihnen auch nicht genau sagen, wieviel es ist.«
»Es wäre sehr freundlich, wenn Sie es feststellen könnten. Ich bleibe solange hier«, sagte Madlon bestimmt.
»Feststellen kann ich es sehr schnell, und ich kann Ihnen den Betrag natürlich dann sofort auszahlen, wenn Sie es so dringend brauchen.«
»Ich brauche es sehr dringend.«
Es war mehr, als Madlon erwartet hatte. Bernhard Bornemann war nun einmal ein tüchtiger Finanzverwalter. Er hatte den Rest ihrer Dollars gut angelegt.
Sie kaufte ein, ein Kostüm nur, aber nach der neuesten Mode, und stellte befriedigt fest, daß sie wieder schlanker geworden war. Friseur, Kosmetika, alles, was ihr nötig erschien.
»Du willst verreisen?« fragte Imma neugierig.
»Ja, eine kleine Osterreise.«
Sie blieb drei Tage in Konstanz, die Kinder freuten sich, daß sie da war, auch Imma.
Bernhard sagte: »Nach Ostern werde ich einmal hinüberfahren auf den Hof. Wir sollten uns mehr um Jona kümmern.«
»Ja, das tu«, sagte Imma. »Vielleicht komme ich mit, solange die Kinder noch Ferien haben.«

Sehr elegant frisiert, gepflegt, geschminkt kam Madlon auf den Hof zurück.
Jona lächelte und sagte zu Rudolf: »Sie wird es ihnen zeigen.«
Wie recht sie hatte.
Am Mittwoch vor Ostern startete Madlon. Auch Ludwig war neu eingekleidet worden, und dazu hatte sie noch zwei Koffer gepackt.
»Was willst du mit all den Sachen?« meinte Jona.
»Wir müssen hübsch sein.« Sie küßte Jona und Rudolf zum Abschied. Sie schien fröhlich und ganz entzückt von der Aussicht auf die kleine Reise.
»A bientôt«, sagte sie.
Sie fuhr an Bad Schachen vorbei, an Lindau vorbei und über die Grenze nach Österreich und über die nächste Grenze in die Schweiz. Ihr Paß lautete immer noch auf den Namen Madeleine Caron, das war der Name ihres ersten Mannes, Marcel aus Brüssel, mit dem sie in den Kongo gegangen war.
Sie war nicht alt, sie fühlte sich jung und voller Tatendrang, und sie würde beweisen, daß sie nach wie vor imstande war, für sich selbst zu sorgen. Und für ihr Kind.
Heimat und Geborgenheit? Für sie war es nicht bestimmt. Das war ein Irrtum gewesen, dem sie sich einige Zeit überlassen hatte. Liebe? Liebe kam und ging. Sie bekam die Männer und verlor sie wieder, sei es durch eigene Schuld, sei es durch eine stärkere Kraft. Diese stärkere Kraft war Jona.
Aber sie war selbst stark genug, sie hatte den Wagen, sie hatte Geld, das einige Zeit reichen würde, und sie hatte den Diamanten, dieu merci. Non, Kosarcz merci.
Anfangs wußte sie nicht, wohin sie eigentlich fahren sollte. Der Gedanke an Kosarcz brachte sie auf die Idee, nach Genf zu fahren. Als sie ihn in Konstanz traf, hatte er gesagt, er habe manchmal dort zu tun. Vielleicht traf sie ihn. Und wenn nicht – für ein Kabel nach New York war immer noch Zeit. Er würde ihr Geld schicken, sofort. Das wußte sie.
Das Komischste an der Sache war, daß sie weder in Bad Schachen noch auf dem Hof etwas von Madlons Flucht bemerkten, ziemlich lange nicht. In Schachen dachten sie, daß sie es sich anders überlegt habe.

»Ich finde es ziemlich ungezogen«, meinte Lydia. »Sie hätte uns ja wenigstens eine Nachricht schicken können.«
»Ich habe ihr gleich nicht getraut«, sagte Jacob.
Er vermißte weder Madlon noch den Buben, und Jeannette schien es überhaupt gleichgültig zu sein. Eine Traumtänzerin, so hatte Jona sie einmal genannt, so war sie wieder, in sich gekehrt, abwesend, in einer eigenen Welt lebend. Sie lächelte ohne Grund, sie weinte ohne Grund. Die Besucher interessierten sie nicht im geringsten.
Auf dem Hof, als sie in der Woche nach Ostern nicht wiederkam, sagte Rudolf, und es klang befriedigt: »Es scheint ihr also doch gut zu gefallen, wenn sie so lange bleibt.«
»Ja. Es sieht so aus.«
Jona machte ein nachdenkliches Gesicht und erinnerte sich an Madlons Geschäftigkeit, ihre Hektik in den Tagen, ehe sie abfuhr. Das Ganze kam ihr seltsam vor, und sie kannte Madlon gut genug, um ihr eine befreiende Tat zuzutrauen.
Als Bernhard Bornemann seinen geplanten Besuch auf dem Hof machte, ohne Imma, ungefähr zehn Tage nach Ostern, erfuhren sie von Madlons finanziellen Aktivitäten.
»Sie sagte, sie wolle eine Reise machen. Hätte ich ihr das Geld nicht geben sollen?« fragte Bernhard besorgt.
»Aber natürlich, es ist ja ihr Geld. Und eine Reise hat sie offenbar gemacht.«
»Und ihr wußtet nichts davon?«
»Doch, doch«, sagte Jona. »Wir wußten, daß sie eine kleine Reise vorhatte. Nun ist es eine größere geworden. Sie wird schon wiederkommen, wenn ihr das Geld ausgeht.«
»Sie ist fort, mitsamt dem Kind«, sagte sie zu Rudolf. »Was sollen wir tun?«
»Wir? Gar nichts.«
»Es macht dir nichts aus?«
»Nein. Es macht mir nicht das geringste aus. Soll ich dir jetzt den Rücken einreiben?«
»Danke, ist nicht nötig. Es geht mir wirklich besser.«
»Laß es mich tun. Ich möchte so gern etwas für dich tun.«
Später lag er neben ihr auf dem Bett und hielt sie im Arm. Jona war bei ihm. Er und Jona, alles war wieder gut. Sie würde

gesund werden, sie würde sein wie früher, alles würde sein wie früher.
Um diese Zeit war Madlon längst in Genf. Die Stadt gefiel ihr ausnehmend gut. Sie war schön, malerisch an einem herrlichen See gelegen, auch hier gab es Berge, höher noch als am Bodensee, es gab große Hotels und elegante Geschäfte. Abgesehen von dem Betrieb, den die Stadt als ständiger Tagungsort des Völkerbundes aufwies, kamen auch viele Touristen, denn Genf war zu dieser Zeit in aller Welt Munde.
Zwei Tage wohnte Madlon in einem Hotel in Nyon, dann fand sie in der Stadt selbst ein hübsches Zimmer in der Rue Verlaine, bei einer älteren Dame, die ganz entzückt war von der charmanten Madame Caron und dem reizenden kleinen Jungen. Sie sei sehr froh, sagte sie, das Zimmer an eine Dame vermieten zu können, diese Männer, die kamen und gingen, nur Unordnung hinterließen, das habe sie gründlich satt. Madame Caron gedenke länger zu bleiben?
Doch, meinte Madlon vorsichtig, sie gedenke länger zu bleiben. Allerdings müsse sie sich früher oder später nach einer Arbeit umsehen. Und um die Neugier von Madame Roanne zu befriedigen, erzählte sie ihr die traurige Geschichte, die ihr widerfahren war. Ihr Mann habe sie betrogen und zwar mit ihrer eigenen Nichte, cette canaille! Nun habe sie ihn verlassen und wolle ihn nie wiedersehen, müsse aber für sich selbst sorgen.
Madame Roanne hatte dafür vollstes Verständnis. Auch sie hatte in ihrem Leben einigen Ärger mit Männern gehabt, und ihre Lebensgeschichte war höchst bewegt. Von zu Hause war sie ausgerissen, ihr Vater war Lehrer gewesen, ja, gewiß, hier in Genf, sie aber wollte zum Theater, und das gelang ihr auch, Berge von Bildern bewiesen, wie schön sie war und daß sie zumindest in kleinen Rollen, und das sogar in Paris, aufgetreten war. Ein Marquis entführte sie wiederum dem Theater, der Schuft hatte ihr die Heirat versprochen, aber nichts da, und als sie ein Kind bekam, ließ er sie sitzen. So in dieser Art hatte Madame noch einiges erlebt, aber tout est bien que finit bien, schließlich war sie in ihre Heimatstadt zurückgekehrt, und hier hatte sie den braven Gustave Roanne kennenge-

lernt, ein guter Mann, viel älter als sie, das schon. Er war Portier gewesen in einem der großen Hotels am Quai, ein gutdotierter Posten, eine Weile hatten sie so zusammengelebt, dann hatten sie geheiratet. Ja, leider, nun sei er schon seit fünf Jahren tot, aber sie hatte die schöne Wohnung, Geld hatte er ihr auch hinterlassen, und nun ja, sie vermiete drei Zimmer, und jetzt, da die Stadt betriebsam war, bekam sie immer leicht Mieter. Selten eine Dame, das stimmte. Und eine geeignete Stellung werde Madame Caron gewiß finden. Der Völkerbund brauche ja soviel Arbeitskräfte. Im Sommer sei es zwar etwas ruhiger, die Sitzungsperiode begann erst im September, aber es blieb das ganze Jahr über genug zu tun in der Stadt. Um das Bübchen werde sie sich schon kümmern, aber ganz gewiß. Und mit Minou hatte er sich ja auch schon angefreundet. Minou war die Katze.

Madlon war ganz zufrieden mit dem neuen Leben, es beschäftigte sie so sehr, daß sie kaum darüber nachdachte, was sie zurückgelassen hatte. Natürlich, darüber war sie sich klar, irgendwann würde sie einmal etwas von sich hören lassen müssen, aber sie war noch unentschlossen, in welcher Form und von wo aus. Am Ende kam Jacob angereist und nahm ihr Ludwig weg.

Sie spazierte durch die Stadt, machte sich mit ihr vertraut, kaufte sehr sorgfältig überlegt zwei elegante, seriöse Kleider, einen hübschen Hut, und eines Tages erschien sie im belgischen Konsulat, stellte sich vor und fragte um Rat. Eine Arbeit in der Stadt des Völkerbundes, sie spreche außer Französisch perfekt Englisch und Deutsch. Büroarbeit? Nein, dafür sei sie weniger geeignet, aber sie habe Auslandserfahrungen – Deutschland, Paris und, das nahm sie vorsorglich noch dazu, der Kongo. Von ihrer Zeit in Deutsch-Ostafrika sprach sie nicht.

Osterbesuch

Andreas Matussek war noch genau der umgängliche, unterhaltsame junge Mann, als den Jacob ihn kennengelernt hatte, und Mary war ihm sofort wieder ganz gegenwärtig, als er Andreas wiedersah.

Er blieb eine ganze Woche, und alle im Haus mochten ihn, Tante Lydia unterhielt sich gern mit ihm, Hilaria kochte mit Begeisterung, obwohl sie ihre Enttäuschung, daß der kleine Bub nicht gekommen war, nicht verhehlen konnte. »All die schönen Ostereier«, klagte sie.

»Die essen wir schon auf, keine Bange«, tröstete sie Jacob.

Und dann, am Ostersamstag, erschien Clarissa Lalonge. Natürlich kam sie nicht unangemeldet, sie rief vorher an.

Sie sei in Lindau, sagte sie, auf der Durchreise in die Schweiz, wo sie ihre Verwandten besuchen wolle.

»Aber das ist großartig!« rief Jacob. »Wie lange bleibst du denn?«

»Nur einen Tag«, sagte Clarissa zögernd.

»Das kommt nicht in Frage. Wir haben uns so lange nicht gesehen. Du mußt mir alles erzählen, was du treibst. Du kannst bei uns wohnen.«

»Nein, danke. Ich wohne im Bayerischen Hof.«

»Da bist du sehr gut untergebracht. Ich komme gleich und hole dich.«

Er freute sich aufrichtig, sie merkte das und war erleichtert. Sie hatte sich lange überlegt, ob sie es wagen solle, die Verbindung wieder herzustellen. Sie wußte wenig über ihn, fast nichts, seit er von Konstanz weggezogen war, und sie war geplagt von Neugier.

Zuvor war sie von Hortense unterrichtet worden, die ihr öfter schrieb, wovon Agathe jedoch nichts wußte. Darum konnte Clarissa ihr auch nicht direkt antworten, aber wenn sie einen ihrer höflichen Briefe in das Haus Lalonge schrieb, in denen sie immer nur über ihre Studien und die Fortschritte, die sie gemacht hatte, Auskunft gab – so zuletzt, daß sie ihr Physikum bestanden hatte –, ließ sie jedesmal Hortense ganz besonders herzlich grüßen, und Hortense verstand, wie es gemeint war.

Clarissa hatte sich mit der kleinen Cousine immer gut vertragen, obwohl oder vielleicht gerade, weil Hortense einen schon als Kind in Atem halten konnte. Clarissa war besser mit ihr zurechtgekommen als Agathe, die zu streng war für das kapriziöse kleine Mädchen.

Ihrerseits kannte Hortense ihre Cousine Clarissa recht gut, und darum wußte sie auch, was Clarissa in ihren Briefen am meisten interessierte: Jacob Goltz. Also hatte sie seinerzeit von seiner Rückkehr aus Afrika berichtet, von seiner schweren Krankheit anschließend und sehr ausführlich über den Familiensonntag im Elternhaus.

Sie schrieb: ›Ich kann Dich sehr gut verstehen, er ist ein ganz toller Mann. Falls Du ihn nicht mehr willst, kann ich ihn dann haben?‹ Clarissa hatte gelächelt über diesen Brief. Und sie wollte Jacob Goltz noch immer.

In letzter Zeit allerdings hatte Hortense über das Objekt ihrer doppelten Zuneigung nichts mehr berichten können. Jacob war in der Ferne, an das andere Ende des Sees verschwunden, worüber Hortense höchst erbost war.

›Er hat mich schwer enttäuscht‹, schrieb sie, ›ich dachte, er hätte sich in mich verliebt. Was er nun eigentlich macht, weiß ich auch nicht, mir erzählen sie ja nichts.‹

Bei der Beerdigung von Carl Ludwig Goltz hatte Clarissa Jacob zwar wiedergesehen, aber zu einem Gespräch unter vier Augen war es nicht gekommen. Immerhin hatte sie von Imma einiges erfahren, aufgeregt und schlechten Gewissens herausgetuschelt, denn Imma war der Meinung, bei so ernstem Anlaß sei es ungehörig, Klatsch zu verbreiten.

»Nix Genaues weiß ich nicht. Madlon ist auf dem Hof. Aber Jona war jetzt das ganze letzte Jahr hier. Und irgendwas ist mit der Nichte von Madlon. Onkel Eugen hat mal so eine Bemerkung gemacht. Er sagt, sie isch beim Jacob.«

Immer noch war der See, den Jacob von Afrika aus eine Pfütze genannt hatte, so groß, daß man nicht wußte, was am anderen Ufer, geschweige denn am anderen Ende geschah.
Und ähnlich wie Hortense hatte Imma noch erbost hinzugefügt: »Bernhard erzählt mir ja nichts. Er weiß es sicher ganz genau. Er weiß immer alles.«
Kein Wunder also, daß Clarissa neugierig war. Sie blieb nicht einen Tag, sie blieb fünf Tage, und dann wußte sie alles, was sie hatte wissen wollen.
Es waren gelungene Ostertage, auch ohne Madlon und den kleinen Ludwig. Clarissa und Andreas verstanden sich ausgezeichnet, er erzählte von seinen Studien in Breslau, sie von den ihren in München und daß sie nach wie vor beabsichtige, in Berlin weiterzustudieren.
»Man muß einfach einige Zeit in Berlin sein, das geht gar nicht anders. Ich höre immer, wieviel dort los ist und daß man es unbedingt miterleben muß. In München leben wir ja sehr nett, aber doch etwas zu gemütlich.«
Andreas nickte dazu und meinte, er denke auch viel an Berlin. Und er hatte dazu auch ganz bestimmte Gründe, wie sie noch erfahren sollten.
Clarissa sah sehr hübsch aus; sie hatte nach wie vor einen eigenen Stil, was ihre Kleidung betraf, ein wenig streng, sehr korrekt, doch durchaus mit weiblicher Note, sie wirkte keineswegs als Blaustrumpf, wie man allzu emanzipierte Frauen immer noch etwas abfällig nannte.
»Das ist ja ein fabelhaftes Mädchen«, sagte Tante Lydia zu Jacob. »Das hast du mir noch nie so richtig erzählt, wie tüchtig die ist. Sie weiß genau, was sie will. Ich könnte mir sogar vorstellen, daß sie eine gute Ärztin wird. Obwohl ich eigentlich immer etwas gegen weibliche Ärzte habe. Aber das ist sicher ein dummes Vorurteil. Eigentlich ist es doch eine ganz großartige Sache, daß Frauen heute so ohne weiteres studieren können.«
Und so wie Clarissa nun einmal war, konnten Jacob und Andreas auch in aller Offenheit mit ihr über Mary sprechen.
So erfuhr sie nun also von der kleinen Konstanze, sie lächelte freundlich dazu und meinte: »Ich hoffe sehr, daß ich die bei-

den einmal kennenlerne. Will Ihre Schwester denn wirklich für immer in Afrika bleiben, Herr Matussek? Ich kann nichts dazu sagen, weil ich nichts von dem Leben dort weiß. Warum will es sich Ihr Vater nicht einmal ansehen? Vielleicht gefällt es ihm. Wenn ich richtig verstanden habe, will er ja doch nur Ihretwegen in Breslau bleiben. Aber würde es Sie denn nicht wirklich reizen, ein paar Semester in Berlin zu studieren?«
»Natürlich. Ich denke oft an Berlin. Ich war einige Tage zu Besuch bei Julia. Es ist eine atemberaubende Stadt.«
»Sehen Sie. Und ich finde, als angehender Journalist müssen Sie einfach dorthin. Ich bin sicher, daß wir uns in Berlin wiedersehen werden.«
Wie sie lächeln konnte, diese Clarissa, wie intensiv ihr Blick war, wie klug, alles, was sie sagte.
Als größte Neuigkeit hatte Andreas zu berichten, daß Julia, seine schöne jüngere Schwester, ganz überraschend vor einem halben Jahr geheiratet hatte, einen reichen Kunsthändler aus Berlin, eine gute Partie, eine Liebesheirat – aber bei alledem schien Andreas nicht sehr glücklich darüber zu sein.
»Ein richtiger Gesellschaftslöwe«, sagte er, »aber er betet Julia an. Er sagt, sie sei das größte Schmuckstück seiner Sammlung.« In seiner Stimme klang deutlich Eifersucht, und Jacob fiel es wieder ein, wie zärtlich Andreas die kleine Julia liebte.
»Ein Grund mehr für Sie, in Berlin weiterzustudieren«, sagte Clarissa. »Sie werden dann wieder in der Nähe Ihrer Schwester sein.«
»Ja, ich kann sogar bei ihnen wohnen. Sie haben eine große Villa am Tiergarten.«
»Ihr Schwager hat sicher auch gute Beziehungen in Berlin, so, wie Sie ihn schildern. Passen Sie auf, Sie werden eine Anstellung bei einer Zeitung finden, ehe Sie zu Ende studiert haben.«
War noch das unruhige Leben von Tante Gretel zu bedenken, die jetzt pausenlos zwischen Berlin und Breslau unterwegs war. Sie wollte die beiden Männer in Breslau nicht ganz im Stich lassen, aber Julia war ihr Liebling, und außerdem, so er-

zählte Andreas, war sie der Meinung, eine so junge, unerfahrene Frau könne unmöglich einen so großen, anspruchsvollen Haushalt führen.

»Sie haben acht Leute Personal im Haus«, berichtete Andreas mit einer gewissen Ehrfurcht, »Chauffeur und Diener und Stubenmädchen und Köchin und Gärtner und was weiß ich noch alles. Und sehr viele Gäste. Nein, ich finde auch, daß unsere kleine Julia das nicht allein schaffen kann. Sie ist ja noch ein Kind. Wissen Sie, was für sie das Schönste ist an der ganzen Ehe? Daß sie in Berlin immerzu ins Theater oder ins Konzert gehen kann. Das war ja schon immer ihre große Leidenschaft. In ihren Briefen schreibt sie eigentlich nur davon, was sie gesehen hat, wer gesungen hat, wer gespielt, wer dirigiert hat, das ist ihr Hauptthema. Ich glaube, sie sitzt mindestens sechsmal in der Woche auf einem Logenplatz.« Er lachte gutmütig. »Das schreibt sie nämlich auch. Ich sitze jetzt immer in einer Loge, ich brauche nicht mehr auf die Galerie zu klettern.«

»Aber wenn sie soviel Gäste haben und soviel ausgehen«, wandte Jacob ein.

»Ach, da kommt sie immer noch zurecht, nach dem Theater. Das habe ich ja in Berlin selbst miterlebt, als ich dort war. Bei denen fängt der Abend nicht vor zehn Uhr an.«

»Ich bin auf jeden Fall dafür, daß Ihr Vater möglichst bald zu Mary reist. Er darf sie nicht allein lassen«, nahm Clarissa den Faden wieder auf, denn sie brachte immer alles zu Ende, was sie angefangen hatte. »Oder hast du die Absicht, wieder nach Afrika zu gehen?«

Diese Frage galt Jacob, und es war eine scheinheilige Frage, denn sie hatte begriffen, daß er bleiben wollte, wo er war. Sie hatte natürlich auchIrianders kennengelernt und wußte von Jacobs neuer Tätigkeit. Was sie ebenso überrascht wie erfreut hatte.

»Nicht in nächster Zeit«, wich Jacob aus.

»Nun eben. Das Unangenehmste für Ihren Vater wird wohl die lange Seereise sein.«

»Das glaube ich nicht einmal«, meinte Andreas. »Er hat noch nie eine Seereise gemacht. Und ich mußte ihm damals alles

genau erzählen, als ich zurückkam. Ach und dann, die Schiffe fahren ja immer schneller, das ist wirklich kein Problem.«
Gab es überhaupt ein Problem in Clarissas Gegenwart? Sie brachte spielend alles unter einen Hut: die Frau, die Jacob geliebt hatte, das Kind von ihm, diesen netten jungen Mann und den Vater in Breslau, der zweifellos, so wie Clarissa es vorschlug, mit dem nächsten Schiff gen Afrika reisen würde, um sich um die arme, verlassene Mary zu kümmern.
»Wenn Ihr Vater feststellt, daß die Farm eine zu große Belastung für Mary ist, dann wird die Farm verkauft oder verpachtet, und Mary kann sich aussuchen, wo sie leben möchte. Bei ihren Geschwistern in Berlin, bei ihrem Mann in England oder –«, sie lächelte Jacob an, »beim Vater ihres Kindes am Bodensee. Angenommen, sie kann die Farm günstig verkaufen, ist es ja auch möglich, daß sie sich in Deutschland wieder ein Gut kauft, so, wie sie es früher hatte. Bei uns kauft man, glaube ich, solch ein Objekt jetzt höchst günstig bei der derzeitigen Wirtschaftslage. Was meinst du, Jacob?«
Jacob nickte stumm. Clarissa war erstaunlich, in ihren Händen wurde die Welt im Handumdrehen perfekt. Eine gute Ärztin würde sie werden, hatte Tante Lydia vermutet. Kein Zweifel, jede Krankheit würde sich eilends verflüchtigen, wenn Clarissa nur ins Zimmer trat.
»Was bedeutet dieses Lächeln, Jacob?«
»Ich bewundere dich, Clarissa. Du bist ein erstaunliches Mädchen. Was hätten wir bloß hier gemacht ohne dich?«
Clarissa blickte ihn schräg von der Seite an. War es Spott? War es – hatte sie ihn wieder da, wo sie ihn haben wollte?
Am Tag, ehe sie abreiste, um nun endlich ihren Cousin in Bern zu besuchen, war Clarissa allein mit Jacob im Giebelzimmer. Über die Bäume, noch nicht voll belaubt, sah man den See und die Berge, es war ein klarer, durchsichtiger Frühlingstag, der Himmel vom hellsten Blau über einer jungen, jungfräulichen Erde. Liebesselig schwirrten die Vögel um Jacobs Hochsitz. »Schön hast du es hier oben«, sagte Clarissa. »Das ganze Haus ist wunderschön geworden. Ach, und sieh nur, unser See. Ich habe oft Heimweh nach ihm. Die Welt kann nirgends schöner sein als hier.« Und nach einer kleinen

Pause, während sie immer noch aus dem Fenster sah: »Ich bin sehr froh darüber, daß du nicht wieder nach Afrika gehen willst.«
Jacob legte die Arme um sie und zog sie an sich, sah ihr nah in das glatte, lächelnde Gesicht.
»Ich habe viele Dummheiten in meinem Leben gemacht, Clarissa. Aber das Dümmste, was ich getan habe –«
»Ja? Was war das?«
Er beugte sich über ihren Mund und küßte ihn. Ihre Lippen blieben kühl und verschlossen.
»Das Dümmste war, daß ich dich nicht festgehalten habe.«
Sie legte eine Hand an seine Wange.
»Nun ja, wie die Dinge damals lagen, bestand dazu wohl keine Möglichkeit. Aber ich war sehr glücklich mit dir. Damals, in Zürich.«
Jetzt küßte sie ihn, sanft, bestimmt, und dann öffneten sich ihre Lippen weich und willig. Er gehörte ihr, das wußte sie. Das hatte sie immer gewußt.
Jacob warf einen Blick auf sein breites Lager.
»O nein. Nicht so. Nicht jetzt. Du wirst es mir sagen, wenn du frei bist für mich.« Sie entzog sich behutsam seiner Umarmung. »Ich warte nun schon lange auf dich. Ich kann auch noch ein wenig länger warten. Und auf jeden Fall möchte ich mein Studium abschließen.«
Und Jeannette? Die zarte, blasse Blonde in diesem Haus? Hatte sie sie überhaupt zur Kenntnis genommen?
Gewiß, das hatte sie, und sie war zu Jeannette so freundlich gewesen wie zu allen anderen auch. Ihre Neugier war gestillt: dies war keine Rivalin für sie. Madlon, das war etwas anderes gewesen. Aber dieses hübsche blonde Nichts, das kaum den Mund auftat, konnte Jacob nicht viel bedeuten, und ganz gewiß nicht für längere Zeit.
Nun war es wirklich nicht schwer, Jeannette in dieser Zeit zu übersehen. Sie sprach fast kein Wort, sie war melancholisch, sie war auch gar nicht mehr besonders hübsch, sie hatte manchmal verweinte Augen, und sie zog auch ihre schönen Kleider aus München nicht mehr an. Dagegen hatte sie sich wieder selbst ein Kleid geschneidert, mit flatternden Ärmeln

und weitem Rock, so, wie sie es immer getragen hatte.
Nachdem alle fort waren, seufzte Tante Lydia erleichtert auf. Das war alles ganz wunderbar gewesen, aber es war auch sehr schön, wieder seine Ruhe zu haben.
Hilaria hatte sich von Jacob das Auto erbeten und war nach Lindau gefahren, wo sie seit neuestem eine Freundin hatte. Jacob war zu Korianders gegangen, zum Skatspielen.
Tante Lydia saß in der Abenddämmerung im Sessel am Fenster und blickte hinaus in ihren Garten, in dem die Tulpen und die Narzissen bereits blühten.
Jeannette kam leise ins Zimmer, den kleinen Hund im Arm. Lydia streckte ihr die Hand entgegen.
»Komm her, ma petite. Was ist eigentlich los mit dir? Du bist in letzter Zeit immer so schweigsam. Und so traurig. Fehlt dir etwas?«
Jeannette kam lautlos, setzte sich auf den Teppich und lehnte ihren Kopf an Lydias Knie.
»War ganz nett, nicht? Ist aber auch gut, wenn wir wieder für uns sind. Was meinst du?«
»Ja«, sagte Jeannette.
Sie schwiegen eine Weile, es wurde dunkler, eine Amsel sang noch draußen, laut und jubelnd klang ihr Lobgesang auf den Frühling.
»Was hast du eigentlich, Jeannette?«
»Isch – isch bekomme ein Kind.«
»Was sagst du?«
Jeannette begann zu weinen, hilflos, leise, selbst wie ein Kind.
»Mein Gott, Jeannette, ist das wahr?«
Und warum sollte es nicht wahr sein, hatte man nicht damit rechnen müssen?
Lydia richtete sich kerzengerade auf.
»Diesmal werde ich für Ordnung sorgen. Jacob wird dich heiraten.«
»Ich will nicht«, sagte Jeannette, »ich ’asse ihn.«
»Mein Gott, Kind, was sagst du da?«
»Isch ’asse ihn. Et il ne m’aime pas. Pas moi. Il aime cette femme.«

»Quelle femme? Jeannette, quelle femme?«

»Cette femme qui était là. Clarissa.«

»Clarissa? Was für ein Unsinn. Wie kommst du denn darauf?«

»Je le sais«, antwortete Jeannette bestimmt. Und dann weinte sie weiter leise vor sich hin, hilflos, haltlos, verloren.

Clarissa

Jeannettes zweite Schwangerschaft verläuft eigentlich genauso wie die erste. Wie sich das abgespielt hat, könnte man ihnen auf dem Hof in allen Einzelheiten erzählen, hier im Haus jedoch sind sie restlos verwirrt. Denn dies ist nicht mehr die liebe, anschmiegsame Jeannette, das ist eine andere Frau, abwesend und abweisend, verstört, oft in Tränen gebadet; die Phasen des Selbstmitleids, der Verweigerung, der Larmoyanz steigern sich bis zu dem Wunsch zu sterben, bis zur Drohung mit Selbstmord. Die einzige Gesellschaft, die sie um sich duldet, ist der kleine Hund, mit dem sie nur Französisch spricht. Sie sitzt stundenlang mit ihm auf einer Bank im Lindenhofpark; später, als ihr Zustand sichtbar wird, verkriecht sie sich in der entferntesten Ecke des Gartens oder schließt sich in ihr Zimmer ein.

Es ist nicht verständlich; diesmal ist sie nicht vergewaltigt worden, es gibt keinen Grund für Haß und Verzweiflung, sie hat das Kind von einem Mann, den sie liebt. So jedenfalls schien es doch. Auch hat sie ganz vergessen, welchen Eindruck ihr die Geburt im Hause Koriander machte, daß es sie mit Neid erfüllt hat, mit welcher Freude dort das Kind erwartet, geboren und in die Familie aufgenommen wurde. Wenn einer ihr sagt, sie solle sich freuen auf das Kind, sie alle freuen sich ja darauf, füllen sich ihre Augen mit Tränen, sie dreht sich um und geht weg.

Ratlos und hilflos stehen sie diesem Verhalten gegenüber, die liebevolle Tante Lydia, die tüchtige Hilaria, der von Unverständnis und wachsender Abneigung erfüllte Jacob, von dem sie sich nicht einmal mehr küssen läßt.

Er holt sich schließlich Rat bei Jona.

Die zuckt nur die Achseln.

»Das hätte ich dir vorher sagen können, wir haben das bereits mitgemacht. Madlon war die einzige, die ihr gelegentlich den Kopf zurechtsetzen konnte.«

»Es ist ein unerträglicher Zustand«, sagt Jacob ungeduldig. »Wir sind alle ganz deprimiert. Und ich komme mir vor wie ein Verbrecher.«

Jona betrachtet ihren großen, gutaussehenden Sohn eine Weile stumm. Sie überlegt, ob er eigentlich inzwischen weiß, wie das erste Kind zustande gekommen ist. Offenbar nicht. Fast ist sie versucht, es ihm zu erzählen, aber dann unterläßt sie es. Was würde es nützen, diese häßliche Geschichte wieder auszugraben, auch wenn sie möglicherweise Jeannettes Verhalten verständlicher machen würde. Vielleicht ist es wirklich so, daß die neue Schwangerschaft ihr das ganze damalige Elend ins Bewußtsein zurückruft. Sie hätte auf keinen Fall wieder ein Kind bekommen dürfen, diese Traumtänzerin, die anscheinend niemals wie eine normale Frau fühlen und handeln kann.

»Ich dachte, sie liebt dich.«

»Das habe ich auch gedacht. Aber nun erklärt sie nur noch, daß sie mich haßt. Falls sie sich überhaupt dazu herabläßt, ein Wort an mich zu richten.«

»Ich verstehe ja nicht, warum du nicht besser aufpassen konntest«, sagt Jona leicht gereizt. »Du bist schließlich ein erwachsener Mann mit einschlägigen Erfahrungen. Hast du denn nie erkannt, was für ein lebensuntüchtiges Wesen diese Frau ist? Du weißt sehr gut, Jacob, es hat mir nicht gepaßt, daß du sie mitgenommen hast, und ich habe auch nicht erwartet, daß es gutgehen wird zwischen dir und ihr. Ich weiß überhaupt nicht, wie der Mann beschaffen sein müßte, der mit ihr leben kann.«

»Aber sie war so lieb, so zärtlich. Und immer heiter und zugänglich. Du hättest sie sehen sollen, wie glücklich sie damals in München war, wie sie gestrahlt hat, über alles, was sie erlebte.«

»Dann hättest du sie am besten in München gelassen«, sagt Jona kühl. »Bei dem Apotheker oder dem Malersmann oder bei wem auch immer. Du hast dir da nichts als Ärger aufgehalst, Jacob. Sie hätte nie wieder ein Kind bekommen dürfen.

Sie hat das erste Kind gehaßt, und sie wird auch dieses Kind hassen.«

»Kann es sein, daß sie noch immer um diesen ertrunkenen Seemann trauert?« fragt Jacob naiv.

»Ach, hör auf mit dem verdammten Seemann. Sie hat sowenig um ihn getrauert, wie sie um dich trauern würde, wenn du morgen im Bodensee ersäufst.«

Jacob starrt seine Mutter verblüfft an, und Rudolf, der, auf der Chaiselongue liegend, dem Gespräch zuhört, muß unwillkürlich laut lachen und verzieht dann das Gesicht vor Schmerzen, denn Lachen bekommt den langsam heilenden Wunden gar nicht.

»Sie ist ein egozentrisches, dummes Kind, das nie erwachsen sein wird«, fährt Jona erbarmungslos fort. »Soweit ich die Geschichte ihres Lebens kenne, und dank Madlon kenne ich sie ganz gut, war sie am besten untergebracht bei diesen Beginen und später in der Fabrik. Vielleicht sollte sie in einem Modesalon arbeiten, wo sie an Kleidern herumzupfen kann. Einen Mann braucht sie nur dafür, daß er sie bewundert, aber niemals für den Ernst des Lebens. Und Kinder kann sie schon gar nicht gebrauchen.«

»Könntest du nicht für ein paar Tage mitkommen und mit ihr reden?«

»Ich denke nicht daran. Ich konnte nie mit ihr sprechen. Außerdem hast du vorhin gerade erzählt, sie redet sowieso nur noch Französisch. Ich kann Rudolf jetzt auf keinen Fall allein lassen. Und außerdem sind wir mitten in der Ernte.«

Die ganze Last der Arbeit liegt wieder einmal auf ihren Schultern, Rudolf kann ihr diesmal nicht helfen, er hat vor fünf Wochen einen Unfall gehabt, der Stier hat ihn angegriffen und ihm die ganze rechte Seite aufgerissen, von der Hüfte bis zu den Rippen, und nur Kilians beherztem Eingreifen ist es zu verdanken, daß Rudolf mit dem Leben davongekommen ist. Drei Wochen hat er im Krankenhaus gelegen, jetzt ist er wieder daheim, und Jona überwacht jede seiner Bewegungen.

Als es geschah, an einem Tag im Juni, als er blutend auf der Erde lag und sich nicht rührte, hat man eine ganz andere, ganz neue Jona erlebt. Sie kniete neben ihm und schluchzte verzweifelt.

»Nein! Nein! Rudolf, hör mich! Du darfst nicht sterben.«

Endlich sind sie beieinander, endlich gehört er ihr und sie ihm, und nun wird sie ihn verlieren. Und wie immer denkt sie: die Strafe! Die Strafe! Nun kommt sie doch!

Flora kniet neben ihr, umschlingt sie mit beiden Armen, eine Vertraulichkeit, die ihr nie zuvor in den Sinn gekommen wäre, auch sie weint, sie beschwört Gott und die Heiligen.

»Er stirbt nicht. Herr im Himmel, hilf! Er stirbt ganz gewiß nicht! Heilige Mutter Gottes, blicke herab, hilf uns armen Sündern!«

Rudolf ist nicht gestorben, er hat große Schmerzen ertragen müssen, er hat viel Blut verloren, aber es sind keine inneren Organe verletzt worden, Narben werden bleiben, die immer wieder, bei jedem Wetterwechsel, schmerzen werden, bis an sein Lebensende wird es so sein. Aber er lebt.

Seit Jona sicher sein kann, daß er gesunden wird, ist ihre gewohnte Tatkraft zurückgekehrt, sie arbeitet unermüdlich, sie ist voll Energie und Umsicht, so, wie sie immer war. Dank Flora und Kilian, die inzwischen mehr sind als Magd und Knecht, geht die Arbeit ohne Stocken voran.

»Du sagst selber, wie tüchtig die beiden sind«, versucht es Jacob noch einmal. »Es geht doch sicher ein paar Tage ohne dich. Komm doch mit und hilf ausnahmsweise einmal mir.«

Jona schüttelt den Kopf. »Ich kann dir in diesem Fall nicht helfen.«

Was kümmert sie das unvernünftige Mädchen in Bad Schachen, das sich ihr törichter Sohn ins Haus geholt hat, anstatt eine vernünftige und ordentliche Frau zu heiraten, wenn er nun schon ein vernünftiges und ordentliches Leben führt.

Denn darüber sprechen sie natürlich auch, ob Jacob eigentlich Jeannette nun heiraten soll oder nicht.

»Tante Lydia ist der Meinung, ich muß das tun«, sagt er, und es klingt keineswegs begeistert.

»Fahr hinüber und sprich mit Bernhard«, sagt Jona sachlich, »er wird dich beraten, wie man es am besten mit einer Scheidung handhabt.«

»Und selbstverständlich nehme ich die Schuld auf mich«, mischt sich Rudolf ein, »da wird sich ja sicher etwas finden lassen.«

»Ganz gewiß wird eine Scheidung ohne große Schwierigkeiten möglich sein«, meint Jona. »Aber wenn du einmal im Leben einen Rat von mir befolgen willst, Jacob, dann heirate sie nicht. Sie ist verheiratet, das Kind wird also nicht unehelich sein. Aber du wirst auf die Dauer mit dieser Frau nicht leben können.«

Jacob seufzt.

»Ich wünschte, Madlon wäre hier.«

Jona lacht kurz auf.

»Du kannst ihr ja schreiben, sie soll herkommen und das zweite Kind ihrer Nichte auf die Welt bringen und dann beide mitnehmen. Das wäre für alle die beste Lösung. Du bist sie los, und Madlon hätte dann endlich noch ein Kind und die Nichte dazu.«

Wie herzlos Jona sein kann! Das hat Jacob früher manchmal gedacht, das denkt er auch jetzt wieder. Herzlos und hart. Aber er kennt sie auch anders inzwischen.

Wo Madlon sich befindet, das wissen sie nun. Ganz simpel durch einen Brief, der an Jona kam. Ein Brief aus Genf.

Sie entschuldigt sich bei Jona für ihr Verhalten, und nur bei ihr, sie erbittet Verständnis und Verzeihung, und nur von ihr. Sie gibt zu, daß sie unrecht getan hat, das Kind heimlich mitzunehmen, und sie schreibt, daß es ihnen beiden gutgeht in Genf. All das schreibt sie Jona, sie läßt weder Jacob noch Rudolf und schon gar nicht Jeannette grüßen.

Der Brief findet nicht die Aufmerksamkeit, die ihm zukäme; er kommt, als Rudolf im Krankenhaus liegt, und Jona ist an Madlons Schicksal zu diesem Zeitpunkt nicht interessiert. Außerdem wird Jona niemals Madlons Handlungsweise verzeihen. Madlon ist fortgelaufen wie eine Diebin. Sie hat sich Rudolf genommen, und Jona hat es geduldet, ihm zuliebe, aber dann ist sie fortgelaufen, und nun soll sie bleiben, wo sie will.

Kommentarlos steckt Jona den Brief in einen Umschlag und schickt ihn nach Bad Schachen. Auch bei Jacob macht er keinen besonderen Eindruck. Erstens hat er erwartet, daß sich Madlon eines Tages melden wird, sie ist schließlich eine vernünftige und praktische Person, und Geld wird sie auch brauchen, und zweitens sind seine Nerven so von Jeannette strapaziert, daß er weder von dieser noch von jener Frau im Augenblick etwas wissen will.

Auf diese Weise dauert es ziemlich lange, bis Madlon überhaupt Antwort erhält auf ihren Brief, den sie sich so mühselig abgerungen hat. Und nicht nur aus Gründen der Vernunft, sondern weil sie sich in einer echten Notlage befindet.

Die Antwort kommt von Jacob, der ihr ziemlich kurz und ohne große Gemütsbewegung mitteilt, daß man erfreut sei, von ihr zu hören, aber daß sie sich wohl klar darüber sei, mit der Entführung des Kindes ein Verbrechen begangen zu haben, sie lebe schließlich nicht mehr im Busch, sondern unter zivilisierten Menschen. Da sie sich in einer Stadt befinde, in der man sich ja viel mit Menschenrechten beschäftige, könne sie sich leicht Aufklärung darüber beschaffen, wie man das beurteile, was sie getan habe. Sie könne bleiben, wo sie wolle, jedoch das Kind müsse sie seiner Mutter zurückgeben, darüber sei sie sich wohl klar.

Es ist ein sehr kühler, unpersönlicher Brief, und Madlon schäumt vor Wut, als sie ihn liest. Was bildet sich dieser Jacques ein? Wo wäre er ohne sie? Verreckt im Busch oder verhungert in Berlin. Und jetzt spielt er den großen Mann.

Es geht Madlon nicht besonders gut. Sie hat drei Wochen aushilfsweise in einem Altstadtlokal hinter der Theke gearbeitet und weiß nun, wie falsch alles war, was sie getan hat. Ein Fehler war es, Jacob zu verlassen, ein Fehler war es, Jona und Rudolf davonzulaufen, und der größte Fehler war diese alberne Flucht mit dem Kind.

Ihr Zimmer bei der Witwe Roanne mußte sie aufgeben, denn da gab es bald Anlaß zu Ärger. Sie muß der Frau das Kind überlassen, wenn sie arbeiten geht, und das bekommt dem kleinen Ludwig nicht gut. Einmal wird er mit Süßigkeiten überfüttert, bis ihm schlecht wird, dann ist er stundenlang allein, in ein Zimmer gesperrt, später wird er sogar ans Bett gefesselt, nachdem er angeblich sehr wertvolles Porzellan zerschlagen hat und sich dabei eine tiefe Schnittwunde beibrachte und heulend in der Ecke saß, als Madlon heimkam. Madlon muß das Porzellan bezahlen, das Kind ist ängstlich und verstört, ist in wenigen Wochen nicht mehr mit dem unbeschwerten, zutraulichen Kind zu vergleichen, das auf dem Hof lebte. Das Ende kommt dann durch die Katze Minou. Ludwig liebt sie und spielt gern mit ihr, aber er ist wohl zu heftig in seinen Liebesbeweisen, Minou zerkratzt ihm das Gesicht, und Madlon rennt mitten in der Nacht, als sie heimkommt, mit ihm zu einem Arzt. Am nächsten Tag zieht sie aus und logiert nun wieder in einer kleinen, billigen Pension.

Madlon lernt nun, was ihr zu lernen übrigblieb. Eine alleinstehende Frau mit einem Kind, das noch nicht drei Jahre alt ist – die Rechnung geht nicht auf. Wenn sie eine Stellung finden will, um die sie sich ständig bemüht, eine bessere, gutbezahlte Stellung, muß sie den Jungen irgendwo unterbringen, bei fremden Leuten, in einem Kinderheim, wo auch immer, sie wird ihn nicht um sich haben können. Sie sieht ein, wie gut es der Junge auf dem Hof hatte, in frischer Luft, gutversorgt, liebevoll behandelt. Jetzt sitzt er in einem dunklen Hinterzimmer, er wird zunehmend nervös, er weint oft, er hat nun auch Angst vor Tieren, das Erlebnis mit der Katze hat ihn tief verstört.

Madlon ist ehrlich genug, sich einzugestehen, daß sie unüberlegt und töricht gehandelt hat. Das Auto hat sie verkauft, bleibt der Ring, bleibt das Telegramm an Kosarcz – oder die Rückkehr.

Wenn Jacob geschrieben hätte: Komm sofort zurück – aber das hat er nicht geschrieben, faselt dagegen von Kindesentführung und Menschenrechten.

Keiner will sie mehr haben, Jacob nicht, Rudolf nicht, Jona schon gar nicht, die ihr nicht einmal geantwortet hat.

In diesem August wird Madlon vierundvierzig. Sie sieht immer noch fabelhaft aus, ist wieder ganz schlank geworden, sie zieht sich gut an, die Männer sehen sich immer noch nach ihr um. Wenn Kosarcz wenigstens nicht geheiratet hätte!

Sie geht mit dem Kind an der Hand am Quai spazieren, sie

sitzt auf einer Bank, den Arm um das Kind gelegt, das angstvoll die Beine anzieht, als ein Hund vorbeikommt.
Was hat sie nur getan, was hat sie aus sich und ihrem Leben gemacht! Ich bin eine Närrin, das denkt sie.
Das mag sie manchmal gewesen sein in ihrem Leben, aber sie ist keine Traumtänzerin, sie ist eine Kämpferin, sie nimmt die Herausforderung an. Noch denkt sie nicht an Kapitulation. Sie wird bis zum September warten, wenn die neue Sitzungsperiode des Völkerbundes beginnt. Im belgischen Konsulat hat man ihr gesagt, daß sich dann sicher eine Möglichkeit ergeben wird, sie in einer passenden Position unterzubringen. Sie sind immer sehr höflich und ansprechbar, wenn sie kommt, gutgekleidet, lächelnd und selbstsicher.
Bis September also wird sie noch warten.

Ende September bekommt Jeannette ihr zweites Kind.
Aber noch vorher hat Jacob gefunden, was er so nötig brauchte: Hilfe und Verständnis von einem Menschen, der ihn liebt.
Er fährt wieder einmal nach München, Anfang August, diesmal allein. Felix Koriander hat viel zu tun, vor allem beim Bau seines eigenen Hauses, das der Vollendung entgegengeht. In München sitzt ein Kunde der Baufirma, der im Frühling ein Grundstück in Bad Schachen gekauft hat, das Felix ihm vermittelt hatte. Eigentlich sollte der Bau noch in diesem Jahr beginnen, doch nun gibt es finanzielle Schwierigkeiten, die wirtschaftliche Lage läßt zu wünschen übrig, der Bauherr in München bekommt keinen Kredit mehr bei seiner Bank, seine Firma steht schlecht, er möchte das Grundstück wieder verkaufen. Man muß die Lage einmal mit ihm persönlich besprechen, und Felix schlägt vor, daß Jacob das übernimmt.
München im Sommer 1927, es ist heiß, die Stadt ist voller Menschen, eine Urlaubsreise können sich nur noch wenige leisten. Diese Leute, die sich Nationalsozialisten nennen, und der Mann Adolf Hitler, den sie ihren Führer nennen, spielen eine große Rolle in der Stadt. Jacob weiß natürlich inzwischen, wer das ist und worum es sich handelt, doch sein Interesse an der Politik in der Republik ist immer noch gering.

Ihr Kunde jedoch, der verhinderte Bauherr, dessen Firma vor der Pleite steht, erweist sich als Anhänger der braunen Partei und ist ihr soeben beigetreten. Er hält Jacob einen langen, begeisterten Vortrag über die herrliche Zukunft, die das deutsche Volk erwartet, wenn es Hitler wählt, und was ihn selbst betreffe, so sehe er die Dinge nun etwas optimistischer; dank der Partei werde er seine Firma retten und vielleicht auch das Haus bauen können, im nächsten oder übernächsten Jahr. Was man in Lindau vom Führer halte? Sei man sich dort schon klar darüber, wie nötig man ihn brauche? Jacob zieht die Schultern hoch. Was soll er dazu sagen? Er braucht den Führer aus München nicht, und Felix schon gar nicht; mit Leuten, die sich für Hitler begeistern, haben beide keinen Umgang. Das mag Zufall sein, denn Jacob hat keine Ahnung, wie viele Leute in Lindau und Schachen für das Hakenkreuz sind.

Das Abendessen in der Wohnung des eventuell zukünftigen Bauherrn zieht sich hin, es gibt für Jacobs von Hilaria verwöhnte Zunge einen Schlangenfraß und dazu das endlose Gerede über diese Nazipartei. Denn die Familie ist sich einig, die dümmliche Hausfrau, zwei halbwüchsige Buben, alle reden sie denselben Stuß: unser geliebter Führer, die Rettung des Vaterlandes, die Schmach des Vaterlandes, im Felde unbesiegt, die deutsche Frau, die deutsche Jugend, der Führer hat gesagt – und so weiter und so fort. Nachdem sich Jacob das zweieinhalb Stunden lang angehört hat, empfiehlt er sich ziemlich abrupt. Er habe noch eine Verabredung.

So spät? Ich dachte, wir trinken noch gemütlich eine Flasche Wein, sagt der Hausherr. Bisher haben sie nur Bier getrunken.

Jacob atmet auf, als er auf der Straße steht, es ist zehn Uhr, noch nicht spät, irgendwo wird es wohl eine kleine Wirtschaft geben, wo er in Ruhe ein Glas Wein trinken kann.

Er schlendert die Nymphenburger Straße, wo sein Gastgeber wohnt, stadteinwärts, kommt über den Stieglmayerplatz, blickt flüchtig zum Löwenbräu hinüber, wo die Leute im Garten sitzen und laut sind, es ist eine warme Nacht. Nein, Bier will er nicht mehr, er möchte ein Glas Wein.

Ein Stück Brienner Straße, dann der Karolinenplatz, er wendet sich nordwärts in Richtung Schwabing. In der Theresienstraße betritt er ein kleines Lokal, es ist voll und sehr heiß, er bestellt nun doch ein Bier, wer weiß, was für einen schlechten Wein die hier ausschenken.

Dann fällt sein Blick auf das Telefon, und er weiß, was er sich den ganzen Abend gewünscht hat: ein Gespräch mit Clarissa.

Er hat ihre Adresse und ihre Telefonnummer, sie wohnt auch in Schwabing, jenseits der Leopoldstraße, in einer gutbürgerlichen Gegend, nahe dem Englischen Garten. Ob sie zu Hause sein wird? Oder mit einem Freund unterwegs? Er weiß gar nichts über ihr Leben.

Sie ist da, sie erkennt seine Stimme sofort, er braucht seinen Namen nicht zu nennen.

»Wo bist du?«

»In München. Gar nicht weit von dir entfernt. Kann ich dich noch sehen?«

»Heute noch?«

»Heute noch. Sofort. Ich kann nicht bis morgen warten.«

»Warum nicht?« fragt sie leise.

»Aus verschiedenen Gründen. Aber sagen wir, ich habe das Bedürfnis, mit einem klugen und verständigen Menschen zu sprechen.«

Ist das noch Jacob? Hätte er früher mit diesen Worten um ein Rendezvous gebeten?

Sie treffen sich vor der Universität, das hat sie vorgeschlagen. Er sieht ihr entgegen, als sie über die Straße kommt, sie trägt ein helles Sommerkleid, sie geht rasch und beschwingt, ihre Absätze klingen auf dem Pflaster, ihr Haar ist länger geworden, kein Bubikopf mehr, eine weiche, wellige Fülle, die um ihre Wangen schwingt.

Als sie vor ihm steht, sagt er gar nichts, nimmt sie in die Arme und küßt sie.

Ihr Mund ist bereit und willig, ihr Atem frisch, darum läßt er sie auch gleich wieder los.

»Entschuldige, ich habe bestimmt eine schreckliche Fahne, ich habe ziemlich viel Bier getrunken.«

»Seit wann trinkst du Bier?«
»Es gab nichts anderes. Jetzt hätte ich gern ein Glas Wein, aber ich weiß nicht, wo. Es ist so warm –«
»Ja, es ist sehr warm. Und ich weiß, wo wir einen anständigen Wein bekommen können. Dann habe ich auch eine Fahne.«
»Clarissa! Mein geliebtes Mädchen!«
»Sagst du das im Ernst zu mir?«
»In vollem Ernst. Ich habe dir viel zu erzählen, und du mußt mir sagen, was ich tun soll. Ich stecke ziemlich in der Bredouille.«
»Das klingt, als ob du Hilfe brauchst.«
»Weiß Gott, die brauche ich.«
Er schiebt seine Hand unter ihren Oberarm, beim Gehen spürt er ihre Brust, ihre Schulter und ist ganz sicher, daß sie, und keiner sonst, nur sie, ihm raten und helfen kann.
Sie kennt eine gemütliche kleine Weinstube, dort sitzen sie eine Weile später, nun kann Jacob sie ausführlich betrachten, die moosgrünen Augen, das kluge, klare Gesicht, das rotbraune Haar, das dem Madlons ähnelt.
Damals in Zürich war sie seine Geliebte. Ihm kommt es vor, als sei es eine Ewigkeit her. Aber soviel Zeit ist gar nicht vergangen, *sie* hat sich jedenfalls nicht verändert. Er war ihr erster Mann, und sie ließ keinen Zweifel daran, daß sie ihr liebte.
Sie liebt ihn heute noch. Es gab zwei kleine Amouren inzwischen, ein Kommilitone, dann ein junger Assistenzarzt, es hat ihr nicht viel bedeutet, für sie war immer nur dieser Mann von Bedeutung, der jetzt bei ihr sitzt.
Sie hat viel gearbeitet, sie hat fleißig studiert, sie liebt ihre Arbeit, und es ist noch ein weiter Weg, der vor ihr liegt, sie muß das Staatsexamen machen, dann bekommt sie die Approbation, promovieren wird sie auch. Sie wird alles tun. Schritt für Schritt, sie ist kein Mensch, der auf halbem Weg stehen bleibt, auch nicht um der Liebe willen.
Sie hört Jacob zu. Am Anfang berichtet er von dem ungemütlichen Abendessen, das hinter ihm liegt, doch dann kommt er gleich zur Sache, erzählt von der ganzen Malaise, die er zu Hause hat, Jeannettes Zustand und ihr Benehmen, was seine

Mutter gesagt hat über Jeannettes erste Schwangerschaft, der ertrunkene Seemann kommt vor, denn besser weiß er es immer noch nicht. Madlons Flucht, ihr Brief, Jonas Weigerung, ihm zu helfen, alles, alles erzählt er und hält dabei Clarissas Hand.
Er weiß, daß er sie verletzt, daß er sie quält, daß er ihr weh tut, aber das muß sie ertragen, damit sie ihm helfen kann.
Aber wie soll sie ihm helfen, wie kann sie ihm helfen?
Sie sagt: »Ich habe Jeannette ja gesehen, als ich Ostern bei euch war. Gesprochen habe ich mit ihr kaum ein Wort, sie war da schon sehr seltsam. Und sie war schon schwanger, du hast es nur noch nicht gewußt. Nun läßt sich nichts mehr machen, sie muß das Kind bekommen. Im Oktober, sagst du. Das sind noch zwei Monate. Willst du sie heiraten?«
»Nein. Ich sollte es tun, aber ich will nicht. Meine Mutter sagt auch, ich soll sie nicht heiraten.«
Und sie sagt natürlich, was naheliegend ist: »Du hättest dir das alles vorher überlegen sollen.«
»Gut«, erwidert er ungeduldig, »so schlau bin ich inzwischen auch. Aber was soll ich tun mit ihr?«
Ein wenig ist er schon getröstet. Es sind doch immer die klugen, selbstsicheren Frauen gewesen, die ihm geholfen haben: Madlon, Jona, sogar Mary gehört dazu, und nun wird es Clarissa sein, die klügste von allen. Clarissa, die ihm gehört.
»Nach allem, was du erzählt hast, würde ich sagen, bei Jeannette liegt eine psychische Störung vor, die durch eine Schwangerschaft gefördert wird. Das kann Veranlagung sein oder Vererbung, die Gründe dafür können auch in ihrer Kindheit liegen. Auch die kranke und sterbende Schwester hat sie wohl sehr mitgenommen. Dann der Tod ihres Verlobten, nachdem sie ein Kind erwartete – da trifft vieles zusammen, das einen so labilen Menschen verstören kann. Deine Mutter hat schon recht, Jeannette hätte niemals mehr ein Kind bekommen dürfen. Aber das nützt ja nun nichts mehr, sie bekommt es, und zwar bald. Du darfst sie nicht im Stich lassen. Ein so labiler Mensch nimmt sich am Ende wirklich das Leben. Und schließlich –«, sie schluckt, sie lächelt tapfer, »– ist es ja dein Kind. Dein zweites Kind.«

Sie senkt den Blick, aber sie wird nicht weinen, sie nicht. Sie bekommt ihn auch jetzt nicht, den Mann, den sie liebt. Sie hat lange gewartet, sie wird weiter warten.
Nicht mehr auf seine Liebe. Sie nimmt ihn noch in dieser Nacht mit in ihre Wohnung.
Sie wohnt sehr hübsch, es ist ein großes, schönes Haus der Gründerjahre, der Hauswirt hat die riesigen Zehnzimmerwohnungen, die heute schwer zu vermieten sind, in kleinere Wohnungen umbauen lassen, Clarissa hat zwei Zimmer, ein Bad, das paßt besser zu ihr als eine Studentenbude. Das Wohnzimmer ist ein Arbeitszimmer, voll von Büchern, der Schreibtisch überladen mit Notizen und Manuskripten, aber das Schlafzimmer ist ganz feminin, ein breites Bett, weicher Teppich, gedämpftes Licht.
Jacob schläft in ihren Armen ein, nachdem er sie heftig und hungrig geliebt hat. Sie liegt noch lange wach, die Augen weit geöffnet. Diesmal wird sie ihn behalten. Er hat andere Frauen, andere Kinder, er kann sie nicht heiraten, aber sie wird ihn behalten. Sie ist eine moderne junge Frau, sie wird eine gute Ärztin sein, sie wird allein leben müssen, aber manchmal wird er bei ihr sein. So, wie in dieser Nacht.

Jeannette hat diesmal eine sehr schwere Geburt, die zudem noch verfrüht einsetzt. Das Kind liegt verkehrt, und man bringt sie eilends in die Klinik nach Aeschach, wo man nach langen Stunden und vielen Mühen ein winziges, kaum lebensfähiges Mädchen ans Licht der Welt bringt.
Jeannette ist sehr geschwächt und muß lange in der Klinik bleiben, sie fiebert, keine Rede davon, daß sie das Kind stillen kann. Aber sie sieht es sowieso kaum an, und das ist gut so, man trennt das Kind alsbald sorglich von ihr, denn wie sich herausstellt, ist ihre Lunge nun doch krank. Der Gynäkologe und der Internist der Klinik bestellen Jacob zu einem Gespräch und wünschen Näheres über die Familie zu erfahren.
Jacob sagt, die Schwester seiner Nichte sei an Tuberkulose gestorben und, soweit ihm bekannt, auch die Mutter. Seine Nichte, so nennt er sie. Was soll er denn sonst auch sagen?

Die Ärzte sind sich einig. Es sei keine Seltenheit, wenn eine Veranlagung oder Ansteckung vorliege, daß durch eine Schwangerschaft die Krankheit in Schüben befördert werde. Wo denn eigentlich der Mann der Frau Moosbacher sei?
»Sie leben in Scheidung«, antwortet Jacob.
»Und Sie sind der Vater des Kindes«, sagt ihm der Gynäkologe ziemlich gradaus auf den Kopf zu.
Jacob nickt. Es wäre albern, es zu leugnen. So groß ist die Welt nicht, in der sie hier leben, sicher kennen die Herren in der Klinik auch den Arzt, der sie gewöhnlich in Bad Schachen behandelt.
»Nun, dann werde ich zunächst einmal Sie zu einem Facharzt schicken, damit Sie gründlich untersucht werden, Herr Goltz. Und am besten auch alle Bewohner des Hauses, in dem sich Frau Moosbacher zuletzt aufhielt. Und wo ist eigentlich das erste Kind?«
Zum Teufel, das ist alles so schwer zu erklären. Jacob fühlt sich höchst unbehaglich.
»Bei meiner ... bei der Tante von Jeannette Moosbacher. Sie lebt mit dem Buben in der Schweiz.«
»So, in der Schweiz. Demnach ist das Kind in einem Sanatorium.«
»Es ist mir nichts davon bekannt, daß der Junge krank ist. Sie leben in Genf.«
»Man sollte das Kind auf alle Fälle untersuchen lassen. Wie alt ist es? Aha. Ich würde Sie bitten, das zu veranlassen.«
Jacobs Stirn ist feucht, als er die Klinik verläßt. Er steigt in seinen Wagen und bleibt eine Weile regungslos sitzen. Was hat er sich bloß alles eingebrockt, nur weil er die Blonde in ihrem weißen Kleid mit den rosa Blümchen in sein Auto lud und mitnahm. Nichts als Scherereien. Er schlägt ungeduldig mit den Händen auf das Steuerrad. Alle Hausbewohner untersuchen lassen, was für ein Blödsinn. Er ist sicher, daß sich keiner von ihnen angesteckt hat. Nach allem, was der Arzt gesagt hat, ist die Krankheit ja bei Jeannette erst während der Schwangerschaft zum Ausbruch gekommen, und in dieser Zeit hat sie sich sowieso von allen zurückgezogen.
Jacob startet den Wagen, fährt an Schachen vorbei, in Rich-

tung Wasserburg, steht dort eine Weile an der Spitze der Landungsbrücke und starrt in den See. Er hat nicht die geringste Lust, nach Hause zurückzukehren, aber das dringende Bedürfnis, mit einem vernünftigen Menschen zu sprechen. Er muß das loswerden. Felix kann es diesmal nicht sein, bei aller Freundschaft, trotz guter Partnerschaft, er kann ihn mit solch einer verwickelten Familienangelegenheit nicht behelligen. Am besten fährt er weiter zu Jona. Doch die Abfuhr, die er sich im Sommer bei Jona geholt hat, ist unvergessen. Da wäre noch Madlon. Er könnte ihr schreiben, sie solle sofort kommen und sich um ihre kranke Nichte kümmern. Dann würde sie erfahren, daß Jeannette wieder ein Kind bekommen hat, von ihm. Was sie dazu sagen wird, läßt sich leicht ausmalen. Und wie hysterisch würde sie sich erst aufführen, wenn sie erführe, daß auch der Junge krank sein könnte; nein, Madlon auf keinen Fall.

Aber es bedarf ja im Grunde gar keiner Überlegung, wen er um Rat fragen, um Trost bitten kann, wer die verfahrene Situation in Ordnung bringen wird. Es gibt nur einen Menschen: Clarissa. Er fährt, so schnell er kann, nach Lindau zurück, studiert den Fahrplan auf dem Bahnhof, begibt sich in die Post und meldet ein Gespräch mit München an. Gebe Gott, daß sie zu Hause ist.

Sie ist immer da, wenn er sie braucht.

»Du mußt sofort herkommen.«

»Was ist los?«

»Am Nachmittag fährt ein Zug, den kannst du leicht erreichen. Ich lasse dir ein Zimmer im Bayerischen Hof reservieren und warte dort auf dich.«

»Jacob, um Himmels willen, was ist passiert? Bist du krank?«

»Nein. Oder vielleicht doch. Ich kann dir das alles nicht am Telefon sagen, ich bin hier auf der Post in Lindau. Bitte, Clarissa, komm sofort, ich brauche dich.«

Ich brauche dich – wie hat sie auf dieses Wort gewartet.

Ich liebe dich – das hat sie bereits gehört am Ende der drei Tage, die er in München verbrachte. Sie waren die ganze Zeit zusammen, manchmal gingen sie zum Essen, manchmal im

Englischen Garten spazieren, er erzählte von seiner Arbeit, sie von ihrer, über Jeannette sprachen sie nicht mehr viel, das war nun mal, wie es war, man mußte es durchstehen. Aber sie haben sich geliebt, zärtlich, leidenschaftlich, sehr bewußt. Clarissa ist eine erwachsene Frau, die sich nach Liebe gesehnt hat. Und Jacob ist ein anderer geworden. Oder wieder er selbst, wenn man so will. Das, was ihn an Madlon gebunden hat, wird ihn an Clarissa binden; sie ist eine Frau voll Leidenschaft und Herz, mit einem klarköpfigen Verstand dazu.

Als der Zug aus München am Abend über den Damm rollt, steht er auf dem Perron und blickt ihm ungeduldig entgegen. Und sie sieht ihn sofort, als sie aussteigt. Er ist größer als die anderen, sein blondes Haar schimmert im matten Licht der Bahnhofslampen, und da hat er sie auch schon entdeckt, stürzt auf sie zu, reißt sie in die Arme. Ihr Köfferchen landet mit einem Plumps auf dem Bahnsteig.

»Mein geliebtes Mädchen!« sagt er, als sie beide wieder Luft bekommen. »Ich danke dir, daß du gekommen bist.«

»Was ist denn nur los? Aber jedenfalls stehst du heil und ganz vor mir, das ist das Allerwichtigste.«

»Ja. Aber eigentlich hätte ich dich nicht küssen dürfen. Kann sein, ich habe Tuberkulose.«

Sie lacht. »Du? Tb? Nie im Leben.«

»Jeannette hat sie. Könnte sein, ich habe mich angesteckt, sagt der Doktor. Obwohl – ich habe sie ja nicht mehr angerührt seit Ostern.«

»Jeannette hat Tb? Das ist durchaus möglich. Es sind ja Fälle in ihrer Familie vorgekommen. So etwas kann durch eine Schwangerschaft zum Ausbruch kommen.«

»Das sagt der Arzt auch. Und er sagt – ach, komm, wir gehen erst mal rüber ins Hotel. Du wirst hungrig und durstig sein nach der langen Reise. Ich erzähl dir alles der Reihe nach.«

Er erzählt ihr alles schön der Reihe nach, sie ißt dabei eine gebratene Äsche und trinkt Meersburger Weißherbst. Es schmeckt ihr gut, der Appetit wird ihr durch das, was sie hört, keineswegs verdorben. Sie ist schließlich cand. med., fast schon ein richtiger Arzt; sie hat schon viel gesehen und erlebt, der Beruf härtet ab.

Sachlich faßt sie alles zusammen.
»Es kann sich bei Jeannette höchstens um einen Fall im Anfangsstadium handeln. Das läßt sich leicht ausheilen. Die Wissenschaft ist heute viel weiter. Jeannette wird bestimmt wieder gesund. Das Kind hat man doch sicher streng von ihr isoliert.«
»Ja, es ist sowieso ein ganz winziges Ding. Sie tun alles, um sie aufzupäppeln. Wir haben sie Susanne getauft.«
»Und du kommst zu mir nach München. Ich kenne dort einen erstklassigen Facharzt, der wird dich gründlich untersuchen. Man braucht das hier gar nicht so breitzutreten. Und was mich betrifft, ich stehe sowieso ständig unter ärztlicher Kontrolle. Ich habe bestimmt keine Angst, wenn du mich küßt.«
Über das Glas hinweg lächelt sie ihn an, er nimmt ihre Hand.
»Was täte ich nur ohne dich!«
»Was du bisher auch getan hast – meist das Falsche.«
Doch dann fällt ihr etwas ein.
»Jeannettes erstes Kind, der kleine Bub. Er muß sofort untersucht werden. Du mußt Madlon schreiben.«
Sie ist wirklich schon ein richtiger kleiner Doktor, sie denkt auch daran.
»Ich finde, es ist überhaupt an der Zeit, daß du dich um Madlon kümmerst. Und um dieses Kind. Wir wissen doch gar nichts davon.«
Wir, sagt sie.
»Ich fürchte, es ist ein schwieriges Leben, das Madlon führt. Und das ist nicht gut für das Kind.«
Unordentliche Verhältnisse duldet sie nicht. Sobald sie die Hand im Spiel hat, versucht sie immer, Ordnung zu schaffen. Sie geht in die Klinik und spricht mit den Ärzten, und sie sind dieser zukünftigen Kollegin gegenüber, einer Sauerbruchschülerin dazu, sehr aufgeschlossen, vor allem, als sie merken, daß hier ein Mensch ist, der die ganze Sache energisch in die Hand nehmen wird. Über die Verwandtschaftsverhältnisse gewinnen sie allerdings nie letzte Klarheit, aber Clarissa sagt mit offenem Lächeln: »Wir sind eine ziemlich große und weitverzweigte Familie. Sie reicht von Konstanz

über Meersburg bis hierher, und ein belgischer und afrikani scher Zweig gehören auch dazu.« Das hört sich wie ein Märchen an, aber wenn sie es sagt, glaubt man es ihr.

Man trifft klare Vereinbarungen. Jeannette wird, sobald sie sich etwas erholt hat, in eine Heilstätte im Schwarzwald überwiesen, und sie wird so lange dortbleiben, bis sich ihr Leiden gebessert hat oder, genauer gesagt, bis es gelungen ist, sie zu heilen.

Um es vorwegzunehmen: Jeannette wird dort sehr glücklich und zufrieden sein. Alles ist ruhig und geregelt, man sagt ihr, was sie tun soll, die Ärzte verwöhnen sie, sie ist ja so ein bezauberndes, sanftmütiges Geschöpf, sie kann ein bißchen flirten und hübsche Kleider anziehen. Auch die Schwestern mögen sie, nie gibt es Schwierigkeiten mit ihr, sie tut brav alles, was man ihr sagt, und als es ihr besser geht, fängt sie an, für ihre Mitpatientinnen Kleider zu schneidern. Auch für die Frau vom Oberarzt. Sie spricht ein drolliges Deutsch, ist bemüht, es besser zu lernen, auch ihr Zustand bessert sich bald, sie fürchtet den Moment, wo man ihr sagen wird, sie solle nun in ein normales Leben zurückkehren.

Sie ist direkt froh darüber, wenn ihr Fieber ein wenig steigt und wenn man ihr sagt, sie müsse aber nun wirklich liegenbleiben und die Schneiderei lassen.

Sie wird zweimal von Jacob besucht, den sie mit höflicher Distanz empfängt; wenn er wieder abreist, ist sie froh. Es ist Madlon, die sie eines Tages sehr energisch zurückholt in das wirkliche Leben.

Die kleine Susanne, so hat der hinzugezogene Kinderarzt vorgeschlagen, sei aufs erste am besten in einem Säuglingsheim im Allgäu untergebracht, das auf solche Fälle spezialisiert sei. Dort könne man beobachten, ob sie gesund sei oder im Mutterleib von der Krankheit angesteckt wurde.

Susanne Moosbacher wird erst als Einjährige nach Bad Schachen kommen, ein immer noch zartes, aber hübsches, blondes Kind, ohne eine Spur der schrecklichen Krankheit in sich. Ihre Mutter Jeannette wird sie niemals kennenlernen, aber ihr Vater, Jacob Goltz, wird sie zärtlich lieben, Tante Lydia wird während der letzten Jahre ihres Lebens Großmutterglück erleben, und Hilaria, tüchtig, kompetent, unermüdlich, wird ihr drei Mütter auf einmal ersetzen.

Unruhig wird das Leben nur für Clarissa. Denn auf einmal ist jeder der Meinung, daß sie, und nur sie, alle Dinge richtig erledigen kann. Sie hat Jeannette gemeinsam mit Jacob in den Schwarzwald gebracht und dort etabliert, sie ist mit in dem Säuglingsheim im Allgäu gewesen, und sie hält zu beiden Heimen ständige Verbindung. Außerdem muß sie ja auch weiterstudieren.

Im November taucht wieder einmal Jacob für einige Tage in München auf, nur aus dem einzigen Grund, um bei ihr zu sein. Viel Zeit hat sie nicht für ihn, er wartet geduldig in ihrer hübschen kleinen Wohnung auf sie oder streift durch München; nachts schlafen sie zusammen.

Einmal sagt er, mit einem deutlichen Hintergedanken: »Wenn du ein Kind bekommst, dann müßtest du dein Studium aufgeben und mich heiraten.«

»Sei ganz beruhigt, ich kann schon auf mich aufpassen. Und selbst wenn ich dich heirate, ich werde mein Studium nicht aufgeben. Ich führe zu Ende, was ich begonnen habe. Über eines mußt du dir klar sein: mein Beruf ist mir genauso wichtig wie du.«

Das muß Jacob erst einmal schlucken. So hat noch keine Frau mit ihm gesprochen. Aber es ist auch ein Ansporn. Wenn sie tüchtig ist, will er es auch sein. Felix kann sich über seinen Partner nicht beklagen. Trotz der immer schwieriger werdenden Wirtschaftslage reüssiert die Baufirma.

Es ist ja immer noch eine gottgesegnete Ecke des Deutschen Reiches, man merkt hier relativ wenig von den Macht- und Parteikämpfen, die die Republik erschüttern und sie schließlich zerstören werden. Es gibt auch Arbeitslose, gewiß, aber sie sind keinem Elend ausgeliefert, das Land ist fruchtbar, die Menschen kennen einander, und die nahen Grenzen, vor allem die nahe Schweiz, sorgen für eine gewisse Weltoffenheit.

»Ich hab mich mal so umgehört«, sagt Felix einmal. »Nazis haben wir nicht viel in der Gegend. Auch mit Kommunisten sind wir arm dran. Ein paar unzufriedene Bauern, die meist selbst daran schuld sind, wenn der Laden nicht klappt, ein paar Großmäuler in der Stadt und dann so ein paar verbohrte Ideologen, die am liebsten die ganze Welt umkrempeln möchten, so als l'art pour l'art. Das können wir leicht verkraften.«

Wie wird er sich täuschen! Das ist alles noch vor der Weltwirtschaftskrise, bis dahin bleiben ihnen nicht einmal mehr zwei Jahre, dann wird sich vieles ändern.

Ruhig und friedlich geht auch das Jahr 1927 für Jona und Rudolf zu Ende. Er ist wieder gesund, er wird kräftiger und kann wieder arbeiten. Die Narben schmerzen manchmal, genau wie ihr Rücken und ihre Knie, auf dem Hof ist alles in Ordnung, nur Bassy ist in diesem Herbst gestorben. Manchmal geht Rudolf zur Jagd, er schießt einen Hasen, einen Fasan, natürlich auch für Flora und Kilian. Die Tage sind kurz geworden, die Nächte lang und dunkel, sie liegen nebeneinander, Jonas Kopf an seiner Schulter, er hält sie liebevoll im Arm, sie sind glücklich wie ein junges Liebespaar. Oder glücklicher sogar. Weil der Weg so lang war, der hinter ihnen liegt, und der Weg, der noch bleibt, kurz sein wird.

Jona weiß Bescheid über alles, was sich in Bad Schachen zugetragen hat. Mag es auch traurig sein, daß Jeannette krank ist, so findet es Jona ganz befriedigend, daß Jacob sie erst einmal los ist. »Was wird sein, wenn man sie als geheilt entläßt?« fragt sie ihren Sohn.

»Keine Ahnung. Wir können sie ja nicht mitten im Schwarzwald stehenlassen. Aber das dauert sicher noch eine Weile.«

»Und dann kommt sie wieder zu dir?«

»Ich möchte Clarissa heiraten.«

Das spricht er zum erstenmal aus, es ist schon Anfang Dezember, und Jona ist verblüfft.

»Du machst mir Spaß. Von einer Frau zur anderen. Wie denkst du dir das eigentlich?«

»Ich wünsche mir keine andere Frau mehr, nur Clarissa.«

»Erst mal abwarten«, antwortet Jona trocken.

Sie kennt diese Clarissa kaum, eigentlich nur als sehr junges Mädchen. »Ich denke, sie wird Ärztin.«

»Das wird sie auch. Meinetwegen gibt sie das nicht auf.«

»Und Madlon? Du betrachtest sie also nicht mehr als deine Frau.«
Wie könnte er?
Jona betrachtet ihn skeptisch. So ist er eben. Sie wird sich den Kopf darüber nicht mehr zerbrechen. Sie ist alt genug, um endlich in Ruhe ihr eigenes Leben zu leben.
»Ich frage mich nur manchmal, wovon Madlon lebt.«
»Von einem Mann, nehme ich an«, sagt Jona kühl. »Mich würde mehr interessieren, was aus dem Buben geworden ist. Er war so ein nettes Kind. Und ich habe mir damals gewünscht, daß er auf dem Hof aufwächst. Er hat es doch gut hier gehabt. Flora hat auch einen Sohn, er hätte Spielgefährten, wer weiß, wie es ihm jetzt geht.«
Das bringt ihm in Erinnerung, was der Arzt in Aeschach und Clarissa ihm aufgetragen haben: er soll dafür sorgen, daß der Junge untersucht wird.
»Und Clarissa stört es nicht, daß du ein Kind mit Jeannette hast?«
»Nein. Es stört sie nicht. Sie hofft nur, daß das Kind gesund ist. Sie steht ständig in Verbindung mit dem Heim.«
»Und das andere Kind von dir – da in Afrika?«
Er lacht.
»Konstanze von Garsdorf. Den Bildern nach ein reizendes kleines Mädchen. Wie ihre Mama.«
Ja, Mary schreibt wieder. Seit ihr Vater bei ihr ist, scheint sie sehr zufrieden zu sein. Erst recht, da sie wieder heiraten wird; das steht Weihnachten bevor, sie hat es Jacob bereits mitgeteilt. Ein Hofbesitzer aus dem Sudetenland, dem es unter tschechischer Herrschaft nicht mehr gefiel. Marys Vater hatte ihn in Breslau kennengelernt und gleich mitgebracht, weil er sich dachte, Mary könne Hilfe auf der Farm gebrauchen. Von Georgie ist sie seit einiger Zeit geschieden. Der neue Mann erweist sich wirklich als tüchtige Arbeitskraft, und Mary braucht einen Mann.
Es wird eine glückliche Ehe, Mary bekommt noch zwei Kinder.
Seine älteste Tochter Konstanze wird Jacob allerdings erst sehr viel später kennenlernen.

Ein unruhiges, ein bewegtes Jahr, dieses Jahr 1927, und es wird, besonders für Madlon, ein trauriges Ende bringen.
Mitte Dezember fährt Jacob ins Allgäu, um einmal nach seiner kleinen Tochter zu sehen. Ihr Zustand ist zufriedenstellend, sie ist zwar immer noch so winzig klein und schwächlich, aber nicht krank.
»Wird sie durchkommen?« fragt Jacob, der eine zärtliche Liebe für das kleine Ding empfindet, überraschend für ihn selbst.
»Aber sicher«, lacht die Säuglingsschwester. »Die päppeln wir schon auf. Jetzt schreit sie sogar manchmal schon, darüber sind wir sehr froh.« Denn anfangs war das Baby stumm, gab kaum einen Laut von sich.
Und weil er nun schon auf dem Weg ist, fährt Jacob weiter nach München, um Clarissa Bericht zu erstatten. Natürlich auch, um wieder einige Tage mit ihr zu verbringen.
»Hast du eigentlich an Madlon geschrieben?« fragt sie am Abend, und sie wird sehr ärgerlich, als sie erfährt, daß er es nicht getan hat.
»Ich verstehe dich nicht. Madlon muß erfahren, was mit Jeannette geschehen ist. Und dann soll doch auch der Junge untersucht werden. Warum hast du das nicht erledigt?«
Unter ihrem strengen Blick wird Jacob verlegen.
»Ich mach's gleich, wenn ich heimkomme.«
»Nein. Wir schreiben sofort. Du kannst mir diktieren.«
Sie setzt sich an ihre kleine Schreibmaschine, und natürlich braucht er nicht zu diktieren, sie formuliert das selber viel besser.
Ähnlich wie der Brief, den Madlon seinerzeit an die unbekannte Nichte in Gent schrieb, macht auch dieser einige Umwege, denn Madlon ist wieder umgezogen, sie bewohnt jetzt ein kleines Zimmer am rechten Rhôneufer. Im Oktober hat sie wirklich eine Anstellung bei der Wirtschaftskonferenz gefunden, nur vorübergehend, und die Tätigkeit ist auch bereits schon wieder beendet. Immerhin mußte sie sich von Ludwig trennen, sie hat ihn bei einer Familie untergebracht, die freundlich und ordentlich erscheint, selbst zwei Kinder besitzt und natürlich auch gutes Geld für die Versorgung ver-

langt. Solange sie arbeitet, sieht sie Ludwig selten. Abends ist sie spät fertig; wenn sie nach ihm schauen will, schläft er meist schon. Sie trifft ihn eigentlich nur am Sonntag.

Jetzt hätte sie wieder mehr Zeit für ihn, sie würde ihn gern mit zu sich nehmen, aber Ludwig ist krank, erkältet, er fiebert und hustet ganz fürchterlich. Sie sitzt am Vormittag einige Zeit an seinem Bett, legt die Hand auf seine heiße Stirn und denkt daran, daß er in wenigen Tagen drei Jahre alt sein wird.

»Könnte ich ihn denn nicht warm einpacken und mitnehmen?« fragt sie, doch die Ersatzmutter weist sie unwirsch zurecht. Das Kind sei noch zu krank, um es aus dem Bett zu nehmen und in der Kälte herumzuschleppen. Sonst wird er Weihnachten noch nicht gesund sein, sagt sie. Madlon muß das einsehen.

Geburtstag, Weihnachten, die Unsicherheit, die auch das neue Jahr für sie bringen wird. Sie macht an diesem Tag die ersten beiden Versuche, den Ring zu verkaufen. Das erste Angebot ist unakzeptabel, auch das zweite wird dem wertvollen Diamanten nicht gerecht.

»Ich werde es mir überlegen«, sagt sie, und der Juwelier verneigt sich höflich und sieht der aparten Frau ein wenig mitleidig nach. Morgen oder übermorgen wird sie wiederkommen.

In ihrem Zimmer findet sie den Brief vor und gerät sofort in Panik.

Tuberkulose. Die Schwindsucht. Sie kennt das gut genug. Darum hustet Ludwig, darum fiebert er so hoch, und sie ist schuld, sie allein. Sie hat ihn heimatlos gemacht, hat ihn ihrem eigenen ruhelosen Leben ausgeliefert, sie ist schuld an seiner Krankheit, sie wird schuld sein an seinem Tod.

Ich würde mein Kind niemals verlassen. Nie. Nie.

Mutterliebe beweist sich vor allem dadurch, daß man seinem Kind Gutes tut. Daß man ihm ein ordentliches, ein geregeltes Leben bietet. Das hat das Kind gehabt, sie hat es ihm genommen.

Alles, alles hat sie falsch gemacht. Sie hat Jacob verlassen, und nun haben alle sie verlassen, auch ihr Glück hat sie verlassen.

Jeannette hat also noch ein Kind bekommen. Jacob, dieser Idiot. Und nun ist sie krank. Und das Kind, das sie geboren hat, auch. Es ist sehr viel auf einmal, was Madlon an diesem Abend hinunterwürgen muß. Erst weint sie, dann betrinkt sie sich.
Am nächsten Tag siegt ihre Vernunft, sie schreibt an Jacob. Ganz jedoch bringt sie es nicht fertig, ihre Niederlage einzugestehen. Sie habe ihre Auswanderung in die Vereinigten Staaten beantragt, schreibt sie, und werde das Kind nicht mitnehmen, das sei unmöglich. Er könne Ludwig also abholen. Und er möchte ihr bitte Jeannettes Adresse mitteilen.
Nun holt sie den Jungen doch, damit sie ihn wenigstens noch eine kleine Weile für sich hat. Sie läßt einen Arzt kommen, der verschreibt Hustensaft, empfiehlt noch für eine Weile Bettruhe, der Husten sei schlimm, aber die Lunge sei nicht angegriffen, er werde le petit garçon noch einmal untersuchen, wenn die Erkältung abgeklungen sei. Und sie solle darauf achten, daß er mehr esse, er sei zu dünn.
Als das Kind am Nachmittag schläft, rast Madlon in die Stadt, und ohne noch eine Minute darüber nachzudenken, verkauft sie den Ring. Milch, Schokolade, Obst, Spielsachen – sie kauft wahllos ein, was sie sieht, dann sitzt sie bei dem Kind und zählt die Stunden, die Minuten, die ihr noch bleiben, bis sie sich von ihm trennen muß. Für immer?
Für immer.
Die Antwort von Jacob kommt postwendend.
Sie erinnere sich doch sicher an Clarissa Lalonge? Die verbringe Weihnachten bei ihren Verwandten in Bern und werde anschließend kommen und Ludwig abholen.
Eine höchst lapidare Mitteilung, die Madlon natürlich erneut in kalte Wut versetzt. Clarissa – die gibt es also immer noch und immer wieder. Noch einmal schmiedet Madlon wilde Pläne. Sie wird die Flucht fortsetzen, sie wird in eine andere Stadt, in ein anderes Land reisen, mit Ludwig, und sie wird nie wieder von sich hören lassen, keiner wird wissen, wo sie sind. Geld hat sie ja jetzt wieder für eine Weile.
Doch ihre Vernunft siegt. Es ist sinnlos. Weihnachten also noch, dann ist alles vorbei.

Es war Clarissas Vorschlag, das Kind zu holen.
»Ich kann mir vorstellen, daß dies alles Madlon sehr schwerfällt«, hat sie gesagt, der es ihrerseits nie schwerfällt, sich in die Gefühle anderer Menschen zu versetzen. »Wenn du nach Genf fährst, fürchtest du nicht, daß es höchst dramatisch zugehen wird? Bedenke Madlons Temperament. Ich bin eine neutrale Person für sie. Und wir haben uns damals eigentlich recht gut verstanden. Es sei denn, du hast die Absicht, nicht nur den Jungen, sondern auch Madlon zurückzuholen.«
»Die Absicht habe ich nicht, und das weißt du verdammt genau«, erwidert Jacob verärgert.
»Gut, gut«, lächelt sie, »mach kein Gesicht. Ich werde fahren, und ich werde den Jungen erst einmal zu meinem Cousin nach Bern bringen. Er hat lange in einem Sanatorium in Davos gearbeitet, er ist Spezialist für solche Fälle. Sollte das Kind krank sein, so können wir es gleich in ein Sanatorium bringen, damit es sich nicht noch einmal umgewöhnen muß. Das würde das Kind unnötig überfordern.«
Zwei Tage bleibt Clarissa bei Jacob, ehe sie nach Bern fährt. Davon ist sie nicht abzubringen. Sie habe Weihnachten in den letzten Jahren immer bei ihren Verwandten verbracht, sie sei gern dort, und außerdem sei jedes Gespräch mit ihrem Cousin, dem erfahrenen Arzt, für sie wichtig und wertvoll.
»Und ich?« fragt Jacob gekränkt und verärgert. »Hast du nicht das Gefühl, daß du Weihnachten eigentlich mit mir verbringen müßtest?«
»Nein«, erwidert Clarissa bestimmt. »Du bist nicht allein, du hast deine Tante, du hast deine Freunde, und du wirst sicher auch an einem Feiertag zu deiner Mutter fahren wollen.«
Ist es eine späte Rache für ihren verpatzten Weihnachtsbesuch in Berlin? Keineswegs, so ist Clarissa nicht. Sie tut nur eben immer das, was sie sich vorgenommen hat und was sie für richtig hält. Daran wird Jacob sich gewöhnen müssen.
In Genf macht sie es kurz. Sie bleibt gerade einen Tag, sie ist liebenswürdig und ganz unsentimental, sie versucht, es Madlon leicht zu machen. Sie erzählt von Jeannette und von der kleinen Susanne und daß man sehr froh darüber sei, daß das Baby keinen Krankheitskeim in sich trage.

»Eine gewisse Gefahr besteht dann wieder in der Pubertät«, sagt sie sachlich. »Man muß das abwarten, aber wir sind gewarnt und werden es gut beobachten.«
Wir, hat sie gesagt. Madlon hat es wohl gehört. Hat sie also doch gesiegt, diese hinterhältige kleine Katze, die ihr damals schon Jacob wegnehmen wollte. Der Haß, den Madlon empfindet, auf Clarissa, auf Jacob, überdeckt ihren Kummer. Dennoch ist es der schwärzeste Tag ihres Lebens, als sie auf dem Bahnsteig steht und auf die Abfahrt des Zuges wartet. Diesmal weint sie nicht, sie ist sorgfältig geschminkt, sie trägt einen Pelzmantel, ihr Blick ist kalt. Keiner soll ihr anmerken, wie ihr zumute ist, schon gar nicht diese geschmeidige, geschickte Clarissa. Und das Kind? Mein Gott, der Junge ist drei Jahre alt, er kann sich so wenig wehren, wie er versteht, was mit ihm geschieht.
Clarissa ist freundlich zu ihm gewesen, hat aber gar nicht erst versucht, die liebe Tante zu spielen. Sie hat gleich gesehen, daß der Junge schlecht aussieht, daß er zu dünn ist, auch daß er scheu und ängstlich ist ihr gegenüber. Als der Zug anfährt und die Augen des Kindes mit verständnisloser Frage an Madlon hängen, die draußen steht und nicht einmal die Hand hebt, um zu winken, legt Clarissa leicht den Arm um ihn. »Wir machen jetzt eine schöne Reise«, sagt sie. »Zu Onkel Hubert und Tante Claire. Da wird es dir bestimmt gefallen.« Und dann? Wo soll er dann eigentlich hin?
Diese Frage kann selbst die kluge Clarissa nicht beantworten. Soll er bei Jacob bleiben, soll er wieder zu Jona? Will Jona dieses Kind überhaupt noch, das sie ja im Grunde nichts angeht? Es ist ein Augenblick der Versuchung für Clarissa.
Sie liebt Jacob. Hier ist dieses Kind, in dem Heim im Allgäu ist das andere Kind, Ludwigs kleine Schwester. Wenn sie ihr Studium abbricht, wartet dennoch ein erfülltes Leben auf sie.
Aber so leicht ist Clarissa Lalonge nicht in Versuchung zu führen. Was sie begonnen hat, wird sie vollenden. Sie wird sogar im kommenden Jahr mit Sauerbruch nach Berlin gehen, sie wird in der II. Chirurgischen der Charité ihre klinischen Semester absolvieren, und Jacob wird es das erste Mal in sei-

nem Leben lernen müssen, auf eine Frau zu warten. Es wird ihm nicht schlecht bekommen, und es wird seine Liebe zu Clarissa festigen und beständig machen.

Und ich? Und ich? denkt Madlon, nachdem der Zug abgefahren ist. Da steht sie, mit leeren Händen und verzweifeltem Herzen, und nicht einmal Gott kann sie dafür verantwortlich machen, was mit ihr geschehen ist, sie hat ihr Leben selbst zerstört. Sie läuft durch die Stadt, sie steht am See, sie starrt auf die schneebedeckten Berge drüben – und ihre Verzweiflung verwandelt sich in wilden Trotz. Nun gerade nicht, nun gerade nicht, sie wird etwas tun, irgend etwas wird sie unternehmen, sie wird neu beginnen. Wie, was und wo, das weiß sie nicht. Aber sie wird etwas tun. Sie hat Geld für einige Zeit, die Welt ist groß.

Gott ist mit den Starken, mit den Mutigen, die sich selbst nicht aufgeben. Madlon hat es immer irgendwie geschafft, sie schafft es auch diesmal.

Während ihrer kurzen Tätigkeit bei der Wirtschaftskonferenz hat sie George Malcolm kennengelernt, dem sie ausnehmend gut gefiel. Und Malcolm erinnert sich an sie, als Armand Delcroix das Haus in Pregny kauft.

Malcolm, der eng mit Sir Eric Drummond, dem Generalsekretär des Völkerbundes, zusammenarbeitet, kennt Gott und die Welt, jedenfalls soweit es den Völkerbund betrifft. Er kennt auch Delcroix.

Armand Delcroix lebt in Paris, wo man 1925 das Internationale Institut für geistige Zusammenarbeit gegründet hat, das dem Völkerbund angeschlossen ist. Delcroix, ein reicher, unabhängiger Mann, wird dem Institut hinfort seine Zeit und Arbeitskraft widmen. Er hat oft in Genf zu tun, das Wohnen in den meist überbelegten Hotels behagt ihm nicht, darum kauft er das Haus. Aber es muß jemand dasein, der das Haus in Pregny führt, wenn er da ist, und erst recht, wenn er nicht da ist. Malcolm macht ihn mit Madeleine Caron bekannt. Keiner nennt sie von nun an mehr Madlon.

Delcroix ist achtundfünfzig, lebenserfahren, klug, gesellig, und er ist seit zwei Jahren Witwer.

Es dauert nicht einmal ein Jahr, da weiß Delcroix, daß er diese charmante, selbstsichere Madeleine nicht mehr entbehren möchte, weder in Paris noch in Genf. Sie heiraten Ende des Jahres 1928, der Name Goltz wird nicht erwähnt. Kinder übrigens bekommt Madeleine nun auch, denn Delcroix hat zwei Söhne, siebzehn und zwölf, und eine Tochter, Charlène, die vierzehn ist. Wohlerzogene, sympathische Kinder, mit denen sich Madeleine großartig versteht. Die Söhne besuchen ein Lycée in Paris, Charlène ist in einer Klosterschule.

Madeleine Delcroix führt ein Haus in Paris, ein Haus in Genf, sie hat ausreichend Personal, sie fährt einen eigenen Hispano Suiza, und das meist in rasantem Tempo, man schätzt sie als Gastgeberin und Gesprächspartnerin, sie beherrscht drei Sprachen mühelos. Die Ehe ist eine Ehe, keine Stürme der Leidenschaft, aber eine freundliche, ehrliche Bindung.

An den Bodensee kommt Madeleine Delcroix nie wieder. Einmal, im Jahr 1931, sie hält sich in Zürich auf, erinnert sie sich an einen alten Freund – Kosarcz. Er kam damals aus Zürich nach Konstanz, er wohnte im Inselhotel, er sagte: der Weg ist nicht weit von einem See zum anderen.

Sie fährt diesen Weg nicht. Obwohl sie sich damals so sehr gewünscht hat, einmal im Inselhotel zu wohnen. Aber es ist nicht gut, die Vergangenheit zu beschwören, sie will auch Jacob Goltz nicht wiedersehen.

Sie hat einige Briefe mit ihm gewechselt, damals, als sie ihre Nichte Jeannette zu sich nahm.

Das war noch, ehe sie verheiratet war, doch als sie bereits wußte, daß sie Delcroix heiraten würde. Sie holte Jeannette aus der Heilstätte im Schwarzwald, worüber Jeannette keineswegs entzückt war, denn sie fühlte sich dort sehr wohl. Krank war sie nicht mehr, äußerstenfalls noch ein wenig anfällig. Kein Vergleich mit dem Schicksal ihrer Schwester Suzanne. Man hätte sie längst entlassen, aber sie weigerte sich, zu Jacob zurückzukehren. Sie lebte in einer so friedlichen Welt, alle waren nett zu ihr, die Ärzte, die Schwestern, die anderen Patienten, alle sagten ihr, wie hübsch sie sei, wie charmant, wie entzückend die Kleider, die sie mit flinken Händen zau-

bert, für jede, die eins haben möchte – ein Leben, das ihr behagt hat.
Madeleine holt sie energisch aus diesem Leben heraus, bringt sie nach Pregny, später auch nach Paris, doch Jeannette gefällt es in Genf besser. Wenn die Delcroix in Paris sind, lebt sie allein in dem hübschen Haus, sie wird versorgt, sie hat Gesellschaft genug, es sind immer Männer da, die sie bewundern, die sie ausführen, für die sie die eleganten Kleider anziehen kann, die sie in den Modesalons in Genf kauft. Madeleine macht einige Male den Versuch, sie zu verheiraten, denn inzwischen ist Jeannette von Rudolf Moosbacher geschieden, auch das hat Madeleine sofort veranlaßt; aber Jeannette will nicht heiraten, sie will ihr Leben lieber weiterhin so verspielt vertrödeln.
Doch dann geschieht etwas Unerwartetes. Jeannette ist neunundzwanzig, als ein Mann in ihrem Leben auftaucht, der sie mit stürmischem Elan aus ihrer Lethargie reißt. Beato heißt er, ein Italiener, ein schöner, schwarzhaariger Faschist, ein naher Freund Mussolinis, der schon bei dem Marsch auf Rom dabei war.
Für Beato ist dieser zarte blonde Engel die Erfüllung aller Träume. Seiner leidenschaftlichen, überwältigenden Liebe kann Jeannette nicht widerstehen. So viele Jahre hat kein Mann sie mehr berührt, aber jetzt wird sie mitgerissen, fortgerissen, er wirbt um sie, wie es nur ein Südländer kann, und Jeannette ergibt sich.
Madeleine kann gegen diese Verbindung nichts einwenden: der Mann sieht fabelhaft aus, er ist reich und mächtig, er wird Jeannette auf Händen tragen.
Jeannette Moosbacher, geborene Vallin, heiratet und wohnt fortan in Rom oder auf dem Landsitz ihres Mannes in der Emilia oder auf seinem Weingut in der Toskana. Sie braucht keinen Finger mehr zu rühren, ein Wink, ein Blick, dienstbare Geister sind überall zur Stelle.
Nach einem Jahr bekommt sie ein Kind, in der Art, wie sie immer Kinder bekommen hat, aber das macht nichts; Beato, der sie abgöttisch liebt, erträgt jede Laune von ihr, er läßt sie dahin und dorthin fahren, wo sie sich gerade aufhalten möch-

te, er überschüttet sie mit Geschenken, mit Schmuck, mit kostbaren Pelzen. Auch der Duce findet sie bezaubernd, immer sind Männer da, die sie bewundern, die sie bestaunen.
Sie bekommt noch ein Kind, danach kränkelt sie ein wenig, aber nicht ernsthaft. Beato ersteht ein Haus in den Alpen hinter der Riviera, damit sie Höhenluft und Sonne haben kann. Blond, süß, manchmal ein wenig leidend und nörglig, lebt sie ein vollendetes Luxusleben. Nach ihrem Sohn Ludwig, nach ihrer Tochter Susanne fragt sie nie.
Im Juni des Jahres 1934 besucht Madeleine Delcroix ihre Nichte Jeannette in ihrem Alpensitz, hoch über dem blauen Mittelmeer. Beato ist gerade in Venedig, wo ein Treffen zwischen Mussolini und Adolf Hitler stattfindet, der nun das Deutsche Reich regiert. Übrigens ist Deutschland inzwischen aus dem Völkerbund ausgetreten.
Madeleine findet ihre Nichte wohlauf und zufrieden vor, sie ist so, wie sie immer war. Mit den Kindern hat sie weder Mühe noch Arbeit, die werden vom Personal versorgt. Jeannette liegt in einem bequemen Liegestuhl, oder sie sitzt, einen weißen Strohhut auf dem Kopf, in einem weißen Sessel, sie hat sich überhaupt nicht verändert, sie ist alterslos, weil nichts sie berührt und nichts sie bewegt.
»Mon dieu«, sagt Madeleine einmal versonnen, »vier Kinder hast du geboren. Was für eine Verschwendung!«
»Comment?« fragt Jeannette, die zwar inzwischen einigermaßen Italienisch gelernt hat, aber immer noch am liebsten Französisch spricht.
Auf der Fahrt nach Frankreich, Madeleine ist mit ihrem Mann in Nizza verabredet, auf der Küstenstraße zwischen San Remo und Ventimiglia, überholt Madeleine, die wie immer zu schnell fährt, vor einer Kurve einen Lastwagen, und aus der Kurve kommt ihr ein Omnibus entgegen, dem sie nicht mehr ausweichen kann. Ihr Wagen rast über die Böschung in den Abgrund und überschlägt sich einige Male. Sie ist sofort tot.

Die Jahre sind auch am Bodensee vergangen, kleine und große Ereignisse, das Heranwachsen der Kinder, nicht zu vergessen die Seegfrörne im Winter 1929, das erste Mal seit dem Jahr 1880, daß der See von einem Ende zum anderen zugefriert, daß man von Deutschland nach der Schweiz zu Fuß gehen kann, wem der Weg nicht zu weit ist; man kann mit einer Pferdekutsche hinüberfahren und nun auch mit einem Automobil.

In diesem Jahr übrigens erlangen die Nationalsozialisten in Lindau bei den Stadtratswahlen immerhin 141 Stimmen. Das ist nicht allzuviel, gemessen an dem, was draußen im Reich geschieht. Für einen Sitz im Stadtrat langt es sowieso nicht.

Im Herbst dann der große Börsenkrach, der Beginn der Wirtschaftskrise, das rapide Ansteigen der Arbeitslosigkeit. 1931 jedoch errichtet man das schöne, moderne Bismarckdenkmal auf dem Hoyerberg, oberhalb von Bad Schachen, ein großes Fest für Land und Leute, auch wenn die Sorgen stetig ansteigen, was Felix und Jacob geschäftlich sehr wohl bemerken. Aber in Konstanz sitzt immer noch der schlaue Bernhard Bornemann mit den Konten in der Schweiz; ein beruhigendes Gefühl in dieser Zeit der Not.

1932 wählt man den alten Feldmarschall Hindenburg zum zweitenmal zum Reichspräsidenten. Kandidiert hat außerdem Adolf Hitler, der immerhin die Hälfte der Stimmen erhält. Kandidieren konnte er, der Österreicher, nur, weil man ihn in Braunschweig flugs zum Oberregierungsrat und damit zum deutschen Staatsangehörigen gemacht hat.

Das sind so die Kleinigkeiten im politischen Leben, die dem sogenannten kleinen Mann zumeist gar nicht auffallen.

Im Juli hält Hitler eine Rede in Lindau, und im November bei den nächsten Reichstagswahlen sind die Nationalsozialisten die stärkste Partei in Lindau geworden.

Die Weimarer Republik dämmert ihrem Ende entgegen.

1938 lernt Jacob endlich seine älteste Tochter Konstanze kennen. Mary und ihr Mann kommen doch wirklich und wahrhaftig zum Reichsparteitag nach Nürnberg. Anschließend machen sie einen Besuch am Bodensee. Mary ist noch derselbe Wirbelwind, hübsch, lebhaft, voller Tatendrang.

»Wir wollten das alles einmal sehen, man hört so viel davon. Das ist ja fabelhaft. was die da in Nürnberg machen. Ein toller Mann, dieser Hitler. Was man dort für Gefühle kriegt – seid umschlungen, Millionen! diesen Kuß der ganzen Welt!« –, mit Schiller lebt sie offenbar immer noch auf vertrautem Fuß. »Was der wieder aus Deutschland gemacht hat! Einmalig!«

»Na ja«, sagt Jacob.

Kann er sich beklagen? Es geht ihm gut, er ist wohlhabend, er lebt total unbehelligt. Er ist zwar nicht in der Partei, sowenig wie Felix, aber sie haben natürlich gute Beziehungen zu den Behörden und zu den führenden Leuten in Stadt und Land, das gehört zum Geschäft. Das Geschäft blüht, die Leute bauen wie verrückt.

Konstanze ist zwölfeinhalb, ein hübsches, offenherziges Mädchen, sie hat Marys braunes Haar und Jacobs helle Augen. Daß er ihr Vater ist, weiß sie. Mary hat ihr das nicht verschwiegen. Und sie findet es aufregend, ihn kennenzulernen. Und neue Geschwister dazu.

»Prima ist das«, sagt sie. »Zu Hause sind wir drei, und hier sind es auch drei.«

Susanne ist fast elf, zart, blond, Jeannette sehr ähnlich, ein wenig scheu und schüchtern. Clarissa wird von ihr heiß geliebt, ebenso die kleine Schwester Liliane, die in diesem Jahr vier geworden ist.

»Beim Zeus«, sagt Mary, »drei Töchter und jede von einer anderen Frau. Du bist ein Ungeheuer, Jacob.«

»Einen Sohn haben wir schließlich auch«, meint Jacob und legt den Arm um Ludwigs Schulter. Ihn hat Konstanze ganz selbstverständlich mitgerechnet, als sie von drei Kindern sprach. Ludwig Moosbacher, groß und kräftig, gesundes flämisches Blut in den Adern, kein Mensch muß sich Sorgen machen um seine Lunge.

»Vielleicht bekommen wir noch einen Sohn dazu.« Clarissa lächelt, sie ist im dritten Monat und wünscht sich einen Sohn, nicht so sehr für sich als für Jacob. Er muß endlich einen eigenen Sohn haben, das hat sie sich vorgenommen.

Ludwig Moosbacher wohnt bei ihnen und geht in Lindau

aufs Gymnasium. Was seine Zukunft betrifft, hat er sich schon festgelegt. Er will Bauer werden, er wird den Hof übernehmen. Alle Ferien verbringt er bei Jona, jedes zweite Wochenende setzt er sich in den Zug nach Markdorf. Er hat schon viel gelernt.

»Er wird in Weihenstephan studieren«, sagt Jacob stolz. Clarissa lächelt und widerspricht ihm nicht, aber sie ist der Meinung, daß Ludwig nicht studieren soll. Das würde zu lange dauern. Jona braucht ihn, und sie braucht ihn bald. Vor einem Jahr ist Rudolf gestorben, sehr plötzlich an einem Herzschlag, und nun ist Jona sehr einsam.

Clarissa und Mary verstehen sich ausgezeichnet. Es ist ohnedies immer viel Leben in diesem Haus, aber während Marys Anwesenheit ist es turbulent. Es ist ihr erster Besuch in Deutschland nach so langer Zeit, sie will alles wissen und erfahren. Anschließend werden die Afrikaner nach Berlin fahren; Mary will ihre Schwester Julia besuchen, inzwischen von ihrem jüdischen Mann geschieden, und ihren Bruder Andreas, Redakteur beim *Völkischen Beobachter.*

»Ein bißchen lebt ihr hier ja wohl hinter dem Mond«, sagt sie mit einem schrägen Blick auf den Bodensee, ausgerechnet sie sagt das, die in so weiter Ferne, hinter dem großen Meer, hinter der endlosen Wüste lebt. »Schön ist es schon, aber ziemlich abseits, nicht? Wenn ich denke, was in Nürnberg alles los war. Diese Menschenmassen. Man hat kaum Luft bekommen.«

»Geschmackssache«, meint Jacob.

Clarissa hat die Praxis im Haus, weswegen Felix noch einmal umbauen mußte, die Wohnräume sind nun alle oben, unten ist die Ordination, zwei Wartezimmer, ein Behandlungsraum, ausgestattet mit modernsten Geräten, ein Labor. Clarissa hat ständig eine volle Praxis, sie ist eine sehr beliebte Ärztin, sogar aus Lindau kommen Patienten zu ihr heraus.

Tante Lydia lebt nicht mehr, aber Benedikt ist noch da, inzwischen von Clarissa mit einer erstklassigen Prothese versorgt. Er macht sich noch immer nützlich, so gut er kann. Über Hilaria zu sprechen, erübrigt sich. Sie wird niemals alt, niemals müde. Praxis, Haushalt, die Frau Doktor, der Haus-

herr, die Kinder, alles gedeiht in ihren Händen auf das beste, sie ist unermüdlich, auch unersättlich, sie freut sich auf das neue Kind, das im nächsten Jahr geboren wird.
1938 – es geht ihnen wirklich gut. Sie leben in einem gottgesegneten Winkel dieser Erde. Der Krieg ist lange vorbei, selbst Jacob spricht nur selten von seinen Heldentaten. Nur wenn gelegentlich aus dem Volksempfänger eine Rede tönt – Schmach und Schande des Vaterlandes, das Unrecht der Niederlage, die Kriegsschuldlüge –, dann grinst Jacob und sagt: »Ich weiß gar nicht, was der will. *Wir* haben den Krieg nicht verloren in Deutsch-Ost. Und Lettow-Vorbeck ist hoch zu Roß im Jahr 1919 durch das Brandenburger Tor in Berlin eingezogen. Mir braucht keiner was zu erzählen.«

Konstanze hat einen großen Wunsch. Sie möchte gern die Stadt kennenlernen, nach der sie genannt ist. Also fährt Jacob an einem schönen Tag Anfang September mit seiner Tochter nach Konstanz. Mary und ihr Mann kommen nicht mit, sie wollen sich ein wenig ausruhen, ehe sie nach Berlin aufbrechen.
Jacob läßt sich Zeit, in Wasserburg waren sie schon, nun fährt er mit dem Mädchen nach Langenargen hinein, zeigt ihr das Schloß Montfort, das so stolz über dem See thront. In Friedrichshafen erzählt er ihr einiges über den Grafen Zeppelin, in Meersburg besichtigen sie die Stadt, die Burg und das Schloß, das Fürstenhäusle der Annette. Jacob überlegt, ob er zu Jona fahren soll. Doch es wird dann sehr spät an diesem Tag. Vielleicht auf dem Rückweg.
Sie fahren mit der Fähre hinüber nach Konstanz, und dann sind sie also in der Stadt seiner Herkunft, seiner Jugend.
Vor dem Münster bleibt sie lange staunend stehen.
»Was für ein seltsamer Turm«, sagt sie. »So etwas habe ich noch nie gesehen.« Und fügt sogleich hinzu: »Aber ich habe ja überhaupt noch nicht viel von der Welt gesehen. Gerade jetzt auf dieser Reise.«
Jacob beginnt: »Konstanz war einmal eine sehr mächtige Stadt im Mittelalter. Eine Freie Reichsstadt. Und vor allem fand hier das Konzil statt ...«

»Hm, ich weiß«, unterbricht ihn seine Tochter. »1414 bis 1418.«
»Das weißt du?«
»Natürlich. Das habe ich in der Schule gelernt. Und ich habe alles gelesen über Konstanz, was ich kriegen konnte. Es ist doch meine Stadt, nicht wahr?«
Jacob ist gerührt.
»Es ist so schön hier«, sagt sie. »Viel schöner als bei uns. Meinst du, ich kann später zu dir kommen? Ich meine, wenn ich groß bin? Ich möchte gern in Deutschland studieren.«
»So! Studieren willst du? Was denn?«
»Ach, ich weiß noch nicht. Irgend etwas mit Geschichte oder so. Ich möchte alles wissen, was in diesem Land passiert ist. Es ist ja eigentlich mein Vaterland, nicht wahr? Mutti kommt von hier und du auch.« Sie sieht ihn vertrauensvoll an mit diesen hellen, klaren Augen, und er sagt: »Ich werde mich freuen, wenn du kommst. Allerdings, wenn du studieren willst, mußt du das woanders tun. Eine Universität haben wir hier nicht.«
Sie lacht fröhlich. »Vielleicht gibt es eines Tages doch eine. In Deutschland sind sie ja so klug. Das sagt Mutti auch immer.«
Jacob wiegt unschlüssig den Kopf. »Na ja, hoffen wir, daß du recht hast. Aber wenn du dich für Geschichte interessierst, mußt du unbedingt den Kreuzgang im Inselhotel anschauen.«
Sie steht staunend vor jedem Wandgemälde, und Jacob, der lange nicht mehr hier war, sieht alles neu, mit ihren Augen. Am meisten imponieren ihr der Besuch Karls des Großen und seiner Gemahlin Hildegard, wie sie stolz auf dem Thron sitzen, selbst der Bischof sitzt ein wenig tiefer. Und dann der arme Hus, wie er gefangen ist im Inselturm.
»Und dann haben sie ihn verbrannt«, flüstert sie bewegt.
»Ja«, sagt er, »trotz aller Frömmigkeit waren es barbarische Zeiten.«
Und heute, wie friedlich und freundlich ist die Welt von heute? Jacob lebt zwar am Bodensee, aber nicht auf dem Mond. Er weiß, daß in diesem wundervollen Deutschland, das sie so

preist, auch heute viele Menschen in Gefangenschaft leben, an Leib und Leben bedroht sind, zu Unrecht sterben müssen, genau wie damals der arme Hus. Das weiß Jacob. Davon spricht er manchmal mit Clarissa, mit Felix. Nein, hinter dem Mond leben sie hier keineswegs.
Ein Erfolg bei Konstanze ist natürlich auch der Besuch von Kaiser Wilhelm im Jahr 1888. »Der ist schön«, sagt sie bewundernd. »Dieser Helm – einfach toll.«
»Na ja«, meint Jacob und betrachtet den Kaiser, für den er in den Krieg ziehen mußte, mit recht gemischten Gefühlen. Passiert nicht immer wieder das gleiche auf dieser Erde?
Aber Konstanze ist ein Kind, er denkt nicht daran, ihr den Spaß zu verderben.
Schließlich betritt Konstanze voll Andacht das Haus, in dem ihr Vater geboren wurde. Der Empfang ist herzlich. Imma ist ziemlich in die Breite gegangen, aber genauso lieb und auch genauso schusselig, wie sie immer war. Bernhard Bornemann hingegen hat sich sehr zu seinem Vorteil verändert. Er ist eine Persönlichkeit geworden, klug, besonnen, hochgeachtet in der Stadt, und obwohl er einige wichtige Ämter innehat, so hat er es doch geschickt verstanden, sich dem Parteiapparat der Nationalsozialisten nicht einverleiben zu lassen. Er ist ein so gerissener Jurist, daß er immer einen Ausweg findet und eine Volte schlagen kann, das macht ihn unantastbar. Das wissen auch seine Klienten. Schwierige, fast hoffnungslose Fälle auch politischer Art landen bei ihm, und seinen Finessen sind nicht einmal die Nazis gewachsen. Kommt dazu, daß er nach wie vor beste Beziehungen zur Schweiz hat, woraus er auch gar keinen Hehl macht. Dies umgibt ihn wie eine unsichtbare Schutzmauer. Das Verhältnis zwischen ihm und Jacob ist das allerbeste, sie schätzen einander und verstehen sich ausgezeichnet.
Von den Kindern ist nur noch der jüngste Sohn im Haus, er ist etwa im gleichen Alter wie Konstanze. Eva ist verheiratet und lebt in Zürich, auch daran ist Bernhard nicht unbeteiligt, er hat diese Ehe gestiftet, die übrigens sehr gut ist. Konrad, der ältere Sohn, studiert Jura im dritten Semester, er wird die Familientradition fortsetzen.

Einen Besuch bei seiner Schwester Agathe hat Jacob nicht eingeplant. Erstens wären es zu viel der Eindrücke für das kleine Mädchen, und zweitens ist seine Beziehung zu Agathe etwas unterkühlt. Sie kann ihm nie verzeihen, daß er Clarissa schließlich doch bekommen hat. Und Clarissa gehört auch immer noch die Hälfte der Fabrik, und die geht sehr gut, seit die wirtschaftliche Not zu Ende ist. Clarissa war, zu allen ihren sonstigen Vorzügen, auch noch eine gute Partie. Darüber kommt Agathe nicht so leicht hinweg.

Ganz abgesehen von dem Ärger, den sie mit ihrer Tochter Hortense hat. Die ist schon zweimal geschieden, sie ist wirklich Schauspielerin geworden, sie lebt in Berlin und hat schon drei Filme bei der Ufa gedreht. Und mag das auch in der heutigen Zeit ein höchst achtbarer Beruf sein, nicht für Agathe. Sie dreht den Kopf weg, wenn sie durch die Stadt geht und ihr von einem Plakat das Gesicht ihrer Tochter entgegenlächelt.

Sie übernachten im Haus am Münsterplatz. Schon beim Abendessen sind Konstanze die Augen fast zugefallen, so viel hat sie heute gesehen, so viel hat sie bewegt.

Am nächsten Tag besuchen sie Jona, denn Jacob möchte ihr ja gern dieses Mädchen zeigen.

»Das ist meine Tochter Konstanze«, verkündet er mit einem gewissen Stolz

Konstanze ist eingeschüchtert, sie macht einen tiefen Knicks vor diesem strengen Gesicht über dem schwarzen Kleid.

»Deine Tochter Konstanze, so«, sagt Jona. Sie lächelt nicht. Sie ist müde, sie ist alt. Jacobs Töchter interessieren sie nicht allzusehr, sie hat Enkelkinder genug. Sie wartet nur auf Ludwig Moosbacher, er wird auf den Hof kommen, er wird ihr Erbe sein, zusammen mit Floras Sohn. Die Kinder, die hier geboren wurden und die sie liebt.

Sie hat ihr Testament noch einmal geändert, diesmal sogar mit Assistenz von Bernhard Bornemann und mit seiner vollen Zustimmung. Was zusätzlich beweist, wie sehr Bernhard Bornemann sich verändert hat im Laufe dieser Jahre, angesichts der Zustände in diesem Land.

Jacob zeigt Konstanze den Hof, die Ställe, doch allzusehr imponieren kann ihr das nun gerade nicht. Sie ist von zu Hause her andere Dimensionen gewöhnt. Ein Bauernhof im Hinterland des Bodensees, und sei er noch so stattlich, ist, verglichen mit der Farm in Südwestafrika, eine bescheidene Angelegenheit.

Am nächsten Tag reisen die Afrikaner ab, Richtung Berlin.

»Ich komme bestimmt«, flüstert Konstanze ihrem Vater beim Abschied zu. »Sobald ich mit der Schule fertig bin, komme ich. Ich freue mich schon darauf.«

»Ich auch«, antwortet Jacob und küßt sie liebevoll. Mary lächelt wohlgefällig.

Jona wartet vergeblich auf Ludwig Moosbacher. Hitlers Krieg wird ihn ihr nehmen. Der Sohn eines Flamen und einer Wallonin fällt im Januar 1944 am Ilmensee. Daß er auf dem Papier der Sohn von Rudolf Moosbacher ist, der Sohn eines Östereichers, bedeutet auch, daß er für Hitlers Großdeutsches Reich kämpfen muß – kämpfen und sterben. Jona ist zweiundachtzig, als sie sich endlich beugen muß. Kein Erbe für den Hof – es gibt keinen Hundigerhof mehr, keinen Meinhardthof, es wird keinen Moosbacherhof geben. Sie allein ist übriggeblieben, sie hat Kinder, sie hat Enkel, doch keinen Erben für den Hof.

Sie stirbt noch während des Krieges, vor Kummer, vor Gram, alt geworden und sehr allein.

Sie stirbt auch allein. An einem Sonntag im Mai des Jahres 1944. Flora ist in der Kirche, wo eine Messe für Kilian gelesen wird, den das Inferno von Stalingrad verschlungen hat. Ihr Sohn kam zum Arbeitsdienst, war bei Ausgrabungen in dem bombengeschädigten Berlin eingesetzt und wurde dann selbst verschüttet.

Kein Erbe für den Hof.

Jona in ihrem Sessel, geplagt von Rheuma, fast unbeweglich, wehrt sich nicht gegen den Tod, sie hat auf ihn gewartet. Und es ist gut, daß sie allein ist. Es gibt nur noch einen, mit dem sie sprechen will.

Du hast mich bestraft, ich nehme die Strafe an. Aber warum hast du die bestraft, die ohne Schuld sind? Schuldlos waren

die Kinder, die hier geboren wurden. Warum peinigst du mich damit, daß sie für meine Schuld mitbezahlen müssen? Weil du weißt, daß dies die größte Strafe für mich ist. Vater unser im Himmel, warum bist du so hart? Du solltest mir ja nicht verzeihen, alle Qual wollte ich erdulden, ich! Ist es nun Strafe genug, nachdem die Unschuldigen gestorben sind, haben sie meine Schuld mitbezahlt? Ist es nun genug der Strafe, Vater im Himmel?
Vater?
Sie liegt tot im Sessel, als Flora aus der Kirche kommt. Flora schlägt ein Kreuz und kniet bei ihr nieder. Sie ist stumm wie die Tote. Weinen kann sie nicht mehr. Und beten auch nicht.
Sie arbeitet weiter auf dem Hof, so gut sie kann, mit der letzten Kraft, die ihr geblieben ist. Die Gesetze sind streng, man muß viel abliefern, sie hat Kriegsgefangene als Hilfskräfte, mit denen sie sich kaum verständigen kann.
Zu Beginn des nächsten Jahres werden Flüchtlinge aus dem Warthegau auf dem Hof angesiedelt. Es geht sehr korrekt zu, die Familie wird verständigt, ihre Zustimmung wird eingeholt.
Eine neue Zeit, eine neue Welt. Wieder einmal und immer wieder.
Eine neue Welt? Der See ist da, die Berge sind da, das fruchtbare Land, das Grün der Wiesen, das Dunkel der Wälder, die blühenden Obstbäume im Frühling, die Reben, die an den Hängen und in den Gärten reifen. Und der Glanz über See und Bergen, auch er ist geblieben.
Er hat sie alle überlebt.
Diese armen Menschenkinder – er wird sie immer überleben.